中华经典直解

楚辞直解

陈子展 ◎ 撰

复旦大学出版社

目录

楚辞直解凡例十则 …………………………………… 1
《屈原传》评注 ……………………………………… 9
《楚世家》节录 ……………………………………… 21

楚辞直解

离骚经卷第一 ………………………………………… 43
九歌卷第二 …………………………………………… 72
天问卷第三 …………………………………………… 99
九章卷第四 …………………………………………… 130
远游卷第五 附:司马相如《大人赋》 ……………… 185
卜居卷第六 …………………………………………… 209
渔父卷第七 …………………………………………… 214
九辩卷第八 …………………………………………… 219
招魂卷第九 …………………………………………… 241
大招卷第十 …………………………………………… 262
附录 …………………………………………………… 280
    贾谊《吊屈原赋》 ……………………………… 280
    贾谊《惜誓》 …………………………………… 283
    淮南小山《招隐士》 …………………………… 287

楚辞解题

《离骚经》解题卷第一 ……………………………… 293
  一 略论《离骚》在文学史上的地位及其评价 …… 293
  二 何谓《离骚经》? ……………………………… 294

三　何谓《离骚》? ……………………………………… 296
  四　《离骚》作出年代的问题 ……………………………… 298
    一　作在怀王死后证一 …………………………………… 300
    二　作在顷襄王初年证二 ………………………………… 301
    三　作在顷襄王初年证三 ………………………………… 302
    四　作在顷襄王初年证四 ………………………………… 306
    五　作在顷襄王七年前后证五 …………………………… 308
  五　《离骚》三求女发微 …………………………………… 310
    一　古人释求女主要有求君、求贤、求通君侧之人三说 … 310
    二　略评今人主张求女为通君侧之人一说 ……………… 312
    三　评述明清以来许多《楚辞》学者以为求女是刺郑袖
        一说——贺宽说 …………………………………… 315
    四　赵南星说 ……………………………………………… 316
    五　黄文焕说 ……………………………………………… 317
    六　钱澄之说和方楘如说 ………………………………… 318
    七　林云铭说和鲁笔说 …………………………………… 319
    八　夏大霖说 ……………………………………………… 320
    九　屈复说与顾成天说 …………………………………… 321
    十　总结以上诸家之说 …………………………………… 322
    十一　郑袖究竟是怎么样的一个妇人呢? ……………… 323
    十二　求女寓意的实质在此 ……………………………… 324
  六　屈原之姊女嬃及其他家属 …………………………… 325

《九歌》解题卷第二 …………………………………………… 330
  一　《九歌》之名称及其篇数 ……………………………… 330
  二　《九歌》作者为谁? …………………………………… 332
  三　《九歌》为何而作?作在何时? ……………………… 333
  四　《九歌》之舞曲结构及其表演方式 …………………… 337
《东皇太一》解 ………………………………………………… 338

一	东皇太一何神？	338
二	古修辞格一例	340

《云中君》解 … 341
    一 云中君为云神乎？抑为云梦水神乎？ … 341
    二 《云中君》祀典 … 342

《湘君》《湘夫人》解 … 342
    一 湘君、湘夫人是舜二妃还是舜二女？ … 342
    二 舜二女说 … 345
    三 舜二妃说——舜之二妃，还是舜与二妃？ … 346
    四 天帝二女说 … 347
    五 综述对于以上诸说的管见 … 349

《大司命》《少司命》解 … 353
    一 何谓大司命？何谓少司命？ … 353
    二 月下老人乎？恋爱女神乎？抑高禖之神乎？ … 355

《东君》解 … 358
    一 日神乎？句芒之神乎？ … 358
    二 此章有报秦之心 … 359

《河伯》解 … 360
    一 关于楚祀河伯 … 360
    二 关于河伯之神话与古史传说 … 361
    三 河伯恋爱与河伯娶妇 … 363

《山鬼》解 … 365
    一 山鬼何神之旧说 … 365
    二 山鬼为巫山神女之证 … 365
    三 巫山神女一说未见得可笑 … 367

《国殇》解 … 368
    一 《国殇》作在何时？ … 368
    二 吴戈不是吾科或吴魁 … 369

三　《国殇》篇也不是《招魂》篇 ………………………… 370
《礼魂》解 ……………………………………………………… 371
　　一　何谓《礼魂》? …………………………………………… 371
　　二　《礼魂》为前十篇(八篇)之乱辞 …………………… 371
　　三　《九歌》通用送神之曲 ………………………………… 372

《天问》解题卷第三 …………………………………………… 375
　　一　《天问》与《天对》 ……………………………………… 375
　　二　关于《天问》注释 ………………………………………… 375
　　三　何谓《天问》? …………………………………………… 377
　　四　《天问》与《旧约创世纪》 ……………………………… 379
　　五　《天问》与《山海经》 …………………………………… 382
　　六　《天问》是否呵壁题画之作? ………………………… 384
　　七　楚有壁画之证 …………………………………………… 387
　　八　《天问》作出年代的问题 ……………………………… 390

《九章》解题卷第四 …………………………………………… 394
　　一　何谓《九章》? …………………………………………… 394
　　二　《九章》中有哪几篇被疑为伪作? …………………… 395
　　三　屈原为什么再三"咏叹"伍子胥? …………………… 396
　　四　伍子胥究竟是怎样一个人物? ……………………… 398
　　五　再从《诗》《骚》修辞上论屈原何以再三"咏叹"伍子胥?
　　　　………………………………………………………… 401
　　六　《九章》果为未完成的杰作、后四篇是伪作吗? …… 403
　　七　随心所欲的论证方法 ………………………………… 404
　　八　《九章》的篇次问题 …………………………………… 405
《惜诵》解 ……………………………………………………… 407
　　一　何谓《惜诵》? …………………………………………… 407
　　二　此屈原之处女作乎? ………………………………… 407
　　三　屈原事迹为何不见载于《通鉴》? …………………… 409

四　屈原之遇罚、疏与放的问题 …………………… 410
　　五　屈原之出仕、三闾大夫与左徒的问题 ………… 411
《涉江》解 …………………………………………………… 413
　　一　屈原被放江南在今何地? ……………………… 413
　　二　《涉江》篇中之游仙思想 ………………………… 415
《哀郢》解 …………………………………………………… 416
　　一　郢都考略 ………………………………………… 416
　　二　《哀郢》为何而作? 何故说到东迁? …………… 417
　　三　此时屈原为何在郢? 何故说到东迁? ………… 419
　　四　陵阳是人名,还是地名? ………………………… 420
　　五　蒋骥之《哀郢路图》与《涉江路图》 ……………… 422
　　六　郢都所以失陷之原因 …………………………… 423
《抽思》解 …………………………………………………… 424
　　一　何谓《抽思》? …………………………………… 424
　　二　《抽思》作在什么地方? ………………………… 425
　　三　《抽思》作在什么时候? ………………………… 426
　　四　《抽思》的结构形式何以特殊? ………………… 427
　　五　略论楚怀王之为人 ……………………………… 428
《怀沙》解 …………………………………………………… 429
　　一　何谓《怀沙》? …………………………………… 429
　　二　《怀沙》是否怀长沙? …………………………… 429
　　三　《怀沙》决不是怀长沙 …………………………… 432
　　四　关于屈原与骥、凤的传说 ……………………… 434
　　五　《史记》"曾吟恒悲"四句是《怀沙》"曾伤爰哀"四句的
　　　　异文重出吗? ……………………………………… 435
附录 ………………………………………………………… 436
　　龙船竞渡与屈原 ……………………………………… 436
　　端午粽子与屈原 ……………………………………… 439

　　　　屈子祀典及其庙与墓 ························· 439
《思美人》解 ····································· 440
　　一　有疑用篇首语标题为伪作之证者 ··············· 440
　　二　有疑篇末无乱辞为伪作之证者 ················· 441
　　三　有疑文辞总杂、重复为伪作之证者 ············· 442
　　四　再论诸家论屈赋之所以重复 ··················· 445
　　五　《思美人》确是屈原所所作 ····················· 446
《惜往日》解 ····································· 448
　　一　《惜往日》是屈原绝笔吗？ ····················· 448
　　二　《惜往日》是伪作吗？ ························· 449
　　三　这篇也确是屈子所作 ························· 451
《橘颂》解 ······································· 452
　　一　橘在楚国与《橘颂》之所以产生 ················· 452
　　二　"后皇嘉树"之旧解及其他 ····················· 454
　　三　《橘颂》比兴之义 ····························· 455
　　四　《橘颂》乃三闾早年咏物之什 ··················· 456
　　五　《橘颂》为伪作，非屈原少作吗？ ··············· 459
　　　附录 ······································· 462
　　　　陈子展致魏民铎先生书 ····················· 462
　　　　魏民铎先生复书 ··························· 464
《悲回风》解 ····································· 465
　　一　此篇似亦屈子自沉前诀绝之辞 ················· 465
　　二　此篇难解之故 ······························· 466
　　三　此篇非伪作者所能伪 ························· 467
《九章》小结——篇次先后与作出先后 ················· 468
《远游》解题卷第五 ································· 470
　　一　《远游》是仙真人诗，是天学吗？ ··············· 470
　　二　从梁启超以上的学者怎样论《远游》？ ··········· 470

三　现代的学者怎样论《远游》? ……………………… 473
　　四　《远游》是司马相如《大人赋》的未定稿吗? ……… 474
　　五　是《大人赋》抄袭《远游》,还是《远游》抄袭《大人赋》呢?
　　　　　 ……………………………………………………… 474
　　六　《远游》和《大人赋》最大不同之点在哪里 ………… 476
　　七　《远游》和《大人赋》的意义及其价值可以相提并论吗?
　　　　　 ……………………………………………………… 478
　　八　"神话境界"与"复用文句" ……………………… 479
　　九　楚国文化与屈赋渊源 ………………………………… 482
　　十　《远游》确为屈原所作之证 ………………………… 486
　　十一　怎样判定《远游》一案两造之词呢?

《卜居》解题卷第六 …………………………………………… 489
　　一　《卜居》主题 ………………………………………… 491
　　二　《卜居》《渔父》疑为伪作的由来 ………………… 491
　　三　疑为伪作有何确证? ………………………………… 491
　　四　略述现代学者对于《卜居》《渔父》的看法 ……… 492
　　　　附录 ……………………………………………………… 494
　　　　　　论"人民诗人"屈原 …………………………… 495

《渔父》解题卷第七 …………………………………………… 499
　　一　司马迁和刘知几都认为《渔父》是屈原所作 ……… 499
　　二　王逸何以既说《渔父》屈原所作,又说楚人所叙? … 499
　　三　对于屈原和《渔父》的传说作一考察 ……………… 500
　　四　屈原之所以作出《渔父》 …………………………… 504

总论《卜居》《渔父》为屈原所作 ………………………… 506
　　一　小引 …………………………………………………… 506
　　二　关于陆侃如先生的论点 ……………………………… 506
　　三　关于游国恩先生的论点 ……………………………… 508
　　四　余论 …………………………………………………… 515

《九辩》解题卷第八 ································· 518
    一　杜甫与宋玉 ································· 518
    二　宋玉与屈原之忠谋奇计 ······················· 519
    三　宋玉其人其事 ································ 521
    四　宋玉《九辩》及其他作品 ······················· 523
    五　有疑《九辩》为屈原所作者 ····················· 524
    六　《九辩》当是宋玉悯师之作 ····················· 526
    七　《九辩》首章"悲秋"为宋玉自述 ················· 526
    八　《九辩》次章自"有美一人兮"以下为宋玉代屈子之言 ··· 529
    九　《九辩》末章为宋玉檃栝屈子《远游》题旨仍属代言 ····· 530
    十　宋玉与屈子之人格及其风格显有不同 ············ 531

《招魂》解题卷第九 ································· 533
    一　小引 ·· 533
    二　《招魂》作者问题 ····························· 533
    三　《招魂》招谁问题 ····························· 534
    四　释"土伯九约" ································ 535
    五　释"君王亲发兮惮青兕" ························ 537
    六　释"路贯庐江"——"与王趋梦" ················· 540
    七　《招魂》之主题思想 ··························· 541
    八　再释首段——"我欲辅之" ····················· 543
    九　首段尚有难解之两点 ·························· 545
    十　《招魂》之艺术特点 ··························· 548
    十一　后记——驳正刘永济新著《屈赋通笺》论《招魂》 ····· 549

《大招》解题卷第十 ································· 555
    一　《大招》及其作者问题 ·························· 555
    二　何谓大招？何谓小招？ ························ 556
    三　评《大招》为景差所作一说——景差与《大言赋》《小言赋》
        ·· 558

四　评《大招》为屈原招楚怀王亡魂而作一说 …………… 560
五　评《大招》是秦以后一个无名氏所作一说 …………… 563
六　评《大招》非楚人所作一说 …………………………… 565
七　关于鲜卑 ………………………………………………… 567
八　《二招》异同——"魂兮归来"与"魂魄归徕" ……… 568
九　《大招》之主题思想 …………………………………… 570
十　《大招》末段为何招之以美政？ ……………………… 571
十一　多余的话——全书小结 ……………………………… 575

楚辞直解凡例十则

此书与《诗经直解》一书,原皆草有长篇序文,未及写成定稿,不意于一次苍黄中俱佚,今不复补。惟别作此书《凡例十则》,治《诗》之例,可以类推也。愚治《诗》旨在与古人商榷,治《骚》旨在与今人辩难。古有里语曰:"能丝可读《诗》。"(《艺文类聚》五十五引《物理论》)盖谓"能理乱丝者乃可读《诗》"也。窃谓读《骚》者亦然。前清乾嘉之世,汉学大师戴东原,吾乡先哲,明季王船山、清季王湘绮,皆尝以其余力兼治《诗》《骚》,并非胜业。今愚不自度德量力,亦两治之。自少逮老,逾六十年。其间衣食于奔走颠沛之途,教书糊口,卖文为活,幸免冻馁以死。业余治学,一曝十寒。人能弘道,无如命何! 其于明《诗》辨《骚》而无远出于古今学者之成就也固宜。二千多年来,始自刘向、王逸,中经司马光,以迄近百年间廖平、胡适之流,或疑屈赋其文之真伪,或疑屈原其人之有无,聚讼纷呶,至今未已。愚本实事求是、无征不信之旨,凡见古今学者所揭出之疑问,必旁搜他人成说,并独出个人觏理,为之一一爬梳而澄清之。姑不论其结论云何,要之自信已为今后治此学者排除一大堆障碍,呈献一大批资料,向前推进一大步。庶几从此有人据之,试作较为又红又专、具有正确性科学性之初步研究也。今为略述治《骚》之经过与心得,以及立说为书之体例,故复分则而列举之,以便读者省览云尔。

一、洪兴祖云:"世所传《楚辞》,惟王逸本最古。凡诸本异同,皆当以此为正。"其所为《楚辞补注》,即以补王逸《章句》之所未逮者也。本书以中华书局"用《四部备要》据汲古阁宋刻洪本排校纸型重印"之《楚辞补注》为底本。其目录次第仍旧:《离骚经》第一,《九歌》第二,《天问》第三,《九章》第四,《远游》第五,《卜居》第六,《渔父》第七,《九辩》第八,《招魂》第九,《大招》第十。自十以下,汉人作品,绝少可取,或当从略。宋人尝怪:"两汉间所作骚文,初未尝有新语。直是句句规模屈、宋,但换字不同耳。"(《诗人玉屑》八)《九辩》原书篇目下,注明宋玉。其余皆为屈原所作。《大招》原书篇目下,注明"屈原,或言景差",今则肯定其为屈原矣。

二、《汉书·艺文志》著录《屈原赋》二十五篇,未自注明所有篇目,致启后人无数疑端。今确定为《离骚经》一篇,《九歌》九篇(原似十一篇,今以九篇计:《东皇太一》、《云中君》各一篇,《湘君》、《湘夫人》合为一篇,《大司命》、《少司命》合为一篇,《东君》、《河伯》、《山鬼》、《国殇》各一篇。其末篇《礼魂》可视为前八篇之乱辞,实为八篇通用之送神曲。合此一篇,共得九篇。),《天问》一篇,《九章》九篇,《远游》、《卜居》、《渔父》、《招魂》、《大招》各一篇,恰符《汉志》著录二十五篇之数。戴震《屈原赋注》本,谓《九歌》凡十一篇,而去《招魂》、《大招》二篇。早岁造述,未尽精审,殆不其然也。

三、正文字句采用洪本,并于每一句读下,加注洪本注出其所校勘之异文,间亦增入朱熹《楚辞集注》本或其他善本异文。洪、朱两本考异皆各据彼时所见之诸唐、宋古本,赖以流传至今,弥足珍贵。取其可资比较、参考,有助于了解正文中之某些字形、音义以及某些句式之构造。且译文常有采取异文之处,所不割弃异文者以此。又据江有诰《楚辞韵读》,于正文段节用韵之末,注明韵部。以便读者讽诵,或作进一步之研究也。

四、译解所据义训,大半取自王逸《章句》、洪兴祖《补注》。其小部则别有所据,皆见于篇末之简注。其或间有未注出处,以其无甚宏旨,不及一一说明,但观译语自晓。清初屈复《楚辞新集注·自序》云:"余幼读《楚辞》多不解,稍长读诸家注愈不解。然往往一吟其解者,则曰风雨雪,置身沅湘。夫吾家自汉迁关中,至今已忘乎其为楚人矣。"诚哉是言!《楚辞》旧注多不明确,《新集注》亦然。愚生为今之楚人,正尝曰风雨雪,置身沅湘。每一披吟《楚辞》,证以当前之景物,有了了在目者焉。益求之故训与楚语,有䜣䜣于心者焉。元吾衍《闲居录》云:

"越士王荣仲不能通训诂,见古书辄不悦。一日见《楚辞》,叹曰:作文如此艰涩,宜乎投水死也!闻者笑之。"按:治《诗》、《骚》者自宜稍通训诂。愚所注虽简,新据典记,以及今人所有考古资料,亦已繁重,姑便读者明吾之译解有自,非苟焉而已也。音读不尽注出,则以《洪补》、《朱注》已详。读者又据当代通行汉语拼音字典之类,读以今音,取其共晓已足。音有古今、方域之不同,非有必要,不必深求也。宋费衮《梁溪漫志》云:"有士人尝以非辜至讼庭,守不直之。士人愤懑,大声称屈。守怒曰:'若为士,乃敢尔?为我属对。不能,且得罪。'因唱曰:'投水屈原真是屈?'士人应声曰:'杀人曾子又何曾?'守曰:'吾句有二屈字。而汝句尾乃曾(原注:音层)字。汝之不学明矣。顾何所逃乎?'士人笑曰:'此乃使君不学尔!按屈姓,流俗皆如字呼。而屈到、屈原,皆九勿切。使君研究否?'守惭,释遣之。"今按:屈姓之屈,此一郡守从俗读之未必非,彼一士人从古读之未必是,第其御人以口给,为有风趣耳。颜师古《汉书·高纪》九年楚大姓屈氏注,《人表》屈完注,皆云:"屈,九勿反。"盖唐初士人已不知屈姓之屈古读,故颜监不吝烦复而屡屡注之。识字认真未为不可。倘若出于炫古矜奇,卖弄音学,而昧于约定俗成谓之宜,是则可哂也已!

五、译文求其贴切原意,而又调利口吻,近似现代白话新诗。倘谓译文再创,可作白话诗样版,吾诚未敢有此自信。即"死后焚身,舌不腐烂",亦非所痴望;但望不至"嚼饭哺人,令人呕哕";而以之献于通读此部古典文学者,不无涓埃之助。其有犯于增字解经之弊,抑或违失本文之精神、面貌,与夫语意不明、文气不贯之处,皆由译解者负责。矧古今语、方域语,大有差异,久为有识者所周知。益以译解者之学识大有局限,人一己百,人十己千,尽其最善之力,亦仅能做到如此地步。要之,以往学者所有胜义,尽其可能摄取。期于读此一书,可得博观群书之益,事省功倍,劳少获多。"千金之裘,非一狐之腋。""家有敝帚,享之千金。"知我乎?罪我乎?盍各取譬!从来治《楚辞》者多矣,搜集专著,已近百种。(《诗经》专著几近千种。)其他碎义散记,难更仆数。

安得今之学者以之具置案头,而遍检之。今之《楚辞》译文亦数见不鲜矣,往往未能扣紧字句,致失原意。惟见郭沫若先生《屈原赋今译》及其所注所记者最为杰出。鄙见颇有与之相出入者,依违之间,务求一是。不苟同,不苟异;不溢美,不溢恶;吾知其所勉矣。其有冀幸于未来之《楚辞》学者,或鉴此基础,或赤地新立,同用今语而自铸伟词,务使此一文学经典之译文终有定本问世之一日也。清陈皋谟《笑倒》中《直解》一则云:"蒙师读《孟子》中'填然鼓之,兵刃既接,弃甲曳兵而走'三句,曰:'鼕、鼕、鼕!杀、杀、杀!跑、跑、跑!'"此名直解,实故为曲解,以资笑谈也。愚于《诗》、《骚》今译,亦名直解,深戒解非本义,率尔为之。必也古词今语,寻文比句,为媸为妍,临镜自见。自笑镂尘吹影,费日损工;流肠呕心,伤神伐性。固未尝计及他人之笑倒与否,或者一笑置之也。又宋陈善《扪虱新话》云:"有杨安国者,为侍讲,讲《论语》至'一箪食,一瓢饮',乃操俚语曰:'官家,颜回甚穷,但有一箩粟米饭,一壶卢浆水。'又讲'自行束修以上,吾未尝无诲焉',遽启曰:'官家,孔子教书亦须要钱。'上大哂之。"今按:《诗》、《骚》经典著作,包括所有经典,自前儒视之,殆皆认其有不可侵犯之神圣性,与夫不可知之神秘性。至鲁迅先生乃并昭昭然揭穿之,《门外文谈》即其显例。他说:"就是周朝的'关关雎鸠,在河之洲,窈窕淑女,君子好逑'罢,它是《诗经》里的头一篇,所以吓得我们磕头佩服。假如先前未曾有过这样的一篇诗,现在新诗人用这意思做一首白话诗,到无论什么〔报的〕副刊上去投稿试试罢,我看十分之九是要被编辑者塞进字纸篓的。漂亮的好小姐呀,是少爷的好一对儿!什么话呢?"愚今不惮授人笑柄,乃取《诗》、《骚》全部而各以现代语译之,聊便初学。非必于推陈出新者有何裨益,或可为厚古薄今者进一针一砭乎?俾知一切经典之神圣性、神秘性,其究安在云尔!

六、每篇所分章节之后,皆已试作一明确扼要之章指,或采自成说,或自下己意。从章节之逻辑发展,并对作品内容,或其作出时期,乃至作品真伪,一有触发,便有所解析。间有附录成说,不免贪多之病,亦姑仍之。至若仍用文言,则以胥就平昔讲稿损益而成,图便省劳,不复改易。自知择焉而精,语焉而详,绠短汲深,微力不办。但求于篇章组织,文思脉络,各有指出。愿与读者细论之!

七、每篇解题皆有广而且深之研讨。其有意未尽明,语未尽澈,复于篇尾,缀以附注。尤其好与当代《楚辞》学人反复辩论,辨伪求真,一若迫于其势之有不可以已者。良以有伪必辨,辨必有据,无据转以乱真,则在所必斥,是故不避烦琐之嫌,亦不畏缴绕之诮,实事求是,有的放矢,务求有以摧陷廓清之,期于无违易白沙先生之教言:"真理由辩论而明,学术以竞争而进。"(《新青年·孔子平议》)盖王充之《论衡》,有对而作,心溃涌,笔手扰,其疾虚妄之精神,亦早有以启之也。要之,总揽古今已有之成就,复自覃思冥索,试图作一小结。为将来研究《骚经》者,斩艾一丛荆棘,扫除一条道路,理出一根线索,奠定一个基础。虽云继承有自,批判则俟红专。犹复冀于吟诵之人,博其鉴赏之趣。庶几文非妄作,功不唐捐。译文旨在普及,解题(用文言者名为"今按")旨在提高,二者引翼以行,未知有当否也。抑愚犹有言者:往尝以我国之辞赋,拟之于古希腊荷马之史诗、意大利但丁之《神曲》、英国莎士比亚之戏曲、德国歌德之《浮士德》。认为各在其国古典文学史中占有崇高之地位,同时复在世界文明之国古典文学比较研究中,既各具有独特之成就,又享有盛大之评价也。愚不迷信屈原个人,亦无须为屈赋著作权辩护。不敢无据而否定史有屈原其人,不敢无据而否定屈赋之全部、或其一部分为秦、汉间人伪托,不敢"吊诡矜奇","哗众取宠"。自守"信而好古","无征不信"。此愚与二千年来王逸、扬雄、司马光之后,至近百年间学者廖平、胡适之伦,论及屈原其人其赋最大不同之所在,而有不能已于反复辩难者也。愚夙治《诗》,孤陋寡闻,独学少侣,南园(陈奂)、葵园(王先谦)之后,寂无替人。是故不得不与古人辩。晚乃治《骚》,则当代名家辈出,有以起予。是故不得不与今人辩。此下走敢为时贤同志者告也。

八、今考定屈子作品之作出先后,试分为早、中、晚三期。其早之作，有《橘颂》一篇，《九歌》九篇，作者作在初仕为三闾大夫、左徒之日。其中期所作，早不早于怀王十六年以前，迟不迟至其二十八年以后。其间屈子被放汉北。据《卜居》"既放三年"之文，知其被放决不限于三年，多或不至倍之。何年被放？何年召还？其说不一。或据刘向《新序·节士篇》，如《洪补》以为屈原于怀王十六年被放，十八年复用。林云铭《楚辞灯》则以为原于二十四年被放，二十八年召还。今以后一说较为近是。计其放于汉北之作，有《抽思》、《思美人》、《天问》、《远游》、《渔父》、《卜居》六篇。《惜诵》一篇，则似作于将放汉北之前。此皆中期作品，都为七篇也。其晚期作品，则皆作于顷襄王之世。《招魂》招怀王之生魂，憾逃归之不得，作于顷襄元、二之际。《大招》招怀王之亡魂，并魂魄而招之，作于顷襄三、四年间。《哀郢》作于顷襄二十一年秦将白起拔郢以后。《怀沙》作于其明年孟夏，为绝命之辞。凡此四篇，算有作出之绝对年代可考者。屈子被放江南之始，约在顷襄王七年至十三年之间。《二招》、《离骚》作在放前，《涉江》、《惜往日》、《哀郢》、《悲回风》、《怀沙》作在放后，合计八篇。至若宋玉《九辩》为哀悯其师屈子而作，其中显有仍袭《哀郢》之语，其作出当在《哀郢》之后，《怀沙》之前也。关于屈子作品作出之先后及其分期，鄙见所及，不惜往复探索。读者可参考卷首《屈原传评注》、《楚世家节录》，而卷中各篇《章指》及其《解题》(此在本书则用拙作文言《辨骚札记》，改题为"今按"，仍附正文之后。又《诗》则用拙作文言《明诗札记》为"今按"。愚治《诗》、《骚》，体例大同也。)，则尤为其主要者也。《惜往日》云："惜往日之曾信兮，受命诏以昭诗。奉先功以照下兮，明法度之嫌疑。国富强而法立兮，属贞臣而日娭(嬉)。"又云："乘骐骥而驰骋兮，无辔衔而自载；乘泛泭以下流兮，无舟楫而自备。背法度而心治兮，辟与此其无异。"此屈子追惜往日造为宪令，致国富强之事。其主法度而反心治，固尝自侪于法家矣。戴震《屈原赋注·自序》云："予读屈子书，久乃得其梗概。私以谓其心至纯，其学至纯，其立言指要归于至纯。二十五篇之书，盖经之亚。"此则竟视屈子为纯儒矣。孰谓戴氏之识"不亦远过于班孟坚、颜介、刘季(彦?)和诸人之所云乎"？(卢文弨《屈原赋戴氏注序》)夷考其实,则中原文化早已深入荆楚,但读《楚辞》、《楚语》、《楚策》、《楚世家》便知。屈子之学,有因有创,兼摄当时诸子之长,而又自成一家之言。为儒、为道乎？为阴阳、为神仙、为方士、为史巫乎？为名、为法,抑为纵横乎？交横互影,掩映斑斓。后之论者,骤难识其全貌也。

九、愚治《诗》五写,研《骚》亦已三写。十多年来,或作或辍,直至今兹,甫告写毕。尝自复核一过,颇感烦苦,推之读者,想亦宜然。拟复各写简编,但存正文、译文、章指、简注四者。每篇之末,附以"今按"。书名《诗经直解》、《楚辞直解》,仍旧不改。其解题部分,过于繁富,虽泛滥有归,而波澜壮阔。拟各别写为书,而字之曰《诗三百解题》、《楚辞解题》。所恨颓龄作健,头昏眼花,握管手颤,一暴十寒。不知能复如所豫期,全部蒇事否？

十、《诗》、《骚》二书为我国上古文学不朽之经典。重新估价,将因时、因地、因人而异。顾以往之诗人未有不读此二书者,不言而喻,胥视此为必读之书。苏东坡教人为诗,尝曰："熟读《毛诗·国风》、《离骚》,曲折尽在是矣。"宋子京曰："《离骚》为辞赋之祖。后人为之,如至方不能加矩,至圆不能过规矣。"之二人者,似皆迷于《诗》、《骚》艺术之原始魅力,而尤震于《诗》、《骚》作者之首创精神,不自知其所以然而云然者也。予生也鲁,而治学不力。一生微尚所在,初亦唯此二书。平昔读书所为札记,泰半属此二书之资料。早岁遘闵避地,间关来沪。衣食于奔走,固未遑从事撰述。洎乎长病休暇,稍得用志不纷。载笔十年,所得止此。其间尚赖小儿志申为我助理,借书、抄稿。重烦友人范祥雍先生,于其先后专治《战国策》、《山海经》、《东坡志林》之余,分力为我校阅二书原稿,多蒙谠正。其后两稿次第付印,复蒙同事杜月村先生于其一面教授《诗》、《骚》两课；一面又为我悉力校阅两稿,并核对引用群书,使我得以减免不少疵颣。风谊之高,讲习之深,中心藏之,何日忘之！慨夫道有消长,世有治乱,政有隆污,国运有兴亡盛衰。

其在于文,则有新变。变本者加厉,踵事者增华。《骚》之继《诗》,实开斯例。读者同志幸不笑我,子云老不晓事,嗤彼昭明,小儿强作解人语也。噫!经国之大事,不朽之盛业,既谢不能,自侪眺望,但为《诗》、《骚》添此注脚已也。《诗》不云乎:"荼蓼朽止,黍稷茂止。"傥得用此芜秽,肥彼嘉禾,戈戈一生,为愿足矣!

一九七一年三月,陈子展自识于上海长乐路寓室,时年七十有三。

一九八〇年五月,重自修改,子展又记,时年八十晋三。

本书据复旦大学出版社 1996 年版重新整理,改为简体字版。书中正文、注释、译文、解题,在不引起歧义的前提下,均改为简化字。在正文校勘中,对部分繁简字、异体字、古今字的内容做了删除。疏漏之处,敬祈读者批评指正。

复旦大学出版社

2024 年 5 月

《屈原传》评注

○《屈原传》据《史记·屈原贾生列传》分出。○按：屈原盖生于周显王二十六年,当楚宣王二十七年;死于周赧王三十七年,当楚顷襄王二十一年(公元前三四三—前二七八)。年六十五。

屈原者,名平,楚之同姓也。为楚怀王左徒。博闻强志,明于治乱,娴于辞令。入则与王图议国事,以出号令;出则接遇宾客,应对诸侯。王甚任之。

○按：王逸《章句·离骚序》云："屈原与楚同姓,仕于怀王为三闾大夫。三闾之职,掌王族三姓,曰屈、景、昭。屈原序其谱属,率其贤良,以厉国士。"此事约在原二十岁以后。《橘颂》云："年岁虽少,可师长兮。"王序于三闾职掌具明,当有所据。而《史·传》于此不载,但谓其为怀王左徒,接叙其图议国事、应对诸侯云云,此固左徒所掌。而王序乃并此书于三闾之职下,误矣。盖屈原初仕为三闾大夫,旋仕为左徒,《史·传》、王序各惟略举其一欤？左徒亦贵官,次于令尹。厥后春申君尝以左徒为令尹,是也。《史记·楚世家》：怀王"十一年,苏秦(当为李兑)约从山东六国共攻秦,楚怀王为从长"。实维楚之盛时焉。《惜往日》追述云："奉先功以照下兮,明法度之嫌疑。国富强而法立兮,属贞臣而日娭。"其盛况可以想见。贞臣,屈原自谓。《橘颂》、《九歌》作于此时。无怨怼之语,非嗷杀之音。当国事大有可为之日,为作者早岁得志之作也。怀王十一年,当公元前三一八年。屈原生于公元前三四三年,至是已二十五岁矣。

上官大夫与之同列,争宠而心害其能。怀王使屈原造为宪令,屈平属草稿未定。上官大夫见而欲夺之,屈平不与。

因谗之曰:"王使屈平为令,众莫不知。每一令出,平伐其功,曰以为非我莫能为也。"王怒而疏屈平。

　　○言屈原见疏,由于上官大夫之忌而谗。此时屈原之政敌显为上官大夫。日本泷川资言《史记会注考证》:"陈子龙曰:上官欲豫闻宪令以与几事,非窃屈平之作以为己作也。"今按:上云王甚任之,谓亲之也。此云王怒而疏屈平,疏之谓不亲之,非必谓其即去位也。传于后文叙怀王听郑袖,释去张仪,接云:"是时屈平既疏,不复在位,使于齐,顾反谏怀王。"始点明不复在位,则已在怀王十八年矣。初,怀王使屈原造为宪令,宪令即指法度。屈赋中屡用规矩、准绳等词,实以之喻法度。《韩非子·用人》篇:"释法术而任心治,尧不能正一国。"所用心治,与屈语同;所谓法术,义同法度,此法家之所以为治也。

　　○按:西周至春秋时代,为我国社会奴隶制已由发展渐至崩溃而向封建制转变之时代。迨至战国时代,则为奴隶制转向封建制急剧变革之时代。《资治通鉴》断自周威烈王"二十三年初命晋大夫魏斯、赵籍、韩虔为诸侯"始。即当公元前四〇三年魏、赵、韩三家分晋,开始有封建制国家。维时奴隶制之纲纪名分已失其效用,威烈王不得不公然承认魏、赵、韩新兴地主贵族阶级封建化之现实。而司马光偏以由来有渐之破坏周礼,归狱于一王之一道锡命。其论史也,不亦慎乎?魏文侯以李悝为相,首先变法(著有《法经》已佚),进行封建化之改革。韩、赵所进行者,亦大抵相同。齐自田氏列为诸侯,已显示新兴地主贵族阶级在齐国之政治改革获得胜利。继之进入封建社会者为秦、楚、燕。楚悼王任用吴起变法,以触犯奴隶制世袭特权之贵族集团,悼王既死,旧贵族复辟。秦则始自孝公任用商鞅变法(《商君书·更法》),获致封建制在秦国之确立,为厥后秦始皇吞并六国,统一天下,建立中央集权封建制之国家奠定基础。由此历史发展证明:屈原为楚怀王造为宪令,无论于己、于楚、于其时代,实为一件大事,所当特为揭出者。屈赋《惜往日》已自明其新立法度,骎骎乎几致楚于富强之实效矣。盖原之意,欲如吴起之变楚,商鞅之变秦,有法以致富强,最后与秦角胜,争取为楚建立大一统中央集权封建制之王朝。而为楚之贵族官僚集团所谓"党人"也者,始终相厄,楚卒日以削,以致沦亡。岂仅屈原一己之不幸已哉!

屈平疾王听之不聪也,谗谄之蔽明也,邪曲之害公也,方正之不容也,故忧愁幽思而作《离骚》。离骚者,犹离忧也。夫天者,人之始也;父母者,人之本也。人穷则反本,故劳苦倦极,未尝不呼天也;疾痛惨怛,未尝不呼父母也。屈平正道直行,竭忠尽智以事其君,谗人间之,可谓穷矣!信而见疑,忠而被谤,能无怨乎?屈平之作《离骚》,盖自怨生也。

　　○突提《离骚》之所以生成,重在突出其作者崇高之人格,伟大之抱负,与夫遭遇之厄穷,先为读者介焉。

《国风》好色而不淫,《小雅》怨诽而不乱,若《离骚》者,可谓兼之矣。上称帝喾,下道齐桓,中述汤、武,以刺世事。明道德之广崇,治乱之条贯,靡不毕见。其文约,其辞微。其志洁,其行廉。其称文小,而其指极大,举类迩,而见义远。其志洁,故其称物芳。其行廉,故死而不容。自疏濯淖污泥之中,蝉蜕于浊秽,以浮游尘埃之外,不获世之滋垢,皭然泥而不滓者也。推此志也,虽与日月争光可也。

　　○此复接言《离骚》之内容,以其文之风格与其作者之人格融贯言之,推崇至极,而曰虽与日月争光可也。《离骚》作出之酝酿与动机虽或权舆于此,但非必作于厥初见疏生怨之时。只以此文反映作者一生及其时代之大事,而为一大杰作,太史公特先揭出之,固亦立《传》之微旨所在也。《史记会注考证》:"《楚辞》王逸注引班固《离骚序》云,昔在孝武,博览古文。淮南王叙《离骚传》,以'《国风》好色而不淫,《小雅》怨诽而不乱,若《离骚》者可谓兼之。蝉蜕浊秽之中,浮游尘埃之外,皭然泥而不滓。推此志,虽与日月争光可也'。刘勰《文心雕龙·辨骚》篇亦引'《国风》好色'以下五十字,以为淮南《传》语。洪兴祖曰:岂太史公取淮南语以作《传》乎?"

屈平既绌。其后秦欲伐齐,齐与楚从亲,惠王患之,乃令张仪详去秦,厚币委质事楚,曰:"秦甚憎齐,齐与楚从亲,楚诚能绝齐,秦愿献商、於之地六百里。"楚怀王贪而信张仪,遂绝齐,使使如秦受地。张仪诈之曰:"仪与王约六里,不闻六百里。"楚使怒去,归告怀王。怀王怒,大兴师伐秦。秦发兵击之,大破楚师于丹、淅。斩首八万,虏楚将屈匄,遂取楚之汉中地。怀王乃悉发国中兵,以深入击秦,战于蓝田。魏闻之,袭楚至邓。楚兵惧,自秦归。而齐竟怒不救楚,楚大困。

　　○按:《史记·楚世家》,此怀王十六年至十七年事。刘向《新序·节士》篇:"(屈原)有博通之知,清洁之行,怀王用之。秦欲吞灭诸侯,并兼天下。屈原为楚东使于齐,以结强党。秦国患之,使张仪之楚,货楚贵臣上官大夫、靳尚之属,上及令尹子兰、司马子椒,内赂夫人郑袖,共谮屈原。屈原遂放于外,乃作《离骚》。张仪因使楚绝齐,许谢地六百里。……楚既绝齐,而秦欺以六里。怀王大怒,举兵伐秦,大战者数,秦兵大败楚师。……是时怀王悔不用屈原之策,以致于此,于是复用屈原,屈原使齐。……后秦嫁女于楚,与怀王欢,为蓝田之会。屈原以为秦不可信,愿勿往。群臣皆以为可会。怀王遂会,果见囚拘,客死于秦。怀王子顷襄王,……

反听群谗之口,复放屈原。屈原……遂自投湘水汨罗之中而死。"此可作为一篇《屈原小传》读。或据此以为屈原两次使齐,皆为结齐拒秦:一在怀王十六年前,旋以敌谍张仪贿买楚之贵臣,内及夫人,同谋共谮,遂放于外;一在怀王十八年,因秦大败楚师,怀王复用屈原使齐。此当为洪兴祖谓屈原于怀王十六年见放,及十八年召用一说所本。刘向为最初校集《楚辞》之人,获见原始资料,言或有据。其有明不足据者,如谓《离骚》作于初次外放;又如子兰、子椒此时尚未用事,其谮屈原致放当在顷襄王初政时也。

明年,秦割汉中地与楚以和。楚王曰:"不愿得地,愿得张仪而甘心焉。"张仪闻,乃曰:"以一仪而当汉中地,臣请往如楚。"如楚,又因厚币用事者臣靳尚,而设诡辩于怀王之宠姬郑袖。怀王竟听郑袖,复释去张仪。是时屈平既疏,不复在位,使于齐,顾反,谏怀王曰:"何不杀张仪?"怀王悔,追张仪,不及。

　　○此怀王十八年事。此三年间,怀王一再受秦王、张仪君臣之欺诈,丧师失地,纵敌辱国,实由靳尚、郑袖辈内外用事者有以误之。屈原使齐而反,谏王何不杀张仪,亦是一件要事。太史公特先于事前提挈"是时屈平既疏,不复在位"一笔者,乃深惜其不复在左徒之位,非谓其不仕;以仍得出而使齐,入而谏王也。岂其复仕为三闾大夫欤?然不可考矣。林云铭《楚辞灯》云:"愚案使齐,必以见欺于秦为谢,再修前好。独使屈子者,以绝齐时群臣皆贺得地,惟陈轸独吊,而轸又往仕秦,则无可使,故不以见绌而不用,则前此之谏绝齐盖可知矣。屈子未反,举朝又无一人谏王释张仪之非,则其党于靳尚亦可知,所以谓之党人。"今按:此时屈原之政敌显为党人与郑袖。《离骚》讽刺"党人之偷乐",与夫"闺中既已邃远兮,哲王又不寤"云云,明其作在怀王十八年以后。论者有谓其作出在此之前者,乃大误也。又按《史记·六国年表》,怀王二十年张仪死。屈原之被放,至早当在怀王二十年前后也。

其后,诸侯共击楚,大破之,杀其将唐眜。

○此怀王二十八年事。《楚辞灯》云:"按怀王此时当思屈子之言而召回,但未复其位。此事本与屈子无涉,太史公特叙入《传》者,作后来谏会武关来历耳。洪兴祖以为十八年召用,疑字之误。"今按:屈原于怀王时确有被放流事,《传》于后文叙及之。洪兴祖以之系于怀王十六年至十八年间,林云铭以之系于怀王二十四年至二十八年间。《传》于上文叙屈原使齐,反而谏怀王,而谓是时屈平既疏不复在位者,正怀王十八年事。是疏之而已,进而不复在位而已,犹未放也,放而召还,不如说。洪说待考,林说近是。下当复详之。

时秦昭王与楚婚,欲与怀王会。怀王欲行。屈平曰:"秦虎狼之国,不可信,不如毋行!"怀王稚子子兰劝王行:"奈何绝秦欢?"怀王卒行。入武关,秦伏兵绝其后。因留怀王,以求割地。怀王怒,不听。亡走赵,赵不内。复之秦,竟死于秦而归葬。

○此怀王三十年事。《楚辞灯》云:"屈子先谏入武关,与昭雎所见相同,无奈不听。按怀王为人贪而且愚,又好矜盖。贪则可以利诱,愚则可以计取,好矜盖则喜谀而恶直。齐、秦兵好反复。屈子疏放,皆坐此三病。武关受欺,只悔不用昭雎之言,而不及屈子,(《楚世家》昭雎曰:王毋行,而发兵自守耳。秦虎狼不可信,有并诸侯之心。《史记会注考证》梁玉绳曰:《屈原传》作原语。《索隐》谓二人同谏,故彼此随录之。)则好矜盖,积怨犹未平可知。"今按:屈原谏止怀王与秦会武关,谓不如毋行,明其正与国事,盖在既放而得复见之时。据《传》与屈赋参稽互证之,盖怀王之晚年,屈原被放流于汉北。戴震《屈原赋注》于《抽思》、《思美人》两篇采方晞原之说,认为原放汉北之作,殆成定论。他如《天问》、《远游》诸篇,亦皆原放汉北时所作。《渔父·沧浪之歌》尤为汉水渔歌之坚证,《水经注》信而有征。渔父称原三闾大夫,傥非避称左徒而称其故官,则屈原于左徒既绌之后,犹与国事,岂仍回任三闾大夫欤？无论其既绌与召回,皆不知其确在何时。仅据《传》文,知其既绌特点明叙于怀王十八年事前耳。《卜居》云："屈原既放三年,不得复见。"往见太卜郑詹尹求卜,可知其已放三年即自放所回郢,初犹不得复见。追获见而谏怀王,则在怀王三十年。并借以推知屈原被放于汉北,最早决不早于怀王十八年,即原谏怀王何不杀张仪一事以前；可能如林云铭说,在怀王又"倍齐合秦"之二十四年。其最迟决不迟于怀王二十七年。愚以为如原不放于怀王二十年前后,果于二十七年被放,至三十年复见,可与《卜居》三年之文有合,亦与《传》叙原谏王入武关之事有合,再迟则两皆不合矣。

长子顷襄王立,以其弟子兰为令尹。楚人既咎子兰以劝怀王入秦而不反也,屈平既嫉之。虽放流,眷顾楚国,系心怀王；不忘欲反,冀幸君之一悟,俗之一改也。其存君兴国而欲反复之,一篇之中三致志焉。然终无可奈何,故不可以反,卒以此见怀王之终不悟也！

〇言顷襄初立时,屈原之政敌显为令尹子兰之徒,先提挈出来。"屈平既嫉之",属上句,句绝。两既字,一为时间副词,表过去,已也。一亦时间副词,表旋嗣。言楚人已咎子兰,屈原亦旋复嫉子兰也。下文突用虽字作为开拓连词,似与上文不接。晴空霹雳,惊奇之至。自"虽放流"以下,暗用追溯法。追论屈原被放于汉北时,"眷顾楚国,系心怀王"。其云"不忘欲反"者,属下为句。谓屈原之意不忘己之将见召还而返郢都也。此意确在原之汉北赋中见之,甚至明言自见于梦魂之中,非谓不忘怀王之入秦而反也。

《史记会注考证》:"中井积德曰:怀王入秦而不归,则虽悟无益也。乃云冀一悟,何也?"此问误矣。屈赋汉北之作,皆作在怀王尚未入秦之时也。太史公叙论失次,决不至此。又按:屈原《招魂》为招怀王生魂而作,当怀王已入秦之时。《大招》魂魄并招,为招怀王亡魂而作,当秦已归其丧之日。可知《二招》作在顷襄元年至四年之间。

人君无愚智贤不肖,莫不欲求忠以自为,举贤以自佐。然亡国破家相随属,而圣君治国累世而不见者,其所谓忠者不忠,而所谓贤者不贤也。怀王以不知忠臣之分,故内惑于郑袖,外欺于张仪,疏屈平而信上官大夫、令尹子兰。兵挫地削,亡其六郡,身客死于秦,为天下笑。此不知人之祸也。《易》曰:"井渫不食,为我心恻,可以汲。王明,并受其福。"王之不明,岂足福哉!

〇承上追论怀王之所以兵挫地削,亡身祸国,为天下笑。《索隐》云:"伤怀王之不任贤,信谗而不能反国之论也。"今按:子兰为令尹,在顷襄王之世。此谓怀王听子兰之言而入秦,即称令尹,据其后所官而言之耳。《史记会注考证》:"余有丁曰:序事未毕,中间杂以论断,与《伯夷传》略同,盖传之变体也。"今按:此《传》上文插论《离骚》,亦用夹叙夹议法。太史公之文,雄奇酣恣,反复终始,不知端倪,数数如此,非必时有首尾横决,不相照应之失也。

令尹子兰闻之大怒,卒使上官大夫短屈原于顷襄王。顷襄王怒而迁之。

〇《盐铁论》云:"淑好之人,戚施之所妒也。贤知之士,阘茸之所恶也。是以上官大夫短屈原于顷襄,公伯寮愬子路于季孙。"(《非鞅》第七)

〇《史记会注考证》:"凌稚隆曰:接上屈平既嫉之。"按:此遥接法。重提屈原之政敌令尹子兰,并及上官大夫。又《考证》:"梁玉绳曰：王逸《离骚序》云：上官靳尚，盖仍《新序·节士》之误。考《楚策》，靳尚为张旄所杀，在怀王世。而此言上官为子兰所使，当顷襄王时，必别一人。故《汉书·人表》列上官五等，靳尚七等。"是也。其云顷襄王怒而迁之者，即王逸《九章序》所谓放于江南之野，《离骚序》所谓襄王复用谗言迁原于江南。王逸虽知屈原于怀、襄之世一迁再迁，第知其迁于江南而已；未知其先放于汉北，后放于江南；亦不知《九章》中有放于汉北之作，有放于江南之作也。《离骚》非必复放江南以后之作，殆作于将放未放之际。其时原或豫感将放于江南，故有"济沅湘以南征，就重华而陈词"之想象。至其再三呼吁"灵修"，皆指怀王。灵修在《九歌》中为称神之词；此指怀王者，盖以其既死而神之而灵之之美称。他若述女媭之詈，记灵氛、巫咸之占，或实或虚，非必反映既放江南以后之所有事也。再按：《哀郢》云："忽若不信兮，(王闿运释信为信宿之信，是也。)至今九年而不复。"顷襄王二十一年，秦兵攻陷楚都，屈原作《哀郢》。其所谓九年，无论以实数言，或以表无定数之大多数言，要之不少于九。即屈原复放江南决不早于顷襄王七年以前，此据《离骚》末段言远逝求女，暗讽顷襄王七年迎妇于秦而知之。《离骚》作在是年或更在其后。被放尚迟于此，但亦决不迟于顷襄王十三年，以计《哀郢》有"至今九年而不复"之深叹也。《二招》、《离骚》已据《传》与赋，知其作出在顷襄王之世，固在放于汉北之后，亦在放于江南之前。维时作者之处境濒于绝望，而其治学涉务则已摄取当代之最高智慧，而其思想艺术两皆臻于成熟之极境，此于其文之豻中彪外，信而可征也。今考其放于江南之作，《哀郢》而外，盖以《涉江》、《惜往日》始，而以《悲回风》、《怀沙》终。

屈原至于江滨，被发行吟泽畔，颜色憔悴，形容枯槁。渔父见而问之，曰："子非三闾大夫欤？何故而至此？"屈原曰："举世混浊而我独清，众人皆醉而我独醒，是以见放！"渔父曰："夫圣人者，不凝滞于物，而能与世推移。举世混浊，何不随其流而扬其波？众人皆醉，何不铺其糟而啜其醨？何故怀瑾握瑜而自令见放为？"屈原曰："吾闻之，新沐者必弹冠，新浴者必振衣。人又谁能以身之察察，受物之汶汶者乎！宁赴常流，而葬乎江鱼腹中耳，又安能以皓皓之白，而蒙世俗之温蠖乎！"

〇此太史公取屈赋中之《渔父》一篇作为实录，而载入《传》中。虽然韵脚不及全易，顾其字句颇有异同，又削去末段《沧浪之歌》耳。据歌，屈原与渔父问答处确在汉水之滨。此为屈原放于汉北之作，上文已言及之矣。

乃作《怀沙》之赋。其辞曰：

陶陶孟夏兮，草木莽莽。伤怀永哀兮，汩徂南土。眴兮窈窈，孔静幽墨。冤结纡轸兮，离愍之长鞠。抚情效志兮，俛诎以自抑。刓方以为圜兮，常度未替。易初本由兮，君子所鄙。章画职墨兮，前度未改。内直质重兮，大人所盛。巧匠不斫兮，孰察其揆正？玄文幽处兮，矇谓之不章。离娄微睇兮，瞽以为无明。变白而为黑兮，倒上以为下。凤皇在笯兮，鸡雉翔舞。同糅玉石兮，一概而相量。夫党人之鄙妒兮，羌不知吾所臧。任重载盛兮，陷滞而不济。怀瑾握瑜兮，穷不得余所示。邑犬群吠兮，吠所怪也。诽骏疑桀兮，固庸态也。文质疏内兮，众不知吾之异采。材朴委积兮，莫知余之所有。重仁袭义兮，谨厚以为丰。重华不可牾兮，孰知余之从容？古固有不并兮，岂知其故也？汤禹久远兮，邈不可慕也。惩违改忿兮，抑心而自强。离湣而不迁兮，愿志之有象。进路北次兮，日昧昧其将暮。

含忧虞哀兮,限之以大故。

乱曰:浩浩沅湘兮,分流汩兮。修路幽拂兮,道远忽兮。曾吟恒悲兮,永叹慨兮。世既莫吾知兮,人心不可谓兮。怀情抱质兮,独无匹兮。伯乐既殁兮,骥将焉程兮?人生禀命兮,各有所错兮。定心广志,余何畏惧兮?曾伤爰哀,永叹喟兮。世溷不吾知,心不可谓兮。知死不可让兮,愿勿爱兮!明以告君子兮,吾将以为类兮!

〇此即屈赋中之《怀沙》一篇,但字句亦颇有异同。《怀沙》为屈原临命前之绝笔,时在顷襄王二十一年,当公元前二七八年。

于是怀石,遂自投汩罗以死。

〇今京广铁路自长沙北行不甚远,有一大站曰汩罗,屈原之墓庙在焉。一九六六年孟夏,予探望故乡旋沪,路过汩罗,下车访之。忽天大风以雨,步行数里,中道而返,为之怅然。换车至武汉,留信宿。登东湖公园行吟阁,见其所藏古今各种版本之《楚辞》,得展阁中屈原画像及阁前屈原塑像,稍补汩罗之失也。窃意当楚怀、襄之世,雍君之不昭,民生之不易,而贵族官僚集团用事,腐朽无能。屈原一生之志事,盖在法立国强,合从拒秦,进而统一中国,创立一君主专制封建制之大王朝。卒之,人之云亡,而国亦殄灭矣!

屈原既死之后,楚有宋玉、唐勒、景差之徒者,皆好辞而以赋见称。然皆祖屈原之从容辞令,终莫敢直谏。

〇据此可知《二招》中有讽谏之辞,太史公不以属之宋玉、景差之徒也。《史记会注考证》:"徐孚远曰:此称屈原讽谏以至放逐,余子不及也。"

其后,楚日以削。数十年,竟为秦所灭。

〇《史记会注考证》:"陈仁锡曰:楚日以削二句,见屈平之死系楚之存亡也。沈家本曰:按自顷襄王元年至负刍被虏,凡七十六年。"今按：秦始皇二十三年，王翦率兵六十万伐楚，明年楚亡，当公元前二二三年。尔时百多年来，"凡天下强国，非秦而楚，非楚而秦，两国交争，其势不两立"。偌大斗争，至是结束。迨秦始皇统一天下，中央集权封建制之王朝，于焉肇始矣。

自屈原沉汨罗后百有余年，汉有贾生，为长沙王太傅，过湘水，投书以吊屈原。

　　○自此以下至"太史公曰"上，为《贾生传》，从略。《史记会注考证》："冯班曰：太史公叙贾生惟载二赋（《吊屈原赋》、《服鸟赋》），不叙《新书》，以贾生继屈原，伤其遇，并重词赋，与《汉书》异意。"

太史公曰：余读《离骚》、《天问》、《招魂》、《哀郢》，悲其志。适长沙，观屈原所自沉渊，未尝不垂涕想见其为人。及见贾生吊之，又怪屈原以彼其材，游诸侯，何国不容，而自令若是？读《服鸟赋》，同死生，轻去就，又爽然自失矣！

　　○《索隐述赞》："屈平行正，以事怀王。瑾瑜比洁，日月争光。忠而见放，谗者益章。赋《骚》见志，《怀沙》自伤。百年之后，空悲吊湘！"

《楚世家》节录

○此自《史记·楚世家》录出,取其与《屈原传》相表里者而录之。始自楚悼王,终于楚顷襄王。以备研究屈原其人其事其辞赋者之参考,庶几得知人论世之益焉。

悼王熊疑立。悼王二年,三晋来伐楚,至乘丘而还。四年,楚伐周(郑),郑杀子阳。九年,伐韩,取负黍。十一年,三晋伐楚,败我大梁、榆关。楚厚赂秦,与之平。二十一年,悼王卒。子肃王臧立。

○按:悼王十八年,当周安王十八年(公元前三八四年),吴起相楚变法,三年有成。屈原与吴起相后先,皆可视为代表楚国新兴地主阶级利益而激进之革新派也。

《吴起列传》:吴起者,卫人也,好用兵。尝学于曾子。事鲁君。齐人攻鲁,鲁以为将。将而攻齐,大破之。闻魏文侯贤,欲事之。文侯以起为将,击秦,拔五城。乃以为西河守,以拒秦、韩。魏文侯既卒,起事其子武侯。吴起惧得罪,遂去,即之楚。楚悼王素闻起贤,至则相楚。明法审令,捐不急之官,废公族疏远者,以抚养战斗之士。(《史记会注考证》:"《韩非子·和氏》篇:吴起教楚悼王以楚国之俗,曰:大臣太重,封君太众,不如使封君子孙三世而收其爵禄;绝灭百吏之禄秩,捐不急之枝官,以奉选练之士。悼王行之,期年而薨矣。吴起枝解于楚。即此事。")要在强兵,破驰说之言从横者。于是南平越,北并陈、蔡,却三晋,西伐秦。诸侯患楚之强。故楚之贵戚尽欲害吴起。及悼王死,宗室大臣作乱而攻吴起。吴起走之王尸而伏之。击起之徒因射刺吴起并中悼王。悼王既葬,太子立,乃使令尹尽诛射吴起而并中王之尸者。坐射起而夷宗死者七十余家。

　　○按:先是春秋末,楚有白公胜发动地主阶级政治革命,卒被好龙之叶公子高所镇压。至是乃有吴起相楚变法,首重贬捐奴隶主贵族官僚特权,抚养战斗之士,即培植新兴地主阶级势力。其先于屈原为楚左徒、造为宪令者,约七十年。此为战国之初,楚国社会已由奴隶制进入封建制急剧变革之一大标志。楚肃王尽诛射杀吴起之宗室大臣七十余家,殆有惜于吴起之死,而于吴起变法之意图或亦不至尽废乎。屈赋《惜往日》云:"奉先功以照下兮,明法度之嫌疑。"此非自谓承奉悼王以来之功业,修明吴起以来之法度欤?要之,屈原亦法家,一生之志事固在国富强而法立。前此韩用申不害,"修术行道,国内大治"(《史记·韩世家》)。"秦用商鞅,富国强兵。楚、魏用吴起,战胜强敌。齐威王、宣王用孙子、田忌之徒,诸侯东面朝齐。"(《孟子荀卿列传》)"楚不用吴起而削乱,秦行商君法而富强。"(《韩非子·和氏》篇)彼时诸国变法成效灼然可睹。其必赋予屈原之政治抱负与热爱祖国以莫大之鼓舞也无疑。

肃王四年,蜀伐楚,取兹方,于是楚为扞关以距之。十年,魏取我鲁阳。十一年,肃王卒,无子,立其弟熊良夫,是为宣王。

宣王六年,周天子贺秦献公。秦始复强,而三晋益大,魏惠王、齐威王尤强。三十年,秦封卫鞅于商,南侵楚。是年宣王卒。子威王熊商立。

　　○按:楚宣王二十七年当周显王二十六年(公元前三四三年),夏历正月二十二日屈原生。此旧说,据邹汉勋、陈旸(一作旸)、刘师培诸家先后用古历周、殷、夏三术推算而定。依近人浦江清推算,屈原生于楚威王元年当周显王三十年(公元三三九年)正月十四日。郭沫若则考定屈原生于楚宣王三十年(公元前三四〇年)正月初七日。愚意仍用旧说。屈原卒年,则从王夫之《楚辞通释》在顷襄王二十一年,当周赧王三十七年(公元前二七八年),殆近定说也。愚以为:屈子当是卒在顷襄二十二年,别详本书《楚辞直解凡例十则》之七,论屈赋当分初、中、晚三期;《屈原传评注》题下注语;以及《楚世家》宣王六年条按语;乃至《楚辞解题》中屈赋晚期各篇之解题。

○又按:楚宣王三十年秦封卫鞅于商,则自鞅入秦(公元前三六一年)变法,至是已逾二十年。更三年(公元前三三八年)秦孝公卒,惠文王立,杀商鞅。商鞅之变秦,后于李悝之变魏,吴起之变楚,而先于屈原之在楚造为宪令。是为秦国社会已由奴隶制进入封建制最全面最彻底之一大变革,成为当时新兴地主封建制国家之典型。

《商君列传》:"商君者,卫之诸庶孽公子也,名鞅;姓公孙氏,其祖本姬姓也。鞅少好刑名之学。孝公既用卫鞅,鞅欲变法(《晋书·刑法志》云:自魏文侯师李悝,撰次诸国法,著《法经》,有《盗》、《贼》、《囚》、《捕》、《杂》、《具》六篇,商君受之以相秦。),以鞅为左庶长,卒定变法之令。令民为什伍,而相牧司连坐。不告奸者腰斩,告奸者与斩敌首同赏,匿奸者与降敌同罚。民有二男以上不分异者倍其赋。有军功者各以率受上爵。为私斗者各以轻重被刑。大小僇力本业耕织致粟帛多者复其身。事末利及怠而贫者,举以为收孥。宗室非有军功论,不得为属籍。明尊卑爵秩等级,各以差次。名田宅臣妾衣服以家次。有功者显荣,无功者虽富无所芬华。而令民父子兄弟同室内息者为禁。而集小都乡邑聚为县,置令丞。为田开阡陌封疆(谓废井田之道路疆界)而赋税平。平斗桶、权衡、丈尺。商君相秦十年,宗室贵族多怨望者。遂灭商君之家。"

○又按:前儒论土地制度,往往谬主井田制,而痛责商鞅之始开阡陌,废井田。而不知自春秋战国以来,伴随社会生产力之日益发展,以井田为主体之土地国有制,实即大小奴隶主贵族土地所有制,已逐渐为地主私有土地制所取代。李悝相魏,作尽地力之教,行十一之税;商鞅相秦,为田开阡陌封疆而赋税平。是皆不过公然承认现实,作为法度而已。他如贬损奴隶主贵族特权,培植新兴地主阶级势力;以食有劳而禄有功之原则,取代无功食禄之亲亲原则;以封建官僚之制度取代奴隶制下世卿世禄之制度。是李悝、商鞅一流大政治家之变法,亦皆不过顺应客观形势之要求,加以法令规定之而已。此义前儒固无从得而知之,今亦不能具论于此。

威王六年,周显王致文武胙于秦惠王。七年,齐孟尝君父田婴欺楚。楚威王伐齐,败之于徐州,而令齐必逐田婴。田婴恐。张丑伪谓楚王曰:"王所以战胜于徐州者,田盼子不用也。盼子者,有功于国,而百姓为之用;婴子弗善,而用申纪。申纪者,大臣不附,百姓不为用,故王胜之也。今王逐婴子,婴子逐,盼子必用矣。复抟(团)其士卒以与王遇,必不便于王矣。"楚王因弗逐也。

十一年,威王卒。子怀王熊槐立。魏闻楚丧,伐楚,取我陉山。

○按:楚威王之世,为战国七雄合从、连横,相持最烈之年代。威王七年当周显王三十六年(公元前三三三年),燕、赵、韩、魏、齐、楚合从,苏秦为从约长,并相六国。苏秦合从之说一时得售者,"以天下之地图按之,诸侯之地五倍于秦;料度诸侯之卒十倍于秦。六国为一,并力西乡而攻秦,秦必破矣"(苏秦说赵肃侯)。此其说之足以耸动当事各国之观听也。而张仪一派连衡之说何以终于得逞乎?"夫衡人者,皆欲割诸侯之地以予秦。秦成,则高台榭,美宫室,听竽瑟之音。前有楼阙轩辕,后有长姣美人,国被秦患而不忧。是故衡人日夜务以秦权恐愒诸侯以求割地。"(苏秦说魏襄王)盖合从距秦,六国为一,难于同心并力;连衡事秦,六国自私,易于各个击破。故卒从败而衡成。非合六国之力不敌一秦,而形势之有便有不便,抑亦人谋之有臧有不臧也。况天下之必定于一,当时民心之所向,汇为历史之洪流,有不可逆转者乎?

又七雄并峙之局,楚、秦为大,而其势不两立。"秦之所害莫如楚,楚强则秦弱,秦强则楚弱。故从合则楚王,衡成则秦帝。从亲,则诸侯割地以事楚;衡合,则楚割地以事秦。"(苏秦说楚威王)当时苏秦豫计七雄争长,楚、秦相持之终局,不外乎此。

兹据《苏秦列传》复节取苏秦分析七雄国力强弱之说如次:

苏秦说秦惠(惠文)王:"秦,四塞之国,被山带渭。东有关、河,西有汉中,南有巴、蜀,北有代、马,此天府也。以秦士民之众,兵法之教,可以吞天下,称帝而治。"

又说燕文侯:"燕,东有朝鲜、辽东,北有林胡、楼烦,西有云中、九原,南有嘑沱、易水。地方二千余里,带甲数十万。车六百乘,骑六千匹,粟支数年。南有碣石、雁门之饶,北有枣栗之利,民虽不佃作,而足于枣栗矣。此所谓天府者也。"

又说赵肃侯:"当今之时,山东之建国莫强于赵。赵,地方二千余里,带甲数十万。车千乘,骑万匹。粟支数年。西有常山,南有河、漳,东有清河,北有燕国,燕固弱国,不足畏也。"

又说韩惠宣王:"韩,北有巩、成皋之固,西有宜阳、商阪之塞,东有宛、穰、洧水,南有陉山,地方九百余里。带甲数十万。天下之强弓劲弩,皆从韩出。"

又说魏襄(惠)王:"大王之地,南有鸿沟、陈、汝南、许、鄢、昆阳、召陵、舞阳、新都、新郪,东有淮、颍、煮枣、无胥,西有长城之界,北有河外、卷、衍、酸枣,地方千里。地名虽小,然田舍庐庑之数,曾无所刍牧。人民之众,车马之多,日夜行不绝,鞧鞧殷殷,若三军之众。大王之卒,武士二十万,苍头二十万,奋击二十万,厮徒十万。

车六百乘,骑五千匹。"

又说齐宣王:"齐,南有泰山,东有琅邪,西有清河,北有勃海,此所谓四塞之国也。齐,地方二千余里,带甲数十万,粟如丘山,临菑之中七万户,臣窃度之,不下户三男子,三七二十一万。不待发于远县,而临菑之卒固已二十一万矣。临菑甚富而实,其民无不吹竽鼓瑟,弹琴击筑,斗鸡走狗,六博蹹鞠者。临菑之涂,车毂击,人肩摩。连衽成帷,举袂成幕,挥汗成雨。家殷人足,志高气扬。"

又说楚威王:"楚,天下之强国也。王,天下之贤王也。西有黔中、巫郡,东有夏州、海阳,南有洞庭、苍梧,北有陉塞、郇阳。地方五千余里,带甲百万。车千乘,骑万匹,粟支十年。此霸王之资也。"

怀王元年,张仪始相秦惠王。四年,秦惠王初称王。六年,楚使柱国昭阳将兵而攻魏,破之于襄陵,得八邑。又移兵而攻齐,齐王患之。陈轸适为秦使齐。齐王曰:"为之奈何?"陈轸曰:"王勿忧,请令罢之。"即往见昭阳军中,曰:"愿闻楚国之法,破军杀将者何以贵之?"昭阳曰:"其官为上柱国,封上爵执圭。"陈轸曰:"其有贵于此者乎?"昭阳曰:"令尹。"陈轸曰:"今君已为令尹矣。此国冠之上。臣请得譬之。人有遗其舍人一卮酒者,舍人相谓曰:'数人饮此,不足以遍。请遂画地为蛇,蛇先成者独饮之。'一人曰:'吾蛇先成。'举酒而起曰:'吾能为之足。'及其为之足而后成,人夺之酒而饮之,曰:'蛇固无足,今为之足,是非蛇也。'今君相楚而攻魏,破军杀将,功莫大焉。冠之上不可以加矣。今又移兵而攻齐,攻齐胜之,官爵不加于此。攻之不胜,身死爵夺,有毁于楚。此为蛇为足之说也。不若引兵而去,以德齐。此持满之术也。"昭阳曰:"善!"引兵而去。燕、韩君初称王。秦使张仪与楚、齐、魏相会,盟啮桑。十一年,苏秦当作李兑约从山东六国共攻秦。楚怀王为从长,至函谷关。秦出兵击六国,六国兵皆引而归,齐独后。十二年,齐湣王伐败赵、魏军。秦亦伐败韩,与齐争长。

　　○按:屈原盖自二十岁后而仕为三闾大夫、为左徒,得与怀王初政之盛。其为怀王造为宪令,当在此时。其作《橘颂》《九歌》,亦当在此时也。

十六年,秦欲伐齐,而齐与楚从亲。秦惠王患之,乃宣言张仪免相。使张仪南见楚王,谓楚王曰:"敝邑之王所甚说者无先大王,虽仪之所甚愿为门阑之厮者亦无先大王。敝邑之王所甚憎者无先齐王,虽仪之所甚憎者亦无先齐王,而大王和之。是以敝邑之王不得事王,而令仪亦不得为门阑之厮也。王为仪闭关而绝齐,今使使者从仪西取故秦所分楚商、於之地六百里,商、於,二地名。商,今陕西商州故商城是;於,今河南内乡县故於城是。如是,则齐弱矣。是北弱齐,西德于秦,私商、於以为富,此一计而三利俱至也。"怀王大悦,乃置相玺于张仪,日与置酒,宣言吾复得吾商、於之地。群臣皆贺,而陈轸独吊。怀王曰:"何故?"陈轸曰:"秦之所为重王者,以王之有齐也。今地未可得而齐交先绝,是楚孤也。夫秦又何重孤国哉?必轻楚矣。且先出地而后绝齐,则秦计不为。先绝齐而后责地,则必见欺于张仪。见欺于张仪,则王必怨之;怨之,是西起秦患,北绝齐交。西起秦患,北绝齐交,则两国之兵必至。臣故吊!"楚王弗听,因使一将军西受封地。张仪至秦,佯醉坠车,称病不出三月。地不可得。楚王曰:"仪以吾绝齐为尚薄邪?"乃使勇士宋遗北辱齐王。齐王大怒,折楚符而合于秦,秦、齐交合。张仪乃起朝,谓楚将军曰:"子何不受地?从某至某,广袤六里。"楚将军曰:"臣之所以见命者六百里,不闻六里!"即以归报怀王。怀王大怒,兴师将伐秦。陈轸又曰:"伐秦,非计也。不如因赂之一名都,与之伐齐。是我亡于秦,取偿于齐也。吾国尚可全。今王已绝于齐,而责欺于秦。是吾合秦、齐之交,而来天下之兵也。国必大伤矣!"楚王不听,遂绝和于秦。发兵西攻秦,秦亦发兵击之。

十七年春,与秦战丹阳。秦大败我军,斩甲士八万,虏我大将军,屈匄、裨将军逢侯丑等七十余人。遂取汉中之郡。楚怀王大怒。乃悉国兵,复击秦。战于蓝田,大败楚军。韩、魏闻楚之困,乃南袭楚,至于邓。楚闻,乃引兵归。

十八年,秦使使约复与楚亲,分汉中之半以和楚。楚王曰:"愿得张仪,不愿得地。"张仪闻之,请之楚。秦王曰:"楚且甘心于子,奈何?"张仪曰:"臣善其左右靳尚,靳尚又能得事于楚王幸姬郑袖,袖所言无不从者。且仪以前使负楚以商、於之约。今秦、楚大战有恶,臣非面自谢楚,不解。且大王在,楚不宜敢取仪。诚杀仪以便国,臣之愿也!"仪遂使楚。至,怀王不见,因而囚张仪欲杀之。仪私于靳尚,靳尚为请怀王,曰:"拘张仪,秦王必怒。天下见楚无秦,必轻王矣。"又谓夫人郑袖曰:"秦王甚爱张仪,而王欲杀之。今将以上庸之地六县赂楚,以美人聘楚王,以宫中善歌者为之媵。楚王重地,秦女必贵,而夫人必斥矣。夫人不若言而出之。"郑袖卒言张仪于王而出之。仪出,怀王因善遇仪。仪因说楚王以叛从约,而与秦合亲,约婚姻。张仪已去,屈原使从齐来,谏王曰:"何不诛张仪?"怀王悔,使人追仪,弗及。是岁秦惠王卒。

　　〇按:屈原政策:内立法度,外主合纵,尤其是合齐。既见嫉于"党人",复见疑于怀王。由见疑以至不复在位,尚未被放,故得使齐。其事当在此数年间。

　　张仪,秦谍耳,负楚以商、於之约。屈原先后两谏怀王,请杀张仪。《张仪列传》云:"张仪既出,未去……乃说楚王:'大王诚能听臣,臣请使秦太子入质于楚,楚太子入质于秦。请以秦女为大王箕帚之妾。效万室之都以为汤沐之邑。长为兄弟之国,终身无相攻伐。臣以为计无便于此者。'于是楚王已得张仪,而重出黔中地与秦,欲许之。屈原曰:'前大王见欺于张仪,张仪至,臣以为大王烹之。今纵弗忍杀之,又听其邪说,不可。'"是屈原于张仪"已得"时一谏。《楚世家》云:"张仪已去,屈原使从齐来,谏王曰:何不诛张仪?怀王悔,使人追仪,弗及。"(《考证》:"屈原始见于此。先秦诸书绝不见屈原事,但《史记》有之。黄式三曰:先是楚王听张仪之欺,自恨不用屈原而至此,乃复用屈原。屈原因受命使齐,思合齐以报张仪之耻。屈原自齐反,张仪既释。")是原于张仪"已去"时一谏。张仪之所为得遂其欺楚之阴谋诡计者,实由于楚有内奸靳尚、郑袖之徒与相勾结卖国成之。屈原执履忠贞,而被谗邪。遭时暗乱,不见省纳。虽肯夙夜,其能久乎?

二十六年各本作二十年,齐湣王欲为从长,恶楚之与秦合,乃使使遗楚王书,曰:"寡人患楚之不察于尊名也!今秦惠王死,武王立。张仪走魏,樗里疾、公孙衍用,而楚事秦。夫樗里疾善乎韩,而公孙衍善乎魏。楚必事秦,韩、魏恐,必因二人求合于秦,则燕、赵亦宜事秦。四国争事秦,则楚为郡县矣。王何不与寡人并力收韩、魏、燕、赵与为从,而尊周室。以案兵息民,令于天下,莫敢不乐听,则王名成矣。王率诸侯并伐,破秦必矣。王取武关、蜀、汉之地,私吴、越之富,而擅江海之利。韩、魏割上党,西薄函谷,则楚之强百万也。且王欺于张仪,亡地汉中,兵锉蓝田,天下莫不代王怀怒。今乃欲先事秦?愿大王孰计之!"楚王业已欲和于秦,见齐王书,犹豫不决,下其议群臣。群臣或言和秦,或言听齐。昭雎曰:"王虽东取于越,不足以刷耻。黄以周《儆季杂著·史说略·史越世家补并辨》云:"楚灭越,应在楚怀王二十二年。"公元前三〇七年。必且取地于秦而后足以刷耻于诸侯。王不如深善齐、韩,以重樗里疾。如是则王得韩、齐之重以求地矣。秦破韩宜阳,而韩犹欲复事秦者,以先王墓在平阳,而秦之武遂去之七十里,以故尤畏秦。不然,秦攻三川,赵攻上党,楚攻河外,韩必亡。楚之救韩不能使韩不亡,然存韩者楚也。韩已得武遂于秦,以河山为塞,所报德莫如楚厚。臣以为其事王必疾。齐之所信于韩者,以韩公子昧为齐相也。韩已得武遂于秦,王甚善之。使之以齐、韩重樗里疾,疾得齐、韩之重,其主弗敢弃疾也。今又益之以楚之重,樗里子必言秦,复与楚之侵地矣。"于是怀王许之,竟不合秦,而合齐以善韩。

二十四年,倍齐而合秦。秦昭王初立,乃厚赂于楚,楚往迎妇。

二十五年,怀王入与秦昭王盟约于黄棘。秦复与楚上庸。

二十六年,齐、韩、魏为楚负其从亲而合于秦,三国共伐楚。楚使太子入质于秦而请救。秦乃遣客卿通将兵救楚,三国引兵去。

二十七年,秦大夫有私与楚太子斗,楚太子杀之而亡归。

二十八年,秦乃与齐、魏、韩共攻楚,杀楚将唐眜,取我重丘而去。

　　○按:最近一新史学家研究信阳长台关出土楚简,于其一简云:"'虐我,不智也夫。周公曰:乌夫,戋(贱)人刚愎,天迖于型(刑)……'把它译成现代汉语,就是:'虐啊,太不明智了吧。周公说:唉,贱人刚愎自用,不服管教,上帝就要用刑罚来惩处他……'换言之,作为被剥削被压迫的奴隶及其他劳动人民也就是贱人,只能安分守己服服帖帖地任凭宰割,不能有任何反抗行为,否则就要加以刑罚。另一简说得更加露骨:'……周公敳(愀)然作色曰:乌乎,戋(贱)人豢(格)上,则型戮(刑戮)至。'意思就是:'贱人胆敢犯上作乱,就坚决砍头镇压。'奴隶主阶级以杀头来恐吓奴隶,拼命反对贱人'刚愎''格上',甚至不得不求救于西周奴隶主的头子周公,乞灵于上帝。这就正好说明在战国中晚期的楚国,贱人的'刚愎''格上'已经成为风云四起的普遍现象,成为使统治者心惊肉跳、寝食不安的大问题了。"(《一篇浸透着奴隶主思想的反面教材》,《文物》一九七六年第六期)读此《楚简》可以想见:在此历史时代及其社会背景之下,怀王二十八年(?)庄蹻暴郢一特大事件并非偶然发生。顾不知《楚世家》何以阙文也?

　　《后汉书》说:西南夷有夜郎国,初有女子浣于遁水。(牂牁江,今北盘江,或云都柳江。)有三节大竹流入足间,其中有号声,剖而视之,得一男儿,归而养之。及长,有方武。自立为夜郎侯,以竹为姓。是为夜郎为国之始。《汉书》庄蹻入滇在周赧王二十五年(当公元前二九〇年),顷襄王时,派将军庄蹻溯沅水,伐夜郎。《华阳国志》说:溯沅水,出且兰(且字有异读,愚谓古音当读扯),以伐夜郎,植牂牁系船(谓取形似羊角分权之木桩深植于土中以系船)。于是且兰既克,夜郎又降,而秦得楚黔中地,庄蹻无路得返,遂留王滇池。庄蹻,庄王苗裔也。以系船因名且兰为牂牁国。分侯支党,传数百年。先是,"庄蹻之暴郢也,荆之将帅贵人皆多骄矣,其士卒众庶皆多壮(戕)矣,因相暴以相杀"(吕氏春秋·介立》篇)。"当是时,齐湣王强,南攻楚相唐眛于重丘。"(《史记·乐毅列传》)"楚兵殆于垂沙,唐蔑死,庄蹻起,楚分而为三四。"(《荀子·议兵》篇)垂沙,在重丘之西。唐蔑即唐眛也。楚分裂事,史未详,但知贵族庄蹻终乃王滇矣。"庄蹻为盗于境内而吏不能禁,此政之乱也。"(《韩非子·喻老》篇)要之,至是楚兵屡败于外,政多乱于内。"楚民赢馁日已甚矣。四境盈垒,道殣相望。""盗贼公行,弗能禁也。"(《战国策·韩策》)是则人民激之以起义,贵族乘之以叛宗。内外交相困,楚之形势日危已!

二十九年,秦复攻楚,大破楚,楚军死者二万,杀我将军景缺。怀王恐,乃使太子为质于齐以求平。

○按:倍齐合秦,屈原必以为非计。此于怀王十八年屈原为楚使齐可以知之。往秦迎妇,同一背从主横政策之继续。屈赋《怀沙》之姊妹篇《悲回风》云:"施黄棘之枉策。"黄棘在《山海经》为神话木名,而施策云枉,未必非喻往日盟于黄棘之非策,语意双关,屈子亦不脱楚人好隐之习也。怀王之世,屈原见放汉北,当在此时。第不知其的在何年耳。《惜诵》云:"所非忠而言之兮,指苍天以为正。""竭忠诚以事君兮,反离群而赘肬。""忠何辜以遇罚兮,亦非余之所志也。"此为屈原将放汉北之作。盖原在放前,曾屡进谏,史有阙文;至是遇罚,乃作《惜诵》。"惜诵以致愍兮,发愤以抒情。"正自痛惜其前此为王诵言之已事也。

刘向《新序·节士》篇序屈原事,似以为屈原于怀王十六年遂放于外,十八年复用使齐。洪兴祖、陈旸从之。今按:自十八年以后至三十年,始见屈原一谏毋与秦昭王武关之会。十多年间,楚国多故,而屈原之政治活动不明,果能许其置身事外矣乎? 林云铭

《楚辞灯·怀襄事迹考》，于怀王二十四年秦昭王初立厚赂楚、楚往迎妇一条，说："徇利弃信，所以速祸。况秦为虎狼之国，非可以婚姻结乎？屈子以彭咸死谏为法，必越谏而被远迁，绝其言路。《惜往日》篇所谓逸人蔽晦，虚惑误又以欺，远迁臣而弗思，是也。"又于二十五年，怀王与昭王盟约于黄棘一条，云："楚恃婚姻而往，然武关之辱，实此盟有以误之。《悲回风》篇刺顷襄迎妇于秦，所谓'施黄棘之枉策'，是也。"又于二十八年，秦、韩、魏共攻楚一条，云："愚按：怀王此时当思屈原之言而召回，但未复其位。"余按：林说有近是处。刘向为楚元王四世孙，或习楚故。又尝典校经书，《楚辞》为所校集。所言屈事，必有所受。顾其言之有不甚明确者，未可尽信也。

屈赋《抽思》、《思美人》、《天问》、《远游》、《渔父》、《卜居》六篇，则为被放汉北之作，皆作在此十年间，无疑也。屈原汉北之放，方睎原、戴东原已明之，具见戴撰《屈原赋注》。

三十年，秦复伐楚，取八城。秦昭王遗楚王书曰："始寡人与王约为弟兄，盟于黄棘，太子为质，至驩也。太子陵杀寡人之重臣，不谢而亡去。寡人诚不胜怒，使兵侵君王之边。今闻君王乃令太子质于齐以求平。寡人与楚接境壤界，故为婚姻，所从相亲久矣。而今秦、楚不驩，则无以令诸侯。寡人愿与君王会武关，面相约，结盟而去，寡人之愿也。敢以闻下执事！"楚怀王见秦王书，患之。欲往，恐见欺；无往，恐秦怒。昭雎曰："王毋行，而发兵自守耳。秦虎狼，不可信，有并诸侯之心。"《考证》："梁玉绳曰：《屈原传》作原语。《索隐》谓二人同谏，故彼此随录之。"怀王子子兰劝王行，曰："奈何绝秦之驩心？"于是往会秦昭王。昭王诈令一将军伏兵武关，号为秦王。楚王至，则闭武关。遂与西至咸阳，朝章台如蕃臣，不与亢礼。楚怀王大怒,悔不用昭子言。秦因留楚王,要以割巫、黔中之郡。楚王欲盟,秦王欲先得地。楚王怒曰:"秦诈我,而又强要我以地!"不复许秦,秦因留之。楚大臣患之,乃相与谋曰:"吾王在秦不得还,要以割地。而太子为质于齐,齐、秦合谋,则楚无国矣。"乃欲立怀王子在国者。昭睢曰:"王与太子俱困于诸侯,而今又倍王命而立其庶子,不宜。"乃诈赴于齐。齐湣王谓其相曰:"不若留太子以求楚之淮北。"相曰:"不可。郢中立王,是吾抱空质,而行不义于天下也。"或曰:"不然。郢中立王,因与其新王市曰:'予我下东国,吾为王杀太子。不然,将与三国共立之。'然则东国必可得矣。"齐王卒用其相计,而归太子。太子横至,立为王,是为顷襄王。乃告于秦曰:"赖社稷神灵,国有王矣。"

　　○按:怀王武关之行,屈原、昭睢同谏,不得谓楚无人,惜乎不见省纳也。

顷襄王横元年,秦要怀王不可得地,楚立王以应秦。秦昭王怒,发兵出武关攻楚。大败楚军,斩首五万,取析十五城而去。

二年,楚怀王亡逃归,秦觉之,遮楚道。怀王恐,乃从间道走赵以求归。赵主父在代。其子惠王初立,行王事,恐,不敢入楚王。楚王欲走魏,秦追至,遂与秦使复之秦。怀王遂发病。

顷襄王三年,怀王卒于秦,秦归其丧于楚。楚人皆怜之,如悲亲戚。诸侯由是不直秦。秦、楚绝。

　　○按:屈赋《招魂》以招怀王囚秦时之生魂,当作于顷襄元、二年之际;《大招》以招怀王丧归时之亡魂,当作于顷襄三、四年间。

六年,秦使白起伐韩于伊阙,大胜,斩首二十四万。秦乃遗楚王书曰:"楚倍秦,秦且率诸侯伐楚,争一旦之命。愿王之饬士卒,得一乐战!"楚顷襄王患之,乃谋复与秦平。

七年,楚迎妇于秦,秦楚复平。

　　〇按:屈赋《离骚》作于何时?自太史公以来,暨于今之治《骚》学者,莫不以为作于怀王之世屈子被放汉北之时。其实皆非也。"济沅湘以南征兮,就重华而陈词。"此岂汉北之地乎?屡称怀王为"灵修"或"哲王",此岂怀王健在之称乎?前三求女显为暗讽怀王嬖幸郑袖,女谒乱政;后一言求女显亦暗讽顷襄王七年迎妇于秦。此岂是无为而发者乎?以此而言,《离骚》作于顷襄王七年,或作于被放江南、将放未放之际,不得谓为无据。倘必拘墟于《哀郢》"至今九年而不复"之文,顷襄王二十一年郢陷而《哀郢》作,则屈子被放江南殆在顷襄王十二年以后。而《离骚》之作,早亦不超乎顷襄王六年至八年之间。如认此"九年"之九为虚指大多数,则言《离骚》作于顷襄王之世,迎妇于秦之顷者,仍自持之有故,言之成理也。

十一年,齐、秦各自称帝,月余复归帝为王。

十四年,楚顷襄王与秦昭王好会于宛,结和亲。

十五年,楚王与秦、三晋、燕,共伐齐,取淮北。

十六年,与秦昭王好会于鄢。其秋,复与秦王会穰。

十八年,楚人有好以弱弓微缴加归雁之上者,顷襄王闻,召而问之。对曰:"小臣之好射鶀雁,罗鸗,小矢之发也,何足为大王道也!且称楚之大,因大王之贤,所弋非直止此也。昔者三王以弋道德,五霸以弋战国。故秦、魏、燕、赵者,鶀雁也;齐、鲁、韩、卫者,青首也;邹、费、郯、邳者,罗鸗也。

外其余则不足射者。见鸟六只,以王何取?王何不以圣人为弓,以勇士为缴,时张而射之?此六双者可得而囊载也。其乐非特朝昔之乐也,其获非特凫雁之实也。王朝张弓而射魏之大梁之南,加其右臂而径属之于韩,则中国之路绝,而上蔡之郡坏矣。还射圉之东,解魏左肘,而外击定陶,则魏之东外弃,而大宋、方与二郡者举矣。且魏断二臂,颠越矣,膺击郯国,大梁可得而有也。王绪缴兰台,饮马西河,定魏大梁,此一发之乐也。若王之于弋,诚好而不厌,则出宝弓,砱新缴,射嚪鸟于东海,还盖长城以为防,朝射东莒,夕发浿丘,夜加即墨,顾据午道,则长城之东收,而太山之北举矣。西结境于赵,而北达于燕,三国布瓶,则从不待约而可成也。北游目于燕之辽东,而南登望于越之会稽,此再发之乐也。若夫泗上十二诸侯,左萦而右拂之,可一旦而尽也。今秦破韩以为长忧,得列城而不敢守也。伐魏而无功,击赵而顾病,则秦、魏之勇力屈矣。楚之故地汉中、析、郦,可得而复有也。王出宝弓,砱新缴,涉鄢塞,而待秦之倦也,山东、河内可得而一也。劳民休众,南面称王矣。故曰秦为大鸟,负海内而处,东面而立,左臂据赵之西南,右臂傅楚鄢郢,膺击韩、魏,垂头中国,处既形便,势有地利,奋翼鼓瓶,方三千里,则秦未可得独招而夜射也。"欲以激怒襄王,故对以此言。襄王因召与语。遂言曰:"夫先王为秦所欺,而客死于外,怨莫大焉。今以匹夫有怨,尚有报万乘,白公、子胥是也。今楚之地方五千里,带甲百万,犹足以踊跃中野也,而坐受困。臣窃为大王弗取也!"

○按:此弋人如非处士,当为自由民,或属于"耕战之士"一阶层,可谓楚之爱国志士。一弋人耳,其视当时天下大势如指诸掌。乃善为隐,而言之有文,如此机智雄奇,足以傲倪屈赋《渔父》、《卜居》矣。今人必谓《卜居》、《渔父》为西汉人伪作,屈子之世不得有此文学艺术,并置《庄》、《墨》、《孟》、《荀》之鸿文于不顾,何哉? 弋人谓:"今楚之地方五千里,带甲百万,犹足以踊跃中野也,而坐受困,臣窃为大王弗取也。"是时楚之国势尚有可为。岂不知顷襄王之为人实不足以有为,而令尹子兰、上官大夫、司马子椒之徒,已有以误之邪? 此时秦、楚相持日急,而楚之危机日迫矣!

于是顷襄王遣使于诸侯,复为从,欲以伐秦。秦闻之,发兵来伐楚。楚欲与齐、韩连和伐秦,因欲图周。周王赧使武公谓楚相昭子曰:"三国以兵割周郊地以便输,而南器以尊楚,臣以为不然。夫弑共主,臣世君,大国不亲;以众胁寡,小国不附。大国不亲,小国不附,不可以致名实;名实不得,不足以伤民。夫有图周之声,非所以为号也。"昭子曰:"乃图周则无之。虽然,周何故不可图也?"对曰:"军不五,不攻城;不十,不围。夫一周为二十晋,公之所知也。韩尝以二十万之众辱于晋之城下,锐士死,中士伤,而晋不拔。公之无百韩以图周,此天下之所知也。夫怨结于两周,以塞邹、鲁之心,交绝于齐,声失天下,其为事危矣。夫危两周以厚三川,方城之外必为韩弱矣! 何以知其然也? 西周之地,绝长补短不过百里,名为天下共主,裂其地不足以肥国,得其众不足以劲兵,虽无攻之,名为弑君。然而好事之君,喜攻之臣,发号用兵,未尝不以周为终始,是何也? 见祭器在焉。欲器之至,而忘弑君之乱。今韩以器之在楚,臣恐天下以器仇楚也。臣请譬之。夫虎,肉臊,其兵利身,人犹攻之也。若使泽中之麋蒙虎之皮,人之攻之,必万于虎矣。裂楚之地,足以肥国;诎楚之名,足以尊主。今子将以欲诛残天下之共主,居三代之传器,吞三翮六翼,子展按:翮,读鬲,谓鬲形之鼎。翼,读周康王初年作册大鼎"公(召)来铸武王、成王异鼎"之异,异鼎谓方鼎。三鬲六异合为九鼎。以高世主,非贪而何?《周书》曰:'欲起无先',《老子》:不敢为天下先。故器南则兵至矣!"于是楚计辍不行。

　　〇按:顷襄王一时激于弋人之言,似有发愤图强之意。然而事秦日久,受制已深;将相无能,富强绝望。复欲合从距秦,嗟何及矣!矧欲图周以夺传器,其可得乎?

十九年,秦伐楚。楚军败,割上庸、汉北地予秦。

二十年,秦将白起拔我西陵。

二十一年,秦将白起遂拔我郢,烧先王墓夷陵。楚襄王兵散遂不复战,东北保于陈城。

二十二年,秦复拔我巫、黔中郡。

　　〇按:自顷襄王十九年以来,凡四年间,秦军大举侵楚,如雷如霆,日辟百里。楚军则败绩相仍,山崩川竭,国日以蹙。至于二十一年初,郢都陷落,退保东北陈城。其年仲春,屈子作《哀郢》,秋复作《悲回风》。明年孟夏乃作《怀沙》,是为屈子临命之绝笔。维时秦军深入南楚,至黔中郡,其地湘、黔接壤。屈子放逐江南,在辰沅间,正属黔中。盖避地青阳(今长沙境),于是怀石自沉汨罗以死。汨罗,今京广铁路所经,长沙迤北之名站也。屈子放逐江南之作,有《涉江》、《惜往日》、《哀郢》、《悲回风》、《怀沙》五篇。江南之溆浦、洞庭,林薄泽薮,回风大波;汉北之沧浪蟠冢,长濑湍流,轸石崴嵬;其风景不殊乎?而感恻弥深矣!两次见放,为时几何?据《卜居》"既放三年,不得复见"之文,知其放于汉北确在三年以上。据

《哀郢》"忽若不信兮（信读信宿之信），至今九年而不复"之文，知其放于江南确在九年以上。先后合计，历时至少在十五年左右，虽不中不远矣。

二十三年，襄王乃收东地兵，得十余万。复西取秦所拔我江旁十五邑以为郡，距秦。

二十七年，使三万人助三晋伐燕。复与秦平，而入太子为质于秦。楚使左徒侍太子于秦。

三十六年，顷襄王病。太子亡归。秋，顷襄王卒，太子熊元代立，是为考烈王。考烈王以左徒为令尹，封以吴，号春申君。考烈王元年，纳州于秦以平。是时楚益弱。

　　〇按：楚、秦相斫，自鄢、郢大战，楚军主力被歼，不可复振。而秦、楚之强弱存亡，始炤然有朕。故顷襄之卒，考烈之立，史公特书之曰："是时楚益弱。"此实录也。千百世下，治《楚辞》者，卒读《屈原传》与《楚世家》，当犹为之掩卷低回，有遗恨焉！倪再据新史学家为说，则以谓在奴隶要求解放，逃亡、起义推动下，春秋战国时代不乏诸侯之国贵族阶级转化为新兴地主阶级而相继崛起，进行变法。公元前四世纪，吴起在楚相悼王立法，打击楚之奴隶主贵族阶级，为时不数年，悼王死而吴起遭害，变法中挫。楚之奴隶主统治自此又逐渐复辟。至怀王时，楚已成为在政治上落后保守，经济上被奴隶主贵族所垄断之国家。正《韩非子·亡征》篇所谓"公家虚而大臣实，上户贫而寄寓富"，《和民》篇所谓"楚不用吴起而削乱"者也。在此历史严重关头，屈原在楚稍得用事，立足于时代潮流之前，力图变法自强。故《离骚》云："举贤而授能兮，循绳墨而不颇。"不谓在旧贵族集团中所谓"党人"嫉妒阻扰之下，原终归于全部失败，徒为楚之一大悲剧人物而已也！

楚辞直解

君子作歌,

维以告哀。

——《小雅·四月》

楚辞直解卷第一

离骚经

帝高阳之苗裔兮，　　　　　古帝颛顼高阳氏的后裔啊，
朕皇考曰伯庸。　　　　　　咱伟大的先父叫做伯庸。
摄提贞于孟陬兮，　　　　　太岁在寅，正在孟春正月啊，
惟庚寅吾以降。_{东、中通韵。}　这是庚寅的日子我就降生。

皇览揆余初度兮，_{洪本云：览一作鉴。一本余下有于字。}　父亲观测了我的初生仪态啊，
肇锡余以嘉名：　　　　　　才谋赐给我一个美名：
名余曰正则兮，　　　　　　给我本名叫做正则啊，
字余曰灵均。_{真、耕通韵。}　　给我表字叫做灵均。

· 起首便作一简单之自我介绍。○刘知幾《史通·序传》篇云："作者自叙，其流出于中古。案屈原《离骚经》，其首章上陈氏族，下列祖考，先述厥生，次显名字。自叙发迹，实基于此。"○黄维章(文焕)《楚辞听直》云："溯所自出，明为宗臣，休戚存亡，谊弗获避。与后人袭套叙姓不同。"

纷吾既有此内美兮[一]，　　喜我既有这种内在的美质啊，
又重之以修能；_{朱本云：能一作态；非是。按：作态是。}　又加之以修饰容态；
扈江离与辟芷兮，_{《文选》离作蓠。}　披着香草江蓠和幽藏的白芷啊，
纫秋兰以为佩。_{之部。}　　贯串了秋日的泽兰来做佩带。

汩余若将不及兮，_{洪本云：不一作弗。}　流年似水我好像赶不上啊，
恐年岁之不吾与。　　　　　恐怕年岁不肯给我帮忙。

朝搴阰之木兰兮〔二〕,　　　　　早上去摘岭上的花、木兰啊,
夕揽洲之宿莽。_{洪本云:揽一作擥,一作擸。洲一作中洲。}　晚边去拔洲上的草、宿莽。

　・次言禀赋既美,又加之以努力修养。○何焯《义门读书记》云:"恐年岁之不吾与,此'恐'字谓身之修。"

日月忽其不淹兮,_{洪本云:忽,《释文》作曶。}　光阴迅速不能久留啊,
春与秋其代序。　　　　　　　一年中春和秋更迭溜跑。
惟草木之零落兮,_{洪本云:零一作苓。}　想到草木的零落啊,
恐美人之迟暮!　　　　　　　恐怕美人的衰老!

　　陈本礼《屈辞精义》云:"练湖女子陈银曰:至此方入题。"○何焯云:"恐美人之迟暮,此'恐'字谓君之正。"美人,谓君也。

不抚壮而弃秽兮,_{《文选》无不字。}　不抓紧年富力强而抛弃秽政啊,
何不改此度?_{洪本云:一云何不改乎此度也。}　为什么不改变这些法度呀?
乘骐骥以驰骋兮,　　　　　　驾着千里马就要奔驰啊,
来吾道夫先路!_{鱼部。○洪本云:《文选》作导夫先路。一本句末有也字。}

　　　　　　　　　　　　　　来罢,我引导那条前面大路呀!

　按:此四句承上文,言渴望怀王抚壮弃秽,改变法度,则无迟暮之悔也。

昔三后之纯粹兮,　　　　　　古昔三王的美德纯粹啊,
固众芳之所在;　　　　　　　本来是群贤众芳的所在,
杂申椒与菌桂兮,_{洪本云:菌一作箘。}　杂着重椒和肉桂啊,
岂惟纫夫蕙茝?_{之部。○朱本云:茝一作芷。}　难道只系结那蕙芷佩带?
彼尧舜之耿介兮,　　　　　　那唐尧虞舜的光明正大啊,

既遵道而得路。 既遵行正道而走对了路。
何桀纣之猖披兮，朱本作昌被。云：昌一作倡。 为什么夏桀商纣的狂乱啊，
夫唯捷径以窘步？鲁本。○洪本云：唯一作维。 只那样抄小路以致难于行步？

 ·接言少有政治抱负，即以元辅匡君为王先驱自任。○按：此"路"字义与上"路"字同。而称尧舜之遵道得路者，盖如《管子》所云："尧之治也，善明法禁之令而已矣。""所谓仁义礼乐者，皆出于法，此先圣之所以一民者也。"（《任法》）厥后《韩非子》虽云："明据先王，必定尧舜者，非愚则诬。"（《显学》）但亦有言："托天下于尧之治，则贞士不失分，奸人不侥幸。"（《守道》）屈子有托于尧舜之法治也。

惟夫党人之偷乐兮，洪本云：一无夫字。 想到那些党人的苟且安乐啊，
路幽昧以险隘。 走的道路既黑暗又危险狭隘。
岂余身之惮殃兮， 难道是我个人怕受灾殃啊，
恐皇舆之败绩！之部。 恐怕君王乘舆会要败坏！

 何焯云："恐皇舆之败绩，此'恐'字谓国之安。"○按：屈子之政治路线：变法图强，爱国拒敌。党人之政治路线：偷安守旧，卖国投降。

忽奔走以先后兮，朱本云：忽一作智，一作急。 忽忽奔走来跟前跟后啊，
及前王之踵武。 要赶上前代明王的脚迹。
荃不察余之中情兮，洪本云：察一作揆。中一作忠。朱本云：荃音荪，一作荪。 君王不鉴察我的衷心啊，
反信谗而齌怒！洪本云：齌一作齐。《释文》齐或作齌。朱本云：反一作歔。 反听信了谗言而暴生气！

余固知謇謇之为患兮， 我本来知道忠言謇謇的为祸啊，

忍而不能舍也。_{洪本云：《文苑》无而字。一本忍上有余字，一无也字。}　　忍着心而不能舍去呀。
指九天以为正兮，　　　　　　敢指九天之上老天爷作主啊，
夫唯灵修之故也！_{洪本云：唯一作惟。一无也字。按：灵修亦见《山鬼》篇。}

　　　　　　　　　　　　　那只是为了神君的缘故呀！
曰黄昏以为期兮，　　　　　　说定了在黄昏来相会啊，
羌中道而改路？_{鱼部。○洪本云：路下或有也字。}　　您何为在半途上改变了路呀？

　　《洪补》曰："一本有此二句，王逸无注。至下文'羌内恕己以量人'，始释羌义，疑此二句后人所增耳。《九章》曰：'昔君与我诚言兮，曰黄昏以为期。羌中道而回畔兮，反既有此他志。'与此语同。"

初既与余成言兮，_{洪本云：《九章》作诚言。}　　起初既已和我说定有话啊，
后悔遁而有他。_{洪本云：他一作佗。}　　后来翻悔逃避就有了二心。
余既不难夫离别兮，　　　　　我既已不难那样离别啊，
伤灵修之数化！_{歌部。}　　只悲伤神君的屡屡变动！

　　·更言忠而被谤，信而见疑。始则为党人谗忌，终则君王亦齌怒数化。○以上第一段。自叙生平大略，即由出身从政说到被谗遭废。将作文缘起、一篇主题先为概括揭出。○末两句："余既不难夫离别兮"，似释"离"字；"伤灵修之数化"，似释"骚"字。"灵修"在《九歌·山鬼》中称神之词，此以称君，文当作在怀王死后。刘向《九叹·离世》篇首五句连呼灵怀，即指已离世之灵修怀王也。旧注灵修皆不可从。朱骏声《补注》："灵修，善治也。"亦未为是。

余既滋兰之九畹兮，_{洪本云：《释文》滋作蓸，音栽。}　　我既栽了兰草二三百亩啊，
又树蕙之百亩。_{洪本云：《释文》亩作畮。}　　又种上了蕙草百来亩。
畦留夷与揭车兮，_{洪本云：揭一作藒。《文选》作䓈荑、藒车。}　　分块种了芍药和搗车啊，
杂杜衡与芳芷。_{之部。○洪本云：衡一作蘅。}　　还杂种了马蹄香和香白芷。

冀枝叶之峻茂兮，洪本云：《文选》峻作俊，音俊。
愿俟时乎吾将刈。
虽萎绝其亦何伤兮，
哀众芳之芜秽！祭部。

希望它们枝叶的茂盛啊，
愿等待些时候哟我将收获。
纵使枯死了那也何妨啊，
可怜许多香草的荒秽着！

众皆竞进以贪婪兮，朱本云：以一作而。
凭不厌乎求索。洪本云：凭一作冯。按：冯，贪也。
羌内恕己以量人兮，朱本云：一无己字。
各兴心而嫉妒！鱼部。

众人都是争先并进而贪婪啊，
贪了还不满足于他们的求索。
你何为内恕自己来外责他人啊，
各自起了坏心肠而把好人嫉妒！

忽驰骛以追逐兮，洪本云：驰一作驼。
非余心之所急。
老冉冉其将至兮，
恐修名之不立！缉部。

赶紧奔走去追求富贵啊，
不是我心里欲望的所急。
老境渐渐地它要到来啊，
恐怕美名的不能够建立！

朝饮木兰之坠露兮，
夕餐秋菊之落英。
苟余情其信姱以练要兮，
长顑颔亦何伤！阳部。〇洪本云：颔一作颌，音同。

早上要饮木兰花的坠露啊，
晚边就要吃秋菊花的新朵。
真是我的本心它确美而精纯啊，
长挨饿到面黄肌瘦也有甚不可！

菊花惟白者可采餐，枯萎时留在枝头则不复可餐，况未尝见其全落也。欧阳修讥王安石诗"残菊飘零满地金"之句确有是处。

擥木根以结茞兮，朱本云：擥一作揽。茞一作芷。
贯薜荔之落蕊。
矫菌桂以纫蕙兮，

拿起木根来结扎白芷啊，
串起薜荔藤的落下果实。
举起肉桂并捻合蕙草啊，

索胡绳之纚纚。^{歌部。}　　　　　　绞起胡绳的一串串索子。

謇吾法夫前修兮，^{《文选》謇作蹇。}　　难为我效法那些前贤啊，
非世俗之所服。　　　　　　不是世俗一般人的举动。
虽不周于今之人兮，　　　　尽管不合于现今的人啊，
愿依彭咸之遗则！^{之部。}　　愿依照彭咸的遗留典型！

　·申言己之所以被谗，由于初为三闾大夫，滋兰树蕙，培植后进；乃复独以芳洁自矢，法夫前修；而众皆竞进、贪婪，兴心嫉妒。其自明己志如此。○张惠言《赋钞》云："彭咸之遗则，谓其道也。彭咸之所居，谓其死也。不可混看。"

长太息以掩涕兮，　　　　　长声叹息了就揩干眼泪啊，
哀民生之多艰！　　　　　　可怜人民生活的多么艰难！
余虽好修姱以鞿羁兮[三]，　　我只是爱美洁就被系累啊，
謇朝谇而夕替。^{脂、文借韵。}　难为早上进谏而晚边被赶！

　《战国策·韩策》云："〔楚〕民羸馁日已甚矣。四境盈垒，道殣相望。""盗贼公行，弗能禁也。"

既替余以蕙纕兮，　　　　　既然废黜我因有蕙草佩带啊，
又申之以揽茞。^{朱本云：茞一作芷。}　又加之因我拿着香白芷。
亦余心之所善兮，　　　　　这也是我心里的所喜啊，
虽九死其犹未悔！^{之部。}　即令要九死它还是不悔！

怨灵修之浩荡兮，　　　　　只怨神君的坦荡大意啊，
终不察夫民心。　　　　　　竟不考察那些人的用心。

众女嫉余之蛾眉兮,
谣诼谓余以善淫。_{侵部。}

众女嫉妒了我的蛾眉啊,
造谣毁谤怪道我是好淫。

固时俗之工巧兮,
偭规矩而改错。
背绳墨以追曲兮,
竞周容以为度。_{鱼部。}

本来是时俗的工匠取巧啊,
违反了规矩而胡乱改做。
背弃了绳墨就随意歪曲啊,
争着苟合取容以为法度。

忳郁邑余侘傺兮,_{洪本云:邑作悒。}
吾独穷困乎此时也?_{洪本云:一无也字。}
宁溘死以流亡兮,
余不忍为此态也!_{之部。○洪本云:一无也字。}

自伤抑郁我就怅然发呆啊,
我偏穷困在这个时候呀?
宁愿快死就去流亡啊,
我不忍做出这种态度呀!

鸷鸟之不群兮,
自前世而固然。_{《文选》世作代。}
何方圜之能周兮,_{洪本云:圜一作圆。周一作同。}
夫孰异道而相安?_{元部。}

猛禽和他鸟的不能合群啊,
从古以来就本是如此这般。
怎么方的圆的能够密合一起啊,
哪有不是志同道合而能够相安?

屈心而抑志兮,
忍尤而攘诟。_{《释文》诟作訽。朱本云:又或作垢。}
伏清白以死直兮,
固前圣之所厚!_{侯部。}

委屈着心情而压抑着意志啊,
忍受了罪过而包含了羞耻。
抱定了清白便死于正直啊,
本来是古代圣人之所重视!

・申言君之所以信谗废己,由于不思不察。而己则始终不随流俗,誓死不变;复自明其志如此。当是为左徒有所谏诤时事。○《史记正义》云:"左徒,盖左右拾遗之类。"按:此说或误。黄歇以左徒为令尹,则左徒为仅次于令尹之贵官可知,再观屈子为左徒时之职事亦可知。文云:"长太息以掩涕兮,哀民生之多艰。"则以"楚国之食贵于玉,薪贵于桂"(《战国策·楚策》),"民羸馁日已甚矣。四境盈垒,道殣相望","盗贼公行,而弗能禁"(《韩策》),平时犹复"厚敛诸臣百姓,见疾于民"(亦《楚策》),战时则内见"征役万人,且掘国人之墓"(《贾子新书·春秋》篇),外见"掠于郊野,以足军食"(《中山策》),盖楚自春秋始盛以来,已感"民生之不易,祸至之无日,戒惧之不可以怠"(《左传》宣十二年),今则"如水益深,如火益热"。屈子蒿目楚心,故不自觉其长太息而掩涕言之也。

悔相道之不察兮,	自悔瞧看道路的不曾明白啊,
延伫乎吾将反。	久立呆望哟我要打转。
回朕车以复路兮,	掉转咱的车子来走回头路啊,
及行迷之未远! 元部。	趁着走迷了方向的还不太远!

步余马于兰皋兮〔四〕,	试走我的马在湖边兰皋啊,
驰椒丘且焉止息。	赶到椒丘暂且在那里休息。
进不入以离尤兮,	进不加入党人集团以致遭罪戾啊,
退将复修吾初服。之部。○洪本云:一无复字。	退隐就打算再整理我当初的衣服。

制芰荷以为衣兮,	编制菱茎荷叶以为上衣啊,
集芙蓉以为裳。	拼合着莲花以为下裳。
不吾知其亦已兮,	不了解我那也罢了啊,
苟余情其信芳。阳部。	只要我的本心它确是芬芳。

高余冠之岌岌兮，　　　　　　　高戴起我挺挺的帽子啊，
长余佩之陆离〔五〕。　　　　　　长系着我拖拖的玉佩。
芳与泽其杂糅兮，　　　　　　　芳香和腐败它那样的杂糅啊，
唯昭质其犹未亏。_{歌部。}　　只是我的美质它还没有损害。

忽反顾以游目兮，　　　　　　　忽然回过头来放眼眺望啊，
将往观乎四荒。　　　　　　　　我要往看天下四面远方。
佩缤纷其繁饰兮，　　　　　　　佩带缤缤纷纷的盛装啊，
芳菲菲其弥章。_{阳部。}　　芳香远喷喷的愈见彰扬。

民生各有所乐兮，《文选》民作人。　　人生各有他的乐趣啊，
余独好修以为常。按：常当作恒，避汉帝讳改。下叶惩，为蒸部。　　我偏爱着美洁以为常。
虽体解吾未变兮，　　　　　　　纵使粉身碎骨我还不会改变啊，
岂余心之可惩？_{阳、蒸借韵。}　　难道我的良心就可以被惩变样？

·假为退隐之思。事君既有不合，而己仍好修，至死不变，以申前志。〇以上第二段。反复痛言被谗遭废之故，寻思所以自处之道。坚决申明誓死不变之志，以保其志节之高。

女嬃之婵媛兮〔六〕，洪本云：婵媛一作挥援。　　阿姊女嬃的忧虑相牵啊，
申申其詈予。　　　　　　　　　她重重复复的骂余。
曰："鲧婞直以亡身兮，按：王闿运读亡为忘。　　她说："鲧太刚直以致忘身啊，
终然殀乎羽之野。鱼部。〇洪本云：殀一作夭。一云羽山之野。　　结果早死在羽山的田野。

"汝何博謇而好修兮，《文选》謇作蹇。　　"你为什么广泛忠言而爱好美洁啊，

纷独有此姱节？_{按：《方言》云：纷,喜也。}　　很喜独自有这种优异的气质？
薋菉葹以盈室兮！　　　　　积起王刍卷葹来堆满这屋子啊！
判独离而不服。_{无韵。○今按：有韵,之部。}　　偏拼着和人别异而不那样装饰？

"众不可户说兮，　　　　　"众人不可挨家按户地说服啊，
孰云察余之中情？　　　　　有谁能够了解到我们的内心？
世并举而好朋兮，　　　　　世人都起来而爱结成朋党啊，
夫何茕独而不予听？"_{耕部。}　　那你为啥孤独而不给我听从？"

　•设为女媭相劝之语。殆以敬重其姊善意之故而不肯置对,示与灵氛、巫咸相问答者有别。○按：诸为女媭非屈原姊之说者皆非,详见拙作《屈原之姊女媭及其他家属》一文。曾刊于《人民日报》一九六二年六月三日。今重见于本篇《解题》最后一节。

依前圣以节中兮，_{《文选》以作之。}　　依靠古圣人来给我折中啊，
喟凭心而历兹。_{洪云：凭一作冯。}　　感愤满心胸而至于如此。
济沅湘以南征兮，　　　　　渡过沅水、湘水来南行啊，
就重华而陈词：_{之部。○洪本作陈辞。}　　往就古帝舜重华而陈词：

启《九辩》与《九歌》兮，　　夏后启上天窃得《九辩》和《九歌》啊，
夏康娱以自纵〔七〕。　　　　下而歌舞安乐以自放纵。
不顾难以图后兮，　　　　　不顾艰难以图保后来啊，
五子用失乎家巷！_{东部。○朱本巷作哄。}　　五子因而错在一家内哄！

羿淫游以佚畋兮，_{洪本云：畋一作田。}　有穷氏后羿过于游乐和好田猎啊，
又好射夫封狐。_{按《天问》云：封豨是射。}
　　　　　　　　又爱射杀那些大狐〔或者大野猪啰〕。

固乱流其鲜终兮,^{洪本云:鲜一作够}　本来淫乱之辈他会少有好结果啊,
浞又贪夫厥家!^{鱼部。}　他的国相寒浞杀他又夺他的老婆!

浇身被服强圉兮,^{洪本云:浇一作奡}　寒浞儿子名浇,身披坚强的武器啊,
纵欲而不忍。　放纵他的欲望而不能忍耐。
日康娱而自忘兮,^{洪本云:而一作以。}　日日安乐就忘记了自身啊,
厥首用夫颠陨!^{文部。}　他的脑袋因而那样被人斫了下来!

夏桀之常违兮,　夏桀的荒淫常常违背了道理啊,
乃遂焉而逢殃。　就终于那样而遭到亡国的祸殃。
后辛之菹醢兮,　纣王辛的暴虐把忠贤剁成肉酱啊,
殷宗用而不长!^{阳部。○洪本云:而一作之。}　殷商氏族的统治因此就不能久长!

汤禹俨而祗敬兮,^{洪本云:俨一作严。}　成汤和大禹都有所畏惧而警惕啊,
周论道而莫差。　周代文、武都讲究治道就没有过差。
举贤而授能兮,　他们都举用忠贤而授职材能啊,
循绳墨而不颇。^{歌部。○洪本云:循一作修,颇一作陂。}　好像工匠遵守绳墨而不肯偏斜。

皇天无私阿兮,　老天爷是没有私情偏爱的啊,
览民德焉错辅。^{洪本云:《文选》民作人。}　见人有德就设辅佐使他为君。
夫维圣哲以茂行兮,　那只是圣哲和有盛德的人啊,
苟得用此下土。^{鱼部。}　真能够用得上这天下的人民。

瞻前而顾后兮,　既要瞻前又要顾后啊,
相观民之计极。^{洪本云:民一作人。}　观察着人生发展的究竟。

夫孰非义而可用兮, 哪有不是义而可施行啊,
孰非善而可服? 哪有不是善而可行动?

阽余身而危死兮, 贴近我身边的就是危险死亡啊,
览余初其犹未悔。 眼看着我的初志它还是不悔。
不量凿而正枘兮〔八〕,朱本云:正一作进。 不量度圆孔就来正塞方枘啊,
固前修以菹醢! 之部。 所以前代贤人因此杀身粉碎!

曾歔欷余郁邑兮,洪本云:曾一作增,邑一作悒。 一层层悲叹着我很抑郁啊,
哀朕时之不当! 可怜咱时运的碰得不恰当!
揽茹蕙以掩涕兮,洪本云:揽一作搅。《文选》作擥。 拿着连根的蕙草来揩眼泪啊,
沾余襟之浪浪! 阳部。 沾湿了我衣襟的泪珠儿浪浪!

・设为重华之陈词。张惠言云:"言道不可贬。"○按:文云"济沅湘以南征兮,就重华而陈词"者,据上古传说,湘南为舜南巡及崩葬之地。今湖南衡山岳庙之西安上峰,尚有舜祠、舜洞、舜溪等古迹。并传舜葬于今宁远、蓝山、零陵三县间之九疑山,亦曰苍梧山者也。九峰参差,互相隐映,望而疑之,故名疑。以舜源、娥皇、女英、箫韶四峰为著。八峰环拥舜源,皆簇如春笋,叠如夏云也。

○以上第三段。借女媭相劝之语,因就重华而陈词。言熟睹古今治乱兴亡,得其中正之道,在义与善。此所以与世不合之端,而己志绝不可变,申前言未尽之义。其云"济沅湘以南征"云云,盖亦虚拟之词。或其时适闻迁江南之说欤?抑已至江南之迁所也?

跪敷衽以陈辞兮, 跪着摆开衣衽已经陈词了啊,
耿吾既得此中正。 显然我已得到这正确的道理。
驷玉虬以椉鹥兮,洪本云:虬一作蚪。椉一作乘。鹥一作翳。 并驾着无角玉龙来乘凤车啊,

溘埃风余上征。_{耕部。○朱本云：溘一作塨。}　　匆匆蒙着风尘我行向上飞起。

朝发轫于苍梧兮，　　　　　　　早上开车于舜陵苍梧啊，
夕余至乎县圃。_{洪本云：县一作悬。}　　　晚边我就到了昆仑玄圃。
欲少留此灵琐兮，_{洪本云：琐一作璅。}　想稍停留在这个神灵之门啊，
日忽忽其将暮。　　　　　　　　日光忽忽地它将要暗淡下去。

吾令羲和弭节兮，　　　　　　　我使日御羲和按节徐行啊，
望崦嵫而勿迫。_{洪本云：勿一作末。}　望着日入处崦嵫山而不急。
路曼曼其修远兮，_{《释文》曼作漫。}　道路漫漫地它是长远的啊，
吾将上下而求索。_{鱼部。}　　　我打算把天上地下来寻觅。

　　·此节承上启下。言敷衽陈词之后，继之乘风上征，欲将上下求索，以期得行其志。

　　○自此以下一大段，想象奇幻不可方物。为全篇神韵缥缈、不易捉摸之处。其诗艺之高已臻极境，是为屈子之代表作。前人解说纷纭，大都不中肯綮，读者须细心玩味而自得之。

饮余马于咸池兮，　　　　　　　饮好我的马在日出处咸池啊，
总余辔乎扶桑〔九〕。　　　　　　又结好我的缰绳在神木扶桑。
折若木以拂日兮，　　　　　　　折下若木枝叶来遮蔽日光啊，
聊逍遥以相羊。_{阳部。○洪本云：逍遥一作须臾。朱本云：《玉篇》相羊作徜徉。}

　　　　　　　　　　　　　　　姑且逍逍遥遥地来游戏翱翔。

　　［美］彼得·格里云："中国人在根据铭文以及根据语言、神话、钱币等方面，阿兹台克人（墨西哥印第安人）和中国人都有类似的地方。某些中国学者有一些讲法，说公元四百五十九年的时候，一行由一个和尚率领的五个中国人曾到过墨西哥。"（《谁先发现美洲

大陆?》,《摘译》一九七五年十一月号)此即扶桑也。

前望舒使先驱兮,　　　　　　前有月御望舒使他做先驱啊,
后飞廉使奔属。　　　　　　　后有风伯飞廉使他做后卫。
鸾皇为余先戒兮,　　　　　　灵鸟鸾皇替我先行警戒啊,
雷师告余以未具。_{侯部。}　　　雷师告诉我还没完全准备。

吾令凤鸟飞腾兮,　　　　　　我命令凤鸟飞翔起来啊,
继之以日夜。　　　　　　　　它就继续着而日日夜夜。
飘风屯其相离兮,　　　　　　旋风屯聚了它是来相附丽的啊,
帅云霓而来御!_{洪本云:帅一作率。朱本云:霓一作蜺。}　率领了云蜺一派恶气来相迎接!

纷总总其离合兮,　　　　　　纷纷总总地它们的或离或合啊,
斑陆离其上下。　　　　　　　杂乱参差地它们的或上或下。
吾令帝阍开关兮,　　　　　　我叫天帝的守门使者开门啊,
倚阊阖而望予。　　　　　　　他斜靠着天门而瞧了我不语。

时暧暧其将罢兮,_{洪本云:罢一作疲。}　这辰光昏昏暗暗地将要疲了啊,
结幽兰而延伫。　　　　　　　结扎幽兰作为礼物而久立等待。
世溷浊而不分兮,　　　　　　人世间混浊而不分是非美丑啊,
好蔽美而嫉妒!_{鱼部。}　　　好掩盖他人的美洁而嫉妒相害!

　·言首先上叩帝阍,而天帝不可求。隐喻其幸冀于怀王者已绝望矣。〇按:其云:"吾令帝阍开关兮,倚阊阖而望予。""世溷浊而不分兮,好蔽美而嫉妒。"正其时稍前苏秦对楚王,所谓"谒者难得见如鬼,王难得见如帝","无妒而进贤,未见一人也"。(《楚策》)

而屈子语重心长，不胜悲愤已！何其王之不寤也？〇又按：下二韵相仍，而语意已换，故别作一节之首。

朝吾将济于白水兮，
登阆风而绁马。
忽反顾以流涕兮，
哀高丘之无女！_{鱼部。}

早上我将渡过昆仑山下白水啊，
再登上阆风山而系住着马。
忽然回头一看就流涕泪啊，
可怜高丘之上并没有什么神女！

溘吾游此春宫兮，_{洪本云：溘一作塩。}
折琼枝以继佩。
及荣华之未落兮，
相下女之可诒。_{洪本云：诒一作贻。}

很快我游到这个东方的春宫啊，
折下琼树枝子来接上佩带的花。
趁着鲜花的还没有零落啊，
瞧有什么侍女的可以赠她。

· 次乃递到下而求女。

吾令丰隆椉云兮，
求宓妃之所在。_{洪本云：宓一作虙。}
解佩纕以结言兮，
吾令蹇修以为理。_{之部。}

我使云师丰隆驾云啊，
寻觅洛神宓妃的所在。
解下佩囊来封寄文书啊，
我吩咐了蹇修去做信差。

纷总总其离合兮，
忽纬繣其难迁。_{朱本云：纬一作徽，繣一作懂。二字一作敏懂。}
夕归次于穷石兮，
朝濯发乎洧盘。_{元部。〇洪本云：盘一作槃。}

纷纷总总地她的半推半就啊，
忽又乖僻别扭地她难于改变。
晚边她归宿于穷石山头啊，
早上她洗头发在洧盘水边。

保厥美以骄傲兮，_{洪本云：傲一作敖。朱本云：一作骜。}

恃有她的美丽以为骄傲啊，

日康娱以淫游。	每日安安乐乐地去纵游。
虽信美而无礼兮,	她虽然真美丽却是无礼啊,
来违弃而改求!〔幽部。〕	就只好放弃了她而改求!

　·言登仙境阆风至于春宫,见宓妃之信美而无礼,乃改而他求。此一求女不可得。○钱澄之《屈诂》曰:"语气突因宓妃求而不得,为此叹恨之词也。骄傲、康娱,皆暗指现在楚之嬖人也。违弃改求,所以望诸君者。犹《车舝》思得贤女以易褒姒耳。错乱其词如此,盖不欲显言之。"

览相观于四极兮〔十〕,	瞭望看四面极远的地方啊,
周流乎天余乃下。	周游哟天空我于是而下。
望瑶台之偃蹇兮,	望着瑶台的偃蹇而高啊,
见有娀之佚女。〔鱼部。○《释文》佚作妷。〕	瞥见有娀氏叫简狄的美女。

吾令鸩为媒兮,	我吩咐了鸩鸟去做媒啊,
鸩告余以不好。	鸩鸟告诉了我以为不好。
雄鸠之鸣逝兮,〔《释文》:雄作雎。〕	雄鸠的边叫边飞啊,
余犹恶其佻巧。〔幽部。〕	我还厌恶它的轻佻取巧。

心犹豫而狐疑兮,	心里犹豫而狐疑不决啊,
欲自适而不可。	想要自己亲往却又不可。
凤皇既受诒兮?〔洪本云:诒一作贻。〕	凤皇已经接受了礼物前往啊?
恐高辛之先我!〔歌部。〕	恐怕帝喾高辛氏的早过于我!

　·言下望瑶台以求简狄,而恶媒理之佻巧,恐帝喾复已先求之。此再求女不可得。

欲远集而无所止兮,　　想要远远落去而没地方停脚啊,
聊浮游以逍遥。　　　　暂且飘荡一下而逍逍遥遥。
及少康之未家兮,　　　趁着夏少康的还没成家啊,
留有虞之二姚。宵部。　留下了有虞氏那里的美女二姚。

理弱而媒拙兮,　　　　信差软弱和媒人笨拙啊,
恐导言之不固。　　　　恐怕他们传话的都靠不着。
世溷浊而嫉贤兮,洪本云:世一作时。　　人间世混浊而嫉贤害能啊,
好蔽美而称恶!洪本云:美一作善。　　好掩盖人的美而宣传人的恶!

・言求有虞氏之二女,而理弱媒拙皆不可使。此三求女不可得。屡言求女不可得,隐喻其所冀幸于怀王之宠妃郑袖者亦已绝望矣。

闺中既以邃远兮,　　　闺闱里既已深远难通啊,
哲王又不寤。　　　　　圣哲的君王又不是觉悟。
怀朕情而不发兮,　　　怀抱着咱的心情而不能表白啊,
余焉能忍与此终古!鱼部。洪本云:一本忍下有而字。

　　　　　　　　　　　我怎能够忍受和这种情形终古!

・小作结语。从上下求索归到闺中、哲王,皆绝无希望。借以见其有怀莫白,终古难忍之悲愤。○陆时雍《楚辞疏》云:"闺中既邃远,哲王又不寤,则所谓一腔热血洒何处耶?"○以上第四段。设为上下求索之事。首先上叩帝阍,而天帝渺不可求。复下而三求女,而女皆不可得。上下求索,全无结果。结语自揭谜底,说明闺中邃远,哲王不寤,回缴到叩阍求女,先后词意始豁然贯通。其为指斥怀王及其宠妃郑袖,追恨而有余痛,的然无疑。至其所求之女皆上古名妃,而媒理不可得,其为隐刺郑袖,以见女谒之路不通,亦

自无疑。○按：桐城派古文家姚鼐谓求女为"求贤君"，用朱熹《集注》；梅曾亮谓求女为"求所以通君侧之人"，似欲别树一义；最后吴汝纶则谓求女为"广求贤臣"，仍用王逸《章句》。其说皆不可通。不指实则恐昧于文心，一指实或有滞于文义。甚矣古典文学之难解也！此为浪漫主义（包括象征主义、神秘主义）与现实主义结合者最早之一个显例。

索藑茅以筳篿兮〔十一〕，《文选》藑作琼。　　寻出占草琼茅和竹卦筳篿啊，
命灵氛为余占之。　　　　　　　　使灵氛为我占课卜卦。
曰："两美其必合兮，　　　　占词说："两美那是一定配合的啊，
孰信修而慕之？无韵。○或云：之之韵。之部。　　谁相信美洁就爱上了他？

思九州之博大兮，　　　　　想来中国九州的这样广大啊，
岂唯是其有女？"洪本云：唯一作惟。　　难道只这个地方它才有美女？"
曰："勉远逝而无狐疑兮，洪本云：一无狐字。
　　　　　　　　　　　　　并说："勉力远行就莫狐疑了啊，
孰求美而释女？　　　　　　谁要求美而放过了汝？

何所独无芳草兮！洪本云：草一作艸，旧作卉。　哪个地方独没有香草啊！
尔何怀乎故宇？洪本云：宇一作宅。　　　　　您为什么留恋哟这个旧宇？
世幽昧以眩曜兮，洪本云：眩一作眴。　　　　世间太黑暗了而使人眼花啊，
孰云察余之善恶？"鱼部。○洪本云：善恶一作中情。《文选》善作美。
　　　　　　　　　　　　　有谁察看到我们的谁善谁恶？"

民好恶其不同兮，　　　　　虽人的爱憎它是有不同的啊，

惟此党人其独异。　　　　　　　只有这些党人偏偏异怪。
户服艾以盈要兮，　　　　　　　家家系着艾草来满腰啊，
谓幽兰其不可佩！ _{之部。○洪本云：其一作兮，一作之。}　反而怪道幽兰它不可佩带！

览察草木其犹未得兮， _{洪本云：一无览字。}
　　　　　　　　　　　　　　　察看草木的香臭他还不可能啊，
岂珵美之能当？　　　　　　　　难道察看美玉的好歹能够恰当？
苏粪壤以充帏兮，　　　　　　　拾取了粪土来填满荷包啊，
谓申椒其不芳！ _{阳部。}　　　反而怪道大花椒它不芬芳！

　·言今不得已，乃命灵氛占之。灵氛劝以远逝，无怀故国。闻之自思，不免感喟彷徨。自"民好恶其不同兮，惟此党人其独异"以下，显为屈子口吻。党人云云，非灵氛所得知而言之也。○戴震云："命灵氛为卜其行，而因念世之弃贤如此。"按：此盖分为灵氛之词与自念之词，可见其分析文义独至精审。张惠言与姚鼐、吴汝纶皆谓全为灵氛之词，则有未审也。

欲从灵氛之吉占兮，　　　　　　想要听从灵氛的吉占啊，
心犹豫而狐疑。　　　　　　　　心里正在犹豫而狐疑。
巫咸将夕降兮，　　　　　　　　巫咸将在今晚降神啊，
怀椒糈而要之。 _{之部。}　　　抱着花椒祭米去邀请伊。

百神翳其备降兮，　　　　　　　百神遮天蔽日地齐降啊，
九疑缤其并迎。 _{洪本云：疑一作嶷。戴本迎作逆。}　九疑山灵纷纷地同来欢迎。
皇剡剡其扬灵兮，　　　　　　　大神赫赫地他的显灵啊，
告余以吉故。 _{鱼部。}　　　　告诉给我一些吉利的古训。

曰:"勉升降以上下兮,
求矩矱之所同〔十二〕。洪本云:矱一作彠。
汤禹严而求合兮,
挚咎繇而能调。无韵。○洪本云:咎繇一作皋陶。

他说:"勉力升天降地来上下啊,
　　寻求规矩尺度所能相合。
成汤大禹严肃地求合正道啊,
　　伊尹皋陶就能够和他们合作。

"苟中情其好修兮,
又何必用夫行媒?洪本云:一无文字。
说操筑于傅岩兮,
武丁用而不疑。之部。

"真是衷心地他爱好贤能啊,
　　又为什么必用那些做媒介的人?
傅说是泥水匠筑墙在傅岩啊,
　　殷高宗用他做宰相而不起疑心。

"吕望之鼓刀兮,
遭周文而得举。
宁戚之讴歌兮,
齐桓闻以该辅。鱼部。

"姜太公的动刀作屠夫啊,
　　遇着周文王就得到抬举。
商贩宁戚的唱着歌喂牛啊,
　　齐桓公听了用他备位宰辅。

按:《惜往日》云:"闻百里奚之为虏兮,伊尹烹于庖厨。吕望屠于朝歌兮,宁戚歌而饭牛。"屈原坚主扬侧陋,"尚贤士","直嬴在位","豪杰执政"(《大招》)。盖"以其能,为可以明法,便国利民"(《韩非子·说疑》)。借以摧沮旧贵族世禄、垄断政权之保守势力,而亟图立法致国于富强。不料事与愿违,卒之"楚两用昭、景而亡鄢、郢"(《韩非子·难一》)。

"及年岁之未晏兮,
时亦犹其未央。洪本云:其一作而。
恐鹈鴂之先鸣兮,洪本云:鹈一作鸭。
使夫百草为之不芳!"阳部。

"趁着年龄的还不太晚啊,
　　时间也还有它的无穷尽的长。
恐怕夏鸟杜鹃的提前叫了啊,
　　使那些百草都因之没有花香!"

・言再命巫咸降神占之。巫咸占词，劝其及时求合。○按：梅曾亮云："巫咸之意则欲其留而求合。"此说是也。其言巫咸之词起讫则非。下文自"何琼佩之偃蹇兮"至"芬至今犹未沫"，则全为屈子之词。其所谓党人云云，固亦显然屈子之口吻，巫咸不得知而言之也。

何琼佩之偃蹇兮，
众薆然而蔽之？
惟此党人之不谅兮，_{洪本云：谅一作亮。}
恐嫉妒而折之。_{祭部。}

为什么玉佩的高贵啊，
大家都挡上来遮蔽它？
想到这些党人的不可信赖啊，
恐怕他们要嫉妒而且折坏他。

时缤纷其变易兮，
又何可以淹留？
兰芷变而不芳兮，
荃蕙化而为茅！_{幽部。}

时势复杂它在变化啊，
又怎么可以在此淹留？
兰芷变了就不香了啊，
荃蕙变了就成为丝茅！

何昔日之芳草兮，_{洪本云：草一作艸，一作卉。}
今直为此萧艾也？_{洪本云：一无萧字。一无也字。}
岂其有他故兮？
莫好修之害也！_{祭部。○洪本云：一无也字。}

为什么昨日的香草啊，
今天只是这些蒿子和艾呀？
难道是它有别的缘故啊？
没人爱好修饰的为害呀！

余以兰为可恃兮，
羌无实而容长！
委厥美以从俗兮，
苟得列乎众芳！_{阳部。}

我以为兰是可靠的啊，
竟无实在而徒以外貌见长！
抛弃它的美质去随流俗啊，
马马虎虎地得一起列在群芳！

椒专佞以慢慆兮,_{洪本云:慢一作谩。慆一作谄。} 椒专为佞幸它就骄下谄上啊,
樧又欲充夫佩帏。_{朱本云:夫一作其。} 樧又想要填满那个荷包。
既干进而务入兮, 既要去求进取而使劲混入啊,
又何芳之能只[十三]!_{脂部。} 又有什么芳香的能够自高?

固时俗之流从兮,_{洪本云:一作从流。} 本来是时俗的随从大流啊,
又孰能无变化? 又谁能够没有变化的?
览椒兰其若兹兮, 瞧椒兰它们还像这样啊,
又况揭车与江离!_{歌部。〇洪本云:揭一作藒。离一作蓠。} 又况在揭车和江离!

惟兹佩之可贵兮,_{洪本云:之一作其。} 想到这个佩带的可贵啊,
委厥美而历兹! 人抛弃它的美洁而至此!
芳菲菲而难亏兮, 香喷喷地却难损坏啊,
芬至今犹未沬。_{无韵。〇按:或以兹、沬合音入之部。} 香气至今还没有停止!

·自言决不可留。叹斥党人椒兰之徒,不料其从俗变化至于如此!惟将自葆芳洁,不与同化。此为诗人温柔敦厚之言。〇按:兰、椒,与令尹子兰、司马子椒,语意双关,卒之作者因此得祸。《史记》本传所谓"令尹子兰闻之大怒,卒使上官大夫短屈原于顷襄王,顷襄王怒而迁之"是也。此亦可证《离骚》作在顷襄王初年,而作者被迁江南之前后。

和调度以自娱兮,_{按:《悲回风》云:心调度而弗去兮。} 和谐地心里安排来自娱乐啊,
聊浮游而求女。 姑且飘游一番去寻求淑女。
及余饰之方壮兮, 趁我装饰的正当盛时啊,
周流观乎上下。_{鱼部。} 周流观察于天上地下。

灵氛既告余以吉占兮，　　　灵氛她已经告诉我吉占啊，
历吉日乎吾将行。　　　　　选择吉日哟我将前往。
折琼枝以为羞兮，　　　　　折下琼枝作为珍肴啊，
精琼靡以为粻。阳部。　　　舂好了玉屑作为干粮。

为余驾飞龙兮，　　　　　　替我驾着飞龙的车子啊，
杂瑶象以为车。　　　　　　杂嵌美玉象牙以为车上装点。
何离心之可同兮，　　　　　怎么离心离德的人可以合作啊，
吾将远逝以自疏！鱼部。　　我将远行就自己和他们疏远！

邅吾道夫昆仑兮，　　　　　转我的路到那昆仑山啊，
路修远以周流。　　　　　　道路又长又远的来周游。
扬云霓之晻蔼兮，　　　　　飞扬云霓旗子的阴影啊，
鸣玉鸾之啾啾。幽部。　　　响动了玉铃声音的啾啾。

朝发轫于天津兮，　　　　　早上开车于天河的渡口啊，
夕余至乎西极。　　　　　　晚边我要到达西方的极地。
凤皇翼其承旂兮，　　　　　凤凰张翼它随交龙的铃旗啊，
高翱翔之翼翼。之部。　　　高高地飞翔起来和小心翼翼。

忽吾行此流沙兮，　　　　　忽然我行到这个沙漠地带啊，
遵赤水而容与。　　　　　　沿着这条赤水的岸边就彷徨。
麾蛟龙使梁津兮，　　　　　指挥蛟龙使它们作桥摆渡啊，
诏西皇使涉予。鱼部。　　　通告西方之神少皞给我渡江。

路修远以多艰兮,　　　　　　　道路的辽远而多艰难啊,
腾众车使径待[十四]。洪本云:待一作俟。　传话众车使在路旁等待。
路不周以左转兮,　　　　　　　路过不周山而向左转啊,
指西海以为期。之部。　　　　　直指西海作为那里相会。

屯余车其千乘兮,　　　　　　　集合了我们的车子它有千辆啊,
齐玉轪而并驰。　　　　　　　　对准了轴头玉辖就并驾齐驱。
驾八龙之婉婉兮,《释文》婉作蜿。　驾着八龙的弯弯曲曲地前进啊,
载云旗之委蛇。歌部。○洪本云:蛇一作移。一作逶迤。　载着云旗的斜斜长长地自如。

抑志而弭节兮,　　　　　　　　抑制了情绪就放下鞭子徐行啊,
神高驰之邈邈。　　　　　　　　精神高昂地奔驰到远远的地方。
奏《九歌》而舞《韶》兮,　　　　奏着《九歌》而舞着《九韶》啊,
聊假日以偷乐。宵部。○洪本云:假一作暇。　权且借了一个暇日来愉乐一场!

陟升皇之赫戏兮,朱本云:戏一作曦。　升上了皇天的光明所在啊,
忽临睨夫旧乡。　　　　　　　　忽然觌面瞧见了那个故乡。
仆夫悲余马怀兮,　　　　　　　车夫悲伤我的马也留恋啊,
蜷局顾而不行!阳部。　　　　　　别转回头就不肯再向前往!

　·谓此节自"和调度以自娱兮"起,至此而讫,始于戴震,洵为有见。屈子又设为从灵氛之吉占,高举远逝,一行仪仗甚盛。不料临睨旧乡,仆马亦皆知其不可再向西进。○按:更端而言求女、远逝,则示与上文三求女异义。试观其远逝之所经,一则曰道昆仑,再则曰至西极,三则曰诏西皇,终之以西海为期,而若有意不言其他三方者:此不惟自明其有报秦之志,远逝西方之为不可为;盖兼

以隐讽顷襄王七年西迎妇于秦,婚仇之非计,故托之仆马亦皆不胜其悲怀也。彼何人斯,乃眷西顾乎?文心之错综复杂,不易尽知,有如此者。以此知其文作在怀王归丧之后,顷襄王迎妇之前后。

○以上第五段。又设为灵氛之占劝去,巫咸之占劝留;终乃拟从灵氛之占,欲西逝而自疏。卒之,故国召唤,仆悲马怀,诗人陷入矛盾苦闷之深渊而不能自拔,绝望极已!

乱曰:
已矣哉!
国无人——
莫我知兮,
又何怀乎故都?
既莫足与为美政兮,
吾将从彭咸之所居[十五]! 鱼部。

煞尾说:
罢了哟!
国中无人——
都不了解我啊,
又为什么留恋哟故都?
既然不够共行美好的政治啊,
我打算往依前贤彭咸的所居!

○以上全篇结语。留既不可,去又不能,再放之祸固知难免,而怀沙之志乃豫决于此时。其曰"吾将从彭咸之所居",正谓此也。○龚景瀚《离骚笺》云:"莫我知,为一身言之也。莫足与为美政,为宗社言之也。"○陈深《批点楚辞》云:"《离骚》凡字二千四百七十六,可谓肆矣。然气如纤流,迅而不滞;词如繁露,贯而不糅。"
今按:

○全部屈赋主题在"眷怀祖国,系心怀王"八个字。体现于有冷静之观察与分析,有炽热之愤怒与控诉,有驰骋高空之愿望,有自我毁灭之悲哀,胥于《离骚》一篇见之。此为比较晚出而最完美最成功之代表作。其他作品构思遣词,或不免重见叠出,要不外于"重著以自明",则作者已自揭出之。读者或但见其重复总杂,便疑其为伪作,实未为知言。盖不深知其作者有矛盾苦闷之情绪,有错综复杂之思维,而有往复低回之咏叹,却彻头彻尾贯串一种声音,发自其真诚深挚之激情,与夫伟大崇高之人格,非他人可得而伪也。

【简注】《直解》大都据王逸《章句》、洪兴祖《补注》而作。
其别有据者,乃自为《简注》,亦苦未能具详也。

〔一〕篇首朕皇考之朕读瞽,今俗字作偺或咱。见章太炎《新方言》。纷,旧注:盛貌。按《方言》:纷,怡,喜也。修能者,朱本云:能一作态,非是。愚按:作态为是。因从上下文而知之。内美、修能,对文见义。扈江离与辟芷,而纫秋兰以为佩,此即所谓修态也。

〔二〕阰,旧注山名。近世有人谓隋改梁萧安县为木兰县,以古多木兰故名。即今黄陂县,阰、陂同字。俞樾云:洲陂对文,皆非实有可指之地。宿莽者,桂馥云:滇中有草似马齿苋,而叶尖茎青,盛于冬,拔之不死,折而弃之,得土复生,俗名打不死。当即《尔雅》卷施草,拔心不死也。郭以为宿莽,故盛于冬。按:旧说宿莽拔心不死,木兰去皮不死,对文见义。

〔三〕王念孙云:虽与唯同。言余唯有此修姱之行,以致为人所系累也。唯或借作虽。《大雅·抑》篇曰:女虽湛乐从,弗念厥绍。言汝唯湛乐之从也。

〔四〕俞樾云:襄二十六年《左传》,左师见夫人之步马者。杜注曰:步马,习马。步余马于兰皋,当从此解。

〔五〕王念孙云:陆离有二义,一为参差貌,一为长貌。下文云纷总总其离合兮,斑陆离其上下。参差貌也。此云岌岌为高貌,则陆离为长貌,非参差也。《九章》云:带长铗之陆离,义与此同。芳与泽云者,郭沫若先生云:泽字旧未得其解。《毛诗·秦风》:岂曰无衣,与子同泽。《郑笺》:泽,亵衣也,近污垢。即此泽字之义。按:此芳与泽分言列之,自与《大招》粉白黛黑施芳泽只,合词言之不同。泽,当读为释、为殬。《说文》:殬,败也。泽、殬、致、择古声义俱通。郭说是也。

〔六〕女媭,自是屈原之姊,详拙作《屈原之姊女媭及其他家属》。资粪葹以盈室者,《说文》草部:薋,草多貌。段注:据许君说,正谓多积菉葹盈室。薋非草名。禾部:穳,积禾也。音义俱同。[插]者,今俗作拼字。

〔七〕夏康娱,犹言下而康娱。参用戴震、王念孙说。家巷,犹言内哄。节取王念孙说。五子,《国语·楚语》士亹曰:尧有丹朱,舜有商均,启有五观,汤有太甲,文王有管、蔡。是五王者皆元德也,而有奸子。韦昭注:五观,启子,太康昆弟也。《水经注》亦云:太康弟曰五观。此所云五子,当即五观。

〔八〕洪颐煊《读书丛录》云:《孟轲列传》,持方枘欲内圜凿。《索隐》:方枘是笋也。圜凿是孔也。以方笋而内之圜孔,不可入也。故《楚辞》云:以方枘而纳圜凿,吾固知其不入。是也。案《说文》无枘字。依字义即是篗字。《一切经音义》卷十一,枘乃困反。篗嫩音皆相近。愚按:此笋篗字俗作榫。

〔九〕按:扶桑,神木名,即以名其地。咸池、扶桑与上文县圃、崦嵫同属神话地名。不可过泥其地,当以《山海经》、《淮南子》解之。今人或据《南史》、《梁书·东夷传》沙门慧深说,以扶桑国为即今之美洲墨西哥,是中国人最先发现新大陆。又以所谓扶桑木者,实即龙舌兰(剑麻?)。此亦可以广异闻也。

〔十〕览相观三字一义复词成语,犹《左传》缮完葺墙之类。《史记·张仪列传》:秦与楚接境壤界;《楚世家》秦昭王遗楚王书亦云寡人与楚接境壤界。盖当时有此语法。

〔十一〕今按:筳篿有两义,一为占卜之具,一为筹算之具。王逸云:折竹以卜。宗懔云:掷笅。笅即杯珓。此第一义也。此释《离骚》为是。《文选》五臣注云:竹筭也。高似孙《纬略》云:筹也。以此释《离骚》为误。如之释《天对》折篿剢筳四句,以对《天问》之十二焉分,意谓以筳篿布算,自得十二之数,则不为误。此第二义也。

〔十二〕孙诒让云:案此同当作周,与下调协韵。同周形近。《淮南子·泛论训》云:有本主于中,而以知榘彠之所周者也。淮南王尝为《离骚传》,《泛论》所云,必本此文。然则两汉本,固作周矣。

〔十三〕王念孙、王引之云:祗之言振也。言干进务入之人委蛇从俗,必不能自振其芬芳。《逸周书·文政》篇:祇民之死。谓振民之死也。祇与振声近而义同,故字或相通。举例从略。

〔十四〕《说文》:腾,传也。

〔十五〕《大招》末段招之以行美政,当即此所云之美政也。彭咸者谁? 宋钱杲之《离骚集传》云:"从彭咸所居,犹言从古人于地下耳。旧说谓彭咸投江,原沈汨渊为从咸所居。按原作《离骚》在怀王时,至顷襄王迁原江南,始投汨罗,不当预言投江事也。"愚按:旧说彭咸投江不误。原作《离骚》在顷襄王时,非在怀王时也。说详拙作《离骚解题》。又《屈原传评注》、《楚世家节录注》、《凡例十则》,亦各略及之矣。《离骚》之单篇本,愚惟见此钱氏《离骚集传》为古。据明董其昌刻《戏鸿堂帖》卷五,收入一篇最古之《离骚》写本,董氏定为唐欧阳询书。近人或谓:从民字不避讳,忽字写作㗥,与金文相近;姱字写作姤,与一九五五年长沙桂化园出土之晋周芳命妻潘氏衣物券上袴字写作裤之写法同例。可证此《离骚》写本确比欧书为早。又清临汾王氏刻《清芬阁帖》,收入一篇宋米芾之《离骚》写本。(原石现藏故宫博物院)或疑此是后人仿米之作品。(史树青先生《谈法帖中所保存的历史资料》,《文物参考资料》一九五七年第一期)愚意此种《离骚》本子倘俱出自唐宋,较诸王氏《章句》本、朱氏《集注》本,其字句必有异文可供校勘,全篇字数可供核计。自惜垂垂老矣,无能为役尔!

＊ 本书音注不用反切,愚见仍用直音为便,附在简注之后。

〇 裔音衣,去声。陬音邹。降古音洪。揆音葵,或葵上声。肇音兆。重平声。扈音户。辟僻同。汩音聿。謇音蹇。毗音毗。夫音扶,篇内自末章仆夫外并仿此。茝音宰,音芷。謇音郡。隘音厄,音碍。惮音但。先,去声。荃音全,一曰荃与荪同。齌音赍,音赍。謇謇,蹇蹇同,音蹇,音浅。舍,去声。羌音枪,音姜。数入声。化古音讹。

〇 畹音宛。畦音携。刈音义,音艾。葽愀同,今音近南。量,平声。鹜音务。英古音央。姱音夸,音枯。要,去声。颙音感。领音罕。擥揽同。薜荔音辟力,音敝例。茝音吕,近汝。缅音洒,音洗。搴蹇同。靰音机。羁音奇。谇讯同,音信,又音邃。攘音襄。谇音琢。偭音面。忳音屯。侘音诧,音诧。傺音察,音次。溘音合。圜圆同。相,去声。芰音技。好,去声。

○ 婴音须。嬋音蝉。嫒音爱。詈音利。婞音幸。賷音资。菉音绿。葹音施。难,去声。羿音翼。佚音逸。浞音浊。浇羿同,音傲。圉音御,音宇。茝蒩同,音近机。醯音近海。颇音坡。行,去声。相,去声。玷音粘,音店。枘音芮,或近锐,又或音嫩。浪古音郎。

○ 虬虯同,音求。溘音合。韧音刃。弭音米。崦音奄。崦音兹。嗳音爱,上声。罢音疲。溷混同。阆音郎,音凉。宓音伏。纬音挥,纟黄音划。汩音近尾。娀音戎,音嵩。鸩音忱,去声,一音称去声。佻音挑。邃音遂。

○ 蔓音琼。筳音廷。篿音专。为,去声。上女如字,下女读汝。要读腰。理音呈。帏祎同,音衣,音违。要读邀。刓,炎上声。矱音获。说音悦。菱音爱。慆音滔。椒音杀。沫音昧。麇音糜。粻音张。邅音占。崦音暗。蔼音爱,或爱上声。啾音秋。麾音挥。乘,去声。軑音岱。婉音宛。邈音莫,或音渺。戏曦同。蜷音拳。

楚辞直解卷第二

九歌

东皇太一

云中君

湘君

湘夫人○按:《湘君》《湘夫人》两篇联属,当合为一歌。

大司命

少司命○按:《大司命》《少司命》两篇联属,当合为一歌。

东君

河伯

山鬼

国殇

礼魂○按:《礼魂》一歌当为已上八歌通用之送神曲。都《九歌》十一篇。

东皇太一

吉日兮辰良,　　　　　吉利的日子啊好时光,
穆将愉兮上皇!　　　　肃穆而且愉快啊上皇!
抚长剑兮玉珥,　　　　按着长剑啊玉剑鼻,
璆锵鸣兮琳琅。　　　　玉佩锵锵地响啊琳琅。

全篇三节。○首言神之态度及佩带之盛,实指饰神之巫。○按:玉具剑为至尊贵者所佩,始见于《诗》咏公刘;太一,尊贵无二之神,故饰此神之巫佩之。饰神之巫自神而言,即谓之神,或谓之灵。就巫而言,则谓之灵保,犹《诗》之所谓神保,盖为人与神间之中介者也。从来说者多未先明斯义,此《九歌》之所以难于通读也。王国维《宋元戏曲考》曰:"《楚辞》之灵,殆以巫而兼尸之用者。"斯

言得之。

瑶席兮玉瑱，洪本云：瑱一作镇。　　铺的瑶席啊压的玉镇，
盍将把兮琼芳。　　　　　　合着而且捧着啊琼枝的花香。
蕙肴蒸兮兰藉[一]，洪本云：蒸一作烝，一作蒸。朱本云：一作承。
　　　　　　　　　　蕙草薰的块肉啊兰花的底子，
奠桂酒兮椒浆。　　　　祭奠的是桂酒啊又是椒浆。
　　○次言陈设及饮馔之盛。○按：宋人诗话云："蕙肴蒸兮兰藉，奠桂酒兮椒浆。蒸蕙肴对奠桂酒，今倒用之，谓之蹉对（交叉对）。"此以蒸为动词，别是一解。

扬枹兮拊鼓，　　　　　挥起鼓槌啊打着鼓响。
疏缓节兮安歌，　　　　稀疏的慢拍啊唱着低腔；
陈竽瑟兮浩倡。　　　　吹竽弹瑟啊高音领唱。
灵偃蹇兮姣服[二]，洪本云：姣一作妖，服一作服。
　　　　　　　　　　神灵高贵啊华丽衣裳，
芳菲菲兮满堂。　　　　香气菲菲啊散满一堂。
五音纷兮繁会，　　　　五音纷纷啊众乐合奏，
君欣欣兮乐康！阳部。　　神君欣欣啊快乐安康！
　　○末言歌舞之盛。以上全为迎神之巫一人领唱，故中有"浩倡"之语。有倡有和，犹《诗》之所谓"倡予和女"也。○窃意此迎神之巫，不必限于一人；以歌为主，未尝不舞。饰神之巫，每神限于一人，以舞为主，然亦未尝不歌也。读者细玩，当自得之。下或仿此，不复详云。○按：何焯《义门读书记》云："安歌，升歌也。浩唱，间歌也。"训安为升，读倡为唱，似非。又云："五音纷兮繁会，合乐也。"是。

云中君

浴兰汤兮沐芳[一],   浴身是兰汤啊洗头是香汤,
华采衣兮若英。 华彩的衣裳啊像花朵一样。
灵连蜷兮既留,_{洪本云：一本灵下有子字。} 神灵盘旋作舞啊都在等待,
烂昭昭兮未央。 晨光亮亮啊还没有完场。

  全篇三节。○首言巫所饰之云神服饰香美,酣歌恒舞达旦。

蹇将憺兮寿宫！ 高大而且安乐啊寿宫！
与日月兮齐光！_{洪本云：齐一作争。} 和天空的日月啊齐光！
龙驾兮帝服, 乘的龙车啊穿的帝服,
聊翱游兮周章[二]！_{阳部。} 姑且遨游啊周旋安详！

  ○次言云神之降于神宫。○何焯云："太史公'虽与日月齐光'之语,本屈子词。"

灵皇皇兮既降, 神灵煌煌啊已经降临,
猋远举兮云中。_{洪本云：李善引此作焱,其字从火,非也。} 突起远飞啊云中。
览冀州兮有余[三], 遍览中国啊力有余剩,
横四海兮焉穷？ 横行四海啊哪里是止境？
思夫君兮太息, 想念那个神君啊长声叹息,
极劳心兮忉忉！_{中部。○洪本云：忉一作忡。} 极其劳心啊忡忡地跳动！

  ○末言云神之忽降忽去,劳心相思。以上全为迎神之巫一人领唱。余同前篇。○刘熙载《艺概》云："《楚辞·九歌》两言以蔽之,曰：乐以迎来,哀以送往。"

湘君

君不行兮夷犹！　　　　　　　君不肯行啊夷夷犹犹！
蹇谁留兮中洲？　　　　　　　硬要等待谁啊洲里头？
美要眇兮宜修，^{洪本云：眇一作妙。一本宜上有又字。}　美质细妙啊又宜打扮，
沛吾乘兮桂舟〔一〕。　　　　劈拍地我就趁上了啊桂舟。
令沅湘兮无波，　　　　　　　命令沅、湘之神啊不起波浪，
使江水兮安流。^{幽部。}　　　使得大江之水啊安然缓流。
望夫君兮未来，^{洪本云：未一作归。}　盼望那个神君啊还没有来，
吹参差兮谁思！^{之部。○洪本云：参差一作篸䀜。}　吹着排箫啊想念谁哉！

全篇四节。○首叙湘夫人乘舟往迎湘君，而疑其何以未来。待谁耶？修饰耶？为水波所阻耶？何令人且望且思之久也！相传参差之箫为舜所创，玩其物而益思其人矣。○盖湘君为舜，南巡不返；湘夫人为二妃，追从不及。生死乖违，怨慕无已！伉俪之深情固有不以老寿而衰者。苟先明乎此，则此一半神半人之古歌舞悲剧，不难心赏而神遇之矣。

驾飞龙兮北征，　　　　　　　驾着飞龙之舟啊北行，
邅吾道兮洞庭。　　　　　　　折转我的路向啊洞庭。
薜荔柏兮蕙绸〔二〕，^{洪本云：柏一作拍。}　薜荔席子附着舱壁啊蕙草缠着，
荪桡兮兰旌。^{洪本云：荪一作荃，旌一作旍。}　荪草做的小桨啊兰草做的船旌。
望涔阳兮极浦〔三〕，　　　　望着涔阳啊远浦，
横大江兮扬灵。^{耕部。○按《离骚》云：皇剡剡兮其扬灵。}　航过大江来啊显灵！
扬灵兮未极，　　　　　　　　显灵啊还没到呢，
女婵媛兮为余太息。　　　　　侍女搀扶啊为我长叹息。

横流涕兮潺湲,　　　　　　　涕泪横流啊点点滴滴,
隐思君兮陫侧! _{之部。}　　　暗自想君啊伤心悱恻!

　　○次叙湘夫人乘舟北行,迎湘君未至,将废然而返。侍女为夫人叹息,夫人自益不胜其情。○玩北征遭道之语,湘夫人盖自黄陵山下泛舟而转向北渚者。按:黄陵山,在湘阴县北四十五里,一名湘山。《括地志》:青草山。《名胜志》:黄陵山,舜二妃墓在其上。《清一统志》(三五六)云:"黄陵庙在湘阴县北四十里。唐韩愈有《记》。《水经注》:大湖水西流,径二妃庙南,世谓之黄陵庙。言大舜之陟方也,二妃从征,溺于湘江,故名,为立祠于水侧焉。"

桂櫂兮兰枻, _{洪本云:枻一作栧。}　　桂木长桨啊木兰桨桩,
斵冰兮积雪。 _{洪本云:一云斵层冰。}　　斵开层冰啊冰上积雪。
采薜荔兮水中?　　　　　　采薜荔之果啊水里头?
搴芙蓉兮木末?　　　　　　拔荷花啊树尖末?
心不同兮媒劳,　　　　　　两心不同啊媒人徒劳,
恩不甚兮轻绝! _{祭部。}　　　恩爱不深啊容易诀绝!

石濑兮浅浅,　　　　　　　石滩之流啊浅浅,
飞龙兮翩翩。　　　　　　　飞龙之舟啊翩翩。
交不忠兮怨长,　　　　　　相交而不忠诚啊长久抱怨,
期不信兮告余以不闲! _{元,真合韵}
　　　　　　　　　　　　　相约而不守信啊告诉给我"不闲"!

朝驰余兮江皋? _{洪本云:朝一作朝。}　早上奔驰啊江边头?
夕弭节兮北渚?　　　　　　晚边停鞭啊北渚里?

鸟次兮屋上？ 鸟栖息啊屋上头？
水周兮堂下？ 鱼部。 水环绕啊堂脚底？

　　〇中叙湘夫人归途中寻思湘君所以未来之故,并想象其行止之所在。疑信之意,怨慕之情,跃然纸上。〇玩江皋、北渚之语,及下篇"帝子降兮北渚"之呼,即知湘君祠之所在为北渚。按:吴敏树《巴陵县志》云:"窃谓《楚辞》'帝子降兮北渚',北渚当即君山。所谓五渚,当以东西南北中言之。君山在北为北渚,则艑山东,磊石南,明山西,团山中也。"郭嵩焘《湘阴县图志·兵事志》:"巴陵吴舍人云:《楚词·湘夫人》:'帝子降兮北渚。'湘水至君山北会江,北渚当即君山。《史记》连洞庭五渚为文,五渚皆湖上岛屿,磊石山当南渚矣。其言可信。"至《水经注·湘水》篇之所谓冯水,"带约众流,浑成一川,谓之北渚"。此在今湖南江华县,则去洞庭远矣,非即《九歌》中之北渚也。

捐余玦兮江中, 抛弃了我的扳指啊江中,
遗余佩兮醴浦[四], 洪本云:醴,一作澧。 投赠了我的玉佩啊澧浦。
采芳洲兮杜若, 采了洲上的芳草啊杜若,
将以遗兮下女。 打算投赠啊您的侍女。
时不可兮再得, 时光不可啊再得,
聊逍遥兮容与! 鱼部。 权且逍遥啊从容散步!

　　〇末叙湘夫人捐玦遗佩。玦、佩,朝服之饰。实为饰湘夫人之巫以此物沉祭于湘君;并遗芳于其侍女,冀以代致殷勤之意。以上当全为迎神之巫所歌,即饰湘夫人之巫所领唱。〇按:甲骨文中已有沉霾之祭。《尔雅》:"祭川曰浮沉。"《觐礼》:"祭以沉。"《贾疏》云:"不言浮,亦文略也。"殆沉者用牲玉,浮者用衣帛欤?钱澄之《屈诂》曰:"待久不至,乃捐玦遗佩为记,使知吾之至而久候也。"说若可通,恐亦未是。今人或谓为"表示诀绝之意",益非矣。

湘夫人

帝子降兮北渚! 公主降临啊北渚!
目眇眇兮愁予, 一望渺渺啊愁杀了吾,
袅袅兮秋风, 长软软的啊秋风,
洞庭波兮木叶下。_{鱼部。} 洞庭生波啊木叶飞舞。

白薠兮骋望,_{洪本云:薠或作蘋。一本此句上有登字。} 一片白薠之草啊纵目展望,
与佳期兮夕张。_{洪本云:一本佳下有人字。一云与佳人分期夕张。} 和佳人相约啊晚宴铺张。
鸟萃兮蘋中? _{洪本云:一本萃上有何字。} 水鸟聚宿啊蘋草里?
罾何为兮木上?_{阳部。} 鱼罾为什么啊树头上?

沅有茝兮醴有兰,_{洪本云:茝一作芷。醴一作澧。} 沅水有芷啊澧水有兰,
思公子兮未敢言。 想念公主啊未敢明言。
荒忽兮远望,_{洪本云:荒一作慌,忽一作惚。} 慌慌惚惚啊远望,
观流水兮潺湲!_{元部。} 瞧着流水啊潺潺湲湲!

麋何食兮庭中?_{洪本云:食一作为。} 麋鹿吃什么啊庭中?
蛟何为兮水裔? 蛟龙为什么啊水滨?
朝驰余马兮江皋,_{洪本云:一云朝驰骋兮江皋。} 早上跑我的马啊江堤,
夕济兮西澨!_{祭部。} 晚边摆渡啊江岸西!

○首叙湘君在北渚,张设晚宴,以俟湘夫人之来降,朝驰江皋,夕济西澨以待之。○《吴氏荆溪林下偶谈》二:"文字有江湖之思,起于《楚辞》。'袅袅兮秋风,洞庭波兮木叶下',模写无穷之趣如在

目前,后人多仿之者……"○刘熙载《艺概》云:"叙物以言情谓之赋。余谓《九歌》最得此诀。如'袅袅兮秋风,洞庭波兮木叶下',正是写出目眇眇兮愁予来。'荒忽兮远望,观流水兮潺湲',正是写出思公子兮未敢言来。俱有目击道存,不可容声之意。"

闻佳人兮召予,	听说佳人啊请我,
将腾驾兮偕逝〔一〕。	打算传话驾车人啊同载。
筑室兮水中,	那是建筑宫室啊水中,
葺之兮荷盖?_{祭部。○洪本云:一本云以荷盖。}	修盖它啊用的荷叶盖?
荪壁兮紫坛,	溪荪饰壁啊紫贝砌坛,
匊芳椒兮成堂〔二〕。_{洪本云:一云播芳椒兮盈堂。}	散播香的花椒啊满堂。
桂栋兮兰橑,	桂木栋梁啊木兰椽子,
辛夷楣兮药房。	辛夷花木门楣啊芷叶饰房。
罔薛荔兮为帷,	网着薛荔藤子啊作为帐幕,
擗蕙櫋兮既张〔三〕。_{洪本云:擗一从木,一作擘。櫋一作櫋。朱本云:擗一作辟。}	卷结蕙草作檐啊已经高张。
白玉兮为镇,_{洪本云:镇一作瑱。一本为上有以字。}	白玉啊作为压席的镇子,
疏石兰兮为芳。_{洪本云:一本兮下有以字。一云疏石兰以为芳。}	分布石兰啊作为芳香。
芷葺兮荷屋,_{洪本云:一本葺下有之字。}	白芷筑墙啊荷叶屋,
缭之兮杜衡。_{阳部。○洪本云:一本兮下有以字。衡一作蘅。}	围绕它的啊是香草杜衡。
合百草兮实庭,	集合百草啊满庭,
建芳馨兮庑门。	扎起香花啊两廊大门。
九嶷缤兮并迎,_{洪本云:嶷一作疑。}	九疑山神纷纷啊同来欢迎,

灵之来兮如云！ 文部。　　　　　神灵的来降啊随从如云！

○次叙湘君闻湘夫人之相召而将往。幻想其已修筑水中宫室以相待；又幻想九疑之群神并来迎迓，而冀其率随从如云之下女以俱来也。○按：九疑山在今湖南宁远县"南六十里，亦曰苍梧山。虞帝南巡，实崩于此，至今有帝陵在焉"（《古今图书集成一二七三》）。○黄文焕《楚辞听直》曰："首葺荷盖，仰得所庇，而居易就也。先言堂，后言房，筑室之次第也。言堂而先以坛，言房而继以帷，又成室之次第也。"○钱澄之《屈诂》曰："闻佳人召者，妄想生妄听也。腾驾偕逝，言随召者飞腾而去，喜极欲速至也。未至之时，便思从神久居，作许多布置。空中楼阁，何所不极！"

捐余袂兮江中〔四〕，　　　　　抛弃了我的夹袄啊江中，
遗余褋兮醴浦。洪本云：醴一作澧。　　投赠了我的单衫啊澧浦。
搴汀洲兮杜若，　　　　　　　　拔了平洲上的香草啊杜若，
将以遗兮远者。洪本云：者一作渚。　　像在打算投赠啊远来侍女。
时不可兮骤得，　　　　　　　　时光不可啊屡得，
聊逍遥兮容与！鱼部。○洪本云：与一作冶。　权且逍遥啊从容散步！

○末叙湘君亦捐袂遗褋以浮祭湘夫人；并遗芳于其自远道来之随从者，冀其代致殷勤之意。以上当全为迎神之巫所歌，即饰湘君之觋所领唱。○孙志祖《文选李注补正》曰："'捐袂'以下六句，与《湘君歌》（当作《湘夫人歌》）捐玦遗佩一律，只是古诗重叠章法。"○按：玦佩，男子之物。袂褋，女子之物。玦佩，贵之也。袂褋，亲之也。各以其对方所需要者而捐遗之、而浮沉祭之；非必如今人之所谓"各弃其前此所诒之物，以示诀绝之意也"。原为巫祝以浮沉礼物祭神，特假神尸互赠礼物之形像以出之，生动有趣，饶有戏剧性，奈何治《骚》者不以祭礼"狸沉"、"祭川浮沉"之说释之？

金鹗《求古录·礼说》有《燔柴瘗埋考》一文,可供参稽。
今按:

○《湘君》、《湘夫人》二篇当合为一歌,而湘君、湘夫人实后先登场,演出彼此偕老百年、永矢不渝之爱,最后却不得一见之悲剧。并就以湘江、洞庭间为背景之此一神话与古史传说相互渗透、融合,作出如此感人之艺术渲染。此以湘君、湘夫人为舜与二妃,用王逸、王闿运一说,核与歌旨吻合。据此可以读通。其他有郭璞《山海·中次十二经注》天帝二女一说;《史记·秦始皇本纪》秦博士之湘君尧女舜妻一说;与韩愈《黄陵庙碑》湘君娥皇、湘夫人女英一说;还有《山海北经》、《路史发挥》、陈士元《江汉丛谈》、郑敦曜《亦若是斋随笔》,皆用舜第三妃癸比氏(一作癸北、一作登比)所生二女宵明、烛光一说;赵翼《陔余丛考》、郭嵩焘《湘阴县图志》湘君、湘夫人为夫妻,江湘之有夫人,犹河洛之有宓妃,不必求其人以实之一说。若据上诸说,读此《九歌》二篇,则皆有不可通者在也。

大司命

广开兮天门!	大开啊天门!
纷吾乘兮玄云。	喜我乘着啊青云。
令飘风兮先驱,	命令旋风啊做我先驱,
使涷雨兮洒尘。^{文部。}	差使暴雨啊替我洒尘。

○神自述下降之排场。明此为饰神之巫所歌。

君回翔兮以下,^{洪本云:以一作来。}	神君回翔啊已经下来,
逾空桑兮从女。	越过空桑之山啊跟随您去。
纷总总兮九州,	纷扰扰的人啊九州,
何寿夭兮在予?^{鱼部。}	为什么长生短命啊在您给予?

高飞兮安翔,　　　　　　　　　　高飞啊缓缓地回翔,
乘清气兮御阴阳。^{洪本云:清一作精。}　　乘着清气啊驾着阴阳。
吾与君兮斋速〔一〕,^{朱本斋作齐。}　　我给君啊敬谨奔走,
导帝之兮九坑。^{阳部。○洪本云:导一作道。坑一作阬,《文苑》作冈。}　　引导帝神前往啊九冈。

　　○言见神之降而迎之,而导至楚郊禋祀之地九冈山。明此为迎神之巫所歌。○按:文所谓帝,为主宰人之生死寿夭之天帝。帝为天神尊贵者之通称,《云中君》亦云龙驾帝服,不必上帝五方之帝所专称也。其云九坑,《文苑英华》作九冈,是宋初所见《楚辞》古本有作九冈者。九冈当为山名。《左氏昭十一年传》:"楚子灭蔡,用蔡太子于冈山。"用太子者,楚杀之为牲。周拱辰《离骚草木史》云:"坑,岗同。《郢地志》有九岗山,在今湖北松滋县。"《章句》释为九州之山,《洪补》释为《职方氏》九州山镇。若然,则楚祀神当在楚,何必导之遍之九州之山耶?

灵衣兮被被,^{洪本云:被一作披。}　　神的衣服好轻啊披披,
玉佩兮陆离。　　　　　　　　　　玉佩拖的好长啊陆离。
壹阴兮壹阳,　　　　　　　　　　千变万化啊只是一阴一阳,
众莫知兮余所为!^{歌部。}　　　　众人都不知道啊我所作为!

　　○神自述服饰之盛,及其造化之神秘,而众莫知之。明此又为饰神之巫所歌。

折疏麻兮瑶华,　　　　　　　　　折下疏麻啊花似瑶华,
将以遗兮离居。　　　　　　　　　打算拿去赠送啊离居。
老冉冉兮既极,^{洪本云:极一作终。}　　老境渐渐啊已到,
不寖近兮愈疏!^{鱼部。○洪本云:寖一作侵,一作浸。兮一作而。愈一作逾。}　　不稍亲近啊会愈生疏!

乘龙兮辚辚，^{洪本云：《释文》辚作軨}　　　　　　乘着龙车啊车声辚辚，
高驼兮冲天。^{洪本云：驼一作驰。朱本云：冲一作衶。}　　向高奔去啊冲向天空。
结桂枝兮延伫，^{洪本云：《释文》延作迡}　　　　结着桂枝送客啊久待，
羌愈思兮愁人！^{真部。}　　　　　　　　　况愈想念啊愈是愁人！

愁人兮奈何〔二〕？　　　　　　　　　　　愁人啊奈何？
愿若今兮无亏！　　　　　　　　　　　　愿像今日啊礼敬无亏！
固人命兮有当，　　　　　　　　　　　　本来是人的命运啊各有安排，
孰离合兮可为？^{歌部。洪本云：一云孰离合兮不可为。}　谁的离合悲欢啊可以自由变改？

〇言神之去而送之，有无限惜别之意，并以人神间离合之感作结。明此为送神之巫所歌。

少司命

秋兰兮麋芜，^{洪本云：麋一作蘪。}　　　　　　秋兰啊麋芜，
罗生兮堂下。　　　　　　　　　　　　　罗列生着啊厅堂下。
绿叶兮素枝，^{洪本云：枝一作华。}　　　　　　绿的叶啊白的花枝，
芬菲菲兮袭予。　　　　　　　　　　　　香喷喷啊扑到了吾。
夫人自有兮美子，^{洪本云：一云夫人兮自有美子。}　那些人啊自有爱人，
荪何以兮愁苦？^{鱼部。〇洪本云：以一为乌。}　　您为什么啊要愁苦。

〇言香花供养之盛，并就神主男女之爱而劳来之。明此为迎神之巫所歌。〇洪亮吉《北江诗话》五云："体物之工，后人未有及前人者。即如汉、唐以来，咏兰诗亦多矣，而《楚辞·九歌》以二语括之曰：'绿叶兮素枝，芳菲菲兮袭予。'只八字而色香味俱到。"

秋兰兮青青，^{洪本云：一本兰下有生字。}　　　　秋兰啊青青，

绿叶兮紫茎。 绿的叶啊紫的茎。
满堂兮美人, 满堂啊美人,
忽独与余兮目成！_{耕部。} 忽偏和我啊眉目传情！

　　○言满堂美人,忽有独以眉目示意于我,若有所求者。明此为饰神之巫所歌。

入不言兮出不辞,_{洪本云:辞一作词。} 来不说话啊去不作辞,
乘回风兮载云旗。 乘着旋风啊载着云旗。
悲莫悲兮生别离, 悲莫悲过于啊生别离,
乐莫乐兮新相知！_{歌、支通韵。} 乐莫乐过于啊新相知！

荷衣兮蕙带, 荷叶为衣啊蕙草为带,
儵而来兮忽而逝。_{洪本云:儵一作倏。来一作徕。} 倏然而来啊忽然而逝。
夕宿兮帝郊, 晚上歇宿啊天帝之郊,
君谁须兮云之际？_{祭部。} 您等谁啊白云的边际？

与女游兮九河！ 愿跟您同游啊九河！
冲风至兮水扬波。 冲风到了啊河水扬波。

　　按:王逸无注。盖古本无此二句。○《洪补》曰:"此二句,《河伯》章中语也。"○何焯云:"'与汝游兮九河'二句,犹言江汉以濯之也。"

与女沐兮咸池！_{洪本云:一作咸之池。} 愿跟您洗头啊咸池！
晞女发兮阳之阿。 晒干您的头发啊阳阿。
望美人兮未来,_{朱本美作媺,来作徕。} 望着美人啊还没有来,
临风怳兮浩歌！_{歌部。} 临风恍忽啊只有高歌！

孔盖兮翠旍，_{洪本云：旍一作旌。一本此句上有扬字。}　　孔雀尾的车盖啊翠鸟羽的铃旅，
登九天兮抚彗星。　　　　登上九天啊抚摩长尾的大彗星。
竦长剑兮拥幼艾，_{朱本竦作怂。}　挺着长剑啊簇拥着美好的少年人，
荪独宜兮为民正！_{耕部。○洪本云：荪一作荃。}　您独恰好啊作为人民的主宰神！

　　○言神忽来忽逝，送之不及。望美人而未来，自不胜其离合悲乐之感，惟有临风怳然，发为浩歌而已。并颂神之威灵作结。明此为送神之巫所歌。○按：文所谓"夕宿帝郊"者，岂少司命亦得称帝？抑或其为帝子之俦，高禖之类乎？○《世说新语》十三（《豪爽》）云："王司州在谢公座，咏'入不言兮出不辞，乘回风兮载云旗'。语人云：当尔时，觉一座无人。"王世贞《艺苑卮言》二云："'入不言兮出不辞，乘回风兮载云旗'，虽尔悦忽，何言之壮也！'悲莫悲兮生别离，乐莫乐兮新相知'，是千古情语之祖。"
今按：

　　○《大司命》、《少司命》合为一歌，而大司命、少司命实各自登场，同演出人间之喜剧。盖一司人之寿夭，一司人之美子（爱人），同为主宰人生两大命运之神，而为楚人所迷信者也。中国古神话司命运之女神二人，希腊古神话司命运之女神盖三人也。

东君

暾将出兮东方！　　　　　旭日将出啊东方！
照吾槛兮扶桑〔一〕。　　　照着我的栏杆啊扶桑。
抚余马兮安驱，　　　　　按住我的马啊缓奔，
夜皎皎兮既明。_{阳部。洪本云：皎一作皦。}　夜色皎皎啊天已亮。

　　按：扶桑，当即《山海经》所云之汤谷有扶木。此神话木名，同时即以为地名。记《南齐书·扶桑传》沙门慧深来说云，扶桑在大汉东二万里。晚近学者或以为此即今之墨西哥，并以为慧深是发

见美洲之第一人。其说未必是,要之亦新奇可喜也。已略见《离骚》注。

驾龙辀兮乘雷,　　　　　　　　驾着龙辕啊车响如雷,
载云旗兮委蛇。　　　　　　　　上载云旗啊旗影斜垂。
长太息兮将上,　　　　　　　　长声叹息啊打算向上,
心低徊兮顾怀。_{洪本云。低一作徘,一作僮。}　　心里迟疑啊瞻顾思维。
羌声色兮娱人,　　　　　　　　况声色啊给人娱乐,
观者憺兮忘归!_{歌、脂合韵。}　　　观众贪恋啊忘归!

○戴震云:"言日之初出,其神自上而下,于是作乐舞以迎,而声音容色之盛,令人忘归。"○按:上文称吾、余,乃神自称。明此为饰神之巫(灵保)所歌。

缊瑟兮交鼓,_{洪本云:缊一作纽。}　　绷紧清瑟来弹啊对打着鼓,
箫钟兮瑶簴〔二〕。　　　　　　　鼓起钟来啊摇动它的座柱。
鸣篪兮吹竽,_{洪本云:篪一作箎。}　　吹响了篪啊又吹响了竽,
思灵保兮贤姱!　　　　　　　　可想到灵保啊美好劳苦!
翾飞兮翠曾〔三〕,　　　　　　　轻飞啊猝举,
展诗兮会舞。_{鱼部。}　　　　　　唱诗啊合舞。
应律兮合节,　　　　　　　　　应着旋律啊合着拍子,
灵之来兮蔽日!_{脂部。}　　　　　神灵的来啊遮天蔽日!

○写声色歌舞之盛。并思灵保(饰神之巫)之贤劳,盼神灵之来降。明此为迎神之巫所歌。

青云衣兮白霓裳,　　　　　　　青云为衣啊白霓为裳,

举长矢兮射天狼！	举起长箭啊射杀天狼！
操余弧兮反沦降，	拿了我的弓啊就转身下降，
援北斗兮酌桂浆！	引来北斗啊酌起名酒桂浆！
撰余辔兮高驼翔，	准备我的缰绳啊高飞翔，
杳冥冥兮以东行！^{阳部。}	微光暗淡淡啊又已东行！

○戴震云："秦之强也,占于狼弧。此章有报秦之心,故举分野之星言也。"○按:文两称余,乃神自称,其云"射天狼"者,隐指报秦。其云"援斗酌浆",则愿于胜秦之后饮至也。明此又为饰神之巫所歌。○倘认东皇太一为至尊至贵的独一无二的太阳之神,则此所祀者,非日神,盖日御之神羲和也。

河伯

与女游兮九河，	和你同游啊九河，
冲风起兮横波。^{洪本云：一本横上有水字。朱本云：横作水扬二字。}	暴风起了啊横过大波。
乘水车兮荷盖，	乘着水车啊车盖是绿荷，
驾两龙兮骖螭。^{歌部。○洪本云：一本螭上有白字。}	驾着两龙啊帮驾的龙没角。

登昆仑兮四望，	登上昆仑山啊四面张望，
心飞扬兮浩荡。^{阳部。}	心意飞扬啊胸襟浩荡。
日将暮兮怅忘归，	日色将晚啊怅然忘归，
惟极浦兮寤怀！^{脂部。}	想到远浦啊觉有所怀！

○戴震云："九河,河之委；昆仑,河之源。浦,则别通之口。言遍游之也。"按:此言男水神约女水神同游九河,而企待女水神之即至。乘两龙者,冰夷也。冰夷即河伯冯夷,见《海内北经》郭注。明此为饰河伯之巫所歌。○又按:文言登昆仑者,盖古传河出昆仑(如《艺文类聚》引《河图》、《水经》),则昆仑固为河伯陟降之所。近

经河源查勘队实地勘察,已知黄河正源远在青海星宿海以西之约古宗列盆地。其西邻雅合拉达合泽山峰;复西向,则紧接昆仑山矣。顷据新测黄河流域者云:黄河流经青海、四川、甘肃、宁夏、内蒙古、山西、陕西、河南、山东九省区;长度为五四六四公里;流域面积为七五二四四三平方公里。

鱼鳞屋兮龙堂, 鱼鳞为屋啊龙鳞堂,
紫贝阙兮朱宫。洪本云:《文苑》作朱宫。 紫贝门楼啊红珠宫。
灵何为兮水中?中部。 神灵为什么啊水中?
　　○戴震云:"此言至河伯所居。"按:自此以下盖为女水神之辞。

乘白鼋兮逐文鱼,洪本云:一无文字。 乘着白色大鳖啊追逐文鱼,
与女游兮河之渚。 和你同游啊黄河里的沙渚。
流澌纷兮将来下?鱼部。○《洪补》云:澌当从仌。 解冻的冰块纷纷啊你将来下?
　　○戴震云:"言至洲侧观流冰,将与河伯别也。"

子交手兮东行〔一〕, 你拱手啊东行的人,
送美人兮南浦! 差别美人啊南浦!
波滔滔兮来迎? 波浪滔滔啊来迎?
鱼邻邻兮媵予!鱼部。○洪本云:邻一作鳞。 鱼队队啊陪送吾!
　　○戴震云:"言河伯执手送己,将由南浦以归也。"按:此女水神告别之语。上二句称河伯为子,与自称美人对文;美人犹言美子也。下二句云"来迎",云"媵予",似暗约亲迎,是丁宁语。明此为饰女水神之巫所歌。○全篇盖为男水神与女水神之互歌对舞也。据郭沫若先生说,是。近人有谓此即咏河伯娶妇故事者,大谬!文中不曾触及此故事也。试取《史记·滑稽列传》附叙西门豹事尾段

一读之,便知。说详掘作本篇《解题》。

山鬼

若,有人兮山之阿! _{章太炎《新方言》、读若为诺。}
披薜荔兮带女罗。 _{歌部。洪本云:罗一作萝。}
既含睇兮又宜笑,
子慕予兮善窈窕! _{宵部。}

唶,这里有人啊山角落!
披着薜荔啊带着女萝。
既宜含情一瞟啊又宜笑,
您爱我啊幽闲专静得好?

○戴震云:"拟山鬼之状,因代其语。"

乘赤豹兮从文狸, _{洪本云:狸一作貍。}
辛夷车兮结桂旗。
被石兰兮带杜衡。 _{洪本云:衡一作蘅。}
折芳馨兮遗所思!
余处幽篁兮终不见天,
路险难兮独后来! _{之部。}

乘赤豹啊随花狸,
辛夷车啊扎桂旗。
车上披了石兰啊带了杜衡,
摘下了香花啊赠给相思的!
我住竹林深处啊总不见天,
道路险阻啊偏来迟了一点!

○戴震云:"言山鬼之出而因代其语。上章言山鬼谓人慕己,此章则山鬼亲人。"○按:以上首段,言山鬼出行,求其所思者。其称子,乃对慕山鬼者之称;其称予或余,则山鬼自称也。两言被带者,一击乎山鬼自身,一击乎山鬼之车也。明此为饰山鬼之巫所歌。○按:此云"山之阿"为岌岌,指山鬼之所在;彼云"山之上","山中人",则指慕山鬼者无疑矣。旧有注说皆未分析明确。

○贺贻孙《骚筏》云:"《山鬼》篇不作人佞鬼语,奇;作鬼佞人之词,更奇。若有人兮山之阿,无端说鬼,惝恍幻妙。披薜荔兮带女罗,鬼中安得有此高士?既含睇兮又宜笑,鬼中安得有此美人?子慕子兮善窈窕,鬼趣也。折芳馨兮遗所思,鬼韵也。乘赤豹兮从文狸,鬼舆从也。凭空点缀,字字奇绝。"

表独立兮山之上！　　　　　　　特表独立啊高山之巅！
云容容兮而在下。　　　　　　　湿云溶溶啊就在山下面。
杳冥冥兮羌昼晦，　　　　　　　微光暗淡淡啊竟是阴天，
东风飘兮神灵雨。^{洪本云：飘一作飘飘。}　东风飘飘啊神灵下雨点。
留灵修兮憺忘归，　　　　　　　正等待着你灵修啊贪恋忘归，
岁既晏兮孰华予？^{鱼部。}　　年岁已晚啊给我光彩的是谁？

　○戴震云："此言人至山鬼之所而留之。已下三章则所留之人既去，而为离忧之辞也。"○按：《湘君》篇："蹇谁留兮中州。"王注："留，待也。"

采三秀兮于山间，^{郭沫若读于为巫。}　采一年三花的芝草啊巫山间，
石磊磊兮葛蔓蔓。　　　　　　　石堆子磊磊啊葛藤子蔓蔓。
怨公子兮怅忘归，　　　　　　　抱怨公子啊怅然忘归，
君思我兮不得闲？^{元部。}　　君想我啊可不得闲？

　○戴震云："始望其来，曰意者君思我而不得闲乎？"

山中人兮芳杜若！　　　　　　　山里人啊好像是香草杜若！
饮石泉兮荫松柏，　　　　　　　饮的石泉啊遮荫的是松柏，
君思我兮然疑作？^{鱼部。}　　君想我啊是呀非呀起疑惑？

　○戴震云："继望之不来，则莫必其思我，而疑信交作也。"

靁填填兮雨冥冥，^{洪本云：靁一作雷。}　雷声填填啊雨色冥冥，
猨啾啾兮又夜鸣。^{耕部。○洪本云：又一作狖。}　猿啼啾啾啊况又夜鸣。
风飒飒兮木萧萧，^{洪本云：萧萧《文苑》作搜搜。}　风沙沙啊树叶飕飕，

| 思公子兮徒离忧！ ^{幽部} | 想念公子啊空有离愁！ |

○戴震云："终望之甚,曰徒我思君如此离忧耳。"○按：全篇明为先后巫觋两不见面之独唱。末段言慕山鬼者,留待山鬼不至,而自悲年岁迟暮,徒遭离忧。其称神灵、灵修、公子与君,皆谓山鬼也。其称予、称我,则慕山鬼者所自称也。其云"采三秀兮于山间"者,所以兴思山鬼也。明此为饰慕山鬼者之觋所歌。○玩《高唐赋》帝女瑶姬未行而亡之言,则此慕山鬼者殆与帝女生前有婚约成言者欤？一则未嫁而死,一则待娶而生,生死乖违,永无邂逅,是诚一大悲剧已！《湘夫人》篇称公子与称帝子同,为称帝女。此篇亦称公子,自是帝子之俦。山鬼当为巫山之神,帝之季女,未行而亡,其精魂化为䔟草或灵芝者,确乎无疑也。

今按：

○《山鬼》维何？《章句》未明。《洪补》谓为《庄子》山有夔、《淮南子》山出噭阳之类。王夫之直以为胎生动物之山魈,而非可怖之鬼物。王闿运又以为鬼谓远祖,山者君象,祀楚先君无庙者。其实皆非也。余夙读《山海经》,意山鬼为女尸,为巫山神女。《中次七经》云："姑媱之山,帝女死焉,其名曰女尸,化为䔟草,其叶胥成,其华黄,其实如菟丘,服之媚于人。"毕沅注云："李善注《文选》江淹《别赋》、宋玉《高唐赋》曰：'我,帝之季女,名曰瑶姬。未行（未嫁）而亡,封于巫山之台,精魂为草,实为灵芝。'"又云："《襄阳耆旧传》：赤帝女姚姬,未行而卒,葬于巫山之阳。"据此而言,得谓山鬼非女尸,即非巫山神女乎？《山鬼》云："采三秀兮于山间。"《章句》云："三秀,谓芝草也。"此非灵芝,非䔟草,非帝女精魂所化之神话植物乎？采三秀以兴求山鬼,非慕山鬼者之情语乎？复以《山鬼》篇中描绘其所在环境之景观,证之《水经注》：一云"余处幽篁兮终不见天","杳冥冥兮羌昼晦",一云"重岩叠嶂,隐天蔽日,自非停午夜分,不见曦月"；又一云"饮石泉兮荫松柏","猿啾啾兮又夜鸣",

一云"绝巘多生怪柏,悬泉瀑布飞漱其间。常有高猿长啸,空谷传响"。此固因文有韵散而言有烦省之不同,而其描绘之情境正有两相印合者,得谓山鬼非朝暮云雨出入于此巫山之间者乎?窃谓初以山鬼为巫山神女者,盖自杜甫始。大历中,公居夔州,出峡至江陵,所作诸诗,其第一首《虎牙行》云:"巫峡阴岑朔漠气,峰峦窈窕溪谷黑。杜鹃不来猿狖鸣,山鬼幽忧霜雪逼。"此实初泄《山鬼》之秘。顾成天《九歌解·山鬼》云:"楚襄王游云梦,梦一妇人,名曰瑶姬。通篇词意似指此事。"此始揭出《山鬼》之谜。至郭沫若先生云:"'采三秀兮于山间',于山即巫山,凡《楚辞》兮字每具有于字作用。如于山非巫山,则于字为累赘。"此实孟晋一步,戳穿《山鬼》之谜底。楚人好隐,屈子诗人,尤深于《诗》之比兴之义,而最富有想象力。不知乎此者,不足以读屈赋,匪独《山鬼》一篇已也。郭先生乃多知之,观其《屈原赋今译》及其所注所记可见。顾其知之有未尽者,如论《远游》、《大招》、《卜居》、《渔父》非屈原所作,是已。窃尝思之,晚近之学者,自非有大力,鲜有不为实验主义疑古学派之末流所卷以尽者。君不见早已有学人于此小题为炎炎之大言乎?曰:"以高唐巫山神女之事附会《山鬼》者,岂不可笑?"忽有人焉,不顾旁人之豫为讪笑,一鼓其实事求是之精神而为之者,则诚不知其可笑者果属阿谁也!

国殇

操吴戈兮被犀甲,_{朱本云:吴戈一作吴科。}
事错毂兮短兵接。_{叶部。}
旌蔽日兮敌若云,
矢交坠兮士争先。_{文部。○洪本云:坠一作隆。}

拿了吴戈啊披了犀甲,
战车碰轴啊短兵相接。
旌旗蔽日啊敌多如云,
箭头对落啊勇士争先。

○戴震云:"此章言其战。"○按:言戎右争先上阵。

凌余阵兮躐余行，　　　　　犯我阵地啊跳我行列上，
左骖殪兮右刃伤。^{阳部。}　　左边骖马死了啊右边骓马砍伤。
霾两轮兮絷四马，^{洪本云：霾一作埋。}　陷下了车的两轮啊绊倒了四马，
援玉枹兮击鸣鼓。　　　　　挥着玉槌啊更打响了战鼓。
天时坠兮威灵怒！^{洪本云：坠《文苑》作怼。}　天是愤恨了啊神之威灵发了怒！
严杀尽兮弃原野！^{鱼部。}　　狠狠地杀个干净啊抛尸在原野！

　　○戴震云："此章言其阵亡。"○按：言御者甲士不惜拼命，先予敌人以重大之杀伤。此及上章明为饰神之群巫所歌。（可参看杨泓《战车与车战》，《文物》一九七七年五期）

出不入兮往不反，　　　　　一出不入啊一往不返，
平原忽兮路超远[一]！^{元部。○按：忽当读忽。}　平原辽阔啊路更遥远！
带长剑兮挟秦弓，　　　　　带着长剑啊挟着秦弓，
首身离兮心不惩。^{洪本云：身一作虽。}　脑袋躯体分离啊心不悔恨！
诚既勇兮又以武，　　　　　真既勇敢啊又是武猛，
终刚强兮不可凌！　　　　　毕竟刚强啊不可欺凌！
身既死兮神以灵，　　　　　躯体既死啊神又灵，
子魂魄兮为鬼雄！^{蒸部。○洪本云：一云魂魄毅，一云子魄毅。}　您们的魂魄坚毅啊死是英雄！

　　○戴震云："此章闵其情，壮其志。"○按：言誓无反顾，以战死为英雄。明此为送神之群巫所歌。

礼魂^{洪本云：礼一作祀。}

成礼兮会鼓，　　　　　　　祀礼告成啊合打着鼓，
传芭兮代舞，^{按：芭、葩古通。}　　　传递鲜花啊轮流歌舞，

姱女倡兮容与。　　　　　　美女领唱啊从容合谱。
春兰兮秋菊，　　　　　　　春有兰花啊秋有菊花，
长无绝兮终古！鱼部。　　　　永远不断啊千秋万古！

　○此送神总曲，为巫觋群舞大合唱时所用，而由一女巫领唱者，故曰姱女倡兮容与也。

今按：

　○陈本礼《屈辞精义》曰："《九歌》之乐，有男巫歌者，有女巫歌者，有巫觋并舞而歌者，有一巫倡而群巫和者。"首有此提示语，而未加以一一分析。近顷日本学者青木正儿尝作一文试探"《九歌》之舞曲结构"（见《支那学》七卷一号《中国文学艺术考》），亦言之而未能完全明确。此皆由于《九歌》文章脉络未易寻绎之故。拙作《直解》于其各篇《章指》中亦略为分疏而阐明之如右。其他如闻一多、刘永济两家之说，皆不足据也。读者详之！

　《九歌》盖作在怀王之世。作者始为左徒，造为宪令。《九章·惜往日》中所谓"惜往日之曾信兮，受命诏以昭诗"。王逸《章句》所谓"君告屈原，明典文也"者，《九歌》盖即其明诗之作，亦其所造宪令之一也。视此为尔时《秦诅楚文》一类作品，盖无不可。

　○早在半个世纪之前三十年代之初，北方有几位学者开始了关于屈原与《楚辞》的怀疑和辩论，记不得是否见于《每周评论》。例如胡适之《读楚辞》，他说："屈原是个箭垛人物。"似乎不承认历史上确有屈原这个人。又说：《九歌》是楚国民间流行的宗教祭歌。从廖季平到胡适之，直到于今，这个世纪快要完了，《楚辞》这门学问还是热门。那时我曾写了一篇文章，题目是《〈九歌·招魂〉〈大招〉皆为楚国王室所用巫歌考》，批驳了胡先生，刊在上海《现代文学评论》上。我认为《九歌》所祀之神为楚国王室礼所宜祀，非民间所可得而祀。今愚撰是书，《九歌解题》中仍详其说，读者不妨检视。

说也凑巧,写到这里,忽然记起前天读《解放日报》报道大前天晚上,上海开会庆祝今年一九八五年儿童节的新闻——湖北《编钟乐舞》在沪首演受欢迎。其中演奏的恰好是用古楚国的乐器,近年在信阳楚墓出土的整套编钟、琴瑟;所歌舞的恰好是用屈原的诗作,有《九歌》中的《国殇》和《九章》中的《橘颂》;真可说是"千年绝响嗣音,盛楚乐章再现"。当吟唱《橘颂》诗,琴瑟的伴奏,优雅明丽,清澈委婉。当编钟击出祭歌《国殇》时,悲恸哀绝,令人涕泣。由狩猎、采桑、耕耘组成的《农事组舞》,把楚国的世态民风,表现得淋漓尽致。三通鼓罢,铁马金戈的武舞《出征》;一瓣心香,恋歌悠哉悠哉的《房中乐》,从两个侧面将古人生活风貌跃现在今人面前。压轴戏《楚宫宴乐》,乐殷殷,舞翩翩。演员们"细腰"舞"长袖",横似彩虹,竖如翾飞,绚烂多姿的盛楚宫廷乐舞,使观众们目迷神摇,击节赞叹。

愚今往复此一记录,不胜其仰慕、低回。据传古希腊哲人有言:"汝认识汝自己。"语似自傲。不错,远从有史时代以来,伟大人物车载斗量,何可胜数。生则予圣自雄,卒之同归粪土。曾有几个算得是信有自知之明?屈子说:"秉德无私,参天地兮。"(《橘颂》)"与天地兮同寿,与日月兮同光。"(《涉江》)原来是夫子自道语。返思屈子之其人,其文,其事:巍巍乎,荡荡乎,确乎其有自知之明者也!女媭之詈,"婞直亡身"云乎哉?班固之讥,"露才扬己"云乎哉?

【简注】

东皇太一

〔一〕肴蒸,《仪礼》作殽脀。此折俎,体解节折之俎也。一牲体解为二十一,意谓块块。与全牲为全蒸、半牲为房蒸者,有别。见《周语》,《左传》宣十六年、襄二十七年,《仪礼·特牲馈食礼》。宋刘昌诗《芦浦笔记》、清凤应韶《读书琐记》辨之已晰。今人或释肴蒸为蹄膀,说似可通,尚非确诂。桂、椒,芳香植物,殆即今之肉桂(玉桂)、花椒。邵晋涵云:椒,芬香之物,古以和酒,又以作佩。按:椒亦作羹汤,今巴蜀人尚嗜歠之,殆即椒浆邪?

〔二〕《广雅》:偓佺,夭挢也。王念孙云:夭挢谓之偓佺,故骄傲谓之偓佺,崇高谓之偓佺。

○ 珥音饵。璆音求,或作纠。枹音袍,音孚。拊音付,音抚。竽音于。菲音非,上声。

云中君

〔一〕兰汤者,杨慎《丹铅杂录》云:刘义庆曰:古制,庙方四丈,不墡壁。道广四尺,夹树兰,斋者煮以沐浴,然后亲祭,所谓兰汤。可补《楚辞》注。

〔二〕宋王观国《学林》云:周章,周旋舒缓之意。

〔三〕古以冀州为中国之通名。《穀梁传》云:郑,同姓之国也。在乎冀州。《淮南子·览冥》篇注:冀,九州中,谓今四海之内。《大荒北经》注:冀州,中土也。横四海兮焉穷者,横,谓广被,遍行,或横行也。

○ 英古音央。蜷音权。憺音淡。降古音洪。猋音标。夫音扶。

湘君

〔一〕沛,即《诗·棫朴》淠彼泾舟之淠。《毛传》:淠,舟行貌。陈奂《传疏》云:《说文》:迡,行貌。古淠、沛、迡同音,普活切。《释文》:匹合反。今吴俗尚有此语。

〔二〕王逸释柏为榑壁。戴注引《释名》:搏壁,以席搏著壁。按:柏拍榑搏薄古音同。义为苗薄,席薄。

〔三〕《古今图书集成》一二一九:涔水在澧州北七十里,源出龙潭洞,会澧水入洞庭。《楚辞》望涔阳兮极浦,是也。横大江之横当读杭。《广雅》:横,筏也。《方言》:方舟谓之潢。钱绎《方言笺疏》引郭注云:扬州人呼渡津舫为杭,荆州人呼潢,音横。扬灵,从戴注为允。

〔四〕同上注。醴浦,兰江,在澧州南二里,产兰。《楚辞》遗余佩兮澧浦。又云沅有芷兮澧有兰。

○ 眇音妙。邅音占。桡音尧。涔音岑。潺音残。媛音爱。櫂音棹。枻音曳。斫音琢。謇音謇。濑音赖。渚音煮。玦音决。

湘夫人

〔一〕《说文》:腾,传也。

〔二〕卢文弨《钟山札记》云:匊古播字,本作㽷。案字书不见有㽷字,似当作丮,从丑,象举手之形。四点,米之象也。《汉幽州刺史朱君碑》:㽷芳馨。《魏横海将军吕君碑》:遂㽷声兮方表。皆即播字。匊字必出于传写之讹。

〔三〕擗同擘,一作辟。《方言》:擘,楚谓之纫。《庄子·田子方》篇司马彪注:辟,卷不开也。

〔四〕袂有二义,据《说文》为袖,据《方言》为复襦。此与褋对文,当据《方言》。《方言》:禅衣,江淮南楚之间谓之褋。复襦,江湘之间谓之裎,或谓䘳袂。郭注:袂即袂字耳。

○ 褭音鸟。蘋音烦。骋音逞。张,去声。罾音增。麋音糜。澨音逝。葺音缉。橑音老。榜音绵。缭音了。衡音杭。庑音抚。缤音宾。袂音妹。褋音牒。骤音促。

大司命

〔一〕与,为也,亦从也。《齐语》:桓公知天下诸侯多与己也。韦昭注:与,从也。桂馥《札朴》云:齎速注训齎戒。案《离骚》仅信谗而齌怒。注云:齌,疾也。馥谓齎速亦疾也。按:《礼记·玉藻》,见所尊者齊遫。郑注:谨悫貌。齊速,当为振迅而谨敬之意,犹《周颂·清庙》之所谓骏奔走在庙也。

〔二〕李调元《方言藻》云:《书·五子之歌》,为人上者奈何不敬?奈何,犹云如何,俗云为甚也。《楚辞·九歌》:愁人兮奈何?《九辩》:君不知兮可奈何?此奈何,犹云如之何,俗云怎样,是也。按:《五子之歌》伪古文。今文《召诰》云:曷其奈何不敬?

○ 涷音东。逾音俞。女音汝。坑音康。

少司命

○ 晞音希。怳音恍。

东君

〔一〕除本节末之按语外,再据近人研究,慧深和尚曾到过拉丁美洲洪都拉斯等处,比哥伦布早一千多年即来到美洲。(公元四五八年动身前往,四九九年回国。)并在拉丁美洲逗留三四十年。(《地理知识》一九七六年第二期)

〔二〕戴本箫作萧。其音义引洪迈说,一作撨。按:箫、萧、撨、捎字古通。《广雅》:捎,击也。王念孙读箫为捎。又读瑶为摇。

〔三〕翠曾者,按:翠为仓卒之卒假字。戴本云:曾与翾通。俞樾云:《说文》䘐下,一曰苍䘐。苍䘐即仓卒。今谓翠读《诗·十月之交》山冢崒崩之崒。《释文》本亦作卒。俗字作猝。

○ 暾音敦,音吞。委蛇、委移同。绋音亘,近梗。簴音处,音举。鱁篪同,音池。姱音夸,古音枯。翾音旋。霓蜺同,音倪。䌾音备。

河伯

〔一〕交手者,《汉书·武五子·燕刺王旦传》:诸侯交手事之八年。注:交手,谓拱手也。

○ 螭音痴,古音罗。鼋音元。澌音斯。

山鬼

○ 被音披。睇音弟,或读如粤语方音。窈窕音杳篠,音么挑,上声。飒音煞。

国殇

〔一〕忽,当读伆。《广雅》云:伆,远也。此云平原忽兮者,谓平原荒阔无垠也。

○ 躐音猎。行音杭。殪音壹。忽伆同。

楚辞直解卷第三

天问

曰:^{日字连首句读,如《尧典》曰若稽古帝尧之曰,亦通。}

请问道:

遂古之初, 　　远古的起头,
谁传道之? 　　是谁传说的?
上下未形, 　　上天下地还没形成,
何由考之?^{幽部。} 　　是从哪里查考得的?

·首提天地开辟以前之自然史问题,则关于开辟之神话无所逃矣。盖从其所提问题之尖锐突出逼入,即可窥见作者对于问题解决之积极倾向。作者对于传统有力之支配思想、天神之存在,及其超人间之权威,所持怀疑之态度,探求解答之精神,即其作品主旨之所在,首先暗示出来。则知其决非妄撰《创世记》以自诳而诳人者所可等量齐观也。

冥昭瞢暗, 　　黑夜白昼一样蒙蒙暗暗,
谁能极之? 　　有谁能够穷究它的?
冯翼惟像, 　　大气弥漫无形只有想象,
何以识之?^{之部。} 　　凭着什么认识它的?

·问光、问空气之起源。

明明暗暗, 　　白昼明明、黑夜暗暗,
惟时何为? 　　这是怎么造成?
阴阳三合, 　　阴阳三合而有生命,
何本何化?^{歌部。} 　　哪是本体,哪是功用?

·问昼夜之交替,问生命之起源、生民之起源。○按:阴阳三合者,《说文》:三,数名,天地人之道也。陈焕曰:数者《易》数也,三兼阴阳之数。《老子》曰:一生二,二生三,三生万物。(段注)此言物种原始,人类之由来。当兼《说文》一、二、三字而串释之。"阴阳气合,万物自生。"此古说。段氏有所本也。

圜则九重,	天是圜体或有九层,
孰营度之?	是谁经营量度的?
惟兹何功?	这是一种什么工程?
孰初作之? 鱼部。	是谁开始造作的?

斡维焉系? 洪本云:斡一作筦。	天体旋转的绳子系住在哪里?
天极焉加?	天有南极北极各架设在哪里?
八柱何当?	八根擎天的大柱子对准什么地方?
东南何亏? 歌部。	东南的柱子为什么亏短不一样长?

九天之际,	九天的边际,
安放安属?	各抵达哪里,各联属哪里?
隅隈多有,	九天的边角是很多的,
谁知其数? 侯部。	谁知道它的角度数据呢?

天何所沓?	天在哪里和地会合?
十二焉分〔一〕?	十二星座怎样等分?
日月安属?	日月怎么样附着在天体?
列星安陈? 文、真通韵。	列星怎么样布置在天空?

・问天体之构造,末带日星,以起下文。○按:此节上文圜则

九重,与下文九天异义。九天,谓东、西、南、北,与东南、东北、西南、西北,合中央为九方之天,与上九重之天不同也。

出自汤谷,	日光从汤谷出来,
次于蒙氾,	晚上歇宿在蒙氾,
自明及晦,	从天光直到天黑,
所行几里?^{之部。}	它共走了多少里?

夜光何德,	月光是什么性质,
死则又育?	月魄死了而光亮又生?
厥利维何,	它的好处是什么,
而顾菟在腹?^{幽部。○洪本云:菟一作兔。}	而乃有兔子在它腹中?

女岐无合,	女岐之神没有配偶,
夫焉取九子?	她从哪里得到九个儿子?
伯强何处?	伯强瘟神的戾气在哪里?
惠气安在?^{之部。}	天地间祥和之气在哪里?

何阖而晦〔二〕,	为什么一合就是天黑,
何开而明?	为什么一开就是天亮?
角宿未旦,	这天关、角星还没发光,
曜灵安藏?^{阳部。}	太阳躲藏在哪个地方?

  ·承上问日月星辰,包括气之厉、惠。
  ○以上第一大段。统问关于天之事,宇宙之起源及其形成。

不任汩鸿，　　　　　　　　　　　不能胜任防治洪水，
师何以尚之？^{洪本云：师一作鲧。}　　群众凭着什么要推重他？
佥曰何忧，^{洪本云：曰一作答。}　　大家都说这有什么疑虑，
何不课而行之？^{阳部。}　　　　为什么不考验而任用他？

鸱龟曳衔，　　　　　　　　　　　怪鸱大龟曳衔牵引而行，
鲧何听焉〔三〕？　　　　　　　　鲧为什么要对它们听从？
顺欲成功，　　　　　　　　　　　顺着他的愿望可能成功，
帝何刑焉？^{耕部。}　　　　　帝舜为什么要对他加刑？

永遏在羽山，^{洪本云：一无山字。}　便把他长期禁闭在羽山，
夫何三年不施？^{洪本云：施一作弛。}　那为什么三年还不放松？
伯禹愎鲧〔四〕，^{洪本云：愎一作腹。}　大禹治水重走鲧的老路，
夫何以变化？^{歌部。○洪本云：一本何下有故字。}　那为什么要有变化不同？

纂就前绪，　　　　　　　　　　　理好前人理过的事业，
遂成考功。　　　　　　　　　　　他就完成父亲的工程。
何续初继业，　　　　　　　　　　为什么接替首任继承前业，
而厥谋不同？^{东部。}　　　　而他的施工计划竟不相同？

洪泉极深，^{朱本云：泉疑当作渊。唐本避唐讳而改之也。}　洪水极深，
何以窴之？^{《洪补》曰：窴与填同。}　是怎样填塞的？
地方九则，　　　　　　　　　　　九州地方土田九等，
何以坟之？^{真、文通韵。○洪本云：坟一作愤。朱本云：一作愤，非是。}　是怎样区别的？

河海应龙，_{按：此二句当从朱本校作应龙何画，河海何历。}　　有翼的龙用尾巴画了些什么？
何尽何历？_{无韵。○按从朱本校改，则画、历韵。支部。}　　河海通了究竟曾有什么经过？

鲧何所营？　　　　　　　伯鲧有过什么经营？
禹何所成？　　　　　　　大禹有过什么成功？
康回冯怒，　　　　　　　共工和颛顼争帝大怒触倒不周山，
坠何故以东南倾？_{耕部。○洪本云：坠一作地。一无以字。}

地为什么缘故就向东南方面斜倾？

九州安错？_{洪本云：安一作何。}　　　　九州地方怎么部署？
川谷何洿？　　　　　　　天下川谷怎么下注？
东流不溢，　　　　　　　向东流注的水总是不满，
孰知其故？_{鱼部。}　　　　　哪一个人知道它的缘故？

　・问洪水传说、鲧禹治水之事，以及九州方域之区分，川谷之流注，中包共工触不周山神话。

东西南北，　　　　　　　地面四方东西南北，
其修孰多？　　　　　　　它的长度哪一面多？
南北顺堕，_{洪本云：堕《释文》作隋。一作堕。戴本作椭。}　如果南北顺着椭长，
其衍几何？_{歌部。}　　　　它的幅度究竟几何？

　・问地之四方修衍若何。

昆仑县圃^{〔五〕}，_{朱本云：县音玄。一作玄。}　昆仑山头玄圃通天，
其尻安在？_{洪本云：尻一作居。戴本校改作尻。尻音考，平声。}　它的尾巴拖在哪里？
增城九重，　　　　　　　山上还有层城九重，

其高几里？^{之部。}　　　　　　它的高度又是几里？

四方之门，　　　　　　　　昆仑山上四方的门，
其谁从焉？^{洪本云：一云谁其从焉。}　　它有谁从那里出进？
西北辟启，^{洪本云：辟一作闢，一作开。}　西北两门是开放的，
何气通焉？^{东部。}　　　　　　它有什么气流相通？

・问昆仑山。

日安不到？　　　　　　　　日光有什么地方不到？
烛龙何照？^{宵部。}　　　　　含烛的龙怎么样去照？
羲和之未扬，^{洪本云：和《释文》作䚻，扬一作阳。}　日御羲和还没有挥鞭，
若华何光？^{阳部。}　　　　　若木红花怎么样照天？

・问日所出入处。○按：烛龙句，当是神话。此由于上古先民未能正确认识有北之极地极光，而作出之一种神幻化的反映，最早见于上古文学者。

何所冬暖？　　　　　　　　什么地方冬天温暖？
何所夏寒？　　　　　　　　什么地方夏天严寒？
焉有石林〔六〕？　　　　　　哪里有石生成林？
何兽能言？^{元部。}　　　　　什么兽能作人言？

・问气候寒暖。维时中国殆已有关于寒带热带之传闻。带问石林、猩猩，以起下文。

焉有虬龙，^{朱本作龙虬，当从校改。}　　哪里有什么龙虬，
负熊以游？^{虬、游，幽部。}　　　背着黑熊去嬉游？

雄虺九首，	一条大雄蟒有九个头，
鯈忽焉在？	倏来忽往住在哪里？
何所不死？ _{洪本云：一云 何所不老。}	哪个地方有不死的人？
长人何守？ _{之、幽 通韵。}	长人又守住在哪里？

・按：雄虺九首者，今人或以"人皇龙身九头"释之；或以《山海经・海外北经》《大荒北经》、《周礼・相柳氏》释之；或以《海外西经》"开明兽"释之。(李发林《汉画像中的九头人面兽》，《文物》一九七四年十二期)愚皆未见其审。

靡蓱九衢？ _{洪本云：蓱 一作苹。}	蘼苹浮草生在九交之道？
枲华安居？	枲华垂麻哪里落根生长？
一蛇吞象〔七〕， _{洪本云：一 或作灵。}	一条灵蛇吞下大象，
厥大何如？ _{鱼部。○洪本 云：大或作骨。}	它的身大究竟怎样？

黑水玄趾〔八〕，	黑水怪水、玄趾怪民，
三危安在？	三危怪山、各在哪里？
延年不死〔九〕，	果有延年不死的人，
寿何所止？ _{之部。}	寿命活到几时为止？

鲮鱼何所？ _{洪本云：鲮一作 陵。所一作居。}	穿山甲鲮鱼血在什么场所？
鬿堆焉处？ _{洪本云：鬿堆一作鬿雀。钱大昕云： 《说文》无鬿字，当为魁之讹。}	吃人鸟魁雀住在什么地方？
羿焉彃日〔一〇〕？ _{洪本云：彃一作 弹，一作毙。}	后羿怎么仰射下来太阳九个？
乌焉解羽？ _{鱼部。}	太阳里的乌鸦怎么羽毛脱落？

・承上杂问关于上古人与植物以及鸟兽爬虫之神话传说，大都属于生物范围。

○以上第二大段。所问杂有属于上古洪水传说、自然现象之诸问题,而最多是关涉大地之事。○《天问》整篇大抵首问天,次问地,末问人。

禹之力献功, 　　　大禹的勤劳要贡献出功绩,
降省下土四方;（洪本云:一无四方二字。朱本作下土方。）　　便下去视察天下四方;
焉得彼嵞山女,（洪本云:一云焉得彼涂山之女。嵞《释文》作涂。）　哪里得到那涂山氏的女子,
而通之于台桑?（阳部。）　　而和她结合了在台桑?

闵妃匹合, 　　　大禹正忧伤于配偶的结合,
厥身是继;（刘盼遂《天问校笺》云:疑继为绍之误字。）　要有人把他的身后事继承;
胡维嗜不同味,（洪本云:维一作为。一本嗜下有欲字。）　为什么嗜欲不和一般人同味,
而快鼌饱?（无韵。○洪本云:一本快下有一字。鼌一作朝。）　而只快意饱啖一顿早饭就行?

・问大禹与涂山女之事。

启代益作后[一], 　　夏后启代替伯益为君,
卒然离孽; 　　　猝然遭到了被囚的灾凶;
何启惟忧,（刘盼遂云:惟乃攉之借。）　为什么启因此遭了忧患,
而能拘是达?（祭部。）　而能够在拘禁中顺利脱身?

皆归躬鞠[二],（洪本云:躬一作射。鞠一作鞫。）　同归于行事曲尽勤谨,
而无害厥躬。 　　而无害于他们的立身。
何后益作革,（王念孙读作为乍。）　为什么后益乍被变革,
而禹播降[三]?（中部。○按:降古音洪。）　而大禹种德降福后人?

按:我国上古传说中之黄帝、尧、舜、禹、汤,皆当为原始氏族制

社会部落联盟之父亲元首。禹年老,亦以氏族制之惯例所谓禅让,不得不让位于益。禹死,而其子启率党杀益夺位,以暴力确立王位之世袭制。是为我国奴隶制社会之第一王朝,即夏后氏之世也。

启棘宾商,^{朱骏声《说文通训定声》云:商乃帝之误字。}　　夏后启赶忙上献三美人给上帝,
《九辩》《九歌》〔一四〕;　　得到了天上的音乐《九辩》和《九歌》;
何勤子屠母〔一五〕,　　为何上帝爱护此子而杀他的生母,
而死分竟地?^{歌部。○按:死、尸古通。}　　而她的尸体被化成石头分散遍地?
　· 问夏后启与伯益争立事,以及启母化石之神话。

帝降夷羿,　　　　　　上帝降生了善射的夷羿,
革孽夏民;　　　　　　要除去灾难于夏的人民;
胡躲夫河伯,^{洪本云:一本胡下有羿字。}　　为什么羿射瞎那个河伯,
而妻彼雒嫔?^{真部。}　　而夺娶了他的老婆洛嫔?

冯珧利决,　　　　　　凭着宝弓珧弧和滑利的扳指,
封狶是射;^{洪本云:躲一作射。}　　后羿就把大野猪来射;
何献蒸肉之膏,^{洪本云:蒸一作烝。}　　为什么他献上了蒸祭的肉膏,
而后帝不若?^{鱼部。}　　而天帝并不顺意喜悦?

浞娶纯狐,　　　　　　他的相臣寒浞娶了纯狐氏女儿,
眩妻爰谋;^{戴本眩作昡。}　　惑于老婆就同谋杀死后羿之法;
何羿之射革,^{洪本云:一无革字。}　　为什么后羿的射艺可以洞贯甲,
而交吞揲之?^{之部。}　　而他们能够勾结起来吞灭了他?
　· 问夷羿事。

阻穷西征[一六]，　　　　　　　　　断绝了他回向西行，
岩何越焉？　　　　　　　　　　　险阻的羽山怎么过身？
化为黄熊，_{洪本云：一本化下有而字。}　　　　　鲧变成了一只黄熊，
巫何活焉？_{祭部。}　　　　　　　　巫师又怎么使他复生？

咸播秬黍，　　　　　　　　　　　都可以播种黑黍和黍子，
莆藋是营；_{洪本云：一作黄藋，一作莆藋。}　　　就把蒲草荻茅之地经营；
何由并投，　　　　　　　　　　　为什么夫妻同被放逐羽山，
而鲧疾修盈？_{耕部。}　　　　　　　而鲧病瘦了，修己体貌丰盈？

　·问鲧遇羽山事。

白蜺婴茀，　　　　　　　　　　　白霓为裳还有编了珠宝的首饰，
胡为此堂？　　　　　　　　　　　她为什么来在这个庙堂？
安得夫良药，_{洪本云：一本夫上有失字。}　　　他从何处得到了那不死的良药，
不能固臧？_{阳部。}　　　　　　　　让她偷去了而不能够牢牢收藏？

　·问后羿妻嫦娥奔月之神话。此据丁晏《天问笺》说。

天式从横，　　　　　　　　　　　自然的法则千纵万横，
阳离爰死；　　　　　　　　　　　阳气离开了就要死亡；
大鸟何鸣？[一七]　　　　　　　　　死了变为大鸟怎样歌唱？
夫焉丧厥体？_{脂部。}　　　　　　　那为什么被杀其身而亡？

　·问钟山神子死而化鸟之神话。此亦据丁晏《笺》。

蓱号起雨[一八]，_{洪本云：蓱一作荓，一作萍。}　　雷师蓱翳号令下雨了，
何以兴之？　　　　　　　　　　　雨师凭什么下起雨来的？

撰体协胁， 身体构造有合于鹿形，
鹿何膺之？ _{蒸部。○按：当从朱本校作撰体协鹿，何以膺之。} 风伯凭什么响应雨师的？

　　·问雨师、风伯之神话。

鳌戴山抃， 大鳌戴山，拍掌起舞，
何以安之？ 它怎么得到安全的？
释舟陵行， 钓鳌归来，舍舟山行，
何以迁之？_{元部。} 他们怎么来搬迁的？

　　·问沧海六鳌，戴山抃舞之神话。○按：毛奇龄、俞樾皆以后二句属下文为义，谓为浇事，以《书》曰"罔水行舟"、《论语》"奡荡舟"为证。则不如《洪补》以连四句说一事，上下文义相贯之为允也。

惟浇在户， 想浇独自在家的时候，
何求于嫂？ 有什么要求于他的嫂嫂？
何少康逐犬， 为什么夏少康打猎嗾犬，
而颠陨厥首？_{幽部。} 就想乘机斩落他的头脑。

女歧缝裳〔一九〕， 浇的嫂嫂女歧正替他缝裳，
而馆同爰止； 而他们同一房间于是住宿；
何颠易厥首， 为什么搞错斩落了她的脑袋，
而亲以逢殆？_{之部。} 而身遭少康间谍女艾的毒手？

汤谋易旅， 像汤阴谋变易群众之心从己灭夏，
何以厚之？ 他是怎样厚待群众的？

覆舟斟寻，　　　　　　　　浇打翻了斟寻氏的船而灭夏后相，
何道取之？^{侯部。}　　　　　　他有什么道理取胜的？

　　·问羿相寒浞之子浇事。○蒋骥云："此两节，终前羿、浞之事。"按：两节当作三节。

桀伐蒙山，　　　　　　　　夏桀讨伐岷山，
何所得焉？　　　　　　　　究竟他何所得哟？
妹嬉何肆^{洪本云：妹一作末。}^{朱本云：嬉一作喜。}　　　　妹喜怎么纵欲？
汤何殛焉？^{之部。○洪本}^{云：殛一作摧。}　　　　　成汤怎么害桀哟？

　　·问夏桀与妹喜事。

舜闵在家，　　　　　　　　舜很可怜悯的在家，
父何以鳏？　　　　　　　　父亲怎么使他单身？
尧不姚告，　　　　　　　　尧不通告舜的父母，
二女何亲？^{文、真}^{通韵。}　　　　　　二女怎能和舜成亲？

　　·问舜与二妃事。○蒋骥云："二节，一以妇人而亡，一以妇人而兴，故问之。"

厥萌在初，　　　　　　　　它的萌芽正在起头，
何所亿焉？　　　　　　　　是怎样作出预料的哟？
璜台十成，　　　　　　　　纣王建筑璜台十层，
谁所极焉？^{之部。}　　　　　　谁能把后果想到的哟？

　　·问纣造琼台事。

登立为帝，　　　　　　　　女登即位为帝，

孰道尚之？	谁辅导她的？
女娲有体，	女娲那样形体，
孰制匠之？^{阳部}	谁制造她的？

・问女登、女娲为帝事。○毛奇龄《补注》："登，女登也。亦名安登，炎帝之母也。"按：女娲、女登盖上古氏族社会由母系制转入父系制一时期间之女帝。《广韵》："女娲，伏羲之妹。"今所发见汉砖画伏羲女娲像，作人面蛇身两尾交叉形。

舜服厥弟，	帝舜友爱足以服他的弟弟，
终然为害。	结果总是这样把哥哥谋害。
何肆犬体，^{洪本云：一云何得肆其犬豕。一云何肆犬豕。}	为什么放肆像猪狗般的人。
而厥身不危败？^{祭部}	而他的身名不致危险失败？

・问舜与其弟象事。

吴获迄古，	吴泰伯探求古公的心思得到了，
南岳是止〔二〇〕；	就住在南岳会稽山做采药之事；
孰期去斯，	谁料他们兄弟同去这里，
得两男子？^{之部}	吴人开国得到了这两个好男子？

・问泰伯、仲雍，遵父让弟，二人逃吴开国事。○张惠言："言泰伯求古公之心而获之，遂逃去止于南岳。何以仲雍能与同心，期会而去，遂以开吴？"蒋骥云："一以弟而杀兄，一以兄而让弟，皆相形之辞。"

○以上杂问上古唐、虞、三代人物之古史神话传说，而以夏代者为多。是为第三大段之第一分段。

缘鹄饰玉，	因为烹了鹄羹用了饰玉的鼎，

后帝是飨； 就进献给帝王去尝；
何承谋夏桀，^{洪本云：一无夏字。} 怎样接受他的谋害夏桀之计，
终以灭丧？^{阳部。} 夏桀终于因而灭亡？

帝乃降观，^{洪本云：乃一作力。朱本云：一作之力。} 商帝成汤于是下观民间情况，
下逢伊挚； 并在下面遇到了伊尹；
何条放致罚， 怎么夏桀放到鸣条受罚，
而黎服大说？^{祭部。〇洪本云：服一作伏。按：服服古通。} 而众多的黎农就大为开心？

・问伊尹相汤伐桀事。先言献羹谋夏，后言帝与伊挚，亦倒文也。

简狄在台， 简狄住在瑶台，
喾何宜？ 帝喾怎么中意了伊？
玄鸟致贻，^{洪本云：贻一作诒。} 玄鸟致送卵来，
女何喜？^{歌部。〇洪本云：喜一作嘉。} 女的怎么吞卵有喜？

・问帝喾与简狄事。此因汤而及其先世。

该秉季德〔二一〕， 王亥秉受其父季的德性，
厥父是臧； 就效法了他父亲的善良；
胡终弊于有扈， 为什么结果被杀于有易氏，
牧夫牛羊？^{阳部。} 当他正在放牧着那些牛羊？

干协时舞， 王亥用了盾牌配合这个武舞，
何以怀之？ 为什么有易氏女就爱上了他？
平胁曼肤， 她是平肩嫩皮的女人，

何以肥之？_{脂部。○按：肥、嬰古通。}　　　　他为什么就配上了她？
　　按：近人刘盼遂《校笺》云："此二语上述王亥以歌舞诱有易之女，下述有易女之容也。《竹书》谓王子亥宾于有易而淫焉，即其事也。"

有扈牧竖，　　　　　　　　有易氏放牧的奴子，
云何而逢？　　　　　　　　怎么样碰上他和女私通？
击床先出，　　　　　　　　打在床上他早已出去了，
其命何从？_{东部。}　　　　　他的生命依靠什么保存？

恒秉季德〔二二〕，　　　　　王恒也秉受其父季的德性，
焉得夫朴牛？_{按：朴、仆古通。}　哪里得到他阿哥那些役牛？
何往营班禄，　　　　　　　为什么往求有易氏的赐禄，
不但还来？_{之部。○按：但、亶古通。}　不老老实实的回来？

昏微遵迹〔二三〕，_{洪本云：遵一作循。}　昏庸的上甲微仍依其父旧迹，
有狄不宁；_{按：狄、易古通，犹、遴、遏古通。}　有易氏的女心里就不能安宁；
何繁鸟萃棘，　　　　　　　为何繁鸟聚集枣树谁都看见，
负子肆情〔二四〕？_{耕部。}　　他竟欺负我的女儿肆意调情？
　　·问王亥及其弟王恒、其子上甲微事。盖微亦淫于有易氏之女者也。

眩弟并淫，　　　　　　　　着迷的弟弟和着阿嫂并淫，
危害厥兄；_{洪本云：害一作虞。}　　危害了他的阿兄；
何变化以作诈，　　　　　　为何变化去做谗诈的事体，

后嗣而逢长？_{阳部。○洪本云：一云而后嗣逢长。}　　　　而他的后代得到长久昌隆？

　　·似又追问象危害厥兄大舜之事。何以其后嗣逢长讫于上甲微之世？○蒋骥云："按《公羊传》，鲁公子庆父、公子牙，通于哀姜以胁公，与此绝相类。盖二子皆庄公母弟，而有后于鲁者。"此可备一说。○近人王国维谓："自该秉季德，至后嗣逢长，实纪王亥、王恒及上甲微三世之事。繁鸟萃棘以下当亦记上甲事，书阙有间，不敢妄为之说。然非如王逸所说解居父及象事，固自显然。要之《天问》所说，当与《山海经》及《竹书纪年》同出一源。"郭沫若则谓："象封于有庳，亦即有扈。以象之变诈而其后嗣至上甲微时始灭，不能不谓之逢长也。"

成汤东巡，　　　　　　　　　　成汤前往东方出巡，
有莘爰极；　　　　　　　　　　有莘氏之国于是到达；
何乞彼小臣，　　　　　　　　　为什么去求她的小臣伊尹，
而吉妃是得？　　　　　　　　　却把一个贤淑的妃子娶得？

水滨之木，　　　　　　　　　　从水边的空桑木上，
得彼小子；　　　　　　　　　　拾养到那个小子伊尹；
夫何恶之，　　　　　　　　　　那有莘氏为什么又讨厌了他，
媵有莘之妇？　　　　　　　　　把他做姑娘陪嫁的奴仆使用？

汤出重泉，　　　　　　　　　　成汤走出了被囚的重泉，
夫何辠尤？_{《洪补》云：辠古罪字。}　　　　那是犯过什么样的罪恶？
不胜心伐帝，　　　　　　　　　不是他任心要讨伐桀王，
夫谁使挑之？_{之部。}　　　　　那是谁使桀王来向他挑拨？

　　·再问伊尹相汤伐桀事。

○以上都杂问商代事。是为第三大段之第二分段。

会晁争盟，^{洪本云：一作会晁请盟。}　　　　一天早上会合诸侯争渡盟津，
何践吾期？　　　　　　　　　　　为什么都能够履行我的约期？
苍鸟群飞，　　　　　　　　　　　当时有苍鸟成群在飞，
孰使萃之？^{之部。}　　　　　　　　谁使这些飞鸿满野的？

到击纣躬，^{洪本云：到一作列。}　　　　倒过戈来攻击纣身，
叔旦不嘉；　　　　　　　　　　　周公叔旦不以为喜；
何亲揆发，^{洪本云：一无何字。}　　　为什么亲自参谋于武王发，
足周之命以咨嗟？^{按：当依朱本校作定周之命以咨嗟。}　奠定了周朝的国运而叹息？

授殷天下，　　　　　　　　　　　天帝授给了殷纣天下，
其位安施？^{洪本云：位一作德。}　　　他的王位为什么给的？
反成乃亡，^{洪本云：乃一作及。朱本云：反一作及。}　一反成命就灭亡他，
其罪伊何？^{歌部。}　　　　　　　　他的罪恶是什么呢？

争遣伐器，　　　　　　　　　　　诸侯争着拿出武器，
何以行之？　　　　　　　　　　　怎么使他们动员的？
并驱击翼，　　　　　　　　　　　齐驱并进打击两翼，
何以将之？^{阳部。}　　　　　　　　怎么领他们向前的？

·问武王伐纣，周公佐之之事。

昭后成游，　　　　　　　　　　　昭王决定了巡游，
南土爰底；^{戴本底作厎，音旨。}　　　南国的地方于是已至；

厥利惟何, 　　　　　　　　　它的好处是什么,
逢彼白雉? _{脂部。} 　　　　　　迎接那里愿献的白雉?
　　·问昭王南征事。

穆王巧梅, _{洪本云:梅一作
梅。朱本作梅。} 　　　　穆王善贪,
夫何为周流? _{洪本云:一云
夫何周流。}　　　那为什么浪费周游?
环理天下, _{按:理、旅
古通。} 　　　　　　　环行天下,
夫何索求? _{幽部。} 　　　　　　那究竟有什么搜求?
　　·问穆天子周游天下事。

妖夫曳衒, _{戴本衒作衔。注云:《说
文》:衒,行且卖也。} 妖夫携妇拿着桑弓箭袋牵引而行,
何号于市? 　　　　　　　为什么叫卖于市拾一女孩给褒君?
周幽谁诛? 　　　　　　　周幽王是给谁杀死?
焉得夫褒姒? _{之部。} 　　　　哪里得到那个褒姒?
　　·问周幽王与褒姒事。

天命反侧, 　　　　　　　　天命是反反复复的,
何罚何佑? 　　　　　　　　什么惩罚,什么庇佑?
齐桓九会, _{洪本云:会
一作合。} 　　　　齐桓公九合诸侯,一匡天下,
卒然身杀! _{之部。○朱本
云:杀一作弑。} 　　结果五公子作乱,身被饿杀!
　　·问齐桓公事。
　　○以上大都杂问西周事。是为第三大段之第三分段。

彼王纣之躬, 　　　　　　　那个纣王的为人,
孰使乱惑? 　　　　　　　　谁使他做了昏乱之君?

何恶辅弼,	为什么讨厌忠贤辅佐,
谗谄是服?^{之部。}	把谗言谄语的人来用?

比干何逆,	比干怎么是叛逆,
而抑沉之?	就把他镇压了,剖了心?
雷开阿顺,^{朱本阿作何。}	雷开怎么是忠顺,
而赐封之?^{东、侵借韵。○洪本云:一云:雷开何顺,而赐封金。}	就给他封了官,赐了金?

何圣人之一德,	为什么圣人有的是同一品德,
卒其异方?	结果他们处世的方法很不同?
梅伯受醢,	梅伯甘心受剁成酱,
箕子详狂!^{阳部。○洪本云:详一作佯。}	箕子披发卖傻装疯!

・问纣王信谗诛忠之事。

稷维元子,	后稷是首生长子,
帝何竺之〔二五〕?^{洪本云:竺一作笃。一云帝何竺,鸟何燠,并无之字。}	帝喾为什么恶毒害他?
投之于冰上,	丢弃他在冰块上,
鸟何燠之?^{幽部。}	鸟为什么覆翼热爱他?

・问后稷诞生时事。

何冯弓挟矢,^{洪本云:冯一作凭。}	为什么弸弓挟箭,
殊能将之?	顶能够统兵打仗的?
既惊帝切激,	既吓得帝王暴躁,
何逢长之?^{阳部。}	为什么活得久长的?

・按:弓矢能将者,谓纣赐西伯弓矢斧钺,使得征伐也。惊帝

切激者,谓崇侯虎尝谮言西伯将不利于帝,帝纣乃囚西伯于羑里也。下乃指名西伯言之,则此亦倒文也。

伯昌号衰,	西伯姬昌号令衰世,
秉鞭作牧;	拿着鞭子做了牧伯;
何令彻彼岐社,	怎么使他大治那岐周的神社,
命有殷国?^{之部。○洪本云:一云命有殷之国?}	命他占有了三分之二的殷国?

・承上问文王事。

迁藏就岐,	太王迁移财富走投岐山,
何能依?	人民怎能依从?
殷有惑妇,	殷纣王有了迷人的妃子,
何所讥?^{脂部。}	人民怎样讥评?

受赐兹醢〔二六〕,	纣王受赐给他儿子被烹的肉汤,
西伯上告;	西伯文王就得向天去上告;
何亲就上帝罚,^{洪本云:一云上帝之罚。}	为什么他亲求到了上帝的惩罚,
殷之命以不救?^{幽部。}	殷商的国运因而不能挽救?

师望在肆,	师太公望在店做屠夫,
昌何识?	姬昌怎么认得他?
鼓刀扬声,	听到动刀扬起的声音,
后何喜?^{之部。}	文王怎么喜悦它?

| 武发杀殷, | 武王发要杀殷纣王, |

何所悒？ 为什么忧悒的？
载尸集战， 载着文王木主会战，
何所急？^{缉部。} 为什么性急的？

伯林雉经[二七]， 管叔在北林上吊自杀，
维其何故？ 他是为了什么缘故？
何感天抑墬，^{按：墬古地字。} 为什么撼天动地起来，
夫谁畏惧？^{鱼部。} 那是使得谁人畏惧？

皇天集命， 皇天有成命给他做天子，
惟何戒之？ 为什么要惩戒他？
受礼天下，^{按：礼履转注。} 纣王受履位天下，
又使至代之？^{之部。} 又使人来替代他？

· 已上杂问自后稷至太王、文、武，以及成王、周公时事；侧重于殷周之际，与纣之所以亡。

初汤臣挚， 起初成汤使伊尹做了小臣，
后兹承辅，^{洪本云：承一作丞。} 后此就受他辅佐给做宰相；
何卒官汤， 为什么他已死了还要做成汤的官，
尊食宗绪？^{鱼部。} 受尊敬在殷商的宗庙里继续配享？

· 又问成汤与伊尹事。

勋阖梦生[二八]， 有功的吴王阖庐是寿梦的孙儿，
少离散亡； 他在少小时候遭受了离散流亡；
何壮武厉， 为什么到壮年就武猛了，

能流厥严？ 按：严当作庄。
亡，庄，阳部。　　　　　　能够流传他的庄严事状？
・问吴王阖庐事。

彭铿斟雉，　　　　　　　　彭祖筏铿调进了雉羹，
帝何飨？　　　　　　　　　帝尧怎样把它享受？
受寿永多，　　　　　　　　享寿之长多到八百岁，
夫何久长？ 阳部。○朱本
作夫何长。　　　　　　　　他怎么活得那样久？
・问彭祖长寿事。

中央共牧，　　　　　　　　在天下中央共同管理人民，
后何怒？　　　　　　　　　列国诸侯为什么斗争相怒？
蜂蛾微命， 洪本云：一
作蜂蚁。　　　　　　　　　蜂蚁一类昆虫的小小生命，
力何固？ 鱼部。　　　　　团结的力量为什么很坚固？
・泛问春秋战国诸侯相伐，不能团结事。

惊女采薇，　　　　　　　　夷齐吃惊于妇人讥采周薇绝食了，
鹿何祐[二九]？ 洪本云：祐
一作佑。　　　　　　　　　白鹿为什么要去哺乳而庇佑他们？
北至回水，　　　　　　　　北行到了首阳山下的雷水，
萃何喜？ 之部。　　　　　兄弟死在一起有什么高兴？
问伯夷、叔齐采薇饿死事。

兄有噬犬，　　　　　　　　秦景公是兄，有咬人的猛犬，
弟何欲？　　　　　　　　　他的弟弟公子针，怎打主意？
易之以百两，　　　　　　　换来一条狗，用一百辆车，
卒无禄？ 侯部。　　　　　结果公子针逃晋，没有福气？

·问秦景公及其弟公子针事。

〇以上大都杂问商、周二代事,末特插问彭祖长寿一事。是为第三大段之第四分段。呵壁之问至此而毕。〇以上第三大段止。凡其所问,不甚诠次,类皆上古唐、虞、三代之古史、神话、传说,属于人之事。

薄暮雷电,   傍晚时候大雨雷电,
归何忧?   归到家去还愁什么?
厥严不奉,   其君的威严不得侍奉,
帝何求?_{幽部。}   上帝对我还要求什么?

·所问为呵壁归来时之情景。〇王逸曰:"言屈原书壁,所问略讫。日暮欲去,时天大雨雷电思念复至,自解曰:归何忧乎?"〇毛奇龄曰:"薄暮雷电,呵而问时之境也。按:原《外传》云:时呵而问之,天惨地愁,白昼如夜。即此谓也。言薄暮雷电,可以归矣!何以忧不能自已也?"〇戴震曰:"臣奉君之威严。厥严不奉,不得事君也。夫帝何所责而弃之乎?求责也。"

伏匿穴处,   我隐藏在崖洞里,
爰何云?   可有什么话要说?
荆勋作师,   楚国好功而动兵,
夫何长?   那怎么长久使得?

·首叹王之不足与有为。

悟过改更,_{洪本云:悟一作寤。}   悔悟过错、改弦更张,
我又何言?   我还要讲什么事情?
吴光争国,_{按:吴王阖庐名光。}   吴王阖庐争夺国土,

久余是胜！　　　　　　　　　他早就战胜过我们！
何环穿自闾社丘陵〔三〇〕，洪本云：一云何环闾穿社，以及丘陵。
　　　　　　　　　　　　　怎得穿遍了从闾里乡社以及丘陵，
爰出子文？元，文通韵。○洪本云：爰是淫是荡，爰出子文。
　　　　　　　　　　　　　于是寻出一个将来做令尹的子文？

·次叹敌国可惧，楚国无人。舍秦言吴，舍今言昔，为当时君臣讳也。

吾告堵敖〔三一〕、　　　　　我已经告诉过贤者堵敖，
以不长！　　　　　　　　　以为楚国衰了不能久长！
何试上自予，洪本云：试一作诚。予一作与。朱本云：试一作议。
　　　　　　　　　　　　　为什么谏议君上，自我称许，
忠名弥彰？阳部。○洪本云：彰一作章。
　　　　　　　　　　　　　使得忠直的名声愈加彰扬？

·末叹国濒危亡，忠直无补。则早知"露才扬己"之非所以自全，而有不容自已者！

○以上第四段。以此自述自叹作结。所问关于作者本身之觏闵与楚国之近忧，有无限悲愤之情而不能自已，犹未绝望也。

今按：

○作者首先致疑于上古时代天地开辟之神话。其次致疑于上古社会及其历史任何秩序、任何政权，皆出于天命。今也天文学、地质学、生物学、物理学、化学，以及其他有关自然界之科学，并包括哲学、人类学、社会学、历史学、政治经济学、有关人文科学，无不相与日益昌明。此则已使人类童年时代一切童话、神话、圣经，关于宇宙之起源和形成种种误认、种种谬论，无不遭受到致命之打击。《天问》所问，重在天文。尽管当时天文科学虽属幼稚，实为学者所最关心，读《惠》、《庄》、《墨》、《孟》、《公孙》诸子书乃至佚文，或研究上古六历可见。苏联古列夫《宇宙是什么》一书中云："工人阶级的伟大思想家和学者恩格斯在研究各门自然科学发展的历史时

曾经指出,天文学出现比其他科学早,因为游牧民族和农业民族为了要知道季节,就已需要天文学了。天文学发展的另一个原因,是贸易关系和航海业的扩展,因为这一扩展就有了确定方向的需要。在穿过沙漠、草原,尤其是海洋的时候,要根据星体来择定路线的方向。在那遥远的古代,人们还不知道指南针,星便代替了指南针的作用。"近代唯物论者认为世界一切事物之基础是物质,即世界之本质原是物质。并不认为有先世界而存在、而超自然之神灵,创造世界与主宰世界。恩格斯《自然辩证法》所谓"唯物论的世界观不过是对自然界本来面目的了解,不附加以任何外来的成分"者,是也。今计《天问》全篇凡一千五百六十四字,一百五十八问。但据前人说,"统计一千五百四十五言","一百七十二问"(黄维章)。或绘为"五十四图"(萧云从)。或说成"百有十六图"(陈本礼)。"皆容成、葛天之语,入神出天。此为开物之圣,后有作者,皆臣妾也"(陈深)。沈德潜《说诗晬语》云:《天问》一篇杂举古今来不可解事问之。若己之忠而见疑,亦天实为之。思而不得,转而为怨;怨而不得,转而为问;问君、问他人不得,不容不问之天也。此是屈大夫无可奈何处。"鲁迅《摩罗诗力说》:"怀疑自邃古之初,直至百物之琐末,放言无惮,为前人所不敢言。"两千几百年前的屈原就是这样一个怀疑的伟大诗人!《天问》盖作在顷襄王之世。作者初放汉北,"见楚先王之庙及公卿祠堂图画","因书其壁,呵而问之"。此作于所谓"伏匿穴处爰何云"者也。若谓作于再放江南,则江南始自楚悼王乃有此新辟之地,焉得有此宗庙祠堂及其壁画乎?倘谓《天问》非据壁画而作,而问"画壁图者何处得此蓝本"(廖平《楚辞讲义》)?安知此非首创蓝本,而数百年后鲁灵光殿壁画即据此以复制之?(王逸之子延寿作《鲁灵光殿赋》)倘谓"任何伟大的神庙,我不相信会有这么多的壁画"(郭沫若《天问解题》),愚谓一庙壁画至百十数图,实不为多,踵事增华有倍蓰于此者。据传唐成都大圣慈寺壁画,至宋尚存五百二十四铺之多。(李之纯《大圣慈寺画记》、范成大《成都古寺名笔记》)那又该怎么说呢?

【简注】

〔一〕天何所沓者,屈子盖如曾子疑上古天文学说天圆地方,则是四角之不相掩。(《大戴礼记·曾子天圆》篇)故《章句》言天与地会合何所也。十二焉分者,旧有《章句》、《补注》引昭七年《左传》杜注:一岁日月十二会,所会谓之辰以解之。(十二辰次、十二星次)并可参阅《周礼·冯相氏》《保章氏》注疏。今人或以此问地球自转一昼夜十二时何以等分。愚意自今日释之,不如仍据天文学上习用之地球公转一岁历十二星座为说。(黄道周天十二星座,又称十二宫。一宫或一星座三十度。)二句串释,较易明确。此谓地球公转反映在天空上成为太阳在各个星座间之移动。太阳每岁在天空中经过一定之路程,是谓黄道。黄道上有十二星座,太阳出现在不同之星座则表明不同之季节。中国古代对于地球绕太阳公转之观察未能全面,但早已能按太阳在天空中之移动(实际上是地球公转在天空中之反映)以精确测定一年之长度。并且根据太阳出现在不同之星座而确定节气,此于农业生产极有裨益者也。太阳出现一月巨蟹座,二月狮子座,三月室女座,四月天秤座,五月天蝎座,六月人马座,七月摩羯座,八月宝瓶座,九月双鱼座,十月白羊座,十一月金牛座,十二月双子座。

〔二〕角宿者,东方角二星,为天关。其间天门也,其内天庭也。见《晋书·天文志》二十八舍条。天关阖则天晦,开则天明。曜灵,夜藏于天关内。按:角在东方,为二十八宿之起首。自《诗》、《书》至《吕览·月令》、《夏小正》等古籍,始知二十八宿全名。则知应用二十八宿为周天星距,当溯源于周前,而早于印度所用者矣。

〔三〕毛奇龄《补注》:鲧筑堤以障洪水,宛委盘错,如鸱龟牵衔者然。是就鸱龟形而因之为堤,盖听鸱龟之计也。古人制物多因物形,如视鸱制柂,观鱼制帆之类,此不足怪。特筑堤障水,不用疏导,但用防遏,则迄无成功。是听鸱龟之计而误之耳。按：扬雄《蜀本纪》张仪筑蜀城，依龟行迹筑之。《史稽》曰：张仪依龟迹筑蜀城，非夫崇伯之智也？崇伯，鲧封号。即是其事。展按：张仪筑蜀城事，当时屈子或已闻之。相传张仪所用龟壳，至唐李德裕镇西川，犹在军资库。见钱易《南部新书》。

〔四〕俞樾《俞楼杂纂》：洪本愎一作腹。按作愎作腹并于文义未安。其字当作夏。《说文·夊部》：夏，行故道也。言禹治水亦惟行鲧之故道，何以能变化乎？

〔五〕昆仑，殆指河源巴颜喀喇山。其凥安在之凥，周拱辰《离骚草木史》读为尻。云：尻，尾脊骨。《庄子》浸假而化子之尻以为轮，是也。

〔六〕石林，今以在云南之路南者为著。盖彼时在楚贵族庄蹻取滇之后，楚滇已通，屈子得诸传闻欤？按：石林位于昆明市东南一百二十公里。此地石灰岩层由于水溶液长期溶蚀、冲刷、分割，形成无数条石柱，远望如一片森林，因而被称为石林。

〔七〕一蛇吞象，当指巴蛇。罗愿《尔雅翼》：巴者，食象之蛇。其字象蜿蜒之形，其中有一，说者以为一所吞也。其长千寻，青黄赤黑。《海内南经》曰：巴蛇食象，三岁而出其骨。古称尧使羿断修蛇于洞庭。许叔重以为：修蛇，大蛇吞象之类。洞庭，南方泽名，近巴陵。说巴陵者以为巴之死，其骨为陵。按今岳阳郡狱之侧，巍然而高，草木翳郁者，人指以为巴蛇积骨之地。

〔八〕黑水玄趾者，玄趾盖指《山海经》玄股之国，或其人手足尽黑之劳民国。郭璞《山海经图赞》：玄人食鸥，劳民黑趾。黑水者，《水经注》：黑水出张掖鸡山南，南至敦煌，过三危山，南流入于南海。按：黑水三危连文，当指此。《淮南子》：三危之露，可以轻举。又：三危金台石室，食气不死。

〔九〕《穆天子传》：黑河之阿有木禾，食者得上寿。按注者或以黑河释上文黑水。抑或以为黑水即《禹贡》之所谓弱水，源出甘肃山丹县西南穷石山，《离骚》所谓夕次于穷石者也。下游流入蒙古地，称额济纳河；最后潴于流沙，称居延海。

〔一〇〕羿者,《说文》:羿,帝喾时射官。《山海经》:尧时十日并出,尧命羿射其九。《商书》言有穷后羿。盖羿初为射官,其后为有穷氏之君,犹后稷之世为稷官,历世有人,非一人也。

〔一一〕王夫之云:《竹书纪年》载益代禹立,拘启禁之。启反起杀益,以承禹祀。盖列国之史异说如此。按:《战国策·燕策》云,禹授益,而以启为吏。及老,以启为不足任天下,传之益也。启与支党攻益,而夺之天下。是禹名传天下于益,其实令启自取之。此可证古史有益、启争国之传说。又记《韩非子》中亦有此传说。

〔一二〕躬鞠者,刘永济《屈赋通笺》以王逸《章句》训躬为行,疑躬乃躬之误字,躬训体、训行。余按:躬鞠者即鞠躬之倒文,有敬谨从事之义。刘先生此说较丁晏、陈直、刘盼遂、游国恩诸家释躬鞠为武器者,于文义为顺。

〔一三〕《书》云:迈种德,德乃降。毛奇龄以为播降之义本此。

〔一四〕《山海经·大荒西经》:夏后开(启)上三嫔于天,得《九辩》与《九歌》以下。郭注:嫔,妇也。言开献美女于天帝。

〔一五〕古有启生而母化为石之神话。今河南嵩岳太室山万岁峰,中岳庙(景福观)东,犹有相传之启母石,并有后汉人所立石阙。

〔一六〕徐文靖《管城硕记》:鲧既谪于羽渊,居东海之滨(羽山在今山东莱州蓬莱县东南三十里),则惟莩藿是营耳。《礼纬》曰:鲧妻修己吞薏苡而生禹,因姓姒氏。《帝王世纪》曰:鲧妻修己见流星贯昴,梦接意感,胸坼而生禹。或当日鲧投羽山,修己从之。何由并投于此,鲧乃疾病,修独充盈乎?按:自阻穷西征至鲧疾修盈,皆言鲧事。然鲧窜东裔,何云西征?钱澄之《屈诂》云,阻绝,犹禁绝也。羽山东裔,永遏在东,不容西征,岩何越焉?谓羽山之岩不得过一步也。

〔一七〕《山海经·西次三经》:又西北四百二十里曰钟山。(毕沅云:即阴山)其子曰鼓,其状如人面而龙身,是与钦䲹杀葆(或作祖)江于昆仑之阳。帝乃戮之钟山之东,曰瑶崖。钦䲹化为大鹗。鼓亦化为鵕鸟,其状如鸱,赤足而直喙,黄文而白首,其音如鹄。见即其邑大旱。

〔一八〕俞正燮《癸巳存稿》:屏号起雨,自应为风伯。风号乃起雨也。按:

此与下文飞廉重。当从韦昭说为雷师,雨得雷号令乃起也。丁晏笺《三辅黄图》:飞廉鹿身,雀头,有角,蛇尾,豹文,能致风号呼也。

〔一九〕俞樾《楚辞人名考》:女歧,见《天问》。注,浇嫂也。襄四年《左传》云:浞因(依)羿室,生浇及豷。又云:少康灭浇于过,后杼灭豷于戈,有穷由是遂亡。则浞止二子,长浇、次豷。浇无兄而有嫂,何欤?按:浞因羿室之前,已娶纯狐氏,安知其不生子,而浇、豷有兄有嫂乎?又襄四年《左传》注:北海平寿县有寒亭。即寒浞建国地也。

〔二〇〕南岳,此指会稽山。徐文靖云:《括地志》,会稽山一名衡山。《吴都赋》指衡岳以镇野。周时为扬州之镇,故亦称南岳也。

〔二一〕该,即《竹书纪年》之王子亥,《汉书·人表》之垓,亦即《史记》契七世孙振。徐文靖《竹书纪年统笺》、梁玉绳《史记志疑》、刘梦鹏《屈子章句》已先后证明之。至王国维据甲骨文作《卜辞所见先公先王考》、《古史新证》,该与父季、弟恒、子昏微三世之事乃益明矣。

〔二二〕王国维云:恒盖该弟,与该同秉季德,复得该所失服牛也。按:《世本·作篇》,胲作服牛,胲即该也。作服牛者,谓始以牛为人服役,即仆牛,亦即朴牛也。

〔二三〕上甲微盖欲为其父王亥复仇,故有狄不宁。王国维云:昏微,即上甲微。有狄,亦即有易也。古狄易二字同音,故互相通假。其国当在大河之北,易水左右。按:《山海经·大荒东经》郭注引《竹书》:殷王子亥,宾于有易而淫焉。有易之君绵臣放而杀之。是故殷王甲微假师于河伯以伐有易,克之,遂杀其君绵臣也。

〔二四〕按:此问,新旧注说皆不可通。盖不知其设为有狄不宁之词,即愤怒人诱淫其女之语也。古语于丈夫子、女子子,皆称子。此子正指女子子而言。后人于此子字不得其解,或释负子为妇子,或释负子为负兹,皆失之矣。

〔二五〕俞樾云:帝,谓帝喾也。竺,当为毒,古字通用。此言稷乃帝喾元子,帝喾为何憎恶之而弃之?俞氏盖不知初民蛮俗有杀其长子之习也。

〔二六〕受,纣名辛,又名受。兹、子古通。就、求古通。《史记集解》、《帝王世纪》云,纣囚文王,文王之长子曰伯邑考,质于殷为纣御,纣烹为羹赐文王,曰:圣人当不食其子羹。文王食之。纣曰:谁谓西伯圣者?食其子羹尚不知也!

〔二七〕徐文靖云:宣元年《左传》,诸侯伐郑,楚芳贾救之,遇于北林。《水经注》曰:《春秋》遇于北林。京相璠曰:今荥阳菀陵县有故林乡,在郑北。是伯林地名,即北林也。古伯与北通。《周书·作雒解》:降辟三叔,管叔经而卒。《前汉·志》:中牟县有管城,管叔邑。《后汉·志》:中牟县有林乡。是叔之雉经在管城之伯林矣。阮籍《达庄论》曰:窃其雉经者,亡家之子也,此正用管叔雉经之事。而注者反以此句为误。盖人但知有中生雉经,而管叔雉经罕有知者。感天抑地,夫谁畏惧者,《金縢》曰:天大雷电以风,禾尽偃,大木斯拔,邦人大恐,是也。若此者,谁实使然?盖天之动威以表周公之德耳。

〔二八〕勋阖梦生者,谓有功业之吴王阖庐为寿梦之孙。戴本《音义》云,古人言子孙曰子姓。《诗》公姓,即公孙也。

〔二九〕朱亦栋《群书札记》、谯周《古史考》:夷、齐采薇而食。野有妇人谓之曰:子义不食周粟,此亦周之草木也!于是饿死。刘孝标《辨命论》:夷、齐毙淑媛之言,是也。又《列士传》:夷、齐隐于首阳山,不食周粟,采薇而死。时王摩子入山,难之曰:君不食周粟,而隐周山,食周薇。奈何?二人遂不食薇,经七日,天遣白鹿乳之。得数日,夷、齐私念:此鹿肉食之必美。鹿知其意,不复来。二人遂饿而死。此虽不经之谈,于《天问》却合。若旧注云云,真不堪一笑也。《庄子》:二子北至于首阳之山,遂饿而死焉。则回水当即在首阳山下也。考《水经注》:雷首山一名独头山,夷、齐所隐也。山南有古冢,俗谓之夷、齐墓。其水西南流,亦曰雷水。则回水之即雷水,明矣。

〔三〇〕毛奇龄云:环穿,旋转开凿也。楚无人矣,安得旋转开凿,自间社以至丘陵,出子文其人者?犹俚云开天握地而得之也。内而间社,外而丘陵,自中及外,无所不穿,故曰自间社至丘陵也。为此言,痛愤极矣。按:此说较通。若依一本异文:何环间穿社,以及丘陵,是淫是荡,爰出子文。第从子文之母淫荡来说,则辞气鄙倍,唐突前贤矣。

屈子盖不至是。又按:子文者,《战国策·楚策》:莫敖子华对楚威王曰,昔子文缊帛之衣以朝,鹿裘以处。未明而立于朝,日晦而归食。朝不谋夕,无一月之积。故彼廉其爵、贫其身,以谋社稷者,令尹子文是也。

〔三一〕《章句》:堵敖,楚贤人也。屈原放时,语堵敖曰:楚国将衰,不复能久长也。《洪补》以为大谬,非也。按:叔师生于旧楚地,其引古史,训古语,或有谬误。其注楚事,训楚言,盖有所受之,鲜有误者。楚之王子贵族以敖称者多矣。不必如《左传》杜注所云,不成君、无号谥者,楚皆谓之敖。更不必以为堵敖即杜敖,名熊囏,文王熊赀之子,成王熊恽之兄,为息姬所生者。董说《七国考》云:楚熊仪为若敖。熊坎为霄敖……康王子员为郏敖。弃疾即位,葬子干于訾,实訾敖……余按:敖者,楚国尊大之别称。楚尊官有莫敖,可推。展按:其说是也。倘如《洪补》、《戴注》,必以杜敖、熊囏释堵敖,则于上下文义不协,必迂曲以说之,益不可通矣。试问:杜敖死已久矣,屈原安得相告乎?若云假指时王,则以被杀之孱王相儗,岂执履忠贞如屈子者所忍出之?时王亦安能忍受之?且与屈赋一贯以古之贤君明后例怀、襄者,何相谬戾也!

○ 薋音梦,音蒙。圜圎同。重平声。度入声。斡音管。属,古音注。沓音踏。汤音阳。氾音似。

○ 汨音骨。佥音签。鸱音疵。窴音填。洿音污,音户。隳音妥。虺音近毁。薠音莘。枲音怡,或怡上声。彈音毕。

○ 珌音瑶。狶音希。柜音巨。菁音蒲。蘬藋同,音桓。蜺音倪。茀音弗。臧藏同。丧去声。号平声。螯音教。抌音下。鳏鰥同,古音矜。鹄音谷。挚音至,音执。说音悦。莒音鹄。莘音辛。生假为孙。两去声。

○ 更平声。予上声。

楚辞直解卷第四

九章

〇后每篇分题下小数字,为愚考其作出之先后,而定其篇次之序数。学者如其次序而读之,庶几可得作者屈子立身怀、襄两朝始末之事略云。

惜诵[二]
涉江[五]
哀郢[七]
抽思[四]
怀沙[九]
思美人[三]
惜往日[六]
橘颂[一]
悲回风[八]

〇愚按:朱熹《集注》曰:"屈原既放,思君念国,随事感触,辄形于声。后人辑之,得其九章,合为一卷,非必出于一时之作也。"其说为是。惟未能就九篇之文,分出其时之先后。屈复《新集注》,用朱子之说,似并接受《湖广通志》、《楚辞听直》、《楚辞灯》诸说之影响。故谓"九篇中或地、或时、或叙事,文最显著,次第分明"。从而论次其先后,为《惜诵》、《思美人》、《抽思》、《涉江》、《橘颂》、《悲回风》、《惜往日》、《哀郢》、《怀沙》。今复按之,顾亦未能全确。至其谓"旧本错乱,予不敢辄改古书,姑记之,就正高明"。又何其慎且谦也!因复析论其次:《橘颂》、《惜诵》、《思美人》、《抽思》四篇,盖作在怀王之世。《橘颂》、《惜诵》二篇作在放前,其他二篇作在既放汉北之后。《橘颂》、《九歌》同时,亦有先后。《涉江》、《惜往日》、

《哀郢》、《悲回风》、《怀沙》五篇，盖作在顷襄王之世，再放江南之时。于其未有论定之前，姑仍旧本篇次。至原放汉北一说，实始于明《湖广通志》云。

惜诵 一作惜论

惜诵以致愍兮，_{洪本云：愍一作闵。}　　痛惜进言以招忧患啊，
发愤以抒情。_{洪本云：抒一作舒。朱本云：一作纾。}　　发愤就来写诗抒情。
所作忠而言之兮，_{洪本云：作一作非。一云忠下有心字。}　　假如不是忠心才说话的啊，
指苍天以为正！_{耕部。}　　敢指青天来做主审！

·发端即指天立誓。○戴震曰："凡誓辞率曰所者，反质之以白情实。"

令五帝以析中兮，_{洪本云：一本作折中。}　　令五方之帝来作判断啊，
戒六神与向服。_{洪本云：一云以乡服。}　　告六位尊神来给我对证。
俾山川以备御兮，　　使名山大川之神来备侍候啊，
命咎繇使听直。_{之部。○洪本云：命一作会，使一作以。}　　命古法官皋陶使他来听诉讼。

·屈复云："右一节，质之天地鬼神。言外，见国人莫我知也。"
○此篇追述进谏始末。一段。总提忠言招祸，呼吁天神以自诉。○李陈玉《楚辞笺注》云："质之天帝河岳，千古直臣，此心方明。"○按：咎繇听直，屈子当本古之传说。王应麟云："《淮南子》曰：'皋陶喑而为大理'，此犹夔一足之说也。皋陶陈谟赓歌，谓之喑可乎？司马公诗云：'法官由来少和泰，皋陶之面如削瓜。'然《荀子·非相》之言亦未必然。"按：今谚尚云："脸上无肉，不是好物。"

竭忠诚以事君兮，　　竭尽忠诚去服事君王啊，
反离群而赘肬。　　反脱离群臣就如同赘瘤。

忘儇媚以背众兮,
待明君其知之! _{之部。○洪本云:一无明字。}　　忘了狡猾谄媚以致违反群众啊,
　　要等待英明君主他才知道缘由!

言与行其可迹兮,
情与貌其不可变。
故相臣莫若君兮,
所以证之不远! _{元部。○洪本云:一本之下有而字。}　　言论和行为一致它可印证啊,
　　内心和外貌如一它不可改变。
　　故看准臣下的好歹莫如君王啊,
　　所以证明他们情况的不会太远!

・屈复云:"右二节,知臣莫若君,往日之忠,今犹可验也。"
○二段。自言忠有证验。○黄维章(文焕)云:"上章愤心事之莫白,呼天呼神。此章表心迹之易见,不待天,不待神,不待听直,君可立稽也。"

吾谊先君而后身兮,
羌众人之所仇! _{洪本云:一本仇下有也字。}
专惟君而无他兮, _{洪本云:惟一作思,一作为。}
又众兆之所雠! _{洪本云:兆一作人。一本雠下有也字。}　　我的道理是先顾君而后顾身啊,
　　竟是众人的对头呀!
　　专只想念着君王就没有旁的啊,
　　又是万众的怨仇呀!

壹心而不豫兮〔一〕,
羌不可保也! _{洪本云:一本此句与下文皆无也字。}
疾亲君而无他兮,
有招祸之道也! _{幽部。}　　只有一条心就不欺骗啊,
　　竟至自身不可保呀!
　　急力亲近君王就没有旁的啊!
　　又是招祸之道呀!

・屈复云:"右三节,背众专君,有招祸之道,言见疏也。"
○三段。言忠诚无他,竟尔招祸。

思君其莫我忠兮, _{洪本云:忠一作知。}　　想念君王他不知道我忠啊,

忽忘身之贱贫。	轻易地忘记了自己的贱贫。
事君而不贰兮，_{按：贰当作贵。}	服事着君王就没有差忒啊，
迷不知宠之门！_{文部。}	糊涂了不知道得宠的窍门！

忠何罪以遇罚兮，	忠有什么罪要遇到责罚啊，
亦非余心之所志〔二〕！_{洪本云：一本此句末与下文皆有也字。}	也不是我心里所知道的呀！
行不群以巅越兮，_{朱本、戴本巅皆作颠。}	行动不同流合污以致跌倒啊，
又众兆之所咍！_{之部。}	又是万众所嗤笑的呀！

纷逢尤以离谤兮，	多遇责难而遭毁谤啊，
謇不可释！_{洪本云：一本句末有也字。}	硬是不可解说呀！
情沉抑而不达兮，	心情深压而不得上达啊，
又蔽而莫之白！_{鱼部。○洪本云：一本句末有也字。}	又被蒙蔽而莫能把它表白呀！

心郁邑余侘傺兮，	心里抑郁我就失意发呆啊，
又莫察余之中情。_{陈第《屈宋古音义》疑情为愫，与路韵。}	又没人明白我的内心。
固烦言不可结诒兮，	本来有许多话不可缄寄啊，
愿陈志而无路！_{无韵。}	愿意陈明心迹而没有途径！

退静默而莫余知兮，	退守静默就没人知道我啊，
进号呼又莫余闻。	进而呼号又没人给我来听。
申侘傺之烦惑兮，	添加了失意的烦恼迷惑啊，
中闷瞀之忳忳！_{文部。○洪本云：中一作心。}	心里苦闷错乱的矛盾重重！

·屈复云："右四节，言既疏之后，尚欲尽忠。因念忠而遇罚，众之所咍；此情沉抑，自陈无路，进退维谷，惟有忧闷而已。"

○屈复云:"以上四节为一段,呼天明己之忠而得祸,遂至进退维谷也。"

○四段。言遭谗莫白,苦闷彷徨。○钱澄之云:"从上用四又字,见己之闷瞀固非一端。"

昔余梦登天兮,　　　　　　昨夜我曾做梦登天啊,
魂中道而无杭。_{洪本云:杭一作航。}　灵魂走到中途就无航梯可上。
吾使厉神占之兮,　　　　　　我使厉神来占这梦啊,
曰:"有志极而无旁!"_{阳部。}

　　　　　　　　　　占词说:"但有心思用尽却没人帮!"

"终危独以离异兮?"　我问:"结果孤危而和君王别离啊?"
曰:"君可思而不可恃。　他说:"君王可想念却不可靠得上。
故众口其铄金兮,　　　故众口毁谤它会镕化金属啊,
初若是而逢殆!　　　　从来像这样的就都遭受了灾殃!

"惩于羹者而吹齑兮,_{朱本作惩,热羹。}

　　　　　　　　　"喝怕滚汤的人就吹寒菜来吃啊,
何不变此志也?_{洪本云:一本自此句至又何以为此援,并无也字。}你为什么不改变这个志向呀?
欲释阶而登天兮;　　　　　想要丢下梯子而登天啊;
犹有曩之态也?_{之部。}　　　你还有早些时候的那种老样呀?

"众骇遽以离心兮,　　　　"众人害怕你就会离心啊,
又何以为此伴也?　　　　　又何以为这些人的同伴呀?
同极而异路兮,　　　　　　同一终点却不同路线啊,

又何以为此援也?"元部。　　又何以为这些人的攀援呀?"

・屈复云:"右五节,言得罪见疏,已有梦兆在先。明知得祸,此心难已;非是惊众违俗,徼幸万一也。"

○五段。言昨夕有梦,登天无航,使厉神占之,而被劝以变志。

晋申生之孝子兮,　　　　晋太子申生那样的孝子啊,
父信谗而不好。　　　　　父亲听信了谗言就不对他爱好。
行婞直而不豫兮,洪本云:豫　　行为刚直而不稍松懈啊,
一作救。
鲧功用而不就。幽部。　　　伯鲧治水的大功因而不曾做到!

吾闻作忠以造怨兮,　　　我听说做忠臣就会招怨啊,
忽谓之过言。　　　　　　粗心地说这是过分的夸张。
九折臂而成医兮,洪本云:一云九　九次断人手臂就成外科良医啊,
折臂而为良医。
吾至今而知其信然!元部。○朱
本而作乃。
　　　　　　　　　　　　我到如今才知道这话确是这样!

・屈复云:"右六节,言作忠造怨,自古皆然。"

矰弋机而在上兮,洪本云:弋　　弹弓安装就在上面啊,
一作隹。
罻罗张而在下。　　　　　网罗张设就在下方。
设张辟以娱君兮〔三〕,按:娱、虞　他们设了圈套来窥测君王啊,
古通。
愿侧身而无所!鱼部。　　　愿意靠边站而没有地方可往,

欲儃佪以干傺兮,　　　　想要回转以求站住脚啊,
恐重患而离尤。　　　　　恐怕增加忧患而遭受罪殃。
欲高飞而远集兮,　　　　想要高飞而远远地落下啊,

君罔谓"汝何之?"之部。　　　　君王可不说"你往什么地方"?

欲横奔而失路兮，　　　　　　　想要乱奔就迷失道路啊，
坚志而不忍。洪本云:一云盖　　因为意志坚定又有不忍。
　　　　　　志坚而不忍。
背膺牉而交痛兮，　　　　　　　背胸分裂而遍体交痛啊，
心郁结而纡轸！文部。　　　　　忧心郁结了而缠绵隐痛！

・屈复云："右七节，实发进退维谷，其痛有难言者。"

○六段。承上占梦而言，自思作忠造怨，绝无其他出路，徒使身心交痛。○冯觐云："上则矰弋，下则罻罗，欲僵偃则离尤，欲高飞则诬君，欲横奔则失路，何适而可哉?"（蒋之翘《七十二家评楚辞》）。王夫之云："进退两难，菀结曲念，无可解也。"

梼木兰以矫蕙兮，洪本云:梼一作　　　捣碎木兰和搅拌蕙花啊，
　　　　　　　　捣。矫一作挢。
糳申椒以为粮。洪本云:糳　　　　　并舂了大花椒来做食粮。
　　　　　　　一作凿。
播江离与滋菊兮，　　　　　　　　　播种江蓠和栽插菊花啊，
愿春日以为糗芳！阳部。　　　　　　愿到春日做为干粮发香！

・屈复云："右八节，实发不变此志，犹有曩之态也。"

恐情质之不信兮，洪本云:质一作志。　恐怕本心本志的屈不得伸啊，
　　　　　　　　按:信、申古通。
故重著以自明。　　　　　　　　　　故重复陈述来自己表明。
矫兹媚以私处兮，洪本云《释文》矫作　高举这些美德来私自隐居啊，
　　　　　　　　挢。朱本作挢。
愿曾思而远身！真、阳　　　　　　　愿层层细想而退避此身！
　　　　　　　合韵。

・屈复云："右九节，恐情质不信，曾思远害有不能者，故重著此篇以自表明。应起二句，倒叙法。"○末段。言将洁身而退。至此呼吁天神，自诉已毕。○王夫之云："此谏而不听，无从再谏之时，其抑菀有如此者。"○钱澄之云："重著自明，此《惜诵》之所以作

也。重者,语不厌重复也。"按:重著自明二语,实为全部屈赋说了又说,重复总杂之故作一解释。

今按:

　　○《惜诵》,为痛惜进言之意。盖为追悔之词,与《惜往日》同。诵,当读如《孟子·公孙丑》篇"为王诵之"之诵。此篇当作在怀王之世,见疏之后,被放之前。故其篇终犹得自云"矫兹媚以私处兮,愿曾思而远身"也。明人《湖广通志》云:"《九章》,王逸谓放江南作。而何以一则称造都为南行,称朝臣为南人?又一以思君为西思邪?按《惜诵》、《思美人》、《抽思》,当是怀王时作。《涉江》以下,方是顷襄放江南作。原初被逸,不复在左徒之位,未尝不在朝也。故有使齐、谏张仪二事。再谏、被迁于外,寻召回,又有谏入武关一事。如《惜诵》乃见疏怀王后,又进谏得罪,然亦未放。次则《思美人》、《抽思》乃进言得罪后,怀王置之汉北。故其视造都与朝臣俱在南也。若江南之野,则谓东迁,此《哀郢》所以云西思也。"论据精确,道前人所未道,惟末语似小失。愚谓《哀郢》中云东迁,乃指顷襄王于郢都陷敌之后退保陈城,非屈子自谓被放江南之野为东迁也。其时屈子南迁思君而云西思,固自不误云。

涉江

| 余幼好此奇服兮, | 我从幼时爱好这种珍奇服饰啊, |
| 年既老而不衰; | 年纪已经老了而兴致不曾稍衰; |

　　·王夫之云:"言既老则作于顷襄之世益明矣。"

| 带长铗之陆离兮〔一〕, | 带着长铗大剑,长的陆离啊, |
| 冠切云之崔嵬。脂部。洪本云:嵬一作巍。 | 戴着切云高冠,高的好崔巍。 |

·按：新发见之长沙战国楚墓中，人物御龙帛画，其人有须、衣袍、高冠、长剑；其龙、舟形。郭沫若题词云："仿佛三闾再世，企翘孤鹤相从。陆离长剑握拳中，切云之冠高耸。"（《文物》一九七三年七期）

被明月兮佩宝璐，　　　　披着明月珠子啊佩着美玉宝璐，
世溷浊而莫余知兮，_{洪本云：一无兮字。}　人间世混浊就没有人知道我啊，
吾方高驰而不顾。_{洪本云：一本句下有兮字。}　我打算远走高飞也就不再回顾。
驾青虬兮骖白螭，　　　　驾了有角青龙啊、旁驾无角白龙，
吾与重华游兮瑶之圃。_{鱼部。}　我要和帝舜重华同游啊到瑶圃。

·按：此云驾虬骖螭，拟龙类为车马，与《离骚》、《远游》言八龙；《九歌》、《大、少司命》、《东君》、《河伯》言龙者同。而与上文所言之帛画龙呈舟形，及《九歌·湘君》两言飞龙指舟者异。龙舟招屈之传说，固有所自来也。

登昆仑兮食玉英〔二〕，_{洪本云：食，一作飡。}　登昆仑山啊吃玉英，
与天地兮同寿，　　　　　愿和天地啊同寿，
与日月兮同光！_{洪本云：一云同寿齐光，一云比寿齐光。}　愿和日月啊同光！
哀南夷之莫吾知兮！　　　可怜南夷的没有人知道我啊！
且余济乎江湘。_{阳部。○洪本云：乎一作于，朱本余下有将字。}　一早我就要渡过长江到湘江。

·戴震云："幼好此奇服以比好修不懈。是以前既不容于世而不顾。至此重遭谗谤，济江而南，往斥逐之所。盖顷襄复迁之江南。是也。"

○此被迁江南，途中纪事之作。首段。自言志行高洁，抱负雄伟，将与古圣帝同游，并天地日月而不朽，哀国人莫我知也。而曰哀南夷者，亦以自哀也。至哀极愤之语。先提出涉江之所由然。

末二句,一结上,一起下。○王夫之云:"言既老,则作于顷襄之世并明矣。"○钱澄之云:"自写其高视阔步,岸傲一世之状。"

乘鄂渚而反顾兮[三], 　　登鄂渚而反顾啊,
欸秋冬之绪风。 　　　　唉,秋冬的余风。
步余马兮山皋, 　　　　试走我的马啊山下,
邸余车兮方林。_{侵部。○洪本云:邸一作低。} 　　煞住我的车啊方林。

　·戴震云:"言于鄂渚登岸,循江岸行,以至洞庭也。"

乘舲船余上沅兮,_{《释文》舲作䒀。} 　乘着有窗的小船我上沅水啊,
齐吴榜以击汰[四]。 　　齐喊摇橹的号子来打开水波。
船容与而不进兮, 　　船的行动犹豫而不前进啊,
淹回水而疑滞。_{祭部。○洪本云:疑一作凝。} 　停留在漩涡里好像是胶着。

朝发枉陼兮[五],_{洪本云:陼一作渚。} 　早上从沅水小湾枉渚出发啊,
夕宿辰阳。 　　　　　　晚边就歇宿在沅水支流辰阳。
苟余心其端直兮,_{洪本云:其一作之。} 　如果我的心它是正直啊,
虽僻远之何伤!_{阳部。○洪本云:僻一作辟。朱本之作其。} 　虽然被放僻远地方那又何妨!

　·戴震云:"自洞庭而舟行溯沅也。"

入溆浦余儃佪兮[六],_{洪本云:儃佪一作邅迴。} 　进入了溆浦我就徘徊啊,
迷不知吾所如。_{洪本云:一本吾下有之字。} 　迷了路不知道我的所往。
深林杳以冥冥兮,_{洪本云:一云杳杳以冥冥。杳一作晦。冥冥一作冥寞。} 　深林光暗就黑幽幽啊,
猿狖之所居!_{洪本云:一本此句上有乃字。} 　这是猿猴群居的地方!

山峻高以蔽日兮，^{洪本云：以一作而。} 　山头高峻就遮住太阳啊，
下幽晦以多雨。 　　　　　　山下黑暗了又加之多雨。
霰雪纷其无垠兮， 　　　　　雪珠雪花纷飞地那样无边啊，
云霏霏而承宇。^{鱼部。○朱本而作其。} 　云朵又飞飞地它承接到屋宇。

- 戴震云："舟行由沅入溆，至迁所也。"

哀吾生之无乐兮， 　　　　　可怜我活的没有乐趣啊，
幽独处乎山中。 　　　　　　深自独居着在这个山中。
吾不能变心而从俗兮， 　　　我不能变心去跟随流俗啊，
固将愁苦而终穷！^{中部。} 　　本来打算愁苦而终身困穷！

　○二段。言涉江所经过之路线及其季候。即言自岁暮由郢而鄂、而至湘、沅、辰、溆一带被放之地。本志愿与古圣帝同游瑶圃，今伤迁此僻远之地，正与首段意相呼应。○《溆浦县志》云："由沅而辰而溆，经行历然。沅曰上，溆曰入，确不可易。深林杳冥以下，状冬日舟行入江口之景，皆神似。"

接舆髡首兮， 　　　　　　　狂人接舆自刑、剃着光头啊，
桑扈臝行；^{洪本云：臝一作裸。} 　　隐士桑户穷到裸体了去游逛；
忠不必用兮， 　　　　　　　忠臣不一定进用啊，
贤不必以。 　　　　　　　　贤人不一定用得上。
伍子逢殃兮， 　　　　　　　伍子胥遭了殃啊，
比干菹醢。^{之部。} 　　　　比干剁成了肉酱。

与前世而皆然兮， 　　　　　如在前代就都是这样的啊，
吾又何怨乎今之人？ 　　　　我又为什么抱怨于今的人？

余将董道而不豫兮,	我打算正道而行就不犹豫啊,
固将重昏而终身！^{真部。}	本来打算着更加晦气而终身！

　　〇三段。言古代忠贤之不幸遭遇如此,引古人以自宽。自矢董道不豫,虽重昏终身而不改初志,畅发虽僻远何伤之意。明此为至放地时所作。所云重昏而终身者,陈本礼曰:"谓既蔽于怀王之世,又锢于顷襄之朝。"

乱曰:	煞尾说:
鸾鸟凤皇,	鸾鸟凤凰,
日以远兮！	一天天飞远啊！
燕雀乌鹊,	燕雀乌鹊,
巢堂坛兮！^{元部。}	做窠在堂坛啊！

露申辛夷〔七〕,	瑞香、辛夷都美,
死林薄兮！	它们枯死树丛啊！
腥臊并御,	腥的臊的并用。
芳不得薄兮！^{鱼部。}	芳香不得靠近啊！

阴阳易位,	阴阳变换了位置,
时不当兮！	天时气候不准啊！
怀信侘傺,	怀抱忠信就得呆然失意,
忽乎吾将行兮！^{阳部。〇按:《远游》亦有忽乎吾将行句。}	恍忽哟我会再要远行啊！

　　〇末段。乱辞,总结。以言时无善恶、无美丑、无是非,回应首段言涉江之所由来。

哀郢

皇天之不纯命兮，　　　　老天爷的不能常保国运啊，
何百姓之震愆？　　　　　为什么使得百姓震惊失所？
民离散而相失兮，　　　　人民离散就致一家相失啊，
方仲春而东迁。_{元部。○洪本云：一无方字。}　正当仲春二月而东迁逃躲。

去故乡而就远兮，　　　　离开故乡去投靠远方啊，
遵江夏以流亡。　　　　　沿着江夏水路来流亡。
出国门而轸怀兮，　　　　出了都门就很痛心啊，
甲之鼌吾以行。_{阳部。}　逢甲的一朝我已走在路上。

　　○此篇为哀顷襄王(二十一年)不能效死拒秦，弃郢迁陈而作。首段。隐约言离开郢都之原因及其时日。尔时所谓百姓与人民，即贵与贱，具祸以烬！

发郢都而去闾兮，_{洪本云：一无都字。}　从郢都出发了而离开故里啊，
荒忽其焉极？_{洪本云：一本荒上有怊字。其，一作之。}　忧思慌慌张张地哪里是终极？
楫齐扬以容与兮，　　　　船桨同飞又很犹豫啊，
哀见君而不再得！_{之部。}　可怜想见见君王就不能再得！

望长楸而太息兮，_{洪本云：太一作叹。}　瞧见木虹豆树就长声叹息啊，
涕淫淫其若霰。　　　　　涕泪淫淫它好像是雪珠下落。
过夏首而西浮兮〔一〕，　船过了夏首就像向西飘浮啊，
顾龙门而不见！_{元部。}　回顾郢都东关龙门已见不着！

・戴震云："西浮者，既过夏首而东，复溯回以望楚都。"

心婵媛而伤怀兮，　　　　　　　　　心有牵挂而伤怀抱啊，
眇不知其所蹠。^{洪本云：其一作余。一无其字。《文苑》作所宅。}　　远去不知道何地会把脚歇。
顺风波以从流兮，　　　　　　　　　顺着风波来随流水啊，
焉洋洋而为客。　　　　　　　　　　于是泛泛无归而出门作客。

凌阳侯之泛滥兮，^{洪本云：滥一作灔。}　　冲犯水神阳侯的大波啊，
忽翱翔之焉薄？^{按：忽、怱古通。洪本云：之一作而，一作兮。}　　远哉遨游要到哪里停泊？
心绪结而不解兮，　　　　　　　　　心里有结子就解不开啊，
思蹇产而不释！^{鱼部。}　　　　　　思想有疙瘩就放下不得！

将运舟而下浮兮，　　　　　　　　　打算行船就向下飘浮啊，
上洞庭而下江。　　　　　　　　　　上有洞庭而下有大江。
去终古之所居兮，　　　　　　　　　离了祖上古老的住处啊，
今逍遥而来东。　　　　　　　　　　如今逍遥地就来东方。

　·戴震云："前云过夏首西浮，故此转而下浮洞庭，当夏首之下，江之南。浮江过夏首已下，南上洞庭，东乃顺江而下也。"按：来东云者，乃作者途中偶有遵道之语。

羌灵魂之欲归兮！^{洪本云：羌一作唉。按：唉或为嗟之讹。}　可叹灵魂的将要归去啊！
何须臾而忘反？　　　　　　　　　　怎得有一刻而忘记归返？
背夏浦而西思兮[二]，　　　　　　　背着夏浦却想西方啊，
哀故都之日远！^{元部。}　　　　　　可怜旧都的愈离愈远！

　·戴震云："背夏浦西思者，未至夏浦，回首乡（向）西，犹前之过夏首而西浮，裵回故都，不忍径去也。"

登大坟以远望兮,
聊以舒吾忧心。
哀洲土之平乐兮,
悲江介之遗风! _{侵部。○洪本云:介一作界。}

登上了大堤来远望啊,
暂且来散散我的忧心。
可怜见国土的平坦丰乐啊,
悲叹大江两岸的旧俗遗风!

当陵阳之焉至兮? _{洪本云:陵一作凌。}
淼南渡之焉如? _{洪本云:渡一作度。}
曾不知夏之为丘兮,
孰两东门之可芜? _{鱼部。}

面对冲犯阳侯要到哪里啊?
淼淼茫茫地南渡将要何往?
还不知道大厦的变为邱墟啊,
谁知道郢都两个东门的可荒?

・戴震云:"上云凌阳侯之泛滥,此云当陵阳,省文也。"

心不怡之长久兮,
忧与愁其相接。_{洪本云:其一作之。朱本作忧与愁。}
惟郢路之辽远兮,
江与夏之不可涉。_{叶部。}

心里不愉快的已经长久了啊,
忧和愁呀它是那样的相联续。
想到郢都道路的辽远啊,
大江和夏水的不可摆渡。

　　○二段。言在途中飘泊,留恋郢都而不忍离去。自己点明南渡,而东迁者则为百姓(贵族)与一部分人民耳。

忽若不信兮,_{王闿运读信为信宿之信。}
至今九年而不复。
惨郁郁而不通兮,_{洪本云:通一作开。戴本惨作憯。}
蹇侘傺而含戚! _{幽部。}

一忽儿好像放逐没有两夜啊,
至今已是九年了还不曾开复。
烦燥郁郁就想不通啊,
硬是短气而含着悲戚!

・方晞原云:"《卜居》之既放三年,当为怀王时。此篇上言淼南渡之焉如,则至今九年,盖顷襄迁之江南乃是九年也。"(戴注)

外承欢之汋约兮,　　　　　对外讨好的柔媚啊,
谌茬弱而难持。　　　　　确实孱弱了就难把国家维持。
忠湛湛而愿进兮,　　　　　忠臣诚诚恳恳而愿意进用啊,
妒被离而鄣之。_{之部。○洪本云：被一作披。}　嫉妒的人蒙蔽了而从中阻止。

尧舜之抗行兮,　　　　　像那古帝尧舜的高德啊,
瞭杳杳而薄天。_{洪本云：一无瞭字。一云杳冥冥而薄天。}　光明远远地逼近了天空。
众谗人之嫉妒兮,　　　　好些多嘴谗人的嫉妒啊,
被以不慈之伪名。_{真、耕通韵。}　加给他们以不慈的假名。

　按：秦将白起尝自述所以胜楚拔郢之故云："楚王恃其国大,不恤其政。而群臣相妒以功,谄谀用事。良臣斥疏,百姓心离,城池不修。既无良臣,又无守备,故起所以得引兵深入,多拔城邑。"(《战国策·中山策》)

憎愠惀之修美兮,_{洪本云：修一作修。}　憎恶满腔忠愤之士的美洁啊,
好夫人之忼慨。_{洪本云：《释文》慨作嘅。}　爱好那些坏人们的虚骄忼慨。
众踥蹀而日进兮,_{洪本云：踥一作蹼,一作惵。}　众人小心碎步地日求进用啊,
美超远而逾迈！_{脂、祭通韵。}　好人就越跑远了而步子更快！

　○三段。言被放已久,外患日亟,谗人高张,忠贤莫进。此为郢都失陷之原因,而未敢明说,诚有不胜郁郁含戚者。故虽敌将骄悍如白起,亦自谓因乘楚之敝,而不贪为己功也。○按：上文云"至今九年而不复"者,九为实数,则屈子之再放江南,当是顷襄王十二年以后事。细玩"至今"二字,似为从头计算之言。

乱曰：　　　　　　　　　　煞尾说：
曼余目以流观兮,　　　　　远张我的眼睛来周流四望啊,

冀壹反之何时？　　　　　希望有一天回头的在什么时候？
鸟飞反故乡兮，　　　　　鸟飞也要飞返到它的故乡啊，
狐死必首丘！　　　　　　狐死一定死向它住过的山丘！
信非吾罪而弃逐兮，　　　确实不是我有罪而被放逐的啊，
何日夜而忘之？_{之部。}　哪一天哪一夜就把它忘记不愁？

　　○四段，煞尾。总结不能忘郢之意。言己虽因谏而见放，却无日无夜不思重返故都，效忠故国，作为结束。○徐焕龙云："《哀郢》于《九章》中最为凄惋，读之实一字一泪也。太史公雅好之，昭明乃舍此而取《涉江》，何哉？"（《楚辞洗髓》）
今按：
　　○《哀郢》之作，主为一国哀；《悲回风》之作，主为一己哀；《怀沙》之作，则为不惜己身以殉国。《哀郢》作于顷襄王二十一年仲春，《悲回风》盖作于是年之秋，《怀沙》则作于其明年孟夏。明季汪瑗（《楚辞集解》）、王夫之（《楚辞通释》）似是不谋而合，先后提出《哀郢》作于顷襄王二十一年一说；厥后高秋月、曹同春（合撰《楚辞约注》），以迄王闿运（《楚辞释》），为说略同。至今人郭沫若先生殆成定论，而屈子之生卒年亦因而得以全定云。

抽思

心郁郁之忧思兮，_{洪本云：一无心字。}　心里老是郁郁的忧思啊，
独永叹乎增伤。　　　　　独自长叹哟增加悲伤。
思蹇产之不释兮，　　　　思想疙瘩的解不开啊，
曼遭夜之方长。_{阳部。}　常遭一个夜里的正长。

悲秋风之动容兮！_{洪本云：一本云悲夫。}　可悲罢，秋风的改变物色啊！
何回极之浮浮？　　　　　怎么回旋天极的浮浮无常？

数惟荪之多怒兮,^{洪本云:荪一作荃。}　　屡屡想到您的多怒啊,
伤余心之忧忧!^{幽部。○戴本忧作擾。}　　伤了我心的扰扰难当!

愿摇起而横奔兮〔一〕,^{朱本起作赴。}　　愿跳起来而横奔啊,
览民尤以自镇。　　瞧着人受罪尤就自己镇定。
结微情以陈词兮,　　结撰了深情去陈词啊,
矫以遗夫美人。^{真部。}　　高举了它去送给那个美人。

　○此篇亦为发愤抒情之作,与《惜诵》同,但其作时在既放汉北之后耳。王夫之谓为抽绎旧事而思之之作。首段。言悲秋不寐,思量陈词以遗君。

昔君与我诚言兮,^{洪本云:诚一作成。}　　从前君王和我说定啊,
曰黄昏以为期。^{洪本云:曰一作日。}　　说是约会在一日的黄昏。
羌中道而回畔兮,　　为什么中途而翻悔啊,
反既有此他志!^{之部。}　　转背就已有这样的异心!

憍吾以其美好兮,^{洪本云:一无其字。}　　对我骄傲他的美好啊,
览余以其脩姱。^{洪本云:览一作鉴。脩一作修。}　　对我表示了他的贤能。
与余言而不信兮,^{洪本云:一作途言。}　　和我说话却不守信啊,
盖为余而造怒。^{鱼部。○洪本云:盖一作盍。}　　大概为我生气也说不定。

愿承闲而自察兮,　　愿趁他清闲去自己表白啊,
心震悼而不敢。　　心里震惊了就不敢动。
悲夷犹而冀进兮,　　自悲犹豫不决而望进用啊,
心怛伤之憺憺!^{谈部。○按:憺、惔古通。}　　心里伤痛的焦灼灼地如焚!

○次段。言君悔成言,骄傲自恣。既谏而不听,思复陈词而不敢。

兹历情以陈辞兮,_{洪本云:一作历兹情。}
荪详聋而不闻。_{洪本云:详一作佯。}
固切人之不媚兮,
众果以我为患!_{元、文通韵。}

如今数说心事来陈词啊,
您却假装耳聋而不肯听。
本来切直的人就不讨好啊,
众人果以我的作风为恨!

初吾所陈之耿著兮,
岂至今其庸亡?_{洪本云:一云岂不至今其庸止。}
何毒药之謇謇兮?_{洪本云:一云何独乐斯之謇謇兮。}
愿荪美之可完!_{无韵。○洪本云:完一作光。按:光与亡韵。阳部。}

起初我所陈述的已很明白啊,
难道到了如今它就会被忘掉?
为何说像毒药苦口的謇謇忠言啊?
就是要祝愿您美好起来可有光耀!

望三五以为像兮,_{朱本云:三五一作前圣。}
指彭咸以为仪。
夫何极而不至兮?
故远闻而难亏。_{歌部。}

望着三王五帝作为榜样啊,
指向彭咸贤大夫作为标准。
哪有什么终点还达不到啊?
本来远播的名声就难亏损。

・戴震云:"三、五谓五帝三王,倒文耳。"

善不由外来兮,
名不可以虚作。
孰无施而有报兮?
孰不实而有获?_{鱼部。}

为善由己不由外来啊,
真正美名不可以假作。
哪有不先施礼而后有还礼啊?
哪有不先结实而后有收获?

○三段。言再沥情陈词,而君竟佯聋不闻,众果以我为患。仍望君以前圣为法,自指彭咸为式,君臣互勉,实至名归。○朱熹云:"此(末)四语明白亲切,不烦解说。前圣格言不过如此,不可但以词赋读之也。"

少歌曰:_{洪本云:少一作小。}　　　　　　　　　　　小歌道:
与美人抽怨兮,_{朱本人下有之。怨作思。}　　给美人陈词拔去怨意啊,
并日夜而无正。_{洪本云:并一作弃。一云并憾日夜无正。}　连日带夜地也没见他改正。
憍吾以其美好兮,_{洪本云:憍一作骄。}　　　　　对我骄傲了他的美好啊,
敖朕辞而不听!_{耕部。○洪本云:敖一作警。}　　　蔑视咱的陈词而不肯倾听!

○四段。短歌小结。以上为去年秋所作。以下缀以"倡曰",更端复始;末乃总以"乱曰",结束全篇。细玩前半幅已言秋风,曼遭夜之方长;后半幅忽复言夏,望孟夏之短夜。明为两年相续所作。全篇结构奇特,实为屈子创格,别开生面之作。前人注说,未见有言及此者。作者非必从俗好隐,有意设覆,兹发其覆于此,豁然为之一快。否则其上下文义不相通贯也。

倡曰:　　　　　　　　　　　　　　　　　　　　再唱道:
有鸟自南兮,　　　　　　　　　　　　　　　　　有鸟从南方远来啊,
来集汉北。　　　　　　　　　　　　　　　　　　来了落住在汉北。
好姱佳丽兮,　　　　　　　　　　　　　　　　　它真妩媚佳丽啊,
牉独处此异域。_{洪本云:牉一作胈,一作牧。}　　　拼着独居在这个异国。
既茕独而不群兮,　　　　　　　　　　　　　　　既已孤立而不合群啊,
又无良媒在其侧。　　　　　　　　　　　　　　　又无好的传话人在他身侧。

· 按:楚怀王不知屈原之好姱佳丽,唐太宗独知魏徵之妩媚,此由壅君明主之所见有异也。

道卓远而日忘兮,^{洪本云:卓一作逴。} 愿自申而不得。 望北山而流涕兮,^{洪本云:北山一作南山。} 临流水而太息!^{之部。} 望孟夏之短夜兮, 何晦明之若岁? 惟郢路之辽远兮, 魂一夕而九逝!^{祭部。}	道路遥远就一天一天忘了啊, 愿意自己申诉一番也不可得。 望着北山就流下涕泪啊, 面对着流水就长声叹息! 巴望孟夏四月的短夜啊, 为什么从天黑到天亮好像一年? 想起郢都道路的辽远啊, 梦魂在一夜里好像去过了九遍!
曾不知路之曲直兮〔二〕, 南指月与列星。 愿径逝而未得兮,^{洪本云:未一作不。} 魂识路之营营!^{耕部。○洪本云:营一作尧。}	还不知道路途的曲直啊, 只知道南指月亮和众星。 愿一直走了去却不可得啊, 梦魂认识道路的也太匆匆!
何灵魂之信直兮? 人之心不与吾心同! 理弱而媒不通兮, 尚不知余之从容!^{东部。}	为什么灵魂那样的诚实正直啊? 人家的心思不和我的心思相同! 信差太弱了而传话人也不通啊, 他们都还不知道我的有所举动!

○五段。更端再倡,今忽夏初。借鸟自喻,独来汉北。而魂恋郢都,无由自达。○屈复云:"按《史记》止言三闾疏绌,不复在位;其作《离骚》,有放流而无汉北字。今读此篇,始知怀王初迁三闾于汉北也。"

乱曰:	煞尾说:

长濑湍流，　　　　　　　　　　　　　　长滩急流，
泝江潭兮。^{按：泝、溯古通。}　　　　　　　　　　　逆流而上江潭啊。
狂顾南行，　　　　　　　　　　　　　　狂想回头向南而行，
聊以娱心兮！^{侵部。○洪本云：一无聊字。}　　　　权且来快我的心啊！

轸石崴嵬[三]，^{洪本云：嵬一作巍。}　　　　　　乱石崎岖不平，
蹇吾愿兮。　　　　　　　　　　　　　　硬是我所心愿啊。
超回志度，^{按：志、识古通。}　　　　　　　　越过邪路，认清正道，
行隐进兮！^{元、真合韵。}　　　　　　　　　　行动要估量前进啊！

低佪夷犹，^{洪本云：低一作佁。朱本佪作回。}　　　　徘徊犹豫，
宿北姑兮。^{按：《楚辞地理考》读北姑为薄姑，大谬。}　　歇宿就在北姑啊。
烦冤瞀容，　　　　　　　　　　　　　　心有烦冤、容貌不整，
实沛徂兮。^{鱼部。○按：实、寔古通。}　　　　　是想沛然随流而去啊。

愁叹苦神，　　　　　　　　　　　　　　发愁叹息、苦了精神，
灵遥思兮。　　　　　　　　　　　　　　心灵遥远在想啊。
路远处幽，　　　　　　　　　　　　　　路途既远、居处也偏，
又无行媒兮。^{之部。}　　　　　　　　　　　又无传话人去讲啊。

道思作颂，　　　　　　　　　　　　　　边走边想作出诗来，
聊以自救兮。^{洪本云：一无以字。}　　　　　　权且用此自己解救啊！
忧心不遂，　　　　　　　　　　　　　　忧心不能表达，
斯言谁告兮！^{幽部。}　　　　　　　　　　这些言语向谁告诉啊！

　　○末段。乱辞，总结全篇。自放流汉北，彷徨山水；长濑湍流，

轸石崴嵬。渴想南归郢都,而忧心之沉痛莫能表达。○屈复云:"此篇之作,聊以自救,世无可与语者也。"○方晞原曰:"屈子始放,莫详其地。以是篇考之,盖在汉北。故以鸟自南来集为比;又曰:望南山而流涕。其欲反郢也,曰:南指月与列星;曰:狂顾南行。篇次列《涉江》、《哀郢》之后者:《九章》不作于一时,杂得诸篇,合之有九耳。"(戴注)

怀沙

滔滔孟夏兮,《史记》作陶陶。　　暖气滔滔的初夏四月啊,
草木莽莽。　　　　　　　　　　草木是一片莽莽的茂盛。
伤怀永哀兮,　　　　　　　　　伤心长哀啊,
汩徂南土。鱼部。○洪本云:土一作去。　　急往南方国境。

  ·按:赋称孟夏,而民间传说屈子溺死于仲夏五月初五日,此旧时每值端午竞渡招屈之俗所由来也。

眴兮杳杳,《史记》作窈窈。　　　闪眼啊微光杳杳。
孔静幽默。洪本云:一云孔静兮。《史记》默作墨。　好一寂静啊深沉。
郁结纡轸兮,《史记》郁作冤。　　心里郁结绞痛啊,
离慜而长鞠?之、幽通韵。○《史记》慜作愍。朱本云:鞠一作鞫。　遭受忧患就长此困穷?

抚情效志兮,　　　　　　　　　按住情绪,扪心自问啊,
冤屈而自抑。《史记》作俛诎以自抑。　冤屈了就勉自压抑。
刓方以为圜兮?　　　　　　　　剜着方的以为圆的啊?
常度未替!脂部。　　　　　　　正常的规矩还没有废弃!

  ○首段。言初夏南行之情境。以下则皆就途中所思而言。
  ○屈复云:"右一段记时记地,明自沉之冤抑也。"

易初本迪兮？_{洪本云：一无初字。《史记》迪作由。}　　改变起初本来的正路啊？
君子所鄙。　　　　　　　　　　这是君子们所看不起。
章画志墨兮，_{《史记》志作职。}　　　　明定计划，记住绳墨啊，
前图未改。_{之部。○《史记》图作度。}　　以前施工的意图还没改易。

内厚质正兮，_{《史记》作内直质重兮。}　　内心厚道，本质正派啊，
大人所盛。_{朱本盛作晟。}　　　　　　这是大人们所大钦敬。
巧倕不斫兮，_{《史记》作巧匠。}　　　　巧匠阿倕不动斧头啊，
孰察其拨正？_{耕部。○《史记》作揆正。}　谁知道他所斫的反正？
　　○次段。言决不变志。

玄文处幽兮，_{《史记》作幽处。}　　　　深色花纹放在暗处啊，
矇瞍谓之不章。_{《史记》无瞍字。}　　　青盲真瞎的人都说它不显明。
离娄微睇兮，　　　　　　　　　视力最强的离娄稍稍一瞥啊，
瞽以为无明。_{阳部。}　　　　　　　瞎子以为他没有看清。

变白以为黑兮，_{《史记》以作而。}　　　改变白的以为黑的啊，
倒上以为下。　　　　　　　　　颠倒上面的以为底下。
凤皇在笯兮，_{洪本云：徐广曰：笯一作郊。}　凤凰关在笼里啊，
鸡鹜翔舞。_{鱼部。○《史记》鹜作雉。}　　鸡鸭成群地飞舞。

・按：此二节八句，概括而言：党人执政，倒行逆施，政局混乱，不可收拾。作者系心宗国，爱莫能助，不觉一篇之中，言之烦复，情之迫蹙矣。

同糅玉石兮，　　　　　　　　把玉石杂在一起啊，
一概而相量。　　　　　　　　大小斗桶都用一套刮子来量。
夫惟党人鄙固兮，《史记》作夫惟党人之鄙妒兮。　只有那些党人的卑鄙顽固啊，
羌不知余之所臧！阳部。○《史记》作羌不知吾所臧。　竟不知道我的好处怎样！

任重载盛兮，　　　　　　　　负担太重、装载太满啊，
陷滞而不济。　　　　　　　　车子深陷停滞就不成。
怀瑾握瑜兮，　　　　　　　　抱着美玉，拿着宝石啊，
穷不知所示！脂部。○《史记》作穷不得余所示。　终究不知道怎样给人指明！
　　○三段。言党人鄙固嫉妒，颠倒是非，不知我之美善。

邑犬之群吠兮，《史记》无之字。　村邑狗子的成群狂吠啊，
吠所怪也。洪本云：一本此句与下文无也字。　吠着它们的所惊怪呀。
非俊疑杰兮，《史记》作诽俊疑桀。　毁谤贤俊、疑忌豪杰啊，
固庸态也。　　　　　　　　　本来是庸奴的常态呀。

文质疏内兮，《释文》内如字。按：内、讷古通。　外貌本质，粗疏木讷啊，
众不知余之异采。《史记》余作吾。徐广曰：异一作奥。　众人不知道我的特殊文彩。
材朴委积兮，积一作资。　　　木料木皮堆积一起啊，
莫知余之所有！之部。　　　　没有人知道我的用处所在！
　　○四段。再言众人庸态，不知我之异采。国无人，莫我知兮！足令千百世下，仁人为之灰心，志士为之短气。○焦竑云："邑犬群吠，骂得痛快！"

重仁袭义兮，　　　　　　　　仁上加仁，义上添义啊，

谨厚以为丰。	谨善忠厚以为自重。
重华不可遌兮,^{洪本云:遌一作遻。《史记》作牾。}	帝舜重华不可逢啊,
孰知余之从容〔一〕?^{东部。}	有谁知道我的举动?

古固有不并兮,	自古圣贤本来就有生不同时啊,
岂知其何故?^{《史记》作岂知其故也。}	岂知道那是什么缘故呀?
汤禹久远兮,	成汤大禹已经久远了啊,
邈而不可慕!^{鱼部。○《史记》作邈不可慕也。}	太隔远了我们就不可能亲慕呀!

○五段。言帝舜汤禹皆远而不可遇,自伤我生不辰。

惩连改忿兮〔二〕,^{《史记》连作违。}	痛戒泣涕,改掉忿怒啊,
抑心而自强。	压下心来而自坚强。
离慜而不迁兮,^{洪本云:慜一作闵。《史记》作潜。}	遭受忧慜而不改变啊,
愿志之有像!^{阳部。○《史记》像作象。}	愿自己意志的有些像样!

进路北次兮,	前进的道路向北停歇啊,
日昧昧其将暮。	日光暗暗的那样将暮。
舒忧娱哀兮,^{《史记》作舍忧娱哀。}	放开忧虑,稍快悲怀啊,
限之以大故!^{鱼部。}	命运注定的是死亡大故!

○六段。言决不变志,有死无他。○屈复云:"汨罗自沉之情景,总收上文也。阴森之气,直涌纸上,不可卒读。"○方晞原云:"据《涉江》篇,由沅入溆,乃至迁所。则沈罗渊当北行,故有进路北次之语。"(戴注)按:屈子盖由郢陷而南行,以至迁所。秦逼巫黔,乃复北行,而至汨罗自沉也。维时秦师进攻,其势未已,楚境益蹙,楚难益深矣。

乱曰： 煞尾说：
浩浩沅湘，《史记》此句末至明告君子，并有分字。 水势浩浩的沅水、湘江，
分流汩兮。洪本云：分一作汾。 两道分流急涌波浪啊。
修路幽蔽，《史记》蔽作拂。 长途幽深隐蔽，
道远忽兮。支部。○按：忽当读㫚。 道路又远又茫茫啊。

曾吟恒悲兮， 重重的呻吟，常常的悲伤啊，
永慨叹兮！ 长久慨叹不绝啊！
世既莫吾知兮， 世间已经没有人知道我啊，
人心不可谓兮！脂部。○此四句今据《史记》补入。 人心真是不可说啊！

怀质抱情，《史记》作怀情抱质。 怀着本质，抱着真情，
独无匹兮。朱本云：匹当作正。 我已孤立没有人对话相商啊！
伯乐既没， 会相马的伯乐已死，
骥焉程兮〔三〕？耕部。○《史记》没作殁，焉上有将字。 千里马打算向哪里去衡量啊？
・言世无知己。

万民之生，洪本云：一云民生有命。《史记》民作人。一云人生禀命。 万民的生存，
各有所错兮！按：错，措古通。 各有安心立命之处啊！
定心广志， 定下了心，放宽了怀，
余何畏惧兮？鱼部。○《史记》余作餘。 我还有什么畏惧啊？

曾伤爰哀，洪本云：曾一作增。按：爰、嗳、咺古通。 重重的悲伤，恨恨的哀泣，
永叹喟兮！ 长久感叹不绝啊！
世溷浊莫吾知， 世间混浊了、没人知道我，

人心不可谓兮!《史记》作世溷不吾知,心不可谓兮。一云世溷莫知,不可谓兮。　　人心真是不可说啊!

知死不可让,　　　　　　　　　　知道死不可逃,
愿勿爱兮!　　　　　　　　　　　愿不吝惜死亡啊!
明告君子,《史记》明下有以字。　　　　明白告诉君子,
吾将以为类兮!脂部。　　　　　　　我打算作为一个榜样啊!

　　○末段。尾声。言世不我知,不吝一死。○按:"曾伤爰哀"四句与上文"曾吟恒悲兮"四句,如《诗》三百中之重章叠句,反复咏叹,自有不胜其情者。《史记》此两四句俱有,盖据《楚辞》祖本。较之王逸《章句》所据本单有四句者为胜。王引之据之以为异文重出之说,不确。○王夫之曰:"司马迁云:乃作《怀沙》之赋,遂自投汨罗。盖绝命永诀之言也。故其词迫而不舒,其思幽而不著,繁音促节,特异于他篇云。"

今按:

　　○自宋人严羽《沧浪诗话》误记《楚辞》有贾谊《怀长沙》,导致明清之际《楚辞》注者,如汪瑗、李陈玉、钱澄之、蒋骥诸家,皆不吝喋喋,以屈子《怀沙》为怀长沙之作。今人亦或力腾其说,詹詹而不已。以谬传谬,如涂涂附。是皆不知楚人名今长沙之地为青阳,绝少言及长沙者。长沙之名,《战国策·楚策》偶一见之。《史记·楚世家》明记周成王封熊绎于楚蛮,居丹阳。丹阳非青阳,即非长沙。《后汉书·南蛮传》始言吴起相楚悼王,南平蛮越,遂有洞庭苍梧。顾栋高《春秋大事表》亦言楚地不到湖南。由此可见,长沙为楚新有之地。岂有所谓先王故居,为屈原曾吟恒哀,深所缅怀者?况复返而求之此赋,惟永叹重华汤禹之久远,邈不可慕。何以一言不及其先王乎?不待斤斤置辨明矣。

思美人

思美人兮！
擥涕而伫眙。_{按：擥、攬一字，蓋隸定不同。}
媒绝路阻兮，_{洪本云：一云媒絕而道路阻。《文苑》作路絕而媒阻。}
言不可结而诒〔一〕。_{之部。○洪本云：一无而字。}

　　思念美人啊！
　　揩去涕泪就久立呆望。
　　传话人断绝，路又险阻啊，
　　许多话不可以结撰去送上。

蹇蹇之烦冤兮，_{洪本云：冤一作惋。}
陷滞而不发。_{洪本云：陷一作滔。}
申旦以舒中情兮，_{洪本云：以一作不。}
志沉菀而莫达。_{祭部。○洪本云：一无志字。}

　　硬梆梆直言所受的烦冤啊，
　　好像车子陷住了就不能开发。
　　日日都想来展述我的内心啊，
　　情思沉郁了就不能表达。

愿寄言于浮云兮，
遇丰隆而不将！
因归鸟而致辞兮，
羌宿高而难当！_{阳部。○洪本云：一云迅高而难当。}

　　愿寄语于天空的浮云啊，
　　遇着云师丰隆却不肯行！
　　又想依靠归鸟去传话啊，
　　竟飞得又快又高地难逢！

　　○此篇当作在怀王之世。屈子被放汉北，离忧历年，自伤思君深情，苦不能达之作。首段。概括题旨，作为引言，下乃申言之。○陆时雍云："《思美人》何其苦也！思美人而不得，故思良媒；思良媒而无从，故〔寄言于浮云〕，托怨于归鸟也。"（《楚辞疏·读楚辞语》）

高辛之灵盛兮，_{洪本云：盛一作晟，一作威。}
遭玄鸟而致诒。
欲变节以从俗兮，

　　帝喾高辛氏的大德啊，
　　遇到玄鸟来给他送礼。
　　想要变节去跟随流俗啊，

愧易初而屈志。之部。　　　自愧变了初心而挫了本志。

独历年而离愍兮，　　　　独自历年而遭受忧患啊，
羌冯心犹未化。　　　　　竟一肚皮愤懑还没有消失。
宁隐闵而寿考兮，朱本云：闵　宁肯忍受灾难而到老寿啊，
　　　　　　　　一作愍。
何变易之可为？歌部。　　　怎么可以做改变志节的事？

知前辙之不遂兮，洪本云：辙　明知前面车路的不通啊，
　　　　　　　　一作道。
未改此度。　　　　　　　也还没有改变这个态度。
车既覆而马颠兮，　　　　车子已翻而马又跌倒啊，
蹇独怀此异路！鱼部。　　硬要偏想走这一条异路！
　·按：异路者，喻不同之政治路线。屈子坚持一条变法图强、爱国拒敌之路线；此与上官大夫靳尚以及后来令尹子兰之流，所持一条偷安守旧、卖国投降之路线，截然不同耳。

勒骐骥而更驾兮，　　　　勒住骏马来再驾啊，
造父为我操之？　　　　　会赶马车的造父来替我做？
迁逡次而勿驱兮，　　　　迁延逗遛而不肯急赶啊，
聊假日以须时。　　　　　姑且借这个日子来等待时候。
指嶓冢之西隈兮，洪本云：隈　指向汉水源头嶓冢山的西边啊，
　　　　　　　　一作隅。
与纁黄以为期〔二〕。之部。洪本云：
　　　　　　　　　纁一作曛。
　　　　　　　　　　　　我已给他约好了黄昏时候来碰头。
　〇二段。言决不变节从俗。虽枉遭放逐，而政治路线不变。且羁留汉北，以待后命，即待赐环耳。〇李陈玉云："此篇虽是思君，然较诸篇用意又别。篇中羌冯心犹未化，楚人谓满肚皮愤懑为

凭,全篇都说个凭心未化道理耳。"

开春发岁兮, 春天开始,新年发端啊,
白日出之悠悠。 白日出来的慢慢悠悠。
吾将荡志而愉乐兮,^{洪本云:将一作且。} 我将放怀而快乐啊,
遵江夏以娱忧?^{幽部。} 沿着大江汉水来消忧?

擥大薄之芳茝兮,^{洪本云:擥一作搣。茝一作芷。} 采那一大片林丛里的香芷啊,
搴长洲之宿莽。 拔长洲上拔心也不死的宿莽。
惜吾不及古人兮,^{洪本云:惜一作然。一云古之人。} 可惜我赶不上古代的人们啊,
吾谁与玩此芳草?^{幽、鱼借韵。○洪本云:此一作斯。} 我可跟着谁来赏玩这些芳草?

解萹薄与杂菜兮, 采下扁竹一丛和杂菜啊,
备以为交佩?^{洪本云:备一作修。} 准备好了以为左右佩带?
佩缤纷以缭转兮,^{洪本云:以一作其。} 佩带它很纷繁地来环绕啊,
遂萎绝而离异? 就让它到枯死了而后撒开?

　　○按:此节承上玩此芳草而反言之,旧有注说皆误。焉有萹丛杂菜而可谓芳草者乎?

吾且儃佪以娱忧兮,^{洪本云:儃佪一作徘徊。} 我暂且转一转来消忧啊,
观南人之变态。 瞧一瞧那南边人的动态。
窃快在中心兮,^{洪本云:一无在字。一云:吾窃快在其中心兮。一无吾字。} 窃自快意在我的心头啊,
扬厥凭而不竢。^{之部。} 抛去那些愤懑就不必等待。
芳与泽其杂糅兮, 芳香和腐臭它杂糅一起啊,
羌芳华自中出?^{韵未详。} 怎么香花会从那里面出来?

纷郁郁其远承兮，_{洪本云：承一作蒸。}　　　多么香郁郁的从远蒸发啊，
满内而外扬。　　　　　　　　　　里面充实了就向外面飞扬。
情与质信可保兮，　　　　　　　　真情和本质确可以保持啊，
羌居蔽而闻章？_{阳部。○洪本云：居一作重。一云：居重蔽而闻章。}　为何居处蔽塞而声誉昭彰？

　　○三段。言恨不及见古人，深有孤独之感。所幸居蔽而闻章，聊以自快而已。○刘敞《彭城集·泰州玩芳亭记》云："《楚辞》曰：惜吾不及古之人兮，吾谁与玩此芳草？自诗人比兴皆以芳草嘉卉为君子美德；无与玩者，犹《易》井渫不食云尔。"

令薜荔以为理兮？_{洪本云：以一作而。}　　　使薜荔果作为信差啊？
惮举趾而缘木。　　　　　　　　　怕要举脚版而缘木。
因芙蓉而为媒兮？_{洪本云：因一作用。朱本而作以。}　依靠荷花作为媒人啊？
惮褰裳而濡足。_{侯部。○朱本褰作蹇。}　　　怕要撩起裤子而湿脚。

登高吾不说兮，　　　　　　　　　登高山我不高兴啊，
入下吾不能。　　　　　　　　　　进入林下我又不能。
固朕形之不服兮，　　　　　　　　本来是咱身的不习惯啊，
然容与而狐疑！_{之部。}　　　　可我踌躇着而狐疑不定！

广遂前画兮，　　　　　　　　　　想大大地达到以前计划啊，
未改此度也！_{洪本云：一无也字。}　　还没有改变过这个态度呀！
命则处幽吾将罢兮，_{洪本云：一无则字。}命运有时受困，我将疲倦啊，
愿及白日之未暮！_{洪本云：一本句末有也字。}　愿趁着白日的天色没暮呀！
独茕茕而南行兮？　　　　　　　　独自孤单单地来向南行啊？
思彭咸之故也！_{鱼部。}　　　　想到殷贤大夫彭咸的缘故呀！

○四段。言既不求通君侧之人，又不用进退狐疑，终乃决之以死，文势至此一结。○钱澄之云："全篇只是欲化自己冯心，故绝无愤世之词。究竟不能化，唯判得一死。"○方晞原云："上云观南人之变态，此云茕茕而南行，宜为汉北所言。"

今按：

○文中云"指嶓冢之西隈兮，与纁黄以为期"者，明此山为屈子放于汉北期间所可见，而即事有作。维时怀王既北绝齐交，西起秦患，楚之汉中郡已为强秦所得。故屈子思君而深忧及之云尔。倘或指为伪作，则其人不躬逢其时，不亲履其地，不痛感其事，安得构思如此亲切周至？此为屈子所作，不容置疑之一证。嶓冢山在今陕西沔县西，为汉水发源地。经褒城、南郑、城固、洋县、西乡、石泉、汉阴、安康、洵阳、白河各属，而入鄂省之郧阳，下达汉口而入江。

惜往日

惜往日之曾信兮，
受命诏以昭诗[一]。洪本云：诗一作时。
奉先功以照下兮，
明法度之嫌疑。

痛惜往日的曾蒙亲信啊，
接受了命令来把诗歌审定。
承宣祖先功业来昭示下民啊，
明确了法令制度的含糊不清。

○按：受命诏以昭诗，古本诗、时两作，皆通。愚见以作诗为善。《章句》云："君告屈原，明典文也。"是王逸初所据本作诗。盖原造为宪令之时，明定《九歌》亦其一事欤。古者国之大事，惟祀与戎。《九歌》，楚祭祀之典文也。

国富强而法立兮，
属贞臣而日娭。洪本云：娭一作娱。

国家富强而法治建立了啊，
托付了忠臣就日日安乐无事。

秘密事之载心兮，_{朱本秘作祕。}　　国家秘密事件的放在心头啊，
虽过失犹弗治。_{洪本云：弗一作不。}　　虽然有些过失还不加以惩治。

　　○屈复云："右一段，言往日怀王知遇之厚。"○按《史记》："怀王使屈原造为宪令，属草稿未定。上官大夫见而欲夺之，屈平不与。"此系为国保密，所谓"秘密事之载心"者。而上官大夫"因谗之曰：王使屈平为令，众莫不知。每一令出，平伐其功，曰以为非我莫能为也。王怒，而疏屈平。"伐功之谗，岂不冤哉？下文乃申明其冤。

心纯庞而不泄兮，_{洪本云：泄一作贳。}　　心地纯厚而不泄漏机密啊，
遭谗人而嫉之。_{洪本云：嫉一作佞嫉。}　　遇着说谗言的人就被嫉视。
君含怒而待臣兮，　　　　君王含怒来对待孤臣啊，
不清澈其然否。_{洪本云：澈一作。}　　不清楚那谗言的是不是。

蔽晦君之聪明兮，　　　　蒙蔽了君王的聪明啊，
虚惑误又以欺。_{洪本云：一云感虚言又以欺。}　　虚言迷误了他又欺罔了他。
弗参验以考实兮，　　　　不核对证据来考查真相啊，
远迁臣而弗思。　　　　就远放了忠臣却不细想一下。
信谗谀之溷浊兮，_{洪本云：溷浊一作浮说。}　　相信谗言谄语的淆乱是非啊，
盛气志而过之！_{之部。○洪本云：盛一作贼。}　　就使他大发了脾气来行责罚！

　　·屈复云："右二段，惜往日怀王之信谗不察，蔽晦而迁己也。"
　　○此篇亦为屈子于顷襄王之世被放江南之作。首大段，先言昔在怀王时，受命见信，立法度，致富强，不料遭谗而被废。深惜之词。

何贞臣之无辜兮，_{洪本云：辜一作罪。}　　为什么忠臣的无辜啊，

被离谤而见尤？ _{洪本云：离一作讇。}　　　　竟被怨谤而受罪？
惭光景之诚信兮，　　　　　　　恐惭愧于日光月影的诚实啊，
身幽隐而备之！ _{之部。}　　　　　我身虽幽隐还得把诚实全备！

临沅湘之玄渊兮， _{洪本云：沉一作江。}　面对沅水、湘水的深渊啊，
遂自忍而沉流？ _{洪本云：遂一作不。}　　就自己忍心去投流水自沉？
卒没身而绝名兮， _{洪本云：没身一作沉身。}　结果只是身死而名灭啊，
惜壅君之不昭！　　　　　　　　痛惜被蒙蔽了的君王不明！

君无度而弗察兮〔二〕，　　　　　君王心里无数又不明察啊，
使芳草为薮幽。　　　　　　　　致使香草视为湖边草丛。
焉舒情而抽信兮，　　　　　　　怎得展开心情来说出真实啊，
恬死亡而不聊？　　　　　　　　乐于死亡而不考虑偷生？
独障壅而隐蔽兮， _{洪本云：障一作彰。壅一作雍。}　偏有障碍而被隐蔽啊，
使贞臣为无由！ _{洪本云：为一作而。朱本云：贞一作忠。}　使得忠臣为走投无路之人！

　　· 屈复云："言己今日放流不足惜，惜顷襄王不察，不能再用忠臣，难立国也。"

　　〇二大段。言于顷襄王之世又遭谗被放，恨无以自明心迹。其言"临沅湘之玄渊兮，遂自忍而沉流"者，则为放于江南之野所作，明矣。文由怀逗襄，微露此痕迹。

闻百里之为虏兮，　　　　　　　听说百里奚的做过奴隶啊，
伊尹烹于庖厨。 _{幽、宵、侯合韵。}　　　　伊尹也曾烹割在厨中。
吕望屠于朝歌兮，　　　　　　　姜太公做过屠户在朝歌啊，
宁戚歌而饭牛。　　　　　　　　宁戚做过唱歌而喂牛的商人。

不逢汤武与桓缪兮，　　不遇商汤、周武和齐桓、秦穆啊，
世孰云而知之[三]？_{之部。○按：}_{而、能古通。}　　人间世会有谁能够知道他们？

　　·钱澄之云："此言古之贤人非遇明主不知。"○按：《离骚》云："说操筑于傅岩兮，武丁用而不疑。吕望之鼓刀兮，遭周文而得举。宁戚之讴歌兮，齐桓闻以该辅。"举贤授能，在逢明主，此义于此复重言之。屈子盖有见于"楚两用昭、景，而亡鄢、郢"（《韩非子·难一》），不胜往复慨叹。其获罪于楚之世臣、世禄、贵族官僚集团，而不遭奇祸如楚悼王之臣吴起者，亦云幸矣。

吴信谗而弗味兮，_{洪本云：弗}_{一作不。}　　吴王夫差信谗言而不曾细想啊，
子胥死而后忧。　　　　伍子胥自杀死了而后吴国遭忧。
介子忠而立枯兮，　　　介子推尽忠就得立即烧死啊，
文君寤而追求。　　　　晋文公觉悟了就自己去追求。
封介山而为之禁兮，_{洪本云：一}_{无而字。}

　　　　　　　　　　　封绵山为介山并为他禁止采伐啊，
报大德之优游。_{幽部。}　　报酬他割股充饥大德的宽厚。
思久故之亲身兮，_{明刊《章句》}_{本无之字。}　　追思多年故旧的亲近身旁啊，
因缟素而哭之。_{按：文意属上，}_{而韵脚移下。}　　因此穿上了白丧服而哭着伊。

　　·钱澄之云："此言臣不见知于君则死之，古固有此例也。"○顾炎武《日知录》曰："立枯之说始自屈原，燔死之说始自庄子。《庄子·盗跖》篇曰：'介子推至忠也，自割其股以食文公。文公后背之，子推怒而去，抱木而燔死。'于是瑰奇之行彰，而廉靖之心没矣。今当以左氏为据。割股、燔山，理之所无，皆不可信。"按：伍子胥、介子推皆以瑰奇之行，为当时所盛称。盖为事实之所可有，故为传说之所大夸，而亟为屈子所咏叹。是不得衡以常情之所无而疑之也。

·屈复云:"引古之能用贞臣、不能用贞臣者,与报贞臣者,以惜君之弗察也。言外有他日思我已晚之意。"

或忠信而死节兮,	有的人忠信就死节啊,
或訑谩而不疑。_{洪本云:訑一作施。朱本云:一作施。}	有的人诡诈却不被疑。
弗省察而按实兮,	不加考察而核对真实啊,
听谗人之虚辞。	听信进谗言的人一派虚词。
芳与泽其杂糅兮,	芳香和腐臭它那样的杂糅啊,
孰申旦而别之?_{之部。}	有谁日日把它来分别对待的?

三段。言古之贤臣已是有幸有不幸。何其感喟之深也!

何芳草之早殀兮?_{洪本云:殀一作夭。}	为什么香草的早就枯死了啊?
微霜降而下戒!_{洪本云:下一作不。}	微霜降了就要先下警惕!
谅聪不明而蔽壅兮,_{洪本云:一云不聪明。}	相信是耳听不明而蔽塞了啊,
使谗谀而日得!_{之部。}	使得谗言谀语的人日益得意!

自前世之嫉贤兮,	自从前代的嫉妒贤能啊,
谓蕙若其不可佩。	说是蕙草、杜若它不可以佩带。
妒佳冶之芬芳兮,_{洪本云:佳一作娃。}	妒忌佳人打扮的香艳啊,
嫫母姣而自好。_{之幽通韵。}	丑女嫫母撒娇而自以为可爱。
虽有西施之美容兮,	虽有西施那样的美貌啊,
谗妒入以自代。	谗言嫉妒的人要钻进来自代。

愿陈情以白行兮?	愿自陈情去表白行为啊?
得罪过之不意。	怕得到罪过的出于意外。

情冤见之日明兮，^{洪本云：冤一作宛。}　　真情和冤枉看的一天天明白啊，
如列宿之错置！^{之部}　　好像天上许多星宿的正摆着在！

・屈复云："惜往日之忠佞不分，最易察而不察，为时已久，非一朝一夕之故也。"

○四段。言君听谗而不察，愿自白而不敢。

乘骐骥而驰骋兮，　　乘着骏马去奔驰大道啊，
无辔衔而自载。　　没有缰勒就让你自己去驮载。
乘泛泭以下流兮，^{洪本云：泭一作柎。}　　乘着筏子去直下流水啊，
无舟楫而自备。^{洪本云：楫一作檝。}　　没有船桨就让你自己去配备。
背法度而心治兮，　　违背法治而徒凭心治啊，
辟与此其无异！^{洪本云：辟一作譬。}　　好比是和这种情形无异！

・方晞原云："此盖见于顷襄王之行事而云然，故下言恐祸殃之有再。"○按：当时楚国情势，内而用人赏罚不明，外而和战决策不定，无道揆法守之可言。此屈子所为痛惜往日之造为宪令，国富强而法立，为功不卒也！后人鲜称屈子之定宪令，反心治而重法治。但知春秋之时，郑子产之《刑书》，范宣子之《刑鼎》；以及战国之初，魏李悝之《法经》；盖取其史文足征者言之尔。《韩非子》云："释法术而任心治，尧不能正一国。"（《用人》篇）其心治一语殆有取诸此赋乎？至《盐铁论》云："执法者国之辔衔，刑罚者国之维楫也。故辔衔不饬，虽王良不能以致远；维楫不设，虽良工不能以绝水。"（《刑德论》）此亦言法令刑罚之重要。其设譬遣词显然有取诸此赋者矣。

宁溘死而流亡兮？　　宁愿快死就来流亡啊？
恐祸殃之有再！^{按：有、又古通。}　　恐怕国家祸殃的又再！

不毕辞而赴渊兮？　　　　　不待写完诗篇就投水啊？
惜壅君之不识！_{之部。○洪本云：识一作明。}　痛惜被蒙蔽的君王不识！

　　○末段。照应到首段第一节言法治作结，并以惜字结通篇。强调如不用法治，恐国难再至。○按：此显然法家之言。此篇盖作在《哀郢》之前，再放江南之初，故尚能以法治从容而痛切言之如此，不得视为郢破自沉时之绝笔。况又云恐祸殃之有再，殆谓一如往日之丧师、割地、辱国已耳。倘郢已破，祸殃实已空前，何为祸殃二字上特着一恐字，尚为此悬拟之词乎？○顾炎武曰："《九章·惜往日》'宁溘死而流亡兮，恐祸殃之有再'，注谓罪及父母与亲属者非也。怀王以不听屈原而召秦祸；今顷襄王复听上官大夫之谮而迁之江南，一身不足惜，其如社稷何？《史记》所云'楚日以削，数十年竟为秦所灭'，即原所谓祸殃之有再者也！"○钱澄之曰："《惜往日》者，思往日王之见任而使造为宪令也。始曰'明法度之嫌疑'，终曰'背法度而心治'，原一生学术在此矣。楚能卒用之，必且大治；而为上官所谗，中废其事，为可惜也。原之惜，非惜己身之不见用，惜己功之不成也。"

今按：

　　○《惜往日》者，屈子痛惜往日变法自强，中遭挫败之所为作也。《韩非子·难三》篇云："法者，编著之图籍，设之于官府，而布之于百姓者也。是以明主言法，则境内卑贱莫不闻知也。"屈子所造"宪令"，自谓其为"法度"，以《韩非子》之言而言之，则单谓之"法"。此篇首段所云"受命诏以昭诗"，王注："君告屈原，明典文也。""宪令""法度"，"法"与"典文"，明为异词同义，言各有当。而"宪令"当有图籍，今不可考。意者《九歌》实为其中之一种，有关国家祭祀之"典文"。他如《大招》之末段招怀王以行"美政"，或有涉及"宪令"之处，则未可知。楚人好事鬼神，与吴越并称而实甚于吴越。此早见于《吕览·异宝》篇、《列子·说符》篇、《说文·鬼部》。

至楚之灵、怀,求神却敌,反为敌败,已成千古笑柄。一败于吴,见之于《桓子新论》(严辑《全后汉文》十三),一败于秦,见之于《汉书·郊祀志下》。盖上古奴隶制社会,奴隶主或奴才造为君权神授之谬论,则神权乃在君权之上。故云"国之大事,惟祀与戎"(《春秋》成十三年《左传》)。此文种告越王勾践沼吴复仇主义之九术,所以列"尊天地、祀鬼神"为第一术。(《越绝书》)而亦怀王命诏屈原造为宪令先明《九歌》此一典文之故乎?又《文物参考资料》(一九五八年四期)有郭沫若释《鄂君启节》一文,略谓一九五七年寿县丘家花园出土鄂君启金节,"甲类之节即水路通行之证","其通行范围在今湖北、湖南、江西三省"。"乙类之节乃陆路通行之证","所通行范围涉及今湖南、湖北、安徽、河南四省之地"。"由两类节文看来,楚国王室对于自己国内的封君是限制得相当严格的。楚国自悼王时起,用吴起之法,封君之子孙三世而收爵禄(《韩非子·和氏》篇),言父、子、孙,只能传三代,如不算父代则只能传二代。故《韩非子·喻老》篇又言楚邦之法,禄臣再世而收地。据此可知鄂君启与楚怀王之关系只能是叔侄、或弟兄、或父子。但尽管是这样的至亲,在国内往来时,舟车的数量有限制,行期有限制,载物有限制。(不能私运武器或牲畜商品),而且要有通行证才能免税。这样严格的限制是惊人的。但其所以然的原故并不是不能理解,那就是王室要巩固自己的统治权,不能不豫防篡弑或内乱的发生。对于至亲都有这样的限制,对于一般臣庶想必更严。……鄂君启节铸造的时期可能正是屈原任楚怀王左徒的时期。……楚怀王对于至亲鄂君启都那样地防微杜渐,我们就更可以了解屈原为什么终于会遭疏远和逐放了。毫无疑问,那是因为他有过人的才能又很得民心"。愚意则谓此一严正之法令,盖出于法家之闳识远见。如非吴起变法贬抑贵族官僚阶级特权之遗留,或当为屈原任职左徒之日奉受命诏所造宪令之一。原在当时之政敌为贵族官僚集团,即原之所谓"党人"也者,所最嫉害。卒之,迫致自沉汨罗以死。有以也夫! 有以也夫!

橘颂

后皇嘉树[一],　　　　　　　　　　君王有美树,
橘徕服兮;_{按:徕、来古今字。}　　　　　　　　橘来习服啊;
受命不迁,　　　　　　　　　　　　禀性不移,
生南国兮。　　　　　　　　　　　　生在南国啊。

•按:受命不迁者,《考工记》:橘逾淮而北为枳。橘本热带植物,移植温带地区,尚能如常结实。人及其他生物之一种高度适应环境状态,今在医学上称为"习服"。屈原出生地为橘之乡,秭归至今犹称为"三峡橘乡"。唐人诗句云:"此邦千树橘。"由楚历唐至今,橘为荆楚名果。屈赋有《橘颂》之作,岂徒然哉!

深固难徙,　　　　　　　　　　　　根深柢固难以迁徙,
更壹志兮。　　　　　　　　　　　　更加坚定的意志啊。
绿叶素荣,_{洪本云:荣一作华。}　　　　　　　绿叶白花,
纷其可喜兮。_{之部。○朱本云:喜一作嘉。}　　　那是多么的可喜啊。

曾枝剡棘,　　　　　　　　　　　　层层的枝子、尖尖的刺儿,
圆果抟兮。_{洪本云:圆果一作圜实。抟一作槫。}　　圆滚的果实一团团啊。
青黄杂糅,_{洪本云:糅一作揉。}　　　　　　青的黄的杂糅一起,
文章烂兮。_{元部。}　　　　　　　　　　文彩的斑斑斓斓啊。

精色内白,　　　　　　　　　　　　外貌精莹,内心洁白,
类可任兮。_{洪本云:一云类任道兮。}　　　　　类似有力可以负重啊。

纷缊宜修， 生来丰满、恰宜修饰，
姱而不丑兮。幽部。 俊脸而不是丑容啊。

　　〇前段。颂橘，重在橘之生性及其生态，隐以橘比人。〇洪亮吉《北江诗话》云："体物之工，后人有未及前人者。即如咏橘诗亦多矣。《橘颂》以十六字括之曰：'曾枝剡棘，圆果抟兮。青黄杂糅，文章烂兮。'只四语，而枝叶蒂干花实形状彩色并出，后人从何处着笔耶？"

嗟尔幼志， 唉、你的幼年志气，
有以异兮？ 和那有什么差别啊？
独立不迁， 独立不移，
岂不可喜兮？之部。〇朱本云：喜见上。 难道不可以喜悦啊？

深固难徙， 根深柢固难以迁徙，
廓其无求兮。 那是超旷的无所求啊。
苏世独立〔二〕， 醒世，独立，
横而不流兮。幽部。 像航过去而不随波逐流啊。

　　·按：苏世独立，犹《渔父》篇所云之"举世皆浊我独清，众人皆醉我独醒"也。

闭心自慎， 内闭此心，自守慎密，
不终失过兮。洪本云：一云终不过兮，一云终不失过兮。朱本作终不过失兮。 不至终有过失啊。
秉德无私， 执行本性，没有偏邪，
参天地兮。歌部。 可配天地无私啊！

　　·王应麟曰："龚氏注《中说》引古语云：上士闭心，中士闭口，下士闭门。"此保密三诀也。

愿岁并谢， 愿在岁寒俱凋的时候，
与长友兮。 相与长做朋友啊。
淑离不淫[三]，朱本云：离下 善和美都不可动摇，
一有而字。
梗其有理兮！之部。 那是梗直的而有条理啊！

年岁虽少， 年纪虽然少小，
可师长兮。 可以做人师长啊。
行比伯夷， 志行比于伯夷，
置以为像兮[四]！阳部。 树立以为榜样啊！

　　○后段。自颂，重在己之性情及其态度，隐以己比橘。○李陈玉云：" 《橘颂》，屈子自赞。"
今按：
　　○谢榛《四溟诗话》云："马子端曰：《楚词》悲感激迫，独《橘颂》一篇温厚委曲。"此乃屈子早年所作之故也。陈本礼云："嗟尔幼志，年岁虽少，明明自道。盖早年童冠时作也。"又云："《橘颂》乃三闾早年咏物之什，以橘自喻。"至若古文家吴汝纶盖承其师说，亦疑此为屈原少作。(《古文辞类纂点勘记》)第以文云年岁虽少，可师长言之，自当作在其少年初仕为三闾大夫，"率其贤良，以厉国士"之时矣。他如《九歌》，盖作在仕为左徒、造为宪令之初，亦屈子早年得志之作也。

悲回风

悲回风之摇蕙兮， 悲哉，旋风的摇落蕙花啊，
心冤结而内伤；洪本云：冤一作宛。 心头积冤就里面受伤；
朱本云：冤一作苑。
物有微而陨性兮， 香物是微小的就丧失了生机啊，

| 声有隐而先倡。 | 风声是无形的而气流为它先倡。 |

夫何彭咸之造思兮， 那为什么有殷大夫彭咸的设想啊，
暨志介而不忘？ 和他的志节坚定而不能够自忘？
万变其情岂可盖兮？ 万变自己的情态难道可以掩盖啊？
孰虚伪之可长！ 哪一个人弄虚作假的可以久长！

鸟兽鸣以号群兮， 鸟啼兽叫用来号召同群啊，
草苴比而不芳。 生草枯草合在一起就不生香。
鱼葺鳞以自别兮， 鱼都修整鳞片来示特别啊，
蛟龙隐其文章。 蛟龙都隐藏它们身上的文章。
故荼荠不同亩兮， 故苦荬和荠菜不同在一亩啊，
兰茝幽而独芳。 泽兰白芷同在深山还是独香。

惟佳人之永都兮， 想到了佳人的长在郢都啊，
更统世而自贶。 经历了累代也还各自留芳。
眇远志之所及兮， 自美远大志气的所追求啊，
怜浮云之相羊。_{洪本云：羊一作佯。} 可怜像浮云一样的飘荡。
介眇志之所惑兮， 坚守美志的给人疑惑啊，
窃赋诗之所明。_{阳部。} 窃自赋诗的把它明白来讲。

　　○一段。首以回风之摇蕙，比兴浊世之害贤。次言造思欲为殷贤大夫彭咸自沉而死之故。异代同悲，情不自掩，于是赋诗明志，作为全篇引子。此亦为永诀之词，盖与《怀沙》为先后之作。观其篇首"悲回风"云云，当作在此年秋冬之际，《怀沙》则当作在明年之夏耳。

惟佳人之独怀兮，
折若椒以自处。_{洪本云：若一作芳。}
曾歔欷之嗟嗟兮，_{洪本云：曾一作增。}
独隐伏而思虑！_{洪本云：伏一作居。}

涕泣交而凄凄兮，_{洪本云：一云交下而凄凄。下一作流。}
思不眠以至曙。_{洪本云：以一作而。至一作极。}
终长夜之曼曼兮，
掩此哀而不去！_{鱼部。}

寤从容以周流兮，_{洪本云：以一作而。}
聊逍遥以自恃。
伤太息之愍怜兮，_{洪本云：一作愍叹。}
气於邑而不可止！_{之部。}

纠思心以为纕兮，_{洪本云：纕一作瓖。}
编愁苦以为膺〔一〕。
折若木以蔽光兮，
随飘风之所仍。_{蒸部。}

存仿佛而不见兮，_{洪本云：一云不得见。}
心踊跃其若汤。_{洪本云：踊跃一作沸热。朱本云：一作沸怒。}
抚佩衽以案志兮，
超惘惘而遂行。_{阳部。}

想到了佳人的偏自伤怀啊，
折下杜若花椒来自己处理。
增加暗自流泪的唉唉啊，
独自隐藏着而思虑不已！

涕泪交下而冷冷凄凄啊，
久思不能入眠直到破晓。
尽过完长夜的漫漫啊，
掩去这悲哀却不曾去掉！

醒来就从容地绕室彷徨啊，
姑且松散些来把自己支持。
自伤长叹息的可怜悯啊，
闷气抑郁还不可以中止！

结着思虑以为荷包啊，
编着愁苦以为背心。
折下若木来遮阳光啊，
随着飘风的所遵行！

存在的东西也仿佛而不见啊，
心头跳动它那样像滚开的汤。
按住玉佩衣衿来抑制情绪啊，
非常怅惘难过地便向前行。

岁曶曶其若颓兮，_{按：曶、忽同。}　　一年忽忽地它好像要完结了啊，
时亦冉冉而将至。　　　　　　老境也渐渐地就要到来。
薠蘅槁而节离兮，_{洪本云：一云薠蘅，一云薠蘩。}白薠、杜蘅枯槁了便茎节脱落啊，
芳以歇而不比。_{脂部。○洪本云：以一作已。}　它们的香花已经消歇而不并开。

怜思心之不可惩兮，　　　　可怜思虑的不可制止啊，
证此言之不可聊。　　　　　证明了这些谗言的无聊。
宁逝死而流亡兮，_{洪本云：逝一作溘。}　　宁愿去死而流亡啊，
不忍为此之常愁！_{幽部。○洪本云：一云此心之常愁。}不忍作这样的常常忧愁！

孤子吟而抆泪兮[二]，_{洪本云：抆一作收。}孤子悲吟了就揩着眼泪啊，
放子出而不还。　　　　　　逐子被赶了就不能再还。
孰能思而不隐兮？　　　　　谁能够想到这些却不深痛啊？
照彭咸之所闻！_{元、文通韵。○洪本云：照一作昭。}明明听到过前贤彭咸的事情！
　　○二段。承上言志彭咸之志。独思不寐，起而彷徨，悲伤痛苦，失望已极。末更点出彭咸。

登石峦以远望兮，　　　　　爬上又小又尖的石山来远望啊，
路眇眇之默默。　　　　　　山路是渺渺的和寂寂无声。
入景响之无应兮，　　　　　进入阴影，声响都无反应之地啊，
闻省想而不可得。_{之部。}　　要听要看要想也都是不可能。

愁郁郁之无快兮，_{洪本云：快一作决。}　含愁郁郁的没有决断啊，
居戚戚而不可解。_{洪本云：一无可字。}　居忧戚戚地而不可松懈。
心鞿羁而不形兮，_{洪本云：形一作开。}　心束缚了就解不开啊，

气缭转而自缔。^{支部。}　　　　　　气纠缠了就自己结舌。

穆眇眇之无垠兮，　　　　　　　风深渺渺的没有边际啊，
莽芒芒之无仪。　　　　　　　　又是莽茫茫的没有形象。
声有隐而相感兮，　　　　　　　声有无形而相感应啊，
物有纯而不可为。^{歌部。}　　　　物有自然而不可变样。

藐蔓蔓之不可量兮，^{洪本云：一作邈漫漫。}　风远漫漫的不可估量啊，
缥绵绵之不可纡。　　　　　　　又是细绵绵的不可缠住。
愁悄悄之常悲兮，　　　　　　　忧心悄悄的常自悲伤啊，
翩冥冥之不可娱。　　　　　　　高飞冥冥的不可为欢娱。
凌大波而流风兮，　　　　　　　冲着大波而随着飘风啊，
托彭咸之所居？^{鱼部。}　　　　　寄托于殷贤彭咸的所居？

　　○三段。言登山远望，孤寂生悲。幻想回风作伴，随风冲波，若为洞庭之大风所诱惑也者，实为水死之一大诱惑，亦实为"夫何彭咸之造思"一句自下注脚也。末仍着重点出彭咸，自明其造思至是已决。○按：此云石峦，下云高岩，其为汨罗江畔之玉笥山欤？抑为洞庭湖中之磊石山欤？余尝凭吊其地，低回久之。王闿运释登石峦以远望一句云："登夷陵以上夔巫诸山，望蜀忧秦也。"释托彭咸之所居一句云："欲还都夔巫，控蜀以制秦也。今彭水在涪、万间，其大彭旧国乎？"凡所云云，则近凿矣。彼盖自伤其一生纵横计不就，而有托焉者也。此及下段，旧有注说俱未得其解，读者当自得之。鄙见则以为作者实自写其自沉前之心理活动也。

上高岩之峭岸兮，^{洪本云：峭一作陗。}　当上高岩的峭壁啊，
处雌蜺之标颠。　　　　　　　　像坐在彩虹的高巅。

据青冥而攄虹兮，　　　　　据蔚蓝的高空而放出霓虹啊，
遂儵忽而扪天。_{真部。}　就在倏忽之间而扪到了青天。

吸湛露之浮源兮，_{洪本云：源一作凉。}　吸入的是清露的凉气啊，
漱凝霜之雰雰。　　　　　含漱的凝霜的白雪点点。
依风穴以自息兮，　　　　依傍着风穴便自喘息啊，
忽倾寤以婵媛。_{元、文通韵。○洪本云：婵媛一作挥援。一作擅徊。}　忽醒转过来而忧思相牵。

冯昆仑以瞰雾兮，_{洪本云：一云瞰雾露，一云雾露。}　凭着昆仑山来俯看尘雾啊，
隐岷山以清江。_{洪本云：岷一作汶。}　伏在岷山之上来俯看清江。
惮涌湍之礚礚兮，_{洪本云：礚一作磕。}　害怕腾涌急流的水石礚礚啊，
听波声之汹汹。_{东部。}　听到了波涛声音的其势汹汹。

纷容容之无经兮，　　　　它纷容容的没有常规啊，
罔芒芒之无纪。　　　　　又迷茫茫的没有头绪。
轧洋洋之无从兮，　　　　轧洋洋的无所适从啊，
驰委移之焉至？_{洪本云：一作驰委蛇之焉至。}　奔委移的到哪里打住？

漂翻翻其上下兮，_{洪本云：漂一作飘。翻一作幡。}　飘动翻翻的或上或下啊，
翼遥遥其左右。　　　　　两翼摇摇的或左或右。
泛潏潏其前后兮，　　　　泛滥滥的或前或后啊，
伴张弛之信期。_{之部。}　伴潮水涨落的一定汛期。

观炎气之相仍兮，　　　　看春夏暖气的相随啊，
窥烟液之所积？　　　　　瞧烟雨的所聚积？

悲霜雪之俱下兮，　　　悲秋冬霜雪的俱下啊，
听潮水之相击？　　　　听潮水的相冲击？
借光景以往来兮，　　　借着日光月影以往来啊，
施黄棘之枉策？　　　　使用那黄棘的不正之策？

·按：黄棘有两义，一为楚地名，秦、楚尝盟于此。一为神话植物名，见《山海经》。策字亦有两义，一为驱马之策，一为谋国之策。意义双关，盖寓讽刺。不尔，则黄棘、枉策云何？

求介子之所存兮？　　　访求介子推的生前所在啊？
见伯夷之放迹？　　　　去看看伯夷的放逐遗迹？
心调度而弗去兮，_{洪本云：弗一作不。}　心里安排了就不丢去啊，
刻著志之无适！　　　　刻励定志的更无主意！

○四段。言登上高岩，不觉身入幻境，往来上下。陪伴狂涛，随潮涨落，若为洞庭之大水所诱惑也者，实为水死之又一大诱惑。乃复自伤时空虽大，无适而可。惟有访求圣洁之古人。求所以自处者，实亦仍为"夫何彭咸之造思"一句自下注脚也。末云："心调度而弗去兮，刻著志之无适。"自处之道在是，生死以之。志决身歼，不遑他矣。○洪亮吉《北江诗话》云："古诗《青青河畔草》一篇连用叠字，盖本于《离骚》、《九章》之《悲回风》。"

曰：　　　　　　　　　煞尾说：
吾怨往昔之所冀兮，_{洪本云：一无昔字。}　我自怨从前的有所希望啊，
悼来者之愁愁。_{洪本云：愁一作逖。}　又痛念将来的要警警惕惕。
浮江淮而入海兮，　　　便浮大江和淮水进入东海啊，
从子胥而自适？　　　　跟着波臣伍子胥而自己适意？
望大河之洲渚兮，　　　望着那大河里的一些洲子啊，

悲申徒之抗迹？　　悲吊忠臣申徒狄的崇高行迹？

骤谏君而不听兮，_{洪本云：一本作而君。}　　屡谏君王却不见他听从啊，
重任石之何益？_{洪本云：一云任重石。朱本云：石一作　。}　　勉强抱石投水的有何裨益？
心絓结而不解兮，　　心里有结子而不能解啊，
思蹇产而不释！_{鱼、支合韵。〇洪本云：一本无此二句。}　　思想有疙瘩而不能消释！

　　〇五段。结语。言旧怨新忧，决其死志。而念求死又无补国难，悲怆欲绝。终复举出两个同为水死之忠臣，仍隐隐归到对于彭咸之造思，收束全篇。此亦为屈赋中艺术完美之杰作之一，惜为从来论者所忽视。

今按：

　　〇宋儒魏了翁《鹤山渠阳经外杂钞》疑《悲回风》、《惜往日》为伪作，文类宋玉、景差之徒所为。且曰："子胥挟吴败楚，几墟其国。三闾同姓之卿，义笃君亲，决不称胥以自况也。《离骚》泛论太康五子，孟坚未见《尚书》全文，指为伍胥，士固哂之。《九章·涉江》言贤不必用兮，忠不必以。伍子逢殃兮，比干菹醢。此正引奢、尚而言。王逸陋儒，顾以为胥，又谬矣。《悲回风》章云：吴信谗而弗味兮，子胥死而后忧。（今按：此《惜往日》中语，《悲回风》则云：浮江淮而入海兮，从子胥而自适。）吴之忧，楚之喜也。置先王之积怨深怒而忧仇敌之忧，原岂为此哉？"此诚腐儒之谬论，未足以语于知人论世之常理也。今人或阴用其说，而自矜为创见，以张大之，实未为知言。使屈子之世，时代思潮、人民愿望，果如其说，狭隘之爱国主义行，褊小之地方观念盛，则溥天之下莫非王土之说不立，《春秋》大一统之义不著。五霸之后，继以七雄，君务私其一方隅之国，臣务私其一公族之君，分裂以深，割据以固。信如是，秦、汉以来，迄于今日，中国大一统之伟业，永无臻于完成之一日，则惟有如欧

洲形成今日之诸国分据,相为雄长已耳!使屈子之世,儒家之伦理思想、纲常名教,果如其说,则孔、孟之谓圣谓贤,皆尝去父母之邦,周游列国,以干时君,不亦视为邹、鲁之国贼,叛国之逆臣乎?是故屈赋中再三咏叹伍胥,未见其为不可,而不必证其为伪作,谓非屈子之所忍言也。鄙见别详《楚辞解题》,并论及评价历史人物之问题云。

【简注】

惜诵

〔一〕《章句》:豫,犹豫也。下文行婵直而不豫兮,《章句》:豫,厌也。按:《易·杂卦传》:豫,怠也。《尔雅》:豫,射,厌也。厌怠义近。孙诒让则并训此豫字为诳诈。是此文豫字可有三义。孙说见《札迻》十二。今按:王注、孙说并通,各随文顺释可也。

〔二〕俞樾云:上文曰:迷不知宠之门。此云:亦非余心之所志。志即知也。《礼记·缁衣》篇:为上可望而知也,为下可述而志也。郑注:志,犹知也。是其证也。屈子之意,盖言得宠得罪皆非己之所知耳。

〔三〕王念孙云:案此以张辟连读,非以设张连读。张,读弧张之张。《周官·冥氏》:掌设弧张。郑注:弧张,罿罻之属,所以扃绢(罥)禽兽。辟,读机辟之辟。《墨子·非儒》篇:大寇乱,盗贼将作,若机辟将发也。《庄子·逍遥游》:中于机辟,死于罔罟。司马彪曰:辟,罔也。辟,疑与繴同。《尔雅》:繴谓之罿。《哀时命》曰:外迫胁于机臂兮。机臂与机辟同。娱君者,按:娱、虞古通。虞,度也。旧注皆就娱乐字作解,失之。侧身,犹言厕身也。就字作解亦通。

　　○肮音尤,或读瘤。儇音玄。行去声。相去声。㖒音娱,古音嬉,俗音答,音苔。离去声,读雁。号平声。瞀音茂。怞訰同,音屯。铄音烁。奎音贵。矰音增。尉音尉。僧音占。佪音回。离音雁。胖音判。纡音迂。檪音臭,音朽。重平声。

涉江

〔一〕长铗,意为长剑。铗为剑之一部,此以部分代全体。阮元《古剑镡腊考)释铗为腊,为鬣。友人范祥雍先生云:《考工剑物小记》释铗为剑室,似较阮说以铗为鬣者为长。

〔二〕《尚书·洪范》惟辟玉食,臣无有玉食。《周官·玉府》:掌共(供)王之服玉。王斋则共食玉。郑注:王斋则食玉屑。《山海经·西山经》:峚山多白玉,是有玉膏。其源沸沸汤汤,黄帝是食是享。注引《河图玉版》:少室山有白玉膏,一服即仙。俞正燮《癸巳类稿》:黄帝至夏至周至汉,皆食玉也。古人又食桂。今或不食玉、不食桂,不得以今疑古。按:上古食玉或是神话、传说,岂得全为信史?虽然,今或犹有以玉屑、珍珠粉为药物而服食之者。

〔三〕鄂渚者,《民国湖北通志》:古迹一。武昌县,鄂渚,即樊湖。

〔四〕吴榜,盖哗榜或榜歌之意。《诗·丝衣》:不吴不敖。《泮水》:不吴不扬。《毛传》:吴,哗也。用朱骏声说。

〔五〕枉渚,在今湖南常德城东南约十公里许。《水经注》:沅水又径辰阳县(今辰溪县)北,旧治在辰水之阳,故即名焉。《楚辞》所谓夕宿辰阳者也。沅水又东径临沅县(旧常德府武陵县治)南,又历小湾,谓之枉渚。《水经注疏》熊会贞按:《楚辞·九章》:朝发枉渚。《御览》六十五引《湘中记》:枉山在武陵郡东十七里,有水出焉。山西有溪,溪口有小湾,谓之枉渚山,上有楚祠存。《舆地纪胜》引《元和志》,枉山一名善德山,水出县南苍山,善卷所居,时人号曰枉渚。水名德山港,一名苍溪。源出县南八十里金霞山,东北流径善德山入沅江。

〔六〕《古今图书集成》一二六三:溆浦县,溆水在县西三十里。《楚辞》所谓入溆浦余邅回兮,迷不知吾之所如,即此。水下流入沅江。

〔七〕《湘阴县图志》:露申,瑞香。《庐山记》:一比丘书寝,闻花香酷烈,觉求得之,因名睡香。人以为瑞应,名瑞香。《洛阳花木记》:杂花八十二品,首瑞香。《花木考》:二十四候风信,每候五日,一候瑞香。《灌园史》:瑞香,即《楚辞》露申,庐山僧始易名瑞香。辛夷,留夷。郭注《山海经》:芍药一名辛夷。《苕溪渔隐诗话》:以迎春为辛夷。而《本草》云:辛夷初开似笔,故名木笔花。白者名玉兰,可食;红者名辛夷。

今皆以木笔为辛夷矣。

○ 䇭音夹。冠去声。巋音危。欸音哀。軨音灵。狄音又。霰音线。垠音银。髡音坤。重平声。坛如字,古音善。臊音骚。

哀郢

〔一〕夏首,当为荆州江陵东南二十五里之夏水口。见《说文·水部·段注》。按:今为沙市。

〔二〕夏浦,见于《古今图书集成》一一八七:夏浦,江自夏水以下,多有此名,皆左迤也。《哀郢》云:背夏浦而西思兮,哀故都之日远。

○ 楸音秋。眇音渺。蹠音只,音跖。氾音泛。桂音卦。淼音渺。感音慼。汩音绰。湛音甚,音忱。茬音任。湛,谌上声,或去声,又音沉。上被音披,下被如字。慍,温上声。惀,伦上声。

抽思

〔一〕王念孙云:摇起,疾起也。按《方言》:蹠,跳也。遥,疾行也。摇、蹠、遥音同义近。下节译从容一词,亦从王念孙说。

〔二〕《洪补》:一云曾不知路之曲直兮,魂识路之营营。何灵魂之信直兮,南指月与列星。愿径逝而未得兮,人之心不与吾心同。

〔三〕轸石者,戴注云:轸,戾也。轸石,戾裂之石。超回志度者,旧注皆未得其解。按:此乃以行路言之。谓超越回邪之路,认知法度之道也。志与识通,知也。已见上《惜诵》注。行隐进者,徐文靖云:有所行,则隐占其吉凶而后进也。《尔雅·释言》:隐,占也。郭注:隐,度也。疏曰:占者视兆以知吉凶,必先隐度,故曰隐占也。

○ 数入声。憍音骄。为去声。怛音忒,音坦。憺音胆,音谈。详佯同。轸音诊。崴音威。

怀沙

〔一〕从容,王念孙释为举动,是。

〔二〕惩连改忿,从《史记》连作违。王念孙云:违,恨也。《汉书·叙传》违作愇。《广雅》:愇,恨也。《邶风·谷风》篇:中心有违。《韩诗》曰:违,很也。很亦恨也。按:仍以作连为是。连为𢕉或涟之假字。《说文》：㥣，泣下也。《易曰》：泣涕涟如。

〔三〕钱大昕《史记考异》云：程读如秩，与匹为韵。

○ 汩音聿。朐瞬同。刓，玩平声，音义俱近剜。倕音垂。矇音蒙，瞍音叟。筊音奴，音笼。鹜音务，音木。内音讷。重平声，下同。逴音悼，音鄂。离去声。汩音骨。

思美人

〔一〕言不可结而诒。按：结亦可读《招魂》结撰至思之结，谓结撰也。

〔二〕孙诒让云：案缳黄即昏黄也，古音相近。《离骚》曰黄昏以为期兮，《抽思》曰黄昏以为期。

○ 挈、揽同。眙音怡。菀音郁。冯、凭同。嶓音波，音播。缳音勋，音昏。蔼音匾。埃、俟同。泽音释。闻去声。说音悦。罢音疲。

惜往日

〔一〕《章句》云：君告屈原，明典文也。以明典文释昭诗，可知王逸所据古本，诗不作时。《洪补》云：《国语》曰：庄王使士亹傅太子箴问于申叔时。申叔时曰：教之《诗》而为之导广显德，以耀明其志。此可为昭诗一解。按：此篇主旨重在明法度，当作在为左徒造为宪令之后，决非作在为大夫教三闾子弟之时。鄙意以为昭诗当是明定《九歌》，当时所为宪令之一。别详抽作《解题》中。

〔二〕钱澄之云：度，心中分寸也。无度，则不知长短，故不能察。按：《诗》：他人有心，予忖度之。

〔三〕世孰云而知之。而，能也。而、耐、能古音同。

○ 属音烛。娭音嬉。治平声。庞音旁。否音鄙。被如字。离去声。缪、穆同。缟音杲。訑音驼，音移。谩音慢，音漫平声。嫫音模。好去声。泭音孚，音桴，音付。辟音譬。

橘颂

〔一〕后皇嘉树者，犹《左传》云：季氏有嘉树。后皇者，犹《汉书·郊祀歌》：后皇嘉坛，立玄黄服。后皇，指君王。旧注大都不得其解。

〔二〕《章句》：苏，寤也。意为觉寤，有醒觉之义。俞樾则释苏寤之寤为悟，苏世犹言忤世,其说亦似可通。但细玩仍以醒觉之义为长,姑从其朔。横,航渡也。《方言》:方舟谓之㵒。《广雅》:横,筏也。㵒、横一字。

〔三〕淑离者,按:离、丽古通。淑离两义,犹言善与美也。

〔四〕《章句》:像,法也。按:置,当读植。置以为像,谓树之以为法像也。

○ 徠、来同。曾音层。剡音琰,炎上声。抟团同。纷缊、菊蕴同。横音航。离音丽。

悲回风

〔一〕膺者,王先谦《释名疏证补》:盖即今俗之兜肚。按:膺,胸衣、心衣,即今兜肚、背心之类。

〔二〕宋玉《笛赋》:歌《伐檀》,号《孤子》。注:《孤子》亦歌曲,盖伯奇申生之伦,遭谗放逐,见之吟咏者。

○ 号平声。苴音沮。音徂。比去声。荼音徒。荠音齐,音挤。更平声。贶音况。明古音盲,纠音纠,音求。纕音襄。惘音冈。曶音忽。抆音吻。峦音栾。景音影,下同。缥音漂,上声。纤音迁。蜺、霓同。雰音纷。磕音磕。音盖。潏音决。

楚辞直解卷第五

远游

悲时俗之迫阨兮,_{洪本云:阨一作隘。} 悲痛时俗境界的逼仄啊,
愿轻举而远游。 我就愿意轻飞而远游。
质菲薄而无因兮,_{洪本云:一作由。} 本质菲薄而没有依靠啊,
焉托乘而上浮。_{幽部。} 托载什么而向上飘浮?

　　按:《惜诵》云:"欲高飞而远集兮,君罔谓女何之?"屈子被放汉北之初,已有奋飞之想。此《远游》之所为作也。正可作为《远游》是屈原所作之一大内证。

遭沉浊而污秽兮,_{洪本云:而一作之。} 遭逢浊世而被它污秽啊,
独郁结其谁语?_{戴本郁作菀。} 独自郁闷的将告诉谁好?
夜耿耿而不寐兮,_{洪本云:耿一作炯。} 夜里眼睁睁的不能入睡啊,
魂茕茕而至曙!_{鱼部。洪本云:茕一作营。} 灵魂孤零零地就直到破晓!

惟天地之无穷兮, 想到天地的没有穷境啊,
哀人生之长勤! 可怜人生的永远是辛勤!
往者余弗及兮, 已往的人我赶不上啊,
来者吾不闻!_{文部。○洪本云:一云吾不可闻。一云余不可闻。} 将来的人我又不得闻!

　·屈复云:"所以远游之故。"○按:发端二句即破题。整篇以全力体现其驰骋高空之愿望,实为悲痛时俗迫厄之反映也。苏轼《屈原庙赋》云:"世愈狭而难存。"狭即迫厄之谓也。孟郊诗云:"出门便有碍,谁谓天地宽?"似亦用屈意。安得果有超人间之自由仙境,为去今来之政治避难者,开一方便之门乎?

步徙倚而遥思兮，　　　　一步一徘徊地而想的遥远啊，
怊惝恍而乖怀。　　　　　惆怅迷惑而违背了本怀。
意荒忽而流荡兮，　　　　情思恍惚就流荡无主啊，
心愁凄而增悲。_{脂部。}　　心里愁惨就添加了悲哀。

·戴震云："所谓悲时俗迫厄也。"按：此节明谓远游非其本怀。说者务求甚解，牵强傅会，生出许多是非来。正俗语所谓痴人前说不得梦也。

神儵忽而不反兮，_{洪本云：儵一作倏。反一作返。}　　神魂飘忽而不归返啊，
形枯槁而独留。　　　　　形体枯槁而偏自存留。
内惟省以端操兮，　　　　只有内省来端正操守啊，
求正气之所由。_{幽部。○洪本云：由一作繇。}　　寻求天地间正气的所由。

·李陈玉云："'内惟省以端操兮，求正气之所由'，屈子到底是儒学，求神仙其寓言耳。"

○以上首段。发端悲时俗之迫厄一语，便是远游之原因；此云"求正气之所由"，乃是远游之目的。○按：文所谓正气，当即绝对之一（有时指目道之本体，或绝对之真理。）或壹气，即纯一之气。亦即精或精气，托乘上浮之精气。聚积精气，乃能脱离形体而飞升远游。此古形而上学之术语，旧注皆不甚明确。

漠虚静以恬愉兮，　　　　心境宽明虚静就安乐啊，
淡无为而自得。　　　　　淡泊无为地而优游自得。
闻赤松之清尘兮，_{洪本云：尘一作虚。}　　听说赤松子的清尘脱俗啊，
愿承风乎遗则。_{之部。}　　愿意受教于他遗留的准则。

按：篇中述古仙人，指名者，有赤松子、轩辕、傅说、韩众、王子乔五人。相传帝喾学乎赤松子。赤松何许人？一说为黄帝时人，

一说为神农时人。见《韩诗外传》、《淮南鸿烈》、刘向《新序》、《列仙传》、《汉书·古今人表》。

贵真人之休德兮,^{洪本云:真一作至。}　　珍视仙真人的美德啊,
美往世之登仙。^{洪本云:美一作羡。}　　赞美着古代人的成仙。
与化去而不见兮,　　　　　　　　跟着一起化去而不见啊,
名声著而日延。^{元部。○洪本云:著一作彰。}　　名声昭著了就愈久愈传。

奇傅说之托辰星兮,　　　　　　　惊奇傅说的附托了龙星啊,
羡韩众之得一。^{洪本云:羡一作美。众一作终。}　　羡慕韩众的得到了纯一之气。
形穆穆以浸远兮,　　　　　　　　形体静穆穆的已渐远了啊,
离人群而遁逸。^{脂部。}　　　　离开了人群就得以逃避。

· 屈复云:"求正气而得其门,古历有其人,非虚闻也。"

因气变而遂曾举兮,　　　　　　　依靠气的变化就层层高飞啊,
忽神奔而鬼怪。^{洪本云:怪一作祂。}　　忽见到天神跑来和人鬼骇怪。
时仿佛以遥见兮,　　　　　　　　这时仿佛远远地看见了什么啊,
精皎皎以往来。^{之部。○洪本云:皎一作皎。《释文》作皦。以一作而。}

　　　　　　　　　　　　　　　　精气清清白白地正在那里往来。

绝氛埃而淑尤兮,^{洪本云:绝一作超。尤一作邮。}　超出尘秽氛围而善择旅舍啊,
终不反其故都。^{洪本云:其一作乎。}　　到底不回到我们的旧都。
免众患而不惧兮,　　　　　　　　免除许多灾难就不怕什么啊,
世莫知其所如。^{鱼部。}　　　　世人莫知我所往的路途。

· 戴震云:"所谓愿轻举远游也。"

恐天时之代序兮，　　　　　　　怕天时的轮换交替啊，
耀灵曄而西征。　　　　　　　　太阳光亮了就往西行。
微霜降而下沦兮，　　　　　　　轻霜降了而草木摇落啊，
悼芳草之先零！^{洪本云:古本零作藟。}　　可痛那香草的先就飘零！

聊仿佯而逍遥兮，　　　　　　　权且徘徊而逍逍遥遥啊，
永历年而无成。　　　　　　　　恐久历年所而没有成功。
谁可与玩斯遗芳兮？^{洪本云:斯遗芳一作此芳草。}　谁可同玩这些残花剩草啊？
晨向风而舒情！^{洪本云:晨一作长。向一作乡。}　侵晨对着清风而舒畅心情！
高阳邈以远兮，^{洪本云:以一作已。}　高阳氏渺茫而太久远了啊，
余将焉所程。^{耕部。○洪本云:焉一作安。}　我打算从哪里去效法古人？

　•屈复云："正气变化，仙成免患。虽虑〔一身将老、所学〕无成，而高阳已远，〔无可法程〕，非学仙不可也。"○戴震云："所谓质菲薄无因也。"

　○以上第二段。言与仙人远游之乐，而恨同志之不可得。○按:其曰"高阳邈以远兮，余将焉所程"者，则独缅怀始祖之功业不可复继，致慨于宗国者深矣。孰谓其惟耽于远游幻境，而忘情现实者乎？此可作为《远游》是高阳之苗裔屈原所作之二大内证。

重曰：　　　　　　　　　　　　再说：
春秋忽其不淹兮，　　　　　　　春和秋它一忽儿也不停滞啊，
奚久留此故居？　　　　　　　　为什么要久留在这个老家？
轩辕不可攀援兮，　　　　　　　黄帝轩辕氏高不可攀援啊，
吾将从王乔而娱戏〔一〕！^{洪本云:娱一作游。}　我打算随仙人王子乔去玩耍！

　•按:此所谓故居，作者之故居乎？抑楚先公先王之故居乎？要之屈原故宅，楚子熊绎始封所居之丹阳城，楚自以为高阳之苗裔

而设之高阳城,皆在今秭归及其邻近。此可作为《远游》是屈原所作之三大内证。又可证此文是屈原初放汉北而归到故乡以后之作品。

餐六气而饮沆瀣兮,
漱正阳而含朝霞。_{洪本云:含一作食。}
保神明之清澄兮,_{戴本澄作澂}
精气入而粗秽除。_{鱼部。}

吃天地四时六气而饮露华啊,
口里漱着旭日而含着朝霞。
保持着心神里的清澈啊,
精气吸入了而粗秽之气免除。

·按:此言晨起作深呼吸,吐故纳新之益。此亦今人所谓气功也。

顺凯风以从游兮,
至南巢而壹息。
见王子而宿之兮,
审壹气之和德。_{之部。}

顺着南风去随它远游啊,
要到朱雀南巢才一休息。
去见王子乔就留宿在那里啊,
问明纯一之气及其冲和之德。

按:王子乔为周灵王太子晋,见《列仙传》,《洪补》据之。屈子愿从王子学道修仙,故言之较详。盖据彼时神仙家方士之说,今不可考矣。王子乔成仙古迹犹流传民间,见简注。

曰:
"道可受兮,
不可传。_{洪本云:一云而不可传。}
其小无内兮,
其大无垠。

他说:
"真理可以心领啊,
却不可以口传。
它的小已小到不能再小啊,
它的大已大到没有个边缘。

·按:此说道之浑然沛然在微观世界与宏观世界,即在整个宇宙。

"无滑而魂兮,^{洪本云:无一作毋。滑一作汩。}　　"不要搅乱你的灵魂啊,
彼将自然。　　　　　　　　它要自自然然。
壹气孔神兮,　　　　　　　这个纯一的正气是很神秘的啊,
于中夜存。　　　　　　　　它在夜里虚静的时候足以自存。

"虚以待之兮,　　　　　　　"你就虚静地等待它啊,
无为之先。　　　　　　　　不要自己有为,占它的先。
庶类以成兮,　　　　　　　万物就是这样生成的啊,
此德之门!"^{元、文通韵。}　　　这就是修道有得的法门!"

·屈复云:"先修受教之地,后得受道之门也。'无滑而魂,彼将自然。'此修道之基也。'虚以待之,无为之先。'此入德之门也。"

闻至贵而遂徂兮,　　　　　听了最宝贵的真理就又走路啊,
忽乎吾将行。　　　　　　　一忽儿哟我要前行。
仍羽人于丹丘兮,　　　　　往依飞仙于不夜之国丹丘啊,
留不死之旧乡。　　　　　　留在仙真人所居的不死之故乡。

朝濯发于汤谷兮,　　　　　早上温泉洗我头发在汤谷啊,
夕晞余身兮九阳。^{洪本云:兮一作乎,朱本身作目。}　晚边日光浴我的身躯哟九阳。
吸飞泉之微液兮,　　　　　吸饮瀑布矿泉的妙液啊,
怀琬琰之华英。　　　　　　怀抱着琬琰美玉的精英。

·按:从濯汤谷说,意其浴温泉;从晞九阳说,意其浴日光;从下句怀琬琰华英说,意上句吸飞泉微液为饮瀑布矿泉。盖所谓朝夕修炼之一秘方,故下文侈言不老之征验也。

玉色頩以脕颜兮，_{洪本云：脕一作艳，一作曼。}
精醇粹而始壮。
质销铄以汋约兮，
神要眇以淫放。_{阳部。}

　　·屈复云："闻王子之至道，朝夕修炼，形神俱妙，将无所不之也。"

　　〇以上第三段。言往见仙人王子乔求教，彼告以壹气之妙，修德之门。乃自学道修德，冀终必有所获。

　　〇黄维章曰："以'重曰'二字作转语，原所凄凉自道，亦明白之甚矣。前称求仙，第曰闻之、奇之、羡之，未尝亲见其人，亲受其诀。此则专言从王乔，就其宿而传其言。前所云求气、气变者，至是而餐六气、审一气，秘受有实诀，下手有实功。此章法浅深之次第，人所易知。若专言王乔，深意所在，固千古未易知者。意盖曰：王子乔为周灵王太子，惟肯弃太子之位，不复顾人民，固可学仙。吾亦为君所不用，弃宗臣之位，不得秉朝政，庶可专依之以学仙云尔！"

玉色满面的是美颜啊，
精神纯粹又开始少壮。
体质清瘦而似柔嫩啊，
神魂幽妙而更奔放。

嘉南州之炎德兮，
丽桂树之冬荣。
山萧条而无兽兮，
野寂漠其无人。_{洪本云：寂一作家，漠一作寞。其一作乎。}
载营魄而登霞兮，_{洪本云：魄一作魂。}
掩浮云而上征。_{真、耕通韵。〇洪本云：征一作升。}

可喜的是南方的暖气啊，
可爱的是桂树的冬日常青。
山岭萧条而没有野兽啊，
四野寂寞哟那样的没有人。
载着魂魄就高登彩霞啊，
披盖着浮云就向上飞升。

命天阍其开关兮，_{洪本云：其一作而。}
排阊阖而望予。_{洪本云：阊阖一作阆阆。}
召丰隆使先导兮，

命令守天门的使者开门啊，
他推开了天门就望着我。
招来云神丰隆使他领路啊，

问大微之所居。_{洪本云：大一作太。}　　　　访问太微宫垣十星的住所。

集重阳入帝宫兮，_{洪本云：一本入上有以字。}　齐集九天进入了帝宫啊，
造旬始而观清都。　　　　造访太白星而观光帝京清都。
朝发轫于太仪兮，　　　　早上开车于帝庭太仪啊，
夕始临乎於微闾。_{鱼部。○洪本云：《释文》於，於其切，一云微毋闾。}
　　　　　　　　　　　　晚边才到了幽州神山医无闾。

　○以上第四段。言远游求仙，从故乡南方出发，先至天宫所在。作者自明其为南方之楚人也。此可作为《远游》是屈原所作之四大内证。

屯余车之万乘兮，　　　　集合了我们的车子万辆啊，
纷溶与而并驰。_{戴本溶作容。}　众车从从容容就同驶路途。
驾八龙之婉婉兮，_{洪本云：《释文》婉作蜿，音菀。}　驾着八龙车子的慢腾腾啊，
载云旗之逶蛇。_{歌部。}　　车上载着云旗的飘飚自由。

建雄虹之采旄兮，　　　　旗竿竖着雄虹的彩色旄头啊，
五色杂而炫燿。　　　　　都是五色杂呈而且鲜明照耀。
服偃蹇以低昂兮，　　　　夹辕两马矫健而有低有高啊，
骖连蜷以骄骜。_{宵部。○戴本骜作敖。}　左右边马钩蹄怒踏而很桀骜。

骑胶葛以杂乱兮，_{洪本云：胶葛一作膠輵。以一作其。}　车骑驰驱胶葛而杂乱啊，
斑漫衍而方行。_{洪本云：漫一作曼。戴本斑作班。云：相牵不进曰班。}
　　　　　　　　　　　　相牵不进很漫长的并行路上。

撰余辔而正策兮，　　　　备好我的缰绳而拿正鞭子啊，

吾将过乎句芒。_{阳部。○洪本云：句一作钩。}　　我将经过于东方的木神句芒。

○以上第五段。言历天宫而将过乎东方。

历太皓以右转兮，_{洪本云：皓一作嗥。}　　经历了东帝太皞就向右转啊，
前飞廉以启路。_{洪本云：启一作烛。}　　前面有风伯叫飞廉的来照路。
阳杲杲其未光兮，_{洪本云：其一作亦。}　　阳光杲杲地它还是不太亮啊，
凌天地以径度〔二〕。_{鱼部。○戴本凌作陵。}　　就冲向天池而直往摆渡。

风伯为余先驱兮，　　　　　风伯为我做了先驱啊，
氛埃辟而清凉。_{洪本云：一曰辟氛埃。}　　尘秽氛围冲开了就感到清凉。
凤皇翼其承旂兮，　　　　　凤凰张开翅膀它跟随旗帜啊，
遇蓐收乎西皇。_{阳部。○洪本云：乎一作于。}　　遇见了金神蓐收哟西皇。

○以上第六段。言由东方而游至西方。

擥彗星以为旍兮，_{洪本云：擥一作揽。旍一作旗。}　　引到了彗星来做铃旗啊，
举斗柄以为麾。　　　　　举起北斗星的长柄来做指麾。
叛陆离其上下兮，　　　　　散乱参差它那样的上上下下啊，
游惊雾之流波。_{歌部。}　　泛游在惊人雾海里的流动大波。

时暧曃其曭莽兮，_{洪本云：暧曃一作唵暗，一作馣髴。}　　天时昏暗它是那样的无光啊，
召玄武而奔属。　　　　　招北方玄武龟蛇七星来奔走联络。
后文昌使掌行兮，　　　　　后有文昌六星使他们掌管行程啊，
选署众神以并毂。_{侯部。}　　还选派了众位神仙前来并车同路。

路曼曼其修远兮，_{洪本云：修一作悠。}　　道路漫漫它那样的长远啊，

徐弭节而高厉。洪本云:徐一作飙。
左雨师使径侍兮,
右雷公以为卫。祭部。〇朱本以作而。
欲度世以忘归兮,
意恣睢以担挢〔三〕。洪本云:挢一作矫。
内欣欣而自美兮,
聊偷娱以自乐。宵部。〇洪本云:自一作淫。

缓缓地停鞭而向高空上渡。
左有雨师径使侍从啊,
右有雷公使他作卫护。
想要超脱尘世而忘记归去啊,
意气也放肆了而强矫自得。
心里欣欣然就自我赞美啊,
暂且愉快一下来自求喜悦。

　　〇以上第七段。侈言遨游天空云雾之乐。正在北游,意欲忘归;为下文强调回游南方,听上古之乐,徘徊留恋,暗作比较;似示所乐实在彼而不在此。

涉青云以泛滥游兮,洪本云:一无目字。一无游字。
忽临睨夫旧乡。
仆夫怀余心悲兮,
边马顾而不行。阳部。

渡着青云来泛滥地游啊,
忽然对面瞟望到了那个故乡。
仆夫留恋,我的心里悲伤啊,
左右边马也回头而不肯再行。

思故旧以想像兮,洪本云:以一作面。像一作象。
长太息而掩涕。
泛容与而遐举兮,
聊抑志而自弭。支、脂通韵。

思念故旧因想象他们啊,
长声叹息了就掩面流涕。
泛游从容而远远飞去啊,
权且压住感情而自宁息。

指炎神而直驰兮,洪本云:炎神一作炎帝。
吾将往乎南疑。洪本云:疑一作娱。
览方外之荒忽兮,朱本云:览一作觉。
沛罔象而自浮。之、幽通韵。〇洪本云:罔象《释文》作汹潒。

指向南方火神就直奔啊,
我要往到南方名山九疑。
游览世外的荒忽缥缈啊,
像在沛然汪洋里而自飘浮。

祝融戒而还衡兮,^{洪本云:还衡一作驿御。一云戒其運御。}　　火神祝融警告就得还辕啊,
腾告鸾鸟迎宓妃。　　　　　并通告鸾鸟去迎洛神宓妃。
张《咸池》奏《承云》兮,^{洪本云:一云张乐咸池。}
　　　　　　　　　张设尧乐《咸池》,奏颛顼之乐《承云》啊,
二女御《九韶》歌。　　二女娥皇女英进奏舜乐《九韶》之歌。

・《湘潭县志》云:"韶山在县西一百里。连湘乡、宁乡诸山,绵亘百余里,二县水皆出其麓。其山苍翠无际,相传舜南巡经此山作乐。……"按:古史神话传说率谓大舜南巡,湘灵鼓瑟,皆尝奏《韶》乐于此南方。是与《离骚》言就重华而陈辞,奏《九歌》而舞《韶》;《九歌》言湘君、湘夫人之神话传说正合。此可作为《远游》是屈原所作之五大内证。

使湘灵鼓瑟兮,　　　　　使湘水之神湘灵来鼓瑟啊,
令海若舞冯夷。^{洪本云:令一作命。}　命令海神海若合舞于河伯冯夷。
玄螭虫象并出进兮,^{洪本云:一云列螭象而并进兮。}
　　　　　　　　　无角黑龙、水怪罔象,一同出进啊,
形蟉虬而逶蛇。^{洪本云:蛇一作迆。}　都是形体夭矫而委移相随。

雌蜺便娟以增挠兮,^{洪本云:娟一作娟。}　美人虹轻巧地来层层围绕啊,
鸾鸟轩翥而翔飞。^{洪本云:轩一作骞。}　鸾鸟高举了而盘空在飞。
音乐博衍无终极兮,　　　　音乐旋律宽平还没有终了啊,
焉乃逝以俳佪。^{歌、脂合韵。}　　于是向前去而徘徘徊徊。

〇以上第八段。言临睨故国,而留恋南方,聊寻上古之乐。遍游四方,此独极力抒写,而临去俳佪,其不忍恝然舍去可知。此《远游》一篇微旨所在,岂真有羽化登仙之意哉?盖犹卫之《柏舟》诗人伤仁人不遇,小人在侧,静言思之,不能奋飞之意。行文至此已达

高峰。○李陈玉曰:"自'撰余辔而正策'以下,皆是仙成游于四荒之乐。而中插入临睨旧乡、仆怀马顾二段,与《离骚》结末同意者,言外有纵是仙成,周历万方,役使百神,而终不易吾楚国之思。故满篇虽是盛跨仙游,其实都是无聊极思也。"○按:《离骚》末段实为《远游》一篇之缩写,明此二者实为一人所作。此可作为《远游》是屈原所作之六大内证。

舒并节以驰骛兮, 　　　　放松了总缰就来奔驰啊,
逴绝垠乎寒门。_{洪本云:逴《释文》作踔。} 　　　远到天边尽头于北极寒门。
轶迅风于清源兮,_{洪本云:源一作凉。} 　超过疾风于八风之府清源啊,
从颛顼乎增冰。_{无韵。} 　　　从北帝颛顼于极地的层冰。

历玄冥以邪径兮, 　　　经过北方水神玄冥就走斜路啊,
乘间维以反顾。 　　　　再登上天间地维来回头一顾。
召黔嬴而见之兮,_{朱本嬴作赢。按:即《大人赋》之黔雷。}
　　　　　　　　　召唤造化使者黔嬴就见了他啊,
为余先乎平路!_{洪本云:一本先下有道字。} 　他做我的先驱哟铺平了道路!
　○以上第九段。言从南方而转至北方,便召造化之使者黔嬴先为平路。暗伏下文与造化游,与泰始邻。

经营四荒兮, 　　　　　　经营于天下四远之地啊,
周流六漠。_{《洪补》曰:汉乐歌作六幕。} 　　　周流于宇宙间六合。
上至列缺兮,_{朱本云:缺作㙹。一作阙。} 　　上到电神列缺的所在啊,
降望大壑。_{鱼部。} 　　　　下望渤海之东无底大壑。

下峥嵘而无地兮，_{洪本云：嵘一作嶤。} 向下深远好像再没有了地啊，
上寥廓而无天。_{洪本云：寥一作廫。} 向上空阔又好像再没有了天。
视儵忽而不见兮， 视觉倏忽好像看不见啊，
听惝恍而无闻。_{按：上四而字读如、而、如古通。} 听觉惝恍好像听也不闻。
超无为以至清兮， 超过了无为和至清的境界啊，
与泰初而为邻！_{文、真通韵。} 和宇宙万物的原始而为近邻！

•戴震云："自'重曰'以下，赋远游之事，所谓托乘而上浮也。"

○以上末段。言与造化游，周流四荒六漠，经过无为至清之自然境界，终与泰初正气之始为邻。远游至此而极，全文结束。

○洪兴祖曰："司马相如作《大人赋》，宏放高妙，读者有凌云之意。然其语多出于此；至其妙处，相如莫能识也。"○黄维章曰："原之求仙，后代解者率云原欲制炼魂魄，长生久视，以观世变之终何若。余窃谓不然。楚不得长有其楚，必折而归秦，原知之确矣，何待终观？一死自矢，惟恨不获早死之添愁，焉用长生为？既已生不肯长，终不须观，仍言求仙者何？盖叹夫身处尘世之不乐，谁不云遁之于仙，可以自怡？然吾，国之宗臣也。毋论求仙未必成仙，即真成仙矣，安能弃祖宗社稷于不思？此其意甚简甚明，十数言可了，而文阵乃层叠百变，以致其曲，以致其幻！"○钱澄之曰："游穷六合，亦以远矣。然犹在天地内也，不能离见闻也。远之又远，至于下无地，上无天，视无见，听无闻，直出无为之先，太初之始，而后为至道，而后真能为远游者。以此而下视夫沉浊污秽之世，纷纷逸埜于何有哉？如此，则一部《楚辞》可以不作，然而原终不能也，亦言之而已！"

今按：

○《远游》为屈子初放汉北，徜徉故乡，意不自聊，无所告愬，爰逞其幻想与想象之所极，而有是作。非必服膺其时阴阳家或神仙

家与方士一流之说,但假其说为赋以自广,亦犹发愤抒情之意尔。篇中所谓:"餐六气而饮沆瀣兮,漱正阳而含朝霞。保神明之清澄兮,精气入而粗秽除。"屈子盖用神仙家辟谷餐气之说。王注上二句云:"远弃五谷,吸道滋也。餐吞日精,食元符也。《陵阳子明经》言:春食朝霞。朝霞者,日始欲出,赤黄气也。秋食沦阴。沦阴者,日没以后,赤黄气也。冬饮沆瀣。沆瀣者,北方夜半气也。夏食正阳。正阳者,南方日中气也。并天地玄黄之气是为六气也。"注下二句云:"常吞天地之英华也。吐故纳新,垢浊清也。"《庄子·刻意》篇云:"吹呴呼吸,吐故纳新,熊经鸟申(伸),为寿而已矣。此道(导)引之士,养形之人,彭祖寿考者之所好也。"李颐注:"道气令和,引体令柔。"《庄子》此段盖亦出于神仙家或方士之说,而述上古呼吸运动与躯体运动相结合之一种疗病健身之术,亦即今人所谓气功者也。气功为之不差,或可锻炼身体,增进健康。倘谓食气避谷而可轻身登仙,则大谬矣。屈子《远游》,意别有寄,非传道也。顷读唐兰《马王堆帛书却谷食气篇考》,知其非为读《远游》者而作。但可借知《远游》"这些说法,都是在战国时业已流传的"(《文物》一九七五年六期)。并可借证《远游》作者当为屈子,不得羌无证据,谓为汉人伪作也。

【简注】

〔一〕今河南渑、洛之间,新安县西南三十五里,烂柯山麓有王乔洞、树化石古迹。记吾幼时习描红簿,云:王子乔去求仙,丹成入九天。山中方七日,世上已千年。殆指王乔观弈,一局未终,斧柯已烂之神话欤?山以烂柯名者,非止一地也。河南偃师县南四十里缑氏山,传王子晋受道于浮丘公,同在此山吹笙,七月七日控鹤背飞升。山上有石室、饮鹤池古迹,殆亦好事者为之也。又其仙鹤观前有石碑曰:升仙太子之碑。并有大周天册金轮墨圣御笔题识,盖武则天所书也。浙江衢州城外亦有烂柯山。范祥雍先生云:烂柯山神话故事,据《述异记》为晋人王子质观弈。

〔二〕俞樾云：天地，疑天池之误。《九歌》：与女沐兮咸池。注曰：咸池，星名，盖天池也。王逸作《九思》，亦有沐与浴兮天池句。

〔三〕按：担拵，当作拮挢，有强哉矫，或骄傲自得之意。《文选》潘岳《射雉赋》云：眄箱笼以揭骄。注引此作意恣睢以拮矫，则知《楚辞》古本有作拮矫者。

○陒音厄，音隉。怊音超。惝音倘。怳音恍。憺音倓。恬音甜。说音悦。曾音增；曾举，高举也。眇音乙。沆音杭，音慷。瀣音戒。汤音旸。琬音宛。琰音剡，頩音屏。睕音曼，音晚。汋音绰。要音天。眇音妙。漠窊同。炫音玄。燿音耀。蜷音权；连蜷，句踡也。骑音寄。蓐音辱。斿音铃，又同旌。暖音爱。睫音逮。矆音倘。属音注。担音怛，《释文》丘列切。氾音泛。冯音凭。螭音离，音痴。蟉音求。虬音蚪。逴音卓，音悼。

【附录】

○近人廖平以为屈原并无其人。其《六译馆丛书·楚辞讲义》云："《秦本纪》始皇三十六年使博士为《仙真人诗》，即《楚辞》也。"又云："《远游》篇之与《大人赋》，如出一手，大同小异。"郭沫若先生似有取于其乡先辈廖老先生之说，据其推测，《远游》可能为《大人赋》之初稿遗存，王逸误以之入于《楚辞》者。一时研究《楚辞》诸家，大都以为《远游》非屈原所作，或直以为《远游》是摹仿《大人赋》之伪作。愚今附录《大人赋》于此。二赋之作，孰先孰后？谁创谁因？《远游》为真为伪？学者比较而读之，自有能辨之者。愚尝为《远游试解》一文以辨之，兹不具论云。（此文载于一九六二年六月《文史哲》杂志，别详拙作《楚辞解题》一稿。）

司马相如《大人赋》 ○据《汉书·司马相如传》录出。

世有大人兮，	世间有一个大人啊，
在乎中州。	在于中国神州。

宅弥万里兮,　　　　　　　　所居大满万里啊,
曾不足以少留。　　　　　　还不够他稍稍停留。
悲世俗之迫隘兮,　　　　　悲伤世俗境界的逼窄啊,
揭轻举而远游。　　　　　　就去轻飞而远游。
　　○首段。言大人之所以轻举远游。○《史记索隐》曰:"张揖云:〔大人〕喻天子。向秀云:圣人在位,谓之大人。张华云:相如作《远游》之体,以大人赋之也。"

乘绛幡之素蜺兮,　　　　　跨上有紫幡的白虹高桥啊,
载云气而上浮。　　　　　　托载着云气而向上飘浮。
建格泽之修竿兮,　　　　　竖立地气上升的长竿啊,
总光耀之采旄。　　　　　　系上光亮的五彩旄头。

垂旬始以为幓兮,　　　　　垂下旬始星作为旗旒啊,
曳彗星而为髾。　　　　　　还拖着彗星做燕子尾梢。
掉指桥以偃蹇兮,　　　　　掉尾披靡来高扬啊,
又猗抳以招摇。　　　　　　又很柔美而四向招摇。

揽欃枪以为旌兮,　　　　　揽来天欃天抢两星就做旌旗啊,
靡屈虹而为绸。　　　　　　披上了断虹就作为旗子的竿套。
红杳眇以玄湣兮,　　　　　它红暗暗的而使人眼花缭乱啊,
猋风涌而云浮。　　　　　　大风涌起来了而云也飘飘地上浮。

驾应龙象舆之蠖略委丽兮,　驾着翼龙象舆的伸缩接连啊,
骖赤螭青虬之蚴蟉宛蜒。　　旁驾赤螭青虬的蛇行蜿蜒。

低卬夭蟜裾以骄骜兮，	低昂夭矫，直颈而骄傲啊，
诎折隆穷蠼以连卷。	屈折扬鬐，跳起而盘旋。
沛艾赳螑仡以佁儗兮，	摇头伸脖，高耸而迟重啊，
放散畔岸骧以孱颜。	放纵自由、腾跃着就现出苦脸。
跮踱輵蠖容以骫丽兮，	乍进乍退，摇目吐舌，让而相随啊，
蜩蟉偃寋怵㚟以梁倚。	掉头高举，乱走乱窜，而相撞相交。
纠蓼叫奡踏以艐路兮，	牵引叫嚣，踏步去赶路啊，
蔑蒙踊跃腾而狂趡。《史记》趡作趠。	飞扬踊跃，腾起来就狂跑。
莅飒卉歙熛至雷过兮，	追飞追走，好像火到电过啊，
焕然雾除霍然云消。	清朗地雾灭，速散地云消。
邪绝少阳而登太阴兮，	斜过东极而登上北极啊，
与真人乎相求。	要和仙人哟相遇相求。

　　○二段。言大人载云上浮。所有旌旗车马之盛，将以求仙。此段后半奇字奥句板滞已极，几使读者透不过气来。此一风格为汉赋家马、扬以来所独创，楚之辞人屈宋所不及见也。

互折窈窕以右转兮，	折过幽静地方来向右转啊，
横厉飞泉以正东。	航渡瀑布飞泉来正向东方。
悉征灵圉而选之兮，	普遍号召仙境而选择他们啊，
部署众神于摇光。	部署众神于北斗勺头第一星摇光。
使五帝先导兮，	使五方五帝之神作为向导啊，
反大壹而从陵阳。	回到天极大星就去从仙人陵阳。

左玄冥而右黔雷兮，　　左北方水神玄冥、右造化神黔雷啊，
前长离而后矞皇。　　　前有朱雀长离、后有水怪矞皇。

斯征伯侨而役羡门兮，　拉差于仙人伯侨而役使羡门啊，
诏岐伯使尚方。　　　　告黄帝的医师岐伯使掌管药方。
祝融警而跸御兮，　　　南方火神祝融警戒来清道啊，
清气氛而后行。　　　　肃清了坏气氛而后赶把路上。
　　〇三段。言大人游向东方求仙。

屯余车而万乘兮，　　　集合了我们的车子就有万辆啊，
绰云盖而树华旗。　　　聚拢了彩云的车盖就树立花旗。
使句芒其将行兮，　　　使东方木神句芒他来做领队啊，
吾欲往乎南娭。　　　　我打算往到南方游嬉。

历唐尧于崇山兮，　　　经过唐尧于他的陵墓北方崇山啊，
过虞舜于九疑。　　　　访问虞舜于他的陵墓南方九疑。
纷湛湛其差错兮，　　　车子纷沉沉的那样交错啊，
杂遝胶辀以方驰。　　　杂乱纠葛而并驾奔驰。

骚扰冲苁其纷挐兮，　　　骚扰冲突，它互相牵连啊，
滂濞泱轧丽以林离。　　　热闹无边，洒下汗来淋漓。
攒罗列聚丛以茏茸兮，　　攒聚罗列，丛生众草蓬蓬啊，
衍曼流烂坛以陆离。　　　漫衍散布，众树又参差不齐。
径入雷室之砰磷郁律兮，　路入雷室，听到雷声砰磷郁闷啊，
洞出鬼谷之堀礨崴魁。　　洞出鬼谷，看到的山石块垒魁巍。

○四段。言大人游向南方求仙。此段末节亦已板重，求之《楚辞》中不可得也。

遍览八纮而观四海兮，	遍览天下八方而观察四海啊，
揭度九江越五河。	去渡九江而过五河。
经营炎火而浮弱水兮，	经历火焰山而浮于弱水啊，
杭绝浮渚涉流沙。	航过浮渚而涉足流沙。
奄息葱极泛滥水娱兮，	休息葱岭，泛滥河源来作水戏啊，
使灵娲鼓瑟而舞冯夷。	使女娲鼓瑟，去合舞于河伯冯夷。
时若暧暧将混浊兮，	天时好像蒙蒙会要混浊不见啊，
召屏翳诛风伯刑雨师。	招来天使屏翳诛风伯而杀雨师。
西望昆仑之轧沕荒忽兮，	西望昆仑山的模糊恍惚啊，
直径驰乎三危。	一条直路奔驰到哟高山三危。
排阊阖而入帝宫兮，	推开天门就进入帝宫啊，
载玉女而与之归。	载着玉女哟就和她同归。
登阆风而遥集兮，	登上阆风山而远远歇下啊，
亢鸟腾而一止。	高如鸟的飞腾而一时停止。
低回阴山翔以纡曲兮，	又徘徊阴山，回翔而迂曲啊，
吾乃今日睹西王母！	我竟在今日眼见了西王母！
曤然白首戴胜而穴处兮，	鹤样白头，戴着首饰而居窑洞啊，
亦幸有三足乌为之使。	也幸而有三脚的青鸟供她驱使。

必长生若此而不死兮，　　　一定要长生像这样还不死啊，
虽济万世不足以喜！　　　　虽然成仙万世实不足以欢喜！
　　〇五段。言大人向西方求仙。〇按：文云"必长生若此而不死兮，虽济万世不足以喜"者，意谓即令如此成仙不死，亦何足喜乎？行文至此，始揭明题旨：不必求仙，而暗讽大人求仙之谬。

回车朅来兮，　　　　　　　回车归来啊，
绝道不周会食幽都。　　　　横过不周山，聚餐于幽都。
呼吸沆瀣兮餐朝霞，　　　　呼吸了露气啊吃了朝霞，
咀噍芝英兮叽琼华。　　　　大嚼了灵芝啊细吞了琼花。

僶俛寻而高纵兮，　　　　　抬起头来渐渐地向高纵飞啊，
纷鸿溶而上厉。　　　　　　满喜大汹涌而向上直冲。
贯列缺之倒景兮，　　　　　穿过电神一闪的倒影啊，
涉丰隆之滂濞。　　　　　　渡过云师丰隆降下的大片雨层。
骋游道而修降兮，　　　　　驱使探路车子就从长路下来啊，
骛遗雾而远逝。　　　　　　尽管奔驰遗弃了大雾来远行。

迫区中之隘陕兮，　　　　　迫于这个区域里的窄狭啊，
舒节出乎北垠。　　　　　　放开鞭子走出于北极的边境。
遗屯骑于玄阙兮，　　　　　留待众骑于玄阙山头啊，
轶先驱于寒门。　　　　　　超过了先驱的一行于北极寒门。
　　〇六段。言大人游向北方求仙。

下峥嵘而无地兮，　　　　　下到深远好像没有了地啊，

上嵺廓而无天。	上到空阔好像再没有了天。
视眩泯而亡见兮，	视觉昏花好像无所见啊，
听惝怳而亡闻。	听觉惝恍又好像无所闻。
乘虚亡而上遐兮，	登在虚无境界而向上远升啊，
超无友而独存！	超然没有了伴侣而独自生存！

○末段。结言仙境之空虚寂寞，孤独无聊，亦暗讽大人远游求仙之谬。○《诗人玉屑》云："《漫堂录》、《子虚》、《大人赋》全仿《远游》，而屈子心事非相如所可窥识，故气象自别。"○姚鼐云："此赋多取于《远游》。《远游》先访求中国仙人之居，乃至天帝之宫，又下而周览天地之间。自于微闾以下，分东西南北四段。此赋自横厉飞泉以正东以下，分东西南北四段，而求仙人之意即载其间。末六句与《远游》语同，然屈子意在远去世之沉浊，故之(往也)至清而与泰初为邻；长卿则谓帝若果能为仙人，即居此无见无闻无友之地，亦胡乐乎此耶？此与屈子语同，而意则别矣。"

今按：

○《史记·司马相如列传》云："相如见上好仙道，因曰《上林》之事未足美也，尚有靡者。臣尝为《大人赋》，未就，请具而奏之。相如以为列仙之传，居山泽间，形容甚臞，此非帝王之仙意也，乃遂就《大人赋》。相如既奏《大人》之颂，天子大说，飘飘有凌云之气，似游天地之间意。"按：颂、诵古通。不歌而诵谓之赋。歌，当谓合乐；诵，当谓徒歌。《汉书·王褒传》："宣帝时征能为《楚辞》，九江被公召见诵读。"知汉有能诵《楚辞》之专家。盖汉时之所谓诵，如今日之朗诵、说书、相声之类。语言节奏化，语言艺术化，故可虞说，而曰颇似俳优也。《楚辞》发展而为汉赋，具有讽谏、虞说耳目、小学识字之用。《大人赋》于此三者略具矣。其赋非巨制，而亦卖弄奇字奥句，合组列锦，殊异乎《远游》者，不亦可以视为小学字书之类乎?《汉书·艺文志》云:"试学僮讽书九千字以上,乃得为史。"《说文解字叙》云:"尉津、学僮十七已上始试,讽籀书九千字乃得为史。"据此可知,汉有学童识字考试,背诵九千字以上,始能为文书小吏,当时辞赋大家有兼为小学字书之编纂者,如司马相如、扬雄、班固、蔡邕,皆是。而扬雄酷嗜奇字、方言,独自知为赋不及相如,乃菲薄辞赋为雕虫小技,壮夫不为。此正谓其时辞赋可为学童识字之一助,而为壮夫者所不屑为;亦即文字、训诂、音韵之学称为小学之所由来也。岂得谓《远游》亦为雕虫小技、壮夫不为之作乎?岂不知此一义根于时务、俗习,惟汉之赋家所独有,而为楚之辞人所不及知者乎?抑岂不知汉人摹拟《楚辞》之作,掔绩钉饾古僻通假之字,类皆远远不及屈、宋之所为之为胜者乎?

○段成式《酉阳杂俎》云:"《鹦鹉赋》祢衡、潘尼并载,《弈赋》曹植、左思之言正同。"窃谓《远游》之作为屈子,非司马相如,作者莫辨,远非其比。今本《楚辞》,汉人拟《骚》之作,前乎相如者有贾谊,后乎相如者如王褒、刘向、王逸,约与相如同时者如东方朔、严夫子、淮南小山之徒。莫不受到《远游》一赋之影响。或明撷其词句,或暗取其意境,甚至袭用其题目,皆历历有可考者。贾谊《惜誓》云:"登苍天而高举兮,历众山而日远。""临中国之众人兮,托回飙乎尚羊。乃至少原之野兮,赤松王乔皆在旁。""澹然而自乐兮,吸众气而翱翔。念我长生而久仙兮,不如反余之故乡。"《大人赋》当为彼(贾)所不及见,而谓彼未尝读《远游》之文而有此等语意者乎?若《远游》果为相如所作,楚、汉时代相续,屈赋祖本犹在,何为汉初诸家同用之于悯叹屈子之文乎?此皆可为《远游》出于屈子之坚证也。

○戴震《屈原赋注叙》云:"予读屈子书,久乃得其梗概。私以谓其心至纯,其学至纯,其立言指要归于至纯。二十五篇之书盖经之亚。"今观其言似有是者,而未尽是。谓屈子之主导思想出于儒家之学未为不可,谓屈子之学至纯而不旁通他家之显学未得其实。盖屈子生于战国之世、诸子百家腾说争鸣之际,故兼摄众长,留意于儒、道(包括神仙家、阴阳家、《九歌》、《二招》巫祝之言)、法家(观屈子之政治抱负,及《九章·惜往日》突出国富强而法立之旨)之学,跻于此一时代思潮之高峰,而要以儒家所称尧、舜、禹、汤、文、武之道为蕲向。进之欲为楚王导夫先路,退之则自发愤抒情,蔚然成一家之言,杰然为辞赋之宗者也。今人或从戴氏屈子至纯之说,始疑屈赋之语涉道家者为伪作,已伪《远游》矣,复伪《卜居》、《渔父》矣。殆不知《离骚》远逝自疏之一段若为《远游》一篇之缩小;反言之,《远游》全篇若为《离骚》此一段之扩大;倘谓二者同伪,可乎哉?屈子《涉江》自纪,首似重复《远游》成仙之意;宋玉《九辩》悯师,尾似檃括《远游》归来之词;则又何说乎?甚矣汉学家权威(戴氏)之影响之大,一言之不善,流毒之远之不知其极也!凡以其思想不类屈子而疑屈赋中有伪作者,请以吾说辨正之。

　　〇今之学人有据《远游》因袭《骚》辞文句十有八处之多,便疑其为伪作者;此与其疑《思美人》乃杂取各篇辞意而成,非屈子所作之说,正复相同。据所不必据,疑所不必疑,是皆可以不陈。《惜诵》篇首云:"惜诵以致愍兮,发愤以抒情。"篇尾云:"恐情质之不信兮,故重著以自明。"屈子最初见疏作赋,不已自泄其所以重复之秘,而郑重言之,以告读者乎?屈赋文字,篇与篇间固互有重复,一篇之中亦自有重复。朱骏声补注《离骚》,尝指出其复句、复调、复字,无虑数十百处之多,是殆意其无以损于其作品之完美,而有以见其艺术风格之独创也。何况先秦之文不避繁复,俞樾《古书疑义举例》亦已稍列举之,何以必也强令屈子独外于此一时代之文风乎?《史记·屈原列传》云:"屈平虽放流,眷顾楚国,系心怀王;不忘欲反,冀幸君之一悟,俗之一改也。其存君兴国,而欲反复之,一篇之中三致志焉。"太史公可谓最先一人探得屈子文心之秘奥者矣。且令贾生与屈原同传，非徒谓其辞赋之并美，而伤其政治豫见之俱不见用，又可谓为屈子之知己，旷古一人而已。自时厥后，论文者，如齐、梁之际刘勰；如明、清之间王世贞、顾炎武、沈德潜；治《骚》者，如黄维章、钱澄之，亦与顾、沈相先后；莫不关于屈赋之繁复总杂各有所阐明，一若豫为今人之释疑解惑也者。今后学人倘若欲为孟晋一步之研讨，可取而复按之，当能作出正确之批判，毋复轻为眩泯惝怳之说，强聒于人，自误转以误人也！有人语吾：歌德尝讥德之考据家好论人之作品之真伪，不脱俗物习性。吾亦自知未免乎此，吾岂得已哉？

○刘熙载《艺概·赋概》云："东一句，西一句，天上一句，地下一句。"此论屈赋语极粗略，却殊得其神思所在。第不必谓其愤懑泉涌，迫不择地，喷薄而出，蔚为奇观。更不可谓其篇章总杂，不成片段。盖可谓其驰骋想象，横奔斜逸，周流六漠，无所不之。此庄生所谓与天地万物精神往来者邪？《远游》如此，自《离骚》以下，何莫不然？

楚辞直解卷第六

卜居

屈原既放三年, 屈原已经被放逐了三年,
不得复见。 不能和国王再见一面。
竭知尽忠,_{洪本云:知一作智。} 用完了智慧也尽了忠,
而蔽障于谗。_{洪本云:一无而字。} 可是被阻隔于说坏话的谗人。
心烦虑乱,_{洪本云:虑一作意。} 弄得心烦意乱,
不知所从!_{东部。} 不知道要怎么办才好!

　　○屈原自述既放三年以来之心境,作为一篇引子。○王夫之云:"大夫不用,自次于郊以待命。君不赐环谓之曰放。此盖怀王时,原去位居汉北事。"○林云铭云:"此卜居之由。"○陈本礼云:"此三年未知何时,详其词意,疑在怀王斥居汉北之日也。"

往见太卜郑詹尹,曰〔一〕:_{洪本云:一此句上有乃字。} 他就去见太卜郑詹尹,说:
"余有所疑, "我有疑惑的事情,
愿因先生决之!"_{之部。} 愿意依靠先生给它作个决定。"
詹尹乃端策、拂龟,曰〔二〕: 詹尹就摆正蓍茎、揩净龟版,说:
"君将何以教之?"_{洪本云:一无将字。} "您打算拿什么指教我呢?"

　　○屈原往见太卜之官,求卜决疑。

屈原曰: 屈原说:
"吾宁悃悃款款, "我宁肯诚诚恳恳,
朴以忠乎? 老实而且忠诚?
将送往劳来, 打算送往迎来,

斯无穷乎？^{中部。} 这样逢迎下去不停？
宁诛锄草茅，^{洪本云:锄一作鉏。} 宁肯除草锄茅，
以力耕乎？ 去努力把田地来耕？
将游大人， 打算游说大人，
以成名乎？ 因此个人成名？
宁正言不讳， 宁肯直言无忌，
以危身乎？ 以致危害自身？
将从俗富贵， 打算跟随世俗富贵，
以偷生乎？ 去享乐一生？
宁超然高举， 宁肯超然世外、远走高飞，
以保真乎？ 来保全本性天真？
将哫訾栗斯^{〔二〕}，^{洪本云:斯一作嘶。一作促訾栗斯。朱本云:斯一作嘶。} 打算进退讨好、畏忌求荣，
喔咿儒儿，^{訾斯伊儿,支、脂部通韵。○洪本云:儒儿一作嚅呢。} 应诺得宠、语默称心，
以事妇人乎？ 去侍候贵妇人？
宁廉洁正直，^{洪本云:洁一作絜。} 宁肯廉洁、正直，
以自清乎？ 来图个人干净？
将突梯滑稽^{〔四〕}， 打算滑头、滑稽，
如脂如韦，^{脂、韦,脂部。} 好像油漆、好像软皮，
以洁楹乎？^{真、耕通韵。○洪本云:《文选》洁作絜。} 去围绕装饰大厅上的柱头两楹？
宁昂昂若千里之驹乎？^{洪本云:昂一作卬。} 宁肯气势昂昂像一匹千里驹？
将氾氾若水中之凫乎？^{洪本云:氾一作泛。一无乎字。}
 打算泛泛不定像水里的野鸭儿？
与波上下， 和水波上上下下，
偷以全吾躯乎？^{侯部。○洪本云:偷一作愉。戴本作媮。} 马马虎虎来保全我的身躯？
宁与骐骥亢轭乎？^{洪本云:亢一作抗。} 宁肯和骏马同扛车轭，

将随驽马之迹乎?	打算跟随劣马的脚迹?
宁与黄鹄比翼乎?	宁肯和黄鹤比翼齐飞?
将与鸡鹜争食乎?^{支部。}	打算和鸡鸭一道争吃?
此孰吉孰凶?	这些问题哪个是吉利?哪个是灾凶?
何去何从?"^{东部。}	哪一件事不可做?哪一件事可以行?"

　　○屈原诉疑,胸中积愤喷薄而出。○林云铭云:"请卜之词止此。"○何焯云:"主意已定,姑用抑扬之词以抒其愤耳。一正一反,反复陈之,奇绝、横绝!"○陈深云:"句极长不见有余,极短不见不足。"

"世溷浊而不清,《洪补》云:五臣注本《文选》改世为俗以避讳。	"世俗混浊而一切分辨不清,
蝉翼为重,	把蝉子的轻翅膀说成很重,
千钧为轻。	把三万斤的重担子说成很轻。
黄钟毁弃,^{朱本钟作锺。}	把贵重的乐器黄钟毁弃,
瓦釜雷鸣。	把砂锅打响好像雷声隆隆。
谗人高张,	吹牛拍马的坏蛋气焰高涨,
贤士无名。	一些贤人君子倒没有声名。
吁嗟默默兮!^{洪本云:吁一作于。}	唉哟,默默地不要说了啊!
谁知吾之廉贞?"^{耕部。}	有谁知道我的廉洁贞正?"

　　○请卜之后,复发一段感慨。

詹尹乃释策而谢,曰:	詹尹就放下蓍草来而推辞了,说:
"夫尺有所短,	"那一尺长的总有嫌它太短的时候,
寸有所长。	一寸短的总有它恰好长的情形。
物有所不足,	一切事物总有它的缺陷,

智有所不明。戴本智作知。	一切圣智总有他的不大高明。
数有所不逮，	术数推测总有所不及，
神有所不通。阳、东通韵。	神通广大总有所不通。
用君之心，	就用您自己的良心，
行君之意，	实行您自己的意志，
龟策诚不能知事！之部。洪本云：一云知此事。	龟卜蓍占真不能够知道这些事！

·林云铭云："詹尹释策，所谓卜以决疑，不疑何卜者也。"○郑詹尹拒卜，偏留弦外之音。

今按：

○《朱子语类》云："《卜居》便无些小窒碍。想只是信口恁地说，皆自成文。"此语不误。《卜居》、《渔父》皆自然成文，非屈子妙手不办。《卜居》文中，一则曰将游大人以成名乎？所谓大人当指上官大夫之流，亦即《离骚》中之所谓党人，不足与同列共为美政者也。再则曰将哫訾、栗斯，喔咿儒儿，以事妇人乎？朱注曰：妇人，盖谓郑袖。亦即《离骚》中之所谓闺中既已邃远，讽以三求女皆不可得者也。明此为屈原所作之坚强内证，他人未易为之如此其深切周至也。拙作《卜居渔父是否屈原所作》一文，刊于上海《学术月刊》一九六二年第六期。今录在《解题》，可以参看。

【简注】

〔一〕孙志祖《文选李注补正》云：钱氏枚云：疑是郑之詹氏尹于楚者。《左传》：郑有叔詹。按：詹尹疑亦官名，詹、占古通。盖其在楚为太卜，尝在郑为詹尹欤？

〔二〕《曲礼》：龟为卜，策为蓍。按：策，以蓍茎为之。今曲阜孔林有蓍草，人谓之孔林草。

〔三〕俞樾云：哫訾，犹言越趄。（按：越趄、次且、踯躅、跙躅、踌躇，古音义近）。儒儿，犹言嚅唲。双声叠韵之字本无一定，倒顺皆通。栗斯，疑即枛榹二字。《说文》木部：枛榹，柙指也。枛榹二篆次在桎梏之下，疑亦古者禁止罪人之刑具。此云栗斯者，谓不敢妄动若被桎梏耳。按：喔咿者，俞氏未解，此亦因声得义之字，其义当为应诺然否柔媚之声。

〔四〕突梯滑稽者，按阮元《揅经室集》论双声叠韵形容之字，谓文变而义不异，古人行文大抵如此。突梯，即滑稽，变文以足句耳。他如宋玉《风赋》被丽披离，被丽即披离也。《九辩》怆怳懭悢，怆怳即懭悢也。司马相如《大人赋》：纠蓼叫奡，纠蓼即叫奡也。可以类推。洁楹者，戴注云：絜者旋绕之称。楹，柱也。堂上有东西楹。

○ 悃音困，上声。劳去声。媮音俞，音偷。䠱音足。訾音赀。喔音握。咿音伊。氾音范。凫音孚。亢音抗。轭音厄。驽音奴。骛音务，音木。潓混通。

楚辞直解卷第七

渔父

屈原既放，《史记》无既放二字。　　　　屈原已经被放逐了，
游于江潭，《史记》游作至,潭作滨。　　　游行至于江潭，
行吟泽畔。《史记》行吟上有被发二字。　　边走边唱在水边。
颜色憔悴，《玉篇》引作䫞顇。　　　　　颜色那么憔悴，
形容枯槁！　　　　　　　　　　　　　形容那么枯槁！
　○屈原被放以来生活形象之一瞥。

渔父见而问之，曰：　　　　　　　　　渔父看见了就问他，说：
"子非三闾大夫与？《史记》与作歟。　　"您不是三闾大夫么？
何故至于斯？"《史记》作何故而至此。　为什么缘故到这么田地？"
　○渔父惊讶而问之。

屈原曰：　　　　　　　　　　　　　　屈原说：
"举世皆浊我独清，《史记》作举世混浊而我独清。洪本云：一作一世人皆浊。　　"全世都浊我独清，
众人皆醉我独醒。耕部。○《史记》我上有而字。　　众人都醉我独醒。
是以见放！"洪本云：一本此句末有尔字。　　　　　所以就被放逐呢！"
　○屈原悲悯而答之。

渔父曰：　　　　　　　　　　　　　　渔父说：
"圣人不凝滞于物，《史记》作夫圣人者。洪云：一本物上有万字。　"圣人不固执于什么东西，
而能与世推移。　　　　　　　　　　　就能够和世俗为转移。
世人皆浊，《史记》云：举世混浊。洪本云：一云举世皆浊。　　　　世人都浊，

何不淈其泥《史记》作随其流。《索隐》云:《楚词》作搰其泥。 怎么不一道挖取那里的泥,
而扬其波? 还扬起那里泥水的波?
众人皆醉, 众人都醉,
何不铺其糟 怎么不把那酒糟嚼,
而歠其醨?《史记》作啜其醨。《文选》醨作醴。 还把那淡酒喝?
何故深思高举,《史记》作怀瑾握瑜。 为什么想得太深,高自抬举,
自令放为?"歌部。○《史记》作而自令见放为。 使得自己被放逐哟?"

○渔父再问,有心人语。○按:张耒诗云:"楚国茫茫尽醉人,独醒惟有一灵均。哺糟更使同流俗,渔父由来亦不仁!"不谓诗人亦作苛论乃尔,其见识似下渔父一等。不知渔父,亦未见其必知屈子者也。

屈原曰: 屈原说:
"吾闻之, "我听到老话说的,
新沐者必弹冠, 新洗好头的一定弹弹帽,
新浴者必振衣。脂、元合韵。 新浴好身的一定抖抖衣。
安能以身之察察,《史记》安能作人又谁能。 怎能把一身的清清白白,
受物之汶汶者乎? 蒙受外界的腌腌臜臜的东西?
宁赴湘流,《史记》湘作常。 宁愿死到湘水的清流,
葬于江鱼之腹中;《史记》作而葬乎江鱼腹中耳。洪本云:一无之字。 就埋葬在江鱼的肚皮里;
安能以皓皓之白,《史记》安能上有又字。洪本云:皓一作皎。 怎能把干干净净的清白,
而蒙世俗之尘埃乎〔一〕?作埃入韵,文部。○《史记》尘埃作温蠖。 而蒙受世俗的灰尘呢?"

○屈原再答,伤心人语。

渔父莞尔而笑〔二〕，_{洪本云：莞一作莧。}鼓枻而去。_{洪本云：枻一作栧。}歌曰：_{洪本云：一本歌上有乃字。}"沧浪之水清兮，可以濯吾缨〔三〕。_{耕部。○洪本云：吾一作我。}沧浪之水浊兮，可以濯吾足。"_{侯部。○洪本云：吾一作我。}遂去。不复与言。

渔父哔哔地一笑，打着桨儿划船去了。于是唱歌道："沧浪之水清啊，可以洗我的头巾。沧浪之水浊啊，可以洗我的两脚。"他就去了。不再和屈原说话。

　　○渔父别有会心，笑歌而去。烟波无际，余音袅袅。○蒋翚云："结语冷甚！有月照寒潭、雨侵疏竹之致。"○李贺云："读此一过，居然觉山月窥人，江云罩笠，光景宛宛在目。"（蒋、李二说，俱见蒋之翘评校本《楚辞集注》。）○钱澄之云："原以湘流可葬，渔父以沧浪可濯。濯沧浪足以自洁其身，葬湘流亦何益于国事？遂去、不复与言，冀原之自悟也。"○王夫之云："汉水东为沧浪之水，在今均州武当山东南。渔父触景起兴，则此篇为怀王时退居汉北所作可知。"按：此篇为屈子汉北作品之一，亦确有可考者。《水经注》二十八卷《沔水》云云，是屈子与渔父问答处当在湖北武当县沧浪水、沧浪州。后世洞庭南北地方志之撰者，往往各指江滨湖畔一地以实之，殆以十数，盖竞夸其地之古迹名胜，倘非故作诳语，则据民间传说。于以见伟大爱国诗人高节高咏之影响入人之深且远也。

今按：

　　○司马迁《史记》于《屈原列传》迳录《渔父》之文，于其不尽去文中之韵脚知之。盖认屈子自纪其事，并不疑于屈子自称其字。何以今有人焉，偏于此等处诧然置疑，贸贸然指其为伪作者？实缘不知战国之前，作者早有此自称。如《诗三百》作者之人名可考者，实得五篇。《节南山》之家父,《巷伯》之寺人孟子,《崧高》、《烝民》之吉甫,《閟宫》之奚斯,何一非自称其字者?亦不知战国之时,盛行此问答文体。如刘勰、刘知幾、王应麟、焦竑、顾炎武、姚鼐、章学诚乃至晚近俞樾、刘师培诸家,论之频矣,证之的矣。况此先秦古籍具在,学人所共知者。《庄子》内篇有自称庄子者,较之自称其字,尤为傲慢,未闻有人疑其为伪作,何独于屈子其人其文而疑之?扬雄之文,工于摹拟,不敢自我作古。其仿《周易》作《太玄》,而谓"后世复有子云,必知《玄》。"雄深于《诗》、《骚》者,正以有《诗》人《骚》人自称其字之先例在,不则未必敢为之先也。

　　〇《卜居》、《渔父》皆设为主客问答之辞,自是战国一时流行之文体。愚据纸上资料,并自下己意,已数数言及之矣。今复据地下资料,最近临沂银雀山汉墓出土之竹简,长沙马王堆汉墓出土之帛书,今年《文物》上所已报道者而言之:可以见到春秋、战国时期出现之一种著书体例,即以问答形式叙事说理之文体。如银雀山竹简《六韬》托为太公与周文王、武王问答之辞。《晏子春秋》多为齐景公与晏婴问答之辞。《孙子兵法》多为吴王阖庐与孙武问答之辞。《孙膑兵法》多为齐威王、田忌与孙膑问答之辞。《尉缭子》多为梁惠王与尉缭问答之辞。又如马王堆帛书《老子》甲本卷后之佚书疑为《伊尹》(《汉志》:《伊尹》五十一篇)一书之佚文,记汤用伊尹,汤与伊尹问答之辞。《老子》乙本卷前之佚书四篇,即《经法》、《十大经》、《称》与《道原》。《十大经》记黄帝初立,与其近臣力墨(力牧)、阉冉、果童、太山之稽、高阳等人之事迹及其相互问答之辞。(《汉志》有《黄帝君臣》十篇、《力牧》十五篇)其《周易》卷后解《易》之佚书三篇,第一二篇托为孔丘与其弟子问答之辞。第三篇题为《昭力》,记传《易》者与缪和、吕昌、吴孟、张射、李平、昭力等人问答之辞。依此而言,今之学人有据《卜居》、《渔父》主客问答之辞,谓其为摹拟西汉辞赋家文体,而疑其非屈原所作者,此颠倒历史之说,未可遽信也。

一九七四年十二月十一日双华鬘居士

【简注】

〔一〕江有诰云:以蔡邕《释诲》清宇宙之埃尘例之,则此处当作埃尘,入韵文部。

〔二〕按:古本莞作莧,当从莧羊之莧,不当从莧菜之莧。即字从艹,象羊角;不从艹,象草。《说文·萈部》:萈,山羊细角者。从兔足,苜省声,读若丸(今音桓)徐铉云:苜徒结切,非声,疑象形。朱芳圃《殷周文字释丛》:莧字甲骨文作殳形,丫其角也,ロ其首也,乙其躯也。许说从兔足,苜省声。非是。徐铉云:疑象形,得之。按:以莞草莧菜二者状人之笑。皆无义指,自以莧羊状笑者为是。盖羊类本美善之畜,人常见其喜乐芊芊(音米)而鸣,谓似笑声。今俗语犹谓笑哔哔也。以之状笑,极为生动。且可据此以正《论语》莞尔之失,亦以见此古本偶存文字之真,弥足珍贵也。

〔三〕缨,冠缨。犹今言帽带。其意实谓冠。此以部分代全体修辞之一例也。

　○渨音搵,音骨。餔音哺,歠音啜,音醊。柸音曳。

楚辞直解卷第八

九辩

悲哉！^{洪本云：哉一作夫。} 可悲哟！
秋之为气也！ 秋天的成为气象呀！
萧瑟兮， 萧萧瑟瑟的风声啊，
草木摇落^{洪本云：一本句末有兮字。} 草木吹得摇落了，
而变衰。 就变成衰老。
憭栗兮， 凄凄凉凉的情景啊，
若在远行。 好像作客在远道。
登山临水兮， 登山望水啊，
送将归！^{脂部。} 要送他归去了！

・屈复云："秋气可悲如此。"〇按：宋人诗话云："登山临水送将归，辞尽而意不尽。"是也。

・此因时发叹耳。一段悲秋，千古绝唱。〇胡应麟《诗薮》云："模写秋意入神，为千古言秋之祖。"〇吴世尚《楚辞疏》云："《九辩》比兴居多，最得《风》人之致。其于世道衰微，灵均坎壈，止以一秋字尽之。何其言简而意括也！"

泬寥兮，^{《释文》寥作嵺。} 萧萧条条啊，
天高而气清。^{按：清、清古通。《洪补》曰：清疾正切。古本作瀞。洪本又云：气清一作气平。} 天空高朗而大气凉清。
寂寥兮，^{洪本云：宋一作寂。寥一作寥，一作漻。} 寂寂寥寥啊，
收潦而水清。 收尽雨水而水色澄清。
憯凄增欷兮， 凄惨加着叹泣啊，
薄寒之中人！^{《洪补》曰：中去声。} 乍寒天气的伤人！

怆怳懭悢兮！　　　　　　　　悲哀丧气啊！
去故而就新。　　　　　　　　离别了故旧而投靠新人。
坎廩兮！^{洪本云：廩一作壈。}　　　　　　困穷潦倒啊！
贫士失职而志不平。^{洪本云：贫一作穷。}　贫士失职了而心里不平。

廓落兮！　　　　　　　　　　空虚冷落啊！
羁旅而无友生。^{洪本云：一无生字。}　作客他乡而没有友生。
惆怅兮！　　　　　　　　　　惆怅感伤啊！
而私自怜！　　　　　　　　　就只暗地里自己哀怜！

· 屈复云："言秋气悲人如此。'天高'二句，秋也。'中人'以下，悲也。"

· 自言失职、羁旅，孤寂哀愁之秋日情思。〇按：《高唐赋》云："贤士失职。"此云："贫士失职。"即以此二语而知其同为宋玉之作矣。屈子，楚之公族，虽与王室疏远，抑或放流冻馁，亦不得谓为其时社会统治阶层而较卑贱之贫士也。王逸已肯定《九辩》为宋玉所作。观其《章句》于"贫士失职"至"而私自怜"一节云："亡财遗物，逢寇贼也。丧妃失偶，块独立也。远客寄居，孤单特也。后党失辈，悯愁毒也。"此不独例注文义，且增注实事，若与屈子无关，当指宋玉逢盗亡财，丧偶失伴之悲惨旅况。盖在其失职去郢而秦师入侵之时也。叔师楚人，去屈、宋之世不远，仅四百余年；此注不得之于中秘前代佚文，即得之于本土民间传说也。

燕翩翩其辞归兮，　　　　　　燕子翩翩地飞着告辞归去啊，
  蝉寂漠而无声。^{洪本云：寂漠一作寂寞。}　蝉子寂寞地就没有了声音。
雁廱廱而南游兮，^{洪本云：廱一作噰。}　鸿雁噰噰地叫着又是南游啊，
  鹍鸡啁哳而悲鸣。　　　　　　鹍鸡啁啁哳哳地就在悲鸣。

独申旦而不寐兮，　　　　　独自挨到天亮还不曾入睡啊，
哀蟋蟀之宵征。　　　　　　可怜蟋蟀的黑夜爬行。
时亹亹而过中兮，　　　　　一年时光快快地过了一半啊，
蹇淹留而无成！_{真、耕通韵。}　　硬是停滞久了没有什么成功！

- 屈复云："物情之悲秋如此，而我之悲秋更深也。"
- 言鸟虫亦似悲秋，益增秋夜不寐之愁思。

右一

○以上自述悲秋之故，自悲亦复感物，为一篇总冒。○王夫之云："因时发叹也。人之有秋心，天之有秋气，物之有秋容，三合而怀人之情凄怆不容已矣，故为屈子重悲焉。《九辩》之哀以此为最，不待详言所以怨，而怨自深矣。"按：船山以此为宋玉悲屈之作。

○全篇自右一起，至右九止，用朱熹《集注》本分章。洪本分章与此不同者，则分别加以说明于其起讫处。

悲忧穷戚兮独处廓！_{洪本云：戚一作慼。《文选》作蹙。}　　悲忧穷戚啊独居空廓！
有美一人兮心不绎。_{按：绎、怿古通。}　　　　那美好的一人啊心里不悦。
去乡离家兮徕远客，_{洪本云：徕一作来。}　　去乡离家啊来做远客，
超逍遥兮今焉薄？_{鱼部。}　　　　远哉逍遥啊今后哪里停歇？

- 屈复云："悲其师之见放也。"
- 言屈原幽忧孤旅于放逐之地。○朱熹云："有一美人，谓屈原也。"按：此非屈原自谓，亦非如《章句》云谓怀王也。王夫之云："此宋玉思屈子之辞。"是也。

专思君兮不可化，_{按：化古音讹。}　　一心思念君王啊不可变，
君不知兮可奈何？_{歌部。}　　君王不知道啊可怎么办？
蓄怨兮积思，　　　　　　　只有埋怨啊积下忧思，

心烦憺兮忘食事。_{按:憺、惔古通。} 　　心烦又焦啊忘了吃饭这件事。

愿一见兮道余意,_{洪本云:余一作我。之部。} 　　愿意一次见他啊说明我意,
君之心兮与余异! 　　君王的心思啊和我相异!
车既驾兮揭而归?_{按:今楚语犹谓去为揭。} 　　车已驾起啊去而归?
不得见兮心伤悲!_{脂部。} 　　不得相见啊心里伤悲!

· 屈复云:"美人思君而不得见也。"
· 此代屈原言,仍思归而见君,有不得见君之悲苦。自此以下,皆宋玉拟代屈原之言。余,宋玉代屈原之自余。虽代屈立言,究不及屈之辞气切激也。

倚结轸兮长太息, 　　靠着车栏啊长声叹息,
涕潺湲兮下沾轼。 　　涕泪滚落啊下把靠手沾湿。
忼慨绝兮不得,_{洪本云:忼一作慷。} 　　兴奋极了啊抑制不得,
中瞀乱兮迷惑。 　　心里昏乱啊迷迷惑惑。
私自怜兮何极?_{洪本云:私一作思。} 　　私自哀怜啊怎有终极?
心怦怦兮谅直。_{脂部。} 　　心急怦怦地跳啊确是忠直!

· 屈复云:"美人悲痛无已也。宋玉追述其师思君之心也。"
· 言屈子不得见君时所生悲哀矛盾之情绪。维时宋玉似尚未为小臣,即为小臣矣,未闻其曾得亲信用事,安得如此思君不化邪?

右二

〇以上代言屈原在放逐中之生活及其思想情绪。〇张云璈《选学胶言》云:"《序》既云述其志,则此篇自属代言,文为宋文,语为屈语。"

皇天平分四时兮, 　　皇天平分一年四季啊,

窃独悲此廪秋。^{洪本云：廪一作凛。}　　　私意独悲这凄冷的秋朝。
白露既下百草兮，^{洪本云：下一作降，一云下降。}　　白露已经下降百草啊，
奄离披此梧楸〔一〕。^{洪本云：披一作被。}　　同散布在这些紫苏、香蒿。

去白日之昭昭兮，　　　　　明溜去的是白天的光亮亮啊，
袭长夜之悠悠。　　　　　　暗袭来的是长夜的黑悠悠。
离芳蔼之方壮兮，　　　　　离了又香又美的正在盛时啊，
余萎约而悲愁！^{幽部。○洪本云：萎，《文选》作委。}　　我是又病又贫的而有悲愁！

　·屈复云："遭时堪悲也。"

　·言一年忽秋，自伤失其壮年。文中称余者，朱熹云："余，宋玉为屈原之自余也。凡言余及我者，皆仿此。"○何焯云："去白日之昭昭二句，惊心动魄，实是开辟以来美句。"

　○按：篇中用窃字，自此以下凡七见，皆有私意默计之义，自是谦逊语，在文法上为表敬副词。《论语·述而》篇："窃比于我老彭。"《孟子·公孙丑》篇："昔者窃闻之。"又《庄子·庚桑楚》篇："窃窃乎又何足以济世哉？"《释文》云："窃窃，司马彪云：细语也。一云：计校之貌。"刘淇《助字辨略》云："不敢径直以为何如，故云窃也。"后世公私文书施于其所尊敬者，往往自谦以窃字发端，早已始于春秋战国之世。屈赋《悲回风》："窃赋诗之所明。"偶用一窃字。宋玉此篇中屡屡用之者，殆因代言设想之故欤？正自暴露其柔婉之风格，与屈子婞直之风格不侔矣。此亦可为宋玉所作之一证。今人有谓《九辩》为屈原所作者，非也，辞气不类也。

秋既先戒以白露兮，^{洪本云：一本戒下有之字。}　　秋天已先警告人有白露啊，
冬又申之以严霜。　　　　　冬天又加之有严霜。
收恢台之孟夏兮，^{洪本云：台作炱，一作炱。}　　收起盛大生长的初夏气候啊，

然歊儌而沉藏[二]。_{洪本云:歊本多作坎。《释文》藏作臧。}

　　　　　　　　　　　　于是生气给限住了就得深藏。

叶烟邑而无色兮,_{洪本云:邑一作芭。}　　叶子枯坏了就没有好颜色啊,
枝烦挐而交横。　　　　　小枝纷乱了就交相纵横。
颜淫溢而将罢兮,　　　　颜色润泽就会疲败啊,
柯仿佛而萎黄。_{洪本云:萎一作委,一作矮。}　大枝条仿佛就要枯死发黄。

萷櫹椮之可哀兮,_{洪本云:萷一作櫹。}　　干梢挺立萧森的可哀啊,
形销铄而瘀伤。　　　　　形体消瘦好像积血成伤。
惟其纷糅而将落兮,_{洪本云:糅一作揉,而一作之。}　想它纷杂地就会零落啊,
恨其失时而无当!　　　　恨它失时而遭遇的不当!

　·言秋冬之际,草木枯败之景象可悲。

擥騑辔而下节兮,_{洪本云:擥一作擎。}　　勒好马缰头而按下鞭子徐行啊,
聊逍遥以相佯。_{洪本云:一作佣佯,一作相羊。}　姑且逍逍遥遥来闲逛闲逛。
岁忽忽而遒尽兮,_{洪本云:遒一作逎。}　　一年忽忽就逼近了尽头啊,
恐余寿之弗将!_{洪本云:弗一作不。}　　　恐怕我寿命的不会久长!

悼余生之不时兮,　　　　痛惜我生的不是时候啊,
逢此世之俇攘。_{洪本云:一作怔忀,一作越攘。}　遭逢这世道的马乱兵慌!
澹容与而独倚兮,　　　　徐徐散步而又独坐啊,
蟋蟀鸣此西堂。　　　　　蟋蟀就叫在这个西堂。

心怵惕而震荡兮,　　　　心里惊惧就震荡起来啊,

何所忧之多方？　　　　　　为什么所忧虑的多样？
卬明月而太息兮，_{洪本云：卬一作仰。太一作大。}　仰看明月而长叹息啊，
步列星而极明！_{阳部。}　　散步列星之下而直到天亮！

- 屈复云："木犹如此，人何以堪！"
- 言一岁忽尽，自伤生不逢时，中夜徘徊，怵惕多忧也。

右三

〇以上言悲秋，自伤将与草木同腐。

窃悲夫蕙华之曾敷兮，　　暗自悲伤那蕙花的层层开放啊，
纷旖旎乎都房〔三〕。_{洪本云：《文选》作猗柅。旖一作猗。}　多么的婀娜好看哟在大花房。
何曾华之无实兮，　　　　为什么重瓣花朵的没有结实啊，
从风雨而飞扬！　　　　　却听任它风风雨雨而飞扬！
以为君独服此蕙兮，　　　以为君王独自佩带这个蕙花啊，
羌无以异于众芳？　　　　为何没有什么不同于众花的香？

- 屈复云："叹君恩之不终也。"
- 言蕙华为风雨所摧，不见佩用之可哀。以象征自己忠而被谤，以致放逐之可哀。〇姚范《援鹑堂笔记》云："此蕙华当为君所佩服，而君视之亦无异于众芳耳。"

闵奇思之不通兮，　　　　自怜尽忠奇想的不行啊，
将去君而高翔。　　　　　打算离开君王就向高空飞翔。
心闵怜之惨凄兮，　　　　自己心里怜悯的凄惨啊，
愿一见而有明。　　　　　愿一见君面而有所表白主张。
重无怨而生离兮，　　　　难为没有大怨却活活离开啊，
中结轸而增伤！_{阳部。}　心中积痛就增加了内伤！

- 言思一见君以自明。

岂不郁陶而思君兮[四]？　　难道不又忧又喜的念君啊？
君之门以九重！　　　　　君王的大门又是九重！
猛犬狺狺而迎吠兮，　　　猛犬汪汪地迎来争吠啊，
关梁闭而不通。_{东部。}　　关口桥梁都闭了就走不通。
皇天淫溢而秋霖兮，　　　皇天湿透还是下的秋雨啊，
后土何时而得漧？_{洪本云：而一作兮，漧一作乾。}　后土要到什么时候才得泥干？
块独守此无泽兮[五]，　　　呆自独守这个荒芜沼泽之地啊，
仰浮云而永叹！_{元部。○洪本云：古本仰作卬。}　抬头望着天上的浮云而长叹！

・屈复云："自叹其不能感通君心也。"
・言君臣隔绝，天地无情，惟有仰云长叹耳。

右四

○以上言思见君，而君竟不可得而见。

何时俗之工巧兮，　　　　为什么时俗的工匠取巧啊，
背绳墨而改错？　　　　　违背了绳墨来改把工做？
却骐骥而不乘兮，_{洪本云：不一作弗。乘一作桀。}　斥退千里马就不使驾车啊，
策驽骀而取路！　　　　　打起了蹩脚马就去赶路！

当世岂无骐骥兮？　　　　当代难道没有千里马啊？
诚莫之能善御。　　　　　确是没有人能够好把它驾御。
见执辔者非其人兮，_{洪本云：一无者字。}　瞧拿缰绳的不是那么一个人啊，
故骗跳而远去。_{洪本云：一作驹跳，一作骗跳。}　所以它蹦蹦跳跳的就老远跑去。
凫雁皆唼夫梁藻兮，_{洪本云：一无夫字。雁《释文》作鹜。}　
　　　　　　　　　　　　野鸭野鹅都啄食那些细米水藻啊，

凤愈飘翔而高举。_{鱼部。○洪本云:愈一作俞。飘翔一作飘飘。}

凤鸟愈益飘飘回翔就向高空飞举。

·屈复云:"言有贤而不能用也。"

圜凿而方枘兮〔六〕,　　　　圆形的孔而用方形的榫头啊,
吾固知其鉏铻而难入。　　我本来就知道它别扭而难塞入。
众鸟皆有所登栖兮,　　　众鸟都有它们登着栖着的啊,
凤独遑遑而无所集!_{洪本云:一无独字,一作惶惶。}

凤凰独遑遑不安却没地方落住!

愿衔枚而无言兮,_{洪本云:愿一作顾。}　愿像行军嘴里含枚就不做声啊,
尝被君之渥洽。　　　　　又曾受君王的恩泽很为优厚。
太公九十乃显荣兮,　　　姜太公九十岁才得显荣啊,
诚未遇其匹合!_{缉部。}　　确是由于没有早遇到他的对手!

·屈复云:"恐余寿弗将,难冀其复用也。"

谓骐骥兮安归?　　　　　怪道千里马啊你向哪里归?
谓凤皇兮安栖?　　　　　怪道凤凰啊你向哪里栖?
变古易俗兮世衰,　　　　变古易俗啊世道久衰,
今之相者兮举肥!_{脂部。}　如今的相马人啊只抬举马肥!

骐骥伏匿而不见兮,　　　千里马藏匿了就不见啊,
凤皇高飞而不下。　　　　凤凰高飞了就不肯下。
鸟兽犹知怀德兮,　　　　鸟兽还知道慕德而来啊,
何去贤士之不处?_{鱼部。}　怎么说贤士的不会自处?

·屈复云:"言有德则异物可怀,无德则同类莫致,贤士岂不及鸟兽乎?"

骥不骤进而求服兮, 千里马不肯急进去求服役啊,
凤亦不贪喂而妄食。 凤鸟也不肯贪喂去妄食。
君弃远而不察兮, 君王给他抛远了而不明察啊,
虽愿忠其焉得? 虽然愿意尽忠他将哪里可得?

欲寂漠而绝端兮,_{洪本云:漠一作嗼,一作寞。朱本寂作宋。} 想要寂寞无声而灭迹啊,
窃不敢忘初之厚德! 窃意不敢忘记当初的厚德!
独悲愁其伤人兮, 独自悲愁将要伤人啊,
冯郁郁其何极。_{之部。○洪本云:冯一作凭。其一作之。何一作安。} 愤懑郁郁将何时了结?

·屈复云:"终不敢忘初德而远去也。"

右五

○以上言为君所弃,而又不忍忘恩隐处。全章以骥凤自比。骥凤既不得见重,而又不肯自轻,终为时俗所弃。○王夫之云:"此章来回展转,曲写屈子两端之情,辞若复而意自属。非宋玉相知之深,未能深体而形容之如此。"

霜露惨凄而交下兮,_{洪本云:惨一作憯。} 霜露凄惨而遍地下降啊,
心尚幸其弗济。_{洪本云:幸一作幸。尚幸一云尚羊。} 心里还希望它不成一桩事体。
霰雪雰糅其增加兮,_{洪本云:其一作而。} 雪珠雪花杂飞它那样的增加啊,
乃知遭命之将至! 这才知道碰上的恶运就会到呢!
愿徼幸而有待兮; 愿可侥幸,还有所等待啊;
泊莽莽与野草同死。_{脂部。○洪本云:野草一作枯草。泊一作泪。}

只一片莽莽呀和野草枯死一起?

・屈复云:"言楚之衰乱已极,已不能独生也。"

愿自往而径游兮[七],_{洪本云:一云愿自直而径往。}　自愿走湾路就从小路去游啊,
路壅绝而不通;　　　　　道路隔绝了却走不通;
欲循道而平驱兮,_{洪本云:欲一作愿。}　想要顺着正路来平稳赶车啊,
又未知其所从。　　　　又不知道它从哪里进行。

然中路而迷惑兮[八],　　　于是半路上就迷惑起来啊,
自压桉而学诵。_{洪本云:压一作厌。桉一作按。一作压塞。}　自己压制着情绪来学歌诵。
性愚陋以褊浅兮,　　　　生性愚陋又是褊小浅薄啊,
信未达乎从容!_{洪本云:乎一作兮,一作于。}　真是还不懂得要怎样举动!
窃美申包胥之气盛兮,_{洪本云:古本盛皆作晟。}

　　　　　　　　　　　窃自赞美申包胥的爱国气盛啊,
恐时世之不固!_{东部。○朱本固作同。}　恐怕时代形势的不和往昔相同!

・屈复云:"言楚亡而已不能如古人之能存也。"○按:窃美申包胥二句,言如申包胥之求援存楚已不可得,知此篇作在秦陷郢都之后也。○洪本五章至"信未达乎从容止"。以自"窃美申包胥"云云起,至"恐溘死不得见乎阳春"止,为第六章。

何时俗之工巧兮?　　　　为什么时俗的工匠取巧啊?
灭规榘而改凿!　　　　　灭弃规矩方圆而乱改孔窍!
独耿介而不随兮,　　　　独光明守法就不随和时俗啊,
愿慕先圣之遗教。　　　　只愿仰慕着古代圣人的遗教。
处浊世而显荣兮,　　　　居浊世却得到显达光荣啊,
非余心之所乐。　　　　　不是我衷心的爱好。

与其无义而有名兮，	如其没有正义却有虚名啊，
宁穷处而守高！^{肯部。}	宁肯穷居着而自守清高！

・屈复云："不能随时俗，而慕先圣之守高也。"

食不媮而为饱兮，^{洪本云：一无而字。}	吃饭不马虎而求饱啊，
衣不苟而为温。^{洪本云：一无而字。}	穿衣也不苟且而求温。
窃慕诗人之遗风兮，	窃自爱慕《伐木》诗人的遗风啊，
愿托志乎素餐！^{《释文》餐作湌，音孙。}	愿寄托己志把"不素餐兮"来吟！

蹇充倔而无端兮，	硬要得意忘形而没有来由啊，
泊莽莽而无垠？^{洪本云：泊一作汨。}	像大片莽莽草原而没有止境？
无衣裘以御冬兮，^{洪本云：御一作禦。}	没有衣服皮袍来抵御寒冬啊，
恐溘死不得见乎阳春！^{元、文通韵。○朱本死下有而字。}	恐怕忽然死了不能见到阳春！

・屈复云："言困厄而死，不能再见阳春；知楚之必亡，不能复兴也。"

右六

○以上言寻思所以自处之道，而托志高洁，决不苟求温饱。虽然冻馁而死，与草木同腐，亦所不辞，言外但恐楚之不能复兴也。○《洪补》云："一本自霜露惨凄而下至此为一章。"

靓杪秋之遥夜兮！^{朱本云：靓一作傃。}	冷静的是晚秋的长夜啊！
心缭悷而有哀。^{洪本云：悷一作例。}	心里矛盾别扭而有悲哀。
春秋逴逴而日高兮，	年纪快快地就愈高了啊，
然惆怅而自悲。^{脂部。}	于是惆怅了而自己伤悲。

四时递来而卒岁兮，^{洪本云：递一作迭。}　　四季迭换就完了一年啊，
阴阳不可与俪偕！^{《释文》阴作雾。}　　日月不可和它作伴相随！
　・屈复云："遥夜自哀，四时易逝，而己年亦易逝也。"

白日晼晚其将入兮，　　白日的晚影它将进去啊，
明月销铄而减毁。　　　明月消瘦而减毁了清光。
岁忽忽而遒尽兮，^{洪本云：忽一作曶。}　　一年忽忽就逼近了尽头啊，
老冉冉而愈弛。^{弛，脂通韵。洪本云：老一作寿。愈一作俞。}　　老境渐渐来了就愈不紧张。

心摇悦而日幸兮，^{洪本云：摇一作遥，一作愮。幸一作幸。}　　心里转乐就愈觉自幸啊，
然怊怅而无冀。　　　　但遗恨而没有什么希冀。
中憯恻之凄怆兮，^{洪本云：之一作而。}　　肺腑里惨痛和凄怆啊，
长太息而增欷！^{脂部。}　　长声叹息还增加了暗泣！
　・屈复云："烈士暮年，壮心未已。而心无所冀，为可哀也。"

年洋洋以日往兮，^{洪本云：以一作而。}　　这一年慢慢地就一天天过去啊，
老嶙廓而无处。^{洪本云：嶙一作廖。}　　老境空虚而没有地方可以自处。
事亹亹而觊进兮，　　　事业要勉勉进取就指望进用啊，
蹇淹留而踌躇！^{鱼部。}　　硬被停滞久了而独自进退踌躇！
　・屈复云："总结上二段之日月易逝，痛楚国更无一人也。"
　○陆时雍云："《九辩》以秋起兴，大都徂谢牢落之慨居多。"
　　右七
　　○以上叹老之将至，而悲事功之不立。秋夜遥长，心绪缭悷。

何泛滥之浮云兮，　　　为什么那泛滥的浮云啊，

焱壅蔽此明月？	突遮蔽了这个天空明月？
忠昭昭而愿见兮，	忠心耿耿而愿和他相见啊，
然霠曀而莫达！_{祭部。洪本云：然一作蔽。霠一作旮。}	可是有了阴暗就不可到达！

愿皓日之显行兮，	心愿白日的显然运行啊，
云蒙蒙而蔽之。	云气迷濛濛地来掩蔽它。
窃不自聊而愿忠兮，_{洪本云：聊一作料。}	窃不自料而愿尽忠啊，
或黮点而污之！_{无韵。}	可有渣滓恶浊来污秽他！

·屈复云："上下俱为浮云蒙蔽，而忠臣所以不用也。"

尧舜之抗行兮，	像尧舜那样的高行盛德啊，
瞭冥冥而薄天。_{洪本云：瞭一作杳。}	光明深深地逼近了天空。
何险巇之嫉妒兮，	为什么险恶的嫉妒啊，
被以不慈之伪名？_{真、耕通韵。}	加给他们以不慈的假名？

·《庄子·盗跖》篇云："尧不慈，舜不孝。"

彼日月之照明兮，	那日月的照明啊，
尚黯黮而有瑕。	还会碰到黑云而有些疵瑕。
何况一国之事兮，	何况一国的事务啊，
亦多端而胶加。_{鱼、歌通韵。}	也更头绪多端而胶葛交加。

·屈复云："承上段而言，上下之蒙蔽，不足怪也。"○洪本八章止此。

被荷裯之晏晏兮，_{《艺文类聚》作披荷裯之灵灵。}	披上荷衣短衫的晏晏柔美啊，
然潢洋而不可带。	可是太放荡了而不可以系带。

既骄美而伐武兮，洪本云：骄一作憍。　　既自骄傲美好又夸耀武功啊，
负左右之耿介。　　　　　　　还有负左右辅弼的刚愎自大。
憎愠惀之修美兮，　　　　　　憎恨这忠愤之士的美洁啊，
好夫人之忼慨。《释文》忼作磕。　　　爱好那些坏人的虚骄忼慨。

众踥蹀而日进兮，洪本云：踥一作蹻。《释文》作唊谍。　众人小声碎步地愈求进用啊，
美超远而逾迈。洪本云：逾一作愈。　　好人越跑远了而步子愈加快。
农夫辍耕而容与兮，　　　　　农夫停止耕作而闲散啊，
恐田野之芜秽。　　　　　　　只恐怕那些田地的荒秽。

事绵绵而多私兮，　　　　　　事虽纤纤细细而多营私啊，
窃悼后之危败！　　　　　　　窃自痛心后来的危险失败！
世雷同而炫曜兮，　　　　　　世人只一味雷同而互相夸耀啊，
何毁誉之昧昧？脂、祭通韵。　　　为何弄得是非毁誉的昏昏昧昧？

・屈复云："小人之假忠信，人君之自矜不察也。"

〇按：章首"尧舜之抗行兮"四句，与章中"憎愠惀之修美兮"四句，袭用《哀郢》篇中语，明此作在《哀郢》之后。自是宋袭屈语，非屈袭宋语，亦非屈重出己语。屈子《哀郢》作在顷襄王二十一年"仲春"，则宋玉《九辩》当作在是年"杪秋"矣。宋玉《风赋》云："臣闻于师。"《登徒子好色赋》云："口多微词，所学于师。"其《九辩》代师立言，袭用师语，末复申述其师远游之微旨，而归结于"赖皇天之厚德，还及君之无恙"。虽然未必便是闻一知十，告往知来，要之，此诚可谓拳拳服膺而弗失之者。孰谓《远游》必非屈子所作，而《九辩》必非宋玉所作乎？

今修饰而窥镜兮，　　　　　　如今修饰自己而窥镜自照啊，

后尚可以窜藏？　　　　　　　　往后还可以有地方逃窜躲藏？
愿寄言夫流星兮〔九〕，　　　　愿寄语那个天使流星啊，
羌倏忽而难当！　　　　　　　　竟倏忽闪过而难得碰上！
卒壅蔽此浮云兮，^{洪本云：卒一作上。}　结果被蒙蔽于这片浮云啊，
下暗漠而无光！^{阳部。}　　　　致使下面暗淡而没有光亮！

- 屈复云："欲谏而不可得也。"

右八
○言谗人得志，国事败坏。
○朱熹云："此章首尾言壅蔽之祸。"

尧舜皆有所举任兮，^{洪本云：举一作专。}　尧舜都有他们举用的贤人啊，
故高枕而自适。　　　　　　　　所以高枕熟睡了就自然安恬。
谅无怨于天下兮，　　　　　　　相信自己没有招怨于天下啊，
心焉取此怵惕？^{洪本云：焉一作安。}　心里怎么会这样胆小可怜？

桀骐骥之浏浏兮，^{洪本云：桀一作乘。}　乘了千里马的就快溜溜啊，
驭安用夫强策？　　　　　　　　赶马为什么要用那种粗鞭？
谅城郭之不足恃兮，　　　　　　相信城郭坚固的不足依靠啊，
虽重介之何益？^{支部。}　　　　虽然披了重甲的何利于安全？

- 屈复云："言治国在任贤，不在城郭甲兵也。"

遭翼翼而无终兮，　　　　　　　畏缩缩地没有了时啊，
忳惛惛而愁约。　　　　　　　　闷昏昏地而穷愁潦倒。
生天地之若过兮，　　　　　　　生在天地间的好像过客啊，
功不成而无效。^{宵部。}　　　　自叹功不成而力也没处效。

愿沉滞而不见兮,_{洪本云:不一作无。}　　愿埋没了就不见他啊,
尚欲布名乎天下?　　　　　　还想自己传名于天下?
然潢洋而不遇兮,　　　　　　可是渺茫而不可遇啊,
直怐愗而自苦!_{《释文》作愗愗。苦一作若。}　　徒愚昧而使自己苦煞!

　·屈复云:"立功之志不由也。"

莽洋洋而无极兮,　　　　　　一片渺茫茫的而没有终极啊,
忽翱翱之焉薄?　　　　　　　忽自彷徨地走近哪里去才好?
国有骥而不知桀兮,　　　　　国有千里马而不知道乘载啊,
焉皇皇而更索?_{鱼部。}　　　为什么惶惶然奔走而更求讨?

宁戚讴于车下兮,_{洪本云:一本讴下有歌字。}　　宁戚喂牛唱歌于车下啊,
桓公闻而知之。　　　　　　　齐桓公听着就认识了他。
无伯乐之善相兮,　　　　　　没有伯乐那样的善于相马啊,
今谁使乎誉之?_{鱼,支合韵。○洪本云:誉一作誉。}　　如今可使哪个人哟评价到它?

罔流涕以聊虑兮,　　　　　　怅惘地流涕来思量思量啊,
惟著意而得之。　　　　　　　只是伊着意求贤就获得了他。
纷纯纯之愿忠兮,_{洪本云:一作纷忳忳而愿忠。}　　满喜诚诚恳恳的愿自尽忠啊,
妒被离而鄣之!_{无韵。○洪本云:被一作披。鄣一作彰。}　　妒忌的人布满了就阻扰了他!

　·屈复云:"不能求之他国,而本国之人已被妒鄣也。"○洪本九章止此,云:"旧本自'泛滥之浮云兮'至此为一章。"

愿赐不肖之躯而别离兮〔一〇〕,　愿赐还不肖之躯就别离啊,
放游志乎云中。_{洪本云:志一作意。}　　展我远游之志哟云中。

桀精气之抟抟兮,	乘着精气的一团团啊,
骛诸神之湛湛!	追随诸神仙到云际的深深!
骖白霓之习习兮,^{洪本云:骖一作参,一作六。}	驾着白虹的习习飞动啊,
历群灵之丰丰。^{东、中、侵合韵。洪本云:灵一作神。}	遍历群仙之府的热闹丰丰。

左朱雀之茇茇兮,^{洪本云:一云左朱雀之拔拔。}	左有南方之神朱雀拔拔地飞啊,
右苍龙之躣躣。^{《释文》作躍。}	右有东方之神苍龙曲曲地来行。
属雷师之阗阗兮,	嘱咐了雷师来填填地打鼓啊,
通飞廉之衙衙。^{鱼部。○洪本云:通一作道。}	通告了风伯飞廉来轻轻地扫尘。

前轻辌之锵锵兮,^{洪本云:轻一作轩。}	前有轿车的铃声锵锵啊,
后辎乘之从从。	后有辎重车的铃声玜玜。
载云旗之委蛇兮,^{洪本云:委一作逶。}	载着云旗的飘荡自由啊,
扈屯骑之容容〔一一〕。^{东部。}	随从着众骑的飞动容容。

计专专之不可化兮,	自揣一心专专地不可改变啊,
愿遂推而为臧〔一二〕!	愿即推行下去做一个好榜样!
赖皇天之厚德兮,	依靠皇天的厚德大恩啊,
还及君之无恙〔一三〕?^{阳部。}	归来赶得上君王的安然无恙?

· 屈复云:"愿乞身远去,而终不忘君也。"○李陈玉云:"此章大意,既不为君所任,便从此乞身为天外之游。举手谢世人,无劳种种逼迫。总结前八章之意。按此似是原未赴水时,宋玉怜之而作。代原呕心折肝,可谓舒写尽情矣。宜乎后之读者,便指为原所作也。"

右九

○以上宋玉悯其师屈原而代言其志,至此而毕。○朱熹云:

"此章首言前圣之可法,次言己志之不伸,次愿乞身以远去,而终不忘于吁天以正君。"○洪本以自"愿赐不肖之躯"至篇终为末章,故全诗得十章。盖以末章为乱辞邪?

今按:

○李陈玉云:"《九辩》即前《离骚》中所云夏乐章名。宋玉,屈原弟子,痛师流放非其罪,而为谗人所害,补此《九辩》以配《九歌》。后世读者遂谓亦皆原作,不知辞气不类:原奥涩沉雄,玉轻逸俊美,同调而不同声也。"窃谓此徒以辞气不类辨之,犹不足祛疑者之惑而关其口。疑《九辩》为屈子所作者,盖始于魏之曹植。于其《陈审举表》中引用"国有骥而不知乘,焉皇皇而更索",以为屈子语见之。否则临文不及检书,其记忆有误也。明之学人焦竑、陈第,坚以《九辩》为屈子所自作。余今以为其言实皆不足据信。又晚清吴汝纶云:"词为宋玉作,则固宋玉之自悲,乃又以为闵屈?其说进退失据。宜用曹子建说,定为屈子之词。"又云:"《九辩》、《九歌》两见《离骚》、《天问》,皆取古乐章为题,明是一人之作。"(《古文辞类纂点勘记》)是岂不知屈子《思美人》怀其君,宋玉《九辩》闵其师,实开后世诗家为诗怀人亦自抒怀之先路?而《九辩》发端自悲,继乃深深悲闵其师;人为两人,所悲并论;文非两橛,气复一贯;联想类及,有何不可?抑岂不知《离骚》、《天问》两见《九辩》、《九歌》,意在述古,非谓造篇?而谓皆取古乐章为题邪?而谓明为一人之作邪?此皆据《焦氏笔乘》三为说,而未审者也。近人梁任公先生云:"《九辩》从《释文》本列第二,疑亦屈子作。"(《要籍解题及其读法》)此据《焦氏笔乘》四为说,殆不知孙志祖已先驳之。《读书脞录》云:"《释文》旧本自误尔。注云皆解于《九辩》中,不必定《九辩》在前也。焦氏因此遂以《九辩》为屈子所作,非也。"其说允已!《招隐士》列在《大招》前,《七谏》列在《九怀》后,《哀时命》亦列在《九叹》后,《释文》本之篇次岂足据邪?善哉陈第之言曰:"愚读《九辩》久,窃怪其过于含蓄,意谓其惧不密之祸也。愚于是熟复之,内云有美一人心不绎,颇似指其师。"(《屈宋古音义·题九辩后》)余服其熟读深思,优游涵咏,以求其所自得者。而惜其震于友人焦氏之奇思戏论,卒自弃其所得也!

【简注】

〔一〕梧楸,古本《楚辞》盖有作菩萧者。《说文》草部:菩,草也。《楚辞》有菩萧。段注:案今《楚辞》无菩萧。惟《九辩》云:白露既下百草兮,奄离披此梧楸。梧楸,盖许所见本作菩萧,正百草之二也。展按:《方言》三:苏亦荏也。关之东西,或谓之苏,或谓之荏。周、郑之间,谓之公蕡。郭注:今江东人呼荏为菩,音鱼。据此,知菩、即苏也。萧为艿蒿。《说文》:萩,萧也。字从草作菩萩,从木作梧楸。

〔二〕俞樾云:然,犹焉也。《礼记·檀弓》:穆公召县子而问然。注曰:然之言焉也。《楚辞》每以焉字为发端之词。《九章》曰:焉洋洋而为客。又曰:焉舒情而抽信兮。皆是也。此(三章)用然字,亦与用焉字同。下篇(六章):然中路而迷惑兮。又(七章)曰:然惆怅而自悲。他篇类此者不可胜举,皆发端之词,与今人用然字异。

〔三〕《史记·司马相如列传》:旖旎从风。《索隐》张揖云:旖旎,犹阿那也。

〔四〕孙志祖《读书脞录》:《孟子》郁陶思君尔。本有忧喜交集之意。故下文以象忧亦忧、象喜亦喜,双承之。《尔雅》释郁陶为喜,其义未尽。《九辩》岂不郁陶而思君兮!王注:愤念蓄积,盈胸臆也。伪《孔传》训郁陶为哀思。又但有忧而无喜,亦非也。惟《广雅》云:陶,喜也,忧也。始得之。盖陶字兼忧喜二义,双言之,则曰郁陶。

〔五〕无泽之无,当读《诗·雨无正》之无,为芜之假字。芜泽,言荒芜之沼泽也。

〔六〕钱大昕《恒言录》:今木工筑室作器,两相合处谓之斗笋。《史记·孟子列传》:持方枘欲内圜凿,其能入乎?《索隐》:方枘,是笋也。圜凿,是孔也。谓工人斫木,以方笋内之圜孔,不可入也。按:下句鉏铻,指锯。锯齿参差,故言难入。

〔七〕俞樾云：按此四句意正相对。往乃枉字之误，或假字也。愿自枉而径游兮，径，小路也。欲循道而平驱兮，道，谓正路也。

〔八〕洪本云：一本云，然中路而迷惑兮，悲蹭蹬而无归。性愚陋以褊浅兮，自压桉而学诗。兰荪杂于萧艾兮，信未达其从容。

〔九〕徐文靖《管城硕记》：按《尔雅》曰：奔星为彴约。邢昺曰：即流星也。《荆州占》曰：流星大如桃者，为使事也。司马彪《天文志》曰：流星者，贵使也。星大者使大，星小者使小。此欲寄言于使臣以谏君，无奈儵忽而不可值也。

〔一〇〕《汉书·武帝纪》师古曰：肖，似也。不肖者，言无所象类，谓不材之人也。《战国策·齐策》张仪谓秦武王曰：为社稷计者，东方有大变，然后王可以多割地。今齐王甚憎张仪，仪之所在，必举兵而伐之。故仪乞不肖身而之梁，齐必举兵而伐之。

〔一一〕《汉书·礼乐志》注：容容，飞扬之貌。按：战国时已有骑兵，见拙作《九歌·国殇解题》。

〔一二〕《淮南·主术》注：推，行也。

〔一三〕颜师古《匡谬正俗》、应劭《风俗通义》云：上古之时，草居露宿。恙，噬人虫也。善食人心，人每苦患之。凡相问曰：无恙乎？非谓疾也。按：《尔雅》云：恙，忧心也。《九辩》云：还及君之无恙。此言还及君之无忧，岂谓不被虫噬乎？汉元帝诏贡禹曰：今生有疾，何恙不已，乃上疏乞骸骨？此言病何忧不差而乞骸骨？岂又被虫食心邪？凡言无恙，谓无忧耳。安得食人之虫总名恙乎？按：颜说乃恙之引申义，不误；应说盖为恙之本义，并从风俗学（今谓民俗学、或谣谚学）上求其本义，亦不得谓之误也。

○ 憭音了，音留。泬音血。清，《说文》：清，无垢秽也。寀寂同。憯音惨。欷，希去声。中，如字去声。怆音创。怳音恍。忼音慷。悢音朗，音亮。鹍音昆。喁音喁。斯音折。薑音尾。

○ 化，古音讹。憺音谈，音淡。竭音竭。軨音零。瞀音茂。怦音崩。

○ 薆音矮。挐音如。罢音疲。翦音朔，音梢。櫹音萧。椮音参，音森。瘵音于去声，音淤。骓音菲。遒音求。佪音匡。攘音羊。怵音出。

卬音仰。

○ 曾层通。旖音倚。旎音泥上声。狺音银。

○ 骉音局。駣音跳,音挑。唛音妾,音霎。凿音造,音柞。枘音汭,音芮。钼音锄。铻音语。餧,今俗字作馁或喂。

○ 媮音偷。佪音屈。

○ 靓音静。缭音僚。悷音列。逴音卓。晼音宛。翗音翼。

○ 猋音标。雺音阴。瞳音懿。眰音耽,音沈。黯音暗上声。𪏙音湛上声。被如字,又音披。裯音刀,又音习。潢音晃。洋音养。愠音温,又音温上声。愉音伦,又音伦上声。踥音摄。蹀音牒。

○ 浏音留,音柳,音溜。亶音占。忳音屯。惛音昏。恦音遘,音寇。愁音谋,音茂。挓音团。湛音沈。茇音拔,音沛。躍音衢。衙音鱼。轾音致。椋音凉。扈音沪。恙音样。

楚辞直解卷第九

招魂

朕幼清以廉洁兮,^{洪本云:洁一作絜。}　　咱从幼时清白和廉洁啊,
身服义而未沫。　　　　　　　身行正义而不曾停住。
主此盛德兮,　　　　　　　　守着这个盛德啊,
牵于俗而芜秽。^{脂、祭通韵。}　　　被世俗牵累了却有荒芜。
上无所考此盛德兮,　　　　　君上没有考察这个盛德啊,
长离殃而愁苦!^{洪本云:离一作罹。}　　长遭忧患而自己愁苦!

·自叙从幼修德服义,长为恶俗牵累,以致芜秽。而君上不能明察此盛德高义,长罹忧而愁苦。此亦可为屈子"露才扬己"之一例。○陈本礼云:"首句称朕,与《离骚》同。自是屈子所赋,移置他人不得。"○按:末二句,屈子盖痛惜怀王武关之行,不听"不如毋行"之谏。秦留怀王,乃有此拟招其生魂之作,渴望其早获生归也。

帝告巫阳曰:　　　　　　　　上帝告巫阳说:
"有人在下,^{洪本云:在一作于。}　　　"有人在下面,
我欲辅之。　　　　　　　　　我想辅助他。
魂魄离散,　　　　　　　　　他的魂魄离散,
汝筮予之!"^{鱼部。○洪本云:予一作与。}　你用筮占出来还给他!"
巫阳对曰:　　　　　　　　　巫阳回答上帝说:
"掌梦。　　　　　　　　　　"这是掌梦一官的事。
上帝!其难从!"^{洪本云:一云其命难从。一云命其难从。}　上帝!这个命令难以遵从。"
"若必筮予之,　　　　　　　"您必须用筮占出来还给他,
恐后之谢,^{洪本云:一云谢之。一无之字。}　　恐怕迟了他会谢世,

不能复用！"东部。○按：江氏以巫阳　　　　　　不能再用！"
　　　　　　为属上为句，故云无韵。

　　·叙上帝与巫阳对话，上帝欲辅此人，命巫阳占筮，为之招魂。

　　○以上首段。言作文缘起，可视为此篇序文。

巫阳焉乃下招曰：洪本云：乃　　　　　巫阳于是下来招魂说：
　　　　　　　　一作因。
"魂兮归来！洪本云：一　　　　　　　　"魂啊归来！
　　　　　作徐归。
去君之恒干，　　　　　　　　　　　　离开君王的常体，
何为四方些[一]？　　　　　　　　　　为什么往四方啰？
舍君之乐处，　　　　　　　　　　　　抛弃君王的安乐住处，
而离彼不祥些！阳部。○洪本　　　　　而遭受那些不祥啰！
　　　　　　　云：离一作罹。

　　·自此以下，分叙巫阳招魂之词。首揭主旨，魂不可离去
本体。

"魂兮归来！　　　　　　　　　　　　"魂啊归来！
东方不可以托些！　　　　　　　　　　东方不可以寄托啰！
长人千仞，　　　　　　　　　　　　　那里长人千把丈高，
惟魂是索些。洪本云：惟　　　　　　　专把人的灵魂搜索啰。
　　　　　一作唯。
十日代出，　　　　　　　　　　　　　十个太阳轮流出来，
流金铄石些。　　　　　　　　　　　　晒得溶金化石啰。
彼皆习之，洪本云：皆　　　　　　　　那里的人都习惯了它，
　　　　　一作自。
魂往必释些。朱本必　　　　　　　　　灵魂去了一定消释啰。
　　　　　作少。
归来兮！洪本云：一无兮字。　　　　　归来啊！
　　　　一云归来归来。
不可以托些！鱼部。　　　　　　　　　那里不可以寄托啰！

　　·向东方招魂。

"魂兮归来！　　　　　　　　　　　　"魂啊归来！

南方不可以止些！　　　　　　　　　　南方不可以停止啰！
雕题黑齿[二]，洪本云：黑一作墨。　　　　那里的人雕额漆齿，
得人肉以祀，洪本云：一云而祀，一云得人肉以祀，无肉字。　得到人肉拿去打祭，
以其骨为醢些。　　　　　　　　　　　用他的骨髓做酱汁啰。
蝮蛇蓁蓁，　　　　　　　　　　　　　蝮蛇多的一丛丛，
封狐千里些。之部。　　　　　　　　　大狐健走千里求食啰。
雄虺九首，　　　　　　　　　　　　　雄虺巨蟒九个头，
往来儵忽，洪本云：儵一作倏。　　　　　往来迅速飘忽，
吞人以益其心些。　　　　　　　　　　吞人来满足它的心啰。
归来兮！洪本云：一云魂兮归来。一云归来归来。　　归来啊！
不可以久淫些！侵部。○洪本云：一云不可久淫，无以字。　那里不可以久混啰！
　·向南方招魂。

"魂兮归来！　　　　　　　　　　　　"魂啊归来！
西方之害，　　　　　　　　　　　　　西方的大害，
流沙千里些！　　　　　　　　　　　　就是流沙千里啰！
旋入雷渊，《文选》渊作泉。　　　　　　卷进了沙漠里的雷渊，
麋散而不可止些。之部。○洪本云：麋一作靡。《释文》作糜。　粉碎纷散而不可以终止啰。
幸而得脱，洪本云：幸一作㚔。　　　　　幸而得到脱身。
其外旷宇些。　　　　　　　　　　　　那里四外又是空旷之区啰。
赤蚁若象，　　　　　　　　　　　　　红蚂蚁好像一条大象，
玄蜂若壶些[三]。鱼部。　　　　　　　黑马蜂好像一个大壶卢啰。
五谷不生，　　　　　　　　　　　　　那里五谷不生，
藂菅是食些。洪本云：藂一作丛。菅一作菉。　　就把丛茅来吃啰。
其土烂人，　　　　　　　　　　　　　那里泥土也烧坏人，

求水无所得些。　　　　　　　　　　求水没有地方可得啰。
彷徉无所倚，^{洪本云：一作仿佯。}　　　　　游荡往来没有依靠，
广大无所极些。　　　　　　　　　　地方广大没有终极啰。
归来兮！^{洪本云：一云归来归来。}　　　　　　　归来啊！
恐自遗贼些！　　　　　　　　　　　恐怕遗害自己啰！

　　·向西方招魂。

"魂兮归来！　　　　　　　　　　　"魂啊归来！
北方不可以止些！　　　　　　　　　北方不可以停止啰！
增冰峨峨，　　　　　　　　　　　　层层的冰冻像峨峨的高山，
飞雪千里些。　　　　　　　　　　　飞来雪花千里啰。
归来兮！^{洪本云：一云归来归来。}　　　　　　　归来啊！
不可以久些！^{之部。洪本云：一云不可以久止。}　　　　　那里不可以呆久啰。

　　·向北方招魂。○按：其词独略，恐有脱简。

"魂兮归来！　　　　　　　　　　　"魂啊归来！
君无上天些！　　　　　　　　　　　君王不要上天啰！
虎豹九关，　　　　　　　　　　　　虎豹把守九门，
啄害下人些。　　　　　　　　　　　咬害下面上去的人啰。
一夫九首，　　　　　　　　　　　　一个大汉九个头，
拔木九千些。　　　　　　　　　　　一天拔树九千根啰。
豺狼从目，　　　　　　　　　　　　像豺狼一般的直眼，
往来侁侁些。^{洪本云：侁一作莘。}　　　　　　往来一群群啰。
悬人以娭，^{洪本云：娭一作嬉。}　　　　　　把人吊起来恶作剧，
投之深渊些。　　　　　　　　　　　丢弃他到深渊啰。

致命于帝,　　　　　　　　　　　　　　　把命还给上帝,
然后得瞑些。洪本云:瞑一作眠。　　　　　　　然后得到闭目安眠啰。
归来!洪本云:一云归来归来。一云魂兮归来。　　归来!归来!
往恐危身些!文、真、耕合韵。　　　　　　　去了恐怕危害身体的安全啰!
　·向天上招魂。

"魂兮归来!　　　　　　　　　　　　　　"魂啊归来!
君无下此幽都些!洪本云:一无此字。　　　　　君王不要下到这个幽都啰!
土伯九约,　　　　　　　　　　　　　　土伯九位纠合管制,
其角觺觺些。洪本云:觺一作䚩。　　　　　　他们的头角尖觺觺啰。
敦脄血拇,洪本云:脄一作脢。　　　　　　　肥厚的背背,血污的拇指,
逐人駓駓些。　　　　　　　　　　　　追起人来凶駓駓啰。
参目虎首,洪本云:参一作三。　　　　　　　三只眼睛、虎般脑袋,
其身若牛些。　　　　　　　　　　　　他们的身躯好像一条牛啰。
此皆甘人。……　　　　　　　　　　　这都是欢喜吃人的。……
归来!洪本云:一云归来归来。一作归来兮。　　归来!归来!
恐自遗灾些!之、鱼借韵。○洪本云:《释文》灾作菑。　恐怕自贻凶灾啰!

　·向地下招魂。○按:"此皆甘人",孑然孤句,语若未了,疑有脱文。又玩此皆字,明土伯非一,九约之九,盖其数矣。此犹后世之所谓十殿阎罗,非必为后土句龙之社神,主生万物者也。何谓九约?说者歧出。王逸九屈,徐锴九节,周拱辰九尾,俞樾九鰃(九角)。以及近人据长沙楚墓出土之两尊木雕社神,身作句屈之状,仍从王叔师九屈一说。究以何者为是?屈子不作,孰从而定之乎?最近长沙马王堆一号汉墓出土之套棺上,彩漆绘有兽首长鹿角之怪物数处,或以为即《招魂》之土伯。(《考古》一九七三年四期)亦未知其审。

"魂兮归来！
入修门些！
工祝招君，^{按:《诗》工祝致告。}
背行先些。^{文部。}
秦篝齐缕，
郑绵络些。
招具该备〔四〕，
永啸呼些。
魂兮归来！
反故居些！^{鱼部。}

· 小结。向四方上下招毕，乃结言魂归之处，为入郢都修门之故居。并言执行招务者为何等人，及其所用何等招具，以便魂识而归向。〇按：《招魂》一再言"反故居"云云者，谓魂返其平生所居之室，故曰故居。今人有据下文"像设君室静闲安，高堂邃宇槛层轩，层台累榭临高山，网户朱缀刻方连，冬有突厦夏室寒，川谷径复流潺湲"等语，而据谓此言楚之悬棺葬或岩墓葬式者。此盖学者考古有得，下笔有神，一时之兴到语，未可以为据信也。

"天地四方，^{洪本云：地一作墜，一作墬。}
多贼奸些。
像设君室〔五〕，^{洪本云：君一作居。}
静闲安些。
高堂邃宇，
槛层轩些。

"魂啊归来！
进入郢都的修门啰！
太祝之官来招君王，
翻过背去走路先行啰。
秦制竹笼，齐产丝线，
郑人缝结衣服啰。
这些招魂的道具齐备，
长声吹哨大呼啰。
魂啊归来！
回到故居啰！

"天地四方、六合之内，
多的是大贼大奸啰。
画像陈设在君王的房间，
清静安闲啰。
这里是高堂深宇，
有栏杆的几层高轩啰。

层台累榭，	层层的平台、叠叠的水榭，
临高山些。	面对高山啰。
网户朱缀，_{洪本云：网一作罔。}	亮格的门板挂着红绸的门帘，
刻方连些。_{《集韵》连作梿。}	还有刻菱形纹的门版方梿啰。
冬有突厦，_{洪本云：厦一作夏。}	冬天有突厦暖房，
夏室寒些。_{洪本云：室一作寒。}	夏室又风凉啰。
川谷径复，_{洪本云：川一作溪。径一作俓。}	溪谷回环往复，
流潺湲些。	流水的声音潺湲啰。
光风转蕙〔六〕，	晴光与和风摇曳蕙花，
泛崇兰些。	还飘荡在丛兰啰。
经堂入奥，_{洪本云：经一作径。古本作陉。奥，《释文》作隩。}	香气通过厅堂进入内室，
朱尘筵些。_{元部。}	上到朱红望版、下到地面簟筵啰。
砥室翠翘，	大理石室装饰着翠鸟长尾，
挂曲琼些。_{洪本云：挂一作维。}	高挂在玉钩之上啰。
翡翠珠被，	织着翡翠、缀着珠子的被头，
烂齐光些。	灿烂地一齐发光啰。
蒻阿拂壁〔七〕，	细软的绸子壁衣披在壁上，
罗帱张些；	还有罗纱帐子高张啰；
纂组绮缟，	流苏绦子配合花素丝边，
结琦璜些。_{耕、阳通韵。洪本云：琦一作奇。}	下结奇巧的半圆玉璜啰。

· 招之以宫室。〇自此及其以下，乃言魂归之后，又以王者生活上之享乐分招之。招魂之序，自外而内也。

"室中之观，	"房间里的景观，
多珍怪些。_{洪本云：珍一作琛，怪一作桂。}	多的是珍怪啰。

兰膏明烛，^{洪本云:烛一作爝。}　　　　兰油明明亮亮的烧着，
华容备些。　　　　　　　　　　华贵的装饰都齐备啰。
二八侍宿〔八〕，　　　　　　　　二八列队的佳人侍寝，
射递代些。^{之部。}　　　　　　　厌倦了就挨次替代啰。
九侯淑女，　　　　　　　　　　列国诸侯进献的淑女，
多迅众些。　　　　　　　　　　多而敏捷的一大群啰。
盛鬋不同制，　　　　　　　　　美发不同的式样，
实满宫些。^{中部。}　　　　　　　充满后宫啰。
容态好比，　　　　　　　　　　姿容美好、相亲，
顺弥代些〔九〕。^{洪本云:代一作世。}　　真是盖过一世啰。
弱颜固植，^{洪本云:植一作立。}　　　弱颜女子竖立侍候，
謇其有意些。^{之部。○洪本云:謇一作蹇。}难为她们有意思啰。
姱容修态，　　　　　　　　　　俏容美态，
絙洞房些。　　　　　　　　　　遍洞房啰。
蛾眉曼睩，^{洪本云:蛾一作娥,睩一作睇。}　蛾眉美盼，
目腾光些。^{阳部。}　　　　　　　眼波腾腾的发光啰。
靡颜腻理，　　　　　　　　　　精致的面貌、细腻的皮肤，
遗视矊些。　　　　　　　　　　偷着瞅人瞳子远绵绵啰。
离榭修幕，　　　　　　　　　　宫外的亭子、长长的彩幕，
侍君之闲些。^{元部。}　　　　　　她们陪侍君王的悠闲啰。
　　·招之以女色。

"翡帷翠帐，^{洪本云:帐一作帱。}　　　"翡红的帷屏、翠绿的帐子，
饰高堂些。^{洪本云:饰一作饬。}　　　　装饰了高堂啰。
红壁沙版，　　　　　　　　　　油漆的红壁、丹沙的窗棂，

玄玉梁些。^{阳部。○洪本云：一云玄玉之梁。}	黑玉一般的大梁啰。
仰观刻桷，	仰看雕刻的方椽藻井，
画龙蛇些。	彩画了龙蛇啰。
坐堂伏槛，	坐在厅堂、靠在栏杆，
临曲池些。	面对曲池啰。
芙蓉始发，	莲花刚好盛开，
杂芰荷些。	杂着菱花青荷啰。
紫茎屏风，	紫茎的荇丝菜，
文缘波些。^{《文选》缘作绿。}	点缀了绿波啰。
文异豹饰，	文彩奇异、豹皮服饰的卫士，
侍陂陁些。^{洪本云：陁一作陀。}	侍从在高高低低的山坡啰。
轩辌既低，	轻车卧车都已煞住，
步骑罗些。	步兵骑兵列队巡逻啰。
兰薄户树，	一带丛兰种在门口，
琼木篱些。	琼树做成了篱笆啰。
魂兮归来！	魂啊归来！
何远为些？^{歌部。}	远离为什么啰？

· 招之以宫苑游观。

"室家遂宗，^{《广雅》：宗，聚也。}	"家族聚居在一起，
食多方些。	食品多种多样啰。
稻粢穱麦，	饭有大米、小米、早麦，
挐黄粱些。	还杂着黄粱啰。
大苦咸酸，	味有大苦、咸、酸，
辛甘行些。	辣的甜的并尝啰。

肥牛之腱，	肥牛的筋头腱子，
臑若芳些〔一〇〕。_{洪本云：若一作弱。臑一作臛，一作胹，《释文》作胹。}	烂熟的而且很香啰。
和酸若苦，	调和了酸味和苦味，
陈吴羹些。	摆出吴国风味的名汤啰。
胹鳖炮羔，_{洪本云：胹一作臑。《释文》作濡。}	清炖甲鱼、火煨小羊，
有柘浆些〔一一〕。_{洪本云：柘一作蔗。}	又加上甘蔗甜浆啰。
鹄酸臇凫，	天鹅醋溜、干烧野鸭，
煎鸿鸧些。	油煎大雁灰鸧啰。
露鸡臛蠵〔一二〕，_{朱本云：臛一作臐。}	风鸡和清汤大龟，
厉而不爽些。	味道浓烈而胃口不伤啰。
粔籹蜜饵〔一三〕，	点心是馓子蜜糕，
有餦餭些。	又加上饴糖啰。
瑶浆蜜勺，	美酒是瑶浆蜜酌，
实羽觞些。	充满了羽觞啰。
挫糟冻饮〔一四〕，	捉去酒糟的冷饮，
酎清凉些。	醇而清凉啰。
华酌既陈，	盛宴已经摆完了，
有琼浆些。_{按：有、又、侑古通。}	又劝饮琼浆啰。
归来反故室，_{洪本云：一云归来归来。一云归反故室，无来字。}	归来还到老家，
敬而无妨些。_{阳部。}	但有尊敬而一切无妨啰。

· 招之以饮食。

"肴羞未通，	"菜肴还没有上齐，
女乐罗些。	女乐就罗列起来啰。
陈钟按鼓，	设钟置鼓，

造新歌些。	演唱新歌起来啰。
《涉江》、《采菱》〔一五〕，	曲子是《涉江》、《采菱》，
发《扬荷》些。_{洪本云：《文选》作阳荷。注云：荷当作阿。}	还奏出名曲《阳阿》啰。
美人既醉，	美人都已醉了，
朱颜酡些。_{洪本云：酡一作醩。}	红颜醉到红的更多啰。
娭光眇视，_{洪本云：娭一作嬉，一作娱。}	撩人的眼光半眼斜瞥，
目曾波些〔一六〕。	眼里像一层层的柔波啰。
被文服纤，	披着文绣，穿的细软，
丽而不奇些。_{洪本云：一云被兹文服，纤丽不奇。}	美观而不太奇啰。
长发曼鬋，_{洪本云：发一作鬓。}	长发美鬓，
艳陆离些。_{歌部。}	光艳陆离啰。
二八齐容，	二八列队的佳人一般打扮，
起郑舞些。	跳起了郑国的土风舞啰。
衽若交竿。	衣衽摆开好像竿子叉着。
抚案下些。	她们就抚案而下啰。
竽瑟狂会，	长竽清瑟疯狂合奏，
搷鸣鼓些。_{洪本云：搷一作嗔。一作填。《文选》作槇。}	咚咚地响着鼓啰。
宫庭震惊，	宫庭都被震惊，
发《激楚》些〔一七〕。	演奏名曲《激楚》啰。
吴歈蔡讴，	还有各国俗曲吴歈、蔡讴，
奏大吕些〔一八〕。_{鱼部。○《文选》奏作秦。}	并奏着秦钟大吕些。
士女杂坐，	男女杂坐，
乱而不分些。	乱而不分啰。
放陈组缨，	摆下来的组绶帽带，
班其相纷些。_{洪本云：班一作斑。}	斑斓的一起缤纷啰。

郑卫妖玩， 郑国、卫国的歌儿舞女，
来杂陈些。 都来参杂并列舞池中啰。
《激楚》之结， 《激楚》一曲的演员发髻。
独秀先些。^{文,真通韵。} 特别秀异而占人先啰。

・招之以歌舞。○按：文云"吴歈"、"蔡讴"，对文见义，称铢两而出之，窜易曲解不得。今人或谓《说文》无歈字，歈为汉巴渝舞之渝，遂以此为《招魂》伪作晚出之证。并妄取《九歌・国殇》作为司马迁所尝称道之《招魂》。不知此或可以哗众，而实不足以取宠也。《说文》不收之字多矣，率以通假之字代之，但观段氏注便知。即以吴歈字而论，钮氏《说文新附考》、郑氏《说文新附考》、《说文逸字》，皆已作精核之考释。《说文》出于东汉，中无刘字，得谓汉帝不姓刘邪？或谓《说文》为伪作邪？又得谓《诗》、《书》、《春秋左氏传》中凡有刘字者皆伪邪？何况汉之所谓巴俞舞或巴渝舞，汉高祖谓此武王伐纣之歌，说较吴歈为晚，明见于《后汉书・西南夷传》者，亦伪邪？顾独以《国殇》为真《招魂》，而谓复王本之旧者，吾诚自愧不见王本之旧何若！而独见之，见洪氏、朱子之俱所未见，真邪、伪邪？

"菎蔽象棋[一九]，^{朱本菎蔽作箟蔽。} "拿出射筒，摆出象棋，
有六簙些。^{洪本云：簙一作博。} 又摆出赌具六博啰。
分曹并进， 分组并进，
遒相迫些。 起劲的互相逼迫啰。
成枭而牟，^{《文选》枭作鼂。} 得个头彩就能起翻，
呼五白些。^{鱼部。} 大呼出个五白啰。
晋制犀比[二〇]， 赢得了晋国制的金带钩，
费白日些。 光彩照耀着白日啰。
铿钟摇簴，^{洪本云：铿《释文》作銵。簴一作虡。} 铿铿地打钟，摇动了钟架，

挫糟瑟些〔二一〕。脂部。	使劲地揳着梓瑟啰。
娱酒不废,	爱酒贪杯不止,
沈日夜些。洪本云:夜一作夕。	沉醉日日夜夜啰。
兰膏明烛,	兰油明亮亮地烧着,
华镫错些。洪本云:镫一作雕。	华镫一盏盏地错杂啰。
结撰至思〔二二〕,	诗人们结撰深思,
兰芳假些。	兰花的香气来得大啰。
人有所极,	人各有独到之处,
同心赋些。	同用苦心作赋啰。
酣饮尽欢,洪本云:酣一作酌。	饮了醉酒极尽欢笑,
乐先故些。	津津乐道古先掌故啰。
魂兮归来!	魂啊归来!
反故居些!"鱼部。	回到故居啰!"

・招之以文娱活动。巫阳招魂之词止此。

〇以上中段。全叙巫阳招魂之词。先言四方以及天上地下之可怖以惧之;次言郢都故居宫室、女色、游观、饮食、歌舞,以及文娱活动之可乐以诱之。铺陈周匝,词藻纷披,已导汉赋《二京》、《两都》先路。〇按:从晚近考古发掘所得,可以证知春秋、战国之际,列国文化已向融合与统一方向发展。许多被周奴隶主贵族贬抑为夷狄之族与国所创造之优异文化成果,已为全国人民之共同财富,如所谓犀比或鲜卑带钩之佩用即其一例。尔时佩用有带钩之革带为我国北方戎狄胡服之特色,战国前期此种带钩已传至南方。河南信阳、湖北江陵所发现之楚墓,皆有金银错或错金嵌玉之精美带钩出土。(分见《文物》一九五七年九期——一九六六年五期)前者时属战国前期,后者为时稍晚,但皆早于《楚辞》时代。《楚辞·招魂》云:"晋制犀比,费白日些。"可证楚人带钩确由北方传入者也。

乱曰：　　　　　　　　　　　　　煞尾说：
献岁发春兮〔二三〕，　　　　　　贺年迎春啊，
汩吾南征。^{洪本云：《文选》自此至白芷生，句末皆有些字。一本至诱骋先有些字。}　　急忙忙的我将南行。
菉蘋齐叶兮，^{洪本云：蘋一作藾。}　　　绿蘋生齐了叶子啊，
白芷生。^{耕部。}　　　　　　　　白芷香草又已新生。
路贯庐江兮，　　　　　　　　　　路程穿过庐江啊，
左长薄。　　　　　　　　　　　　左边一带是树丛的叫长薄。
倚沼畦瀛兮，　　　　　　　　　　靠着湖沼分辟了水田啊，
遥望博！^{鱼部。}　　　　　　　　远远的望去好宽阔！

• 乱辞为作者自述。首言南征物候及其地点。维时献岁发春，可据以推知其文当作在怀王入秦之次年春初（顷襄王元年），为招怀王生魂而作。屈子盖尝扈从怀王至武关，至是欲南归也？○按：文云庐江者，自《洪补》而下，《蒋注》及钱坫、顾观光皆谓即今安徽之庐江、青弋江。徐文靖则以为此非《隋志》桂阳县之卢水，即为《一统志》泸溪县之泸水，在今湖南之西南境。而王夫之已以襄、汉间中庐水当之。谭其骧先生来书云："庐江，当指今襄阳宜城界之潼水，水北有汉中卢县故城。中卢，即春秋庐戎之国，故此水当有庐江之称。自汉北南行至郢，庐江实所必经。且乱辞在路贯庐江句下，有倚沼畦瀛兮遥望博，青骊结驷兮齐千乘，与王趋梦兮课后先等句，正与襄阳、江陵间多沼泽平野之地形相吻合。若以庐江移置皖境，则全不可解矣。"今以此说为是。

青骊结驷兮，　　　　　　　　　　青黑马匹连车结队啊，
齐千乘。　　　　　　　　　　　　整齐出发的有千乘。
悬火延起兮〔二四〕，　　　　　　火炬延长起来啊，

玄颜烝。_{蒸部。○洪本云：烝一作蒸。}	向暗青的天色上升。
步及骤处兮，	步行以及跑马和休息啊，
诱骋先。	都在诱使人驰骋争先。
抑骛若通兮，	按住和前奔都很顺畅啊，
引车右还。_{洪本云：还一作旋。}	又引车子向右转旋。
与王趋梦兮，	跟王奔向云梦啊，
课后先！	评比谁是落后谁占先！
君王亲发兮，	君王亲自发箭啊，
惮青兕！_{脂、文、元借韵。}	小心射中了青兕！

·设言春与君王校猎求士于云梦泽，而微讽以不可耽乐，亲射随母之青兕。盖亦兼讽嗣王之淫于田猎，如《楚策》庄莘之说顷襄王，"驰骋乎云梦之中，而不以国家为事"者也。○按：文云，与王趋梦课后先者，盖暗以楚庄王校猎求士事（《说苑》）讽之，欲怀王重整霸业。又云：君王亲发惮青兕者，盖亦暗以楚庄王射随兕之事戒之，此见《吕氏春秋·至忠》篇。亦见《说苑·立节》篇，但以为射科雉耳。楚《故记》谓射此二者，其人不出三月必死。杨慎《谭苑醍醐》云："随兕者，随母之兕。科雉者，甫出科之雉。"愚谓幼兽雏禽，古政禁猎，所以保护资源，屡见先秦古籍。如《鲁语》记里革谏宣公之滥渔，亦其一例。而楚俗则转为迷信之禁忌矣。○《楚辞约注》云："惮青兕者，《故记》之旨也。《故记》曰：射中青兕者必死。君王所不宜亲射，臣子当为之先，故亲发而曰惮也。"

朱明承夜兮，	红日继续了黑夜啊，
时不可以淹。_{洪本云：一云时不淹。一云时不可淹。一云时不见淹。}	时光不可以久延。
皋兰被径兮，	泽兰披着小路啊，
斯路渐。_{谈部。}	这条路要被水淹。

湛湛江水兮，	清沈沈的江水啊，
上有枫。	江岸上有青枫。
目极千里兮，	望尽千里啊，
伤春心！	伤了人的春心！
魂兮归来，	魂啊归来，
哀江南！^{侵部。}	可怜的江南！

・言时不可失，魂当及春归来。欲使复归于郢，故言江南之地可哀也如此。记郭沫若先生《今译》末句云："可爱的江南"！哀之有爱义，犹怜之有爱义也。

〇以上尾段。作者又自己为王招魂，招之以春猎江南，慨叹作结。此篇至乱辞，文思显达高潮云。

〇吴世尚云："《招魂》之前半篇以惊吓为阑截，后半篇以引诱为系缚，此最是招字中说不出的神理。"

今按：

〇乡前辈郑沅《招魂非宋玉作》一文说，《招魂》"杂陈宫室、饮食、女色、珍宝之盛，皆非诸侯之礼不足以当之，岂宋玉、景差辈所能施之于其师者"？"《招魂》必宜据史公说，定为原作。"（《中国学报》第九期）愚谓：此非宋玉、景差之徒可能施之于师，同此一理，即屈子亦不可能施之于己。凡今之人，犹谓《招魂》为伪作，或为宋玉悯师作，或为屈子自招作者，自此皆可以不陈。且以郭沫若先生《今译后记》针对诸说之一说，明确扼要为允也。（详拙作《招魂试解》，刊于一九六二年《中华文史论丛》第一辑。别详拙作《楚辞解题》一稿。）

【简注】

〔一〕《广雅》：些，词也。《尔雅·释诂·释文》：些，语余声也。按：些音近梭或沙，去声。《新方言》：谓今读如杀。又按：湖、湘间老儒相习读楚些之些为啰。宋张知甫《可书》云:童贯以燕山功遂封同安郡王。有改晋公《平淮西诗》以讥之,曰:长乐坡头十万戈,碧油幢下一婆婆。今朝始觉为奴贵,夜听元戎报五更也啰。今湖南方言,啰字平去声皆可读。

〔二〕《战国策·赵策》:赵武灵王云,黑齿雕题,大吴之国也。

〔三〕《埤雅》、《方言》曰:其大而蜜,谓之壶蜂,即今黑蜂,盖亦酿蜜。《楚辞》所谓赤蚁若象、玄蜂若壶者也。《尔雅翼》:壶形圆大,故蜂似之,今人亦呼为胡蜂。

〔四〕招具,招魂所用之道具。即上文秦篝、齐缕、郑绵络等物也。篝为竹笼,未知其为夜用篝火灯笼之类,抑为栖魂之具如李陈玉《笺注》所云之魂龛,或为以盛其他道具之器。缕,丝线。盖为五色线,厌胜之物,如《玉烛宝典》所云之长命缕。五色丝缠粽以避蛟龙之害,或亦此类也。绵络,《章句》云:绵,缠也。络,结也。则谓缝结衣服矣。近见楚墓出土文物有丝绵被,未知其可谓为绵络否也。

〔五〕像设君室,未知其为画像,抑为塑像。魏了翁《经外杂抄》:按此则人死而设形貌于室以事之,乃楚俗也。翟灏《通俗编》:说者谓后世影堂始此。似皆谓画像也。赵翼《陔余丛考》:古者祭必有尸。《孟子》弟为尸。是战国时尚有此制。然《招魂》已有像设君室之文,则偶像实自战国始。顾宁人谓尸礼废而像事兴,亦风会使然也。此谓塑像也。网户朱缀者,《大戴礼记·明堂》篇:朱缀,户也;白缀,牖也。注:缀,饰也。方连者,湖南楚墓出土物有作菱形纹之方连纹铜镜。(高至喜《湖南古代墓葬概况》,《文物》一九六〇年第三期)此继网户朱缀而言刻方连,则当属门窗上镂刻之菱形纹矣。

〔六〕光风转蕙,泛崇兰二句,俞樾谓崇与丛声近义同。兰称丛兰,乃古语。周拱辰《离骚草木史》云:言风自兰蕙之间,经由堂中以入于奥与尘筵之间也。

〔七〕王念孙云:蒻,与弱同。阿,细缯也。言以弱阿拂床之四壁也。又见任大椿《释缯》。晚近长沙信阳楚墓先后出土有缯书、帛画及以提花织成之文绮,丝织网络(罗纱),丝绵被等丝绸之物,尚有刺绣及其他丝织品。

〔八〕《国语·晋语》:郑伯纳〔晋人〕女乐二八,歌钟二肆。〔晋悼〕公锡魏绛女乐一八,歌钟一肆。宋玉《舞赋》:郑女出进,二八徐侍。注:舞以八人为一列,二八,十六人也。

〔九〕顺、慎古通。慎,诚也。古真字。弥,有掩覆之义。此读弥天释道安之弥。顺弥代,读诚足掩盖一世或一代也。唐人避讳改世为代。五臣云:弥,犹次也。好相亲密和顺,次以相代也。按:此解与上文射递代语意复矣,失之。《洪补》云:代作世者非。亦失之。代意韵,世意亦韵。

〔一〇〕王念孙云:臑,熟也。若,犹而也。言既熟而且芳也。而、若,语之转耳。今按:臑、胹古通。《说文》:胹,烂也。

〔一一〕柘浆,蔗浆,盖谓甘蔗汁。史绳祖《学斋占毕》据《前汉·郊祀歌》柘浆析朝酲注,谓取甘蔗汁以为饴也。此谓蔗饴或蔗饧,即今云沙糖矣。但今见应邵注:柘浆,取其汁以为饮也。似谓为酒。据许氏《说文》、郑君《礼》注,汉已有饴饧。据陶弘景《本草》注,晋已有沙糖。柘浆决非今沙糖,谓之蔗饴或蔗饧则可。

〔一二〕《章句》释露鸡为露栖之鸡,当即郁肉、漏脯之类,而后人不憭。盖栖读《诗·召旻》如彼栖苴之栖。栖苴,非谓水浮枯草,当谓树上干草。陈衍《槎上老舌》云:北人置菜于树以风受日,盖欲干之而不与其遽干。其名为栖苴。《诗》云:如彼栖苴。是也。今按:露栖之鸡,则谓悬之空中以风干之鸡也,今谓风鸡矣。《盐铁论·散不足》篇:羊淹,鸡寒。孙诒让《札迻》云:淹,腌假借字。《唐语林》云:《文选》曹植乐府:寒鳖炙熊蹯。李注:今之腊肉谓之寒。露鸡,盖寒鸡之比。

〔一三〕庞元英《文昌杂录》云:今岁时,人家作饧蜜油煎花果之类,盖亦旧矣。《楚辞·招魂》云:粔籹、蜜饵,有怅惶些。粔籹,以蜜和米面煎熬。(按:即今之馓子。粔籹,楚墓出土之缯画上文字作巨女。)怅惶,饧也。中书赵舍人云,《方言》:饵,糕也。今糍糕是。

〔一四〕袁文《瓮牖闲评》云:自古藏冰,盖有用也。见于《周礼》及《诗》。其中亦可藏酒及柤(查)梨橘柚诸果。久为寒气所浸,更取出,光彩灿然如新,而酒尤香洌。按:冻饮清凉,似为藏诸冰室凌阴之酒。下文有琼浆,如非杯中物,则亦夏饮之冰水也。其上有字,当读侑。又、右、有、侑,古字通。

〔一五〕《尔雅翼》:吴楚之风俗,当菱熟时,士女相与采之,故有《采菱》之歌以相和,为繁华流荡之极。《淮南》曰:欲学讴者,必先征为乐风。欲美和者,必先始于《阳阿》、《采菱》。许叔重曰:《阳阿》、《采菱》,乐曲之和。一曰阳阿,古之名俳,善和者。《明一统志》:采菱城在桃源县东北二十五里。其湖产菱,肉厚味甘。楚平王常采之。

〔一六〕宋玉《舞赋》:目流睇而横波。

〔一七〕同上:臣闻《激楚》、《结风》、《阳阿》之舞。刘向《九叹·忧苦》篇:恶虞氏之《箫韶》兮,好遗风之《激楚》。《后汉·边韶传》:扬《激楚》之清宫。皆本屈、宋赋中《激楚》。

〔一八〕乐毅《报燕王书》:大吕陈于玄英。注:大吕,齐钟名。承上吴歈、蔡讴言,则此当为齐钟或秦钟大吕也。按:大吕钟有重二千斤之说,亦侈乐之类。见《吕览》。

〔一九〕菎蔽,象棋,六簙,盖为三事。《说文》箟下段注:王逸曰:或言箟簬(一作箟蕗),今之箭囊也。箭囊即射筒之异词。象棋,见《招魂》,为最古之记载。春秋、战国间,有车骑之战,但读《九歌·国殇》亦知。定四年《左传》记楚人执燧象以奔吴师,则楚有象战可证。《诗·大明》:殷商之旅,其会如林。今文三家,会作旝。《说文》解旝,似为《范蠡兵法》所云之飞石,即所谓炮也。今人刘仙洲教授中国古代《机械工程史》已言及之。王三聘《古今事物考》、《说苑》雍门周谓孟尝君,燕则斗象棋。则战国事也。故今亦曰象棋。盖战国用兵争强,故时人用战争之像为棋也。按:象棋有车马象炮,自当创始于春秋、战国之际。顾见于后世诗文,则以汉人刘向《说苑》云:斗象棋而舞郑女,唐人牛僧孺《玄怪录》言:肃宗宝应年间,汝南人岑顺梦见两军交锋各有将马车卒事;以及宋人程颢有《象戏诗》一首,刘克庄有《象弈一首呈叶潜仲》为早耳。六簙,《论语》早以博弈并称。战国时,君臣上下好博,见于《战国策》、《史记》,尤以信陵君与魏王博一事为著。六博之法失传,《颜氏家训·杂艺》篇已云今无晓者。《说文》所解,《列子》张湛所注,盖出古《博经》,已见《洪补》所引,而与《招魂》所云成枭而牟呼五白之制不合。《战国策·楚策》唐且见春申君,《魏策》孙臣对魏王,皆言博者用枭,则与《招魂》所云者有合,而其法不详。《杜诗镜铨·今夕行》注稍详,而仍不明确。大约对博用六子,若今骰子;五白为枭,五黑为卢,皆为最高之采。故《招魂》云:成枭而牟呼五白;而《杜诗》云:凭陵大叫呼五白,袒跣不肯成枭卢也。顷见《文物》一九七六年六期《湖北云梦睡虎地十一号秦墓发掘简报》,随葬器物中有六博棋一套,有图有说明,始使人于此棋有进一步之认识,而为《颜氏家训》作者所不及知也。

〔二〇〕犀比,即鲜卑。此当指鲜卑廓落带,黄金带钩,即谓鲜卑部族所用之带钩也。晋制犀比者,则谓晋人仿制之鲜卑带钩也。孙志祖《读书脞录》,《魏志·王粲传》注引《典略》:文帝尝赐刘桢廓落带。或疑廓落之义。按《汉书·匈奴传》:黄金饰具带一。注:张晏曰:鲜卑郭洛带,瑞兽名也。此廓落带,当即郭洛带尔。亦见《淮南·主术训》。郭落为皮带之始。

〔二一〕梓瑟,近时长沙楚墓出土物,有十三弦木瑟。详下《大招·招之以音乐歌舞》章指。

〔二二〕《拾遗记》:洞庭山浮于水上,其下有金堂数百间,玉女居之。四时闻金石丝竹之声,彻于山顶。楚怀王时,举贤才,赋诗于水湄。故云潇湘洞庭之乐,听者令人难老,虽《咸池》、《箫韶》,不能比焉。每四季之节,王常绕以游宴,各举四仲之气以为乐章。刘熙载《艺概》云:赋起于情事杂沓,诗不能驭,故为赋以铺陈之。斯千态万状,层见叠出者,吐无不畅,畅无或竭。《楚辞·招魂》:结撰至思,兰芳假些。人有所极,同心赋些。曰至、曰极;此皇甫士安《三都赋序》所谓欲人不能加也。又云:赋欲不朽,全在意胜。《楚辞·招魂》先之以结撰至思,真乃千古笃论。

〔二三〕杨慎《艺林伐山》:古者诸侯迎春于东郊。齐曰放春,见《管子》;楚曰发春,见《楚辞》。《汉书》有太守行春班春之文。

〔二四〕杨慎《谭苑醍醐》:《楚辞》所谓悬火,今之提灯。并举《管子·弟子职》篇弟子执烛之礼为证,以谓所云捧碗,即是悬火。《章句》释为悬火。按:悬火,当如今人所云之火炬、火把。

○ 沫音妹。蓁音臻。螳蛾蚁通。娭音嬉。嶷音疑,音拟。驰音丕。篝音沟。榭音谢。弱音弱。帱音酬。绮音倚。射音亦。鬋音翦。絙音亘。睩音禄。矊音绵。桷音角。芰音技。陂音坡,音皮。陁音陀,音移。辌音凉。穛音爵,音捉。挐音如。腱音建。臑音儒,音奭。胹音而,音濡。柘音蔗。腾音媵。鸧音仓。臄音霍。粔音巨,籹音女。(楚墓帛画文字作巨女。)帐音张。餭音皇。酎音纣。酏音驰,音陀。衽音任,槇音填,音田。歔音俞。菎音昆。簎音举。揳音戛。假音瑕。

楚辞直解卷第十

大招

青春受言谢[一],　　　　　　　　青春要受轮替了,
白日昭只[二]。　　　　　　　　　白天阳光清明啦。
春气奋发,　　　　　　　　　　春来生气奋发,
万物遽只。　　　　　　　　　　万物急起回春啦。

· 发端便点明季节在春。此盖为楚怀王自秦返葬之季节。怀王于顷襄王三年死在秦国,秦归其丧,盖明年春始至。此文当为招怀王亡魂而作。○按:旧志相传,楚怀王墓在今湖北枝江县东百里洲。

冥凌浃行,　　　　　　　　　　积冰化水遍流,
魂无逃只。　　　　　　　　　　灵魂不要逃啦。
魂魄归徕！_{洪本云:一作徕归。}　　　　　魂魄归来！
无远遥只。_{宵、鱼合韵。}　　　　　　不要远走遥遥啦。

· 言魂无逃,魂魄无远遥,血泪苦语,逃字吃紧。○按:顷襄王二年,怀王亡逃归,被秦遮楚道,从间道走赵,不纳,又欲走魏,而秦兵追至,遂同使者入秦,发病。生不能逃,死亦不必逃也,语绝沉痛。

○陈本礼云:"此灵车未临,而屈子赋以招之也。"

○以上首段,一篇总冒。连魂带魄招之,明为怀王死在异国。可证此确为招怀王而作,作在顷襄王四年春。○按:《招魂》中段用巫歌形式,而首尾两段有作者自述语,实为具有文学性质之作品。《大招》全用巫歌形式,当是实际应用之作品。一用之于招怀王生魂,而非必实招;一用之于招怀王亡魂,而似为实用;二招之形式与

性质,显有别已。○钱大昕《十驾斋养新录·七言在五言之前》一则云:"《招魂》、《大招》多四言,去些只助语,合两句读之,即成七言。"

魂乎归徕! _{洪本云:古本乎皆作兮,一作徕归。一云魂乎归兮。}　　　　魂哟归来!
无东无西,　　　　　　　　　　　　　　不要往东,不要往西,
无南无北只。_{无韵。○洪本云:一云无东西而南北只。}　　　不要往南,不要往北啦。
　·申上魂无逃意。总一句起下。

东有大海,　　　　　　　　　　　　　　东方有的是大海,
溺水浟浟只。_{溺在《章句》中作弱。}　　　　　　　弱水轻油油地载不起舟啦。
螭龙并流,　　　　　　　　　　　　　　蛟龙并流游戏,
上下悠悠只。_{洪本云:悠一作攸。古作修修。}　　　　随波逐浪,上下悠悠啦。
雾雨淫淫,　　　　　　　　　　　　　　天气不美,雾雨淫淫,
白皓胶只。_{洪本云:皓一作浩。}　　　　　　　　一片白色,水天相胶啦。
魂乎无东! _{洪本云:乎一作兮。}　　　　　　　魂哟不要往东!
汤谷宗只。_{幽部。○洪本云:一本宗下有寥字。}　　　日出汤谷,那里寂寥啦。
　·向东方招之。

魂乎无南!　　　　　　　　　　　　　　魂哟不要往南!
南有炎火千里,　　　　　　　　　　　　南方有的是火热千里,
蝮蛇蜒只。　　　　　　　　　　　　　　蝮蛇一条条爬行多长啦。
山林险隘, _{洪本云:林一作陵。}　　　　　　　那里山林险阻,
虎豹蜿只。　　　　　　　　　　　　　　虎豹往来成行啦。
鰅鳙短狐〔三〕,　　　　　　　　　　　　鰅鳙怪鱼,短狐鬼箭,
王虺骞只。　　　　　　　　　　　　　　王虺大蟒昂头吓人啦。

魂乎无南！^{洪本云：乎一作兮。}　　　　　　魂哟不要往南！
蜮伤躬只！^{元、真合韵。}　　　　　　含沙射影的鬼蜮伤身啦！
　　・向南方招之。

魂乎无西！　　　　　　　　　魂哟不要往西！
西方流沙，　　　　　　　　　西方有的是流沙，
漭洋洋只。　　　　　　　　　沙漠像海，漭洋洋啦。
豕首纵目，^{洪本云：纵一作从。}　　　　　　猪头竖眼的怪物，
被发鬤只。^{洪本云：鬤古作长。}　　　　　　披着头发又乱又长啦。
长爪踞牙，^{洪本云：一云豕爪。踞一作倨。}　　　长长的爪子，锯样的牙齿，
诶笑狂只。^{洪本云：诶一作娭。}　　　　　　傻笑起来发狂啦。
魂乎无西！　　　　　　　　　魂哟不要往西！
多害伤只！^{阳部。}　　　　　　　多的是害伤啦！
　　・向西方招之。

魂乎无北！　　　　　　　　　魂哟不要往北！
北有寒山，　　　　　　　　　北方有的是寒山，
逴龙赩只。^{洪本云：逴一作卓。}　　　　　　一条烛龙红的发黑啦。
代水不可涉，　　　　　　　　代水不可渡过，
深不可测只。　　　　　　　　水深不可测啦。
天白颢颢，　　　　　　　　　天空飘雪，白色浩浩，
寒凝凝只。^{洪本云：凝一本及《释文》并作疑。}　　地面寒冰，层层冻结啦。
魂乎无往！　　　　　　　　　魂哟不要前往！
盈北极只！^{之部。}　　　　　　　冰雪满北极啦！
　　・向北方招之。

○以上二段。言四方皆不可往。

魂魄归徕！_{洪本云：一作徕归。}	魂魄归来！
闲以静只。	宽闲而且清静啦。
自恣荆楚，	自由自在地在楚国，
安以定只。_{耕部。}	安全而且固定啦。
逞志究欲，	一切快意、一切如愿，
心意安只。	心意就很安然啦。
穷身永乐，_{洪本云：永一作安。}	终身长乐，
年寿延只。	年寿绵延啦。
魂乎归徕！_{洪本云：一作徕归。}	魂哟归来！
乐不可言只！_{元部。}	快乐不可尽言啦！

·又总提魂魄归来。招以自恣荆楚，逞志究欲，乐不可言；恣字吃紧。明此为楚王客死异国者招之也。伏下四节。○按："魂魄归徕"一语又言之，盖作者有意如此安排，故特置之于文之关键处，并非抄刻相传偶误。闻一多《楚辞校补》谓"魄当为乎"。大误矣。殆不知连魂带魄招之，正为招怀王之自秦归丧也。又今有人，不知"自恣荆楚"一语与《天问》"荆勋作师"之荆，名义正同。而谓楚人不自称为荆与荆楚，此为敌国称楚之词，据为此非屈子所作之证。甚至谓其历举楚酪、楚沥等词，楚与郑、卫、秦、吴等视，此不但非屈、景所作，亦决非任何楚人所作。不知《论语》鲁、卫之政并晒，《孟子》邹与鲁哄同讥乎？抑不知俞樾《宾萌集》有《释荆楚》一篇精悍之作乎？且楚之先公先王未尝自讳称蛮夷矣，屈子《涉江》赋中亦直言楚人为南夷矣，又何说乎？恨吾不得曲园铦利之笔一横扫之也！

五谷六仞，	五谷堆积五六丈高，
设菰粱只[四]。^{洪本云：菰一作苽。}	还摆设菰米杂粮啦。
鼎臑盈望，^{洪本云：臑一作脑，《释文》作胹。}	大鼎熟肉已经盈满，
和致芳只。	调和滋味使它喷香啦。
内鸧鸽鹄，^{洪本云：内一作肭。}	有肥美的鸧鹤鸽子天鹅，
味豺羹只。	还品味到豺肉烧汤啦。
魂乎归徕！^{洪本云：作徕归。}	魂哟归来！
恣所尝只！^{阳部。}	随您的嗜好来尝啦！
鲜蠵甘鸡，^{《释文》蠵作鳙。}	鲜美大龟、甜鸡，
和楚酪只。	调和楚国的乳酪啦。
醢豚苦狗[五]，	酱汁乳猪、豉汁狗肉，
脍苴蓴只。^{洪本云：蓴一作蒪。}	生炒肉片蘘荷啦。
吴酸蒿蒌[六]，^{洪本云：作芼蒌。}	吴醋冷拌的烫熟蒌芽，
不沾薄只。	味道可不淡薄啦。
魂兮归徕！	魂哟归来！
恣所择只！^{鱼部。}	随您的意思选择啦！
炙鸹烝凫，^{洪本云：鸹一作鸹。凫一作枭。}	烧烤糜鸹、清蒸野鸭，
煔鹑陈只。	汤泡鹑鸡、陈设俱全啦。
煎鰿膗雀，^{洪本云：膗一作䐺。}	油煎鲫鱼、熏味雀子，
遽爽存只[七]。	怕伤胃口、拿来于前啦。
魂乎归徕！^{洪本云：一作徕归。}	魂哟归来！
丽以先只！^{文、真通韵。○洪本云：丽一作进。}	靠拢并进而且领先啦！
四酎并孰，	四酿的醇酒都已熟了，

不歰嗌只。_{洪本云:歰一作溍。}	不会涩着咽喉啦。
清馨冻歓，_{洪本云:歓一作饮。}	清香远闻的冻酒，
不歠役只〔八〕。	不要赏饮给家奴啦。
吴醴白糵，	吴醴甜酒，白曲酿造，
和楚沥只。	掺和了楚沥清酒啦。
魂乎归徕！_{洪本云:一作徕归。}	魂哟归来！
不遽惕只。_{支部。}	不要畏畏缩缩啦。

·招之以饮食可以自恣。

代秦郑卫，_{洪本云:代一作岱。}	代、秦、郑、卫各地音乐，
鸣竽张只。	吹响长竽声音大张啦。
伏戏《驾辩》，	有伏羲氏的《驾辩》古曲，
楚《劳商》只。	还有楚国的名曲《劳商》啦。
讴和《扬荷》，	歌声和着《阳阿》之曲，
赵箫倡只。	赵制名箫领唱啦。
魂乎归徕！_{洪本云:一作徕归。下并同。}	魂哟归来！
定空桑只。_{阳部。}	审定名瑟空桑啦。

按：《驾辩》，曲名。空桑，瑟名。《周官》古者弦空桑而为瑟。《文子·世纪》庖牺氏绲桑为三十六弦之瑟。洞庭湘水间早有湘灵鼓瑟之神话，楚人好瑟由来久已。《招魂》云："竽瑟狂会，搷鸣鼓些。"又云："铿钟摇簴，揳梓瑟些。"盖楚之王侯、大夫好乐重瑟，且及于身后。近岁信阳、江陵、长沙等地楚墓先后出土物，皆有残存之锦瑟木瑟可证。林云铭云："伏戏作瑟，造《驾辩》之曲。楚人因之作《劳商》之曲。""辨定《劳商》之合于古瑟与否。若竽箫时乐，本有定音，惟听之而已，故但言定瑟。""盖定乐乃帝王之事，国君有侑食之乐，故接叙于饮食之后。即此尤可决其为怀王作矣。"

二八接舞，^{洪本云：舞一作武。} 　　二八列队的佳人联步起舞，
投诗赋只。　　　　　　　　　投合诗赋歌诵的节拍啦。
叩钟调磬，　　　　　　　　　叩着金钟，调好玉磬，
娱人乱只。　　　　　　　　　使人娱乐而理弄得法啦。
四上竞气，　　　　　　　　　五音一四相生，迭奏竞气，
极声变只。　　　　　　　　　转到角音极调，又变化啦。
魂乎归徕！　　　　　　　　　魂哟归来！
听歌撰只。^{元部。}　　　　　可听的歌曲都已包括啦！

• 招之以音乐歌舞可以自恣。○按：四上竞气者，唐顺之《稗编》据《管色字谱》、毛奇龄《竟山乐录》据《笛色谱》以释之。郑觐文《中国音乐史》云："按四上二字自王弼注作音名之后，历代乐书无不引为后世工尺之祖。殊不知工尺始于胡乐，非中国法，有其字谱（名《半字谱》）可证。况工尺共有十字，而四上仅二字，何能代其全体？所谓四上竞气者，即五音之中第一音恒与第四音相生。如宫生徵，徵即宫之第四音；徵生商，商即徵之第四音；商生羽，羽即商之第四音；羽生角，角即羽之第四音也。极声变只者，古声字即调字，转至角调，则五正音不全，故角调为极声。欲转还宫调，非间用一变音不可，故曰变只。"

朱唇皓齿，^{洪本云：朱唇一作美人。}　　美人有的是朱唇白齿，
嫭以姱只。^{洪本云：嫭一作嫇。}　　面孔很俏而且很娇啦。
比德好闲，　　　　　　　　　并有品德，爱好幽闲，
习以都只。　　　　　　　　　熟习礼节而且时髦啦。
丰肉微骨，　　　　　　　　　丰满的肌肉、小巧的骨骼，
调以娱只。　　　　　　　　　肥瘦均调而有快感啦。

魂乎归徕！　　　　　　　　　　魂哟归来！
安以舒只！_{鱼部。}　　　　　　　安乐而且舒坦啦！

嫭目宜笑，　　　　　　　　　　她们有的美目善笑，
娥眉曼只。　　　　　　　　　　娥眉画的美而长啦。
容则秀雅，　　　　　　　　　　仪容模样都很秀雅，
穉朱颜只。　　　　　　　　　　有细嫩的红润面庞啦。
魂乎归徕！　　　　　　　　　　魂哟归来！
静以安只！_{元部。}　　　　　　　清静静的而且安详啦！

姱修滂浩，_{洪本云：一作修广，婉心，婉一作远。}　　她们有的美洁大方，
丽以佳只。　　　　　　　　　　真是丽人和佳人啦。
曾颊倚耳，　　　　　　　　　　双颊饱满，两耳熨帖，
曲眉规只。　　　　　　　　　　弯弯的眉毛用规画成啦。
滂心绰态，_{洪本云：滂一作漫。绰一作淖。}　　心眼周到、体态绰约，
姣丽施只。　　　　　　　　　　又姣又丽的打扮行啦。
小腰秀颈，　　　　　　　　　　细小的腰身、秀气的颈子，
若鲜卑只〔九〕。　　　　　　　　 好像鲜卑女人啦。
魂乎归徕！　　　　　　　　　　魂哟归来！
思怨移只！_{歌、支通韵。○洪本云：古本作怨思移只。}　去掉您想谁怨谁的心啦！

按：《招魂》云："晋制犀比，费白日些。"《大招》云："小腰秀颈，若鲜卑只。"彼谓晋制之鲜卑式金带钩闪耀白日也。郭沫若先生《今译》以晋制犀比为"晋带钩"，谓指赌注，道前人所未道，妙极、趣极！此谓楚之女人"小腰秀颈，若鲜卑女人"也。《楚辞约注》不误。与屈子同时之赵武灵王、赐周绍胡服衣冠，具黄金师比。见《战国

策·赵策》。师比即犀比,亦即鲜卑。赵、晋接壤,盖同时变用胡服,史有阙文,幸赖《招魂》存之也。周成王盟诸侯于岐阳,荆蛮与鲜卑(卑一作牟)守燎,见《国语·晋语》。是周初楚之先公曾与鲜卑人共事。屈子语及鲜卑金带钩,又语及鲜卑美女子,安见其不可能语及守燎之鲜卑乎?今人或谓鲜卑一名始见于汉代,疑《二招》皆为伪作,非也;不足与辩也。(参看:王国维《胡服考》。冯家升《西伯利亚名称的由来》,《历史研究》一九五六年十期。日本白鸟库吉《东胡民族考》,《史学杂志》二十一卷九期。)○又按:此节首句"姱修滂浩";其中有句"滂心绰态",以及下一节首二句"易中利心,以动作只",皆难以今语表达。谨俟诸来哲。

易中利心,	她们有的温情慧心,
以动作只。	恰好表现在动作啦。
粉白黛黑,	粉白黛黑,
施芳泽只。	打扮的芬芳润泽啦。
长袂拂面,	长袖遮面,
善留客只。	很会殷勤待客啦。
魂乎归来!	魂哟归来!
以娱昔只! _{鱼部。○洪本云:昔一作夕。}	就来娱乐长夜啦!
青色直眉,	她们有的黑色直眉,
美目媔只[一〇]。	美目媔悚啦。
靥辅奇牙[一一], _{洪本云:辅一作酺。}	脸朵酒涡、怪好门牙,
宜笑嫣只。 _{按:嫣《说文》作嫣。}	恰宜一笑嫣然啦。
丰肉微骨,	丰满的皮肉、小巧的骨骼,
体便娟只。	体态轻盈自然啦。

| 魂乎归来！ | 魂哟归来！ |
| 恣所便只！^{元部。} | 随您爱好的便啦！ |

·招之以女色可以自恣。○今人或据"青色直眉"一语,实据蒋骥注引《礼记·礼器》郑注语,而又放弃之一说。因而谓:"《礼记·礼器》或素或青,夏造殷因。郑注云:变白黑言素青者,秦二世时,赵高欲作乱,或以青为黑,黑为黄。民言从之,至今语犹然也。《礼记》出于汉人之手,所以以黑为青,若《大招》是战国时产品,决不作秦以后语。"愚意《诗·郑风·子衿》篇郑笺说:"《礼》:父母在,衣纯以青。孤子,衣纯以素。"其言青,就"青青子衿"为说,而以青、素相对为义。正与《诗·齐风·著》篇"充之以素乎而","充之以青乎而",以青、素相对为文一例。所谓青素,即谓黑白。岂《子衿》、《著》篇作者亦"在胡亥之后,故或素或青"(《礼器·孔疏》)。即非秦以前之产品,故作秦以后语？ 其至早总在西汉初年,为一无名氏之作品,谓与《大招》正同乎？ 不据详细资料,不作具体分析,未能实事求是,疑古学派之末流大抵类是。此亦拙稿之所为作也！

夏屋广大,	大厦真是广大,
沙堂秀只。	朱砂厅堂很秀啦。
南房小坛,	南房小坛,
观绝霤只。	看雨天高檐的飞霤啦。
曲屋步壛,^{洪本云:壛一作檐。}	曲屋长廊,
宜扰畜只。^{洪本云:畜一作兽。}	恰好驯养禽兽啦。
腾驾步游,	或者驰车、或者步行,
猎春囿只。^{之、幽通韵。}	出猎在春天的园囿啦。
琼毂错衡,^{洪本云:琼一作瑶。}	玉嵌轴头、金嵌横杠,
英华假只。^{洪本云:假一作嘏。}	英华照耀的车子大啦。

茝兰桂树，^{洪本云：茝一作芷。}	下有芷兰、上有桂树，
郁弥路只。	郁茂茂的林荫满路啦。
魂乎归徕！	魂哟归来！
恣志虑只！^{鱼部。○洪本云：虑一作处。}	随您的心向考虑啦！

孔雀盈园，	孔雀满园，
畜鸾皇只。	还养着鸾鸟凤皇啦。
鹍鸿群晨，	鹍鸡鸿雁群唱司晨，
杂鹙鸧只。	还杂着鹈鹕灰鸧啦。
鸿鹄代游，	大天鹅更迭出游，
曼鹔鹴只。^{洪本云：曼一作漫。鹴一作鹔。}	还有长颈绿身的鹔鹴啦。
魂乎归徕！	魂哟归来！
凤皇翔只！^{阳部。}	凤凰已在飞翔啦！

·招之以宫苑游观可以自恣。○按：《孟子》言齐囿、梁沼，人所习知。他如楚之章华台，燕之灵台，赵之赵囿，秦有甘泉兽圈，齐有柏台鹿苑，以及吴有安华池，不胜枚举。盖自周初三灵（灵台、灵囿、灵沼）以来，诸侯列国渐有苑囿台池，离宫别馆；并畜养动物，圈地设栏以为赏玩，抑或野放以供射猎，战国为盛已。

○以上三段。言魂魄归来，极尽饮馔、声色、宫苑游观种种之乐，可以自恣荆楚，逞志究欲。非王者安得有此？非客死敌国又安用夸此？谓为景差招屈，或屈子自招，其为说之必不可通也明矣。

曼泽怡面，^{洪本云：怡一作台。}	满涂香膏，面容愉快，
血气盛只。^{洪本云：盛一作喊。}	血气正盛啦。
永宜厥身，	常调护好您的身体，

保寿命只。_{洪本云：一云长保命只。}	长保寿命啦。
室家盈廷，	家族满布宫廷，
爵禄盛只。	爵禄都是鼎盛啦。
魂乎归徕！	魂哟归来！
居室定只！_{耕部。}	居室已经定啦！

·忽又开拓，招之以行美政。首言修身心，亲家族，此为致治之本。儒家所谓先修齐而后治平者也。《离骚》末言美政，只是虚提；提纲挈领，此乃实指。秦、汉以来之大一统封建王朝之规模略具于此。屈子洵为彼时有远见之伟大政治家，而永有其历史上之地位者也。

接径千里，	联接道路千里，
出若云只。	出车众多如云啦。
三圭重侯，	三圭公侯伯、同侯有子男，
听类神只〔一二〕。	听从类祭天神啦。
察笃夭隐〔一三〕，_{洪本云：夭，一作殀。}	督察夭亡疾苦无告之人，
孤寡存只。	孤独鳏寡都得存问啦。
魂兮归徕！_{洪本云：兮一作乎。}	魂啊归来！
正始昆只！_{文、真通韵。}	弄好开头留给后人啦。

·次言整军重祀。"国之大事，在祀与戎。"并言察疾苦，存孤寡。发政施仁，必须先从此始。已下分列其他美政言之，纲举而目张。

田邑千畛，	田野村邑千阡陌，
人阜昌只。	人民都很盛昌啦。

美冒众流，	美政广庇各类人群，
德泽章只。	德泽昭彰啦。
先威后文，	先用威力,后用文治，
善美明只。	善的美的都分明啦。
魂乎归徕！	魂哟归来！
赏罚当只！^{阳部。}	赏罚都要得当啦！

·言田邑开发,民物阜昌。宽猛相济,赏罚得宜。

名声若日，	名声好像太阳，
照四海只。^{洪本云:照一作昭。}	照遍四海啦。
德誉配天，	德誉可配天帝，
万民理只。^{洪本云:理一作治。}	万民得到治理啦。
北至幽陵，	北方到了幽陵，
南交阯只。	南方到了交阯啦。
西薄羊肠，	西方逼近了羊肠，
东穷海只。	东方尽头到海啦。
魂乎归徕！	魂哟归来！
尚贤士只！^{之部。○洪本云:一云尚进士只。一云进贤士只。}	尊重投效的贤士啦！

·言声威四暨,在尚贤士。○按:声教四至之说,《大戴礼·五帝德》篇、《史记·五帝本纪》,皆以之颂高阳,盖出自上古传说。《大招》以此招楚王,述德诵芬。作者其人数典不忘,必为楚之同姓,帝高阳之苗裔,可确证也。

发政献行，	发布政令、献上功绩，
禁苛暴只。^{洪本云:禁一作绝。江氏云:当作禁暴苛只。}	禁绝苛暴横行啦。

举杰压陛，_{洪本云：压一作厌。陛一作阶。}	举用俊杰，压满殿阶，
诛讥罢只，	诛责疲玩无能啦。
直赢在位〔一四〕，	正直的人早进在位，
近禹麾只。	近似大禹的用人指挥啦。
豪杰执政，_{洪本云：杰一作俊。执一作理。}	豪杰执政，
流泽施只。	王泽如流水一般的遍施啦。
魂乎徕归！	魂哟来归！
国家为只！_{歌部。}	国家前途大有可为啦！

·言课政绩，禁苛暴，举俊杰，退疲玩，进正直，则国家之事大有可为。○按：据此整段所言美政观之，可见屈子之政治思想，由儒入法之发展迹象，由幼稚到成熟之过程，井然可寻；固非纯粹儒者之流，法先王、反进步者也。

雄雄赫赫，	雄雄之武、赫赫之威，
天德明只。	上配天德高明啦。
三公穆穆，	三公肃肃敬敬，
登降堂只。_{洪本云：降一作玉。}	往来上下玉堂啦。
诸侯毕极，	诸侯来朝毕到，
立九卿只。	设立了九卿啦。
昭质既设〔一五〕，	目标已经设好，
大侯张只。	打靶的大射皮已张啦。
执弓挟矢，	拿着弓，挟着箭，
揖辞让只。_{洪本云：一云揖让辞只。}	拱揖进退，都讲礼让啦。
魂乎徕归！	魂哟来归！
尚三王只！	上法前代三王啦！

・言肃朝仪,定官制,朝诸侯,讲射礼,明揖让,归结于上法三王,完成统一大业。○按:《招魂》言九侯淑女,《大招》言诸侯毕极,皆暗指怀王尝有臣服诸侯之雄心,(《贾子新书·春秋》篇)盖亦兼指楚之先王尝有问鼎中原而王天下之传统国策。(《楚世家》如武王、庄王、灵王以及最后之顷襄王)明屈子为招怀王而作,决非景、宋之徒为招屈子而作,更非屈子为自招而作,屈子不足以当之,此特举其一端而言耳。

○以上末段。招之以行美政之纲领,所以痛惜故王者,即所以激励新王。其语益重,其志益悲。可证王逸谓作者为屈原不误,误在谓原自招其魂也。○王得臣《麈史》曰:"《招魂》、《大招》,其末盛称洞房翠帷之饰,美颜秀颈之列,琼浆酾羹之烹,新歌郑舞之娱,日夜沉湎,与象棋六博之乐,夫所以訾楚者深矣。其卒云'魂兮归来,正始昆只',言往者不可以正,尚或以改其后耳。又曰'赏罚当只','尚贤士只','国家为只','尚三王只',皆思其来而反其政者也。"

今按:

○《大招》末句云:"尚三王只。"三王。古之三王欤,抑楚之三王欤?愚意三王当即所谓三后。《离骚》中云:"昔三后之纯粹兮,固众芳之所在。"王逸《章句》于三后、三王皆谓"禹、汤、文王"。王夫之《通释》则谓指楚之先公先王,"或鬻熊、熊绎、庄王也"。戴注亦云:"三后,谓楚之先君贤而昭显者,故径省其辞,以国人共知之也。今未闻。在楚言楚,其熊绎、若敖、蚡冒三君乎?(原注:犹《下武》言三后在天,共知为大王、王季、文王。)"孙志祖《文选李注补正》曰:"《辩证》云:三后若果如旧说(禹、汤、文王),不应其下方言尧舜。疑谓三皇,或少昊、颛顼、高辛也。"其说皆未免拘泥。但看《九章·抽思》"望三五以为像"之文,《章句》说:"三王五伯可修法也。"愚意三王仍当以指禹、汤、文王为是。况说三王纯粹,说三王美政,明是天下共主,非指楚国偏王。屈子导王先路。与为美政,眇志所慕,固当在此三王。倘不先明乎此,不但于屈赋论史论政有所不明,而于屈子一生之闳识伟抱亦无自而明已!又今人有撰《离骚美政说》者,直谓屈子所云之美政惟指合齐拒秦(原文"合纵以摈秦之政")一事而已矣。盖诵其诗、读其书,而未足以语于知其人、论其世者也。窃为略发其微旨于此篇末云。

【简注】

〔一〕顾炎武《日知录》云:案古人读谢为序。……谓四时之序,终则有始,而春受之尔。

〔二〕只者,夏大霖谓只有馨音,不知何据。愚疑其据《说文·只部》。只,语已词也。从口,象气下引之形。朄,声也。从只,,,粵声,读若馨。岂以只读为朄耶?其《屈骚心印》云:音韵有不必过泥者,《大招》之只,《招魂》之些,是也。如《诗》母也天只,不谅人只。只如字读,音止,可矣。而此只训音馨,馨为宁馨之馨。宁馨又音能亨,是只当音亨矣。唐诗几人雄猛得宁馨,乃韵叶上溟灵,音经,又何尝读能亨哉?些,叶徒贺切,音锁,谓之语余音,上声,亦殊太硬。审之当作平声,音梭。故谓不必过泥也。

〔三〕鯢鳙者,章士钊先生《柳文指要》释柳诗鯢鳙字为狗鱼、娃娃鱼。若然,即《宋景文集·䲡鱼赞》之䲡鱼矣。今西南各省溪谷崖石间尚多有之,亦或呼为鲵鱼也。鯢,形声字,从禺得声,亦似兼形义。禺为猴类,故鯢鳙得转名狗鱼、鲵鱼、娃娃鱼矣。

〔四〕菰,谓菰米或菰白。今吴语谓之茭白、茭瓜。《尔雅翼》:菰叶,楚俗以裹粘米煮烂,夏节所尚,一名粽,一名角黍。宋玉《讽赋》:主人之女为臣炊雕胡之饭,烹露葵之羹。雕胡即雕菰,亦即菰也。

〔五〕徐文靖读苦为《特牲馈礼》铏羹用苦、《内则》濡豚包苦之苦,谓苦菜也。余按:此可从《招魂》大苦咸酸,《章句》释之为豉。豉汁狗肉,今尚为南方粤、桂佳肴也。

〔六〕吴酸,吴醋。犹今言镇江醋。孙志祖《读书脞录》:惠定宇云:醯,酱也。宋儒误以为醋。古有梅无醋。《离骚》吴酸,亦非醋也。志祖按

《仪礼·聘礼》:醴在东。郑注:醴,谷阳也。醯,肉阴也。《贾疏》:醴是酿谷为之,酒之类。……《公食大夫礼》:宰夫自东房授醯酱。注:醯酱,以醯和酱。据此则郑康成亦以醯为醋,非与酱一物也,不得云误。不沾薄者,王念孙云:沾,亦薄也。言其味不薄也。《广雅》云:沾,襑也。襑与薄同。《汉书·魏其传》注云:今俗言薄沾沾。

〔七〕《老子》:五味令人口爽。《广雅》:爽,败也。《章句》:存,前也。《尔雅》:在,存也。遽爽存者,谓惧其有伤食败胃之病存在于前也。

〔八〕不歠役者,姚鼐《古文辞类纂》注:姜坞先生云:《诗》禾役穟穟。《毛传》:役,列也。不歠役,言虽不及饮,而皆陈列于前也。此似可通而未必是,当仍用《章句》。

〔九〕此鲜卑,指鲜卑女人。犹隋唐以来之称胡姬与菩萨蛮耳。楚王好细腰,如庄、灵、怀、襄,皆是。《荀子·君道》篇:楚庄王好细腰,故朝有饿人。其事亦见《管子·七臣》篇及《尹文子》。《战国策·楚策》:莫敖子华对威王曰:昔先君灵王好小腰,楚士约食,冯而能立,式而能起。其事亦见《墨子·兼爱》中、下,《韩非子·二柄》、《晏子春秋》及《淮南子》。《四川志》:巫山治西北,楚怀王所游之地,有古楚宫遗址尚存,所谓细腰宫也。刘禹锡《踏歌行》:为是襄王故宫地,至今犹自细腰多。又张籍《楚宫行》、胡曾《细腰宫诗》,为咏华容细腰宫古迹而作,见《清一统志》。小腰秀颈之言信而有征,非后人作伪者所能伪也。《山海经》云:青要之山宜女,其神小腰白齿,穿耳以鐻。则以小腰大珰为美,由来古已。

〔一○〕嫮,谓嫮愧,今俗尚有此语。《说文》:愧,青徐谓惭曰愧。

〔一一〕靥辅,颊上窒。今俗谓酒涡、笑涡。奇牙,门牙。奇读猗。《淮南子》:奇牙出,靥酺摇。笑嗎之嗎,《说文》作嫣。《广雅》:嗎,乐也。

〔一二〕类神,谓禷祭天神也。类,祭名。《书》:类于上帝。《周官·小宗伯》:类社稷宗庙。皆谓祭也。此云类神,承上而言,盖谓出师征伐,类于上帝也。

〔一三〕王念孙云:笃与督同。《说文》曰:督,察也。是督与察同义。隐,穷约也。言督察夭死及穷约之人,存视孤寡也。

〔一四〕赢,当读赢缩进退之赢。《史记·天官书》:岁星赢缩。正指进退而言。《战国策·秦策》记蔡泽劝秦相应侯范雎引退之言。语曰:日中则移,月满则亏,物盛则衰,天之常类(例)也。进退赢缩变化,圣人之常道也。《通鉴》记此,胡注:五星早出为赢,晚出为缩。故直赢在位者,正谓正直之士宜早进用在位也。赢有盈义,有进义,亦有早义。襄三十一年《左传》记晋赵文子评子产坏馆垣之言。曰:信! 我实不德,而以隶人之垣以赢诸侯,是吾罪也。注:赢,受也。受谓接纳,有迎进之意。又赢缩对文,有伸缩义。直赢在位,旧有注说皆不可通,故详言之如此。读者可参考徐文靖、朱亦栋及姚鼐诸家说。

〔一五〕王念孙云:引之曰:昭读为招。招质,谓射埻也。(埻通作准)。《吕氏春秋·本生》篇:万人操弓共射一招。高注:招,埻的也。《小雅·宾之初筵》:发彼有的。《毛传》:的,质也。《荀子·劝学》篇:的质张而弓矢至焉。是埻的谓之质,又谓之招,合言之则曰招质。《魏策》:今我构难于秦兵为招质。是其明证也。作昭者,假借字耳。设,谓设昭质,非谓设礼。昭质在侯之中,即继之以大侯。犹《诗》言大侯既抗,而继之以发彼有的也。

　　○㴊音攸。蜒音延。蜿音宛。骞音愆,音轩。埳音埳,音或。潇音荪。羕音羊,音襄。诶音嬉。逴音卓。䄠音释。颢音浩。菰音孤。臑音耎,音儒。蠵音携。蕇音薄。萎音娄。鸹音括,今楚语音近挖。粘音潜。鲼音积。朧音霍,音鹤。嗌音益。歠音啜,音辍。婷、婷通。婂音绵,音面。雷音溜。㵫音檐。鹅音秋。畛音疹。罢音疲。麾音挥。

附录

贾谊《吊屈原赋》 贾谊生于汉高祖七年,卒于汉文帝十二年（公元前二〇〇—前一六八）,年三十三。

〇此从《史记·屈原贾生列传》录出。梁玉绳云:"贾赋以《汉书》《文选》校之,辞各不同,当是所传之别,依本书读可也。"〇按:王逸《章句》本所著录汉人作《楚辞》七卷,今录其压卷之作《惜誓》一卷,非仅以作者年代之先后为序也。复录此《吊屈原赋》一篇。即以此贾生二赋并及淮南小山《招隐士》一赋,作为本书之卷尾云。

共承嘉惠兮,	敬受诏命好意啊,
俟罪长沙。	待罪来到长沙。
侧闻屈原兮,	从旁听到屈原啊,
自沉汨罗。	自己溺死汨罗。
造托湘流兮,	亲来拜托湘流啊,
敬吊先生。	敬吊先生。
遭世罔极兮,	遭那世上没有道理啊,
乃陨厥身。	竟毁灭了他的一身。
呜呼哀哉!	呜呼哀哉!
逢时不祥。	逢那时代的不吉祥。
鸾凤伏窜兮,	鸾凤好鸟藏身远窜啊,
鸱枭翱翔。	鸱枭恶鸟到处飞扬。
阘茸尊显兮,	下流的人尊贵啊,

谗谀得志。	谗言谄语的人得意。
贤圣逆曳兮,	贤圣的人被人横拖啊,
方正倒植。	方正的人给人倒立。
世谓伯夷贪兮,	世人说伯夷是贪啊,
谓盗跖廉。	说盗跖是廉。
莫邪为顿兮,	说莫邪宝剑是钝啊,
铅刀为铦。	说铅刀是尖。
于嗟嚜嚜兮!	唉唉,默默莫说啊!
生之无故。	先生遭祸的无缘无故。
斡弃周鼎兮,	滚掉周鼎啊,
宝康瓠。	宝贵空葫芦。
腾驾罢牛兮,	驾起疲牛啊,
骖蹇驴。	旁驾瘸毛驴。
骥垂两耳兮,	千里马低垂两耳啊,
服盐车。	叫它拉盐车。
章甫荐屦兮,	商朝礼帽垫了鞋底啊,
渐不可久。	这样下去不可以长久。
嗟苦先生兮!	唉,害苦了先生啊!
独离此咎。	偏遭这个罪咎。
讯曰:	总而言之,说:
已矣国其莫我知,	罢了,国里没人知道我,
独堙郁兮其谁语?	独自沉闷啊给谁告语?
凤漂漂其高遰兮,	凤鸟飘飘的高往啊,

夫固自缩而远去。	那是本来自退就远去。

袭九渊之神龙兮,　　　　　　　深入九渊的神龙啊,
沕深潜以自珍。　　　　　　　　远深藏而自己珍重。
弥融爚以隐处兮,_{弥融爚,《汉书》作佴优僷。}　背着水獭来隐居啊,
夫岂从蚁与蛭螾?　　　　　　　那难道要跟随蚂蚁和蚂蟥、蚯蚓?

所贵圣人之神德兮,　　　　　　所贵的是圣人的神德啊,
远浊世而自藏。　　　　　　　　远离浊世而自己躲藏。
使骐骥可得系羁兮,　　　　　　假使千里马可得羁绊啊,
岂云异夫犬羊?　　　　　　　　难道说有什么不同于那些犬羊?

般纷纷其离此尤兮,　　　　　　乱纷纷的遭这罪尤啊,
亦夫子之辜也?　　　　　　　　也是夫子的自取其辜呀?
瞵九州而相君兮,　　　　　　　遍览九州去觅一个国君啊,
何必怀此都也?　　　　　　　　为什么一定怀念这个国都呀?

凤皇翔于千仞之上兮,　　　　　凤凰飞在千丈之上啊,
览德辉焉下之;　　　　　　　　瞧有德辉的君主才下的;
见细德之险征兮,_{《汉书》一本作险微,一本作险征。}　见到有细德的险象啊,
摇增翮而去之。　　　　　　　　就摇动层羽速飞而去的。

彼寻常之污渎兮,　　　　　　　那些寻常的小河浜啊,
岂能容吞舟之鱼?　　　　　　　难道能够容纳吞舟的巨鱼?
横江湖之鳣鲟兮,　　　　　　　横行在江湖里的大鱼鳣鲟啊,

固将制于蝼蚁！《索隐》本蝼蚁作蚁蝼。	本来就要打算受制于蚁蝼！

贾谊《惜誓》

○此从王逸《章句》本卷十一录出。王逸云："《惜誓》者，不知谁所作也。或曰贾谊，疑不能明也。惜者，哀也，誓者，信也，约也，言哀惜怀王与己信约而复背之也。古者君臣将共为治，必以信誓相约，然后言乃从（一作从之）而身以亲也。盖刺怀王有始而无终也。"洪兴祖《补注》云："《汉书》：贾谊，洛阳人。文帝召为博士。议以谊任公卿，绛灌之属毁谊，天子亦疏之。以谊为长沙王太傅，意不自得。及度湘水，为赋以吊屈原。赋云：'所贵圣之神德兮，远浊世而自藏。使麒麟可系而羁兮，岂云异夫牛羊？'又曰：'凤凰翔于千仞兮，览德辉而下之。见细德之险征兮，遥增击而去之。彼寻常之污渎兮，岂容吞舟之鱼？横江湖之鳣鲸兮，固将制于蝼蚁！'与此语意颇同。"按：《吊屈原赋》，作者用己意、作己语吊之；《惜誓》，作者用屈意、代屈语惜之；其语意有同，而口吻则异。可谓异曲同工，不必故为甲乙，更不必妄辨真伪。如此往复咏叹，倍致拳拳，盖亦犹屈子重著以自明之意。于以见作者异代同悲之深；而太史公以屈原贾生合传，良有以也？

惜余年老而日衰兮， 岁忽忽而不返。 登苍天而高举兮， 历众山而日远。	惜我年老而一日一日衰颓啊， 岁月匆匆地过去就不能再返。 　登上苍天来高飞啊， 遍历众山就去国日远。
观江河之纡曲兮， 离四海之沾濡。	瞧长江大河的迂回曲折啊， 　遭受四海云气的沾濡。

攀北极而一息兮，　　　　　攀上北极星且喘息一会啊，
吸沆瀣以充虚。　　　　　　吸着露华来填满腹中空虚。

飞朱鸟使先驱兮，　　　　　飞起朱鸟使它替我先驱啊，
驾太一之象舆。　　　　　　驾着太一尊神的象牙乘舆。
苍龙蚴虬于左骖兮，　　　　苍龙爬行在作边马左骖啊，
白虎骋而为右䠠。　　　　　白虎奔走在作边马右䠠。

建日月以为盖兮，　　　　　树立日月旗以为车盖啊，
载玉女于后车。　　　　　　载着一群玉女于后车。
驰骛于杳冥之中兮，　　　　奔驰在高空杳冥之中啊，
休息虖昆仑之墟。　　　　　休息就在昆仑山的广墟。
乐穷极而不厌兮，　　　　　快乐已极而不厌倦啊，
愿从容虖神明。　　　　　　愿从容些于心地神明。
涉丹水而驼骋兮，　　　　　渡过丹水就来驰骋啊，
右大夏之遗风。　　　　　　右见大夏国的遗风。
黄鹄之一举兮，　　　　　　黄鹤的一飞啊，
知山川之纡曲；　　　　　　知道山川的迂曲；
再举兮，　　　　　　　　　再飞啊，
睹天地之圜方。　　　　　　看到天地的是圆是方。
临中国之众人兮，　　　　　面对国里的人民啊，
托回飙乎尚羊？　　　　　　托载飘风哟游戏倘佯？

乃至少原之野兮，　　　　　于是到了仙境少原之野啊，
赤松王乔皆在旁。　　　　　赤松子、王子乔都在一旁。

二子拥瑟而调均兮,	二仙抱瑟来调正韵律啊,
余因称乎清商。	我因而称赞它的曲子清商。

澹然而自乐兮,	心里恬淡地自得其乐啊,
吸众气而翱翔。	吸入太空众气来飞扬。
念我长生而久仙兮,	想我长生而久做神仙啊,
不如反余之故乡!	不如回到我自己的家乡!

黄鹄后时而寄处兮,	黄鹤来迟了而想寄居啊,
鸱枭群而制之。	鸱枭恶鸟群起来控制伊。
神龙失水而陆居兮,	神龙离了水来居陆地啊,
为蝼蚁之所裁。	受到蝼蚁小虫豸的制裁。
夫黄鹄神龙犹如此兮,	那黄鹤、神龙尚且这样啊,
况贤者之逢乱世哉!	况贤人的遭逢乱世哉!

寿冉冉而日衰兮,	年寿渐渐地就一日一日衰颓啊,
固儃回而不息。	本来是大化运转的而不休息。
俗流从而不止兮,	世俗之人随大流而不止啊,
众枉聚而矫直。	众邪合谋却要纠正忠直。
或偷合而苟进兮,	有的人轻合世俗就苟且进取啊,
或隐居而深藏。	有的人修道隐居而深深躲藏。
苦称量之不审兮,	恨称轻重、量多少的不准确啊,
同权概而就衡。	同用一套秤锤、括子来求平衡。

或推迻而苟容兮,	有的人随俗推移就苟且取容啊,

或直言之谔谔。　　　　　有的人还是直言无畏的谔谔。
伤诚是之不察兮，　　　　伤心的真是不能明察这些啊，
并纫茅丝以为索。　　　　合绞了茅草丝线来作绳索。

方世俗之幽昏兮，　　　　正当世俗的黑暗啊，
眩白黑之美恶。　　　　　淆乱了黑白和美恶。
放山渊之龟玉兮，　　　　放弃山里水里的大龟美玉啊，
相与贵夫砾石。　　　　　大家一起宝贵那些鹅卵砾石。
梅伯数谏而至醢兮，　　　梅伯屡谏就至于剁成肉酱啊，
来革顺志而用国。　　　　来革顺意就给他进用于国。
悲仁人之尽节兮，　　　　可悲仁人的尽忠争气啊，
反为小人之所贼！　　　　反被一些小人的戕贼！

比干忠谏而剖心兮，　　　比干忠谏就被剖心啊，
箕子被发而佯狂。　　　　箕子只好披发而佯狂。
水背流而源竭兮，　　　　水倒流就绝了源头啊，
木去根而不长。　　　　　树去了根就活不久长。
非重躯以虑难兮，　　　　不是重身躯而忧虑灾难啊，
惜伤身之无功！　　　　　可惜徒伤生命的并没有功！

已矣哉！　　　　　　　　罢了哟！
独不见夫鸾凤之高翔兮，　独不见那鸾凤的高飞啊，
乃集大皇之野？　　　　　乃是落在最美的原野？
循四极而回周兮，　　　　沿着天际四边来盘旋啊，
见盛德而后下。　　　　　瞧有盛德的人在、而后落下。

彼圣人之神德兮，	那是有圣人的神德啊，
远浊世而自藏。	才远离浊世而自己躲藏。
使麒麟可得羁而系兮，	假使麒麟可得羁绊而拴住啊，
又何以异虖犬羊？	又凭什么有不同于一般犬羊？

今按：

〇姚宽《西溪丛话》云："《惜誓》尽叙原意，末云鸾凤之高翔，见盛德而后下；与贾谊《吊屈原文》云：'凤凰翔于千仞兮，览德辉而下之'，断章趣同，将谊效之也？"此以《惜誓》为屈原作，而不知《惜誓》与《吊屈原文》同为贾谊作，故其词趣有自相仍袭处也。沈作喆《寓简》云："《楚辞·惜誓》一章超逸绝尘，气象旷远，真贾生所作无疑。"此以文如其人，以人格与风格统一为说，其论点与朱子同。张纶言《林泉随笔》云："《惜誓》，洪氏以为贾谊作；朱子亦以其辞瑰异奇伟，非贾谊莫能及。今考《史记》、《汉书》本传，惟《吊屈原》、《服鸟》两赋，而无此篇。且其死时年仅三十三，篇首乃谓惜予年老而日衰；又曰寿冉冉而日衰。（篇中云贤者之处乱世，）汉文之时而谓之乱世可乎？谊未尝如梅伯、比干之所为，而又曰惜伤身之无功。反复一篇旨意，而证之以出处本末，以为谊之作，未敢信其必然也。"此似不读王逸《惜誓叙》，并不知作者以《惜誓》命题亦取屈原《惜往日》"成言"之意。即不知文为贾文，语拟屈语，虽用第一身称，而非贾谊自述之词也。若谓其文不见《史》、《汉》本传，则不知史家自有别裁，不必悉载其传主之著作也。

淮南小山《招隐士》

〇王逸云："《招隐士》者，淮南小山之所作也。昔淮南王安，博雅好古，招怀天下俊伟之士。自八公之徒，咸慕其德而归其仁，各竭才智，著作篇章，分造辞赋，以类相从。故或称小山，或称大山，其义犹《诗》有《小雅》、《大雅》也。小山之徒，闵伤屈原，又怪其文，升天乘云,役使百神,似若仙者。虽身沉没,名德显闻,与隐处山泽无异。故作《招隐士》之赋以章其志云尔。"

桂树丛生兮山之幽!	桂树丛生啊山地的清幽!
偃蹇连蜷兮枝相缭。《洪补》：蜷音权。	茂盛而美秀啊枝条的相交相纠。
山气巃嵸兮石嵯峨,	山里云气沉郁啊巨石嵯峨,
溪谷崭岩兮水曾波! 曾一作增。	溪谷险峻啊水生层波!
猿狖群啸兮虎豹嗥,	猿猴群啸啊虎豹咆哮,
攀援桂枝兮聊淹留!	攀援桂枝啊姑且逗留!

王孙游兮不归!《洪补》：乐府有《王孙游》，出于此。	王孙这个人出游啊不归!
春草生兮萋萋。	春草生了啊,王孙这种草又是萋萋。
岁暮兮不自聊,《洪补》：聊音留。	年岁已晚了啊,心里烦乱正自无聊,
蟪蛄鸣兮啾啾。	寒蝉哀鸣啊啾啾。
坱兮轧,山曲岪,	雾气弥漫坱啊轧,随山曲折,
心淹留兮恫慌忽:	心里正在踌躇啊痛感慌忽;
罔兮沕,	怅惘啊精神失,
憭兮栗,《洪补》：憭音了。	凄怆啊心战栗,
虎豹穴!	好像陷进了虎豹的巢穴!
丛薄深林兮人上栗!	一片丛草深林啊这人的还在战栗!
嵚岑碕礒兮,《洪补》：嵚音钦。岑音吟。碕音绮。礒音蚁。	山的嵚岑而高,石的碕礒而奇啊,
碅磳魁硊。	石也巨大的碅磳,高耸的魁硊。
树轮相纠兮,	树冠的枝叶交错扶疏啊,
林木茇骩。《洪补》：茇音跋。骩音委。	林木的枝蔓盘结在一起。
青莎杂树兮,《洪补》：《本草》云：莎根名香附子。	青莎绿树杂生啊,

蘪草靡靡。	蘪草的随风披靡。
白鹿麏麖兮,	白鹿、麏子、母鹿啊,
或腾或倚。	有的正在奔腾、有的正在休息。
状儿崟崟兮峨峨,_{峨峨一作峩,峨,音蚁。}	
	状貌怪的崟崟啊,头角也高的峨峨,
凄凄兮漇漇。	披毛冷的凄凄啊,又是润滑的漇漇。
猕猴兮熊罴,	猕猴啊熊罴,
慕类兮以悲!	思慕同类啊因而伤悲!

攀缘桂枝兮聊淹留!	攀缘桂枝啊姑且淹留!
虎豹斗兮熊罴咆,	虎豹斗争啊熊罴叫号,
禽兽骇兮亡其曹。	禽兽惊骇啊逃失了同曹。
王孙兮归来!	王孙啊归来!
山中兮不可以久留!	山里啊不可以久留!

今按:

○此赋内容造思奇,形式创格奇,此工慕拟而神于变化者也。《楚辞章句·惜誓》第十一,《招隐士》第十二,在两汉人所为《楚辞》中确是数一数二、难兄难弟之作。其他东方朔《七谏》第十三,严忌《哀时命》第十四,王褒《九怀》第十五,刘向《九叹》第十六,王逸《九思》第十七,皆平平无甚精诣,今概从略,不复著录云。

已上《楚辞直解》一稿,自一九七三年五月至九月手自写竟,同时重读《痴华鬘》亦讫。休息数月,计可复核《诗经直解》矣。双华鬘居士署尾。

楚辞解题

屈平辞赋垂日月,

楚王台榭空山丘。

——李白《江上吟》

《离骚经》解题卷第一

> 不有屈原,岂见《离骚》?
> 惊才风逸,壮志烟高。
> 山川无极,情理实劳。
> 金相玉式,艳溢锱毫。
>
> ——刘勰《文心雕龙·辨骚赞》

一 略论《离骚》在文学史上的地位及其评价

从我国文学史的发展上来看,屈原上承《风》《雅》诗人,下启两汉赋家,自是一个承先启后而最有创造性和最有影响的伟大的天才作者。刘勰《文心雕龙·辨骚》篇说:"自《风》《雅》寝声,莫或抽绪;奇文郁起,其《离骚》哉!固已轩翥诗人之后,奋飞赋家之前,岂去圣之未远,而楚人之多才乎?"这话评价屈原及其作品颇为简括、惬当。《辨骚》篇末又说:"不有屈原,岂见《离骚》?"就是这样首次论定了屈原及其作品在文学史上的位置。

当然,提起最初对于屈原及其作品有深刻的认识,而给以很高的评价的,我们不会忘记首先为屈原作传记的司马迁。章炳麟《检论》说:"《楚辞》传本非一,然淮南王安为《离骚传》,则知定本出于淮南。"又说:"班孟坚引淮南《离骚传》,文与《屈原列传》正同,知斯传非太史自纂也。"尽管司马迁所据《楚辞》祖本及其评价或有出于淮南,他总得加工一番才能作出屈原传记。《史记·屈原贾生列传》里说:"屈平疾王听之不聪也,谗谄之蔽明也,邪曲之害公也,方正之不容也,故忧愁幽思而作《离骚》。《离骚》者,犹离忧也。夫天者,人之始也;父母者,人之本也。人穷则反本,故劳苦倦极未尝不呼天也,疾痛惨怛未尝不呼父母也。屈原正道直行,竭忠尽智以事其君,谗人间之,可谓穷矣!信而见疑,忠而被谤,能无怨乎?屈原之作《离骚》盖自怨生也。《国风》好色而不淫,《小雅》怨诽而不乱,若《离骚》者可谓兼之矣。上称帝喾,下道齐桓,中述汤、武,以刺世事。明道德之广崇,治乱之条贯,靡不毕见。其文约,其辞微。其志洁,其行廉。其称文小而其指极大,举类迩而见义远。其志洁,故其称物芳;其行廉,故死而不容自疏。濯淖污泥之中,蝉蜕于浊秽,以浮游尘埃之外,不获世之滋垢,皭然泥而不滓者也。推此志也,虽与日月争光可也。"据此可见,刘勰评价屈原主要是从文学史上、从文体源流上观察来的;司马迁评价屈原是从其人格和风格上观察得来的;这里不但论定了《离骚》是屈原的代表作,而且指出了它的特点,是以古见今、以小见大、以近见远、以物见志的浪漫主义的象征手法;主要地发见了作者同基于一般人的精神状态上,而从自己的特殊的遭遇里,锻炼了发展了而自成其崇高的伟大的心灵;发见了作者的生平人格和作品风格的完整、有机、吻合无间,赋予了作品以不朽的生命。

二 何谓《离骚经》?

《离骚》又称《离骚经》,最初见于王逸的《楚辞章句·离骚经叙》。他说:"屈原执履忠贞而被谗邪,忧心烦乱不知所愬,乃作《离骚经》。离,别也。骚,愁也。经,径也。言己放逐离别,中心愁思,犹依道径以风谏君也。"照这样说,《离骚经》是作者自己的原题。洪兴祖《补注》说:"按古人引《离骚》未有言经者,盖后世之士祖述其词,尊之为经耳,非屈原意也。逸说非是。"依洪氏说,屈原不曾自称为经,大约是后世之士尊它为经。所谓后世之士是谁? 王逸《离骚经后叙》里说:"孝武帝恢廓道训,使淮南王安作《离骚经章句》,则大义粲然。后世俊伟莫不瞻慕,舒肆妙虑,缵述其词。逮至刘向典校经书,分为十六卷。孝章即位,深弘道艺。而班固、贾逵复以所见改易前疑,各作《离骚经章句》,其余十五卷阙而不说。又以壮为状,义多乖异,事不要括。今臣复以所识所知,稽之旧章,合之经传,作十六卷章句。虽未能究其微妙,然大指之趣,略可见矣。"这里依王逸说,他看到过刘安、班固、贾逵诸人先后所作的《离骚经章句》,和刘向典校经书时所校集的《楚辞》十六卷。他们那时已经有了《离骚经》这一名目。是称《离骚》为《离骚经》并不是从王逸开始,洪兴祖独斥"逸说非是",这是不甚公道的。

愚见,《离骚经》的经字未必是作者自题,后人加题可能是在汉武帝前后。按《汉书·淮南王传》说:"时武帝方好艺文……安入朝,献所作《内篇》,新出,上爱秘之。使为《离骚传》,旦受诏,日食时上。"这里只说刘安受诏作《离骚传》,却没有经字。颜师古注说:"传,谓解说之,若《毛诗传》。"这又好像是证明《离骚》字下原有"经"字。汉时学者说话常是经传连及的,传是解释经的一种著作之名,经传对称已久了。

我们知道:所谓孔子定《礼》、《乐》,删《诗》、《书》,赞《易》道,修《春秋》,其所谓《六经》也并不曾原题经字。经之名始见于《庄子·天运》篇和《礼记·经解》篇,都只说几经,经字尚未和书名连称,如《易经》、《书经》、《诗经》之类。《孝经钩命诀》:"孔子曰,吾志在《春秋》,行在《孝经》。"相传《孝经》是孔子所作,曾子所述,书名始题经字。《钩命诀》纬书,是秦汉间方士之言,恐不可靠。还疑是在有了《墨经》之后才有《孝经》一书的,它出于七十子后学之手。我们又知道传以释经。相传和孔子同时的左丘明释《春秋》称传,其时早在屈原之前。若《毛诗传》,相传作者毛亨是荀卿弟子,已是战国末年人,则在屈原后了。又相传穀梁俶(一名赤)、公羊高同师子夏,各释《春秋》作传。实则这两部书"著之竹帛"乃汉经师传经者所辑,递有增益,大约定本出现在汉武帝前后。汉武帝诏刘安作《离骚传》,倘若那时用的这个传字就是经传之传,和《毛诗传》《春秋》三传之传同义,那么,《离骚经》的经字不是作者的原题,就是《离骚》开始被尊为经而加题经字当早在汉武帝的时候。班固作《离骚经章句》时称经,而在《汉书·贾谊传》里却说:"屈原楚贤臣也,被谗放逐,乃作《离骚赋》。"到了王逸作《楚辞章句》时就偏认定《离骚经》是作者自己的原题而替它下注脚了。看来这个经字还不见得就是王逸所杜撰,当是在淮南王刘安作《离骚传》的时候早就已经有了。

三　何谓《离骚》？

司马迁说:"《离骚》,犹离忧也。"已见上文所引。这是对于《离骚》一词最早的解释。《汉书·扬雄传》说:"又怪屈原文过相如,至不容,作《离骚》,自投江而死;悲其文,读之未尝不流涕也。以为君子得时则大行,不得时则龙蛇。遇不遇,命也;何必湛身哉? 乃作书,往往摭《离骚》文而反之,自崏山投诸江流以吊屈原,名曰《反离骚》。又旁(依也)《离骚》作重一篇,名曰《广骚》。又旁《惜诵》以下至《怀沙》一卷,名曰《畔牢愁》。"李奇注:"畔,离也。牢,聊也。与君相离,愁而无聊也。"宋祁注:"萧该按,牢字旁著水,晋(氏)直作牢。韦昭曰:泮,骚也。郑氏愁音曹。"李奇把牢愁二字分释,不大对;韦昭说牢愁就是牢骚,对了。扬雄所用牢愁一词当是出于方言,乃至楚语。究竟不知道他是以畔代离,以牢愁代骚;骚就是牢愁或牢骚的意思呢? 还是以畔为反,以牢愁为离骚的异文,畔牢愁就是反离骚的意思? 王念孙用后一说,他说:"牢读为憀,忧也。牢愁,叠韵字也。畔,反也。或言反骚,或言畔牢愁,其义一而已矣。"近人杨树达《汉书管窥》用前一说:"畔牢愁为离忧,亦离骚之义。畔训离,牢愁训骚,畔牢愁即离骚。"又云:"《广骚》、《畔牢愁》,皆旁《骚》为之,乃拟《骚》,非反《骚》也。王念孙以《畔牢愁》与反《骚》为一义,误。"班固《离骚赞·序》说:"屈原以忠信见疑,忧愁幽思而作《离骚》。离,犹遭也。骚,忧也。明己遭忧作辞也。"今按:班固释《离骚》不用扬雄说,盖用司马迁说,而读离为罹。王逸说:"离,别也。骚,愁也。"训释离骚为别愁,作为"放逐离别,中心愁思"之意。他不用班固说,也不同于扬雄说,我想他也是用司马迁说。司马迁说"离忧"的离,原似含有遭罹和离别两种意义。试检《离骚》里所用离字就会知道它用这两种意义的都有。如说"余既不难夫离别兮,伤灵修之数化",又说"进不入以离尤兮,退将复修吾初服"是也。我们可不可以再从《离骚》里看得出作者所用题字的意义呢？我以为从发端"帝高阳之苗裔兮，朕皇考曰伯庸"至"既不难夫离别兮，伤灵修之数化"，这是第一大段，作者自述生平大略，即由出身从政到被谗见疏，自伤与君离别，以及写作缘起，一篇主题都先揭橥出来了。末了两句"余既不难夫离别兮，伤灵修之数化"，这像是作者有意布置在此，透露自己对于《离骚》命名的义证。按《礼》，名从主人，关于离骚的解释似当以此为正。汪瑗《楚辞集解》说："篇内曰：'余既不难夫离别兮，伤灵修之数化'，此《离骚》之所以名也。"刘熙载《艺概》说："屈子自云，'余既不难夫离别兮，伤灵修之数化'。尤见离而骚者为君，非为私也。"这都像说得不错。

再从训诂上综合来说，汉人解释《离骚》约有四义：司马迁、扬雄、班固、王逸，各树一义，都可以通。要以最初司马迁一义较为浑融，最后王逸一义可从作品本身上找出点义证。汉儒距离屈原的时代不远，楚诂犹有存者；他们莫不从幼精通《雅》训、小学，所说当有根据。直到唐人作《隋书·经籍志》，关于《离骚》还说"言己离别愁思，申抒其心，自明无罪，用以讽谏"。显然沿用了王逸对于离骚的解释。自宋人项安世《项氏家说》、王应麟《困学纪闻》[一]，以《离骚》为即《国语·楚语》所云之"骚离"以来，至于《楚宝》作者周圣楷(他说得玄之又玄，最为荒谬可笑，不值一驳)，迄于今日的学者，对于何谓离骚自出创见的异说，或者可广异闻而助多识，抑或可以资暇而启颜，但未必就是确诂，这里就无暇多费笔墨了。

他若戴震《屈原赋注·音义》说："离，犹隔也。骚者，动扰有声之谓。盖遭谗放逐，幽忧而有言，故以《离骚》名篇。"这好像是故意与汉儒训诂违异，而又没有什么胜过汉儒之处，岂此书《音义》果为他的同乡友人汪梧凤所加？郭耘桂《读骚大例》说："《离骚》命篇本诸《楚语》，德谊不行，则近者骚离……《史》言《离骚》者，犹离忧也。盖推辞赋所见，谓身丽于扰动，不能以适者。即造令时已殷忧于心，为图诸豫者也。直抉立言之心，而固非顺《释言》之所立。……班固《赞》云：离，犹遭也,是所见谓胶附与丽,实不过泛值与遇。骚,忧也,是所觉为身至骚扰。实彼其心自懆动,斯舞文巧诋者也。王逸《叙》云:离,别也。骚,愁也。言与君诀别,不胜愁思。斯窜说成诬者也。《史》言虽放流,眷顾楚国,系心怀王。此近罗不容自疏之指,岂得等诸浮云过眼,名之为遭?抑岂仅去位迟留,不忍诀别?《史》言存君兴国欲反复之。此心忧君国,骚动曰即危亡之情,岂得诬为患得患失,类长戚戚之小人?抑岂感索居寡欢,效儿女子之啜泣?"他谈《骚》好求深解,又抱有大不满于王逸《章句》的成见,这只是其中的一端。《楚语》"骚离",韦昭训为愁、畔,愁怨叛离的意思,岂容牵混以释离骚?何以不看它下文"距违"正和上文"离骚"对文见义?

四 《离骚》作出年代的问题

《离骚》作出在什么时候?这是关于屈原这一作品的年代问题,学者争讼,至今还没有得到解决。

《史记·屈贾列传》说:"屈原者,名平,楚之同姓也,为楚怀王左徒。博闻强志,明于治乱,娴于辞令。入则与王图议国事,以出号令;出则接遇宾客,应对诸侯;王甚任之。上官大夫与之同列争宠,而心害其能。怀王使屈原造为宪令。屈平属草稿未定,上官大夫见而欲夺之,屈平不与。因谗之曰:屈平为令,众莫不知。每一令出,平伐其功,曰以为非我莫能为也。王怒,而疏屈平。"以下就接写屈原怎样忧愁幽思而作《离骚》(已见上引),好像《离骚》正作在这个时候,即作在他初被疏远于怀王的时候。所谓疏,并不等于说放、说迁,或说放流、放逐。我们读《离骚》,觉得这作品和传记里说的时间和事实不大符合。

《离骚》里说:"朝饮木兰之坠露兮,夕餐秋菊之落英。苟余情其信姱以练要兮,长顑颔亦何伤!""忳郁邑余侘傺兮,吾独穷困乎此时也?宁溘死以流亡兮,余不忍为此态也!"篇末乱词:"已矣哉!国无人莫我知兮,又何怀乎故都?既莫足与为美政兮,吾将从彭咸之所居!"读者细细玩味这些语意,就该领会到这是作者只在自身曾被放逐,或正被放逐,离开过故都,饱尝过流亡穷困的生活苦头,才说得出来的话。《史记·太史公自序》里说:"屈原放逐著《离骚》。"《文选》司马迁《报任少卿书》里说:"屈原放逐,乃赋《离骚》。"《离骚》中说:"世混浊而嫉贤兮,好蔽美而称恶。"王逸《章句》说:"再言混浊者,怀、襄二世不明,故群下好蔽忠正之士,而举邪恶之人。"这都是说屈原《离骚》作在曾被放逐以后,或说作在再被放逐于顷襄王的时候。可能是司马迁和王逸都以为屈原在怀王时候被疏远过,也被放逐过,在顷襄王时候又被放逐了。

刘向《新序·节士》篇说:"屈原有博通之知,清洁之行,怀王用之。秦欲吞灭诸侯,并兼天下。屈原为楚东使于齐,以结强党。秦国患之,使张仪之楚,货楚贵臣上官大夫靳尚之属,上及令尹子兰、司马子椒,内赂夫人郑袖,共谮屈原。屈原遂放于外,乃作《离骚》。张仪因使楚绝齐,许谢地六百里。楚既绝齐,而秦欺以六里。怀王大怒,举兵伐秦,大战者数。秦大败楚师。是时怀王悔不用屈原之策以至于此,于是复用屈原,屈原使齐。后秦嫁女于楚,与怀王为蓝田之会。屈原以为秦不可信,愿勿会。群臣皆以为可会,果见拘囚,客死于秦。怀王子顷襄王反听群谗之口,复放屈原。屈原遂自投湘水汨罗之中而死。"这就是以为屈原在怀王时被放逐一次,随后复用;到顷襄王时又被放逐一次;并以为《离骚》作在被放逐于怀王的时候。王夫之《楚辞通释》、林云铭《楚辞灯》都相信了刘向关于屈原先后两次被放逐的这一记载。现代《楚辞》学者也大多相信屈原被放逐两次,怀王时放于汉北,顷襄王时放于江南。但是论到《离骚》作在何时,其意见就不一致了。

究竟屈原《离骚》是作在初放汉北的怀王时候呢,还是作在后放江南的顷襄王时候呢?刘向《新序》既以为它作在怀王时,作者似被放逐于汉北;但读他的《九叹·思古》篇,他又以为它作在顷襄王时,作者被放逐于江南;并似以为它作在郢都被陷落了以后。《思古》篇说:"违郢都之旧闾兮,回湘沅而远迁。念余邦之横陷兮,宗鬼神之无次……兴

《离骚》之微文兮,冀灵修之壹悟。还余车于南郢兮,复往轨于初古!"这不是说得很明白吗?我们相信他的哪一说呢?

一、作在怀王死后证一

在《离骚》里,一则说"夫唯灵修之故也",再则说"伤灵修之数化",三则说"怨灵修之浩荡兮"。王逸《章句》说:"灵修,谓怀王。"他这话是不错的。为什么称怀王为灵修呢?他说:"灵,神也。修,远也。能神明远见者,君德也。"这也还不算大错。但是他在《九歌·山鬼》篇"留灵修兮憺忘归"一句下,又解为"灵修谓怀王",这就大错了。朱熹《楚辞集注》说:"灵修,言其有明智而善修饰,盖妇悦其夫之称,亦托词以寓意于君也。"这话太没有根据。王夫之《楚辞通释》说:"称君为灵修者,祝其所为善而国祚长也。"这是望文生义,也不可靠。戴震《屈原赋注》说:"荃,灵修,相谓之美称,篇内借以言君也。"又说:"灵,善也。修,即好修之修。"朱骏声《离骚赋补注》略同。这话也不见得对。王邦采《离骚汇订》说:"灵修者,大夫颂其君之词,即借以为称其君之词。"这话有何根据?又《九歌笺略》说:"与《离骚》字同义别。灵谓灵场,修谓修其祀事,即指祭所。"这是把《离骚》和《九歌》同用的灵修一词作出不同的解释,即令解《九歌》不错,解《离骚》就错了。

我以为灵修是称神灵之词,不是称生人、称生存的君王。在《离骚》里,它是称已去世的怀王,在《九歌·山鬼》里它是称神灵或神尸。正因为《九歌》里说的灵修是指神灵,就足以证明《离骚》里说的灵修是指已死的怀王。严忌《哀时命》里说:"灵皇其不寤知兮,焉陈词而效忠?"所说灵皇也应该是指先王,不是指现存的君王。刘向《九叹·离世》篇说:"灵怀其不吾知兮,灵怀其不吾闻?就灵怀之皇祖兮,愬灵怀之鬼神!灵怀曾不吾与兮,即听夫人之谀词!"又煞尾说:"去郢东迁,余谁慕兮?""顾瞻郢路,终不返兮!"这里刘向代屈原立言,呼号酸楚,叠称灵怀,就是灵修怀王的简称,确是指已离世的怀王。他说到屈原再三怀念郢都,则似以为屈原《离骚》作在顷襄王二十一年去郢东迁以后。这就和他在《新序·节士》篇所说屈原被放作《离骚》在怀王伐秦大败以前不合,却和他的《九叹·思古》篇所说相合。王逸《九思·逢尤》篇说:"念灵闺兮嶱重深,愿竭节兮隔无由。"所谓灵闺,自是根据"闺中既已邃远"来说的。这不是说《离骚》作在怀王乃至郑袖死了以后吗?

总之,汉代学者无论司马迁、刘向和王逸,他们触及屈原《离骚》作出的年代,不是语意含糊,就是有时自相矛盾。但是我们根据《离骚》、《九歌》同用"灵修"一词,同含有神灵的意义,又据严忌灵皇、刘向灵怀、王逸灵闺之文,也同含有神灵的意义;这都说明怀王已死,甚至郑袖亦已死去。就得认为《离骚》称灵修是指已死的怀王,从而肯定《离骚》作在顷襄王时候,想来不错。

二、作在顷襄王初年证二

又在《离骚》里,一则说:"老冉冉其将至兮,恐修名之不立。"再则说:"及年岁之未晏兮,时亦其犹未央。"三则说:"及余饰之方壮兮,周流观乎上下。"可证屈原作《离骚》正是他自己感觉到将老未老的时候。倘若他是作在初被疏远、刚去左徒之职的时候,或是作在怀王伐秦大败之后,即他年岁不到三十或是不过四十的光景,他就不得说这些将老未老的话了。即令他作《离骚》在被放汉北的时候,约在怀王二十四年至二十九年,其时他年正四十或四十出头不久,可能他还不说这些将老未老的话。怀王二十八年楚、齐复平以后,屈原外交政策得行,当又起用了,所以就在三十年他谏怀王不可前往武关会秦结盟。怀王入秦被留,以后就是顷襄王在位。按《礼记·曲礼》说:"人生十年曰幼学,二十曰弱冠,三十曰壮有室,四十曰强而仕,五十曰艾服官政,六十曰耆指使,七十曰老而传。"郑注:"年五十始杖。"《曲礼》又说:"五十不致毁。"郑注:"五十始衰也。"古人以为人生五十岁就应该是将老未老的时候。无论屈原是生于公元前三四三年(邹汉勋、陈场、刘师培说),前三四〇年(郭沫若说),抑或前三三九年(浦江清说),到了怀王死的那一年(公元前二九九年),他已年过四十,离五十不远。如果《离骚》作于顷襄王十年以前,而在屈原五十左右的时候,恰和《离骚》说的"老冉冉其将至"、"及年岁之未晏"等语意吻合。因此我就认为《离骚》是在顷襄王初年作者要被或已被流放到江南的时候所作了。至于贾谊《惜誓》说:"惜余年老而日衰兮,岁忽忽而不反。"东方朔《七谏·怨世》篇说:"年既已过太半兮,然坎轲而留滞。"严忌《哀时命》说:"欿愁悴而委惰兮,老冉冉而逮之。"这也都和刘向《九叹》、王褒《九怀》、王逸《九思》一样,是汉代辞赋家代屈原立言的作品。这里引用他们的话只可证明屈原至少活到五六十岁,却不能据以考定屈原写作《离骚》的年代。再如刘梦鹏《屈子章句》、《屈子纪略》,以为屈原"生楚宣王四年",自沉于"顷襄王二十一年",活到"年八十有五",林庚《诗人屈原及其作品研究》,则以为屈原生于公元前三三五年,卒于公元前二九六年,只活到四十岁。他们不是把屈原年寿说得太长了,就是太短了,虽各具独见罢,却没有什么可靠的根据,也不足以据为考定《离骚》作出的年代。

三、作在顷襄王初年证三

说到这里,还有一点要特为提出来一说,就是《离骚》里所用关于椒兰的双关语。双关语是六朝乐府诗人的拿手好戏,它的远源当追溯到《诗》、《骚》。例如《诗·小雅·大东》篇:"舟人之子,熊罴是裘。"《郑笺》说:"舟当作周。"何氏《义门读书记》说:"按以周为舟,乃廋词也。欲言之无罪也。"这是说,这篇诗里舟人就是周人,乃双关语。又按《邶风·旄丘》篇,是黎臣为责卫臣不能助黎复国而作。它的末章说:"琐兮尾兮,流离之子!叔兮伯兮,褎如充耳!"流离两句双关,充耳两句双关。流离,飘散的意思,又是鸟名,即鹠鹠。用现代语来说:"幼稚啊,漂亮啊,鹠鹠的雏儿!"同时就是说:"渺小啊,微末啊,流离失所的君子!"这是黎臣自嘲无力的双关语。充耳,意为塞耳;又是古人帽旁缀属的耳饰名;非礼勿听,有警告人塞耳的意味。这两句话用现代语来说:"弟弟啊,哥哥啊,盛装一样的帽旁耳坠子!"同时就是说:"弟弟啊,哥哥啊,装扮得像笑一样的聋子!"这是黎臣嘲卫臣无用的双关语。《诗》三百篇里用双关语或不止一两处,我自己所察觉到的就只有这一篇。

《离骚》里说兰十次,说椒六次,可见椒、兰当是那时楚人常见植物。兰,不是兰科的春兰,当属菊科的泽兰,香草。椒,当属芸香科的花椒,香料。(读者可参考门应兆《补绘离骚图香草图注》)《离骚》里说:"余以兰为可恃兮,羌无实而容长!""椒专佞以谩慆兮,榝又欲充夫佩帏。""览椒兰其若兹兮,又况揭车与江离!"本来椒兰是常见香物,常被称美;这里偏从反面来看,加以责难,似乎所谓椒兰实有所指。王逸《章句》说:"兰,怀王少弟(按弟当是子之误),司马子兰也。""椒,大夫子椒也。""言观子兰、子椒变志若此,况朝廷众臣(按如榝与揭车、江离之类)而不为佞媚以容其身邪?"又《离骚后叙》说:"怨恨怀王,讥刺椒、兰。"这是首先明以为椒、兰实有其人,即指司马子兰、大夫子椒。东方朔《七谏·哀时命》篇说:"惟椒兰之不反兮,魂迷惑而不知路!"扬雄《反离骚》说:"灵修既信椒兰之哝佞兮,吾累忽焉而不早睹。"(苏林注:椒、兰,令尹子椒、子兰也。)西汉旧说椒、兰如此,此当是王逸所本。梁章钜《文选旁证》引《后汉书·孔融传》说:"屈原悼楚,受谮于椒、兰。"又《盐铁论·讼贤》篇:"文学曰:夫屈原之沉渊,遭子椒之谮也。"这也都是肯定椒、兰实有其人,不待解释了。韩愈《陪杜侍御游湘西寺诗》说:"静思屈原沉,远忆贾谊贬。椒兰争妒忌,绛灌共谗诒。"他以屈、贾并称,椒、兰、绛、灌同类,难道他没有根据吗?顾炎武《日知录》说:"《诗》之为教,虽主于温柔敦厚,然亦有直斥其人而不讳者。如曰'赫赫师尹,不平为何'?如曰'赫赫宗周,褒姒灭之'?如曰'皇父卿士,番维司徒。家伯维宰,仲允膳夫。聚子内史,蹶维趣马。楀维师氏,艳妻煽方处'。如曰'伊谁云从?维暴之云'。则皆直斥其官族名字,古人不以为嫌也。《楚辞·离骚》:'余以兰为可恃兮,羌无实而容长。'王逸《章句》谓怀王少弟司马子兰。'椒专佞以慢慆兮',《章句》谓楚大夫子椒。洪兴祖《补注》、《古今人表》有令尹子椒。如杜甫《丽人行》:'赐名大国虢与秦,慎莫近前丞相嗔!'近于《十月之交》诗人之义矣。"这是以椒、兰为直斥其人,为直言,也当是根据汉儒旧说,固然不错,可是我想,不如同时以椒、兰既是人名,又为比兴,语意双关,来得恰当,符合作者原意。

朱熹《楚辞辩证》说:"此辞之例,以香草比君子。王逸言之是矣。然屈子以世乱俗衰,人多变节,故自前章兰芷不芳之后,乃更叹其化为恶物。至于此章遂深责椒、兰之不可恃,以为诛首;而揭车、江离亦以次而书焉。盖其所感益以深矣,初非以为实有是人,而以椒、兰为名字者也。而史迁作《屈原列传》,乃有令尹子兰之说,班氏《古今人表》又有令尹子椒之名,既因此章之语而失之,使其词首尾横断,意思不活;王逸因之,又讹以为司马子兰、大夫子椒,而不复记香草臭物之论;流误千载,遂无一人觉其非者,甚可叹也! 使其果然,则又当有子车、子离、子椴之俦,盖不知其几人矣!"我以为诗语空灵,未易实指;椒、兰比兴,不可拘泥;这也不可一概而论。虚者实之,实者虚之,虚虚实实,故布迷阵,辞人正如兵家,不妨有此狡狯。椴和揭车、江离虽是泛指楚廷众臣,即椒、兰的党羽,难道椒、兰就不可以实指腐朽无能的楚国贵族政治集团首脑子椒、子兰其人吗? 如此作解,并不见得首尾横断,意思不活。且椒、兰名位及其丑恶,历经汉人东方朔、司马迁、刘向、扬雄、班固、王逸、孔融诸人述及,难道尽属附会捏造? 何况马、班良史,因证《骚》词数语,巧为捏造人名,作伪心劳日拙至于如此,也不是可以想象的事! 记得《列子》里有"椒兰而不得其嗅,谓之遏颤"的话,椒、兰并称或是古时常语,我们也可以承认。至孙志祖《文选李注补正》,于《离骚》"步余马于兰皋兮,驰椒丘且焉止息"句下补曰:"许云:兰皋、椒丘,以喻子兰、子椒。"这却未必是指子兰、子椒,当作为常语,或看作地方专名。但是我们可以断定作者在这里说的兰不"可恃",椒又"专佞",确是双关语。它既是作为比兴,又是实有其人,即指子兰、子椒。同例,《九章·悲回风》篇说:"借光景以往来兮,施黄棘之枉策!"淮南小山《招隐士》说:"王孙游兮不归,春草生兮萋萋!"按黄棘,见《山海经》,苦山之木,神话植物。屈原在篇里说成鞭马之具,同时又像是兼讽楚怀王二十五年和秦昭王在黄棘会盟,这也是双关语。王孙,未知是指刘安抑指屈原,他们各和当时的王室同姓,故称王孙。同时又是指萋萋春草中的一种,其名见于《本草》,当属百合科植物。这也是双关语。如作一面解释,恐怕还带错误。古今语大变,其间又有方域语歧异,古人许多双关语不易察觉。《诗》、《骚》都有双关语,在现代修辞学著作中却不见有人说过。

虽说在《离骚》中有关于子椒、子兰的双关语,因为年远事湮,我们不易察觉;而在作者当时的政敌,从他们听来看来,都是新鲜的尖锐的刺激,逃不过他们的政治敏感,而且不会从他们的权力下轻轻放过的。这不就是《屈原列传》里说过的:"令尹子兰闻之大怒,卒使上官大夫短屈原于顷襄王,顷襄王怒而迁之。"屈原遭遇到的那一回事吗?王邦采《离骚汇订》也说:"所谓一篇之中三致志焉,令尹子兰闻之大怒者,又安知非作于顷襄既立,借鉴前车,以属望后王欤?"这事据《史》应该发生在顷襄王三年以后,即怀王之丧舆已经归国以后。我们据此又有一个证据,可以断定说,《离骚》作在顷襄王初年,子椒、子兰恰恰当权的时候。这就是作者把椒、兰作双关语的由来,也就是作者再次被迁于江南的由来。陈玚《屈子生卒年月考》说:"怀王时谗屈子者,《史记》止载上官大夫一人。王逸注则谓同列上官大夫、靳尚妒害其能,共谮毁之。《新序》又谓张仪贿上官、靳尚、子兰、子椒,内及郑袖,同谮屈子。按《离骚》云:'兰无实而容长,椒专佞以慢慆。'直指兰、椒之名,以斥其事。则《新序》之说必有所据也。靳尚进谗后三年即为张旄所杀(怀王十八年)。而上官至顷襄时独存,又为子兰所使,以致屈子放江南。"这也是以为《离骚》兰、椒对举,实有其人,正指楚顷襄王时子兰、子椒、上官大夫党人当政,屈原被放江南的那一回事。这位近世精通古历法的科学家的话确有根据。

倘若有人根据《九章·哀郢》篇"九年不复"一语,以为《哀郢》作在顷襄王二十一年秦将白起攻破郢都以后,逆推屈原再被放逐当在十二、三年。即令其说可通,也并无碍于我说《离骚》作在顷襄王初年,相反,可证我说的正确。因为按照楚国当日的内外情势,决定放逐像屈原这样有关重要的人物,不能不经过审慎周详的考虑,需要有相当的时日,甚至拖延好几年也是可能的事。政治上的内部矛盾表面化,其间曲折复杂却有不是外人(尤其是后人)所能想象到的。屈原赋之比兴重叠隐晦,情词悱恻缠绵,正反映了这种情况。而且《哀郢》篇那个九字当和《离骚》里"虽九死其犹未悔"的这个"九"字意义略同,只是表示一个究极的数量的概念、多数的概念,并不一定就是实数,说见汪中《释三九》:"古人凡言数之多者,皆极之以九。"还有清代好几个汉学家都曾说及这类数字。我说《离骚》作在顷襄王初年,初字范围是限在顷襄王三年以后、十年以前来说的。

四、作在顷襄王初年证四

还有,《离骚》里说:"虽不周于今之人兮,愿依彭咸之遗则。"最后结束又说:"既莫足与为美政兮,吾将从彭咸之所居。"《九章·抽思》篇里说:"望三五以为像兮,指彭咸以为仪。"《思美人》篇结束说:"独茕茕而南行兮,思彭咸之故也!"《悲回风》篇说:"夫何彭咸之造思兮,暨志介而不忘!"又说:"孰能思而不隐兮,昭彭咸之所闻!"又说:"凌大波而流风兮,托彭咸之所居。"在屈原作品里屡屡提到的古人,自己特别向往他,愿意效法他,死也要追随他,莫过于彭咸。彭咸究竟是怎么样的一个人物呢?屈原自己不曾明白说出,仅在"凌大波而流风兮,托彭咸之所居"这两句话里透漏了一点意思,好像说彭咸是古代一个投水而死的贤臣或高士。不错,刘向《九叹·离世》篇也说:"九年之中不吾反兮,思彭咸之水游。惜师延之浮渚兮,赴汨罗之长流!"这是说,屈原投汨罗江自沉,正是想效法彭咸的投水而死,还不够明白吗?又王逸《九思·怨上》篇说:"进恶兮九旬,(原注:纣为九旬之饮而不听政。)复顾兮彭、务。(原注:彭,彭咸;务,务光。皆古介士,耻受污辱,自投于水而死也。)拟斯兮二踪,未知兮所投,谣吟乎中野。"这也是说,屈原想要追踪彭咸、务光两人自投于水。务光投水,见载于《庄子·让王》篇,见引于《史记·伯夷列传》。《离骚》"愿依彭咸之遗则"句下,王逸《章句》说:"彭咸,殷贤大夫,谏其君不听,自投水而死。"刘向"以博古敏达,典校经书,辩章旧闻";王逸也是"博雅多览",做过校书郎。当两汉时代,先秦故书雅记还多存在,或藏在台、观,或散见民间,有为后人所见不到的。刘向、王逸当日见的说的应该都有根据。

宋人钱杲之《离骚集传》说:"彭咸未闻。""从彭咸犹言相从古人于地下耳。"戴震《屈原赋注·音义》说"彭咸未闻"。却引"一说,即《论语》所称老彭。依彭咸,亦窃比之意耳"。王闿运《楚辞释》就以彭为老彭,咸为巫咸。他的大弟子廖平《六译馆丛书·楚辞讲义》第五课,以为彭是巫彭,咸是巫咸,都是《山海经》神话人物,非殷大夫。他们都像不曾想想:屈原为什么要念念不忘地常引老彭、巫彭、巫咸之流以自重?屈原果有养生自保、退隐求仙,或沦为巫祝的偏执思想,他就对于远游(见《离骚》篇末,《涉江》篇首,及《远游》篇),不必再三踌躇,终归拨弃了;他就不会自沉汨罗江,连《离骚》一类的作品也不会写了。再,倘如宋人林应辰《龙冈楚辞说》(见陈振孙《书录解题》)、明人汪瑗《楚辞集解》、清人顾成天《离骚解》、日本人斋藤正谦《屈原投汨罗辨》(见泷川资言《史记会注考证》),都说屈原不曾投水而死,那也只是一种仁人之言,不忍屈大夫的惨死而想当然。距离屈原时代不过百几十年光景的贾谊,所作《吊屈原赋》说:"恭承嘉惠兮俟罪长沙,仄闻屈原兮自沉汨罗。造托湘流兮敬吊先生,遭世罔极兮乃殒厥身。"这不是明明说他来到了屈原的故乡,侧耳听到当地关于屈原的传说,就亲往屈原投水的地方去吊祭吗?

总之,无疑地屈原是投汨罗江自杀的,他所思慕效法的古人彭咸也是投水死的。他自己投水的念头应该萌芽于怀王死了以后。因为怀王颇有野心,惜无雄才(《贾子新书·春秋》篇);而顷襄王则无一可取,比怀王更没有重新振作的希望。他是对祖国的前途,个人的怀抱,几乎感到了完全绝望的地步才萌短见的。《离骚》一再提及彭咸,而且归结于"吾将从彭咸之所居",就是他初对这种绝望的,沉痛的表示。因此我们又有理由说,屈原作《离骚》当在怀王已死,顷襄王初立,国事日非,英雄气短,即在他年龄五十左右,开始痛切感到自己生活下去已经没有什么意义的时候。顾成天《读骚别旨》说《离骚》之作在顷襄王之世;屈原之死,乃身殉怀王;力辟《史记》之谬。这话却有见到处。

五、作在顷襄王七年前后证五

按《离骚》末一大段发端说:"和调度以自娱兮,聊浮游而求女。及余饰之方壮兮,周流观乎上下。"这是在上文于上下求索、三次求女之外,又一次说到求女和将周流上下,似乎不免重复。三求女含有什么意义?我们要在下面特别提出来详细讨论,这里先讨论末段求女的问题,因我认为这有关于《离骚》作出年代的问题。

末段又说求女,用意何在?王逸《章句》说:"言我虽不见用,犹和调己之行度,执守忠贞,以自娱乐;且徐徐浮游,以求同志也。上,谓君。下,谓臣也。言我愿及年德方盛壮之时,周流四方,观君臣之贤,欲往就之也。"五臣注:"汝,同志人也。"汉、唐注者都以为这一求女是求同志之人。王逸说的同志,包括四方的贤君臣在内。他们显有不同的就在此求女的一个女字,王逸似读为男女之女,五臣则读为尔汝之汝。五臣殆以为此求女与上文三求女重复,故破读为汝,这是错了的。汝指何人?没有对象。如指同志人,当用他称。依王逸说,如果不和上文三求女他已认定它是求贤臣者的意义相重复,确是意在远逝四方以求同志,那么,和这段中作者肯定灵氛的劝告是吉占正相合,因为上文灵氛之占正是告诉屈原要离开楚国,别求遇合。李光地、梅曾亮、朱骏声、姚永朴都似据了王逸这说而更进一步作解,以为此段文中说的"西"是暗指秦,只是作者暗示西行投秦之不可。其说亦似可通,却没有说透[二]。应该说,作者自言西求同志于秦的不能,正暗讽了顷襄王西求同盟于秦的不可。这才透入了文心。比兴之义,象征手法,其难解如此!

至于方苞《离骚正义》说的,于前三求女说为比喻求臣,或喻邪恶弃而不求(宓妃),或喻贞贤求而不得(有娀、二姚);于后一求女就说:"将往观乎四荒,聊浮游而求女,周流观乎上下,皆设言以自广也。其实同姓亲臣无去国之义,原思之审矣。"又说:"曰昆仑,曰西极,曰流沙,曰赤水,曰西皇,曰不周,曰西海,皆以西为言,何也?原既反复审处,知浊世不可以终变,旧乡不可以久留,而决意远逝以自疏,盖日暮途穷,将从彭咸之所居矣。日薄西山,万物归暝,故托言出游于此。《九章》指蟠冢之西隈,与缥黄而为期,亦此意也。其将进而有为,则以游春宫为比,东方物所始生也。或疑其有意于仇雠之秦廷,过矣。"这不见得是。尤其是说后一求女为什么反复以西为言,说这是日薄西山、日暮途穷之意,岂能算得确切?

他若朱熹《集注》说:"调,犹今人言格调之调。度,法度也。言我和此调度以自娱,而遂浮游以求女,如前所言宓妃、佚女、二姚之属,意犹在于求君也。余饰,谓琼佩及前章冠服之盛。方壮,亦巫咸所谓年未晏、时未央之意。周流上下,即灵氛所谓远逝,巫咸所谓升降上下也。"戴震《屈原赋注》说:"仍托之求女,承前求淑女未遂为辞,其命占亦曰岂惟是其有女,盖不忍言绝君以去也。聊浮游求之,意主乎远逝自疏耳。"朱熹、戴震都以为此一求女是重复或继续上文三求女之意,即求贤君之意。这和王逸、五臣说此求女是求同志之人显有不合。究竟他们的哪一说对呢?

我以为这一段说的求女是更端另起,其意义和上文三求女必然不同。前三求女不可得,是隐讽走女谒的路、走内线的路,以求通过怀王宠妃郑袖的裙带关系而取得信任,那是不可能的。后一求女不可得,是隐讽顷襄王西迎妇于秦、昏仇失计之不可行。所以当他远逝,"所过山川,悉表西路","一曰至乎西极,再曰西皇涉予,三曰西海为期"。直到"临睨夫旧乡",望见了南方的楚国,连仆马都不肯再向西方前进,这次远逝就此终止了。再看其仪仗扈从之盛,凤皇承旂,玉轪千乘,八龙婉婉,《九歌》舞《韶》,自是写的顷襄王西迎妇于秦的仪仗,决非屈原西行求女的排场。这一段的寓意大旨不是很显然的吗?如果我们领会到了这一点,就该断定此文之作当在顷襄王初年,更明确地说,当在顷襄王七年迎妇那一事件的前后。当然,屈子反对这一事件,反对亲秦政策;又讥刺椒、兰,情见乎辞;这是要见忌于当时执政的贵族政治集团子椒、子兰之流,见怒于顷襄王,再被放逐的。这就是他终被迁于江南的主要原因。郭沫若《屈原研究》也说:"他的遭放逐应该在襄王七年或其后的一二年中。楚怀王被秦人诈骗了去,囚死了,是在襄王三年。其后三年之间,秦、楚断绝了关系。到襄王六年,秦将白起伐韩于伊阙,斩首二十四万,秦人乘胜来威胁楚国,要与楚国决一雌雄。襄王受不过威胁,又才和秦人讲和,到第二年更做了秦王的女婿。屈原是始终主张绝秦的人,他在生涯中所受的彻底的打击,就应该在这前后的几年内。"这是认为屈原迁于江南在顷襄王七年或其后一二年中,自是不错。《离骚》就该作在这个时候。末段重说求女,正反映了顷襄王七年迎妇于秦的这一事件。至于方楘如《离骚经解略》说:"远逝自疏,发首便得西极,西极者秦也。秦虎狼之国也,岂可弭节偷乐乎?则不如复我邦族矣。此段不独自叹穷无所入,亦所以阴泯怀王入秦之辙也。"这一解有些近是处。只是所谓楚怀王,当为顷襄王,错在他看错了《离骚》作出的年代。不知道《离骚》作出当在顷襄王七年迎妇于秦的前后,甚至后到顷襄王十二年。那么,《哀郢》说"至今九年而不复",就是实在年数了。《离骚》说"老冉冉其将至兮",这正说明了它是屈原晚期的作品。

五 《离骚》三求女发微

一、古人释求女主要有求君、求贤、求通君侧之人三说

上文讨论了《离骚》作出的年代,这固然是本篇的一个重要问题,

最大的问题还在作者说的"吾将上下而求索"。所谓求索,作者用意当拽求帝求女二者而言。首先上叩帝阍,当然是为了求帝;蒋骥注似以为叩阍也是为了求女,这话不对。闻一多《离骚解诂》,根据了司马相如《大人赋》说的"排阊阖而入帝宫兮,载玉女而与之归",便指实这是叩阍求玉女。过于求深,有意好奇,这也不是确诂。他也不曾想到屈、马这两篇赋的内容全不相干。文说上叩帝阍求帝既然走不通,只好复登阆风以及春宫"求宓妃之所在";再下到瑶宫,"见有娀之佚女";还想"及少康之未家兮,留有虞之二姚"。不料再三求索理想中的淑女贤妃竟不可得。这样求帝、求女,究竟是什么意思,还不明白吗?

刘向《九叹·逢纷》篇说:"声哀哀而怀高丘兮,心愁愁而思旧邦。"又《惜贤》篇说:"望高丘而叹涕兮,悲吸吸而长怀。"又《思古》篇说:"还顾高丘,泣如洒兮。"王逸《章句》:"言己不遭明君,无御用者。"显然刘向袭用了《离骚》"忽反顾以流涕兮,哀高丘之无女"的语意,以为无贤君;即他以为《离骚》求女是寓意求贤君的。这话对吗?

王逸《九思·疾世》篇说:"周徘徊兮汉渚,求水神兮灵女。嗟此国兮无良,媒女诎兮謰謱!"这说的求女是求贤良之臣。他在《离骚后叙》里说:"宓妃、佚女,以譬贤臣。"他在《章句》里说:"吾方上下左右以求索贤人与己合志者也。"他说求女是求贤臣、求同志,不取刘向求君一说。这话对吗?

朱熹首先以为王逸说的不对。他在《楚辞辩证》里驳了王逸《章句》,又驳了洪兴祖《补注》,都有些是处。他的《集注》于"吾令帝阍开关兮,倚阊阖而望予"句下说:"令帝阍开门,将入见帝,更陈己志。而阍不肯开,反倚其门,望而拒我,使不得入。盖求大君而不遇之比也。"下文又云:"求宓妃,见佚女,留二姚,皆求贤君之意也。"朱熹上文说叩阍求帝是求大君,对的;下文说求女也是求大君、求贤君,发展了刘向一说,这话对吗?

戴震注说:"淑女以比贤士,自视孤特,哀无贤士与己为侣。此原求女之意也。"又说:"托言欲求淑女以自广,故历往贤妃所产之地,冀或一遇于今日。而无良媒以通己志,因言世之混浊、无所往而可者。"这发展了王逸求同志一说,而着重在托言淑女以自广。这话对吗?

梅曾亮《古文辞略》说:"言求君也。求君不斥言,故迷离惝恍言之。羲和、望舒、飞廉、鸾皇,皆喻己之所以悟君之道。"又说:"言求所以通君侧之人。"这发展了朱熹求大君、求贤君一说,而着重在求所以通君侧之人。这话对吗?

二、略评今人主张求女为通君侧之人一说

游国恩《楚辞女性中心说》一文里道:"《离骚》有求女一节,他在登阆风,反顾流涕,哀高丘之无女以后,又想求宓妃,见娀女,留二姚,而三次求女都归失败。这一节的真正意义,从来注家都不了解。有的说,求女比求君;有的说,求女比求贤;又有的说,求女比求隐士;更有的说,求女比求贤诸侯;或者竟又以为真是求女人。越讲越糊涂,越支离,令人堕入云雾。这是《离骚》中一大难题。其实,屈原之所谓求女者,不过是想求一个可以通君侧的人罢了。因为他自比弃妇,所以想要重返夫家,非有一个能在夫主面前说得到话的人不可。又因他自比女子,所以通话的人不能是男人,这是显然的道理。所以他所想求的女子,可以看作使女婢妾等人的身份,并无别的意义。"(《楚辞论文集》)这是说,求女是求通君侧的人,作者自比弃妇,要求重返夫家,求人通话。这话对吗?算他把"从来注家都不了解"的"《离骚》中一大难题"就此解决了吗?

我想,游先生以为屈原"自比弃妇"这一说,像是受了几十年前有人以屈原为"弄臣"或"男妾"(即所谓"像姑"、"龙阳君")那种新说的影响才提出来的,当然同时也大大地发展了梅曾亮"求所以通君侧之人"的那一说。这并不足以解决《离骚》中一大难题",还有待于仔细商榷。屈原在这里明明是设为男子的口吻求女,所以说"恐高阳之先我"、"及少康之未家",怎见得他自比女子、自比弃妇?作者明明是说求女,所以挑选媒妁;若是弃妇想要重返夫家,何必再用媒妁,还要考

虑到她们说话的巧拙？再说，所谓求女不过是想求可以通君侧的人，可以看作使女婢妾等人的身份。请问所求之女如宓妃、佚女、二姚，难道她们可以解作或比拟使女婢妾等人的身份？何况作者已经明明说出了"导言"通话的另有人在，乃是媒理(行人)！倘若说，所求通话的人只是和媒理一般的使女婢妾的身份；乃至像梅曾亮说及的"羲和、望舒、飞廉、鸾皇"之类的神人神物；作者就会老实不客气的在笔下驱遣，说令、说使，不说求了。

再按梅曾亮"求所以通君侧之人"一说，固然发展了朱熹求君一说，同时也像受了明清以来诸家《楚辞》注以求女隐喻郑袖一说的影响。不过他不肯指实郑袖其人，就只含浑的说是求所以通君侧之人，这似乎也可以说得通。到了游先生便说成了屈原"自比弃妇"，"所以通话的人不能是男人"，"他所想求的女子可以看作使女婢妾等人的身份，并无别的意义"。这话就说呆了，有滞相了。其实梅曾亮这一说不必是他的独见，像是当时桐城派古文家姚鼐门下弟子们一般的意见，看来梅冲、管同就是如此。管有《与梅孝廉论离骚书》，梅有《离骚经解》。梅《自叙》说："友人管异之(同)，高才笃学，所解适相符合。"他于叩帝阍、三求女一大段说："言己之欲自达于君而门不可入，延伫而不能去，有感叹蔽美嫉妒者之多而已。""君不可见，冀得君之左右而通之，所谓无人乎穆公之侧，则不能安子思也。且欲与为政，必期有志同道合者，而后可有为，故不惮屈意求之。先求宓妃，欲结其贵宠者也。既不能，又思结引其在下之贤，及嗣君左右之未入恶党者。皆以力弱不能固结，而为党人所得，无一可为己助者，有感叹世之嫉贤蔽美而已。要知此辈正所谓嫉蛾眉之众女也。知其嫉妒不可合，而不惜四路奔走，重重请托以要结之，正孤忠之不能自已者。加此一番钻天入地、百折不磨之精诚，而终归无益，庶可以告无憾而即死矣。"这也说求女是求通君侧之人。但他说一求贵宠，二求在下之贤，三求嗣君左右之未入恶党者。同说求女，却把它分作三样意义来说，恐未必是。郭耘桂《读骚大例》说："《骚》辞设隐，按据本事，斯射覆悉中，宓妃者子兰，有娀者郑袖,二姚者宋玉、唐勒、景差,凡以悼念楚怀王无亲臣。《史》云:其所谓忠者不忠。是已!"这也犯了梅冲同样的毛病。倘若他们说,三求女同是求贵宠;即是说,再三踌躇,反复审慎于求通君侧之人不可得,走女谒之路不可通;也就是说,郑袖之不可求。我以为这样说,就算是勉强可以说通了。

我们知道:屈原在《九章》里,再三痛惜"壅君之不昭","壅君之不识","独障壅而蔽隐兮,使贞臣为无由",楚王自己堵塞了进贤之门。所用堵塞的工具,一是《离骚》说的"党人",贵族政治集团子椒、子兰之流。二是《离骚》说的"闺中",也就是《卜居》里说及的"妇人",实指盛行女谒的怀王宠妃郑袖。三是《离骚》说的"帝阍",实指"谒者"。在楚国,"谒者难得见如鬼,王难得见如帝"(《战国策》)。不错,屈原在这王被重重蒙蔽的情况之下,确是有志莫达,含冤莫白,希望有人从中斡旋,作品中屡用媒理、良媒作为比喻的意思在此。实则这都是出于无可奈何之辞,就在他用比喻之处也可以体会到他并不自信这是通君侧的一条大道。当时在楚国,"无妒而进贤,未见一人"(《战国策》),行人过客都知道的,这不是秘密。倘说屈原存心在求通君侧之人,岂非笑话?何况媒理之言几乎全不可信;娶妻必用媒妁成为制度、风俗的不合理,已经是战国时代一般人的常识。此所以有"周地贱媒"的话。《战国策·燕策一》:"燕王谓苏代曰:'寡人甚不喜诣者言也。'苏代对曰:'周地贱媒,为其两誉也。之男家,曰女美;之女家,曰男富。然而周之俗,不自为娶妻。且夫处女无媒,老且不嫁,舍媒而自炫,弊而不售。顺而无败、售而不弊者,唯媒而已矣。且事非权不立,非势不成,夫使人坐受成事者,惟诣者耳。'王曰:'善矣!'"这就是说,燕王甚不喜诣者之言。诣者,就是今人说的骗子,暗指政治骗子纵横家。纵横家苏代知道这话的用意,就说成媒妁的骗子,并说媒妁利用得好,未尝无益。燕王竟甘于登时受骗称善。所谓通君侧之人也大都是骗子,屈原岂是甘于受骗的?所以我说他在作品中往往用媒理作为比喻通君侧之人,只是出于群小壅君,无可奈何之词,聊以自宽而已,岂是他的本意? 而且他在作品中常所羡慕的理想中的君臣遇合,是傅说之于武丁,伊尹之于成汤,吕望之于文王,宁戚之于齐桓,百里奚之于秦缪,他们也都是不须先求于所谓通君侧之人才得进用的。说《离骚》求女是求通君侧之人,其说之不可通,摆明如此,还用得着再说吗? 总之,不明白作者所处的时代及其境地和遭遇,不从事全面考察其所有作品所含的意义,而单从片面抓住作品的某一点就大发议论,大作主张,少有不陷入错误的。当然,我并不担保自己不会犯这种错误,幸冀有人把它指出,使我得在生前及时改正,以免贻误后学!

三、评述明清以来许多《楚辞》学者以为求女是刺郑袖一说——贺宽说

此外另有一种解说,以为所谓求女是为君求女,想得淑女以配怀王,暗讽他宠信南后郑袖,至于让她乱政败国。抑或兼刺怀王、顷襄王先后迎妇于秦,中敌诡计。明、清之际,有好几个《楚辞》学者,都有类似这样的主张,只是现代的《楚辞》学者大多不曾注意。饶宗颐《楚辞书录》于贺宽《饮骚》二卷条下说:"书中如以女喻郑袖,丰隆、蹇修喻上官、子兰之徒,后人颇诋为曲说。"今按:说《离骚》求女讽喻郑袖,则未见其必为曲说。持此说者,贺宽之前有赵南星、黄文焕;和贺宽并时及稍后的有林云铭、钱澄之、方楘如、屈复、顾成天、夏大霖、鲁笔,此外,尚不知有无他家,独诋贺宽,未为公允。何况三求女之说迄无确解!何焯《义门读书记》说:"此辞难通处,无如中间求女三节。然文意坦然明白,寄情属望之恳到全在此段……历来注家莫有得其说者。王逸注稍近,而指未明。惟吾师安溪先生云:《楚辞》所谓求女者,非求君也,欲其君之得贤臣焉尔……吾师此论,实有以究难言之隐,发前贤所未发,当与作者共千古矣。"其实,李光地"欲其君之得贤臣"一说仍袭旧注,亦未见是,何焯阿谀其师,同样不算公允。我们不知道饶先生究竟以哪家之注说为确解,所谓"后人"又是何人?

现在,我们来看看贺宽《饮骚》里是怎样说的。他说:"愚意帝以拟

楚怀,女以比郑袖,庶几其可通乎?怀王之见蔽,蔽于袖也。使袖而能识原之芳洁,转以达于其君,亦何不可?然袖固君之宠幸也,不可见也。下女、丰隆、蹇修、凤皇、鸩鸠,同朝共事之人,上官、子兰之徒也,皆可以知吾之芳洁而转达于君若妃者也。乃勇而速如丰隆,婉以达如蹇修,皆不能得志;而强如鸩鸟,巧若鸣鸠,益复何赖?即吾所最信者凤皇,而又弱且拙焉,终不足望矣。""闺中邃远,即四极以祈求女之说也;哲王不寤,即叩阍不得见帝之说也。两无所遇,则此情谁诉,将诉之混浊之世人乎?彼既嫉我蔽我矣,惟有怀情而不发矣,默然自忍而又不能终忍也!以为当身之事犹不可忍,以为终身之恨其能忍乎?于是不得不转而求卜矣。""此四语结上两节。闺中哲王对举,益见余楚怀、郑袖之说不谬矣。"他把这一段同时并说的帝和女、哲王和闺中,作为对举以见义来下解释,似以为这是反映了楚怀王和郑袖时期的政治现实;即屈子太息痛恨于怀王愚暗,女谒盛行,一时忠贤无路可走。直接走女谒的路走不通,间接走女谒党人一条路也走不通;自有怀情不发、终古难忍的无比悲愤。我以为这不见得比较其他各种旧解不更觉确切,怎能诋为曲解?倘不固执成见,简单武断,就该认为贺宽这一说是有代表性的,其说大概是可以成立的,不仅可备一说而已。这只要稍稍研究在他以前以及在他同时而相先后的学者和他持有同样的见解就知道了。

四、赵南星说

赵南星《离骚经订注》于"及荣华之未落兮,相下女之可诒"句下说:"下女,女媭之类。遗之玉帛,冀以上达淑女,求配君王也。下文大约言淑女之难得。"又于篇尾说:"昔者幽王信用褒姒,谗巧败国。其大夫伤之,思得贤女以配君子。故作《车舝》之诗曰:'四牡骓骓,六辔如琴;觏尔新昏,以慰我心。'屈原患郑袖之蛊,亦托为远游,求古圣帝之妃以配怀王。而高丘无女,宓妃纬繣,鸩与雄鸠不可为媒,终不可得,无可以慰其心者。此屈子之意也。而论者以为谲怪虚无,非法度之正,过矣! 王逸之解,又以为屈子欲得贤智与之事君。夫人臣而令媒妁求母后,以比于共事君者,岂不悖哉? 此皆不论其世之蔽也。"这是说,求女是思得贤女以配怀王,驳了王逸释求女为求贤臣与己同志者一说。他引《车舝》诗刺幽王宠褒姒,以证《离骚》求女是刺怀王宠信郑袖,同是思得贤女以配君子。求女之女暗指贤于郑袖之人。而这一说算他是始作俑者。这是他的创见。他作《订注》,所订者只此一点而已,颇得后来学者的赞同、阐发。究竟作者用意在思得贤女以配君子而不得,还是反映求郑袖走女谒的门路而不可行呢? 我是主张后一说的。这还有待于进一步加以研究。

五、黄文焕说

黄维章(文焕)《听直合论·听女》一文说:"二十五篇多言女,后人訾之者,病其亵昵之太甚;尊之者,比于《国风》之不淫,夫不能确知其寓意,始何所感,终何所归,何怪乎尊之者无以间执讹者之口也! 原因被谗而作《骚》,岂其不惧谗人之指摘,以亵昵为戒,而叹当时之无女,求上古之妃后? 按迹而论,诬渎罪大,何至亵昵哉? 盖寓意在斥郑袖耳。惟暗斥郑袖,故多引古之妃嫔,以此为吾王配焉。怀王外惑于上官大夫,内惑于郑袖。观其盛怒张仪,欲得而甘心;乃仪卒通楚用事,设辩于郑袖,脱身而去;用事之人,非上官辈耶? 此其表里为奸,讵属一日? 使有贤妃,何致脱仪于国中,反劳师于远伐耶? 是以首篇之《骚》专言求女,其前半篇之不遽言也,以不聪本属王听,高张本属谗夫。疏原者,王之信上官,非郑袖之罪也。故前半篇叠言王,叠言党人,非恸不能已也。然'众女嫉余之蛾眉兮,谓余谣诼以善淫',虽斥党人,已隐隐道及郑袖矣。后半篇之不复及王,不复及党人,而但言求女,其殆因张仪发慨欤?"我以为他说《离骚》求女是为暗斥郑袖而发,对的;说《离骚》前半篇言党人之罪,后半篇言郑袖之罪,也是对的。他又说:"且《骚》所寓意求女又有不止于斥郑袖者。郑袖之脱张仪,因靳尚使人谓袖曰:'秦爱张仪,王欲杀之,今将以美人聘楚,以宫中善歌者为之媵。秦女必贵,而夫人必斥,不如言而出之。'此只虚言耳。迨怀王二十四年,秦昭王初立,乃厚赂于楚,楚往迎妇,遂为美人聘楚之实事。二十八年、二十九年、三十年,秦三攻楚,取楚地。乃又遗楚书曰:'寡人与楚,故为婚姻,相亲久;今秦楚不欢,无以令诸侯,愿会武关。'而怀王于是乎被留。顷襄王七年,楚迎妇于秦,秦、楚复平。是怀之送死,顷襄之忘仇,总以求女为始终之败局。秦则昔所虚言,后所实行,亦总以予女为始终之巧计。原安得不痛心于求女,反复低徊哉?诚合郑袖与两迎妇为细绎,谁能不深恨?谁忍不屡言?尚敢妄訾之乎?尚但泛尊之乎?"我以为他在这里说的《离骚》求女,不但斥郑袖事,也兼斥怀、襄两王迎妇于秦事,还须商量。鄙意其前三言求女无疑的是斥郑袖事,走内线的路不可通;末后远逝求女当是指顷襄王七年西迎妇于秦,这在上文四段的五节里说过了。又《复女》自是《楚辞听直》里较有分量的一篇,但不知道他看到过赵南星的《离骚经订注》没有?以后自林云铭、钱澄之以下许多《楚辞》学者,大都受到了他这一说的影响。

六、钱澄之说和方楘如说

钱澄之《庄屈合诂·离骚经诂》说:"太史公称原,其志洁,其行廉。廉者隅也,圭角不泯,动与时忤。故女媭詈之曰婞直,曰判独离。谓原所行太过,近于鲧也。原无以自明,乃就重华以陈词,述其致主泽民之道,一依前圣,明其所为者皆中正,非婞直也。既质之重华,即可以告之上帝,庶几其降衷于王心乎?乃为帝阍所拒,不得见帝。然后叹息于举世之混浊好蔽美也。不得已而思求女,盖君昏而有贤妃在内,不致小人蛊惑已甚。上官靳尚与郑袖比,犹皇甫七子恃褒姒为奥援也。《车䌛》之诗,恶褒姒乱国,思得贤女以为内助,所以拔其祸本;屈原犹是意也。故反顾流涕,哀高丘之无女,而女正难求;宓妃深秘,无由见信;娀女高居,作合实难;惟有虞二姚及少康之未家,犹可遇乎?既有家,则难通矣。贤女既不可得,艳妻煽处,外内隔绝;闺中既以邃远,而哲王又不寤,则朕情安能得发乎?此一段是暗指郑袖而言,文字离奇,令人不测！"这里解释三求女一段，基本上和上引赵南星一说相同。又他解释最后浮游求女、远逝自疏一段说："至是犹言求女者，悟主之事不能望之于臣，犹可望之于女，故终未能忘情也。"这话却未必是。我以为作者在篇末再提求女，当另有用意，不会和篇中相重复，我已在上文四段的五节里说过了。

约和钱澄之同时的方桔如《离骚经解略》也说："此段欲得淑女以配君子，盖为郑袖而发，亦诗人'间关车辖，思娈季女'之旨。王逸既以上段为求贤，又以此段为求贤，非是。曰宓妃，曰有娀，曰二姚，皆至尊之配，其为郑袖发也审矣。"我以为这也说的颇有似处。他和钱澄之同举《车辖》诗为证，似亦可通。但是何以解于结语"闺中既以邃远"，明明指实有人？我不知道他是否同受赵南星一说的影响。

七、林云铭说和鲁笔说

林云铭《楚辞灯》说："此篇自首至尾，千头万绪，看来只是一条线直贯到底，并无重复。至所谓求女一节，按《史记》：张仪至楚，厚币靳尚，设诡辩于郑袖，怀王竟听郑袖，厥后稚子子兰劝王入武关，稚子何知，其为袖宫中主之无疑，故又断其内惑于郑袖。即《卜居》篇中亦有'事妇人'之句。明明当日党人与袖表里，贪婪求索，残害忠直，举朝皆袖私人。奈党人可以明言，而袖必不便形之笔墨。""其叙求女皆古贤后，如宓妃骄傲既不足求，而有娀、二姚又不能求，盖惟不能求，所以成其为贤后。原意谓牝鸡无晨，君所听信者必如古贤后则可；不然，未有不为夏喜、殷妲、周褒、晋骊之续。《史记》所谓其辞微者，盖指此也。"又说："旧注皆作求贤君之词，但问'闺中邃远'句既比求贤君而不遇矣，'哲王又不寤'句更比何等人邪？"这也是说求女是暗讽怀王宠信郑袖，尤其是刺及女谒盛行，比较赵南星说的圆通。最后他驳了朱熹释求女是求贤君一说，只是驳的还不够。徐文靖《管城硕记》里说："若以求宓妃、佚女、二姚皆求贤君之意。夫不求宓羲而求其女，不求高辛而求其妃，不求少康而求二姚，可谓求贤君乎哉？"这里驳了求女是求贤君一说,比林云铭驳的更坚确、更痛快了。至朱冀《离骚辩》专为攻击林云铭《楚辞灯》"背理欠通"而作,其实所说都是"吹毛索瘢",无关宏旨。即如他说:"求高贤以折中,自是求女正解。"难道这就自免于"背理欠通"了吗?四库馆臣说他"同浴而讥裸裎",可谓妙喻。鲁笔《楚辞达》里评他们两家说:"朱又讥林子谓求女牵入郑袖,语病之大不可言。不知求女中隐刺郑袖,必有之意,非牵入也。如此败国祸君之姬,谓原以贵戚之卿不敢一字影喻唐突,可谓迂甚。然则《小雅》大夫竟以艳妻褒姒直斥幽后,岂不罪通于天乎?悔庵将何以置评焉?"这话说得是。但是他自释"哀高丘之无女"一句,说:"无女者,喻无辅相吾君之贤人也。隐隐外刺令尹子兰,内刺郑袖。"他却忘记了作者对于党人兰、椒都已别有指斥,不应牵入于此,缠夹不清。这就显然说错了。

八、夏大霖说

夏大霖《屈骚心印发凡》说:"文章片段须是前后转折照应,段段合来织成一片,断无中间意旨与首尾意旨离开者。故《离骚》三求女之意无着落,便与全篇片断离开。今照定郑袖、怀王两边说,却好与'闺中邃远'、'哲王不寤',语意相接,其片断(段)乃成也。"又在《离骚》篇中特下按语说:"大霖谨按:三求女一段,从前讲家未有各节标其意旨之所属者。或以比求君,或以比求贤,或谓比求友,或谓自求配,余皆不暇审其说之孰优,大约以不解解之,皆是也。愚但疑使三求女止是一意,略无分别,则何用三求?词既异而谓意同,古今无此文章。是以不肯放过而翻复读之。细审下文紧结'闺中邃远'一节,则三求皆为王之闺中言之,以冀王之寤可知也。王之闺中非郑袖乎?其曰邃远,非即夕次穷石,朝濯洧盘,远与阻绝者乎?此一求所以云,意指郑袖也。使哲王而寤也,必不受其蔽,而高辛之祥可发矣。何也?七国之雄,楚地为大。屈子负王佐才,使得为之发祥,固其志也。内非郑袖庇党人以蒙其君,则无非无仪,即简狄也,何为高辛独先哉?此再求所以云,意在发祥也。乃终不寤,则覆亡之道矣。玩'远集无止'句,悲覆亡之辞也。因悲覆亡，而念及复业之少康，此三求为意在收复，从可知也。或谓此时楚势犹大，遂作覆亡之语，非臣子所忍出。则盍观本传，屈原既死之后，楚日以削，竟为秦所灭。是史迁以楚之兴亡系于原也。岂原以当局不能见及此乎？奈光复之少康，将来亦更无望，此留二姚亦是空致叮咛。是以下文有怀情不发、难忍终古之言，痛酸极矣！愚以二千余年后忽发此解，岂有聪明能过前人？此狂妄之罪，不得辞也。然必如此解而后行文见条理，迁客无邪心，固有当如此而不可易者。后来词客必能谅之。若谓读书不求甚解，止宜略领其意于言外，则斯言亦久矣，愚何敢与书此？"这是说，求女是就怀王宫闱中事来说的，即指郑袖事，而希望怀王能够觉悟。闱中、哲王，对文并说。夏大霖不满意于旧注，却不敢如赵南星、林云铭一样明白反对它。他只提出自己的主张，还怕人家骂他狂妄，可见王逸、朱熹旧注的权威性。他极力主张从全篇来看三求女一段的用意，又把三求女分析出三种不同的意思，都似有见地。不过他的后一种分析，恐怕有人觉得太求深、太附会了罢。

九、屈复说与顾成天说

屈复《楚辞新注》说："古贤女甚多，篇中专引后妃者，是对郑袖而言也。"这话说得是。又说："今求女下紧接闱中字，是借女字暗点郑袖也。或问三闾非交通宫掖者，而言郑袖，何也？袖能惑怀王，释张仪，聪明有过人者。古贤妃谏君以道者不乏，此三闾于心尽气绝无可奈何时，姑作期望之想耳，非真有是事也。"这话却待商量。屈子文中三言求女都不可求，明是暗刺郑袖用事，反对走女谒门路，岂是对于郑袖姑作期望之想，而希望她如古贤妃谏君以道？

顾成天《九歌解自序》说："孰知《离骚》求女，一则为怀王之惑郑袖，再则为怀王之迎妇于秦，三则为顷襄王之迎妇于秦，第眩乱其词以隐其意耳，未尝以求女比思君也。"这比赵南星、林云铭、夏大霖、屈复说的还多了一层意思，即是说求女寓意在刺怀王迷惑于郑袖之外，还包涵有刺怀、顷两世先后迎妇于秦的意思,像是受了黄文焕一说的影响。不过怀王迎妇于秦,中敌诡计,因而受辱死于敌国,虽然可能包括在讽刺之中,恐怕尚非主要,讽刺矛头当是集中在郑袖。若说求女兼刺顷襄王迎妇于秦,当是末段说的求女远逝,上面已经详细说过了。

十、总结以上诸家之说

我们从历史上知道:女谒盛行,弄权干政,从成汤起,鉴于夏后氏之世,就引为大戒。曾因天旱祷雨,他就以此誓神自省。怀王内迷惑于郑袖,外蒙蔽于党人,可知党人和郑袖确是屈原的两大政敌。郭沫若《屈原》一剧,以郑袖擅宠乱政作为屈原政敌之一,自是卓有见地的。《离骚》前半幅反复痛恨于党人,岂有后半幅重复前半幅而不说及郑袖的道理? 只以事涉宫闱,不便明说,故作者特意另起波澜,巧用诗人比兴之义,象征的表现手法,再三设言求女、托于神话,正所以暗示痛恨于郑袖,悲怀往事,遗憾无穷。此不仅有关个人的得失成败,实关系楚国的祸福存亡,作者不惜拼命和两大政敌奋斗到底,情见乎词,其故在此。自然,我们也不妨承认,诗必有谜,谜必有底,活的谜底可能不止一个。当作者的构思酝酿成熟,灵感所触,机括四射,联想所及,经纬万端,昔人所谓只可意会,不可言传,往往就在此等处。虽说诗的神韵缥缈不易捉摸,诗的义蕴丰富随人领会,好像儒家说的仁者见仁,智者见智,佛家说的譬如饮水,冷暖自知,而诗人的情思反映却自有它的中心。从求帝叩阊不开到三求女都不可得,而总结之以"闺中既以邃远兮,哲王又不寤"。始则求帝求女连说,终则哲王闺中并言,一一显出怀王、郑袖俱刺,这岂不是作者自己有意揭露了谜底? 但是从来的许多论者大都未能细心照应前后去读它。我以为赵南星、黄文焕、贺宽、林云铭、钱澄之、方楘如、夏大霖、屈复、顾成天、鲁笔诸家释三求女为有关郑袖一说,算是触到了这一大段的中心,尽管他们触到的有正有偏,有深有浅,却都可供参考,或是很有研究价值的。

十一、郑袖究竟是怎么样的一个妇人呢？

郑袖究竟是怎么样的一个妇人呢？她在楚国政治上做过一些什么样的坏事，而成为屈原的一大政敌呢？史有阙文，记载不详，我们只能从《战国策》里看见记载到她的几件逸事：

《楚策》四："魏王遗楚王美人，楚王说之。夫人郑袖知王之说新人也，甚爱新人，衣服玩好择其所喜而为之，宫室卧具择其所善而为之，爱之甚于王。王曰：'妇人之所以事夫者，色也；而妒者，其情也。今郑袖知寡人之说新人也，其爱之甚于寡人，此孝子之所以事亲，忠臣之所以事君也。'郑袖知王以己为不妒也，因谓新人曰：'王爱子美矣，虽然，恶子之鼻。子为见王，则必掩子鼻。'新人见王，因掩其鼻。王谓郑袖曰：'夫新人见寡人，则掩其鼻，何也？'郑袖曰：'妾知也。'王曰：'虽恶，必言之。'郑袖曰：'其似恶闻君王之臭也。'王曰：'悍哉！'令劓之，无使逆命。"就从这里，你看郑袖是一个多么谄媚、嫉妒、阴险、毒辣的妇人！

《楚策》二："楚怀王拘张仪，将欲杀之。靳尚为仪谓楚王曰：'拘张仪，秦王必怒。天下见楚之无秦也，楚必轻矣。'又谓王之幸夫人郑袖曰：'子亦自知且贱于王乎？'郑袖曰：'何也？'尚曰：'张仪者，秦王之忠信有功臣也，今楚拘之，秦王欲出之。秦王有爱女而美，又简择其宫中佳玩丽好、玩习音者，以欢从之。资之金玉宝器，奉以上庸六县为汤沐邑。欲因张仪内之楚王。楚王必爱秦女，依强秦以为重，挟宝地以为资，势为王妻以临于楚。王惑于虞乐，必厚尊敬亲爱之，而忘子，子益贱而自疏矣。'郑袖曰：'愿委之于公，为之奈何？'曰：'子何不急言王出张子？张子得出，德子无已时，秦女必不来，而秦必重子。子内擅楚之贵，外结秦之交，畜张子以为用，子之子孙必为楚太子矣，此非布衣之利也。'郑袖遽说楚王出张子。"

《楚策》三说："张仪之楚，贫，舍人怒而归。张仪曰：'子必以衣冠之敝故欲归，子待我为子见楚王。'当是之时，南后郑袖贵于楚。张子见楚王，楚王不说。张子曰：'王无所用臣，臣请北见晋君。'楚王曰：

'诺!'张子曰:'王无求于晋国乎?'王曰:'黄金、珠玑、犀象出于楚,寡人无求于晋国。'张子曰:'王徒不好色耳。'王曰:'何也?'张子曰:'彼郑、周之女,粉白黛黑,立于衢闾,非知而见之者以为神。'楚王曰:'楚,僻陋之国也。未尝见中国之女如此其美也。寡人之独何为不好色也?'乃资之以珠玉。南后郑袖闻之,大恐。令人谓张子曰:'妾闻将军之晋国,偶有千金,进之左右,以供刍秣。郑袖亦以金五百斤。'张子辞楚王曰:'天下关闭不通,未知见日也。愿王赐之觞。'王曰:'诺。'乃觞之。张子中饮。再拜而请曰:'非有他人于此也,愿王召所便习而觞之。'王曰:'诺。'乃召南后郑袖而觞之。张子再拜而请曰:'仪有死罪于大王!'王曰:'何也?'曰:'仪行天下遍矣,未尝见人如此其美也!而仪言得美人,是欺王也。'王曰:'子释之。吾固以为天下莫若是两人也。'"再从这里,你看郑袖是一个怎样为了擅贵固宠,内而勾结国贼,外而交通敌探,竟至不惜出卖国家利益的妇人!屈原《离骚》说"闺中邃远",就是指的这个居心叵测的妇人!说"哲王不寤",就是指的怀王一直甘受这个妇人的愚弄,至死不悟!《卜居》篇说:"将哫訾栗斯,喔咿嚅唲,以事妇人乎?宁廉洁正直以自清乎?"也正是说的这个妇人!屈原怎么能够走女谒后门这条路,谄事这个妇人呢?不能谄事她,她就不许你廉洁正直立身在朝。是屈原于党人之外,又有一个大政敌了。难道我们竟被作者神来之笔瞒过,以为《离骚》说"求女",《卜居》说"事妇人",都不是确有所指吗?

十二、求女寓意的实质在此

《四库全书总目提要》评顾成天《离骚解》说:"是编成于乾隆辛酉。大旨深辟王逸以来求女譬求君之说,持论甚正。然词赋之体与叙事不同,寄托之言与庄语不同,往往恍惚汗漫,翕张反复,迥出于蹊径之外,而曲终乃归于本意。疏以训诂,核以事实,则刻舟而求剑矣。《离骚》之末曰:'陟升皇之赫戏兮,忽临睨夫旧乡。仆夫悲余马怀兮,蜷局顾而不行。'即终之以乱曰云云,大意显然,以前皆文章之波澜也。不通观其全篇,而句句字字必求其人以实之,反诋古人之疏舛,是亦苏轼所谓作诗必此诗也!"馆臣老爷们的话,往往是堂哉皇哉,大而无当。自视高人一等,强作解人。他们这段评论的大意,反对以求女譬求君一说,也像反对指实求女是为斥怀王惑郑袖而言,因为他们以为所谓求女只是辞赋文章的波澜。试问:无风不起浪,为什么有此波澜?没说出所以然。三求女之文,果无关于反映不敢直指的贵妇人吗?为什么作者不惮其烦地再三言之,神秘言之,凭空掀起了这么大的翻腾的波澜呢?相反,我则以为求女的寓意实质在此。必须懂得这个道理,才可以读通这篇古典大杰作而无甚扞格。

总之,现在我们研究古典文学必须运用主张以当时当地客观现实、时代思潮、历史背景,加上作者个人的特殊条件,作为创造源泉的反映论,才好对其作品作出相应的评价。倘若只用作者的主观情趣和灵感,个人的想象和幻想,无目的之抒写,纯审美的渲染和波澜及其他等等来说(尤其是解说伟大的作品),这都是难以说通的,也是难以令人信服的。再简单地说一句:凡是一件完美而杰出的典型的作品,必是从一定的典型的环境氛围和典型的人物形象中反映出来的产物,尽管其反映的方式及其成果各有不同。《离骚》便是这样产出来的产物。

六 屈原之姊女媭及其他家属[三]

伟大的爱国诗人屈原,他在夏历五月五日自沉汨罗江死了以后,人民作十二疑冢来安全埋葬他,立庙来奉祀他。每年逢着他的忌日,正是端午节,人民竞渡吊他,做粽子祭他,民间留下许多关于他的传说。即此可见他生前不脱离人民,死后人民也不忘记他,至今民间还有龙船竞渡、包吃粽子的风俗。但是他在当时社会上层的政治环境里是孤立的,处在孤臣孽子的境地。当权的贵族政治集团和得宠的南后郑袖都嫉妒他,毁谤他,打击他。楚怀王、顷襄王都是昏君,都疑忌他。至于他的家庭环境怎样?就没人知道详细了。

屈原在其代表杰作《离骚》起头就说到他的皇考伯庸,中间又说及他的贤姊女嬃。所谓皇考,王逸《楚辞章句》以为是屈原去世了的父亲。刘向在他仿作的《楚辞·九叹》里,以为所谓皇考伯庸是屈原的远祖。今人大多相信王逸一说,绝少提起刘向一说的。所谓女嬃,从贾逵、王逸,到袁山松、郦道元,都以为是屈原姊。其间郑玄独以为是屈原妹,见《毛诗正义·桑扈》篇引他自己的《周易注》。今本《郑志上》说:"《易》归妹以须。注云:须,有才智之称。天文有须女。屈原之妹名女须。答冷刚云:须,有才智之称。故屈原之妹以为名。"今案《周礼·天官·序官疏》引他的《周易注》却作姊。明清以来的学者,如汪瑗《楚辞集解》、张云璈《选学胶言》、梁章钜《文选旁证》,或以为女嬃是女之贱者,媵妾之类;或以为是借此贱称来比喻屈原的政敌,即《离骚》里的所谓"党人"。最后王树枏《离骚注》就说:"女嬃为设词,并无其人。""嬃为凡女之称,并不定指为姊。"这是一种息讼止争的说法。现代学者或主张女嬃是屈原的女伴(见郭沫若《屈原研究》),或坚持女嬃是屈原所认识的女巫(见刘永济《屈赋通笺》)。今案:丁晏《颐志斋文集》四有《女嬃非屈原姊辨》一文,早已主张这一说。至周拱辰《离骚拾细》云:"《汉书·广陵王胥传》:胥迎李巫女须,使下神祝诅。则须乃女巫之称,与灵氛之占卜同一流人。以为原姊,谬矣。"此则更在丁晏之前。我们相信哪一说好呢?还是如朱骏声《离骚赋补注》说的"嬃之为原姊,古来相承,不宜立异"这一说好呢?

我是相信女嬃为屈原姊这一说的。倘若我相信它的理由没有人能够驳倒,我就坚持。正如我相信《远游》、《卜居》、《渔父》、《招魂》、《大招》都是屈原所作,并非伪托一样。楚、汉时代相隔不远,贾逵、许慎、王逸都懂楚语,"楚人谓姊为嬃",他们说的当有根据。许慎就把他的师说,即贾逵一说,载入他撰述的《说文解字》。从楚国方言来说,女嬃当是屈原姊。理由一。

归乡或秭归这一地名由来很古。袁山松说:"父老传言,屈原既流放,忽然暂归,乡人喜悦,因名曰归乡。"又说:"屈原有贤姊,闻原放逐,亦来归,喻令自宽全。乡人冀其见从,因名曰秭归,即《离骚》所谓女嬃婵媛以詈余也。"按:《后汉书·和帝纪》"秭归山"注引袁山松书:"秭,亦姊也。"其他语意略同。至今秭归县遗留有一些关于屈原和女嬃的古迹。如去城六七里靠大江的屈原沱,或称屈沱。又如三闾乡有屈原宅,宅东北六十里有女嬃捣衣石,那里立有女嬃庙。以上均据郦道元《水经注》三十四引述。袁山松、郦道元都精通古地理,所说也当有根据。杜甫诗说:"若道士(一作士)无英俊才,何得山有屈原宅?"秭归屈原宅古迹是从来有名的。从屈原出生地命名来说,女嬃当是屈原姊。理由二。

《离骚》里说:"女嬃之婵媛兮,申申其詈予。"詈一作骂。如果是妹,未必敢用詈骂来教训其兄。如说嬃、嬬古字相通,嬬训卑弱、下妻,女嬃就是贱女妾媵之类,则她们未必敢骂,屈原也未必重视它而写入作品。如果真是屈原用此卑贱妇女比喻政敌,即《离骚》中之所谓"党人",则拟人必如其伦,未必借用她们的口吻詈骂家主。而且屈原政敌莫不"竞进贪婪"、"兴心嫉妒",未必骂后有此消极退避、不失其为正派的语言。如说女嬃是女巫,在当时社会里,所谓巫觋,所谓巫医,他们的社会地位很低,未必敢骂敢教训做过达官的王室贵族,尽管屈原已是和王室疏远了的没落贵族。更不能因为汉有女巫叫李女须,就把《离骚》里的女嬃认为是李女须一流。谁曾见人因为汉有赋家叫司马相如,就把《战国策》里的蔺相如也认为是司马相如一流?如说嬃、须、胥、谞,古字相通,须、胥是有才智的意思,女嬃是才女,屈原的"女伴",虽属创见,又比较可通,但是没有其他的佐证。因此种种,我以为只有说女嬃是屈原姊,无论从人情上或从字义上来说,都说得通,了无窒碍。《说文》说:"姊,女兄也。""妹,女弟也。"《白虎通义》说:"谓之姊妹,何?姊者,咨也。妹者,末(未)也。"《释名》说:"姊,积也。犹日始出,积时多而明也。妹,昧也。犹日始入,历时少,尚昧也。"按:兄字从口从儿(人),会意。口指号令,口是号令所从出。兄长是可以号令其年幼弟妹的人。姊是女兄,训积、训咨,都是声近义通。积,是说有阅历,即有经验的意思。咨,是说可咨询的意思。姊是较弟妹积有经验,可备弟妹咨询的人。惟其女媭是姊,所以可用詈骂的口吻来教训其弟屈原,虽是不入耳之言,屈原还是可以领教商量,写入自己的作品。而且她婵媛地牵着他,骂了又骂,只是深切关心他,希望他改掉像伯鲧那样"婞直"的戆脾气,好自明哲保身,真是处世的经验之谈。这是从情理上、从训诂上都说得通的,无须这样那样绕弯子来说。所以我释《楚辞》就把女媭作为屈原姊了。理由三。

除了皇考伯庸、贤姊女媭以外,屈原还有没有其他的家属呢?这不见于正史记载,也绝少在目前已有的研究《楚辞》和研究屈原传记的著作中提起。现在,我只就个人所知的关于屈原的传说记录中找出一些材料。

《襄阳风俗记》大意说:屈原五月五日投汨罗江死了,他的老婆曾投食品到水中去祭他。屈原通梦告诉老婆说:你祭我的食品都被蛟龙抢去了。龙是什么也不怕,只怕五色丝和竹子。所以他的老婆就用竹筒做粽子,再用五色丝线缠着。今俗每逢端午这一天,都吃带着五色丝的粽子,就是避免蛟龙的危害呀!(《太平寰宇记》一四五引)这是说,在旧楚国北部,今湖北襄阳一带地方传说中,屈原是有妻的。如今端午节吃粽子的风俗就是起源于屈原的寡妻把粽子("角黍")投到江中去祭他。这和《荆楚岁时记》、《续齐谐记》等书说的稍有不同了。又,"传说其子怨父沉江,亦投水死,名黑神。见《蕲州志》。"(陆侃如《屈原与宋玉》)在湖北东部滨江一带地方传说中,屈原是有子的。又相传:"益阳县西南有凤凰庙,祀屈原,此地为屈原作《天问》处。"(《大清一统志》三五六)或说:"凤凰庙在益阳县南六十里弄溪之滨,庙祀原与夫人泊其子,俗呼为凤凰神。""绣(绣一作纬)英墓在治西花园洞。《县志》云:相传为屈原之女。"(《古今图书集成》一二一三)据此可知在旧楚国南部今湖南地区民间传说中,屈原是有妻室儿女的。

至今湖南湘阴县汨罗地方,民间还传说着屈原女儿女媭的故事。难道女媭是屈原的女儿么?汨罗江边有一个土墩叫做望爷墩,说是女婹在其父屈原投江以后,她独自呆在这个高墩上,悲痛地遥望其父能够得救归来。汨罗山屈原墓西有楚塘,说是女婹葬父时取土挖成的池子。她是孝女,所以汨罗山又称为烈女岭。这一传说可靠性就更小了。不管它是怎样的传说罢,就从这些传说里反映了屈原和人民之间的联系,反映了人民对于爱国诗人屈原的永远的纪念。屈原永远活在自己的崇高的人格中和伟大的诗篇里,也永远活在人民的心中,活在人民对他的传说和纪念里。谁要否定屈原其人或者屈原赋二十五篇之数,都是徒劳的。

【简注】

〔一〕王应麟《困学纪闻》云:"《楚语》伍举曰:德义不行则迩者骚离,而远者距违。注:骚,愁也。离,畔也。伍举所谓骚离,屈平所谓离骚,皆楚言也。扬雄为《畔牢愁》,与楚语注合。"按:骚离,离骚,畔牢愁,岂得视为同义语?

〔二〕李光地云:"远逝自疏,将以周流天下。然一曰至于西极,再曰西皇涉予,三曰西海为期,何哉?是时山东诸国,政之混乱无异南荆。惟秦勤于刑政,收纳列国贤士,一言投合,俯仰卿士。士之欲急功名,舍是莫适归者。是以览观大势,属意于斯。所过山川,悉表西路。然父母之邦可去,而仇雠之国不可依。中途回望,仆马悲鸣,况贵戚之卿,义与国共哉!卒之死而靡他,为乱章以自矢。呜呼!淮南所谓与日月争光者,此也。"梅曾亮云:"所指多西方之地,亦删《书》于《秦誓》之意也。时皆昏乱将亡,度往而乐者惟秦耳。而屈子能通秦哉?"朱骏声《离骚补注》亦疑所谓西极、西皇、西海,皆喻秦。马其昶《屈赋微》:"姚永朴曰:李文贞(光地)以为西指秦言,是也。当时六国之必并于秦,无智愚皆知之。《荀子·强国》篇言之尤详。"

〔三〕此段原为独立之一短篇,作出最早,一九六二年古端午节前半个月所作。同年六月五日《人民日报》第八版刊出,后复颇有修改。直至一九八〇年五月,此文全稿成,凡六段。曾刊于《中华文史论丛》一九八一年第一辑。

《九歌》解题卷第二〔一〕

一 《九歌》之名称及其篇数

何谓《九歌》？《九歌》凡十一篇。为什么叫做《九歌》呢？钱澄之《屈诂》（《屈庄合诂》）以为作者有意把《河伯》、《山鬼》不算，所以实得九篇。他说："河非楚所及，而山鬼涉于妖邪，皆不宜祀。屈原仍其名，改为之词而黜其祀，故无赞神之语，歌舞之事，则祀神正得九章。"作者本意是否如此？今不可知。李光地《九歌注》至《山鬼》篇而止，以为"《九章》止九篇，则《九歌》疑亦当尽于此……后两篇或无所系属而以附之者"。他就删去《国殇》、《礼魂》以合九篇之数。徐焕龙《楚辞洗髓》也说："《九歌》篇十一者，《国殇》、《礼魂》特附《九歌》之后，不在九数之中。"这都是把《国殇》、《礼魂》不算，所以仍称《九歌》。闻一多《什么是九歌》一文，以为《东皇太一》、《礼魂》是"迎送神曲"，"被迎送的神只有东皇太一"。即《九歌》首尾两章是"祭神的乐章"，中间九章是"娱神的乐章"（《闻一多全集》甲）。愚按：《汉书·礼乐志·郊祀歌》说："千童罗舞成八溢（佾），合好效欢虞太一。《九歌》毕奏斐然殊，鸣琴瑟竽会轩朱。"这不像是明说汉代（可不是楚国）郊祀大奏《九歌》来欢娱太一尊神吗？（但所谓《九歌》不必就是《楚辞·九歌》。）这当是闻先生立说所本。他要人射覆，我就窃发其覆于此。刘永济《屈赋通笺》则把《国殇》一篇"姑定为屈子之《招魂》，而别出于后"，"即太史公当日所见之《招魂》"；而于最后《礼魂》一篇也采用了王夫之《楚辞通释》送神之曲一说，以为"即九篇之乱"。以上钱、李、徐、闻、刘五家之说，何者符合于作者本意？我们无从知道。

至若明初周用《楚辞注略》说："《九歌》又合《湘君》、《湘夫人》，《大司命》、《少司命》为二篇。"到了清初，吴世尚《楚辞疏》说："《九歌》中如《湘君》、《湘夫人》及《大、少司命》虽各有乐章，而意相承顾，读者须细玩其血脉之暗相注处也。"言外之意也像是以此四篇各当合为二篇。顾成天《九歌解》就径合《湘君》、《湘夫人》为一篇，又合《大司命》、《少司命》为一篇，并合十一篇为九篇。"说尚可通"。(《四库提要》)这正和他同时同乡人王邦采《屈子杂文·九歌笺略》一样，也肯定的主张："《九章》是九篇，《九辩》是九篇(今按:《九辩》只是一篇，分为十章九章，出于《洪补》、《朱注》)，何独《九歌》而异之？当是《湘君》、《湘夫人》只作一歌，《大司命》、《少司命》只作一歌，则《九歌》仍是九篇耳。"倘若有人拘泥于《九歌》之九这个数字，那就请他考虑这里周、吴、顾、王四家之说好了，我就是采用这一说的。

按:《九歌》、《九辩》都是古乐曲名，见于《离骚》、《天问》。王逸《章句》于《九歌》、《九章》都不释九字，而于《九辩》说:"九者，阳之数，道之纲纪也。"这是搬弄谶纬玄学话头，好像丈二和尚，令人摸不着头脑。《洪补》引《文选》五臣注:"九者，阳数之极，自谓否极，取为歌名矣。"这比王逸说的好懂一点了。姚宽《西溪丛话》说:"歌名九，而篇十一者，亦犹《七启》、《七发》，非以章名之类。"这话倒有似处。其实，先秦古籍中所用许多数字，尤其是三和九；往往不是实数，而是文法学上所谓表无定数的静字。清代学者汪中、马瑞辰诸人释三九都以为这只是表示多数和很多的意思，他们说的不错。《离骚》说:"余既滋兰之九畹兮。"又说:"虽九死其犹未悔。"《九章·惜诵》说:"九折臂而成医兮。"《抽思》说:"魂一夕而九逝。"都应该如此作解才是。《四库全书总目提要》评李光地《九歌注》说:"《国殇》、《礼魂》向在《九歌》之末。古人以九纪数，实其大凡之名；犹《雅》、《颂》之称什，故篇十有一，仍题曰什。光地谓当止于九篇，竟不附载，则未免拘泥矣。"这话可算不错。马其昶《屈赋微》说:"《九章》九篇，《九歌》十一篇，九者数之极，故凡甚多之数皆可以九约，其文不限于九也。"同样，这话也算是说得通的。

二 《九歌》作者为谁？

《九歌》作者何人？王逸《九歌叙》说："《九歌》者屈原之所作也。昔楚国南郢之邑，沅湘之间，其俗信鬼而好祠，其祠必作歌乐鼓舞以乐诸神。屈原放逐，窜伏其域，怀忧苦毒，愁思沸郁。出见俗人祭祀之礼，歌舞之乐。其词鄙陋，因为作《九歌》之曲，上陈事神之敬，下见己之冤结，托之以风谏。故其文意不同，章句杂错，而广异义焉。"他肯定了《九歌》是屈原所作。并说屈原被放江南以后，乃就楚国南方祭祀歌舞的俗曲改作，借以寄托忧愤，讽谏楚王，因而与俗曲的"文意不同"。朱熹《楚辞集注·九歌叙》说："蛮荆陋俗，词既鄙俚，而其阴阳人鬼之间，又或不能无亵慢淫荒之杂。原既放逐，见而感之，故颇为更定其词，去其泰甚。"这里同样认定《九歌》是屈原于放逐以后，依据当地祭祀俗曲而加工删改之作。不过没有说明屈原放逐的地方罢了。

现代学者论到《九歌》作者的问题大都采用了王逸、朱熹相承的一说。只有胡适之既怀疑"屈原这个人有没有"？更说不上《九歌》是屈原所作。他在《读楚辞》一文里说："《九歌》与屈原的传说绝无关系。细看内容，这九篇大概是最古之作，是当时湘江民族的宗教舞歌。"（《胡适文存二集》）他还说："若《九歌》也是屈原作的，则《楚辞》的来源便找不出，文学史便变成神异记了。""《九歌》显然是《离骚》等篇的前驱。我们与其把这种进化归于屈原一人，宁可归于《楚辞》本身。"（陆侃如《屈原》一书引）大家知道：《史记》正史，其言雅驯，有极大的可靠性，尽管其中有褚少孙乃至其他学者的补文，还有不少的字句讹夺，甚至错简、脱简。我们不能因为《屈原贾生列传》的叙述似乎有些失次不明，或自相矛盾之处，就怀疑"《史记》本来不很可靠，而《屈原贾生列传》尤其不可靠"。便进而怀疑屈原有无其人。如果说《九歌》全出于"最古"的民间祭祀俗曲，恐怕那是萌芽状态的东西。如果说不是经过屈原那样的大作手加工改作，恐怕未必是现存这样成熟完美的作品。

胡适之《读楚辞》一说的不可靠是很显然的。至于他从文体发展史上来论《九歌》和《楚辞》等篇作出时代的古、晚，未免是形式主义者拘墟之见，虽然他在当日拥有信徒不少，但是到了今日已经过时，值不得一驳了。

三 《九歌》为何而作？作在何时？

《九歌》是否屈原放逐以后所作？究竟作在何时？沈亚之《屈原外传》说："尝游沅湘，俗好祀，必作乐歌以乐神，辞甚俚。原因栖玉笥山作《九歌》，托以风谏。至《山鬼》篇成，四山忽啾啾若啼啸，声闻十里外，草木莫不萎死。"《大清一统志》三五四："玉笥山在湘阴县东北，一名石帆山。《湘中记》：屈潭之左有玉笥山，屈原之放，栖于此山而作《九歌》焉。"郭嵩焘《湘阴县图志》所说略同。这都像是出于湘江流域民间的传说，《外传》更加神话化。这都指实屈原被放江南以后，乃作《九歌》于汨罗江畔的玉笥山。虽然比王逸、朱熹说的更具体些，却没有其他更令人信服的证据。戴震《屈原赋注》不知是否根据于此，就肯定"《九歌》迁于江南所作"了。至若王夫之《楚辞通释》则以为《九歌》是屈原退居汉北所作。他说："《九歌》应亦怀王时作，原时不用，退居汉北，故《湘君》有北征道洞庭之句，逮后顷襄信谗，徙原于沅湘，则原忧益迫，且将自沉，亦无闲心及此矣。"这些话似是，但还是有问题。不错，屈原放逐江南以后，固无闲心作此《九歌》，《湘君》篇里说的北征取道洞庭，乃设为湘水之神自道，岂得认为是屈原放逐汉北时，取道洞庭北征的自道？总之，他们说《九歌》作在江南，或者作在汉北，孰得孰失，无足深论，都因不合情实故。

我相信屈原《九歌》是作在放逐之前，他居郢都，正在做着左徒的时候。这是他早期的作品，其中没有放逐的感愤，没有特意讽谏的意思，旧有注释大多有误。这话怎讲呢？

马其昶《读九歌》一文比较有些说的对。他说："假令原欲自言志，奚托于事神？事神乃陈己冤结，神其渎矣！其身既疏远，更欲致其敞罔不可骤晓之词为风谏，何其过计者欤……及读《汉书·郊祀志》载谷永之言……乃知《九歌》之作，原承怀王之命而作也。推其时在《离骚》前。"这是受了何焯《义门读书记》一说的影响。他又在《屈赋微》一书里说："何焯曰，《汉志》载谷永之言云，楚怀王隆祭祀、事鬼神，欲以邀福，助却秦军，而兵挫地削，身辱国危。则屈子盖因事以纳忠，故寓讽谏之词，异乎史巫所陈也。其昶案：怀王隆祭祀，事鬼神，则《九歌》之作必原承怀王之命而作也。推其时当在《离骚》前。史称原博闻强志，明治乱，娴辞令。怀王使原造宪令，上官大夫逸之于王曰，每一令出，原曰非我莫能为。虽非其实，然当时为文无出原右者，彼怀王撰辞告神，舍原其谁属哉？按：怀王十一年楚为纵长，攻秦。十六年绝齐和秦。旋以怒张仪故，复攻秦，大败于丹阳，又败于蓝田。吾意怀王事神欲以助却秦军，在此时矣。"这是说，屈原《九歌》是奉命而作，为王者祈神助却秦军而作，大约作在怀王十一年至十六年之间。至迟作在十六年初，就在这一年中屈原见疏于怀王了。至于说，《九歌》"盖因事以纳忠，故寓讽谏之词，异乎史巫所陈"。我们从这作品里实在找不出确切证据来。

郭沫若《屈原研究》里说："据我的看法，《九歌》应该还是屈原的作品，当作于他早年得志的时候，而不是在被放逐之后。要这样看，对于屈原的整个发展才能理解。因为一个伟大的诗人不能说在晚年失意的时候突然产生了一批长篇大作的悲哀诗，而在早年得志的时候却不曾有些愉快的小品。"又在《屈原赋今译》里说："由歌辞的清新、调子的愉快来说，我们可以断定《九歌》是屈原未失意时的作品。"又说："《九歌》和屈原身世无直接关联，情调清新而玲珑，可能是屈原年轻得意时的作品。"他既在《解题》里说"断定"，又在《后记》里说"可能"，似乎不免有些自相矛盾。但是郭先生始终认为《九歌》当是屈原早期得意时的作品，这是可以理解的。

以上何、马、郭三家之说，都算颇有些见地。他们所主张的并不相差太远,我以为郭说较胜,较合当日情实。至马氏似说《九歌》是屈原受命造宪令时所作,此亦宪令之一。虽是假说,却有思致,我想试为证成其说。

按:《九章·惜往日》篇说:"惜往日之曾信兮,受命诏以昭时。"王逸《章句》说:"君告屈原,明典文也。"当即指的屈原初任左徒,受命改定《九歌》事。这里姑且不论在文字校勘上是否"诗""时"两作都通,或以一作为是;必要指出的是王逸显依"诗"字作解。如果说王逸这句话是指"怀王使屈原造为宪令",那么,宪令之内首先必有诗。不错,《惜往日》是屈原追惜往日造为宪令之事而作,宪令就是法令典制的意思。《九歌》本身自明是楚国王室祭典所用的巫歌,首先就该列在宪令范围之内。更古的不说,单说春秋战国时代,祭祀是和战事并被国家重视的,所以有"国之大事,惟祀与戎"(《春秋左氏传·成十三年》)的话,已经成为读史常识。即从越王句践沼吴的故事里,也可以见到他把祭祀摆在建国复仇计划中应该做的第一件事。《越绝书》十二记越王句践问于大夫文种,伐吴要怎样下手才能够成功?文种说,有九术,第一就是尊天地、事鬼神。《吴越春秋》九记越王"乃行第一术,立东郊以祭阳,名曰东皇公,立西郊以祭阴,名曰西王母,祭陵山于会稽,祀水泽于江州。事鬼神一年,国不被灾。越王曰,善哉"!这是因为恰好那年国无灾难,就认为祀神有效,伐吴阴谋第一件就已初步获得成功了。

这尊天地、事鬼神一件事,在楚国又是怎样?《吕览·异宝》篇:"荆人畏鬼,而越人信禨。"注:"言荆人畏鬼,越人信吉凶之禨祥。"《列子·说符》篇:"楚人鬼而越人禨。"《淮南子·人间训》:"荆人鬼,越人禨。"《说文·鬼部》:"吴人鬼,越人禨。"吴越后皆为楚所并,这一地区之人畏鬼信禨如故。严辑《全后汉文》十三《桓子新论》:"昔楚灵王骄逸轻下,简贤务鬼,信巫祝之道,斋戒洁鲜以事上帝,礼群神,躬执羽被起舞坛前。吴人来攻,其国人告急。而灵王鼓舞自若,顾应之曰:'寡人方祭上帝,礼明神,当蒙福祐焉,不敢赴救。'而吴兵遂至,俘获其太子及后姬。"《汉书·郊祀志下》记谷永说成帝拒绝祭祀方术云:"楚怀王隆祭祀、事鬼神,欲以获福,助却秦军,而兵挫地削,身辱国危。"可知楚国灵、怀两王先后求神却敌,闹了两次大笑话。《九歌》当是那时祭祀上帝鬼神的歌舞曲。"诗歌跳舞和音乐都会激起战士的勇气以保护社群。"林惠祥《文化人类学·原始艺术》里说得不错。楚怀王求神助战,有史可证,又有诗为证。屈原说:"受命诏以昭诗"。安知不正是说他被命为怀王明定《九歌》祀神之典文,即求神助战的那一回事呢?

再就《九歌》所祀之神而论,为东皇太一、云中君、湘君、湘夫人、大司命、少司命、东君、河伯、山鬼、国殇,凡十神。除国殇外,诸神不出诸侯所祀天地、三辰、山川的范围,而祀国殇又是"以死勤事则祀之"一种国家典礼。据《国语·楚语》记观射父对楚昭王论祭祀的话:"天子遍祀群神品物,诸侯祀天地三辰及其土之山川。卿大夫祀其礼,士庶人不过其祖。"可知《九歌》所祀的神不是士庶人所祀的神。自从社会有了阶级的分裂,有了等级制,祭祀鬼神也要按照人的等级而分等级,祭不越望,祭不越礼。岂仅卿大夫祀其礼,他们所祭祀的鬼神都要依他们自己所有礼命的等级而有分别吗?那么,《九歌》就不能说是楚国民间所用的宗教舞歌,只能说是王室所用的宗教舞歌,或者省称巫歌。关于这一点,从王逸、朱熹到戴震,直到晚近胡适之和郭沫若诸家都说错了。

由此可见,屈原《九歌》是为何而作了,当为受命于怀王而作,即为楚国王室举行隆重的祀典而作。这是摹仿楚之巫音的作品,这是巫舞歌曲,也就是日本学者藤野岩友所谓"巫系文学"罢。他于《巫系文学论》外,还作有《天问与卜筮》。不管他怎样说,我以为屈赋不必属于"巫系文学",屈原不必有"巫觋信仰",更不必说"屈子为巫"(彭仲铎《屈子为巫考》,《学艺》十九卷九期)。但说屈原为怀王作《九歌》,则近于史实。

《九歌》作在怀王为纵长的强盛时期,故无"怨怒"和"噍杀"的声音;作在作者为左徒的得意时期,故无"冤结""讽谏"的寄托。从王逸、朱熹直到今人刘永济,以为它含有个人"风谏"、"眷恋"、"忠爱之意"。

这也都是说错了的。按:《史记》秦惠文王后元十三年,当楚怀王"十七年春,与秦战丹阳。秦大败我军,斩甲士八万,虏我大将军屈匄,裨将军逢侯丑等七十余人,遂取汉中之郡。楚怀王大怒,乃悉国兵复袭秦,战于蓝田,大败楚军。韩、魏闻楚之困,乃南袭楚,至于邓。楚闻,乃引兵归。"这年秦有《诅楚王文》,其文见《古文苑》。我想楚国也该有诅秦王文同样湮埋土中,不过还待将来锄头考古的学者去发见。《九歌》除了《东君》篇末言及狼弧是秦分野之星,其辞有报秦之心,已为戴震注指出的以外,其他各篇并不显然见到含有诅秦王的意思,这不足以当《诅秦王文》,其文当另有所在。那么,《九歌》作在何时? 可以肯定说,不作在这个怀王衰败时期。当作在怀王十一年,周慎靓王三年,公元前三一八年左右,是屈原为左徒"年轻得意时的作品"。

以上一大段,我已往复证成了郭先生说的《九歌》是屈原早期"未失意时的作品",作在他初为怀王左徒的时候;并说明了这是"怀王使屈原造为宪令",其中大手笔之一。

四 《九歌》之舞曲结构及其表演方式

《九歌》是祖述"巫音"(《吕览·侈乐》篇),为"巫舞"歌曲(王国维《宋元戏曲考》),上和《诗经》里的三《颂》同为我国戏曲的起源(阮元《揅经室集·释颂》),当能为现代《楚辞》学者所一致肯定。剩下来的问题就有:《九歌》之舞曲的结构怎样? 或者问,《九歌》演出的方式怎样?

朱熹《楚辞辩证》说:"楚俗祠祭之歌不可得而闻矣。然计其间,或以阴巫下阳神,或以阳神接阴鬼,则其辞之亵慢淫荒当有不可道者。"戴震《屈原赋注》说:"《周官》凡以神仕者,在男曰觋,在女曰巫,巫,亦通称也。男巫事阳神,女巫事阴神。"他们已注意到演出上,巫之男女和神之阴阳,及其在迎祀歌舞中,依着彼此不同的性别而有怎样的配置。

陈本礼《屈辞精义》说："《九歌》之乐，有男巫歌者，有女巫歌者，有巫觋并舞而歌者，有一巫唱而众巫和者。"这就不仅确认《九歌》是供祭祀用的歌舞曲，并进一步指出表演人员有巫有觋，表演方式有歌有舞，舞有群舞而歌的，歌有一唱众和的，等等的不同。可是他没有再进一步按照所有各篇这种不同之处，作出具体的分析说明。这就引起了现代学者对于这一作品的注意和研究。从而我们可以明确的说：这是有音乐、有舞蹈、有歌唱组织而成的，一种声容并茂的综合舞台艺术。也可以更简明的说：这是一种雏形的戏剧艺术。

闻一多《九歌古歌舞剧悬解》一文，认为《九歌》的首尾《东皇太一》和《礼魂》是序曲和终曲，中间九篇是原始歌剧，都是演来献祭给东皇太一这个尊神的。他便试试将《九歌》写成了这一戏剧的形式。他并没有说明自己根据什么来写，要让读者猜谜罢，我在篇首发端的一段里就把他的谜底揭穿了。日本青木正儿也曾先此试试研究了，并作了《九歌舞曲之结构》一文(《支那学》七卷一号《中国文学艺术考》)。但是他对于《九歌》的篇章组织、文理脉络，并没有完全了解，所以他提出了问题，并没有正确地完全地解决问题，而获得令人信服的成果。刘永济《屈赋通笺·九歌宾主词诸家异同表》，意在从文法研究上入手解决诸家注说异同的问题，他的研究并无助于解决陈本礼、青木正儿两家所提出的问题。拙作《楚辞直解》在《九歌》各篇《章指》(每章或每段大旨而较常见之大旨为详，姑且叫它《章指》)，按章分析了其中出场人物，迎、留、送神的活动及其歌辞，才算解决了问题，我自己感到了沉埋千年、豁蒙一旦的愉快。

《东皇太一》解

一、东皇太一何神？

这是《九歌》的第一歌，发端说："吉日兮辰良，穆将愉兮上皇。抚长剑兮玉珥,镠锵鸣兮琳琅。"上皇,就是东皇太一。他在《九歌》中是第一个登场的。他佩带着玉佩、玉具剑。玉具剑原为至尊贵之王者所佩,最早见于《诗》咏公刘。王逸说:"太一,星名,天之尊神,祠在楚东,以配东帝,故曰东皇。"殆即《越绝书》、《吴越春秋》记载王句践伐吴九术第一术所祀神之一"东皇公"。宋玉《高唐赋》里也说及"礼太一",可证楚国确祀东皇太一。

《史记·封禅书》、《汉书·郊祀志》都说:"亳人谬忌奏祠泰一方,曰:天神贵者泰一,泰一佐曰五帝。古者天子以春秋祭泰一东南郊,日一太牢,七日,为坛开八通之鬼道。于是天子令太祝立其祠长安城东南郊,常奉祠,如忌方。"可知汉武帝祀太一是用方士亳人谬忌所奏说的方式。这是否沿用了楚国祀太一的方式?今已不可考了。但是至少有一点是不同的:楚祀太一于楚东,汉祭泰一于东南郊。

王夫之说:"旧说中宫太(一作天)极星,其一明者太一。则郑康成《礼注》所谓耀魄宝也。然太一在紫微中宫,而此言东皇,恐其说非是。按《九歌》皆楚俗所祠,不合于祀典,未可以《礼》证之。太一最贵,故但言陈设之盛以徼神降,而无婉娈颂美之言。且如此篇,王逸宁得以冤结之言附会之邪?则推之他篇当无异旨,明矣。"戴震说:"古未有祀太一者,以太一为神名殆起于周末。汉成帝因方士之言立其祠东南郊,唐宋祀之尤重。盖自战国时奉为祈福神,其祀益隆。"东皇太一究是何神?这里王、戴两家的解释极为简明。至王氏夫之认为歌辞中并无王逸所说屈原作于放逐以后,寓有"冤结""风谏"的意思,其他各篇都是如此。这也明快极了。

文廷式《纯常子枝语》三十三:"《东皇太一》篇云:'穆将愉兮上皇。'王逸注曰:'上皇,谓东皇太一也。'宋玉《高唐赋》曰:'醮诸神,礼太一。'案上皇,即上帝之称。变言上皇者,以协韵之故。以此知中国以太一为上帝矣。《文选·西都赋》注引《春秋合诚图》曰:'紫宫,大帝室,太一之精也。'又引《春秋元命苞》曰:'紫之言此也,宫之言中也,言天神图法,阴阳开闭,皆在此中也。'《太乙人道命法君基总论》云:'君基太乙为紫微大帝,群耀之尊,执掌权衡,较量天地。'即沿《合诚图》之说。《说文》一字训云:造分天地,化成万物。亦以太乙为造化主,故有此语。然则三古以前言天之理中外同也。马骕《绎史》(卷五)引《泰壹杂子》云:'黄帝谒峨眉,见天真皇人,拜之玉堂。曰:敢问何为三一之道? 皇人曰:而既已君统兮,又咨三一,无乃朗抗乎?'《泰壹杂子》,《汉书·艺文志》入之神仙家。泰壹即太一,故后世以太一为上帝,惟道家尚存其说。又由太一而言三一,则道家所谓一气三清者;而景教三一妙身(三位一体?)之言亦沿于此矣?(原注,老子一生二,二生三,亦即此义。)"这是傅会中外古方士宗教家之说,以为东皇太一就是上帝。像煞有介事,也很有趣。

二、古修辞格一例

王应麟《困学纪闻》五:"《冠辞》'令月吉日','吉月令辰',互见其言。《论语》'迅雷风烈',《九歌》'吉日兮辰良',相错成文。"沈括《梦溪笔谈》十四:"韩退之集中《罗池神碑铭》有'春与猿吟兮,秋与鹤飞'。今验石刻,乃'春与猿吟兮,秋鹤与飞'。古人多用此格。如《楚辞》'吉日兮辰良',又'蕙肴蒸兮兰藉,奠桂酒兮椒浆'。盖欲相错成文,则语势矫健耳。杜子美诗:'红稻啄余鹦鹉粒,碧梧栖老凤凰枝。'此亦语反而意全。韩退之《雪诗》:'舞镜鸾窥沼,行天马度桥。'亦效此体,然稍牵强,不若前人之语浑成也。"同书十五又说:"'蕙肴蒸兮兰藉,奠桂酒兮椒浆',当曰'蒸蕙肴',对'奠桂酒'。今倒用之,谓之蹉对(交叉对)。"这是从《东皇太一》中指出警句来谈古修辞方法,有助于读者的欣赏。我疑肴蒸一词当是关于牲体的一种专名,说为蒸蕙肴,似乎误会了。友人杨树达《中国修辞学》中也有此误。肴蒸,《仪礼》作肴脀,注脚说它是折俎,体解节折之俎。一牲体解为二十一,可知折俎意谓肉块。蕙肴蒸,大概是说蕙草薰的肉块。今人或者说它是蹄膀,可不算错,但非确诂。依杨树达说,这些例子属于错综格中的组织错综。'吉日兮辰良',名词与其状词错综。'蕙肴蒸兮兰藉,奠桂酒兮椒浆',

动词与其宾词错综。'春与猿吟兮,秋鹤与飞',介词与其宾词错综。这都是属于颠倒词位、变换文法组织的错综。

《云中君》解

一、云中君为云神乎？抑为云梦水神乎？

王逸《章句》说云中君就是云神丰隆,后来注家大多无异词。清初徐文靖《管城硕记》认为云中君是指云梦泽之神。近代陈培寿《楚辞大义述》也以为"楚有云、梦二泽,皆楚之大泽,云中当为水神,与湘君、湘夫人、河伯同为一例"。今按云、梦二泽名连称。或单称梦,如《左氏》昭三年《传》"王以田江南之梦"是也。或单称云中,如《左氏》定四年《传》"楚子涉睢济江入于云中"是也。其他如邙夫人弃子文于梦中,言梦而不言云;楚子避吴入于云中,言云而不言梦;云、梦二字分举,早见于《春秋传》。但《九歌》云中君分明说的是云,"猋远举兮云中";不曾说到云梦泽的水及其有关这个水域的事物和风景,则云中君定是云神无疑。倘若说"气蒸云梦泽",云中君就是云梦泽的水蒸气,还是指的水神,不过水化为云了。这也是诡辩。徐文靖虽然颇精于考证,亦偶有未照,此其一例。我想他所根据而未明白说出的当是岑参诗,但岑参此诗只是借用作为对句,故弄狡狯,并非《九歌》中原意。所以翁方纲《石洲诗话》说:"岑嘉州诗'忽思湘川老,欲访云中君',此乃后人用云中君之所本也。与《九歌》原旨不同。"至徐焕龙《楚辞洗髓》于云中君题下注说:"玩一中字,又列《司命》、《东君》之先,或者未必即云神。"这说错了,话不明确。又眉批说:"曰华彩衣,曰寿宫,曰日月齐光,曰猋远举,曰横四海,语语云中君,移向他神不得。"这说对了。一人立说,乃持两端,要是一病。

贺贻孙《骚筏》说:"各章俱有触望惆怅,惟恐神不来之意。独《云中君》不恨其不来,而恨其易去。盖云之来去甚疾,不若诸神之难降,但降而不留耳。翱翔周章四字画出云之情状。'灵皇皇兮既降,猋远举兮云中',出没无端,俊甚,快甚!'览冀州兮有余,横四海兮焉穷?'有俯视天下沧海一粟之意。高人快士相见时不令人亲,去后常令人思,劳心忡忡,亦云神去后之思也。"这是从全文语意玩味,肯定它是祀云神的作品。他颇能探得文心,探得诗人言外之意,煞是难得!

二、《云中君》祀典

《史记·封禅书》记汉高帝时,"晋巫祠五帝、东君、云中君、司命"等神。大约六国时已各有此等祭祀,晋巫未必据《楚辞》为说。戴震说:"《云中君》三章,云师也。《周官》大宗伯以槱燎祀飌师雨师,而不及云师,殆战国时有增入祀典者,故屈原得举其事而赋之。《汉书·郊祀志》晋巫祠五帝、东君、云中君之属,是汉初犹承旧俗,其后不入秩祀。唐天宝三年,始祀雷师。至明年,乃复增云师之祀。"这是从历史上考索云神祀典沿革,可为研究中国宗教史上秩祀诸神沿革之一例。只可为有历史癖有考据癖者道,旁人没有兴趣,神道设教的愚民政策再也不能找到市场了。

《湘君》《湘夫人》解〔二〕

一、湘君湘夫人是舜二妃还是舜二女?

> 帝舜南巡去不还,二妃幽怨水云间。
> 当时珠泪知多少?直到如今竹尚斑!
> ——高骈(千里)

> 苍梧在何处?斑竹自成林。
> 点点留残泪,枝枝寄此心!
> ——刘长卿(文房)

不消看题目,但看作者姓名,读过后,就知道这都是唐人咏斑竹的诗,和同代诗人所作《湘妃哭竹赋》之类是属于同一主题而体裁不同的作品。斑竹,又叫泪竹,也叫湘竹,或湘妃竹。湘妃就是指的舜二妃,尧二女:娥皇、女英。相传"娥皇、女英从舜巡狩,行及湘川,闻舜崩于苍梧"。"二妃啼,以涕挥竹,竹尽斑"。这是斑竹之所以叫做斑竹的由来。按舜南巡,死在苍梧之野,葬在零陵九疑,见于《礼记·檀弓》,也见于《史记》。晋人张华《博物志》、唐人李冗《独异志》,都记载了关于斑竹的这一故事。这是神话,这是传说,这也是古史。从来湖南地方志记到这件事,认为舜二妃确和《九歌》之《湘君》、《湘夫人》有关。

　　明人陈士元《江汉丛谈》中谈到舜二妃墓,引了上文所载唐人这两首诗。他说:"盖长沙郡县多斑竹,乃自宇宙生竹以来本有种类若此。而世传舜崩,二妃攀竹悲哀,流泪竹上成斑,故高(高一作田)刘诗意及之。然尧女舜妃之说,则始于秦博士妄对耳。《史记·秦本纪》始皇二十六年,巡衡山南郡,浮江至湘山祠,逢大风,几不得渡。问博士,湘君何神?博士对曰,闻尧女舜之妻葬此。于是始皇大怒,使刑徒三千人伐湘山树,赭其山。而罗君章(含)、度博平(尚)并断以黄陵为尧女舜妃之墓。郑康成、张茂先(华)、郦善长(道元),皆谓大舜南巡,二妃从征,溺死湘江,神游洞庭之山,而出入乎潇湘之浦,遂指湘君、湘夫人以实之,何其不深研也?郭景纯(璞)云:二女,帝舜之后,配灵神祇,岂应下降小水而为夫人?王叔师(逸)、韩退之并有辩。沈存中(括)云:舜陟方时,二妃皆百余岁,岂得俱存,犹称二女哉?其说诚是,但未考黄陵舜妃墓及潇湘二女之故。惟《路史发挥》则以黄陵为癸比氏之墓,潇湘二女乃帝舜女也。癸比氏,帝舜第三妃。(亦传为尧女)而二女皆癸比氏所生,一曰宵明,一曰烛光。《汲简》及《世说》皆载之,《山海经》所谓洞庭之山二女居之,是也。若《九歌》之湘君、湘夫人,则又洞庭山神,岂谓帝女哉?《帝王世纪》云:舜三妃,娥皇无子,女英生商均。今女英墓在商州,盖舜崩之后,女英随子均徙于封所,故其墓在焉。而癸比氏则亦同二女徙于潇湘之间,故其卒葬在此耳。《山海经》云舜之二女处于大泽,光照百里。大泽者,洞庭也。光照者,威灵之所暨也……

则湘山祠为祀舜二女,而黄陵墓为癸比氏所葬,不有明征乎?陆士规《黄陵庙》诗云:'东风吹草绿离离,路入黄陵古庙西。帝子不知春又去,乱山无主鹧鸪啼。'帝子者,盖谓舜女也。而黄长睿(伯思)又谓帝子亦天帝之女,翁养源从其说,遂述于《湘江图说》,斯失之远矣。"陈士元不相信湘君、湘夫人为尧女舜妃一说,也不信其为天帝之女一说。他以为《九歌》中的湘君、湘夫人是洞庭山神;而以为湘山祠是祀舜二女宵明、烛光,即舜第三妃癸比氏(一作癸北氏。又一作登北氏,一作登比氏,未知孰是。)所生者。他像是根据《山海经》、《路史发挥》来说的。他岂不知道湘山祠所在,有岳阳君山和湘阴黄陵山两说?他岂不知道帝子何人,旧有尧二女和舜二女两说?我以为综合旧说,君山似祀尧二女,黄陵似祀舜二女,所以她们都得称帝子。《山海经》所说"洞庭之山,帝之二女居之",大有可能是指黄陵。《路史发挥》以为黄陵是舜二女之母癸比氏之墓所在,当亦根据传说。唐人李群玉《黄陵庙》一诗云:"野庙向江春寂寂,断碑无字草萋萋。"可惜早已断碑无字不可考了。总之,舜二女和湘君、湘夫人无关。

明人张萱《疑耀·洞庭湘妃墓辨》说:"舜不死于南巡狩与不葬苍梧,明甚。彼洞庭又安得有二妃墓哉?""按:今山西平阳府即河中地。解州安邑县西北二十里有鸣条冈,一名鸣条陌,而舜墓具在。孟子曰:'舜卒于鸣条。'此万世不易之定论也……故舜葬鸣条,则虽南巡矣,断非葬于苍梧。二妃一葬于渭(《竹书纪年》),一葬于商州(《帝王世纪》),或〔并〕葬于蒲。(原注:今平阳府蒲州南十五里曰苍梧谷者,亦有娥皇女英冢。)洞庭湘妃岂得云舜之二妃?《楚辞》所称湘君、湘夫人,信如郭景纯所核,断非舜妃,亦非舜女。"这是相信郭璞《山海经注》一说的,湘君、湘夫人是天帝之二女。至若二妃墓所在,于君山黄陵之外,还相传桂林有虞山,山下有唐人所建虞帝庙和舜祠,其城北十余里半云山有双妃冢。上文张萱则别举二说。凡此传说,怪诞纷歧,究竟何者为是?但据《九歌》来说,自以洞庭君山一说容易被人接受。

二、舜二女说

除了上文所举陈士元一说以外，相信湘君、湘夫人为舜二女之说的人绝少。只见郭嵩焘《湘阴县图志》这么说："近世孙良贵《楚南诸水源流考》引《岳阳风土记》，载轩帝裔子张渤，佐禹平水土，分治洞庭彭泽，受封于罗。《姓谱》，黄帝十五子始造弓矢，赐姓名曰张弧，张渤当即其后。古社稷之祀配以人神，山川亦然，张渤当配祀湘水神。罗泌《路史》，虞帝二女宵明、烛光降于洞庭国君。所谓洞庭国君，宜即分治洞庭、彭蠡之张渤，则湘夫人乃舜女，非舜妃。周嘉绅《宅心斋集》亦引《海内北经》，舜妻登比氏生宵明、烛光，处河大泽，光照百里。据为湘夫人即舜女之证。又引《韩文考异》，岳州、湘阴并有二妃墓，未知孰是。据罗泌《路史》以君山为登比氏墓。《帝王世纪》舜三妃，长娥皇；次女英生商均；次癸比生二女，宵明、烛光。《大戴礼》谓之女匽，亦尧子。女英从商均就国；癸比亦当从二女于湘，癸比，即《山海经》之登比也。"这里孙良贵、周嘉绅算是相信了并发展了罗泌《路史》、陈士元《江汉丛谈》湘夫人为舜二女的一说。郭嵩焘批评他们说："论湘君、湘夫人必求其人以实之，既舍二妃而从二女，又别求一舜妃，是更生一疑窦矣。《龙鱼河图》，河伯姓吕名公子，夫人姓冯名夷。湘夫人正河伯夫人之比；而湘夫人独显，以屈原《九歌》，重以秦博士之附会引其端尔。《宅心斋集》辨湘君即洞庭国君，持论极精。以洞庭九水，湘水为大，至唐始有湖南北之名，陈、隋以上，总名为湘。今岳州城北尚有三湘浦。是洞庭君之名起于后世，在古只有湘君而已。其言足补郭璞所未及。"郭嵩焘认为论《湘君》、《湘夫人》不必指实其人。那么，其人其事都不可考，怎么能够读通关于歌唱他们的作品？他说湘夫人正河伯夫人之比，云云。这话倒不错。他又说孙良贵（说《宅心斋集》似误）认为湘君即洞庭国君，亦即佐禹平水土，分治洞庭、彭蠡之黄帝裔子张渤，持论极精。这话却未必是。因为这在《湘君》、《湘夫人》篇章中绝见不到张渤其人其事的影子。至他意以为在篇章中分明不曾有意提及，而孙、周二人偏偏提及了舜的第三妃及其二女,是更生一疑窦。换句话说,这是另生枝节。这话可不算错。至于他和孙良贵都在无意中认定湘君之神是男性,湘君、湘夫人是配偶神;这是他们和王逸《章句》所说的一个共同点。这是不是偶合呢?

三、舜二妃说——舜之二妃,还是舜与二妃?

主张湘君、湘夫人是舜之二妃一说的,从秦博士开始。《江汉丛谈》引《史记》不老实。按《始皇本纪》二十八年:"乃西南渡淮水,之衡山、南郡。浮江,至湘山祠,逢大风,几不得渡。上问博士曰:'湘君何神?'博士对曰:'闻之,尧女舜之妻而葬此。'于是始皇大怒,使刑徒三千人皆伐湘山树,赭其山。"这里秦博士说湘君是尧女舜妻,说得不确切。到了王逸作《楚辞章句》,才说湘君是水神,湘夫人是尧二女,舜二妃。《湘君》首句"君不行兮夷犹",《章句》说:"君,谓湘君也。夷犹,犹豫也。言湘君所在左沅湘,右大江,苞洞庭之波,方数百里。群鸟所集,鱼鳖所聚,土地肥饶,又有险阻。故其神常安,不肯游荡。既设祭使巫请呼之,尚复犹豫也。"这是说,湘君为湘水之神。次句"蹇谁留兮中洲",《章句》说:"言湘君蹇然难行,谁留待于水中之洲乎?以为尧用二女妻舜;有苗不服,舜往征之,二女从而不反,道死于沅湘之中,因为湘夫人也。"这里明说尧之二女为湘夫人。湘君等待她们在水中之洲,湘山,即君山。即此可以推知湘君与湘夫人之关系。又:"望夫君兮未来,吹参差兮谁思?"这两句《章句》说:"君,谓湘君。参差,洞箫也。言己供修祭祀,瞻望于君而未肯来。则吹箫作乐诚欲乐君,当复谁思念也。"《洪补》云:"《风俗通》云,舜作箫,其形参差,像凤翼参差不齐之貌。此言因吹箫而思舜也。"王逸和洪兴祖先后作注,肯定了《湘君》和《湘夫人》的本事就是舜和二妃的故事。舜曾创作过箫,二妃吹箫思舜,写入作品倒也切合故事。天籁自然,无须强聒不舍,也就是说不必多加解释了。研究这两篇,当合而为一,勉强分割不得,其道理亦在此。再读《湘夫人》首句:"帝子降兮北渚。"《章句》云:"帝子,谓尧女也。降,下也。言尧之二女娥皇、女英随舜不反,没于湘水之渚,因为湘夫人。"又"与佳期兮夕张"一句,《章句》云"佳谓湘夫人也。"又"思公子兮未敢言"一句,《章句》云:"公子,谓湘夫人也。"又"九嶷缤兮并迎,灵之来兮如云"二句,《章句》云:"九嶷,山名,舜所葬也。言舜使九嶷山之山神缤然来迎二女,则百神侍送,众多如云也。"王逸在注释这两个篇章中,一步一步地逐渐透出了湘君和湘夫人的关系就是舜和二妃的关系。湘君和湘夫人都是湘水之神,犹之吕公子和冯夷都是河水之神一样,他们各有配偶的关系。这里,王逸《章句》关于这一点,当是定解。由此可见,我们要读《湘君》、《湘夫人》,依秦博士说的说不通;依汉王逸说的来说就可以说通了。

到了中唐,韩愈对于湘君、湘夫人为舜之二妃这一说,又有歧出的发展。他在所作《黄陵庙碑》一文里说:"秦博士对始皇帝云,湘君者,尧之二女舜妃者也。刘向、郑玄亦皆以二妃为湘君。而《离骚》、《九歌》既有湘君,又有湘夫人。王逸之解,以为湘君者自其水神,而谓湘夫人乃二妃也,从舜南征三苗而不反,道死沅、湘之间。《山海经》曰:洞庭之山,帝之二女居之。郭璞疑二女者,帝舜之后,不当降小水为其夫人,因以二女为天帝之女。以余考之,璞与王逸俱失也。尧之长女娥皇为舜正妃,故曰君;其二女女英自宜称曰夫人也。《九歌》辞谓娥皇为君,谓女英帝子,各以其盛者推言之也。《礼》有小君、君母,明其正自得称君也。"按晋郭璞、唐韩愈,同用唐虞以后封建社会里的后妃夫人嫡庶名分之说来说尧女舜妻湘君、湘夫人,自是于历史事实不合。这就不能止说"璞与王逸俱失";其实,失还在韩愈自己,而他不能自知了。郭璞天帝二女之说,下文当再研讨。

四、天帝二女说

唐宋以来,古文家之说颇有力量。读《楚辞》者,大都相信韩愈《黄陵庙碑》湘君、湘夫人为娥皇、女英一说,几乎成为定论。直到晚清郭嵩焘才以为韩愈说的错了。他在《湘阴县图志·艺文》里,著录《黄陵庙碑》一文,后加一段按语。他说:"愈以湘君、湘夫人分属二妃,自为神尔,不必南巡。考郭璞《山海经注》,天帝二女处江为神,即《列仙传》江妃二女,《离骚》《九歌》所谓湘夫人称帝子者,是也。而《河图玉版》曰:湘夫人者,帝尧女也。秦始皇问博士,湘君何神?博士曰:闻之,尧二女,舜二妃,死而葬此。《列女传》曰:二妃死于江湘之间,俗谓为湘君。按:《九歌》湘君、湘夫人自是二神,江湘之有夫人,犹河洛之有宓妃也,安得谓之尧女哉?璞此辨确不可易。盖自秦博士以湘君为尧二女,汉儒皆统言之。王逸始析湘君为水神,湘夫人为二妃。故刘表《黄陵庙碑》但题曰湘夫人,张华《博物志》亦云舜二妃曰湘夫人。郭璞帝女之训,自释《山海经》。《山海经注》亦以巫山神女为天帝季女,名曰瑶姬。古书言神异者,亦何足言其有无哉?宋黄氏伯思《东观余论》据以为天帝二女,拘矣。元丰中,以知岳州郑民之请封湘君为渊德侯;嘉定中,以湘夫人配之。于祀典为渎,而于屈原《九歌》分章之义允协。郭璞之辨,千古定论。昌黎文人之言,以好奇求胜尔。"他驳了韩愈以湘君为娥皇,湘夫人为女英一说,肯定了郭璞天帝二女一说。他的见解主要是:《九歌·湘君》《湘夫人》分章,自是配偶二神,却不必指实其人为谁,指实便错了。这和赵翼《陔余丛考》十九《湘君湘夫人非尧女》一则所说的略同:"湘君、湘夫人盖楚俗所祀湘山神夫妻二人,如后世祀泰山府君、城隍神之类,必有一夫一妻;以及《蓼花洲闲录》所载,杜拾遗讹为杜十姨,而以之配伍子胥(讹为髭须)也。"大凡世界文明古国历史的起源,都是从史前时代初民歌颂半人半神的英雄人物一类神话或史诗开始的,演进而有文字记载的古史传说。人类最初的历史或者说人类童年的历史,总是和神话分不开的。这段历史时期可以追溯到万年以前,至少也有五千年了。这门学问,让所谓人类文化学的学者去作专门研究罢。从汉、晋时代应劭、王充、张华、郭璞以来,直到清代学者,明智如赵翼与郭嵩焘以及俞樾与皮锡瑞诸家,他们只是有意无意地偶然接触到了神话学和民俗学这一方面的问题(如俞、皮二家注意及《诗》之《生民》《玄鸟》歌颂商、周始祖契、稷感天而生的问题),也算是不可多得的。

五、综述对于以上诸说的管见

首先从《离骚》"济沅湘以南征,就重华而陈词",和《九歌》之《湘君》、《湘夫人》联系一起来说,就是说,舜死了葬在苍梧九嶷、二妃死了葬在洞庭之山。作者原来认定古史传说是这样说的,王逸《章句》也是这样说的。至舜何时南巡?为何南巡?死了究竟葬在何处?这都大有问题,有待研讨,上面已经说过的就不重复了。

按:《礼记·檀弓》、《史记》、《山海经》以及《竹书》、《路史》都说舜葬苍梧,《吕览》说舜葬于纪城九嶷山下。纪城不知何处,未必就是淮安海州苍梧山。《孟子》说舜卒于鸣条。今安邑有鸣条陌,陈留平邱有鸣条亭,不知究以何地为是。难道苍梧之野也有所谓鸣条的一个地方?三占从二,不必《孟子》独是,群书皆非。所以清代湖南长沙郑敦曜《亦若是斋随笔》还是肯定说舜葬苍梧了。

《亦若是斋随笔·舜葬苍梧考》一文说:"虞帝晚年已禅禹矣,南巡权归伯禹;而二妃俱过期颐,孰有从征之事哉?王应麟云:司马公诗曰:虞帝在倦勤,荐禹为天子,岂有复南巡,迢迢度湘水?张文潜诗曰:重瞳陟方时,二妃盖老人,岂有泣路旁,洒泪留丛筠?二诗可祛千载之惑。愚按:九疑之陵,前人有疑弟象之国所崇封者,特无援据,且不知舜实躬临弟象之国耳。尝考《后汉书·东平王苍传》:象封有庳,在今永州营道县北。庳音鼻,楚地。又《宋类苑》道州、永州之南,有地名鼻亭,去两州各二百余里,舜封象于有庳,即此。黄庭坚《鹧鸪》诗云:真人梦出大槐宫,万里苍梧一洗空。终日忧兄行不得,鹧鸪应是鼻亭公。观此,知永、道两州间之苍梧九疑皆弟象之国所辖属。南巡,非南狩也,南狩至南岳而返,永、道上游,于道不顺。天子之行曰巡。舜亲爱弟,禅禹之后,自携二女以访弟象于有庳也。此即源源而来,常常而见之意也。卒于南巡,而弟象崇封之于九疑矣。宵明、烛光从征不返,留于象叔之国矣;斑竹之泪,黄陵之墓,所由来也。"郑敦曜说舜最后一次南巡,是在禅禹之后。南巡,是为了访其弟象于其所封有庳之国。所以舜老死了就葬在苍梧,二女宵明、烛光从征不返就葬在黄陵了。苍梧之葬一说肯定是对的。黄陵一说就不算确。上文已经批评过湘君、湘夫人是舜二女那一说了。郑氏认为舜有两次南巡,先是一次南巡狩至祭南岳而止,未再前进。这当是据《尚书》、《史记》尧命舜摄政之初来说的。至于王逸《章句》说的"有苗不服,舜往征之"。这也该是舜摄政时期的事,据《尚书》、《史记》记三苗事来说的。这样说来,不是可以说舜有三次南巡吗?一次二次南巡,舜的年龄约在半百以后。郑敦曜以为舜最后南巡往依其弟象于有庳,这就是《史记》说的:"南巡狩崩于苍梧之野,葬于江南九疑,是为零陵。"舜死时大约年寿过了一百。二妃从征如在舜南征三苗时,她们就死在舜前;如在舜禅禹后南巡依象时,她们就死在舜后,而享年大约都在百岁左右。百岁偕老,伉俪弥笃,始终如一,生死不渝,难道这不是可能有的事?上文据王应麟所引司马光和张耒两人的诗,真可说是疑所不当疑了。有年代正和郑敦曜相先后的湖南清泉王星海,他的《政余书屋文钞·书王守仁象祠记后》一文说:"舜禅位于禹,依象以享余年,非南巡而征有苗,王逸之言未足信也。""二妃之死于江湘间者,以舜崩苍梧,痛之深而思之切,感于物而血泪形于竹,故居于洞庭之山焉。""苍梧之野,即今湖南道州,古有庳地也。"舜为什么南巡而死了葬在苍梧,郑、王两说正合。葬在洞庭之山的是舜二妃,还是舜二女?王说舜二妃,我以为对的;郑说舜二女,我以为不确。这已在上文说过。倘从舜二女说来读《湘君》、《湘夫人》,就会读不通了。

至若刘知幾《史通·疑古》篇中,疑舜以垂暮之年,远涉不毛之地,二妃追随不及,哀怨幽恨而死,是舜死于苍梧由禹放逐他出去的。这好像疑得有理。(按:魏文帝云:"舜、禹之事,我知之矣。"固然是为自己篡汉帝位解嘲,亦似已疑及禹篡舜位。)却无以解于有关这一史实的一大堆神话古史传说的记载。倘从他的这一说来读具有神话内容而出于巫音形式的《湘君》、《湘夫人》两篇作品也会读不通了。

上文统统是就前人迷惑于古史传说舜和二妃事互有矛盾之处,把它整理而统一起来,得以作出古史性的结论。下面将要再就诸家所述关于舜和二妃的一些神话并和古史传说互有出入之处把它综合而概括起来,从而作出神话性的结论。

按:《山海经·中次十二经》:"洞庭之山,帝之二女居之。"原出于古老的神话。郭璞注,释帝为天帝,正合《山海经》行文单称帝往往就是称天帝的例;称人帝则必于帝字上下加以名号的区别,例如黄帝、帝俊、帝丹朱都是。二郭释《九歌》湘君、湘夫人都只当作"神异",即作为神话,但是都还不知道世间有神话这一门学问,就不可能知道神话和古史传说间的互相矛盾、互为演变的关系,以及神话有的演进而为古史传说,今倒以为有人把神指实为半神半人的古史人物未免谬误、拘迂。我以为对于湘君、湘夫人的解释最好还是从《楚辞》本身去找。《湘君》篇中说及参差(篸篸),难道这和舜作箫,其形参差,也叫做参差的古史传说无关?《湘夫人》篇中说及九嶷,《离骚》篇中也说:"济沅湘以南征兮,就重华而陈词。"难道这不是同用了舜死苍梧葬在九嶷的那个古史传说?《远游》篇中说:"二女御《九韶》歌","使湘灵鼓瑟兮"。难道这不是说的舜作韶乐,二女之神鼓瑟湖上,把古史传说和神话融合在一起来说吗?二郭未加深思,不免疏漏。要之,在他们所生活的时代,只知道湘君、湘夫人同是湘水之神,不可能进一步知道,这也是出于上古初民对于自然敬畏、自然崇拜的一种神话。并不知道人文演进,人类童年时代的神话可以发展,演变而为有虚有实的古史传说,神也可以演变而为半人半神的古史英雄人物。还有,神话也可以演变而为史诗。这是他们立说的不足之处,在于他们的认识局限于其所生活的时代。

自然,我们还可以设身处地推原二郭立说的遐想,或许在他们想来,所谓九嶷其地,算是湘水的一个源头;所谓参差其物,自是湘地所有的一种竹制管乐;都是诗人眼前景物,本地风光,却未必都和舜的传说有关。所谓湘君、湘夫人,则"江湘之有夫人,犹河洛之有宓妃";

所谓帝子,自是天帝之二女,不必是尧之二女。却谁也不曾想到,碰巧的是关于湘君、湘夫人的神话恰和尧二女舜二妃的古史传说凑合,转相附会。因此可以不胜感慨地说:"原其致谬之繇,繇乎俱以帝女为名,名实相乱,莫矫其失,习非胜是,终古不悟,可悲矣!"这话从中古时代算有一点实事求是之精神的学者郭璞说来,真是不胜其悲悯了。

这一说,在解释神话的一半,有其独到之处。在解释古史传说的一半,则因为未能理解到古史和神话的何以互相矛盾、互相渗透、互相演变,即不知道《九歌》神话何以和古史相纠缠,又相融合,而徒从其神话一面的原始状态立论,就未能吻合作品的内容了。秦博士含糊的说湘君为尧女舜妻,并非完全"妄说",这在《九歌》中有可以参证的。从而可知远在战国时代,所谓湘君、湘夫人确已由神话的神变而为半神半人的古史传说中的人物了。

至于王逸那一说,他认为这一作品也是屈原被放逐以后"托以风谏"的东西,作了许许多多的曲解,都不免可笑。但是他意以为湘君、湘夫人是男女二神,湘君是水神,也就意味着是舜,湘夫人是舜二妃。这对于现代的《楚辞》学者,还是确有可取的。清末王闿运《楚辞释》对于王逸这一说又有了一点发展。他说:"湘君,洞庭之神。""湘夫人,盖洞庭西湖神,所谓青草湖也。北受枝江,东通岳鄂,故以配湘。湘以出九疑为舜灵,号湘君;以二妃尝至君山,为湘夫人焉。"这就比王逸更进一步,不但说湘夫人是二妃,而且明白肯定湘君是舜灵,不再像王逸那样绕弯子说话了。他的记诵很博,又熟精乡邦文献,当是持之有故,言之成理的罢。还有沈括《梦溪笔谈》说:"旧传黄陵二女,尧子舜妃,以二帝道化之盛始于闺房,则二女当具任姒之德。考其年岁,帝舜陟方之时,二妃之齿已百岁矣。后人诗骚所赋,皆以女子待之,语多渎慢,皆礼义之罪人也。"这和韩愈所见,不免同样拘迂。他们那时候,还不知道神话和古史传说的性质不同,故用寻常事理来说。这样说,就和《湘君》、《湘夫人》合神话古史为一的作品内容格格不入,越读越不通了。

　　总结以上诸说为一说,也就是合神话古史传说为一的一说,也就是采用由神话演变而为古史传说的一说,对于通读《湘君》、《湘夫人》才可以获得全解。从这一说,来读《水经注》(三十八)一段关于洞庭湖的浑融的描述,就会觉得它似乎对于神话的性质、神话和古史传说演变间辩证的关系,乃至文学上的神秘主义,都有些许理解,尽管还是朴素的理解,却不能把它看作是偏信神话、迷信神道的。这一段浓缩了的描述文字说:"洞庭湖水广圆五百余里,日月若出没于其中。《山海经》云:洞庭之山,二女居焉。沅澧之风,交潇湘之浦,出入多飘风暴雨。湖中有君山、编山。(《括地志》、《岳阳风土记》编作艑,今俗作扁。)君山有石穴潜通吴之包山(今江苏吴县太湖中之西洞庭山),郭景纯所谓巴陵地道者也。是山湘君之所游处,故曰君山矣。昔秦始皇遭风于此,而问其故。博士曰,湘君出入则多风。秦王乃赭其山。"这可以看做是灵活地融合了神话古史传说为一体而创作出来的含有神秘性的一段山水记注的小品文。它对于我们欣赏《湘君》、《湘夫人》这一古典作品,可能大有裨益。

《大司命》《少司命》解

一、何谓大司命?何谓少司命?

　　《大司命》、《少司命》旧分为两篇。为什么有两个司命呢?为什么同是司命而有大和少的区别呢?旧注大都据《周礼》"大宗伯以槱燎祠司中、司命"注疏为说。《郑注》:"司中,三能三阶也。司命,文昌宫星也。"《贾疏》:"今案三台与文昌皆有司中、司命,何得分之?"其实,先郑此注盖分举以示互见,教人知道有两司中、两司命。后郑之注则谓"司中、司命,文昌第五、第四星。或曰,中能、上能也。"郑玄单据文昌第五星司中、第四星司命为说,而轻视三台中能司中,上能司命为或说,正破了先郑两司中、两司命一说。《贾疏》引《武陵太守星传》说："三台，一名天柱，上台司命为太尉，中台司中为司徒，下台司禄为司空。"又说："文昌宫六星：第一曰上将，第二曰次将，第三曰贵相，第四曰司命，第五曰司中，第六曰司禄。"《楚辞》注家据《周礼注疏》立说，就以三台星的上台司命为大司命，文昌宫的第四星司命为少司命。当是以星位的次第为星号的大、少。从《洪补》、《朱注》到《戴注》都用这一说。这是第一说。

蒋骥《山带阁楚辞注》说："《周礼》及《祭法》皆有司命。"却未说明何者为是，或二者俱是。王闿运说："大司命，王七祀之神。""少司命，群姓七祀之神。或者楚都邑同诸侯五祀。"这就单据《礼记·祭法》立说了。这一说，《洪补》早就怀疑它不可用。他说："《祭法》，王立七祀，诸侯立五祀，皆有司命。《疏》云：司命，宫中小神。""《大司命》云：乘清气兮御阴阳。《少司命》云：登九天兮抚彗星。其非宫中小神明矣。"不错，就两篇中所称司命地位那么高、职司那么重来说，难道只是楚宫里的小神吗？这是关于两司命的第二说。

蒋骥还在《楚辞余论上》说："按《隋志》，虚北二星，六曰司命，主举过行罚、灭不祥，故在六宗之祀。"阮元《诂经精舍文集》七胡缙《文昌星象祀典考》一文说："文昌星象古祀典，属之天神。司马迁《天官书》曰：斗魁戴筐六星为文昌，一曰上将，二曰次将，三曰贵相，四曰司命，五曰司中，六曰司禄。此文昌之名也。班固《汉志》则谓五曰司禄，六曰司灾。《晋志》则谓四曰司禄，五曰司命，六曰司寇。二《志》所言，皆缺司中一星，与《周官》不合。说星名者，司马之说为长。〔世掌天官，所记得实。〕若《武陵太守星传》谓三台一曰司命，二曰司中，三曰司禄。《甘石星经》又云：司命二星在虚危北。则又与文昌六星名同实异。盖四司，鬼官之长。考之《祭法》，王为群姓立七祀，诸侯立五祀，其一曰司命。郑君注以为小神，居人之间，司察人小过，作谴告者。《疏》云：宫中小神。《汉志》掌之荆巫，与文昌异。案《楚辞·九歌》有二司命，所云少司命者，当即《星经》所云鬼官之长。其大司命之词曰：广开兮天门。又曰：乘清气兮御阴阳。则文昌之第四星也。"这是关于两司命之第三说。

按《史记·封禅书》、《汉书·郊祀志》都记汉初荆巫祀司命，确证楚国旧有祀司命之俗。王夫之说："旧说文昌第四星为司命，出郑康成《周礼注》，乃谶纬家之言也。篇内乘清气、御阴阳，以造化生物之神化言之，岂一星之谓乎？大司命，统司人之生死；而少司命，则司人子嗣之有无。以其所司者婴稚，故曰少；大，则统摄之辞也。古者臣子为君亲祈永命，遍祷于群祀，无司命之适主；弗（袚）无子者祀高禖。大司命、少司命皆楚俗为之名而祀之。"这是单据楚俗为说。要使我们发笑的，是他解说少司命司子嗣、司婴稚，又说到高禖，这就使我联想到故乡旧楚地，今湖南、北民间奉祀的送子娘娘。这是关于《九歌》两司命的第四说。楚俗未必全用《周礼》，我就采取了这一说。

二、月下老人乎？恋爱女神乎？抑高禖之神乎？

总之，对于这一作品内容的理解有多种的不同。蒋骥《楚辞余论上》又说："少司命云：夫人兮自有美子。罗愿遂谓少司命主人子孙，傅会兰为生子之祥，荪为生子之药，荪为子孙之义。尝与三兄读而笑之。三兄因叩予少司命所主，予曰：大司命主寿，故以寿夭壮老为言；少司命主缘，故以男女离合为说，殆月下老人之类也。夫君臣遇合之间，其缘亦大矣，故于此三致意云。一时为之破颜。然《离骚》、《九章》屡寄慨于媒理，或亦未必无当也。"上文所引王夫之说，大司命司生死，少司命司子嗣；这里蒋氏说，大司命主寿，少司命主缘；还有戴震说，大司命主寿夭，少司命主灾祥。他们说大司命可说全同，说少司命不免有歧异，我们相信哪一说好呢？

蒋骥那一说，自谓"谑词""破颜"，说来可笑。《四库提要》批评他说："诋诃旧说，颇涉轻薄，如以少司命为月下老人之类，亦同戏剧，皆乖著书之体。"这在今日我们看来，并不觉得可笑。《九歌》本可视为我国戏剧的起源，即以少司命视同月下老人，说成戏剧，有何不可？可惜的是，蒋氏注《少司命》不试试依自己所见立训，自圆其说。至注"夫人兮自有美子"一句，以美子为美人，尚是；戴氏注，言此人自有所美之子，是也。美字当读如《诗经》里"予美亡此"、"谁侜予美"之美。这是古语古义。这犹如现代语说"爱人"了。王夫之注美子为佳子弟，未是。再如蒋注"竦长剑兮拥幼艾"一句："幼艾，犹云老少，以喻良民也。"虽从王叔师《章句》"幼少也，艾长也"立训，字义似通，而于文义不协。王夫之注："幼艾，婴儿也。"亦不见是。戴注："幼艾，少艾也。"这就不错。《孟子》"慕少艾"，赵岐注："艾，美好也。"这是戴氏所本。程大昌《考古编》说："遍思经传，绝无以艾为好之文"。孙奕《履斋示儿编》说："遍考载籍，艾字并无美好之说。"他们将怎样解释《孟子》"人少则慕父母，知好色则慕少艾"这句话呢？一个说："慕少艾者，知好色则慕差减于孺慕之时。"一个说："谓人知好色则慕亲之心稍止也。"《孟子》少艾之艾，岂得训为杀为减，或者训为已为止？宋儒好创新论而不甚了解语言文字古义，往往如此。卢抱经校《履斋示儿编》说："文弨案：《楚辞·少司命》竦长剑兮拥幼艾，《战国策》齐王有七孺子。注：孺子，谓幼艾美女也。《左传》盍归吾艾豭？必非老猪之谓。"卢说是，末句要叫人忍不住开口笑了。所引《战国策》见《齐策》三："齐王夫人死，有七孺子皆近。"高注："齐威王子，宣王也。孺子，谓幼艾美女也。近，幸也。"至张云璈《选学胶言》，认为拥幼艾，系斥顷襄王好男色，就更可笑。虽说少艾也可称男色，却不可用来说《少司命》，少司命岂是淫神？《赵策》三："建信君贵于赵。公子魏牟过赵，说赵王曰，王有此尺帛，何不令前郎中以为冠？王曰，郎中不知为冠。魏牟曰，为冠而败之，奚亏于王之国？而王必待工而后乃使之。今为天下之工或非也，社稷为虚戾，先王不血食，而王不以予工，乃与幼艾！（指建信君）"我们读了《孟子》、《战国策》古书古注，可知"幼艾"一词是战国时人常语，它的意义是年轻貌美，男女都可称。《少司命》里的"幼艾"正该作如此解释。何必好奇，别创与本文不相应的解说呢？

根据我在上面所引诸家对于《少司命》的解说，我以为王夫之的司子嗣一说和蒋骥的主缘一说,都可以算是未离题旨,司子嗣和主缘正是媒神高禖的职能。何谓高禖?《礼记·月令》仲春之月:"是月也,玄鸟至,至之日,以大牢祠于高禖,天子亲往。"《孔疏》引《郑志》:"娀简狄吞凤子之后,后王以为媒官嘉祥,祀之以配帝,谓之高禖。"难道《九歌》所谓的少司命就是高禖之神?祀之以配帝,所以就说"夕宿兮帝郊,君谁须兮云之际"吗?我以为少司命一神,与其说他是男,是月下老人,毋宁说她是女,是恋爱女神,或者说得古雅而郑重些,就说她是高禖之神罢。这样说来,大司命之所以为大为首,固在祀之以帝礼,所以说,"吾与君兮斋速,导帝之兮九坑"。少司命之所以为少为次,也在祀之以帝礼,所以说,"夕宿兮帝郊,君谁须兮云之际"。两者都非宫中小神。这样,两者都恰合解通了。可不是吗?

　　此文写完,顷又看到向仍旦的关于《史树青讲从风俗通义看汉代礼俗》一段记事:"他说,屈原《九歌》中有《大司命》和《少司命》两章,描写巫人婆娑乐神的场面。《风俗通义·祀典》载:〔《周礼》,司命,文昌也。〕今民间独祀司命耳。刻木长尺二寸,为人像。行者担箧中,居者别作小屋。齐地大尊重之,汝南亦多有,皆祀以腊,(按:腊字当作膰,猪字别体。膰腊形近而写作腊,腊臘字通又写作臘。)率以春秋之月。大少司命是主宰成人和儿童命运的神。东汉人民生活在战乱动荡的年代,他们出于生命的安全感,这是可以理解的。他又说,在最近出版的《山东文物选辑》中有一张怀抱小孩的石像,据一位同志研究,认为这当是少司命石像。史树青同志从石像发现的地点,和石像的高度(高三〇·一公分)与应劭的记载相印证,他同意那位同志的判断,认为原来标名作石抱子俑,不可信。"(《北京大学学报(人文科学)》一九六三年一期)查《山东文物选集图录》:"一九二·石抱子俑(五〇·一)济宁县发现。一九三·同左,石抱子俑侧面。"这从正面看来似男像,左手围抱一幼儿,着鞋。侧面看来是女像,上衣下裳,腰际显有紧束系痕。臀部突出,盘骨发达,下身几乎大于腰际以上一半。如果确是女像,就可以假定为少司命,也就可以拿她来支持拙文所主张的高禖之神一说。这还有待于今后考古学者、民俗学者作进一步的研究。

再按：史树青的那一说，似乎前人已有说过的，不过当时石抱子俑还没有发现，就不可能被拿来作印证。阮元《诂经精舍文集》九汪家禧《文昌星像祀典考》说："天尊祀礼，不逮士大夫。应劭《风俗通》，谓今民祠司命，刻长木尺二寸为人像，行者置箧中，居者别作小屋，祀以猪，率以春秋月。汉世士庶通祀，裒矣。（原注：按《风俗通》明引《周官·大宗伯》文。朱彝尊谓此非文昌之司命。误。又按：此即渎祀文昌之始。全祖望谓士大夫家祀文昌自袁桷始。亦误。）"据此可知，民间祀司命，士大夫家祀文昌，秦汉间以来就已经有了。至若何时文昌神和梓潼神混而为一，梓潼神又和张亚子混而为一，张亚子又讹传为周宣王时名臣张仲；以及如何塑为文昌帝君神像，绿帻乌衣，两童夹侍，名曰天聋地哑云云；那就另有和汪家禧同作此题的胡缙一文在。还有赵翼《陔余丛考》三十五，关于文昌、梓潼帝君、张恶子（张亚子）之神话的考证在。

《东君》解

一、日神乎？句芒之神乎？

东君是什么神？《洪补》说："《博雅》曰，朱明、耀灵、东君，日也。《汉书·郊祀志》有东君。"按《史记·封禅书》已记汉初晋巫祀东君。朱熹说："今按：此日神也。《礼》曰，天子朝日于东门之外。"戴震说："《礼记·祭义》篇曰，祭日于坛。又曰，祭日于东。《祭法》篇曰，王宫，祭日也。此歌备陈歌舞之事，盖举迎日典礼赋之。"这都是说东君就是日神。

王闿运说："东君，句芒之神。旧以为礼日，文中言云蔽日则非。"这是说，东君是东方之神。旧注说是日神，错了。他的根据是文中说到"灵之来兮蔽日",明明神和日是二。其实篇首说"暾将出兮东方,照吾槛兮扶桑",暾,是旭日。吾,是神自称。这也像是说神和日为二。我以为东君是日御,也就是日神,不必就是指日的本身。倘若以为东君定是东方之神,那么,为什么四方之神或五方之帝,只祭其一呢?

二、此章有报秦之心

篇末,举矢射狼一段,确像是表示了作者对于强秦的敌忾。不过这也只是稍稍暗示了一下。这正反映了当时秦楚相仇还不太剧烈,决不是当楚攻秦在丹阳、蓝田两次大败以后。《史记·屈原列传》:"时秦昭王与楚婚,欲与怀王会,怀王欲行。屈平曰:'秦虎狼之国,不可信,不如毋行。'"这里说的虎狼之国是譬喻,也当是双关语。虎狼之国的另一意义,犹言白虎天狼分野星次之国。《秦始皇本纪》末附班固语:"据狼、狐,蹈参、伐。"《正义》说:"狼、狐主弓矢星。《天官书》云,参伐主斩艾事。言秦据蹈狼、狐、参、伐之气,驱灭天下。"顾炎武说:"西宫参为白虎,东一星曰狼。"《秦本纪赞》:"据狼、狐,蹈参、伐。乃是秦之分野。"可知白虎、天狼,原是秦之分野的星。

戴震说:"天狼,一星。弧,九星。皆在西宫。北斗,七星,在中宫。《天官书》,秦之疆也,占于狼弧。此章有报秦之心,故举秦分野之星言之。用是知《九歌》之作,在怀王入秦不返之后。歌此以见顷襄之当复仇,而不可安于声色之娱也。援北斗以酌桂浆,则施德布泽之喻。"这里说此章有报秦之心,对的;说援斗酌浆比喻施德布泽,不对;不若说比喻奏凯饮至为是。至说《九歌》作在入秦不返之后,就更未见其是了。楚秦两国敌视已久,何必在怀王入秦不返以后才有报秦之心呢?毋宁说它作在怀王早期正当"纵长",即当六国合纵盟长的时候,更为确切。因为文中反映了楚国强盛时期人神欢欣鼓舞的气氛,没有失败时期沮丧噍杀的调子,更没有像敌国《诅楚文》那样怨毒凶狠的作风,这是很显然的。

《河伯》解

一、关于楚祀河伯

《九歌》一读到《河伯》，就使人联想到《左传》里记载的楚昭王不祭河伯那件事。《左传·哀六年》说："初，昭王有疾，卜曰：'河为祟。'王弗祭。大夫请祭诸郊。王曰：'三代命祀，祭不越望，江、汉、睢、章，楚之望也。祸福之至，不是过也。不穀虽不德，河非所获罪也。'遂弗祭。"按春秋时代，黄河不在楚国地望之内，故昭王不肯祭河伯。那么，为什么《楚辞》里又明载祭祀河伯的诗篇呢？是不是到了战国时代，楚国的疆域已经达到了黄河流域呢？

顾观光《七国地理考·楚地总论》说："《史记》苏秦曰：楚，西有黔中巫郡，东有夏州海阳，南有洞庭苍梧，北有陉塞郁阳，地方五千里。《秦策》：楚包九夷，又方千里。南有符离之塞，北有甘鱼之口。《荀子·议兵》篇：楚，汝颍以为险，江汉以为池，限之以邓林，缘之以方域。然而秦师至而鄢、郢举，若振稿然。《淮南·兵略训》：昔者楚地，南卷沅、湘，北绕颍、泗，西包巴、蜀，东裹郯、邳。"据此可知战国时代，楚国北境已占汝、颍、淮、泗黄河以南一大片土地，和魏国接壤逼处。仅全举先秦地名，还有些地方使人弄不清楚。倘用接近现代一点的地名来说，就比较了然了。程恩泽《国策地名考》说："楚今之南郡、江夏，零陵、桂阳，武陵、长沙，汉中、汝南，皆其分也。江陵，故郢都，西通巫巴，东有云梦之饶。张氏琦曰：陈为楚都，岂容不数？又灭越灭鲁，分宋之沛。自今河南陈州、汝宁二府，光州、信阳；陕西之汉中、兴安；山东之泰安、兖州；两湖、两江、浙、闽、两广，皆有楚地。"可知战国时代，楚国的力量已经向北达到黄河流域的南侧。楚国王室祭祀河伯，已经不算违犯"三代命祀，祭不越望"的什么大道理，也就是不违犯他们的先代昭王的遗教了。王闿运说："楚北境至南河，故《庄子》书亦言《河伯》。"

这话自是不错。

董说《七国考》九：："陆玑《要览》，楚怀王于国东偏起沈马祠，岁沈白马，名飨楚邦河神，欲崇祭祀拒秦师。卒破其国，天不祐之。"又按《春秋》文十三年《左传》："冬，秦伐晋，秦伯以璧祈战于河。"据这一记载，当是楚怀王效法了秦康公祈战于河的故事。那么，怀王早在丧师破国之前，每年就要沈马祭河了。倘若说，怀王于国东偏起沈马祠，可能祭的是大江而不是黄河。这话未见其必是。因为当时所谓江、淮、河、汉，总是作为专名来说，不是泛指。按《左传·宣十二年》记邲之战（邲在今河南郑县境），晋败楚胜，楚庄王"祀于河，作先君宫，告成事而退"。庄王为了战胜而告河，准备还师，这是早在昭王以前的事。怀王为了拒秦而祀河，准备进兵，有何不可？"国之大事，在祀与戎"。这正反映了当时的社会意识呀。我们说：屈原《九歌》作在楚国强盛、怀王正做"纵长"、合纵拒秦的时候。这是有多方面根据的。

二、关于河伯之神话与古史传说

《山海经·海内北经》说："纵极之渊，深三百仞，维冰夷恒都焉。冰夷人面，乘两龙。一曰，中极之渊，（即砥柱处）阳污之山，（潼关）河出其中。凌门（龙门）之山，河出其中。"郭注："冰夷，冯夷也。"《穆天子传》说："天子西征，至于阳纡之山，河伯无夷之所都居，是惟河宗氏，天子沈璧礼焉。"郭注："无夷，冯夷也。"郭璞说冰夷、无夷都是冯夷。《文选·七发》注引《淮南子》，则作冯迟。《史记·封禅书·正义》引《太公金匮》，则作冯修，或作冯循。其实，这都是河神冯夷一名的演变。《河伯》篇里说："乘水车兮荷盖，驾两龙兮骖螭。"这不正是和《山海经》说冰夷人面乘两龙的神话相合吗？

《庄子·大宗师》篇说："冯夷得之以游大川。"司马彪注引《清冷传》云："冯夷，华阴潼乡堤首里人也。服八石，得道为水仙，是为河伯。"《抱朴子·释鬼》篇说："冯夷以八月上庚日渡河溺死，天帝署为河伯。"这里两说不同，一说冯夷由于自己服八石成仙；一说冯夷溺死，天帝署为河伯。《龙鱼河图》说："河伯,姓吕,名公子。夫人姓冯,名夷。水死,化为河伯。"这是说,河伯冯夷原是夫妇两人,各有姓名。冯夷是一个妇人吗？真是奇怪！难怪朱熹老夫子率性一手拨弃神话来说："旧说以(河伯)为冯夷,其言荒诞,不可稽考,大率为黄河之神耳。"屈原另一作品《天问》说："帝降夷羿,革孽夏民,胡射夫河伯,而妻彼洛嫔？"又说："该秉季德,厥父是臧,胡终毙于有扈,牧夫牛羊？""恒秉季德,焉得夫朴牛？"按《竹书纪年》：夏帝芬十六年,洛伯用与河伯冯夷斗。帝泄十二年,殷侯亥宾于有易,有易杀而放(弃)之。帝泄十六年,殷侯微以河伯之师伐有易,杀其君绵臣。《山海经·大荒东经》："有困民国……有人曰王亥,两手操鸟,方食其头。王亥托于有易河伯仆牛。有易杀王亥,取仆牛。"虽说今《竹书纪年》伪书完全不可靠,难道它说的河伯不是《九歌》里的河伯？它说的亥不是《天问》里的该？《天问》、《山海经》说的河伯和它说的河伯不是出于同一神话和古史传说吗？这么说来,在古史传说里的河伯,不是夏代中原一个氏族部落之君,正和殷侯亥、殷侯微同时吗？真是怪事！尤其可怪的,是《天问》说的夷羿射河伯、娶洛嫔一事。王逸《章句》说："雒嫔,水神,谓宓妃也。《传》曰：河伯化为白龙,游于水旁,羿见射之,眇其左目。河伯上诉天帝曰,为我杀羿。天帝曰,尔何故得见射？河伯曰,我时化为白龙出游。天帝曰,使汝深守神灵,羿何从得犯？汝今为虫兽,当为人所射,固其宜也,羿何罪欤？"王逸所引《传》不知什么书。这里又完全是一则神话,河伯不像是一个氏族部落的首领。他的老婆不是冯夷,而是洛嫔。这不是更可怪吗？

可是只要我们知道：谈到远古人类的童年时代,神话和古史传说总是分不开的。这都是由荒渺的史前时代十口百世相传而来,真是传说异辞,传闻异辞,展转演变,矛盾百出,原是极其自然的事。并不一定是后人载笔,存心作伪,有意好奇；至于添枝添叶,加油加酱,倒是可能有的事。懂得了这一道理,就不觉得古史传说老是和神话绞绕一起,纠缠不清,那有什么稀奇！

三、河伯恋爱与河伯娶妇

曾经有人问我：《河伯》一篇内容说些什么？像郭沫若说的"男性的河神和女性的洛神讲恋爱"呢？还是像游国恩说的"咏河伯娶妇之事"呢？

郭沫若《屈原赋今译·河伯》篇自注说："原文'与女游兮九河'，女是汝字，当指洛水的女神。下文有'送美人兮南浦'，我了解为男性的河神向女性的洛神讲恋爱。"又说："河神所追求的大概是洛水之神，因为洛水是在黄河之南，下游系往北流，故说'送美人兮南浦，波滔滔兮来迎'。"他这一说，主要当是根据了《天问》说及羿射杀河伯而夺其妻室洛嫔一事的王逸《章句》，已经引在上文。那么，河伯的爱人就是洛神宓妃了；也就是《离骚》说的"保厥美以骄傲兮，日康娱以淫游；虽信美而无礼兮，来违弃而改求"即那位追求不可得的宓妃了。

我在上文已经说过楚怀王祈战于河，似仿春秋时代的秦康公，所以秦康公祭河沈璧，他就祭河沈马。至关于楚为河伯娶妇的记载却不曾见到。倘说《河伯》一篇一定是"咏河伯娶妇之事"，实无根据。据《史记》魏文侯和秦灵公同在一年即位，魏俗河伯娶妇也和秦制"初以君主妻河"同时，不过稍后一点。所以《索隐》说："魏俗犹为河伯娶妇，盖其遗风。"即令楚用女子嫁给河伯，安知它不仿秦制，而用魏俗呢？又据《风俗通》说："秦昭王伐蜀，令李冰为守，江水有神，岁取童子二为妇，主者出钱以行聘。冰曰：'不须！吾自有女。'到时装饰其女，当以沉江。冰径上坐，举酒酹曰：'今得傅九族江君大神，当见尊颜，相为进酒。'冰先投杯……厉声曰：'江君将兴，当相伐耳。'拔剑，忽然不见。良久，有苍牛斗于岸。有顷，冰还，谓官属，令相助。曰：'南向，要（腰）中正白者，我绶也。'还复对斗，主簿刺杀其北面者。江神死后，无复患。"这说的是一出江神娶妇的闹剧。李冰是古代一个杰出的伟大的水利工程师，传说者、记载者对于其人其事神话化了。当魏俗河伯娶妇已被西门豹严肃地而又滑稽地把它革除了，秦俗江神娶妇却正为蜀民疾苦呻吟,难道屈原还肯歌"咏河伯娶妇之事"吗?实在我们从《河伯》这篇作品文义中也看不出什么痕迹来。好!让我们研究一下关于河伯娶妇的故事罢。

真滑稽!不得不请一读《史记·滑稽列传》附录:"褚先生曰:魏文侯时,西门豹为邺令。豹往到邺,会长老,问之民所疾苦。长老曰:'苦为河伯娶妇,以故贫。'豹问其故。对曰:'邺三老、廷掾常岁赋敛百姓,收取其钱,得数百万,用其二三十万为河伯娶妇,与祝巫共分其余钱持归。当其时,巫行视小家女好者,云是当为河伯妇,即娉取。洗沐之,为治新缯绮縠衣,闲居斋戒。为治斋宫河上,张缇绛帷,女居其中。为具牛酒饭食,行十余日。共粉饰之,如嫁女床席,令女居其上。浮之河中,始浮,行数十里乃没。其人家有好女者,恐大,巫祝为河伯取之,以故多持女远逃亡;以故城中益空无人,又困贫;所从来久远矣。民人俗语曰:即不为河伯娶妇,水来漂没,溺其人民云。'"游国恩《楚辞论文集》里说:"今案《河伯》之文,从来释《楚辞》者,皆为模糊影响之谈,绝无明了塙切之解。窃尝反复玩索,以意逆志,而后知其确为咏河伯娶妇之事也。观篇末之词云:'子交手兮东行,送美人兮南浦。波滔滔兮来迎,鱼邻邻兮媵予。'夫曰送美人、曰迎、曰媵,非明指嫁娶之事乎?曰南浦、曰波滔滔、曰鱼邻邻,非浮之河中行数十里乃没之情景乎?按此风俗不知始于何时,而战国时则已大盛。"游先生所解《河伯》之文篇末四句,牵强傅会,令人吃惊!不知此乃河伯送别美人之词,并非迎娶美人之词。曰迎,非为亲迎;曰媵,非谓随嫁媵妾。曰美人,而未言及其粉饰姣好,更未言及绛帷床席,焉知其为新妇?曰波滔滔,曰鱼邻邻,岂得径解为浮之河中行数十里乃没?倘说此是以意逆志,是为得之;我实见不到,此已用读者之意迎合诗人之意。想当然乎?正是"皆为模糊影响之谈,绝无明了塙切之解"。

当时楚国北境虽然已广及黄河流域南侧,未必已能完全控制黄河水道。楚人祭祀河伯,当是如王夫之说的"遥望而祀之",不见得有可能实行西门豹所见的魏俗为河伯娶妇的那种蠢事,那样的惨剧。如果娶妇不是实行而是诳话,那就是渎神,不是祈福而是召祸。相信有神的人未必肯用这种祀典,这种祭歌。屈原虽然是"受命诏以昭诗",也未必能够容忍河伯娶妇那样惨酷的蠢事。同是那一时代相先后的名政治家,屈原的见识不见得在西门豹和李冰之下。何况他们的事迹彰彰在人耳目,屈原岂全不知?因此,纵使郭、游两说尚待论定,我却以为郭说较妥,宁用郭说。

《山鬼》解

一、山鬼何神之旧说

山鬼是什么神呢?《洪补》说:"《庄子》曰:山有夔。《淮南子》曰:山出嚣阳,楚人所祠。岂此类乎?"所谓夔和嚣阳又是什么? 嚣阳,旧说为狒狒。夔未详何物。王夫之说:"旧说夔为嚣阳之类,是也。孔子曰,木之怪,夔,罔两。盖依木以蔽形,或谓之木客,或谓之獵(读如霄)。今楚人所谓魈者,抑谓之五显神。巫者缘饰多端,盖其相沿久矣。此盖深山所产之物类,亦胎化而生,非鬼也。以其疑有疑无,谓之鬼耳。"这是说,山鬼就是旧楚地,今湖南、湖北民间传说的山魈。这是属于脊椎动物灵长目犬猿科之一种,而与狒狒同科,今京沪大动物园都有饲养者。但是恐怕未必是。王闿运说:"鬼,谓远祖。山者,君象。祀,楚先君无庙者也。《易》曰:载鬼一车。《礼》:有祷则索鬼祭之。《记》曰:佥坛为鬼。"这就越说越不对了。那么,山鬼究竟是什么呢?顾成天《九歌解》说:"楚襄王游云梦,梦一妇人,名曰瑶姬。通篇辞意似指此事。"他只能说着疑似之词,却比今人主张这一说的早了。

二、山鬼为巫山神女之证

往时我读《山海经》,确以为山鬼就是女尸,也就是巫山神女。谁都知道,屈原作品里的古史神话惯用《山海经》。甚至有人说,《山海经》、《淮南子》都是为《楚辞》而作,朱熹就曾这么说过。《中次七经》说:"姑媱之山,帝女死焉。其名曰女尸,化为䔄草。其叶胥成,其华黄,其实如菟丘,服之媚于人。"毕沅注说:"李善注《文选》(江淹《别赋》)云,宋玉《高唐赋》曰,我,帝之季女,名曰瑶姬,未行(读如《诗》女子有行之行)而亡,封于巫山之台,精魂为草,实为灵芝。(所谓巫山之女,高唐之姬。)"又云:"《襄阳耆旧传》云,赤帝女曰姚姬,未行而卒,葬于巫山之阳。"这是说,女尸即是巫山神女。这一注释不能说错。《山鬼》篇中说:"采三秀兮于山间。"王逸说:"三秀,谓芝草也。"三秀,神话植物,一年三花。这当是《中次七经》所说的䔄草。也就是宋玉《高唐赋》所说的灵芝,正是传说帝女的精魂所化。文中说采三秀,恰以比兴山鬼,这是慕山鬼者的话。

文的首段,言山鬼出行,求其所思者。其称子,乃指慕山鬼者之称。其称予,或称余,则山鬼自称。明此为饰山鬼之巫所歌。此段云山之阿,指山鬼所在;则彼段云山之上、山中人,指慕山鬼者无疑。旧有注说都未能分析明确。末段言慕山鬼者留待山鬼不至,而自悲年岁迟暮,徒遭离忧。其称神灵与灵修,公子与君,皆指山鬼。其称予称我,则慕山鬼者所自称。此当为饰慕山鬼者之觋所歌。玩《高唐赋》帝女瑶姬未行而亡之言,则此慕山鬼者殆与帝女生前有婚约,一则未嫁而死,一则待娶而生,生死睽违,永无邂逅。是诚一大悲剧!

又按篇中两说公子,正指帝女,犹之《湘君》、《湘夫人》合篇中说的公子,亦即帝子,正指帝女一样。这么说来,山鬼如不可能是天帝的季女瑶姬,未及出嫁就死了,葬在巫山之阳、封在巫山之台的那一位女公子,那么又是谁呢?山鬼被称公子,正和又称帝子的湘夫人同称;被称灵修,正和楚怀王同称。(屈原《离骚》作在楚怀王死后,故称楚怀王为灵修,愚别有说。)她的身份何等高贵,恰和帝女瑶姬、巫山神女的地位适合呀。

再以《山鬼》篇中描写的环境景物和《水经注》里描写三峡的景物比较来说,也多相合。《山鬼》篇说的"余处幽篁兮终不见天","青冥冥兮羌昼晦",不像是《水经注》说的:"重岩叠嶂,隐天蔽日,自非停午夜分,不见曦月"吗？再如说:"饮石泉兮荫松柏","猿啾啾兮又(一作狖)夜鸣",不像是《水经注》说的:"绝巘多生怪柏,悬泉瀑布飞漱其间","常有高猿长啸,属引凄异,空谷传响,哀转久绝。故渔者歌曰:巴东三峡巫峡长,猿鸣三声泪沾裳"吗？

三、巫山神女一说未见得可笑

以山鬼作为巫山神女来说,愚见认为从杜甫开始。"大历中公居夔州至江陵作"《虎牙行》是第一首,其中说:"巫峡阴岑朔漠气,峰峦窈窕溪谷黑。杜鹃不来猿狖寒,山鬼幽忧雪霜逼。"这不是把山鬼作为窈窕神女和巫山联系来说吗？山鬼,巫山神女。直到清初顾成天,今人郭沫若,也都这样说了。郭先生说:"采三秀兮于山间,于山即巫山。凡《楚辞》兮字,每具有于字作用;如于山非巫山,则于字为累赘。"是郭先生也以山鬼为巫山神女。我愿为他证成其说如上。但是他把"子慕予兮善窈窕"一句的"子慕"破字改读为"慈慕",我却以为可以不必。《四库提要》批评顾成天说:"每篇所解,大抵以林云铭《楚辞灯》为蓝本。""又《山鬼》云,楚襄王游云梦,梦一妇人,名曰瑶姬,通篇词意似指此事。则又归之于巫山神女。屈原本旨岂其然乎？"游国恩也说:"拿《高唐》巫山神女的事来附会,岂不可笑？"似乎游先生上了四库馆臣老爷们的当。说句公道话,这同他拿《河伯》篇去附会河伯娶妇的故事一样,都未见得一定可笑。我却以为顾成天和郭先生说的对,尽管他们自己似乎还有谦虚存疑之处。如其不对,试问篇中说"采三秀于山间",尤其是两次说及"公子",如何作解呢？又如何联系其他的词义解通全篇呢？除非说,山鬼就是山鬼。以不解解之。至于朱熹《离骚辨》,特附《山鬼》一篇,说此为屈原"招隐"之作,希望隐逸奇士"远此山鬼,而与我结同志之孚"。这就更觉得穿凿附会出奇,令人吃惊了！

《国殇》解

一、《国殇》作在何时？

《国殇》祀的什么神？《洪补》说："谓死于国事者。《小尔雅》曰：无主之鬼谓之殇。"戴震说："殇之义二：男女未及冠笄而死者谓之殇，在外而死者谓之殇。殇之言伤也。国殇死国事，则所以别于二者之殇也。歌此以吊之，通篇直赋其事。"后一说更明确。

这篇发端一句便说"操吴戈"，把吴戈一词突出，想是作者有意安排的。我们说过《九歌》当是巫音，出于巫祝之手，是经过屈原修改了的。它的底本当作于楚灵王、昭王或者威王之时，定本当作于楚怀王命诏屈原造为宪令的年代。吴、楚相仇，楚灵王时已盛。《史记·楚世家》云：灵王三年，以诸侯兵伐吴，十一年，又会诸侯于申，执徐子以伐吴。十二年，吴王伐楚，灵王失败而死。再，《春秋》定四年《左传》说："楚自昭王即位，无日不有吴师。"《国殇》一篇，当是对于灵王、昭王之时伐吴阵亡者的祭歌，到了怀王初年经过屈原加工改作罢了。

篇中素描战斗，都是车战的场面，没有骑战的影子。《战国策》苏秦说楚威王曰："楚，地方五千余里，带甲百万，车千乘，骑万匹，粟支十年。此伯王之资也。"此外，苏秦还说到，燕骑六千匹；赵骑万匹；魏骑五十匹；齐骑不得比行。这都是战国中期已经有了骑战萌芽的证据。《国殇》只写车战，可见当时楚国还没有过骑战。即令其有，还是以车战为主。楚怀王初政盛时，还没经过什么大战，所以篇中只有一场小规模车战的描述，又没有露出战败沮丧的情绪。不过这时怀王接受了先代骑万匹的那一部分装备，正和改用胡服骑射战略的赵武灵王同时，想来更加注意到骑兵了罢。《招魂》篇中说："文异豹饰，步骑罗些。"《九辩》篇中说："扈屯骑之容容。"可证楚顷襄王时期，骑兵仪仗队也已经出现了。

二、吴戈不是吾科或吴魁

这篇开端两句,便引起了注家的争端。"操吴戈兮披犀甲,车错毂兮短兵接。"问题出在吴戈究竟是怎样的兵器。《章句》说:"戈,戟也。甲,铠也。言国殇始从军时,手持吴戟,身披犀铠而行也。或曰,操吾科,吾科,楯之名也。"按戈、戟都属长兵,戈是近似戟之武器,但和戟有别。戈、戟都可啄可句,而戈无刺,戟则有刺。王逸又举或说,吴科作吾科,"吾科,楯之名也"。可见吴戈何物,早在王逸时候就有了问题。《洪补》说:"《说文》,戈,平头戟也。《考工记》曰,吴粤之剑。又曰,吴粤之金锡。"洪兴祖从王逸说而稍有增益,认为吴戈就是吴国有名的戈,一种金属兵器。不错,吴戈是长兵,进攻武器。倘读为吾科或吴科,又读为吴魁,说是"本出于吴,为魁帅者所持"。而释它为楯,即盾。"盾,遁也。跪其后,避刃以隐遁也。"(毕沅《释名疏证》七)那么,它和犀甲同是防护武器,未免多此一举了。而且全不准备进攻,只准备挨打吗?决无是理。治先秦典籍者,往往卖弄古文字学,破字改读,不顾文义和事理通否,此亦其一例。当时战车上,一个武士身披犀甲,手执长兵,身边还佩着匕首短兵之类备用武器,才算全副武装。若是车毂交错,敌人逼近,就用得着短兵相接的战术了。这篇开端两句就是这么说的,不是很明白么?这样的武士叫做"戎右",援枹击鼓的才是魁帅。当时车战的情况,战车的装备,都已不大清楚。晚近考古发掘,从西周到春秋战国时代埋在地下的战车陆续发现,有人摸清了那时的车制,复制了车子,连车战的怎样进行也可以想象得了。(读者可参考杨泓《战车与车战》,载《文物》一九七七年五期)

篇中又说:"带长剑兮挟秦弓。"挟秦弓、操吴戈,句式相同,词义相类。这都是说的抗敌就利用敌人制造的武器。楚国自造的武器,有的也是在当时有名气的。《荀子·议兵》篇说:"楚人鲛革犀兕以为甲靱如金石,宛钜铁釶惨如蜂虿,轻利僄遬卒如飘风。"(与《史记·礼书》字句有异同)吴、秦先后为楚大敌。吴、秦武器坚锐当是以戈、弓为最,故楚国虽自有坚甲利兵,也不得不采用敌人的武器吴戈、秦弓以抵御敌人。

古话道:"书经三写,乌焉成马。"真是不错。吴戈在汉一说为吴科,在唐宋一本作吾科,现代学者就认定它为吴魁。一转弯、再转弯、三转弯,越走越远了。比如闻一多校吴戈从朱本一作吴科,以为即是吴魁、魁科一声之转。并引《释文》、《释名》和《广雅·释器》都说吴魁是盾为证。他说:"车错毂兮短兵接,既系短兵相接,而戈乃长兵,则所操非吴戈明甚。且刀剑戈戟亦无并操之理,此自当以作吴科为得。"他岂不知道:敌我两车不相接,此时自当以作吴戈长兵进攻为得。这是原文第一句的意思。若是两方车毂交错,就该使用短兵了。这是原文第二句的意思。他单用后一句释前后两句,就和原文的意思不合。须知战车上的勇武之士称为戎右的,不主进攻,只等挨打,这不合古车战之法。勇士既操盾,又披甲,岂有如此全用防御武器之理?他的话不用再驳了。还有郭沫若说:"吴科是盾的别名,科或作戈,当是后人不解吴科之义而妄解。"窃以为这都是有意出奇,故作别解,自矜创见,不足为训!

三、《国殇》篇也不是《招魂》篇

刘永济《屈赋通笺》评《国殇》一篇说:"今细玩之,盖吊为国战死者之辞,与前九篇赋巫迎神之事不类。首叙其战之勇,次言其死之烈,终闵其情,壮其志,故予疑为屈子之《招魂》篇也。"鄙意屈子自有《招魂》篇,岂得容人以《国殇》代替《招魂》?以疑滋疑,有何裨益?刘先生又说:"太史公所见屈子之《招魂》,即误入《九歌》之《国殇》,不得复有屈子之《招魂》。"怎见得如此?还是想当然耳?请有以语我来!《礼魂》王逸《章句》说:"祠祀九神。"(九当作十)此不过似依《九歌》立说。而且王逸对于《九歌》、《九章》之九,自有解释,见于他所作的《九辩》叙中,谁都可以查考。若认为"《九歌》之作,初为九神,国殇人鬼,不应类及",便排去《国殇》,以为是"复王本之旧"。此不过是你自己打的如意算盘。为什么强派作者和注者、读者都必须依你的意思严立类例,而有神和鬼之分?果如所说,有此类例,何以王逸明说湘夫人是尧女舜妃,亦系人鬼,你又不把它和《国殇》同例而一起排去?所谓王本之旧竟自乱其例如此?如今谁也不曾见过王本之旧是什么样子,刘先生说要"复王本之旧",其谁信之?任意并移屈赋篇次,这正犯了刘梦鹏《屈子章句》那部书的同一毛病!至于《昭明文选》辑录《九歌》无《国殇》、《礼魂》两篇,"选则不遍"(《庄子·天下》篇),原是常事。若据以为"昭明不取,或所见《楚辞》本无此篇",岂不知道昭明所选"七代"诸家,选余之作多矣,便以为都是原作者所无,安有是事?总之,愚以为刘先生关于《国殇》、《招魂》两篇之说,横竖都是说不通的。

《礼魂》解

一、何谓《礼魂》?

何谓《礼魂》?王逸说:"言祠祀九(十)神,皆先斋戒,成其礼敬;乃传歌作乐,急疾击鼓,以称神意也。"这像是说《礼魂》是为祭祀十神成礼之后,又传歌作乐,以娱乐众神而作,不是为祭祀任何一神而作。

二、《礼魂》为前十篇(八篇)之乱辞

汪瑗《楚辞集解》说:"《九歌》乃有十一篇,何也?曰,末一篇固前十篇之乱辞也。《大司命》、《少司命》固可谓之一篇,如禹、汤、文、武谓之三王,而文、武固可〔视〕为一人也……非九而何?或曰,二司固可视为一篇,则二湘不可为一篇乎?曰,不可也。二司盖其职相同,犹文、武之其道相同,大可以兼小,犹文、武,父可以兼子,固得谓之一篇也。如二湘,乃敌体者也,而又有男女阴阳之别,岂可谓之一篇乎?……篇数虽十一,而其实为九也较然矣。又何疑乎?"他合《大司命》、《少司命》为一篇,不错。他分《湘君》、《湘夫人》为二篇,错了。他这一说,似

上承周用之说,亦下启顾成天之说。他把《礼魂》作为以前各篇之乱辞,这就算是他的一点创见了。还有张贯《屈子贯》说:"《九歌》末一篇乃前十篇之乱辞也。"似是承用了他这一说。

三、《九歌》通用送神之曲

王夫之《楚辞通释》说:"凡前十章,皆以其所祀之神而歌之。此章乃前十祀之所通用,而言终古无绝。则送神之曲也。旧说谓以礼善终者(《洪补》引或曰,《礼魂》谓以礼善终者),非是。以礼而终者,各有子孙以承祀,则为孝享之辞,不应他姓祭非其鬼。而篇中更不言及所祭者,其为通用明矣。"这是说,《礼魂》是《九歌》通用送神之曲。吴世尚《楚辞疏》说:"《九歌》之《礼魂》明是送神之曲,非可指为一神也。古注谓以礼善终者,然玩歌词之意,则似是祭毕之乱辞,乃送神之曲也。"王邦采《九歌笺略》也说:"此祠祀将毕,而歌以送神之曲,乐之卒章,犹曲之尾声也。旧解谓以祭善终者,非。"这都是说,《礼魂》是《九歌》通用送神之曲。从曲词中可以想见这是一场群巫联翩起舞的大合唱。由一漂亮的女巫从容领唱,所以说"姱(音夸)女倡兮容与"!

尽管这一曲词过于古简、朴素,写来还算具体、生动,看来场面也算热闹、欢乐。现在把它用现代语对译出来,也可以算作"曲终奏雅"罢。

成礼兮会鼓!	完成祀礼啊合打着鼓!
传芭兮代舞,	传递香花啊更叠起舞,
姱女倡兮容与。	美女领唱啊从容余裕。
春兰兮秋菊,	春有兰花啊秋有黄菊,
长无绝兮终古!	永远不断啊千秋万古!

【简注】

〔一〕此文系就十多年前旧稿,穷一月之力改写而成。一九七八年十一月十日,子展自记,时年八十有一。原刊载于《中华文史论丛》一九七九年第四辑,总题为《〈楚辞·九歌〉之全面观察及其篇义分析》。

〔二〕《湘君》、《湘夫人》合篇正和《大司命》、《少司命》合篇一样，无论其作为诗篇来读，作为歌舞曲来演，都是不可分割开的。这已另详拙稿《楚辞直解》。今仅略录其中这个合篇的《章指》于此，以供读者参考：

《湘君》

首章　湘夫人乘舟往迎湘君，而疑其何以未来。待谁耶？修饰耶？为水波所阻耶？何令人且望且思之久也！相传参差之箫为舜所创，玩其物而益思其人矣。○盖湘君为舜，南巡不返；湘夫人为二妃，追从不及。生死乖违，怨慕无已。伉俪之深情，固有不以老寿而衰者。苟先明乎此，则此一半人半神之古歌舞悲剧，不难心赏而神遇之矣。（篇首——吹参差兮谁思）

次章　湘夫人乘舟北行，迎湘君未至，将废然而返。侍女为夫人叹息，夫人自益不胜其情。○玩北征遭道之语，湘夫人盖自临资口黄陵山下泛舟而向北渚者。（驾飞龙兮北征——隐思君兮陫侧）

三章　湘夫人归途中，寻思湘君所以未来之故，并想象其行止之所在。疑信之意，怨慕之情，跃然纸上。○玩江皋北渚之语，及下篇帝子降兮北渚之呼，即知湘君祠之所在为北渚。吴敏树《巴陵县志》云："《楚辞》帝子降兮北渚，北渚当即君山。所谓五渚，当以东西南北中言之。君山在北为北渚，则艑山东，磊石南，明山西，团山中也。"（桂櫂兮兰枻——水周兮堂下）

末章　湘夫人捐玦遗佩。玦、佩，朝服之饰，实指饰湘夫人之巫以此物浮沈祭于湘君；并遗芳于其侍女，冀以代致殷勤之意。以上当全为迎神之巫所歌，即饰湘夫人之巫所领唱。○按，甲骨文已有沈霾之祭。《尔雅》"祭川曰浮沉"。《觐礼》"祭以沉"。《贾疏》云："不言浮，亦文略也。"殆沉者用圭璧，浮者用衣帛欤？钱澄之《屈诂》曰："待久不至，乃捐玦遗佩为记，使知吾之至而久候也。"说若可通，恐亦未是。至今人游国恩，则谓为"表示诀绝之意"，益非矣。（捐余玦兮江中——篇终）

《湘夫人》

首章　湘君在北渚，张设晚宴，以俟湘夫人之来降。并朝驰江皋，夕济西澨以待之。（篇首——夕济兮西澨）

中章　湘君闻湘夫人之相召而将往。幻想其已修筑水中之宫室以相待；又幻想九疑之群神并来迎迓，而冀其率随从如云之下女以俱来也。

○按,九疑山在今湖南宁远县"南六十里,亦曰苍梧山。虞帝南巡,实崩于此,至今有帝陵在焉。"(《古今图书集成》一二七三)(闻佳人兮召予——灵之来兮如云)

  末章 湘君捐袂遗褋,以浮沉祭于湘夫人,并遗芳于其远道相从之侍者,冀其代致殷勤之意。以上当全为迎神之巫所歌,即饰湘君之觋所领唱。○按,玦佩,男子之物。袂褋,女子之物。玦佩,贵之也。袂褋,亲之也。各以其对方所需要者而捐遗之,而浮沉祭之。非必如今人之所谓"各弃其前此所诒之物,以示诀绝之意"也。原为巫祝以浮沉礼物祭神,特假神尸互祭与互赠礼物之形象出之,生动有趣,饶有戏剧性。奈何治《骚》者,大都不知以祭礼"狸沈"、"祭川浮沉"之说释之?金鹗《求古录·礼说·燔柴瘗埋考》一文可供参考。(捐余袂兮江中——篇终)

  《湘君》、《湘夫人》合为一歌,而湘君、湘夫人实后先登场,演出彼此偕老百年,永矢不渝之爱,最后乃不得一见之悲剧。并就以湘江、洞庭为背景之此一史前神话与古史传说,作出如此感人之艺术渲染。读此古典杰作者不可不知也。

《天问》解题卷第三

一 《天问》与《天对》

《天问》在屈原赋中自是一篇奇作,读起来却很困难。因为它牵涉的问题极为广大,凡宇宙起源、自然界现象以及神话传说、历史各方面,发出了一百七十多个问题。即从史前远古一直问到作者的当代。其中有好些是怪问,连我们现代人听了也要瞠目咋舌,却不能说它是愚问。倘若玩索它的寄托深微,倒还要佩服发问者的大智慧,称他是大思想家,至少得把他和他同时略相先后的邹衍、黄缭、惠施、庄周(《庄子·天运》篇、《天下》篇)[二]一流的思想家同样看待。尽管你博学大哲,每一问都有对,总不免有些是多余的愚对,何况所对未必就是所问,有些问题还不见得就有答案。唐代第一流的古文家和思想家柳宗元所作的《天对》就是一例。当然,到了科学昌明的现代,总可找到专家作出答案,未必可由一人包办。钱澄之《屈诂》说:"屈原许多愤懑,觉天道人事往往俱不可解,故借此问发摅。后儒欲一一详对以释其疑,亦愚矣!"这话当是首先对柳宗元而发的。又说:"〔王逸〕《小序》甚明,因祠堂壁上画有种种奇怪故事,随其所见,一一呵而问之。或相承,或不相承;或寓己意,或据彼事;本无伦次,仍其荒唐。注者为之考据载籍,分别章句,循其文义,正其是非,大似向痴人说梦也。"这话好像反对为《天问》作注。我以为注释倒不多余,作注也不算蠢事。不然的话,钱老先生为什么在《屈诂》中还是有《天问》一篇呢?

二 关于《天问》注释

固然,注释《天问》是极为困难的一件事。王逸《章句》自夸"章决句断,事事可晓",岂非欺人之谈?他在《天问后叙》说:"昔屈原所作凡二十五篇,世相教传而莫能说。《天问》以其文义不次,又多奇怪之事,自太史公口论道之,多所不逮。至于刘向、扬雄,引传记以解说之,亦不能详悉。所阙者众,日无闻焉。既有解说,乃复多连蹇其文,濛鸿其说,故厥义不昭,微指不晢。自游览者靡不苦之,而不能照也。今则稽之旧章,合之经传,以相发明,为之符验,章决句断,事事可晓,俾后学者,永无疑焉。"据此可知司马迁、刘向、扬雄诸人,都曾讨论过或解说过《天问》。他们去古未远,及见后儒所不能见之古书,多识后儒所不易识之古字,都还是解说的不能详悉。王逸又像是在他们所解说的基础上作成全篇《章句》,自信"俾后学者,永无疑焉"。难道我们对他解说的都能相信不疑了吗?

王逸以后的许多注家,即有继长增高,也都不能完全解决疑端。即如杨万里的《天问天对解》,就谈不上有什么大贡献。《四库全书总目提要》评它说:"训诂颇为浅易,其间有所辨证者,如《天问》'雄虺九首,儵忽焉在',引《庄子》'南方之帝曰儵,北方之帝曰忽',证王逸注电光之误;特因《天对》'儵忽之居,帝南北海'而为之说。又如《天问》'鲮鱼何所,鬿堆焉处',独谓'堆当为雀,鬿雀在北号山,如鸡,虎爪,食人',证王逸注奇兽之误;亦因《天对》'鬿雀峙北号,惟人是食'而为之说,未尝别有新义也。"这话不错。但是杨万里自己却说:"予读柳文,每病《天对》之难读。少陵曰:'读书难字过。'然则前辈之读书亦有病于难字者耶?病于难,前辈与予同之。初病于难而终则易焉,予岂前辈之敢望哉!因取《离骚》、《天问》及二家旧注释文,而酌以予之意以解之,庶以易其难云。"他自以为经他作解以后易读了,其实难读如故。

便算你博学多闻,大才雄辩,比人能够多为《天问》作出几则有益领悟、可资参考的注释,也不见得都是确解。《四库全书总目提要》评毛奇龄《天问补注》说:"《补注》亦间有所疏证,然语本恍惚,事尤奇诡,终属臆测之词,不能确证也。"这便是一例。毛氏只补注了朱熹《集注》所"未详"的三十四则,还自嘲说,这是"坐井斡,谈罔象"。戴震是一个比毛奇龄远为朴实谨严的考据学家,但他的《屈原赋注》只引据先秦两汉儒家经典著作,求其"近正"。凡是那些涉及"怪力乱神"的旧书雅记,虽然出于秦汉人之手,他也不肯引用,宁肯阙疑。他说:"篇内解其近正,阙所不必知,虽旧书雅记,其事概不取也。"倘用这样的态度和方法来研究《天问》,我们就永远无法获得对于《天问》的正确的全解。求得这一全解,究竟是古今一般《楚辞》学者同具的热望,尽管前途还有好些困难。丁晏便是戴震以后一个企图克服这一困难的人。他作《天问笺》,每节先用王叔师《章句》,然后笺释正文,功不唐捐,自有一些是处,但不比毛氏《补注》有了进步,还是时存或说,多所阙疑,不能肯定事事可晓。这真是廖平《楚辞讲义》所说:"此言天上、人物、史事,如佛经之华严世界,皆详天学也。"作《天问》者怪,这说《天问》者更怪!

此外在清代好些考据学者的笔记杂著中,涉及《天问》的往往有可供采取之处。晚近学者如王国维、闻一多、郭沫若诸君对于《天问》也各有若干则精到的或者可供参考的解说。但是我们距离完全通读《天问》全文的日子还远。总之,除了其中涉及的哲学、自然科学、社会科学难题以外,简有脱落、窜乱,无从更定;字有衍、夺、讹、假、颠倒、失韵,不易校勘;古史阙文、异辞,无从悬揣;神话、传说,歧见杂出,莫衷一是。加以古代文法省略、疏阔,词句意义往往不甚明了。虽然对于这一古典作品的研究,经过先哲时贤积累的努力,目前尽你旁搜博采,取菁去芜,也只能够求得近似的全解。至于把它译成现代语文,不像注释可以阙疑,无法避免强作解人之讥。《诗》、《骚》今译都是如此,真是吾末如之何也已!

三 何谓《天问》?

何谓《天问》? 王逸《天问叙》说:"《天问》者,屈原之所作也。何不言问天? 天尊不可问,故曰天问也。屈原放逐,忧心愁悴。彷徨川泽,经历陵陆。嗟号昊旻,仰天叹息,见楚有先王之庙及公卿祠堂,图画天地山川神灵,琦玮谲诡,及古贤圣怪物行事。周流罢倦,休息其下。仰见图画,因书其壁,何(一作呵)而问之,以渫愤懑,舒泻愁思,楚人哀惜屈原,因共论述,故其文义不次序云尔。"我们据此,知道屈原在政治上有不幸的遭遇,是他作《天问》的社会及其个人生活的背景。他见到了祠堂庙宇的壁画,也可以说是宗教画,触动了他的情绪,唤起了他的想象力,引起了他写《天问》的创作动机。他是呵壁发问,随见随问,随书壁上,题画而已。本来像是没有预作布局构思的意图,此乃题画诗之最古者。那时同情他的楚人有看见了的,共相讨论,把它辑成定本,所以它的文义不甚有次序,何况后来可能还有脱简、窜乱的地方。但是"注《天问》者莫古于是书",王逸《章句》多少有可信处。陈深《批点楚辞》说:"《天问》发难至千五百言,书契以来未有此体,原创为之。先儒谓其文义不次,乃原杂书其壁,而楚人辑之。今读其文,章句之短长,声势之诘崛,皆有法度,似作也,非辑也。屈子以文自圣,且在无聊,何之焉而不为也?深尝爱《曾子问》五十余难,亦至奇之文。说者乃曰:非曾不能问,非孔不能答。非也。礼家托于曾、孔以尽礼变耳,抑独出于曾氏之门乎?何文之辨而理也!"这是驳王逸《叙》说,虽然未必便是!却不妨留备一说,以供读《天问》者参考。

  洪兴祖《补注》说:"《天问》之作,其旨远矣。盖曰:遂古以来,天地事物之忧不可胜穷。欲付之无言乎?而耳目所接、有感于吾心者,不可以不发也。欲具道其所以然乎?而天地变化岂思虑知识之所能究哉?天固不可问,聊以寄吾之意耳。楚之兴衰,天邪?人邪?吾之用舍,天邪?人邪?国无人,莫我知也;知我者其天乎?此《天问》所为作也。太史公读《天问》,悲其志者以此,柳宗元作《天对》,失其旨矣。王逸以为文义不次序,夫天地之间,千变万化,岂可以次序陈哉?"这里补说屈原作《天问》的主题思想固属必要,但所说未必全对,即驳王逸"文义不次序"之说也很像带些禅宗哲学的意味。其实,《天问》文义没有次序的地方固然不止一处,但是就总的来说,它首从天上事,次及地上事,后及人间事,最后收束到有关作者自己和楚国事,次序是很显然的。李陈玉《楚辞笺注》便像这样把它分为三大段:"自'曰遂古之初'起,至'曜灵安臧'止,为上段,共四十四句,是问天上事许多不可解处。

自'不任汩鸿'起,至'乌焉解羽'止,共六十八句,为中一段,是问地上事许多不可解处。自'禹之力献功'起,至'末忠名弥彰'止,共二百六十一句,为后一段,是问人间事许多不可解处。"虽然分析作品的结构不妨如此分段,而探寻它的全篇主旨所在,须知作者对于天道的怀疑却是一以贯之。至屈复《楚辞新集注》、夏大霖《屈骚心印》、郭沫若《屈原赋今译》,都以《天问》有错简脱简的地方,加以校正,加以更定,那也许是没有办法的一种办法,值得今后学者再作进一步的研究。

再说,王逸和洪兴祖关于《天问》一词的解释虽是合理,却已有人加以改正,看来似有合于作者本意。李陈玉说:"天道多不可解:善未必蒙福,恶未必获罪,忠未必见赏,邪未必见诛,冥漠主宰政有难诘,故著《天问》以自解。此屈子思君之至,所以发愤而为此也。不曰问天曰天问者,问天则常人之怨尤,天问则上帝之前有此一段疑情,凭人猜揣。柳子《天对》失其旨矣。"这是说,天问,并不是问天的意思,只因为天道不可解,上帝之前有此一段疑情,就叫作天问。也就是说,此不是人对于天道的疑问,而是上帝的疑问,天的问题。其意义不过如此,柳宗元以为天问的意义就是问天,而他自己作出《天对》,那就也许失去作者命题的本旨了。戴震说:"问,难也。天地之大有非恒情所可测者,设难疑之;而曲学异端骛为闳大不经之语,及夫好诡异而善野言,以凿空为道古,设难诘之;皆遇事称文,不以类次,聊舒愤满也。"这也是说,对于天地间事理的不可测,神话传说的不可信,发为难题而已。可以说,这和李陈玉说的意义正复略同,只是文字不同而已。何谓天问? 不妨以此为一解。倘若因为王逸说"天尊不可问",洪兴祖说"天固不可问",便以为屈原相信天道,尊事上帝,本来问天,改说天问,那就不一定对了。

四 《天问》与《旧约·创世记》

《天问》从宇宙起源的问题问起,以及历史发展中的天人关系的问题,即上帝存在与否和人间关系的问题,古史神话传说的问题,直到作者当时个人的境遇,及其所目睹耳闻的楚国政治形势,大半采用概括集中的提法提了一百六七十个问题,而其主要所在,仍在关于宇宙根源的问题,天道的问题,自然现象的问题。这不仅反映了作者对于自然现象的关心,同时反映了当时文化上对于自然现象的认识达到了怎样的一个阶段。

倘若我们把《天问》对照《旧约·创世记》一读,当很有趣,而且大有助于对《天问》的理解。《创世记》说:神在头一日创造了天地昼夜,第二日创造了空气和水,第三日创造了海陆和植物(草木果蔬),第四日创造了日月星辰、岁时节令,第五日创造了鱼鸟动物,第六日创造了野兽、牲畜、昆虫和人,第七日创造完毕,歇工安息。《天问》也正是从头问起,问天地、昼夜、空气、生命、日月星辰的起源,以及关于植物鸟兽等等的神话。所问"阴阳三合,何本何化"? 当是问的生命起源,首先是人的起源。穀梁子有阴、阳、天三合而后生之一说,与此正同。《创世记》说"神照着自己的形象造人,乃是照他的形象造男造女"。两者相较,显然有自然发生说和神创造说之不同。总之,《天问》着重在天地万物起源之说是谁传说下来的? 怎么知道它的起源的? 怎样起源或创造出来的? 重点不在创造者是谁及其创造所经过的时间久暂,显示作者不相信天地万物的起源是一个神一时的有意的创造。这却不必说他是一个原始的神秘的泛神论者,只能说他是一个朴素的理性的无神论者。

《创世记》还有关于洪水的神话,说"洪水泛滥在地上四十天"。又说"水势浩大在地上共一百五十天"。结果是"神叫风吹地,水势渐落"。《天问》里所有的关于洪水的传说,是由于伯鲧、大禹父子相继治水,经过若干年才达到了成功。洪水的退落不是靠神叫风从地上吹干的,而是靠人的努力征服水患得来的。郭沫若先生说:"屈原毫无疑问是一位唯物的理智主义者,现实的人道主义者。他的宇宙观和人生观代表着他所处的时代的进步一面。"(《天问解题》)我们可以从对读《旧约·创世记》来证成郭先生这一说的精确。至屈原还在其他的作品里,如《离骚》、《九歌》、《远游》、《招魂》等篇,大量的运用神话,这也并不意味着他确信神的存在,相信历史上英雄和杰特人物是神的化身。相反,有时只是怀疑天神的存在,天道的无凭,正和《天问》里所含的意思一贯。大都只是他借着神话驰骋自己的想象,寄托自己的思想感情,美化自己作品的语言词彩,作为艺术形象化的一种手段,也正是古典浪漫主义的一种手法。倘用现代批评家的话来说,这就使得他成为一个最早的又最成功的把浪漫主义和现实主义高度结合起来的大作家。

从世界文化史之发展上观察可以知道,每一重要文化的发生,大都有其最初的宇宙起源论,天地万物的起源论,及其相关的神话传说,和由此而产生的史诗、宗教赞美诗。中国汉族先民没有产生这类的诗,却有同样以此为内容的、唐人所谓"问头诗"即屈原的《天问》,填补了这个空白。当然,在三百篇中关于殷周民族开国人物的诗也勉强可以作为史诗充数,但是关于神的方面不是不涉及,便是涉及的也太简单、太朴素了。《庄子·天运》篇所问便类似这种东西。詹姆士·埃德加·斯温(J. E. Swain)《世界文化史》第二章《最初的宇宙起源论》一节说:

> 原始人对宇宙起源的解释,和他因文明进步对于这些学说所生的变化,反映人类进步有趣的描绘。荷马(Homer)曾写着太古时代有一条大河环绕着地和海像蛇一样。希西俄德(Hesiod)曾记载着宇宙的最初的状态是一个张口的深渊,由真空、质量和黑暗构成的——一切呈现非常混乱的状态。最后秩序由混沌状态里产生出来,地和天出现了。一首古代祆教的赞美诗指出信徒关于宇宙起源所具的热望:
>
> 谁给循环不息的太阳和繁星它们的正确的路?
>
> 谁确定月亮如何盈亏?
>
> 谁在下面把地球托住,在天上把浮云留住,使它们不掉落?
>
> ....
>
> 谁把海洋和植物造成?

谁把风暴的云随风飘飘？

从《里格吠陀》(Rig Veda)印度欧罗巴族一部最古的文学著作(约在公元前一二〇〇年前里)——一首赞美创造的诗歌中,我们看见下面的诗句：

一切东西都不曾存在，

光明的天空不曾在彼处，

广大的苍穹也不曾在上面展开。

什么东西遮住一切？什么东西曾掩护着？什么东西曾隐藏着？这曾否是无底的深渊？

每个基督教徒都熟悉《圣经》中的创造地球的故事。各种时代的人曾产生他们自己的记载,他们结论的聪明显出它的进步。但是在我们这个时代,科学家承认自然刚开始泄露它的秘密。

(沈炼之译,开明书店版)

我们读此,参考、比较,借以知道屈原在饱尝了人生的惨痛经验以后,也是怎样想要探求当时已有的关于宇宙起源、天地开辟的解释,天道的解释,以及其他关于自然现象的解释,具有求知热望。结果是怀疑、失望,才作得出《天问》来的。他要由宗教思想的范围走到哲学思想的领域来了。郭沫若先生说："本来在屈原时代的中国思想界是有惊人的发展的。天文、历法、数学都有相当的高度的发展,逻辑的观念也很普遍。与屈原〔同时〕而稍早的一位南方人黄缭,曾经向北方一位擅长逻辑的学者惠施,问过天地何以不坠不陷、风雨雷霆之故,惠施曾经答复了他。可见关于天体构成的疑问,在当时的知识界是有普遍的关心。"(《屈原简述》)他这一段话道出了屈原作出《天问》的古代社会及其文化的背景,很为精确,这是未经前人道过的。

五 《天问》与《山海经》

不但《天问》说天道,说及古史神话传说,《离骚》、《九歌》、《远游》、

《二招》也都有说及,作者自当有其根据。据楚史《梼杌》吗？其书怎样今不可知；据《山海经》吗？不错,颇有相合的。但是《山海经》的作者及其作出的时代渺不可考,这该怎么说呢？

朱熹《楚辞辩证》下说："《补注》引《山海经》,言鲧窃帝之息壤以堙洪水,帝令祝融殛之羽郊。详其文意,所谓帝者,似指上帝。盖上帝欲息此壤,不欲使人干之,故鲧窃之而帝怒也。后来柳子厚、苏子瞻皆用此说,其意甚明。又祝融、颛顼帝之后,死而为神,盖言上帝使其神诛鲧也。若尧舜时则无此人久矣。此《山海经》之妄也。后禹事中又引《淮南子》,言禹以息壤填洪水,土不减耗,掘之益多,其言又与前事自相抵牾。若是壤也,果帝所息,则父窃之而殛死,子掘之而成功,何帝之喜怒不常乃如是耶？此又《淮南子》之妄也。大抵古今说《天问》者,皆本此二书。今以文意考之,疑此二书本皆缘解此问而作。而此问之言,特战国时俚俗相传之语,如今世俗僧伽降无之祈、许逊斩蛟蜃精之类,本无稽据,而好事者遂假托撰造以实之。明理之士,皆可以一笑而挥之,政不必深与辩也。"这是说,《天问》并不根据《山海经》,反而似乎《山海经》和《淮南子》都是根据《天问》而作。这话对吗？

清代学者或据《列子·汤问》篇说的："大禹行而见之,伯益知而名之,夷坚闻而志之。"以为这是指《山海经》(《四库全书总目提要》毕沅《山海经新校正》)。例如陈逢衡《山海经汇说·山海经是夷坚作》一则里就说："夫(指夷坚)谓之闻,则非禹、益同时人可知……或谓夷坚是南人,其书留传楚地,至屈原作《天问》时,多采其说而问之,实通论也。"这是说,《山海经》为《天问》所本。这话不对吗？

日本小川琢治《山海经考》(江侠庵译《先秦经籍考》)里说："其记载以洛阳为中心","《五藏山经》之作成,其在战国以前东周洛阳之时乎？""从其志山岳及地名之得考证者、记事颇能正确者而推,当是据周职方氏所掌天下之图而编纂者欤？"晚近国内学者也有人以为此书颇详南方巫鬼礼祥事,盖出于晚周楚人或蜀人所作。顷颇欣幸,获读友人范祥雍先生《山海经笺疏考证》附编《山海经古今篇目考补正》原稿,而得最先引用。他说:"此书不出于一人一时之作。《五藏山经》文字质朴,叙述有系统,公认为书内最古部分,疑是有当时官府图籍作根据。其他经时代似稍后。《大荒经》下五篇为后来附益,最受疵议,但其中保存颇古之材料。例如王国维氏据殷契考出王亥仆牛之事迹(《观堂集林·殷卜辞中所见先公先王考》),胡厚宣先生又从殷墟卜辞证明四方之风名与神名(《甲骨学商史论丛·甲骨文四方风名考证》),并见于《大荒经》中。愚顷亦凭甲骨文以证《大荒南经北经》有蛇食尘之文(见本经《考证》),皆足以为证"。这是说,《山海经》虽然不是一人一时之作,要之是最古典籍之一,其中保存了不少古史神话传说的原始材料,可和甲骨文互证。此似可推知《山海经》最初成书当在屈原作《天问》以前。又何况解说《山海经》者自晋郭璞以下至清毕沅、郝懿行、陈逢衡,都以为此经是为画而作,便是朱熹也已如此说。解说《楚辞》者自汉王逸以下至清丁晏,大都以为《天问》是题画之作;也可以想见二者作出的渊源恰好是先后一揆。

综合以上诸说来讲:《天问》所问,其中许多可能根据了古本《山海经》或《山海经》同类的文献;这固然不是出于作者个人的天才创造、幻想虚构;也决不是作者仅仅根据了当时所见楚先公先王公卿的祠庙壁画;便是壁画,也当是根据了《山海经》一类出自所谓"史巫"或"巫祝"之手的古史资料来画的。

六 《天问》是否呵壁题画之作?

郭沫若先生说:"这篇相传是屈原被放逐之后,看到神庙的壁画而题在壁上的。这完全是揣测之词。任何伟大的神庙,我不相信会有这么多的壁画,而且画出了天地开辟以前的形象。"(《天问解题》)他这一段话就不能说完全可靠,可能他是接受了其乡先辈廖平的《楚辞讲义》"试问画壁图者何处得此蓝本"[三]一说的影响。也可能是他看到了陈本礼《屈辞精义》杜撰《天问》一百十六图之多,令人觉得可笑的影响,但是何以解于《山海经》神话幻想的图？又何以解于唐代成都大圣慈寺壁画直到宋代还保留有八千五百二十四铺之多呢？（宋李之纯《大圣慈寺画记》，范成大《成都古寺名笔记》）郭先生并没有否认战国时代有出现壁画的可能，他只是不相信一个神庙会有这么多的壁画，会画得出有些徒具概念难以描绘的形象。

按汉鲁灵光殿上："图画天地，品类群生，杂物奇怪，山神海灵，写载其状，托之丹青。千变万化，事各缪形，随色像类，曲得其情。上纪开辟，遂古之初。五龙比翼，人皇九头，伏羲鳞身，女娲蛇躯。鸿荒朴略，厥状睢盱。焕炳可观，黄帝唐虞。轩冕以庸，衣裳有殊。上及三后，瑶妃乱主，忠臣孝子，烈士贞女。贤愚成败，靡不载叙，恶以诫世，善以示后。"（王延寿《鲁灵光殿赋》）这不是一个宫殿壁上，竟有这么多的壁画，而且画出了天地开辟以来的形象吗？"试问画壁图者何处得此蓝本？"无疑的，这是重复了《天问》作者所见壁画的伟大的规模。两汉时代大量壁画的出现，不能说全和六国时代楚壁画没有发展上的线索可寻。还是《楚文物展览图录序》可以帮助我们对这一问题的了解。它说："楚文化在晚周到秦汉之间，已经发展到很高的程度。这些文物具体地说明了当时日用用具、礼器、乐器、兵器、权衡、交通、服饰等制度，在历史研究上提供了不少的新资料。如长沙陈家大山战国'帛画墓'出土的一群器物，不仅可以知道当时墓葬的情形，还可以根据它们推知当时统治者生前的生活状况。其中的龙凤人物帛画，是我国现在所知道最早的一幅绘画，也是研究绘画史的重要资料。各种器物上的花纹和雕饰，无不流动有力，细致灵活；漆器和木雕又借助于彩绘，更增加了表现的效果。楚人承袭了过去的文化艺术传统，发扬了祖国艺术鲜明生动的优点。使我们深刻地体会到两汉工艺雕刻和绘画的流动富于活力，有一部分乃是由此发展出来的。"

湖南省博物馆《长沙楚墓》一文里说："很多漆器的上面绘有瑰丽的龙凤纹、几何纹，或狩猎纹图案，线条生动，不仅是当时日常生活中实用的器皿，而且是一种出色的工艺美术品。"（《考古学报》总二十三册)但看这种漆画所达到的水平,就无疑于《天问》壁画的叙述。郭宝钧《中国青铜器时代》一书说:"今观长沙楚墓发掘、信阳楚墓发掘,所出的漆器之绚美,绢帛之旖旎,如果用它把住室装饰起来,应真个是富丽堂皇,令人心惊目眩。楚人有此工巧及珍贵的物质资料,他们岂能只用以填充幽宫,而不用于装潢住室,丹漆楣棁么?则楚室彩绘丹漆之华美,据此可以推证。不然,鲁襄公一度游楚,即流连逾年忘返,归即自作楚宫,死犹安于楚宫,而不肯移于路寝。(《左传》襄公二十八、二十九、三十一年)则楚式宫室之舒适华美,可以从侧面想见。这就说明了战国时工匠的丹漆彩绘技巧已达到了一个新的进程。此外如《楚辞·天问》篇所反映,即楚国先王之庙及公卿祠堂,图画天地山川神灵,琦玮谲诡,及古贤圣怪物行事,则虽意存武戒,不尽关享受,然就建筑技术说,亦不能不认为装饰彩绘之一端。"两位郭先生都是历史、考古学家,一个说《天问》不出于壁画,一个说《天问》出于壁画,相信谁的好呢?

据一九五四年丹徒出土《矢毁铭》:"隹四月辰在丁未,王省斌王、成王伐商图,遂省东土图……"(一九五五年《文物参考资料》五册)郭沫若《矢毁铭考释》一文说:"斌王作武王,与《大盂鼎》及《𰃁伯簋铭》同例。武王上二字残文,就原器目验,确为王省二字。两图字当即图画之图。古代庙堂中每有壁画,此所画内容为武王、成王二代伐商,并巡省东国时事。"他承认西周庙堂已有壁画,确是不错。《周语》有"省其典图刑法"的话,《无惠鼎》有"格于周庙,燔于图室"之文,都可为他作证。知也无涯,为学日益。据郭沫若先生此一后说,知他必将改正彼一前说了。(可参看《考古学报》总第十一册)

据说:"不久前,考古工作者揭开了秘鲁纳斯加山谷地面上的古代巨画的一个秘密。他们的研究说明,这些巨画是供人们在附近的山头上从朝阳斜照中观看的。这个山谷里有一片面积达二百五十平方公里的平原。平原上铺满一层黑色小石子。本世纪中叶,考古学家在那里发现,小石子下面有一些人工开挖的凹下去的沟,这些沟的路线古怪,不像古代灌溉系统。他们从飞机上观察,发现整个平原布满了由这种沟构成的线条。这些线条组成三角形、平行四边形、螺旋线等几何图形,以及蜥蜴、蜘蛛、章鱼、孔雀、鹰等动物和植物、人的形象。这些画长达数公里到数十公里。各种形象非常精确地每隔一定距离重复出现。同一种图像制作得完全一样,各个三角形之间的角度误差不到一度。不久前,一位考古工作者发现只有在朝阳斜射时,人们才可以从附近山头上清楚地看到这些巨画。太阳一升高,巨画就消失了。这说明巨画的设计者为了保证人们看见巨画,根据朝阳的光线角度确定了各根线条的宽度与深度。"(《人民日报》《考古研究简讯·山谷巨画》一九六三年十二月八日。《考古》一九七二年四期。)我以为晚周楚有祠庙巨画,古代秘鲁有山谷巨画,这都是将来考古学史上、文化人类学上应该具有的章节。

七　楚有壁画之证

近几十年来,寿县楚墓发现了中有壁画,长沙楚墓群和信阳楚墓又先后发现。出土之物,长沙楚墓有竹简毛笔[四],有缯书,有帛画,有彩漆雕版和其他彩绘漆器,以及墨绘彩绘的陶器,彩绘的男女俑。缯书是用毛笔墨书,它的四角图像则是彩绘,有青、赤、白、黑等色(蔡季襄《晚周缯书考证》)。帛画所画的是一妇人看凤和夔龙的斗争,象征善和恶的斗争,具有神话意味。郭沫若先生的考察极为精审(《文史论集·关于晚周帛画的考察》)。缯帛所画的神物都该和墓室祠堂壁画一样属于宗教画一类。至楚墓中发现的木雕社神壕像也还是属于宗教艺术的范围(《学术》三期蔡季襄《战国木雕社神像考》)。据此可知:那时壁画所需要的工具和资料略已具备,绘画已有相当的技巧,绘画已供许多日用器物上作装饰,楚人对于艺术已有显著的爱好。为什么当时楚国祠庙不可能有壁画呢?

《天对》里说"有萍九歧,厥图以诡"。这是针对《天问》"靡萍九衢"

说的。又说:"娲体咷号,占以类之。胡日化七十,工获诡之。"这是针对《天问》"女娲有体,孰匠制之"说的。柳宗元两对,一以为壁画骗人,一以为画工骗人,可知他是相信王逸《天问叙》一说的了。

　　王逸所谓屈原仰见图画、书壁呵问的一说,他以旧楚地人,谈四百年前楚事,时代相隔不远,见闻犹可证验,难道竟无根据、无中生出有来? 按《天问》里说:"白蜺婴茀,胡为此堂?"王逸说:"蜺,云之有色似龙者也;茀,白云逶移若蛇者也;言此有蜺茀气逶移相婴。何为此堂乎? 盖屈原所见祠堂也。"这当是王逸呵壁题画一说的根据之一,难得有此内证。郭先生于此《天问》两句译文说:"嫦娥披着白色的霓裳,有着美妙的梳妆,为何她也是后羿之妻,与妖妇纯狐相当?"又自注说:"原作白蜺婴茀,胡为此堂。丁晏解为嫦娥,今从之。但堂字应是当字之误。此,指纯狐。"今按丁晏说:"白蜺婴茀,此盛言姮娥之装饰也。蜺与霓同,犹月中霓裳羽衣。《九歌·东君》云:'灵之来兮蔽日,青云衣兮白霓裳。'《九叹·逢纷》云:'薜荔饰而陆离荐兮,鱼鳞衣而白霓裳。'以《骚》辞本文证之,知其确矣。婴茀,妇女首饰。《荀子·富国》篇'处女婴宝珠',杨倞注:'婴,颈饰也。'《说文》:'婴,颈饰也。从女贝,贝其连也。'《易·既济》'妇丧其茀',马融云:'茀,首饰也。'见《释文》。胡为者,讶之之辞。言此艳装浓饰,胡为而画于此祠堂也?"丁晏依郑玄笺《诗》申毛易毛之例,于白蜺婴茀易王,于胡为此堂申王,都算有根据。郭先生用《丁笺》,于嫦娥白霓之说申丁,破堂为当易丁。又说这一"此"字指纯狐。他释"此堂"二字不甚妥当。我从前讲《天问》,于此二句也采用《丁笺》,但也破堂为裳,以《诗·裳裳者华》为证,堂、裳古通。以为此二句实是一句,问"胡为此白霓缀珠贝之裳乎"? 其说虽然可通,今亦放弃,仍以《丁笺》为是,即仍以王逸所谓仰见祠堂图画呵而问之一说为是。所谓堂,自是有壁画的祠堂,不烦好奇改字。从来注释《诗》《骚》的学者,往往好奇立异,破字改读以就己说,窃意其说虽通,恐怕未必都是作者本义。明知故犯,有时我也未能例外!

　　丁晏《天问笺叙》说:"壁之有画,汉世犹然。汉鲁灵光殿石壁,及文翁《礼殿图》，皆有先贤画像。武梁祠堂有伏羲祝诵夏桀诸人之像。《汉书·成帝纪》：甲观画堂画九子母。《霍光传》有《周公负成王图》。《叙传》有《纣醉踞妲己图》。《后汉·宋宏传》有屏风画《列女图》。《王景传》有《山海经》、《禹贡》图。古画皆征诸实事，故屈子之辞指事设难，随所见而出之，故其文不次也。"这是以两汉有壁画，有石刻画，有画像，还有其他图画，比证晚周当有壁画，即证《天问》为题壁画之作。倘若他生在今日，能够看见更多的汉画，如南阳卧龙岗汉画馆所藏的石刻画，甎画等等，包括天象、地域、历史、礼乐、游戏、祥瑞以及其他社会生活各方面的真实写照；还能考察到晚近出土的许多楚墓中的文物如漆雕、缯书、帛画之类；那他就会更加坚持他的这一说了。我以为他作为旁证来说的话已经不错。《孔子家语》说："孔子观乎明堂，睹四门牖，有尧舜之容，桀纣之像，而各有善恶之状，兴废之戒焉。"这早在楚庙壁画之前。如果周秦之际还没有出现壁画，则汉魏壁画之盛，如《史记·封禅书》载汉武帝甘泉宫画天地太一诸鬼神，以及王延寿《鲁灵光殿赋》、何晏《景福殿赋》所描述的壁画，都不会是一时骤然出现的。何况鲁灵光殿壁画宛然是《天问》壁画的复制，确有壁画发展的线索可寻呢？

　　再证以文化人类学或考古学。人类在史前时代，即知用石器刻画或手指涂画于崖洞壁上，用的是天然色。法国及西班牙境内都已发现了史前人的洞穴壁画(林惠祥《文化人类学·原始艺术》)。法国史前考古中心地之雷则集，有史前博物馆，收藏史前彩画刻像甚富(裴文中《法国史前遗址采访记》)。又北美大湖地区印第安人的崖画也是很原始的。这种崖壁画在中国将来或有可能大量的发现[五]。目前我们仅能从纸上及已经出土之地下资料考知，战国时代楚国确有出现壁画的可能，已如上文所说了。还有《庄子·田子方》篇说："宋元君将画图，众史皆至。"可知战国时代绘画艺术确已相当发达，有的国家还似有画史专官。刘向《说苑》里说："齐王起九重之台，募国中有能画者赐之钱。狂卒敬君居常饥寒，妻端正。敬君工画，贪赐画台。去家日久，思念其妻,画像,向之嘻笑。旁人瞻见之,以白王。王即设酒与敬君相乐。谓敬君曰:'国中献女无好者,以钱百万易妻可乎?'敬君仓惶听许。"可知战国时代确已有了壁画,而且似已有了画师专业。他如《韩非子·外储说》篇记齐国画家畅论写生的难易;记客有为周君画筴者,三年始成。《水经注·渭水》篇记鲁班用脚偷画水神忖留(详见《史记·孝文本纪》正义引《三辅旧事》)。春秋战国间画家们的技巧已经达到相当高的水平,了无疑义。又董说《七国考》十四:"《广州记》曰:州厅梁上画五羊,又作五谷囊,随羊悬之。云:昔高固为楚相,五羊衔谷萃于楚庭。'故图其像为瑞。"〔六〕似可以推知古地志也有关于楚国壁画的传说。倘若还有学者说,战国时无壁画,屈原《天问》不是呵壁题画之作。可不可以给我们提出一些反证呢?

八 《天问》作出年代的问题

屈原《天问》作在何时?作在何地?《天问》末段说:"伏匿穴处,爰何云?荆勋作师,夫何长?悟过改更,我又何言?吴光争国,久余是胜!何环穿自闾社丘陵,爰出子文?"戴震注说:"吴光尝破楚入郢,国几亡。屈原之时,屡困于秦。此于终篇言吴光子文,盖叹敌国可惧,执政无人。"按《史记·楚世家》怀王十六年,秦欲伐齐,患楚与齐纵亲,使张仪约楚绝齐,许以商、於地六百里。王大说,遂绝齐。秦不予地,王怒,兴师伐秦。十七年,与秦战丹阳,秦大败我军,斩甲士八万,虏大将屈匄,遂取汉中郡。楚悉国兵复袭秦,大败于蓝田。韩、魏闻楚困,袭楚至邓,楚引兵归。这当是《天问》说的:"荆勋作师夫何长?"怀王二十四年,倍齐而合秦。秦昭王初立,厚赂楚,楚往迎妇。二十五年,与秦盟于黄棘,秦复与楚上庸。这当是《天问》说的:"悟过改更,我又何言?"话中都带有刺。我们可以假定的说,屈原在此以前只是被疏,初次被放汉北当在怀王二十四、五两年以内。其时郑袖、靳尚正被宠信,楚难未已,所以《天问》有执政无人,敌国可惧之叹。《天问》当作在这两年中，屈原在汉北过着"伏匿穴处"的生活。试想这几年间，楚国定策背齐合秦，和屈原结齐抗秦的策略绝不相容，还许屈原安然在朝吗？

但是据说"益阳县西南有凤凰庙祀屈原，相传此地为屈原作《天问》处"(《大清一统志》三五六)。"凤凰庙在益阳县治南六十里弄溪之滨。世传屈原作《天问》处，庙祀原与妻泊其子，俗呼为凤凰神。"(《古今图书集成》一二一三)根据湖南民间传说，方志记载，屈原作《天问》是在益阳县弄溪那个地方，尚有凤凰庙古迹。那么，《天问》是屈原再次被放江南时所作了？可是屈原在这个地方怎么能"见楚有先王之庙及公卿祠堂"，"仰见图画，因书其壁，呵而问之"？方志记载当地传说，有时不可靠如此！

楚国大的祠庙除在郢都(江陵)以外，尚有丹阳(秭归)、鄢郢(宜城)两处。周初封熊绎于楚，居丹阳(《史记》)。丹阳城在归州治东七里，北枕大江，即为屈沱。高阳城在州境旧兴山县西。楚自以为高阳之裔，故名(《古今图书集成》一一九六)。屈原也自称"帝高阳之苗裔兮"。楚昭王曾一度徙郢于鄀，以鄢与鄀近，故称鄢郢，以别于郢都(顾观光《七国地理考》)。由上所说，可知丹阳是楚国发祥之地，鄢郢曾一度立为楚都，郢都则为楚国长期所都。王逸《天问叙》说屈原所见楚先王之庙及公卿祠堂，当不出于以上所举三处。《天问》自是屈原被放以后之作，不作在郢都，当作在被放汉北，展转鄢郢和丹阳一带地方。王逸生在后汉南郡宜城，即楚鄢郢故都。关于屈原呵壁题画之说，如不出自故书雅记，即当出自乡人口碑，他是必有所受的。

由于上文论证的结果：我以为屈原《天问》当作在怀王二十五年(周赧王十一年，当公元前三〇四年)左右，那时他正被放逐在汉北的地方。

或说《天问》作在怀王客死于秦以后，当顷襄王初年。柳宗元《天对》说："丑齐徂秦，啗厥谖诈。登狡庸，咈以施。"章士钊《柳文指要》说："丑齐，谓怀王信张仪之言，既绝齐好，复遣勇士宋遗骂齐王也。徂秦，谓怀王赴武关之会。二者皆为秦所诈，怀王不悟，以致国蹙身辱，故曰啗瘚谗诈。登狄庸,谓信上官大夫及狄童子兰用事也。耆德屏弃,谗佞登庸,其行事咈人心甚矣,故曰咈以施。陈少章云:"《天对》又说:'欵吾敖之阕以旅尸。'《柳文指要》说:'柳自注,楚人谓未成君而死曰敖。堵敖,楚文王兄也。(今按,兄当作子)陈少章云:欵当作欸,乌来切,叹也。元注有哀怀王语,哀即训欸耳。怀王客死,故曰旅尸。哀其失位,羁死异国,不得正其终,与若敖之夭阕未成君同也。'"据此,柳宗元似以为《天问》作在怀王"徂秦"以后,故《天对》及之。可是屈原不曾于顷襄王之世被放逐到汉北。更不作《天问》于怀王"徂秦"以后。再所谓敖,即《天问》结尾所说堵敖,当从王逸《章句》"楚贤人"一说为是。若说堵敖即杜敖,指楚文王之子熊囏,也未为是。我在上文已辨正过了。我可断定:屈原《天问》不作在顷襄王之世、被放江南之时;更不作在怀王"徂秦"之时或者以后。

【简注】

〔一〕此文原载《复旦学报》社会科学版一九八〇年第五期。

〔二〕王应麟《困学纪闻》云:"颜之推《归心》篇、孔毅父《星说》,皆仿屈子《天问》之意。然《天问》不若《庄子·天运》篇之简妙。巫咸诏之言,不对之对,过《天对》远矣。(傅玄拟《天问》见《太平御览》)"

〔三〕廖氏云:"《天问》一篇本言天上、人物、史事,如佛经之华严世界。所用典故全出《山经》、《淮南》,以二书皆详天学也。后人不得其解,乃谓楚之庙壁画有神怪诸图,《天问》乃据壁图而作。试问画壁图者何处得此蓝本?甚至谓《山经》仿《天问》而作,尤为本末颠倒矣。"

〔四〕《考古学报》总十五册《长沙出土的三座大型木椁墓》:"毛笔的发现比居延笔要早几百年,不仅为帛画、漆器竹简找到了描绘书写的工具,而且更正了蒙恬发明笔的事实。根据这枝毛笔制造技巧的熟练程度来看,也许早在战国以前就已经有了书画的工具。"

〔五〕沧源佤族自治县位于云南之西南边境。一九六五年初,云南历史研究所工作人员到沧源进行调查工作,在那里发现了六处古代的崖画,分布在高山垂直的崖壁上。由于崖石风化剥蚀和雨水冲刷等原因,崖画毁坏甚多,存者亦多模糊残缺。画均呈红色,经过化验证明,当时所用颜料是赤铁矿。大部分画可能是用手指蘸着颜料绘上去的。画的风格古朴而生动。如人的身体都画成简单的三角形。面部五官也不绘出,但通过四肢的不同姿态,仍可以看出人在进行何种活动。崖画内容极为丰富,反映了当时人们生产和生活各方面的情况。最多的画面用来描绘牛、猴和象等动物的形象,以及人们用弓弩射猎的活动。有些画面则表现出人们正进行舞蹈或表演的姿态。从另一些画面又可以看到春臼、驯牛,以及当时村落布局和房屋建筑的情况,可以看出有一座房屋是建造在树上的。此外,还发现人的手印和一些意义不明的图形、符号。从画的方法和生活内容来看,具有相当的原始性,应属于当地古代居民的作品,可能就同佤族的祖先有一定的关系。初步估计,这些崖画至少已有数百、千年的历史,关于其具体年代,尚待进一步研究。又广西也发现了这种画,见广西少数民族社会调查组所编《花山崖壁画资料集》。

〔六〕范祥雍先生云:"《七国考》所引《广州记》,不详何人所撰。(《广州记》有晋顾微、裴渊,宋刘澄之等撰,并佚。赵宋亦有许牧《广州记》,未见。)《太平寰宇记》一五七五《羊城》引《续南越志》与此不同。由引文观之,"图其像为瑞",乃后人因高固之异事图绘于州厅梁上,非高固当时所绘。广州自秦二世时置吏,其前不闻楚境至此。且固为楚相,必不在广州。(高固事迹亦不明)董说谓六国时属楚,因以附之,恐不可从。"子展按:羊城传说古老,盖出古史佚文,今犹流传民间,广州白云山塑有五羊像,以古传说视之,未为不可也。至其州厅图像为瑞,自是后人为之。若谓秦二世前不闻楚境至此,则何以解于《左传》记楚王对齐王"君处北海、寡人处南海"之说乎?暂时不妨两说并序,俟解可也。

《九章》解题卷第四

一 何谓《九章》？

何谓《九章》？《九章》当是因有《九歌》、《九辩》而立名。但是《九歌》、《九辩》都不像《九章》恰有九篇,而是沿用了古乐章之名,《九章》就不见得是古乐章名。而且《楚辞》中《九歌》、《九辩》之名当是作者所自题,其《九章》之名就不见得是作者所自题了。

王逸《章句叙》说:"《九章》者,屈原之所作也。屈原放于江南之野,思君念国,忧心罔极,故复作《九章》。章者,著也,明也,言己所陈忠信之道甚著明也。卒不见纳,委命自沈。楚人惜而哀之,世论其词以相传焉。"果如王逸所说,《九章》之名,是作者所自题,"言己所陈忠信之道甚著明"吗?

《洪补》说:"《史记》云:上官大夫短屈原于顷襄王,王怒而迁之,乃作《怀沙》之赋。则《九章》之作,在顷襄时也。"果如王逸、洪兴祖所说,"《九章》之作,在顷襄时","屈原放于江南之野"吗?

朱熹《集注》说:"屈原既放,思君念国。随事感触,辄形于声。后人辑之,得其九章,合为一卷,非必出于一时之言也。"果如所说,《九章》是后人缀辑而成,不是出于一时之作吗?那么,《九章》之名不是作者所自题,正和王逸一说相反了。所谓后人是谁?则当如上引王逸说的楚人罢。他屡说屈赋是楚人论次以相传布。当然,还有淮南王安作《离骚经章句》,刘向典校经书,集《楚辞》十六卷,他们都有编定屈赋九篇为一卷,题名《九章》的可能。

刘永济《屈赋通笺》说:"《九章》与《九辩》、《九歌》皆取义于乐章,故其末皆有乱辞。(原注:《九歌》之第十一,即前各篇之乱也。《九章》之第一,'捣木兰以矫蕙以下',即乱,今本脱'乱曰'二字耳。《九辩》旧分十章,疑其第十亦乱辞也。)九者,即九冥、九天之义。章者,《说文》

曰,乐竟为一章,诗篇合乐亦曰章。《礼记·曲礼》读乐章。《孔疏》曰:乐章,谓乐书之篇章,谓诗也。又尧乐名《大章》,皆其证。"并以为:凡乐章皆有乱辞,未闻。必强自立此义例而为之词,诬古今人以就己,不信。《大招》自是实际应用之招魂曲。说它有乱,如说《关雎》之乱盈耳哉,则可;说它有乱辞则不可。

二 《九章》中有哪几篇被疑为伪作?

《九章》"非必出于一时之作。"朱子这话不错。但看各篇不是故相联系,故相统摄,而是各自成篇,有其风格及其思想内容,就可知道。因而就有人从其文章风格上、思想内容上,乃至标题上,见有一点不同,而怀疑它是伪作。比如宋儒魏了翁《鹤山渠阳经外杂钞》二所说的,就是一个最显著的例证。他说:"尝谓屈原自投汨罗,此乃祖来传袭之误。往过秭归,谒清烈庙,尝题诗辨正一事,漫录于此:'舣舟石门步,敬款三闾祠。三闾楚同姓,竭节扶颠危。虽抱流放苦,爱君终不衰。呜呼义之尽,永世垂忠规。子胥固激烈,藉馆鞭王尸,于吴实貔虎,于楚乃枭鸱。大夫视国贼,剚刃理则宜。讵忍形咏叹,黼藻严彰施?陋儒暗伦纪,解释纷乖离。奢尚置弗称,翻以胥为词。舍顺而取逆,毋宁汨民彝?高贤动作则,于此渠不思?《回风》《惜往日》,音韵何凄其!追悼属后来,文类玉与差。愚窃怀此久,聊抉千载疑。玄猿为我吟,青兕为我悲。徘徊庙门晚,寒日下中坻。'按:子胥挟吴败楚,几墟其国,三闾同姓之卿,义笃君亲,决不称胥以自况也。《离骚》泛论太康五子,孟坚未见《尚书》全文,指为伍胥,士固哂之。《九章·涉江》言:'贤不必用兮,忠不必以。伍子逢殃兮,比干菹醢。'此正引奢、尚而言。王逸陋儒,顾以为胥,又谬矣!《惜往日》章云:'吴信谗而弗味兮,子胥死而后忧。'吴之忧,楚之喜也。置先王之积怨深怒而忧仇敌之忧,原岂为此哉?又言,'遂自忍而沈流'。遂,已然之词。原安得先沈流而后为此文?此足明后人哀原而吊之之作,无疑也。且世传原沈流殆与称太白捉月无异。盖平《怀沙》既作之后,文词尚多,岂其绝笔于此哉?所言'吾将从彭咸之所居';《渔父》章句所载'吾宁葬江鱼之腹中',此乘桴浮海之意,孔子岂遂入海不返,太白亦何尝有捉月事乎?"魏了翁疑屈原无沈流事,这且不说,也不用说。他疑《九章》中《悲回风》、《惜往日》两篇是伪作,这是宋玉、景差之徒为吊原而作。又以为《涉江》篇说"伍子逢殃兮",这伍子是指伍奢、伍尚,不是指伍子胥,子胥是"国贼",屈原大夫应该剒刃他,不应该"咏叹"他。从王逸以来的注家释"伍子"为伍子胥的都是"陋儒"。这位道学家自居何等?他没有说!刘永济像是暗用了或者暗合了他这一说,而且更加发展了,便以为《九章·怀沙》以下四篇,《思美人》、《惜往日》、《橘颂》、《悲回风》都是伪作。好像是屈原本拟作九篇,却只作到《怀沙》而止。

三 屈原为什么再三咏叹伍子胥?

我以为王逸释《九章·涉江》篇里的"伍子"为伍子胥,确有根据。据的是屈原作品的内证。如《惜往日》篇说:"子胥死而后忧";《悲回风》篇说:"从子胥而自适";可证屈原怎样对伍子胥其人其事的反复"咏叹"。其次,他当是根据了在他以前同情屈原的汉辞赋家所拟作的《楚辞》作品为外证。如东方朔的《七谏》中《沈江》、《怨世》、《怨思》等篇,严忌的《哀时命》,王褒的《九怀》中《尊嘉》,刘向的《九叹》中《惜贤》、《远逝》等篇,不是托为屈原自比伍子胥,就是径以伍子胥比屈原,即在王逸自作的《九怀》中《哀岁》篇里,也以同样的用意用上了伍子胥,他们必定是公认屈原再三"咏叹"了伍子胥,才把屈原和伍子胥相提并论。难道这是彼此偶然相同的吗?再其次,王逸当是根据了在他以前古籍和史家的评价伍子胥。总之,王逸《章句》不是没有陋处,陋不在于他客观地明确注释屈赋中"伍子"为伍子胥,他要替屈子担负文责。他自谓"博雅多览",以他的治学条件及其成就和遭遇而论,这话不算怎么夸大,这是无可否认的。魏了翁讥他为"陋儒",刘永济骂他是"沟瞀小儒",都是不恰当的。至少,我们的大儒不比王逸那样有福气,赶得上看到《楚辞》的祖本和关于它的原始资料,以及当时汉儒研究它的第一手材料呀!

屈原虽是一个特立独行的人物,也不可能完全摆脱时空的局限,而无世俗之见,即庸俗的见解。他所以再三"咏叹"伍子胥,而想效法伍子胥其人,这就是他不能自外于当时庸俗的见解之一个显证。伍子胥在当时,不但没有认为他是"叛臣"、"国贼",反而一般人都以为他是一个忠臣孝子。只要你翻读过《战国策》、《越绝书》、《吴越春秋》以及《史记》一类古籍史书,你就会知道。《秦策》陈轸说秦惠王,范雎说秦王,蔡泽见应侯,秦王问姚贾,《燕策》乐毅报燕王书,不都是称赞子胥之忠吗?《越绝书》十,范蠡责吴王夫差五大过,"杀忠臣伍子胥"为第一大过。《吴越春秋》五,文种说"吴有六大过以至于亡","伍子胥忠谏而身死,大过一也"。同书三,又说"伍氏三世为楚忠臣"。伍子胥何负于楚? 又说:"子胥出奔过昭关,千浔之津渔父渡之,渡毕沈江中,身勿泄。乞食溧阳,击绵女子馈饭,又自投濑水,忽泄。"(相传今江苏省溧阳县渡济桥为伍子胥乞食之地。其馈饭之漂女史姓,李白有《史贞义女碑记》。)可见伍子胥其人在当时人的心目中是怎样一个最能激动人心、引起共鸣的人物。尤其是在劳动人民中,匹夫匹妇也能了解他,热爱他,甚至有不惜牺牲自己性命,灭口保密来爱护他的。在屈原作品中,屡屡把伍子胥作为忠臣孝子一类的正面人物来"咏叹",不是接受了当时人这种伦理思想、道德观念和侠义行为的影响吗?

再看《史记·伍子胥列传赞》:"太史公曰:怨毒之于人甚矣哉! 王者尚不能行之于臣下,况同列乎? 向令伍子胥从奢俱死,何异蝼蚁? 弃小义,雪大耻,名垂于后世。悲夫! 方子胥窘于江上,道乞食,志岂须臾忘郢? 故隐忍就功名,非烈丈夫孰能致此哉?"伍子胥确是一个功名永垂后世的烈丈夫。这是司马迁对他的评价。至说"向令伍子胥从奢俱死,何异蝼蚁"? 显然司马迁对于伍子胥这个人物的评价远在其父伍奢之上。《汉书·古今人表》,伍子胥列在中上,伍奢、申包胥都列在中中。显然,班固也把他对于伍子胥的评价高出其父伍奢、其友申包胥一等。我们的大儒一定要把屈原作品中称道伍子胥的,如《悲回风》、《惜往日》都认为伪作,《涉江》但称伍子的,就曲解为伍奢。这固然和事实不符,和马、班的史识相反,又难道符合屈原再三称许伍子胥的微意,符合当时所以产生伍子胥和屈原这一类人物的社会意识、时代思潮?

四 伍子胥究竟是怎样一个人物?

倘问,伍子胥究竟是怎样一个人物? 我们不妨再回头看看那些和伍子胥同时而又最有关系的人,他们是怎样评价伍子胥之为人的。从这里可以窥见那一时代的伦理思想、道德观念。这些,都不能不影响到伍子胥之为人,也不能不影响到生在伍子胥稍后的屈原怎样看待伍子胥,而把伍子胥出现于他自己的作品。

《伍子胥列传》说:"无忌言于平王曰,伍奢有二子皆贤,不诛,且为楚忧,可以其父质而召之。不然,且为楚患。"楚国这个大坏蛋费无忌,甘心做平王的帮凶,蓄意做伍奢的仇敌,对于伍子胥也不能不称赞他们兄弟都"贤"。但又妒忌他们,说不杀他们,"且为楚忧","且为楚患",可没有给他们扣上叛逆的帽子。难道一味危言耸听、嫉害忠贤的费无忌,在楚王跟前还有什么顾忌不成?

《伍子胥列传》又说:"王使使谓伍奢曰,能致汝二子则生,不能则死。伍奢曰,尚为人仁,呼必来。员为人刚戾忍诟,能成大事。彼见来之并禽,其势必不来。王不听,使人召二子曰,来,吾生汝父;不来,今杀奢也。伍尚欲往。员曰:楚之召我兄弟,非欲以生我父也,恐有脱者后生患,故以父为质,诈召二子。二子到,则父子俱死,何益父之死? 往而令仇不得报耳。不如奔他国,借力以雪父之耻,俱灭,无为也! 伍尚曰,我知往,终不能全父命,然恨父召我以求生而不往,后不能雪耻,终为天下笑耳。谓员,可去矣! 汝能报杀父之仇,我将归死。尚既被执,使者捕伍胥,伍胥贯弓执矢向使者,使者不敢进。伍胥遂亡。"这里有伍奢、伍尚对其子、弟伍子胥的品质和才能评价,这当然可供参考。伍奢、伍尚就是这样被杀的,伍子胥就是这样被迫一步紧一步走到所谓叛逆道路的。足使百世之下,凡有血性的人,读史至此,一洒同情之泪。而我们的大儒却说伍子胥是"叛国""逆臣"!即令他们说的不算错罢,但是他们绝不能否认伍子胥是硬被逼迫走上这条叛逆道路的。倘使他们和伍子胥易地而处,不知道他们要怎么办才好:做"蝼蚁"呢?还是做"烈丈夫"呢?或者逢君之恶呢?还是视君如寇仇呢?

《伍子胥列传》又说:"始,员与申包胥为交。员之亡也,谓包胥曰:我必覆楚。包胥曰:我必存之。及吴兵入郢,伍子胥求昭王,既不得,乃掘楚平王墓,出其尸,鞭之三百而后已。申包胥亡于山中,使人谓子胥曰:子之报仇,其以甚乎?吾闻之,人众者胜天,天定亦能破人。今子故平王之臣,亲北面而事之,今至于僇死人,此岂其无天道之极乎?伍子胥曰:为我谢申包胥曰:吾日莫途远,吾故倒行而逆施之!"可见伍子胥为父兄报仇雪耻,是因为无路可走才走这条路的。谁逼得他要这样干?虽说楚国故事,王有罪,师保可以笞王,如保申笞文王,便是一例。保申事见《吕览》、《说苑》。但是不见有鞭王尸事,而伍子胥又未闻为平王师保,这事不可解。上面引了伍子胥本传中记载他的朋友申包胥对他"成大事"前后的简单评论,很算公道。申公胥并没有责难他不应该替他父兄报仇雪耻,也没有公然给他扣上"叛国"、"国贼"、"逆臣"一类大帽子。不料生在一千几百年后或二千几百年后的大儒,偏用后世所有的纲常名教之说,来苛责伍子胥,来苛责屈原,硬指屈原"咏叹"伍子胥的作品是伪作。这不是浪费了多余的义愤吗?

我们倘用后世的狭隘的爱国思想或民族主义来责备伍子胥,这是要闹笑话的。恰好就在战国末年,东周君曾给自己闹了一个不大不小的笑话。《东周策》说:"温人之周,周不纳,客即对曰:'主人也。'问其巷而不知也,吏因囚之。君使人问之曰:'子非周人,而自谓非客,何也?'对曰:'臣少而诵《诗》,《诗》曰:普天之下,莫非王土。率土之滨,莫非王臣。今周君天下,则我天子之臣,而又为客哉?故曰主人!'君乃使吏出之。"我们都知道,春秋战国时代,尽管是一个王纲解组、分崩离析的时代,而王土王臣的观念,中国一统、天下一家、四海之内皆兄弟的思想,早已成为思想领域上的统治的思想。这在无形中压住了褊小的地方观念、狭隘的爱国思想、偏私的民族思想,使得它们都不曾抬头。因此,就为自周秦以来大一统的多民族的封建王朝打下了坚强的理论基础。总之,有无数历史事实证明:在那一时代里,这一国的人材一点不避嫌疑的出仕那一国,那一国的君主一点不生猜忌的延揽这一国的人材。楚材晋用,朝秦暮楚,不算一回事。便是从来号称圣贤的如孔子、孟子,也并不枯守鲁、邹父母之邦,都曾周游列国以求进用。郭沫若《屈原研究》里说得好,他说:"先秦时代的学者,自孔子以来,大率都是怀抱有大一统的主义的。他们都想要把中国的局面统一起来,只要能够达到这个目的,他们都有不择国而仕的倾向。"这话没有违背历史事实。我们的大儒何必独对伍子胥的弃楚奔吴加以苛责,指为"叛国"呢?

　　记得《孟子》说过:"君子视臣如手足,则臣视君如腹心。君之视臣如草芥,则臣视君如寇仇。""闻诛一夫纣矣,未闻弑君也。"公然以平等的眼光看待君臣间的恩仇问题、伦理关系。原来这一个时代的社会风气,就崇尚豪侠,崇尚复仇。但看各国贵族封君,招游士,养食客,就可以知道;一读《史记》之《游侠列传》、《刺客列传》,就可以得到证明。《曾子·制言》云:"父母之仇不与同生,兄弟之仇不与聚国,朋友之仇不与聚乡,族人之仇不与聚邻。"(《大戴礼记》)《吴越春秋》三,记载"伍员奔宋,道遇申包胥,谓曰……吾闻父母之仇,不与戴天履地;兄弟之仇,不与同域接壤;朋友之仇,不与邻乡共里。今吾将复楚辜,以雪父兄之耻"。这就是伍子胥"覆楚"复仇的理论根据,行为准则。孟子痛恨"暴君",主张革命,主张复仇。伍子胥"覆楚"之举,惩创了暴君,虽然只是复仇,不算革命,但也未必就要算他叛国。何况所谓国这一观念,古今人大有不同呀!便是屈原以楚国宗臣,誓死不肯他适,如此爱国,自属难能可贵,却不必用他作为标准而衡量卫鞅、韩非诸人,尤其是与本国楚王宗室无关的伍子胥。屈原自己就不曾以此责望别人。屈赋中再三称道伍子胥,正是他不曾完全摆脱这一个时代社会风气的一种反映。我想,这就足以说明为什么伍子胥这个人物为他同时人所敬重,为民间传说所乐道,而为汉唐间《楚辞》学者、历史家、诗人(如员半千)所赞颂,并给他以很高的评价。只是从宋末以至今日,才有二三学者一定要骂他是叛逆,对于屈赋《九章》有二三篇明白用伍子胥事,便说:"高贤动作则,于此渠不思"?"讵忍形咏叹"?"非屈子所忍言","适足证此六篇非屈所作"!倘是知人论世,实事求是,安得如此轻易立言?安得如此厚诬古人?

楚人有一句名言说:"楚国无以为宝,惟善以为宝。"明周圣楷专为表扬楚之善人,辑录《楚宝》一书,也不以伍子胥为恶人,反而给他一个应该有的地位,和屈巫、范蠡同入《异人传》。并说:"世岂有异人哉?知之则为国士,不知则为众人而已矣。辟之麟凤,以时见则为瑞,不以时见则为妖,非麟凤之好异,所遇之不同也。虽然,物之异者,其性必殊,士之异者,其心难测。负人,人负,千古同慨!"这里肯定了伍子胥是善人,国士,而载入《楚宝》。却又不愿把他置于大臣、名将、知谋、谏诤、孝友、忠义之列,而特列他为"异人"。因为从一般伦理观念、道德规范来说,这确是一个难以评价的历史人物。可能,周圣楷把伍子胥和范蠡同传,是受了仲尼弟子子贡评价胥、蠡二贤的影响。《吴越春秋》六说:"子贡曰:胥执忠信,死贵于生。蠡审吉凶,去而有名。种(文种)留封侯,不知令终,二贤并德,种独不荣。胥、蠡知能同均,于是之谓也。"我想,孔门大贤中有不吝称许伍子胥为坚执忠信之贤者,何以后世大儒必欲坐伍子胥以叛逆之罪而后为快哉?

五 再从《诗》《骚》修辞上论屈原何以再三咏叹伍子胥

我还以为屈原在《九章》中用到伍子胥是暗自比喻,正如他在《离骚》里借女媭之口用到伯鲧来暗喻自己一样,只是各取其人的一节,即是于伍子胥取其被谗逢祸、自杀浮江、"杀身成仁"一节,于伯鲧取其"婞直亡身"一节。也正如他在作品里屡屡称道的彭咸一样,只是取其"水死"一节。并非包举他们的整个人格、生活、思想、行为,论定他们一生贤否得失。作者这种修辞方法,当属于诗人惯用的比兴之义,今人说的象征主义一类。正是屈原以其丰富的想象和联想,灵活的手法和技巧,才把他的文学上的艺术发展到了一个高峰。这比《三百篇》诗人的诗艺跃进了一大步。王逸《离骚经叙》说:"《离骚》之文,依《诗》取兴,引类譬喻。故善鸟香草以配忠贞,恶禽臭物以比谗佞,灵修美人以媲于君,宓妃佚女以譬贤臣,虬龙鸾凤以托君子,飘风云霓以为小人。"王逸这段话论屈赋发展了《三百篇》比兴之义,不错。屈原以其首创精神,开拓了诗的境界,凡天地自然的秘奥,古史神话的幽眇,社会人事的隐微,无一不可以纳入诗境。文学上的现实主义、象征主义、神秘主义,同在古代中国就首创了辉煌的成就了。

《诗》云:"采葑采菲,无以下体。"《郑笺》:"此二菜者,蔓菁与葍之类也,皆上下可食。然而其根有美时、有恶时,采之者不可以根恶时并弃其叶。"《左传·僖十三年》:"《诗》曰:采葑采菲,无以下体。君取节焉,可也。"这都是说,采葑、采菲只取其一节,《礼记·坊记》引此诗句,郑注也说:"言人之交,当如采葑、采菲,取一善而已。"董仲舒《春秋繁露·竹林》篇说:"取其一美,不尽其失。"也引此诗二句。屈赋中再三用伍子胥事,正是取其一美或一善而已,不尽其失。论者安得尽取其失,以攻击其作者注者只取其一美或一善呢?有一个心理学家说:"诗人和一般人无异,只是联想特别发达而已。"古代诗人骚人,属词寓意,惯用比兴,只是利用联想,感物造端,取其相类似的一节,即某一点或某一部分而已,不可拘泥。谁不拿到这片叫作"取节"或"节取"的金钥匙,谁就休想深入《诗》、《骚》比兴之义的那个宝库!

六 《九章》果为未完成的杰作、后四篇是伪作吗?

上文已经提到过朱熹的话,他说《九章》"非必出于一时之作"。确是不错。我还以为《九章》题目是后人编屈赋时所加,而不是屈原本有此题。东方朔作《七谏》,倘是仿《九章》,那就少作了两篇。扬雄作《畔牢愁》五篇,似乎他还不知道有《九章》。刘向"集"成《屈原赋》,作《九叹》,从此《九章》之名才算确立了罢。

《汉书·扬雄传》,叙述扬雄作了《反离骚》、《广离骚》以后,还说:"又旁《惜诵》至《怀沙》一卷,名曰《畔牢愁》。"扬雄、班固都不曾提及《九章》之名,无从"臆测"他们是否见到过《九章》,和它的篇数目次怎样。所以所可知的,扬雄《畔牢愁》如果是仿《九章》,那就他只从《惜诵》写到《怀沙》而止,仅得五篇,所以改题《畔牢愁》,而不曾拘泥于《九章》那样的篇数。这是事理之常。岂得据此而认为屈原《九章》只此五篇?

《洪补》于《渔父》篇末说:"《艺文志》云,《屈原赋》二十五篇,然则自《骚经》至《渔父》皆赋也,后之作者苟得其一体,可以名家矣。而梁萧统作《文选》,自《骚经》、《卜居》、《渔父》之外,《九歌》去其五,《九章》去其八。然司马相如《大人赋》率用《远游》之语,《史记·屈原列传》独载《怀沙》之赋。扬雄作《畔牢愁》,亦旁《惜诵》至《怀沙》。统所去取,未必当也。"这是批评萧统《文选》辑录屈赋的去取不当,并没有"疑《思美人》以下四篇非屈原所作而不能定"的意思。反之,他责备萧统于"《九章》去其八",作为"去取未必当"的一例。怎见得洪兴祖是疑《九章》后四篇为伪作,而说"洪疑得有理"?

刘向《九叹·忧苦》篇说:"叹《离骚》以扬意兮,犹未殚于《九章》。"王逸注说:"殚,尽也。言己忧愁不解,乃叹吟《离骚》之经以扬己志,尚未尽《九章》之篇,而愁思悲结也。"接着又说:"长嘘吸以於悒兮,涕横集而成行。"王逸说:"言己吟叹《九章》未尽,自知言不见省用,故长嘘吸而啼,涕下交集,自闵伤也。"王逸的注释不错,这只是说,口里吟叹《离骚》,还没有把《九章》吟叹完毕,就已涕泪俱下了。叹是动词,贯串四句。难道可能解释为笔下写"作《九章》未尽","亦以屈子未毕尽《九章》,止得五篇"? 如此作解,那能解通? 还有,王褒作《九怀》,刘向作《九叹》,王逸作《九思》,他们为什么都是九篇? 为什么只见扬雄《畔牢愁》五篇,就据以为《九章》止作出五篇?

七 随心所欲的论证方法

窃以为如果只是模模糊糊地以刘向《九叹》之句、扬雄《畔牢愁》之题、洪兴祖《渔父》篇末之注,作为主要论据,尽管你像旧时法官遇到疑案无可奈何就采用自由心证的方法也好,任你做出随心所欲的解释也好,只能提出"屈子未毕尽《九章》,止得五篇"的个人疑问,绝不能得出其余四篇都是伪作的结论。

别的不说,就从我们的论者用作主要论据之一的刘向《九叹》再加以仔细研究。因为它还有研究之余地,不能不把它研究至于"毕尽"。《忧苦》篇首说:"辞九年而不复兮,独茕茕而南行。"《九章·思美人》篇说:"独茕茕而南行兮,思彭咸之故也。"显然《忧苦》篇袭用了《思美人》篇的句子。可证《思美人》确为屈原所作,本为《九章》中所有,为什么认它为伪作,列在所谓四篇伪作之内呢? 再看《惜贤》篇,列举先贤子侨、申徒狄、由、夷、介子推、申生、荆和氏、伍子胥、王子比干,凡九人。末篇《远游》又说王侨、子胥。就其同用申徒狄、伯夷、王侨、介子推、伍子胥等人来说,也可证《惜往日》、《悲回风》同为屈原所作,原为《九章》中所有,为什么把《惜往日》、《悲回风》列在所谓四篇伪作之内呢? 又《九叹·逢纷》篇说:"辞灵修而陈志兮,吟泽畔之江滨。""颜徽鬓以沮败兮,精越裂而衰耄。"无疑,这是从《渔父》篇"游于江潭,行吟泽畔,颜色憔悴,形容枯槁",衍化而来。这也明明可证《渔父》确为屈原所作,又为什么怀疑《渔父》为伪作呢? 至如《九叹·远逝》篇明明仿屈原《远游》篇,从篇名、词句,到结构形式,模仿抄袭,痕迹昭然。为什么说"屈子非道家,《远游》非屈子所作"呢?难道这都是刘向《九叹》模仿屈原伪作,不足为据吗?为什么独据它以为"屈子未毕尽《九章》,止得五篇"的一个假证据,而断定其余四篇为伪作呢?

总之,像这样采用一个古代权威学者的一篇作品,取其一点,舍其所余,作为自己的论据,建立自己的主张,随心所欲的取舍而没有一定的准则,随心所欲的解释而不顾到自相矛盾,窃以为这不是一种论证的好方法!以上六七两段提出的诸问题,我们都想请教于《屈赋通笺》的作者。

八 《九章》的篇次问题

这里要说到《九章》的篇次问题。总的看来,《九章》原是各自成篇,不像是作者先立题目,后作文章,有计划、有组织的作品。朱熹说:"非必出于一时之作",确是不错。问题在于作出必有先后,篇次要以作出先后来定。这就引起了争论。明《湖广通志》里说:"《九章》,王逸谓放江南作,而何以一则称造都为南行,称朝臣为南人?又一以思君为西思邪?按《惜诵》、《思美人》、《抽思》,当是怀王时作;《涉江》以下,方是顷襄放江南作。原初被谗,不复在左徒之位,未尝不在朝也,故有使齐、谏张仪二事。再谗被逐于外,寻召回,又有谏入武关一事。如《惜诵》,乃见疏怀王后,又进言得罪,然亦未放。次则《思美人》、《抽思》,乃进言得罪后,怀王置之汉北,故其视造都与朝臣俱在南也。若江南之野,则谓东迁,此《哀郢》篇所谓西思也。"这是说,《九章》中有在怀王时见疏之作,迁置汉北之作;有在顷襄王时再放江南之作。这于作因、作时、作地、有关篇次者,初见论析精辟,为前人所未道,大有影响于后来的《楚辞》学者。

王逸《章句》本,《九章》的篇次是:一《惜诵》,二《涉江》,三《哀郢》,四《抽思》,五《怀沙》,六《思美人》,七《惜往日》,八《橘颂》,九《悲回风》。这于所分篇次先后上,看不出有何意义。大概叔师所根据的《楚辞》祖本如此。他释《九章》这个题目之意义的根据,也许就在这里罢。屈复《新集注》拟定的篇次是:一《惜诵》,二《思美人》,三《抽思》,四《涉江》,五《橘颂》,六《悲回风》,七《惜往日》,八《哀郢》,九《怀沙》。无疑的这是接受了明《湖广通志》、黄文焕《楚辞听直》、林云铭《楚辞灯》诸说的影响。这也就比较近是了。他说:"《九章》非一时作也。《惜诵》作于怀王既疏,又进言得罪之后。《思美人》、《抽思》,作于怀王置汉北时。篇中狂顾南行,是以造都为南行;观南人之变态,是以朝臣为南人;有鸟自南,来集汉北,是己身在汉北也。然则怀王见疏,止迁汉北,未尝放逐。此其证也。余六篇,方是顷襄放江南作也。初放时,道途经历,作《涉江》。既至后,睹物兴怀,作《橘颂》。秋风摇落,感时明志,作《悲回风》。忠佞不分,伤今追昔,作《惜往日》。若《哀郢》,则知楚之必亡,《怀沙》则绝命辞也。九篇中或地,或时,或叙事,文最显著,次第分明。旧本错乱,予不敢辄改古书,姑记之就正高明。"这里说明篇次,较之《湖广通志》还是有得有失,有待论定。

不过目前先依愚见:简单说来,其中《橘颂》作时最早,好像全不涉及作者政治上失意以后事,这当是初入仕途,为三闾大夫时所作。《惜往日》好像也是绝命之词,实则其主旨在于痛惜往日造为宪令,中道挫折,而犹希望以法治立国,反对心治,当作于《哀郢》之前,被放江南之初。《悲回风》描写投渊自沉前心理上的活动,自是一篇杰作,当作在《怀沙》之前。《怀沙》一篇当依旧说,看作绝命之词了。其余,详见以下各篇解题。篇次尚未论定以前,仍依旧本。今拟改定篇次如下,以供读者研究。

一 橘颂 六 惜往日
二 惜颂 七 哀郢
三 思美人 八 悲回风
四 抽思(以上作在怀王时) 九 怀沙(以上作在顷襄王时)
五 涉江

《惜诵》解

一、何谓《惜诵》?

《惜诵》旧次《九章》第一。何谓《惜诵》? 旧注都不甚惬当,甚至注释错了。例如——

王逸说:"惜,贪也。诵,论也。言己贪忠信之道,可以安君,论之于心,诵之于口,至于身以疲病而不能忘。"

洪兴祖说:"惜诵者,惜其君而诵之也。"

朱熹说:"惜者,爱而有忍之意。诵,言也。言始者爱惜其言,忍而不发,以致其忧愍之心。"

王夫之说:"惜,爱也。诵,读古训以致谏也。"

蒋骥说:"惜诵者,惜诉言之不见察而作也。"

戴震说:"诵者,言前事之称。惜诵,悼惜而诵言之也。"

上举六家之说,只有洪兴祖、王夫之和蒋骥三说比较合适,尤以蒋说较为近是。鄙意《惜诵》之惜和《惜往日》之惜同义,有痛惜的意思。诵,当读《孟子·公孙丑》篇"为王诵之"的诵,有进言或论说的意思。《惜诵》系截取篇首一句头两字为题,当合全句而求其意义。"惜诵以致愍",换句话说,就是痛惜自己进言因而遭到忧患的意思,不必故求甚解。洪兴祖说:"此章言己以忠信事君,可质于明神,而为谗邪所蔽,进退不可,惟博采众善以自处而已。"这是说的《惜诵》篇的主旨,大体可不算错。他却没有说到作者作出它在什么时候。

二、此屈原之处女作乎?

蒋骥说:"《惜诵》盖二十五篇之首也。自《骚经》言从彭咸之所居,厥后历怀、襄数十年不变。此篇曰'愿曾思而远身',则犹回车复路之初愿。余固知其作于《骚经》之前,而经所云'指九天以为正',殆指此而言也。旧解颇多谬误，皆由未得诵字之意。余本《抽思》历情陈辞，《惜往日》陈情白行之义疏之，通体似为融贯。其末章曰'重著以自明'，未尝不三复流涕也。夫身将隐矣，焉用文之？然必自明而后远身。夫岂惟不欲以身之察察，受物之汶汶乎？盖庶几君之闻其言，证其行，而鉴其忠，则荪美可完，犹诵之之意也。'指九天以为正兮，夫惟灵修之故。'经固自言之矣。"这里说，《惜诵》大概是屈赋二十五篇的第一篇。即是说，这是屈原的处女作，作在《离骚》之前，屈原初期的作品。《惜诵》作在《离骚》之前，这话不错。其错似在以《惜诵》为二十五篇之首。鄙意《橘颂》作出最早，当如李陈玉说的，这是"屈子自赞"。作在初任三闾大夫之际（《楚辞笺注》）。后来陈本礼也这么说（《屈辞精义》）。《九歌》为屈原奉命改定之作，作在他任左徒之时。《惜诵》则当作在这几篇以后。说详拙作《橘颂》、《九歌》、《惜往日》几篇解题。至《惜诵》作在怀王见疏之后，还是作在被放汉北之时，也还有问题。林云铭和屈复就都肯定它作在既疏之后，被放之前。

林云铭说："此屈子失位之后，又因事进言得罪而作也。首出誓词，以自明其心迹。继追言前此失位，在于犯众忌，离众心所致。中说此番遇罚，因思君至情，忘其出位言事之罪。然后以众心之离，众忌之谤，痛发二大段，总以事君不贰之忠作线。末以不失素守之意结之，仍是作《离骚》本旨，故曰重著，词理甚明也。旧注把'惜诵'二字解作'贪论'二字，'赘疣'二字解作忠君如人有赘疣之病，'忘身贱贫'解作竭诚忘家之意。纷纷传讹，总因不知来历，守定王叔师《章句》，以为《九章》皆放于江南之野所作。若果放也，必有羁置之所，安能任其儃佪干傺，高飞远集乎？按《史记》，怀王听上官之谗，怒而疏屈平。疏者，止是不信任耳，未尝放也。玩是篇'惩羹吹齑'，及'折臂成医'等语，其为前番既疏，犹谏，失左徒之位，此番又谏无疑。即得罪，亦但云'遇罚'，不过严加谴责，以其所谏不当理耳，亦未尝放也。刘向《新序》所云'放之于外'，乃后此之事，且非江南之野。其放于江南之野，因令尹子兰之怒，使上官大夫短之于顷襄，又与进谏无涉。读《骚》者皆不可不知。"这是说，《惜诵》当作于怀王既疏之后，未放之前，放也不是放在江南之野，放在江南之野乃顷襄时事。至于认为《惜诵》作在《离骚》之后，这就错了。这里应当谈一下屈原生平的事迹。

三、屈原事迹为何不见载于《通鉴》？

屈原的里贯、仕履、生卒年，《史记》本传所载都不甚详。《资治通鉴》则对于屈原其人其事一字也不记载。这是什么缘故？《邵氏闻见后录》里说："司马文正公修《通鉴》时，谓其属范纯父曰：诸史中有诗赋等，若止为文章，便可删去。盖公之意，欲士之立于天下后世者，不在空言耳。如屈原以忠废，至沈汨罗以死，所著《离骚》，汉淮南王、太史公皆谓其可与日月争光，岂空言哉？《通鉴》并屈原事尽删去之。《春秋》褒毫发之善，《通鉴》掩日月之光，何耶？公当有深识，求于《考异》中无之。"邵氏博，是邵雍之孙，于司马光为再晚辈，就已经疑及《通鉴》不载屈原事迹的用意了。顾炎武《日知录》说："李因笃语予，《通鉴》不载文人，如屈原之为人，太史公赞之，谓与日月争光，而不得书于《通鉴》。杜子美若非'出师未捷'一诗为王叔文所吟，则姓名亦不登于简牍矣。予答之曰：此书本以资治，何暇录及文人？昔唐丁居晦为翰林学士，文宗于麟德殿召对，因面授御史中丞。翼日制下，帝谓宰臣曰：居晦作得此官，朕曾以时谚谓杜甫、李白辈为四绝问居晦。居晦曰：此非君上要知之事。尝以此记得居晦，今所以擢为中丞（原注，《册府元龟》）。如君之言，其识见殆出文宗下矣。"黄汝成《集释》说："案，不载文人，是也。而屈原不当在此类。谏怀王入秦，系兴亡大计，《通鉴》属之昭雎，而不及屈原，不可谓非脱漏也。"顾炎武的话恐未必是，黄汝成的注还算不错。我以为如非《通鉴》脱漏，而是有意不载，那就是因为司马氏"不尚奇节之士"。也许还因为他独好扬雄，"至谓孟荀不足比"，他"深中子云之毒"。"屈原、子胥皆孔子所谓杀身成仁者，而扬子云独讥之"。所以他在《通鉴》中就不叙及屈原事迹了，凌扬藻《蠡勺编》说的不错，司马光确有个人偏见。这就导致了近百年来学者、经今文学派(如廖季平)、实用主义哲学家(如胡适之),都有人怀疑历史上不曾有过屈原这个人。或说《离骚》为汉淮南王作,或说《楚辞》都是汉人作品。这给我们研究屈赋的人多少带来了一些困惑!

四、屈原之遇罚、疏与放的问题

《惜诵》篇说:"忠何罪以遇罚兮?"作者遇了什么罚?这是考定本篇作在何时的一个关键问题。林云铭和屈复虽然提出了这个问题,却没有得到确当的解决,而林说较有可取。现在我们先从作者在《史记》的本传加以研究。

屈原在怀王时所遇到的罚,起初是疏。就是他本传说的"王怒而疏屈平"、"屈平既绌"、"屈平既疏"一些事实。其时约在怀王十六年左右。接着是放流,就是本传说的"虽放流,眷顾楚国,系心怀王,不忘欲反;冀幸君之一悟,俗之一改也"。这是说的屈原在怀王时的放流。疏和放流不同,相当于《离骚》说的"謇朝谇而夕替"的替字,疏远、废绌的意思。疏,虽"不复在位",不过不必再在原官,还是留在国都,或做别的不甚重要的官,这当然是可以的。所以他有时还得"使于齐",还能进"谏"。(怀王十八年)陈场《屈子生卒年月考》说:"屈子失位,而张仪诈楚。张仪诈楚,按《史记·年表》知是怀王十六年事。则屈子之绌必当此年,《离骚》之作必在此年之后。本传只言屈子不复在位,而《新序》则言怀王悔而复用屈子。案:王听靳尚、郑袖之言不杀张仪,屈子使齐反,谏,而张仪已去,为十八年事。出使似非失位者所为,则是时屈子必复在位。洪兴祖谓屈子以十六年见绌,十八年复用,诚不易之论也。"这里所极称许的洪氏一说,还是有待确证的史实。若是所谓放流或迁,就得离开郢都了,这是大罚,大罚由于大罪。林云铭以为二十四、五年间,秦、楚和亲,楚迎妇于秦,楚与秦盟于黄棘。屈原一向主张结齐抗秦,合纵抗秦,可能此时他又进谏犯了大罪,就被放流了。这一说近是。怀王三十年,屈原和昭雎都谏王毋会武关,可知他已从放流之地汉北回到了郢都。至本传说"顷襄怒而迁之",那就是说的屈原在顷襄王时的放流。迁和放、放流、放逐,自是同义语。王逸《九章叙》"放于江南之野"的放字下得不错。屈复以为迁和放逐意义不同(已引见上文),那么,试问"顷襄王怒而迁之",这迁字作何解释?我想他说错了。

五、屈原之出仕、三闾大夫与左徒的问题

屈原仕履,《史记》本传但说他曾任左徒,好像这就是他一生做过的唯一的官职。王逸《离骚叙》又只说他"与楚同姓,仕于怀王为三闾大夫。三闾之职,掌王族三姓,曰屈、景、昭。屈原序其谱属,率其贤良,以厉国士。"以下不说他曾任左徒,却同样叙出了《史记》本传说他做得很好的左徒职务。难道左徒和三闾大夫同一职位,只是官名的称呼不同?其实屈原一生决不止做过这么一个官。如进退只是一官,屈原又何离骚、离忧之有?看来三闾大夫职位卑于左徒,屈原初仕就曾做过这个专管教育王族子弟的清闲官职。其时约在怀王五年以后,即在他二十岁以后。所以他在《橘颂》里说,"嗟尔幼志,有以异兮"?"年岁虽少,可师长兮"。又在《离骚》里说:"余既滋兰之九畹兮,又树蕙之百亩。畦留夷与揭车兮,杂杜衡与芳芷。冀枝叶之峻茂兮,愿俟时乎吾将刈。虽萎绝其亦何伤兮,哀众芳之无秽!"这当是叙述他在政治上失意以后,追忆他青年时期尽力培植王族后进子弟以厉国士的一些往事而不胜其感慨!

屈原任左徒之职,约在怀王十年。当他见疏怀王,左徒罢职,投闲置散,又似曾回到三闾原官。当他初放汉北,作《渔父》篇,那位渔父称他三闾大夫,却不称他左徒,可证他是由三闾大夫被放的。皇甫谧《高士传·渔父》中正是这么说,不过他以为屈原这次被放在顷襄王时。今按:屈原《渔父》篇即作在怀王放他于汉北时。《哀郢》篇里又说:"发郢都而去闾兮,怊荒忽其焉极?"王逸训闾为闾里,钱澄之《屈诂》说:"闾,即昭、屈、景三族所居,所谓三闾也。"可能是屈原从汉北回到郢都以后,怀、襄之间一段时期,即在被放江南以前,又曾回任三闾大夫,可

是史无明文。《惜诵》篇说:"忠何以遇罚兮?"如果所谓遇罚不是指的被放,就该是指的降官,即贬为三闾大夫,正史也失载。孔子说:"吾犹及史之阙文也!"我们只好根据屈原的作品寻绎其一生事迹,这么来说了。要不是这么说,就难说通了。

总之,三闾大夫见于作品,左徒也见于本传,官名不同,职掌亦异,当是屈原一生中先后担任过的两种官职。陈玚说:"史称屈原为怀王左徒,而屈子自述为三闾大夫。按楚官有令尹、大司马、莫敖、太师、太宰、右宰、右尹、右司马、左司徒、右领、大阍、司徒、太仆、正仆、大史、左史、连尹、箴尹、寝尹、宫厩尹、中厩尹、环列尹、仆马尹、工尹、卜尹、乐尹、泠人、县公、县尹、郊尹、封人,见《左传》。上柱国、通侯、将军、小令尹、典令、五大夫、中射士、小臣、谒者、廧夫,见《国策》。(原注鲍彪以造盩及登徒为楚官,非是。)惟左徒及三闾大夫未之及。"又说:"王注谓三闾掌王族三姓,曰屈、景、昭。屈原序其谱属,率其贤良,以厉国士,案《周礼》,诸子掌国子之倅,其位为下大夫。三闾大夫殆即诸子之职,晋之公族大夫,亦是官也。《史记》谓屈子为左徒,入则图议国事,以出号令,出则接遇宾客,应对诸侯。案《周礼》,内史掌书王命,而大行人掌宾客,其位皆中大夫,左徒殆兼二职之事。春申君亦尝为左徒,后由左徒而为令尹,左徒距令尹止一阶耳。以是知三闾大夫为屈子始仕之官,左徒为其升擢之官也。"这是从当时官制上说明三闾大夫和左徒的官名、官职、官阶,都不同,屈子当是先做三闾大夫,后做左徒。

郭焯莹《读骚大例》说:"王逸私造故实,多可怪笑。詹尹卖卜(《卜居》),楚庙烝尝(《天问》),微大都会,谁与奔奏?移置山林寂寞之区,岂应典法?《渔父》之三闾大夫,即《史》云楚同姓,为楚怀王左徒。犹《骚》之名正则,字灵均,即《史》云屈原者名平。辞赋藻绘,自殊史录质直。改左徒变言三闾,典王族,牵合入议出接,特所兼掌。《史》传班《赞》,咸无此说。非牛非马,持论不根。徇赋(指《渔父》)改史,尤乖体要。《骚》指埋沈,逸抑安所辞咎?"这似是说,左徒和三闾大夫只是一官两名。这话没有什么根据。但是郭氏自说,"事据《史》传取勘"。其实王逸那一说正是事据作品(指《渔父》)为证。怎见得王逸那说为非？而郭氏这说为是？《惜诵》说的遇罚，不知何罚，史有阙文。我以为是指由左徒而降为三闾大夫，或再罚而被放于汉北。这都是可能的。不然，为什么渔父称屈原不称为左徒呢？难道左徒和三闾大夫果真是一官二名吗？

《涉江》解

一、屈原被放江南在今何地？

《涉江》一篇是屈原被放江南，途中纪事之作。他这次被放当在顷襄王七年，或迟到十二三年之间。其后经过多少时日？是如《哀郢》说的九年就是九年，还是古人说九有时不是实义，只是多义久义(汪中《释三九》)，九年就是多年或十多年的意思呢？凡是认为屈原在秦兵攻陷郢都以后不久殉国自沈的学者，从明末王夫之到现代郭沫若，都该一定以为《哀郢》说的九年不是实数。而《涉江》当是作者初放江南的时候所作，不一定是"紧接"《哀郢》的作品，如游国恩《介绍屈原作品》一文中所说。

当时在楚国，所谓江南，是指什么地方呢？屈原放于江南之野，难道江南原是楚国放流罪人的地方？饶宗颐《楚辞地理考》一书里说得好。他说："楚江南，自悼王时吴起平蛮越，遂有洞庭、苍梧(按，此见《后汉书·南蛮传》)。然仍属南蛮，号称难治，惟其在楚为遐壤，于是以为黜臣窜逐之所。王逸《章句》：'迁屈原于江南'(《离骚序》)，又云：'屈原放于江南之野'(《九章叙》)。《史记·郑世家》：'楚庄王入自皇门，郑襄公内袒挚羊以迎，曰：孤不能事边邑，使君怀怒敝邑，孤之罪也。敢不惟命是听！君王迁之江南，及以赐诸侯，亦惟命是听！'(此本《左传·宣十二年》文)又《张仪列传》：'郑袖日夜言怀王曰：王未有礼而杀张仪，秦必大怒攻楚。妾请子母俱迁江南，毋为秦所鱼肉也！'此可见楚江南自来为迁谪之地。屈赋《涉江》且言,'哀南夷之莫吾知'。后汉黔中尚属五溪蛮,灵均时自益难说。楚人之视江南为傺人贬所,亦犹汉后之视交广耳。"这说的不错。

所谓江南,屈原放逐之地,确在什么地方呢?程恩泽《国策地名考》六说:"案言江南者,诸说不同。《秦本纪》'楚人反我江南',《正义》曰:'黔中郡反归楚。'(原注,即《楚世家》所云江旁十五邑。)《赵世家》'江南、泗上不足以备越',《正义》曰:'江南,洪、饶等州。春秋时为楚东境。'《楚辞章句》:'江南,在湘、鄂之间。'徐广曰:'江南者,丹阳也。秦障郡。'高士奇曰:楚初都丹阳,在枝江,居江南。后徙郢都,曰荆州,居江北。别都鄂,即武昌,亦在江南。自荆州以南,皆楚所谓江南也。是江南所包者广。(《秦本纪》云:取巫郡及江南为黔中郡。下云:楚人反我江南。《正义》曰:黔中郡反归楚。其事在白起拔郢后一年。)"顾观光《七国地理考》三说:"《秦本纪》云:'昭襄王三十一年,楚人反我江南。'《正义》曰:'黔中郡反归楚。'是江南即黔中也。而始皇二十一年又云:'王翦定荆江南地,置会稽郡。'盖自今四川之夔州府,至江苏之松江府,屈曲二千余里,凡在大江以南者,皆楚之江南矣。"依上引两家之说,可知这次屈原被放的地方,是狭义的江南地方。"江南,在湘、鄂之间",即"自荆州以南"。江南亦即黔中郡,其大部分在今湖南省常德、辰州以及湘阴、长沙、岳州一带地方。这就是为什么这一带地方至今相传有许多关于屈原的古迹,而其地方志书上特别多有关于屈原传说的记载,尤其是集中在古武陵,今常德的一个地方。《涉江》一篇恰有屈原被放到这个地方所见沿途风物的描写,帮助我们来证明。

《七国地理考》又说:"屈原《涉江》赋,'乘鄂渚而反顾兮,欸秋冬之绪风'。《水经》云:江水又东过邾县南,鄂县北。注引《九州记》云:鄂,今武昌也。《涉江》所历之路,自东而西。故下文云:'步余马兮山皋,邸余车兮方林。'谓自武昌陆行,过咸宁、蒲圻而至岳州也。至此则复乘舟入湘以达于沅。故下又云:'乘舲船余上沅兮,齐吴榜以击汰。'沅水东入洞庭,而原西向,故溯江而上也。"这说屈原涉江所经过的路线很明确了。大概说，屈原在一个冬季的日子，从荆州(郢都)出发，涉江到了武昌(鄂渚)，从东北往西南。即从武昌陆行，经过咸宁、蒲圻到达岳阳。又乘船浮洞庭，傍湘水，上溯沅水，进入沅水流域，到了常德、辰州地区，溆浦似是终点，而久留常德。这就是屈原放逐江南的所在。倘若说《涉江》不是作在放逐之初，即在《哀郢》十多年以前，那么，《哀郢》之后紧接《涉江》，再作《怀沙》等篇绝笔之词，只算是作者的一次旅行自杀，殆未必然！何况当时秦兵破郢以后，跟即进取江南黔中，也未必容许作者逍遥战地，低徊感慨，旅行寻诗罢！《涉江》里所表达的诗人情思虽然有些失望，但是还没有走到绝境。所以篇末结句说："怀信侘傺，忽乎吾将行兮！"言外尚有不知流窜何所之感。《哀郢》、《悲回风》、《怀沙》等篇则不然。其时在秦兵破郢，国都东迁之后，其地不出长沙、岳阳一线，既不得随国东迁，而敌人正向江南黔中挺进，而自己又不能就安全寄顿，所以表达出来的诗人情思就只有绝望的惨叫，绝命的悲号了！

二、《涉江》篇中之游仙思想

《涉江》发端一段略有《离骚》篇末远逝的意思，又像约述了《远游》一篇的大旨，不过欠了明说这两篇里云游空中瞥见故国而悲伤留恋的一层爱国思想。这两篇都没有明说服食长生的话。《涉江》里却说道："登昆仑，食玉英，与天地兮同寿，与日月兮同光。"屈原真是相信了神仙家服食之说，就想食玉英、求生长吗？《楚策》说："有献不死之药于荆王者，谒者操以入。中射之士问曰：'可食乎？'曰：'可。'因夺而食之。王怒，使人杀中射之士。中射之士使人说王曰：'臣问谒者，谒者曰可食，臣故食之。是臣无罪，而罪在谒者也。且客献不死之药，臣食之，而王杀之，是死药也。王杀无罪之臣，而明人之欺王！'王乃不杀。"由此可见，当时在楚国，不仅是老庄一派道家思想弥漫之地，便是燕齐海上阴阳家一派的方士神仙家之说也已流行。屈原并不能自外于这种风气，而且从他的《涉江》和《远游》一类作品启发了魏晋时代的游仙诗人一派。

不过,屈原究竟是一个伟大的实际的政治家,在政治上失败以后,创作辞赋,言志告哀,才用这种神秘思想,以及楚国早已流行的古老神话,历史传说,丰富了自己的想象,滋养了自己的作品,还是一面吸收,一面扬弃。后世的《楚辞》学者,不知道怎样善用诵诗知人、知人论世的方法,便简单地徒凭个人的主观见解,依照自己的面貌,塑造一个屈原。认为他是儒家,是纯儒,不应该杂有道家神仙家一类非儒家的思想和话头,质疑他的作品中杂有伪作,如《远游》、《卜居》、《渔父》、《招魂》、《大招》乃至《九歌》都是,却又举不出什么无可辩驳的证据和理由来。这就真是所谓疑所不当疑了。

《哀郢》解

一、郢都考略

《哀郢》所说的郢,就是楚国的郢都。楚国叫郢的城先后有六:一,纪郢,即纪南城,在今江陵县北五十里。楚文王始都郢。"子革曰,先君僻处荆山,以供王事,遂都纪郢。"是也。古地理学者或误以纪郢和下文说的郢城为一,因为二者同在江陵境内之故。二,郢城,在今江陵县东北六里。楚平王更城郢,即此,或云南郢。"囊瓦拘蔡昭公于南郢。"是也。这就是《哀郢》的郢。桓谭说:"楚郢都,车击毂,民摩肩,市路相交,号为朝衣新而暮衣敝。"好一个拥挤嚣尘的城市!正是这个郢都。三,郊郢,或云北郢,在今钟祥县。"斗廉谓屈瑕曰,君次于郊郢,以御四邑。"是也。四,楚昭王曾一度迁都(今宜城县)称鄢郢,或称襄阳郢,以别于江陵郢。以上纪郢、郢城、郊郢、鄢郢,四地都在今湖北。五,顷襄王东徙陈城,就是《哀郢》说的东迁。这次屈原没有随国迁徙,还是"南渡",回到他原来放逐的地方去。有些学者以为"东迁"是屈原自指,大错,错把陵阳作为屈原"东迁"之地,在今安徽境内了。顷襄

"东保陈城",在今河南淮阳县,也称郢,或称郢陈。六,后来考烈王又徙都寿春,在今安徽寿县,还是称郢。据《史记·楚世家》:周庄王七年,楚文王熊赀立,始都郢。至周赧王三十七年,即顷襄王二十一年,郢都被秦将白起攻陷,楚人建都于此,已历四百一十一年,故《哀郢》称它为"故都"。

二、哀郢为何而作？何故说到东迁？

《哀郢》为何而作？《王注》、《洪补》大意都以为这是在楚怀王时,屈原因谗被放,思君念国,不忍离开郢都而作。但是我们要问,仅据篇首说:"皇天之不纯命兮,何百姓之震愆？民离散而相失兮,方仲春而东迁。"这里所谓百姓,所谓民,是作者泛指此时此地的官家和人民,还是都算为作者自指呢？他们都像认为作者自指。那么,一人放逐,称民尚可,怎么说及显然不少的百姓呢？而且一人放逐,当事者竟自以为有关"皇天之不纯命",恐怕任他自高自大,也未必至于如此僭妄。这首先在文义上和事理上都说不通。后来蒋骥直到现代某些学者,都上了他们这一说的当。朱熹想是见到了王、洪之说都不可通,所以他在《集注》里说:"屈原被放,时适会凶荒,人民离散,而原亦在行中,闵其流离,因以自伤。无所归咎,而叹皇天之不纯其命,不能福善祸淫,相协民居,使之当此和乐之时,而遭离散之苦也。"这把篇首四句文义勉强串讲通了,但是他的所谓凶荒,所谓离散,有何历史根据呢？在事实上还是说不通。戴震《屈原赋注·音义》说:"屈原东迁,疑即当顷襄元年,秦发兵出武关攻楚,大败楚军,取析十五城而去。时怀王辱于秦,兵败地丧,民散相失,故有皇天不纯命之语。"这在文义上像是说通了,在历史也像有根据,但是细案不得,倘当时楚军大败于秦、楚接壤之地,民散相失,距郢尚远,怎说得上哀郢和屈原自己东迁呢？

郢见篇中"东迁"应该是指顷襄王弃郢、东伏于陈的意思。《韩非子·初见秦》篇中说:"秦与荆人战,大破荆。袭郢,取洞庭五湖、(按:五湖,《秦策》湖作都,都当作渚。五渚,当是指洞庭湖中五小山。)江南。荆王君臣亡走，东伏于陈。"是也。《秦策》一：张仪说秦王，语与韩非略同。刘向《九叹·当世》篇"去郢东迁"。也当是指楚都东迁。明汪瑗《楚辞集解》说："此郢乃指江陵之郢，顷襄王时事也。按《秦世家》（当作《秦本纪》）秦昭王时，比年攻伐列国，赦罪人而迁之。二十七、八年间，连三攻楚，拔黔中，攻鄢、邓，赦楚罪人，迁之南阳。二十九年，当顷襄王二十一年，又攻楚而拔之，遂取郢。更东至竟陵，以为南郡。烧墓夷陵。襄王兵散败走，遂不复战，东北保于陈城，而江陵之郢不复为楚所有矣。"汪瑗这段话可不算错。下文接着说："秦又赦楚罪人而迁之东方，屈原亦在罪人赦迁之中。悲故都之云亡，伤主上之败辱，而感己去终古之所居，遭谗妒之永废，此《哀郢》之所为作也。"我以为屈原《哀郢》作在自己"南渡"之日，正在襄王"东迁"之际。汪瑗以为此时秦又赦迁楚罪人于东方，屈原也在赦迁之中，显然错了。

　　王夫之《楚辞通释》就比汪瑗说的明确多了。他说："纯，常也。言天命之无常，不佑楚也。震，动而不宁也。愆，失其生理也。东迁，顷襄畏秦，弃故都而迁于陈，百姓或迁或否，昏姻兄弟离散相失。仲春，纪时，且言方东作时。旧说谓东迁为原迁逐，谬。原迁沅湘乃西迁，何云东迁？且原以秋冬迫逐南行，《涉江》明言之，非仲春。"他前面说的话不错，末段把《哀郢》、《涉江》作为同时作品，错了。

　　王夫之还说："《哀郢》哀故都之弃捐，宗社之丘墟，人民之离散，顷襄之不能效死以拒秦，而亡可待也。原之被逸，盖以不欲迁都，而见憎益甚。然且不自哀，而为楚之社稷人民哀，怨悱而不伤，忠臣之极致也。曰'东迁'……曰'夏为丘'，曰'两东门可芜'，曰'九年不复'，其非迁原沉湫，而为楚之迁陈也明甚。王逸不恤纪事之实，谓迁为原之被放，于《哀郢》之义奚取焉？逸注之错杂卤莽，大率如此。"这里王船山再从赋中内证，坚证东迁非迁屈原沉湫，乃是楚都东迁。而论定屈原《哀郢》的主题所在。而讥王叔师注释的错杂卤莽，都极有力量，令人信服。厥后高秋月、曹同春《楚辞约注》也说："《哀郢》'曾不知夏之为丘兮，孰两东门之可芜'……芜者，怅荆棘之将生也。襄王二十一年，秦遂拔郢,而楚徙陈。"他们意味着说的东迁不错。但像是说屈原先有《哀郢》,而后秦遂拔郢。这在时间上算颠倒,在文义上也就欠通顺了。王闿运《楚辞释》说:"顷襄二十年,秦白起拔西陵。二十一年,白起拔郢,烧夷陵。楚兵散,不复战,东北保于陈城,所谓离散东迁也。盖兵陆走陈,民皆泛江东下,故相失矣。纯,大也。大命,国命。"至今屈赋中这篇的注释,当以王船山、湘绮两家之说最为确当。

三、此时屈原为何在郢?何故说到东迁?

按:屈原被放江南,当在顷襄王七、八年间。六年,楚谋复与秦平。七年,楚王迎妇于秦,秦、楚复平。《哀郢》中说:"外承欢之汋约兮,谌荏弱而难持。"当指这些事。有权力做这些事的人,对于力主抗秦的屈原,其势岂能相容?如果屈原再晚一些时候被放,最晚也晚不到顷襄王十二、三年。《哀郢》说:"至今九年而不复。"九年的九,在先秦古籍中不一定是实数,只是表明很多或很久的意思。这里就算实数罢,此时屈原还不曾开复、起用。为什么秦兵进攻时,他在郢都目击其事,而且作赋描述呢?上文引过王夫之的话:"原之被谗,盖以不欲迁都,而见憎益甚。"这好像是以为屈原被放江南后,此时已经起用,又得与闻国事,畏秦迁都之际,他又因谗再放。史无明文,且与赋中"至今九年而不复"的话不合。

又按:《哀郢》说:"羌灵魂之欲归兮,何须臾而忘反。背夏浦而西思兮,哀故都之日远!登大坟以远望兮,聊以舒吾忧心……"王闿运说:"灵魂,自谓也。王欲去之,己则思之。楚既去郢,政令不及江南。放臣暂出,因自沅至江,将返故都省视焉。既至沙市,念未奉君命,不可乘乱而失臣礼,仍不敢返,恭之至也。"湘绮老人以为屈原乘乱暂出,即从放所回到郢都视察,行到离郢都不远的地方夏浦,即今沙市而止。但是他没有释明上一段文章为什么说:"出国门而轸怀兮,甲之晁吾以行。发郢都而去闾兮,怊荒忽其焉极?"作者明明说出自己是那一日清早从郢都城里逃出的。他说"背夏浦而西思",安知他不是于顷襄王出走前后进入郢都,并到闾里或者三闾旧地所在去省视,而后逃出国门的呢?倘使这么说,不是依文章说通了罢?游国恩《哀郢辨惑》说:"《哀郢》者,屈原再放九年,于道路之间,闻秦人入郢之所作也。"真是有趣! 不辨不惑,愈辨愈惑。同是一篇作品,游先生所见的是作者在道路间的纪闻;我们所见的却是作者在国门内外记其所见! 陆侃如、高亨、黄孝纾《楚辞选》有注说:"屈原本来早已被放,到秦兵进攻郢都的时候,也许屈原又回到了郢都,来赴国难,而仍被楚国统治集团所排斥,不得贡献他的力量,所以他在郢都失守的时候,又和百姓一同流亡。这件事实,史书未载,但不妨如此假定。"这个假定确实可备一说。古者大夫既放,君不赐环即不得还,到汉朝还是如此。《后汉书·苏不韦传》说汉法,罢免守令,非征召不得妄到京师。当日屈子还到郢都,想必别有缘故,不过史有阙文了。总之,这次屈原到郢,无论来赴国难也好,回家省视也好,文章里明说从郢都逃出,他是出入了国门的,既不是行到沙市而止,更不是在道路之间。再玩"至今九年而不复"一句的语意,他这时还在放逐中,也不能和当局谈要不要迁都的问题。他也就不能随政府东迁,只好仍然"南渡",回到江南放逐之所。可是料不到敌人还正向江南黔中深入,不容许他前往沅水流域的辰、溆。这就是他作《怀沙》之赋时在这一年以后的孟夏,他呆在湘水的支流汨罗,并且作为绝命辞的缘故罢。

四、陵阳是人名,还是地名?

《哀郢》篇中又说:"当陵阳之焉至兮,淼南渡之焉如?"这里所谓陵阳是人名,还是地名? 王逸说:"意欲腾驰,道安极也?"这好像是不以陵阳为地名。大概他以为陵阳只是腾驰阳侯之波的意思。王逸岂不知道西汉时已有零阳县? 而他偏不明白指出陵阳为地名。洪兴祖说:"前汉丹阳郡都有陵阳,仙人陵阳子明所居也。"从此有人释陵阳为地名。朱熹则说"陵阳未详"。他于王、洪两说不敢断定谁是。王夫之说:"陵阳,今宣城。"戴震说:"上文云陵阳侯之泛滥,此云当陵阳,省文也。"按上文戴注说:"阳侯,《战国策》所谓阳侯之波是也。"戴东原也精于古地理,又不会不知道洪兴祖、王夫之诸家之说,而偏不以陵阳为地名,必确有所见,看来其说自通。《汉书·扬雄传》引《反离骚》说:"陵阳侯之素波兮,岂吾累之独见许?"注引应劭说:"阳侯,古之诸侯也。有罪自投江,真神为大波。陵,乘也。"刘向《九叹·远游》篇中说:"赴阳侯之潢洋兮,下石濑而登洲。"我们认为陵阳之阳是指阳侯,是人名,确有根据。

鄙意,如必以陵阳为地名,那就不在今安徽境,而在今湖南境。友人谭其骧教授说:"陵阳不知旧有几说。汉有陵阳县,在今安徽石埭县。惟《哀郢》所咏,无论是屈子被逐,抑顷襄东迁,似皆不可能远窜于吴越故地之皖南一带。颇疑陵阳或即汉世之零阳县,在今湖南慈利县东,属澧水流域。故《哀郢》仍当为屈子被逐于沅湘时所作。"谭教授零阳这一说新创可喜。赋中说:"当陵阳之焉至兮,淼南渡之焉如?"上句似肯定语,下句为疑问,两焉字不必同义。这不是说,当零阳就要到了,还南渡大水往何处去呢?秦兵正在深入江南黔中呀!

倘必认陵阳为地名,而又不同意谭教授那一说,我们从程恩泽《国策地名考》也考不出这个地名。但其中有《阳陵》一条说:"《新序》作成陵,今无考。"顾观光《七国地理考》三说:"《楚策》:庄辛为阳陵君。疑阳陵即陵阳。"大约那时楚国还没有一个叫作陵阳的地方。顾观光但据赋中"当陵阳之焉至"二句,即以为地名,就不得不乞灵于后出的《汉书·地理志》。他说:"陵阳,《汉志》属丹阳。在今池州府青阳县南六十里。云南渡者,以其在大江之南也。实则郢都去陵阳千六七百里,东西相望,故总记之曰东迁。"这里,陵阳、南渡、东迁都说错了。

说也奇怪!屈原的作品往往鲜明地反映本地风光。因此,我们就可以根据它考定其作在郢都,在汉北,或在江南沅湘一带。倘若他被放在今皖南境内的陵阳,呆在这里九年,何以表现这一地区的景物特色只见于《哀郢》中一点点?何况还谈不上什么特色!难道他在这九年之中再没有其他作品不成?至《招魂》一篇,无疑地是作者托为招怀王之魂而作,正在怀王入秦不返之时。其中说及江南、庐江,那都是想象的话,招王以云梦游猎,并非纪实。其时间和地点都不能和《哀郢》并为一谈,也灼然无疑。而且所谓庐江,正该和云梦相近,向为楚王游猎之区。难道这就是《汉志》说的"庐江出陵阳东南,北入于江";钱坫说的"此即今之青弋江也"?(《七国地理考》)王夫之以襄汉间中庐水当之,谭教授谓庐江当指襄阳、宜城界之潼水,是也。别详拙作《招魂试解》(今此书中改题为《招魂解题》)。从来有些学者把《招魂》中的江南、庐江,和《哀郢》中的陵阳,牵混一起来说,说是其地同在今之安徽境内,因此说二篇是同时的作品,并说屈原被放东迁陵阳。这就令人有好些关于屈原其人其事说不通了!

五、蒋骥之《哀郢路图》与《涉江路图》

蒋骥《山带阁注楚辞·哀郢路图》说:"顷襄王初年迁江南。"错了。《哀郢》必是作于顷襄王二十一年秦兵陷郢、东迁陈城的时候。又说:"《哀郢》起处"从郢都,过夏首,而背夏浦。不错。他以为从此直下大江,南渡(?)至陵阳,这就是"《哀郢》止处"。即以为这个在今皖境的陵阳就是《哀郢》东迁(?)的终点,也就是屈原放逐九年的所在。错了。安知屈原不是从郢都,过夏首,背夏浦,在上有洞庭,下有大江,即右是洞庭、左是大江的地方,溯流而入洞庭,冲着波神阳侯的大波南渡,仍要回到江南放逐的地区呢?又《哀郢》、《涉江》两篇,不必如游国恩所说的,这是一时"紧接着"的作品,写一时行程重复,而两次路线倒是相同。蒋骥《涉江路图》说"《涉江》起处"在今皖境庐江,即《招魂》"发春南征"起处。《涉江》、《招魂》作在同时,系顷襄九年后事。错了。《招魂》当作于怀王入秦不返时,《涉江》当作于顷襄亲秦、屈原被放于江南时。倘说:"入溆浦,《涉江》止处。"虽然其间还含有问题,却不算错。我以为《涉江》虽从"乘鄂渚"说起,实系从郢都出发,过鄂渚而南入洞庭,和《哀郢》南渡路线正同。

为什么《涉江》说屈原从郢都被放到江南之地,《哀郢》说屈原从郢都回到江南放逐的地方,都是取道鄂渚,即今武昌,而绕道南行呢? 如果在当日不是由于交通不便的原因,便是由于军事上或政治上的原因。(如《哀郢》作在白起拔郢时,秦兵还向江南黔中进攻。)刘永济《通笺》说:"尝思屈子南放,而必经鄂渚,而洞庭,不由郢南行,其事虽不可知,(原注:指当时是否由江陵出公安石首至辰溪之道,已如今日可以通行,亦不可知。)然其迂回不前,与必绕出江夏者,岂非不忍骤去国都,迟迟以冀后命,或将周历东鄙,一吊国境之残破邪?及徘徊鄂渚,而后命杳然,乃浩然长往,济湘上沅,以至迁所。其间心迹固可求索得之,政不必以南放而东行,春发国门而冬始至沅为疑也。"这就屈原南放而涉江所经路线及其心情感受来说,得其近是。倘说《哀郢》,又当别论。但是他像是以为此二篇系同一时期之作,模糊影响,不必细论了。

六、郢都所以失陷之原因

《哀郢》末段说:"彼尧舜之抗行兮,了杳杳而薄天。众谗人之嫉妒兮,被以不慈之伪名。憎愠惀之修美兮,好夫人之忼慨。众踥蹀而日进兮,美超远而逾迈。"这两节和宋玉《九辩》字句重复。为什么呢?王闿运说:"此皆采宋玉之词,以著己被放之由。谗者言怀王反,必不利顷襄、子兰。不知王传国高世明远之见,决无不慈之事。又谮原,欵秦主和,不若言战之忼慨,故使顷襄疏远修美之臣。嫌于自矜,故直用弟子之词。叔师于此无注,云此皆解于《九辩》之中。是亦知此作在《九辩》之后。然不言所以,是其疏也。"这里指出屈原复用《九辩》语,《哀郢》作在《九辩》后,其说似亦可通,但未必是,说见《九辩解题》。还有学者以为这一重复是由于错简。鄙见以为便是错简,也不宜删此存彼。这有待于研究。统看全篇大意,不但有了这几句并无妨碍,反而句足意明。从上文"外承欢之汋约兮"一句起,到这几句止,都是说的顷襄王所以失败,和郢都所以陷落的原因。文中明说,外而媚敌无耻,孱弱无能;内而群臣相妒,谗害忠贤,虽古圣王也被飞谤。憎恶忠愤修美,偏爱忼慨虚憍。徒恃国大,这何足恃? 国必自伐,而后人伐之。白起攻楚之所以取得成功,就在于楚国本身有许多致败的因素。

《战国策·中山策》载秦昭王使武安君白起伐赵,武安君称疾不行。王乃使应侯往见武安君,责之曰:"楚地方五千里,持戟百万。君前率数万之众入楚,拔鄢都,焚其庙,东至竟陵。楚人震恐,东徙而不敢西向……"武安君曰:"是时楚王恃其国大,不恤其政;而群臣相妒以功。谄谀用事,良臣斥疏。百姓心离,城池不修。既无良臣,又无守备,故起所以得引兵深入,多拔城邑。发梁焚舟,以专民心。掠于郊野,以足军食。当此之时,秦王士卒以军中为家,将帅为父母,不约而亲,不谋而信,一心同功,死不旋踵。楚人自战其地,咸顾其家,各有散心,莫有斗志。是以能有功也。"秦将白起老老实实地比较说出昔日秦胜楚败的真实原因,并且绝不夸大自己怎样打败楚国的本领。他说楚国的所以失败,不是和《哀郢》这一段说的大致相符吗? 这都算是关于评价这一战役胜败的头等史料。屈原目击当权者的祸国殃民而不能说,心伤宗国的危亡而不能救,只能独自写此血泪纵横的诗篇。这就是《哀郢》的所以题为哀,太史公所以读了它而悲其志罢!

《抽思》解

一、何谓《抽思》?

何谓抽思? 按篇中少歌"与美人抽思兮"。王逸《章句》:"为君陈道,拔恨意也。"朱注本,思作怨。抽怨,就是拔去恨意的意思。篇中说"结微情以陈词","兹历情以陈辞",抽思就是抒情陈词的意思,也就是《惜诵》"发愤以抒情"的意思。又按抽、柚、妯古通。《诗·钟鼓》篇"忧心且妯",《毛传》:"妯,动也。"《方言》:"人不静曰抽。"《广雅》:"骚,妯,扰也。"抽思,不可说是有发愤抒情的意思吗?《洪补》说:"此章言己所以多忧者,以君信谀自圣,眩于名实,昧于施报。己虽忠直,无所赴诉,故反复其词,以泄忧思也。"这说抽思就是发泄忧思。这话不错。

至于李陈玉《笺注》说的:"抽思者,思绪万端,抽之而愈长也。其意多在告君,而托之于男女情款。陶隐君云,荪,香草,似石菖蒲,而叶无脊,生溪涧中。古者男女相悦,以此相称谓。篇中曰:'数惟荪之多怒。'曰:'荪详聋而不闻。'曰:'愿荪美之可完。'皆呼君也。"他用陶宏景说,把篇中荪字解作男女相悦的相称谓之词。这也不错。王夫之《通释》则说,抽思是"所谓抽绎旧事而思"。又说:"抽,绎也。思,情也。"其说简明可用。

二、《抽思》作在什么地方?

《抽思》作在什么地方?林云铭《楚辞灯》说:"屈子置身汉北,无所考据。刘向《新序》止云怀王放之于外,并未有汉北字样。即《史记》亦但云疏绌,不复在位。其作《离骚》,虽有放流等语,亦未有汉北字样。今读是篇,明明道出汉北不能南归一大段,则当年怀王之迁原于远,疑在此地,比前尤加疏耳。但未尝羁其身,如顷襄之放于江南也。故在江南时不陈词,在汉北时陈词。《哀郢》篇言逐弃,是篇不言逐弃。盖可知矣。"又说:"玩下文痛郢路之辽远,以望北山,宿姑为悲,南指而魂逝,南行而心娱。若江南之野所作,则此等字面皆用不着。是汉北之集,或言鸟乎?或自言乎?按汉北与上庸接壤,汉水出嶓冢山,在汉中府宁羌县。上庸即石泉县。怀王十七年,为秦所取,而汉北犹属楚。嗣秦会楚黄棘,复与楚上庸。至顷襄九年,楚为秦败,割上庸汉北与秦。故《思美人》篇亦云:'指嶓冢之西隈。'以身在汉北,举现前汉水所自出,喻置身之高耳。若别举高山,便无来历。以此推之,则屈之迁此何疑?"林西仲说屈子在怀王时,曾被安置汉北。《抽思》、《思美人》,即是在汉北的作品。说得很精辟,并不像是仍袭《湖广通志》或黄文焕《楚辞听直》所说。这一说不但影响了屈复和夏大霖诸家,连戴震也像是暗受了他的影响。

三、《抽思》作在什么时候？

《抽思》作在什么时候？夏大霖《屈骚心印》说："《思美人》作于汉北无疑。应是怀王二十四年倍齐合秦，言事触怒，见放于汉北。乃作《抽思》篇，有'所陈耿著，岂今庸亡'之语，明争倍齐合秦事，乃继《思美人》作。"按《史记·楚世家》倍齐合秦事，在怀王二十四年至二十七年间。主张结齐抗秦的屈原就该在这一期间被放汉北。《卜居》篇说屈原"既放三年"，当指此次被放。《天问》、《远游》、《卜居》、《渔父》，也都该作在此时。不过《卜居》说见郑詹尹求卜，明是在被放汉北三年以后，归到郢都之时所作。东方朔《七谏》，大都为屈原代言，叙述其生平事迹。《自悲》篇说："隐三年而无决兮，岁忽忽兮其若颓。怜余身不足以卒意兮，愿一见而复归。"又《谬谏》篇说："念三年之积思兮，愿壹见而陈词。不及君而骋说兮，世孰可为明之？"也当是指的这次被放。《抽思》明说放汉北事，《思美人》言思自放所南行归郢见君，乃继《抽思》而作。夏大霖把这两篇作出先后颠倒了罢。

戴震注："方晞原曰：屈子始放，莫详其地。以是篇考之，盖在汉北，故以鸟自南来集为比。又曰：望南山而流涕。其欲反郢也，曰'南指月与列星'，曰'狂顾南行'。篇次《涉江》、《哀郢》之后者，《九章》不作于一时，杂得诸篇，合之有九耳。"屈原始放汉北，《抽思》是在汉北放流之地所作，殆成定论。

饶宗颐《楚辞书录》著录了他自己所作《楚辞地理考》三卷。他说："是书考释自高唐至楚黔中共二十篇，大体言屈原本无汉北之事。"可知此书专为屈原放汉北一说翻案。顷读一过，看似博辩，实欠精核，和饶先生以后其他著作不甚相类。《抽思》岂是屈原二次使齐，将要自齐返郢之作？如说北姑为薄姑，则屈原缘何发思古之幽情，吊胡公之故都？如说北姑为齐都，则此时齐都实为临菑。"临菑之涂，车击毂，人肩摩。连衽成幕，挥汗成雨。"岂容屈原"低佪夷犹"其间？再如江潭长濑，岂是形容齐水汶、沛？有鸟果指怀王，则来集汉北，何尝入秦？如谓秦为汉北,岂非笑话? 其说之不可通如此! 至怀王行将入秦,屈原、昭睢都曾谏王,毋会武关,可知其时屈原使齐已归。《抽思》决不是作者作于怀王正入秦时,或其以后自己在齐时所作。其作出的时间和地点当如上文所说,也就明白了。《饶考》不值一驳。

四、抽思的结构形式何以特殊?

《抽思》一篇的结构形式颇觉特别,既有"少歌",像《荀子·佹诗》的小歌,这和乱辞的意义相同,可说一篇作品到此已经结束了。偏偏又从"倡曰"更端再起,末了还有乱辞作结。这当是两篇合而为一。这样的结构形式,好像奇葩并蒂,嘉禾重颖,殊为别致,使人惊异。再看,前幅说"悲秋风之动容兮",后幅说"望孟夏之短夜兮",一着悲字,一着望字,可知都是说的所感当前季节,而前后似不免自相矛盾。首先注意到这点的是洪兴祖,《补注》说:"上云'曼遭夜之方长',此云'望孟夏之短夜者',秋夜方长,而夏夜最短,忧不能寐,冀夜短而易晓也。"他没有解决一篇中秋夏季节倒置的这一矛盾,也没有解决"少歌"之后又有"倡曰"的矛盾。他说:"少,矢照切。《荀子》曰:其小歌也。注云:此下一章即其反辞,总论前意,反复说之也。此章有少歌,有倡,有乱。少歌之不足,则又发其意而为倡;独倡而无与和也,则总理一赋之终,以为乱辞云尔。"还是王逸说"倡曰"说得好,《章句》说:"起倡发声,造新曲也。"盖王叔师之意,倡是更端再起,再造新曲,故又有乱辞。这话说得不错。作者为什么更端再起? 他却没有推论出来。后来到了王夫之、徐焕龙作注释,都想进一步说出所以然来,还是不曾做到。

我以为这篇作品,在作出的时间上经过两年。前一年秋天作了前幅,意思未了,后一年孟夏作了后幅,补足文意。本来初看好像重叠;这样一看,就知道前幅和后幅原是连续而不是重叠。要不是这样领会来读,就很难读通。岂但"旧注都所未通",便是王夫之认为这是追思之作,篇中"曰汉北,曰南行,殊时殊地"。自认这样说,是说通了的,人家就未必都见其可通了。

五、略论楚怀王之为人

当我们读《战国策》,见到《燕策》二说:"燕王奉苏子车五十乘,南使于齐,谓齐王曰:……今宋王(宋君偃自立为王)射天笞埊(地),铸诸侯之象,使侍屏匽,展其臂,弹其鼻。此天下之无道,不义,而王不伐,王名终不成。"才知道这位宋王正和楚怀王同时,他们狂妄自大,恰好相似。《贾子新书》六《春秋》篇说:"楚怀王心矜,好高人,无道,而欲有伯王之号,铸金以象诸侯人君。令大国之王,编而先马,梁王御,宋王骖乘,周、召、毕、陈、滕、薛、卫、中山之君皆象,使随而趋。诸侯闻之,以为不宜,故兴师而伐之。楚王见士民为用之不劝也,乃征役万人,且掘国人之墓。国人闻之振动,昼旅而夜乱。齐人袭之,楚师乃溃。怀王逃适秦,克尹杀之西河,为天下笑。此好矜不让之罪也。不亦羞乎?"我们不知道贾子这话有什么根据。所谓《春秋》,当然不是本于孔子修过的鲁《春秋》。这说怀王之死,克尹杀之西河(怀王自秦逃魏时)和《楚世家》说的"怀王复入秦,发病卒"不合,但说怀王的性格狂妄,自我夸大,却和屈赋相合。

《离骚》说:"荃不察余之中情兮,反信谗而齌怒。"《抽思》更多地写了怀王的多疑多怒,自高自大。如说:"数惟荪之多怒兮,伤余心之忧忧。""憍吾以其美好兮,览余以其修姱。与余言而不信兮,盖为余而造怒。"至屈原企望于怀王说:"憍吾以其美好兮,敖朕辞而不听。""望三五以为像兮。"王逸于这句下注说:"三王、五伯,可修法也。"原来楚怀王是一个妄想做到三王五霸那样的野心家,所以屈原只好因势利导,就把三王五霸的功业期望他。同时屈原也警告他,他是一个狂妄骄傲,多疑多怒,不肯接受他人不同意见的领导者。屈原直把他的大缺点全说出来了,恰好和《贾子新书》说的大大相合。

屈原不是不知道怀王的短处,偏要幻想他的长处;不是不知道怀王的喜谗爱谄,怒拒忠言,偏要屡批逆鳞,强聒不舍。结果,挽回不了怀王的败局,挽回不了宗国的命运,却只造成了自己的悲剧,徒使后人

"怅望千秋一洒泪"而已！唉唉！……

《怀沙》解

一、何谓《怀沙》？

《怀沙》是屈原怀石自沈汨罗以前不久的时候所作，这是无疑的。《怀沙》以后，是否还有其他作品？这个问题有待解决。《史记·屈原列传》叙述屈原和渔父问答以后，接下就说"乃作《怀沙》之赋"，并全录赋文。再接下就说："于是怀石，遂自沈汨罗以死。"东方朔《七谏·沈江》篇也说："怀沙砾以自沈兮，不忍见君之蔽壅。"《后汉书·逸民·高凤传论》曰"委体渊沙"。章怀注："谓屈原怀沙砾而自沈也。"可见汉唐间一些文史学者，都认定《怀沙》是屈原的绝命辞，并且把怀沙解做怀沙砾或怀石的意思。《洪补》说："此章言己虽放逐，不以穷困易其行。小人蔽贤，群起而攻之，举世之人无知我者，思古人而不见，仗节死义而已！太史公曰：乃作《怀沙》之赋，遂自投汨罗以死。原所以死，见于此赋，太史公独载之。"这话说此赋主题，不错。朱熹《集注》说："怀沙，言怀抱沙石以自沈也。"这话单释题目也不错。

《悲回风》篇说："骤谏君而不听兮，重任石之何益？"王逸说："任，负也。百二十斤为石。言己数谏君而不见听，虽欲自任以重石，终无益于万分也。"这个注释不确。难道重任石可以解做自挑重担么？《洪补》说："《文选·江赋》云：悲灵均之任石，〔叹渔父之櫂歌〕。注引任重石之何益，怀沙砾以自沈。怀沙，即任石也。与逸说不同。"按《江赋》，郭璞作，郭璞有《楚辞注》，今佚。他注怀沙可能就是任石或负沙石的意思，正和大史公说的怀石相同。王逸于怀沙无注，于"重任石之何益"一句却把石字解作儋石之石，为百二十斤，恐非确诂。

二、《怀沙》是否怀长沙？

唐宋以前的学者，对于怀沙大都是解做怀沙砾以自沈，也就是怀沙石或抱石的意思。明清之间，《楚辞》学者就另提新解了，首先是汪瑗。他的《集解》说："按世传屈原自投汨罗而死，汨罗在今长沙府。此云怀沙者，盖原迁至长沙，因土地之沮洳，草木之幽蔽，有感于怀而作此篇，故题之曰《怀沙》。怀者，感也。沙，指长沙，题《怀沙》云者，犹《哀郢》之类也。屈原之死，自秦之前无所考。而贾谊作《吊屈原赋》曰：'侧闻先生兮，自沈汨罗。'东方朔作《沈江》之篇曰：'怀沙砾以自沈。'太史公亦曰：'屈原作《怀沙》之赋，抱石自投汨罗江以死。'盖东方朔误解怀沙为怀抱沙砾以自沈，而太史公又承其讹而莫之正也……此篇所言不爱其死者，亦以己之谪居长沙，长沙卑湿，自以为寿不得长，乃作此篇以自广其意，聊慰其心，如贾谊之所为也……观此篇之首四句，则因长沙卑湿，恐伤寿命而作也无疑矣。"这是说，《怀沙》是屈原谪居长沙有感而作，因感长沙卑湿恐伤寿命而作。那么，《怀沙》就不是屈原沈江的绝命辞了。但他既然感怀卑湿，恐伤寿命，为什么反而沈江自杀呢？篇首四句只说孟夏草长，伤心南行。屈原谪在本土，何尝含有像北方洛阳人贾生那样，因谪居南方长沙卑湿之地而恐伤寿命的意思呢？

其次是李陈玉，他的《笺注》说："旧谓怀沙石以自死，非也。看前《涉江》、《哀郢》，当是寓怀于长沙，谓当抱石沈渊，结局于此耳。"这一说，当是推衍汪瑗一说来说的，又像是于怀长沙、怀沙石两说并存。为什么寓怀于长沙？他没有说。想来他是江西吉水人，距离长沙不远，知道汪瑗长沙卑湿之说不可通罢。

再其次，就是钱澄之说的，他的《屈诂》说："怀沙，是怀长沙也。浩浩清流，久存于怀，路修且阻，今忽焉而至，是其死所矣。"按《怀沙》打头一句就说"滔滔孟夏"，这时那有浩浩清流？湘水秋冬潦尽乃清；春夏遇潦便浊，溶矾沉淀，方可饮用。屈子不必为长沙水清寻死可知。但这比汪瑗说的似乎稍近情理了。

汪、李、钱三家之说，也许还是从严羽《沧浪诗话》误以《怀沙》为贾生怀长沙之作一说启发而来的。冯班《钝吟杂录》有《严氏纠缪》一条说:"严云《楚辞》惟屈、宋诸篇当读之,外惟贾谊《怀长沙》,淮南王《招隐操》。又云《九章》不如《九歌》,《九歌·哀郢》尤妙。按,《九章》有《怀沙》,贾太傅无《怀沙》也。《招隐士》亦非操。《哀郢》是《九章》,《九歌》是祀神之词,何得有《哀郢》? 沧浪云,须熟《楚辞》。今观此言,《楚辞》殊未熟,亦恐是未曾看。彼闻贾生为长沙王傅,自伤而死,遂以为有怀长沙,不知《怀沙》非怀长沙也。彼知屈子不得志于怀、襄而死,意《哀郢》必妙,不知《九歌》无《哀郢》也。望影乱言,世为所欺。何哉?"严羽谈诗好高论,无实学,望影乱言,害人不浅。怀长沙之说只是其中的一端,他给后人的恶影响可大了!

夏大霖《屈骚心印》说:"愚按名篇之义殊不可得。考其所自沈渊为汨罗江,今湖广长沙府湘阴县之屈津,是也。然长沙秦汉郡名,岂楚时已名其地乎? 或曰,怀沙囊以自沈。岂然乎?"当夏大霖时,怀沙已有两解,究竟谁对? 他还不能断定。自汪、钱、李三家怀长沙之说以来,把读屈赋的人头脑弄糊涂了。

再蒋骥注说:"《史记》于渔父问答后,即继之曰:'乃作《怀沙》之赋。'今考《渔父》,沧浪在今常德府龙阳县,则知此篇当作于龙阳启行时也。怀沙之名,与哀郢、涉江同义,沙本地名。《遁甲经》:沙土之祇,云阳氏之墟。《路史》纪云阳氏、神农氏皆宇于沙,即今长沙之地,汨罗所在也。曰怀沙者,盖寓怀其地,欲往而就死焉耳。原尝自陵阳涉江湘,入辰溆,有终焉之志,然卒返而自沈。将悲愤所激,抑亦势不获已,若《拾遗记》及《外传》所云迫逐赴水死者欤? 然奚不死于辰溆? 曰,原将下著其志,而上悟其君,死而无闻,非其所也。长沙为楚东南之会,去郢未远,固与荒徼绝异。且熊绎始封,实在于此,原既放逐,不敢北越大江,而归先王故居,则亦首邱之意,所以惓惓有怀也。篇中首纪徂南之事,而要归誓之以死。盖原自是不复他往,而怀石沈渊之意于斯而决。故《史》于原之死特载之。若以怀沙为怀石,失其旨矣。且辞气视《涉江》、《哀郢》虽为近死之音,然纡而未郁,直而未激,犹当在《悲回风》、《惜往日》之前,岂可遽以为绝笔欤?"他还在《楚辞余论》里说:

"《史记·屈原传》载,《怀沙》之后,即以怀石自沈。后世释怀沙者,皆以怀抱沙石为解。若东方《七谏》:'怀沙砾以自沈';《后汉书·高凤传》:'委体渊沙,相沿旧矣。'然以沙为石,殊未安。按李陈玉云:怀沙,寓怀长沙也。其说特创而甚可玩。或疑长沙之名自秦始建,且专以沙名,未可为训。不知《山海经》云:'舜葬长沙零陵界。'(按《山海经》说及长沙,前人已有疑为汉人所窜入者。)《战国策·楚策》:'长沙之难。'《史记》齐威王说越王曰:'长沙,楚之粟也。'《湘中记》:'秦分黔中以南长沙乡为郡。'则长沙之由来久矣……苏佳嗣《长沙志》云:'长沙名始洪荒之世,一名星沙。轸宿中有长沙,星以沙得名,非沙以星而得名也。'其说可参。"又说:"《史记》:周封熊绎,居丹阳。而《方舆胜览》云:长沙郡治内有熊湘阁,以楚子熊绎始封之地而名。唐张正言《长沙风土碑》曰:'昔熊绎始在此地。'盖是时楚地跨江南北,或有前后迁徙,或两都并建,俱未可知。"说也凑巧!蒋骥和夏大霖是清初同时人,夏于怀沙新旧两解似乎都着疑辞,蒋却否定了旧解,而肯定了寓怀长沙的这个新解,并且不认为《怀沙》就是屈原的临终绝笔。这就显和《史记·屈原列传》说的不合了。

三、《怀沙》决不是怀长沙

不错,蒋骥考证过《楚辞》地理和屈原在怀、襄两朝谪迁的行踪,又绘了《楚辞地图》,确是对于古地理费过不少的功夫。说怀沙就是怀念长沙的意思,在他以前,汪瑗和李陈玉、钱澄之就已经说过,这不算是他的创见。他于《招魂》末句"魂兮归来哀江南",不以江南为地名,而以哀江为地名。他说:"哀江在今长沙府湘阴县,有大哀小哀二洲,相传舜南征,二妃从之不及,哭于此,故名。"试想《招魂》说的哀江南就是哀江之南吗?哈哈!这就算是他的创见了。游国恩赞叹他"奇创"!我以为如廖季平《楚辞讲义》里说的:"周游,即周南。周,遍也。召魂,即召南。召,招也。""江南,即召南之南。《山海经》以南为中。"这才算得"奇创"!曾经引起闻一多的"捧腹"哩!蒋氏又于《渔父》篇"沧浪之水",不以为是《水经注》说的"汉沔自下有沧浪称",偏以为"《渔父》沧浪在今常德龙阳县"。这也算是他的创见了。可知创见自创见,并不等于确诂。并可推想,怀沙决不是怀长沙。

我们知道:长沙在楚,当时叫作青阳。即《史记·秦始皇本纪》说的"荆王献青阳以西"那个地方。直到秦灭楚后,立长沙郡,长沙之名始著。纵令那时青阳也叫长沙,有如程恩泽《国策地名考》六《长沙》条所说,屈原却未必寄怀于此。因为此地未必为楚国的先王所居,即未必是楚子熊绎始封所居之地。《史记·楚世家》,不是明说周成王封熊绎于楚蛮,锡以子男之田,居丹阳吗?丹阳不是青阳,不是长沙呀!记得顾栋高《春秋大事表》里说过楚地不到湖南。春秋时如此,周初可知呀。《后汉书·南蛮传》说:"吴起相悼王,南平蛮越,遂有洞庭、苍梧。"长沙地在洞庭、苍梧之间。可知长沙直到楚悼王时候才属楚国,不能叫作"先王故居"呀!

按《水经注·江水》一说:"江水又东为落牛滩,径故陵北,(杨守敬云,楚故陵在今奉节县西。)江侧有六大坟。庾仲雍曰:楚都丹阳所葬。"又《江水》二说:"江水又东(自秭归而东)径一城北,其地凭岭作固,二百一十步,夹溪临谷,据山枕江,楚子熊绎始封丹阳之所都也。又楚之先王陵墓在其间。(熊会贞云:《括地志》,熊绎墓在归州秭归县。又《剑南诗稿》,归州光孝寺后有楚冢,近岁或发之,得宝玉剑佩之类。)"《元和郡县志》,丹阳城在秭归县东南七里。《后汉书·郡国志》一,枝江有丹阳聚。《通典》,楚文王自丹阳徙都枝江,亦曰丹阳。楚文王再徙都郢。《古今图书集成·职方典》(一一九六)说:"高阳城,在归州境,旧兴山县西,楚自以为高阳之裔,故名。"便是《离骚》打头第一句也说:"帝高阳之苗裔兮。"是归州地方丹阳高阳城实是楚先王始封所居,陵墓所在,值得作者怀念的地方,怎么说是长沙呢?至《方舆胜览》所说长沙郡治内有熊湘阁,正像今汉寿县(旧龙阳县)境沧山浪山沧浪水一样,是后人傅会上去的古迹,岂足为据?

当然,屈原先代出自楚王室,怀念楚先王的情感是有的。比如他自称"帝高阳之苗裔"。又在《远游》篇里说:"高阳邈以远兮,余将焉所程?"但是我们要问,如果屈原的《怀沙赋》真是寄怀长沙先王故居,何以赋中却没一字一句说及长沙,和述祖德而慕先王的意思?何以反而一再说:"重华不可遌兮,孰知余之从容";"汤禹久远兮,邈而不可慕";竟要仰慕到楚国先王以外的古代先王呢?难道屈原会这样不近情理的寄怀先王故居吗?难道屈原竟会拙劣到这样的文不对题吗?而止用这点相反的内证,就足以证明《怀沙》决不是怀念长沙先王故居了。

四、关于屈原与骥、凤的传说

《怀沙》乱辞中说:"伯乐既殁,骥焉程兮?"这是说,善相马的伯乐早已死了,千里马从何处得到评定?象征贤臣不遇圣主,怎么看得出他的长处,用到他的本领呢?屈赋中用骥或骐骥比兴贤臣和作者自比,屡见不止一二处。《离骚》中说:"乘骐骥以驰骋兮,来吾导夫先路。"这就是把骐骥象征贤智的人。个人乘此骐骥驰骋一日可行千里,人君信任贤智的人辅导,就可以把国家治理好。《思美人》篇说:"勒骐骥而更驾兮,造父为我操之。"造父是秦国先代一个有名善于驾驭车马的人。人要赶好车马,就靠用造父那样的人来替我操纵;人君要治理好国家,就靠用才俊之士来辅导。《惜往日》篇中说:"乘骐骥而驰骋兮,无辔衔而自载?"这是说,人赶骏马也要备好缰绳嚼子,人君治国也就得用法治。宋玉《九辩》是悯惜其师屈原而代述其志的作品。其中有一大段,他为屈原代言,反复自比骥和凤,决不同于那些劣马和凡禽。举此数例,就可以想见《楚辞》里是怎样屡用骐骥作为比兴之义,即作为象征的意义;而屈原又是怎样爱骐骥,爱骏马的,临终绝笔还要说到世无伯乐而骐骥的遭遇可悲!

说到这里,我记起了一个关于屈原和白骥的传说:"《异苑》:长沙罗县有屈原自投之渊,山明水净,异于常处。民为立庙,(今按:即汨罗庙属湘阴县,在县北六十里,解放后重修为屈子祠。)在汨潭之西岸侧,盘石马迹尚存。相传云,原投川之日乘白骥而来。"(《古今图书集成》

一二一七)我还记到了屈原死后为凤凰神的传说:"益阳县西又有凤凰庙,亦祀屈原。相传此地为屈原作《天问》处。"(《大清一统志》三五六)又"凤凰庙在县治西南六十里弄溪之滨……祀屈原与妻洎其子,俗呼为凤凰神。"这虽然都是些出于旧楚境、今湖南的民间传说,究竟是有根据的罢。同时又可以用这些传说来玩索《楚辞》里好用骥和凤作为比兴的意义。

五、《史记》"曾吟恒悲"四句是《怀沙》"曾伤爰哀"四句的异文重出吗?

最后,还要提出本篇乱辞中所存在的一个大问题:《史记》所录此篇较今《楚辞》本多"曾吟恒悲"四句,这是后人据古《楚辞》本增入,而为"曾伤爰哀"四句的异文重出吗?按《史记》于此篇"乱曰""修路幽拂兮,道远忽兮"句下,有"曾吟恒悲兮,永叹慨兮,世既莫吾知兮,人心不可谓兮"四句。今《楚辞》洪本、朱本都无此四句。我所见明夫容馆刊本《楚辞章句》,即叔师本,有此四句,而无注文,想是后人据《史记》增入。朱熹云:"按此四句若依《史记》移著上文'怀质抱情'之上,而以下章'死不可让,愿勿爱兮',承'余何畏惧'之下,文意尤通贯。但《史》于此又再出,恐是后人因校误加也。"日本泷川资言《史记会注考证》说:"王引之云:'曾伤爰哀'四句乃后人据《楚辞》增入,非《史记》原文也。'曾吟恒悲'四句即'曾伤爰哀'四句之异文,特《史记》在'道远忽兮'之下,《楚辞》在'余何畏惧兮'之下耳。后人据《楚辞》增入,而不知已见于上文也。又曰:此四句似当从《史记》列于'道远忽兮'之下。今循文义读之:'世既莫吾知兮,人心不可谓兮。怀质抱情兮,独无匹兮。'皆言世无能知也。'宅心广志兮,余何畏惧兮。知死不可让兮,愿勿爱兮。'皆言己不畏死也。其叙次秩然不紊,盖子长所见《屈原赋》如此,较叔师本为长。""沈家本云:万历本《楚辞》有此二十一字而无王注,恐是后人据《史》文增入也。"可知"曾吟恒悲"四句早就来历不明。不知这是后人据《楚辞》曾伤爰哀四句的异文增入《史记》,还是《史记》所根据的《屈原赋》原来就多此四句？朱熹和王引之都说"曾吟恒悲"四句列在"道远忽兮"下，"怀质抱情"上，从文章的意义上看，觉得"尤通贯"，"叙次秩然不紊"。可见其原来不是多余，多余的倒在"曾伤爰哀"四句。鄙见则以为两者都可以有，而无一是多余。颇疑《史记》系根据原始的《屈原赋》本子，和王叔师根据刘向校集的《楚辞》本子不同，非必异文重出，原为同调叠咏，《诗》三百中多有之，古乐章亦有之。况复乱辞分为两节，前节重在说世无知己，后节重在说己不畏死，其中各插此四句，恰好各为十二句，章句固为铢两悉称，意义亦复相贯。那么，《史记》有此"曾吟恒悲"四句固未为不可，《楚辞》这四句脱简必须增入，似乎叔师作《章句》时还不知道有此脱简哩。留待来哲共同论定。

【附录】三小篇

龙船竞渡与屈原

相传端午节龙船竞渡是民间纪念屈原的一种赛会。在屈原自沉的那一天，当地人民鼓棹渡湖，追救不及。从此以后，每逢这个忌日就举行竞渡来纪念他。

《隋书·地理志》说："屈原以五月望日赴汨罗，土人追至洞庭不见。湖大船小，莫得济者，乃歌曰：何由得渡湖！因尔鼓棹争归，竞会亭上，习以相传，为竞渡之戏。其迅楫齐驰，棹歌乱响，喧振水陆，观者如云。诸郡率然，而南郡、襄阳尤甚。"这里说屈原自沉在五月望日，即十五日，和《荆楚岁时记》、《续齐谐记》(《艺文类聚》四引)、《襄阳风俗记》(《太平寰宇记》一四五引)说在五月五日不同。但是旧俗竞渡本在五月五日和十五日两天举行，可知《隋志》说屈原自沉在五月望日也是根据民间传说，正和它说竞渡之戏的起源根据民间传说一样。至今在古楚国地区，主要是湖南、湖北两省地方，每逢端午节还有划龙船的风习。我的故乡长沙、常德一带，在辛亥革命以后，还是如清陵亭长《武陵竞渡略》所记的一样，每年四月八日揭篷打船，五月一日新船下水，五月五日和十五日划船赌赛，十八日送标(锦标奖品)讫，便拖船上岸。

船式长九丈五尺最为中制,过长有十一丈五尺者,短至七丈五尺止——但今实际无此长度。

划船歌曲的余声,隋时和隋以前是"何由得渡湖!"唐时是"何在斯!"(刘禹锡《竞渡曲》自注:"竞渡始于武陵,及今举枻而相和之,其音咸云何在斯。")我所听到的都是即兴胡诌,每唱四声,前声毕,余"耶野"二声;后声毕,余"阿妸"(读如卧和)二声而已。晚边散船,就唱:"有也回,毛(无)也回,莫待江边冷风吹!"还有隋唐间"何由得渡湖""何在斯"语意。记得储光羲《观竞渡诗》:"能令秋大有,鼓吹远相催。"王建诗:"竞渡船头插彩旗。"刘禹锡诗:"昔日屈邻招屈亭。"又《竞渡曲》云:"曲终人散空愁暮,招屈亭前水东注。"可证《隋志》所说"櫂歌乱响,喧振水陆","鼓櫂争归,竞会亭上"的那一种盛况。五代南唐也还盛行竞渡之戏,并由官府颁发优胜者一些奖品。马令《南唐书》说:"每端午竞渡,官给彩段伴两,两较其迟速,胜者加以银椀,谓之打标。"

至竞渡之弊,有斗伤溺死事故,始见于宋人记载。刘敞《公是集》三有《屈原虾辞并序》一文,序文说:"梅圣俞在江南,作文祝于屈原,讥原好竞渡,民习尚之,因以斗伤溺死。一岁不为,辄降疾殃,失爱民之道。其意诚善也。然竞渡非屈原意,民言不竞渡则岁辄恶者,讹也。故为原作《虾辞》以报祝,明圣俞禁竞渡得神意。"《虾辞》里说:"我实鬼神,民焉是主。其祀其祷,子之所厚。予惧天明,焉事戏豫?予悯横流,焉事竞渡?予怀尧舜,焉事狎舞?"禁竞渡与否,和屈原何干?做这种文章,真是活见鬼!到了元代,就由中央政府正式规定禁止竞渡。《元典章》说:"蕤宾节撑棹龙舟,江、淮、闽、广、江西皆有此戏,合移各路禁治。"这却别有用意,怕人民借此聚众起兵反抗。而在皇帝自己却可以玩弄龙舟。如《元史》载顺帝于内苑造龙船,自制其样,是也。明清两代,五月龙舟竞渡之风又很盛行。我幼时爱看龙船,往往跑十来里去看,也曾见到竞渡殴斗,打得头破血流的恶作剧,这就失掉"竞渡招屈"的意义了。

有人说,龙船不始于"招屈"。《述异记》云:"吴王夫差作天池,池中造青龙舟,舟中盛陈妓乐,日与西施为水嬉。此事尚出屈原前。"是的。今按:即在屈原后,汉人《西都赋》说的"登龙舟,张凤盖";又《魏志·文帝纪》、《隋书·炀帝纪》所说的龙舟,都是帝王玩弄的把戏,和"招屈"无关。有人说,竞渡不独在端午,《晋书·夏统传》:会上巳,士女骈填,贾充问统:能随水戏乎? 则其戏演于三月上巳。"(翟灏《通俗编》二十二)"《新唐书·杜亚传》:亚为淮南节度使,方春,南民为竞渡戏。亚欲轻驶,乃髹船底。使篙人衣油彩衣,没水不濡。是春时亦竞渡矣。又《丹阳集》谓《荆楚记》屈原以五月五日投汨罗,故武陵以此日作竞渡以招之。今江浙间竞渡多用春月,疑非本意。又考沈佺期《三月三日骧州》诗云:谁念招魂节,翻为御魅囚? 王绩《三月三日赋》亦云:新开避忌之席,更作招魂之所。则以上巳为招屈之时,亦必有所据云。按《旧唐书·敬宗纪》:宝历二年三月,幸鱼藻宫观竞渡。是方春竞渡,久为故事。文文山《指南集》有《元夕》一首云:南海观元夕,兹游古未曾。人间大竞渡,水上小烧灯。则又元夕有竞渡矣。"(赵翼《陔余丛考》二十一)

为什么古时竞渡有在仲夏端午举行的,有在暮春上巳举行的呢? 宋人葛立方《韵语阳秋》十九说:"……予观《琴操》云:介子推五月五日焚林而死,故是日不得发火。而《异苑》以谓寒食始禁烟。盖当时五月五日,以周正言之尔。今用夏正,乃三月也。屈原以五月五日死,而佺期、王绩以元巳为招魂之节者,亦岂是哉?"这是说,竞渡或在春,或在夏,疑是由于对古历法的解释不同。赵翼《陔余丛考》二,考出夏正行于春秋战国,不错。游国恩《楚辞用夏正说》一文也不错。《怀沙》所说孟夏就是夏正四月,不多几时,到了端午,屈原就自沉了。稍前有人主张用夏历端午为诗人节来纪念屈原,用这日子是对的。古人有的相信楚用夏正建寅,就用夏正的五月纪念屈原,这不错;有的相信楚用周正建子,就用夏正的三月纪念屈原,这就错了。或说,昭公四年楚子伐吴,执吴庆封杀之,《春秋》记在七月,《左传》记在八月;昭公八年楚师灭陈,《春秋》记在十月,《左传》记在十一月;楚用殷正建丑。这就恐怕未必是。"《传》中杂取三正,多有错误。"(顾炎武《日知录·三正》)即令《左传》所记为殷正,也不足以说明《楚辞》不用夏正。

端午粽子与屈原

端午粽子古称角黍。唐李匡乂《资暇集》中,引周处《风土记》说:"仲夏端午,烹鹜角黍。"角黍本是一个复合名词,这里却把角字作为动词,黍字作为名词。角黍又称角飣。宋刘攽《彭城集》十二《端午诗》云:"万里荆州俗,今晨采药翁。浴兰从忌洁,服艾已同风。泛酒菖蒲细,含沙螟蜓红。沈湘犹可问,角飣畏蛟龙。"我们但读此诗就知道解放以后还可见到残余的端午节风俗,如吃粽子,喝雄黄酒,插艾,挂菖蒲,等等,其来源很古。角飣当是宋人成语。祝穆《事文类聚》说:"端午粽子,名品甚多,形制不一,有角粽、锥粽、菱粽、筒粽、秤锤粽、九子粽等名。"可见宋代人爱吃粽子和粽子花色名目之多了。

相传端午吃粽子的风俗起源于"角黍祭屈"。所谓角黍是用菰(吴语茭白)叶裹黏米(糯米)做饭的意思(《荆楚岁时记》)。据《襄阳风俗记》大意说:屈原五月五日投汨罗江,他的老婆常投食于水去祭他。他就托梦告诉老婆说:"你祭我的食物都被蛟龙夺去。蛟龙什么也不怕,只害怕五色丝线和竹子。"因此他的老婆就用竹筒做粽子,又用五色丝线缠着。如今风俗,端午节都用五色丝线缠粽子,说是可免蛟龙的害呀。又据《续齐谐记》大意说:屈原五月五日自投汨罗江而死,楚国人民哀悼他,每到这一天,就用竹筒装米投水祭他。东汉建武年间(光武帝建武一——三一,当公元二五—五五),长沙欧回白昼忽见一人,自称三闾大夫,对他说:"你常祭我,很好。但是你投下的祭品恨为蛟龙抢去。今后你若再祭我,可用楝树叶包塞在上面,再用五彩丝线缠着。这两样东西是蛟龙害怕的。"欧回照办了。从此世人端午做粽子都带五色丝线和楝叶,这还是汨罗的遗风旧俗。我们根据上举两三种古书的记载,就知道每年端午节要吃粽子的这一风俗是怎样来的,也就不会忘记两千多年前一位伟大的爱国诗人屈原了。

屈子祀典及其庙与墓

屈原死后,人民用竞渡招他,用角黍祭他,还立庙祀他,这使得后来几个封建王朝也都不得不把他列入忠臣祀典。当然,从他们统治者看来,屈原只是古代一个有名的忠臣;但从人民看来,屈原就是一个永远活在人民心中的伟大的人民诗人了。

《湘阴县图志·典礼志》于《汨罗庙》一条说:"案唐天宝七年,敕所在忠臣自傅说而下十六人,置祠宇致祭。长沙郡楚三闾大夫屈原,梁开平元年封屈原昭灵侯。宋元丰五年改封忠洁侯。元延祐五年,加封忠洁清烈公。〔元王恽《玉堂嘉话》,屈原湘中庙题曰清烈公。〕〔明洪武二年,知县黄思让重建汨罗庙,有濯缨桥,独醒亭。奉旨复号楚三闾大夫屈平氏之神,命有司以五月五日致祭。〕(见《古今图书集成》一二一〇)(按:以上〔 〕内引文皆为子展所加。)《拾遗记》:楚人为之立祠,汉末犹在。《水经注》:罗渊北有屈原庙。《一统志》:汨罗庙在县北汨罗江上。庙旧在南阳里,即今翁家洲也。后徙建公悦围,北濒江,数毁于水。乾隆二十一年,知县陈锺理徙建玉笥山上。"解放后,此庙重新修葺,是为屈子祠。

玉笥山在屈潭左面,山的西面江中是汨罗山,一名烈女岭,又名秭归山,上有屈原墓。相传屈原姊女嬃葬屈原于此,故名。屈原墓为十二疑冢,有碑题三闾大夫墓,或题故楚三闾大夫之墓。传说当时楚人民深恐此墓葬被邪恶之徒破坏,故设此疑冢。这就可见屈原生前死后是怎样一个深为人民所热爱的诗人了。

《思美人》解

一、有疑用篇首语标题为伪作之证者

《思美人》和《惜诵》、《惜往日》、《悲回风》一样,用篇首语标题。这是沿用了《诗经》三百篇中常用的标题方式。这一标题方式,当是国史或太师所题,或删诗正乐者乃至编定者所题,并不像是作者自己所题。其中有不用篇首语、篇中语标题,像是作者特制标题,明例如《周颂》中

《酌》《赉》《般》,《小雅》中《雨无正》,只见四篇,占全诗百分之一弱而已。但是绝不能得出结论说:"屈原是第一个人改变了《诗经》无标题的方式为《楚辞》有标题的方式。"因此我们的文艺批评家不必把无标题给《诗经》专利,同样,不必把有标题给《楚辞》专利。屈赋二十五篇,像是因袭《诗经》那样标题的,有四篇;像是作者自己有意创制标题的,占全赋六分之四。两相比较,屈赋标题有创有因,因少创多,这给浅见者以只创无因的错觉,从而得出"没有标题的便不是屈原的作品"的结论。并且说:"以有无标题来说明是否屈原的拟作,本不失为一种见证。"(林庚《说橘颂》,《国文月刊》七十二期)换句话说,以有无标题作为衡量屈原作品真伪的标准。说者但凭主观所定的这一标准,难道要强迫二千几百年前的作者接受,而放弃他自己的著作权吗?

二、有疑篇末无乱辞为伪作之证者

再说《惜诵》《思美人》《惜往日》《悲回风》篇末都无乱辞,就有人以为是伪作罢。我看这也未必。林庚先生说:"乱辞与标题同为总统全篇之意的,它们原有相似的性质。然而标题的采用,取自当时的散文;而乱辞的运用,则为诗篇所特有,亦即纯为屈原的尝试。乱辞的写法在后来并不普遍,这更可见其为屈原作品的特有形式。如《招魂》为屈原所作便有乱辞,而摹仿《招魂》的《大招》便没有乱辞。"(见上段末)这一段话无甚要旨。说乱辞为屈原作品的特色,就死死规定"屈原所作便有乱辞",否则就是拟作、伪作,屈原自己有此规定吗?《大招》也是屈原作品,愚别有说。

刘永济《屈赋通笺·叙论》自注说:"凡古乐章之终皆有乱。《天问》篇末残缺,有无乱辞,不可悬测。然为有韵之文,可以声节之而歌,则至明。《招魂》即今本《九歌》第十之《国殇》,予别有说,在《通笺》中。此文本祭辞,故亦无乱辞。其余各篇,今本皆有乱。惟《九歌》之《礼魂》实即前九篇之乱,而不名曰乱。《九辩》之十,及《九章》之首篇,皆脱去'乱曰'二字,予别有说,俱在《通笺》中。又《九章》后四篇亦无乱辞,今考定非屈子之文也。"这一段话中说《九歌》、《九辩》都是古乐章名,不错。即说《九章》也是乐章之名,也可不算错。甚至有人说:"楚之衰也,作为巫音。"(《吕氏春秋·音初》)全部屈赋都受到了巫音的影响,目为"巫系文学"(日本藤野岩友《巫系文学论》)。也未为不可。刘先生说《九章》后四篇无乱辞,与古乐章之体制不类,这都疑是伪作。换言之,他要把有无乱辞作为衡量屈赋真伪的标准,其说难通。怎见得"古乐章之终必有乱?"而且不容有例外? 即算有乱,如"《关雎》之乱,洋洋乎盈耳哉"一样,但也只是有声无辞,不见得有《关雎》的乱辞。刘先生为了建立他的这一主张,硬把屈赋中无乱辞,而又无可否认其作品的,说成原是有乱辞的,只是"脱去'乱曰'二字"(《惜诵》)。或者就硬把无乱辞的作品末章分割为乱辞。至认《九歌》之末章《礼魂》为乱辞,此袭用王船山《楚辞通释》,说尚可通。又如他硬认宋玉《九辩》为屈原作品,而由自己认定为十章,割末章为乱辞。强古人以就己说,古人不复生,谁为辨诬?

三、有疑文辞总杂、重复为伪作之证者

刘先生既以《思美人》一篇无乱辞,"与古乐章之体制不类",疑为伪作;而其他文辞不能说它不类,又疑它"乃杂取屈赋各篇辞意而成者","不觉其不类"。他不惮烦地分疏它的全文,寻求证据。"有径袭其辞者,有袭其意而变其辞者,有仍其意而增饰其辞者。"共得若干条,借此断定"求其文之中心思想而不可得",疑非屈作(《通笺·笺屈余义》)。岂不知道辞有重复,恰是屈赋独有的一种特色?《惜诵》结尾说:"恐情质之不信兮,故重著以自明。"屈子最初见疏,而作此赋时,就已公开他所以笔端重复的秘密。这一秘密,二千年前司马迁特为郑重指出;四五百年前王世贞以及稍后黄文焕,至于顾炎武、钱澄之,也都特为指出;百多年前朱骏声又特为指出。当然,屈子自己说的不容他人怀疑,太史公说的最得屈子本意,也最为精确。其他说的也都持之有故,言之成理。总之,后人或以屈赋总杂、重复为病,或以为它重复

就是伪作之证,都未免欠思考了。记得顾炎武《日知录》有《古人集中无冗复》一条,他以为"古人之文,不特一篇之中无冗复,一集之中亦无冗复"。这是他从唐宋以来诗古文家集子总结得来的论点,所以他只举刘禹锡、欧阳修几家之文为例。倘若后人根据他的这一论点来指摘先秦时代的屈赋,就会陷入谬误的。何况言非一端,义各有当。他在《文辞欺人》一条,论到《楚辞》重复时,就说:"《黍离》之大夫,始而摇摇,中而如噎,既而如醉,无可奈何,而付之苍天者,真也。汨罗之宗臣,言之重,辞之复,心烦意乱,而其词不能以次者,真也。"这说屈赋之所以重复,由于作者宗臣孤愤,心烦意乱,不暇诠次,便存其真。这不是说得极为精当吗?沈德潜《说诗晬语》也正是这么说的,他说:"《楚辞》托陈引喻,点染幽芬,于烦乱瞀忧之中,令人得其悃款悱恻之旨。司马子长云,一篇之中,三致意焉。深有取于辞之重,节之复也。"又记得俞樾《古书疑义举例》有《古人行文不避繁复》一条,他举《孟子·梁惠王》篇、《周易·系辞传》为例。并说:"《墨子·尚同》、《兼爱》各分上、中、下三篇,而文字相同者居半,此亦古人不嫌繁复之证。"先秦古籍大抵如此。何独对于屈赋有自相重复处,就大惊小怪,疑它是伪作呢?

廖平《楚辞讲义序》说:"《秦本纪》始皇三十六年,使博士为《仙真人诗》,即《楚辞》也。《楚辞》即《九章》、《远游》、《卜居》、《渔父》、《大招》诸篇。著录多人,故词意重复,工拙不一,知非屈子一人所作。当日始皇有博士七十人,命题之后,各有呈撰,年湮岁远,遗佚姓氏。及史公立传,后人附会改捝,多不可通。又仅掇拾《渔父》、《怀沙》二篇,而《远游》、《卜居》、《大招》悉未登述。可知《远游》、《卜居》、《大招》诸什非屈子一人撰。而《渔父》、《怀沙》因缘蹈误,不过托之屈子一人而已。著书讳名,文人恒事。使为屈子一人拟撰,自当整齐故事,扫涤陈言,不至旨意重复,词语参差若此。《橘颂》章云:'受命诏以昭诗'(今按,此《惜往日》篇中语),即序始皇使人为《仙真人诗》之意。故《楚辞》本天学,为《诗》、《易》二经师说……"这是说,《楚辞》就是《仙真人诗》。

秦始皇时,博士七十人,同日同题奉命而作,故词意有重复。又《楚辞》多用古史神话,因而这也疑是根据那些经今文学派老祖师爷、谶纬方士和《山海经》作者关于天学和史巫的学说。他还在这讲义的第六课里说:"《楚辞》之最不可解者,莫过于词意重犯。一意演为数十篇,自来说者皆不能解此大惑。今定为秦始皇使博士作,如学校中国文一题而缴数十卷。以其同题,词意自不免于重犯。如《九章》乃九人各作一篇,故篇末有乱曰者,有曰者,尚有六篇可考。"这是说,《九章》词意重犯,正因为是秦博士九人奉命同题之作。他还在第十课里说:"〔《离骚》〕解者无虑数十百家,无一人能通全篇文义者。第一,篇中屡有神游四荒四极,上征下浮,上下求索,与《远游》、《大人赋》同,与屈子事不合。第二,篇中文义自相重复,又与他篇意同,不过文字小异,一人之作不能重复如此。今故据《秦本纪》以为始皇博士作,皆言求仙魂遊事。又博士七十余人各有撰述,题目则同,所以如此重犯。汇集诸博士之作成此一书,如学堂课卷,则不厌雷同。"又说:"《骚》,又以《九章》推之,亦当为多人所作,汇为一书,中有九天、九死、九辩、九歌、九州,同例。今依《九歌》例,以为九人作,合为一大篇,附二篇,如《大司命》、《少司命》,合为十一首。"廖季平用这等主观方法讲学,真是异想天开,语妙天下。自有经今文学派的学者以来,莫不迷信谶纬,爱发怪论,爱谈天人之际的天学。到了末流这位廖老先生,他讲《楚辞》也极尽其怪诞的能事,已经怪到了一个惊人的高峰。他的老师怪如王湘绮,释宋玉《高唐赋》,以为它寓有屈原主张迁都夔巫、婚齐抗秦之忠谋奇计(《楚辞释》附十一、章太炎《菿汉闲话》二十五,见《制言》十四期),似乎赶不上他这么怪。还有他的学生怪如郭鼎堂,塑造屈原成为那么一个变态狂热的爱国诗人(《屈原》剧本),也就曾经自叹不如了。

　　上文论到过的刘先生和廖老先生立说不同的地方,就在于刘还承认《楚辞》中有一部分确是屈赋,其他觉得有词意重复的篇章,就概以为是伪作。廖则从所谓天学,和词意犯重两者来说,认定《楚辞》无一篇是屈原作品。他这一说发生了一些影响。今之学者怀疑《楚辞》中大部分为伪作,乃至怀疑屈原并无其人,以及说《楚辞》都是汉人所作,《楚辞》为巫系文学,等等,似乎不能不说他是一个"始作俑者"。这就使得研读《楚辞》的人头晕眼花,不能不定一定神,从头来仔细研究了。我就是这样被迫来从事于这一方面的研究和撰述的,但最后却自恨"疾虚妄"为多余了。

四、再论诸家论屈赋之所以重复

屈赋为什么有这许多重复之处呢?上文已经引出顾炎武、沈德潜和俞樾几家之说为屈赋辩护了。这里再从头来说。

《史记·屈原列传》说:"屈平既嫉之(指同列大夫上官靳尚党人),虽放流,眷顾楚国,系心怀王,不忘欲反,冀幸君之一悟,俗之一改也。其存君兴国,而欲反复之,一篇之中三致志焉。"这是说,屈赋只此一个大主题:"眷顾楚国,系心怀王"。一篇之中再三反复,务求尽意,意岂能尽?所以说了又说,作了一篇又作一篇,不嫌重复也不惮烦。文自怨生,发愤不免突出。王世贞《艺苑卮言》一说:"《骚》赋虽有韵之言,其于诗文,自是竹之与草木,鱼之与鸟兽,列为一类,不可偏废。《骚》辞所以总杂重复,兴寄不一者,大抵忠臣怨夫恻怛深至,不暇致诠;亦故乱其叙,使同声者自寻,修郄者难摘耳。今若明白条易,便乖厥体。"王世贞已经探得了屈赋之所以总杂重复的秘密,不吝向人公开。谁不懂得这个秘密,谁就不易谈屈赋体例。可不是吗?不错,情绪扰乱,矛盾重重;敌人伺隙,顾虑种种;荀子说:"乱世之文匿而采。"这自是造成屈赋体例之所以总杂重复的一些原因。

黄文焕《楚辞听直》附《楚辞合论》,特有《听复》一篇,分论复芳、复玉、复路、复女,阐发了屈赋中为什么有许多重复之处的一些道理。《听复》说:"《楚辞》之难读在复,以不得其解,则视复生迷,因之生厌也。然其运法之谨严,用意之奇变,乃专在复中。""字句复而意能变,所以为奇;若字句变而意始变,何奇之有?"其中论《思美人》一篇之复为多。稍后一位北方学者评论它说得好。这就是刘献廷《广阳杂记》

四说的:"向予见《楚辞听直》一书,能使灵均别开生面,每出一语,石破天惊。虽穿凿附会不少,然皆能发人神智。闽人黄文焕所著也。"我以为《楚辞听直》一书,未必每出一语,石破天惊,但是在那样封建、专制、闭塞、停滞的社会环境里,说它的议论能够别开生面,发人神智,却是可以的。而它的作者就因为曾在当时政治上发了一点议论,受到了野蛮残酷的迫害,几乎断送了一条老命,在他的书中特为屈原叫屈,自是题中应有之义了。

钱澄之《屈诂》说:"屈子之文,如寡妇夜啼,前后诉述不过此语,而一诉再诉,盖不再诉,不足以尽其痛也。"这个譬喻倒也贴切。最后,朱骏声《离骚赋补注序》,竟专论《离骚》这一篇的重复,道前人所未道。他指出了这篇里面许多自相重复之处,举复句三、四例,复调近二十例,复字至数十百例。他说:"《离骚》一百八十韵,金相玉式,艳溢锱毫,为后世词章之祖。荀卿《赋篇》,瞠乎莫逮,所谓智者创物也。"朱骏声倒认为重复正是屈赋的一种创造,一种特色,算他认识到了屈原的这种首创精神。谁料到今之学者会把字句、意思二者重复与否,作为鉴定屈赋真伪的标准呢?

刘永济论《思美人》的总杂重复之病,说:"求其全文之中心思想而不可得。"和他恰恰相反,明清之间的《楚辞》学者,如方晞原、王夫之、李陈玉、钱澄之、陆时雍、屈复诸家,都以为《思美人》的主题,较之他篇有突出的地方。我已把它分别录入拙作《楚辞直解》中这篇的章指。这里不必细论,所可言者:古今学者之识度相越,岂不远哉?游国恩《九章辨惑》一文,其中驳吴汝纶一说,可以移驳刘先生。我只节取游先生论"《九章》悉为屈子之辞,非后人所得而伪托"一点。其他论点,彼此之间就大相径庭了。

五、《思美人》确是屈原所作

这篇结句说:"独茕茕而南行兮,思彭咸之故也。"方晞原说,"上云观南人之变态,此云独茕茕而南行,宜为在汉北所言。"(《戴注》)按篇中云"指嶓冢之西隈兮,与纁昏以为期"者,明为屈子迁于汉北期间所可见,而即事有作。当时怀王北绝齐交,西起秦患,楚之汉中郡已为强秦所得,故屈子思君而深忧之。陆时雍云:"思何苦也!思美人而不得,故思良媒;思良媒而无从,故寄言于浮云,托怨于归鸟也。其思穷矣!"(《楚辞疏·读楚辞语》)倘这篇赋果为伪作,则其人不躬逢其时,不亲履其地,不痛感其事,安得构思如此深切周到?此亦为屈子所作不容争辩之一证。

总之,我读了现代《楚辞》学者的一些著作,得悉从《九章》的《思美人》起,到末篇《大招》止,都各有人疑到它是伪作。其中《九辩》一篇是宋玉作,早成定论,反而有人疑是屈原作。真者说成伪,伪者说成真。但是他们说的没有确证,模糊影响,徒乱人意,也就没有说服力;又没有权力使人缄默,我就不得不辩。《孟子》说得好:"予岂好辩哉?予不得已也!"鄙见过去只有淮南王、司马迁和刘勰,比较算是认识到了屈子的崇高的人格,热爱真理的心灵;也认识到了他的博大的风格,艺术的独创性。最后一点,上文所举论屈赋所以重复的诸家也算各个多少触及了。这篇《思美人》也是屈原热爱真理的一种象征。单说它是思君,恐怕不尽理解到作者的心灵。其文辞总杂重复也是屈赋别具匠心的一种独创性,硬认它是伪作,恐怕未能理解到作者的艺术。当然,这一篇不能是屈赋中的代表作。可是西汉时代的辞赋作者却已有人摹仿到它的词意。《思美人》说:"惜吾不及古人兮,吾谁与玩此芳草?"严忌《哀时命》说:"廓落寂而无友兮,谁可与玩此遗芳?"《思美人》说:"愿寄言于浮云兮,遇丰隆而不将。因归鸟而致辞兮,羌宿高而难当!"刘向《九叹》之一《忧苦》说:"三鸟飞以自南兮,览其志而欲北。愿寄言于三鸟兮,去飘疾而不可得!"这不是先后作者的句式和词意偶然雷同,显然是后者摹仿了前者。难道这也不足以证明《思美人》确是屈原所作吗?

说来不免惭愧!我们"斤斤地争论"这些作品的真伪,正如歌德所讥的德国考据家,"脱不了俗物习性"。但是他又说:"人不可不将真理常常重复,因为谬误常被重复地对我们谆谆劝说","到处跋扈"(德国《歌德对话录》,爱克尔曼著,周学普译)。那么,作者不得不说话常有重复,批评者也不得不说话常有重复。真可以说俗物习性,谬误跋扈,古今中外其揆一也,吾未如之何也已!

《惜往日》解

一、《惜往日》是屈原绝笔吗?

《九章》中《怀沙》、《悲回风》、《惜往日》三篇,先后被人认为是屈原自沈汨罗的绝笔。最早司马迁认为《怀沙》是屈原绝笔,不错;王夫之、王闿运都认为《悲回风》是屈原绝笔,我以为虽不中,不远矣;蒋骥认为《惜往日》是屈原绝笔,这是因为他疑"《怀沙》者,盖寓怀其地(长沙)往而就死焉耳"。就不把《怀沙》作为绝笔。现在,我看《惜往日》一篇也不是屈原绝笔。

蒋骥说:"《惜往日》,其灵均绝笔欤?夫欲生悟其君不得,卒以死悟之,此世所谓孤注也。默默而死,不如其已。故大声疾呼,直指谗臣蔽君之罪,深著背法败亡之祸,危辞以撼之,庶几无弗悟也。苟可以悟其主者,死轻于鸿毛。故略子推之死,而详文公之悟,不胜死后余望焉。《九章》惟此篇辞最浅易,非徒垂死之言不暇雕饰,亦欲庸君入目而易晓也。呜呼!又孰知佯聋不闻也哉?"这里提出了《惜往日》是屈子绝笔的问题。

游国恩说:"《惜往日》是屈原的绝笔,是他的最后一首述志诗。它在前面既说:'临沅湘之玄渊兮,遂自忍而沈流。'篇末又说:'不毕辞而赴渊兮,惜壅君之不识。'可见这篇是他的绝命辞。"(《屈原作品介绍》)这里举了本篇内证来说,这比蒋骥说的更进一步了。

我看这还不能肯定游先生说的就对,安知游先生引据本篇的几句内证,不是作者自述内心的踌躇不定、自我商度的盖然之词?篇末这两句话，倘若依游先生的意思作解来说，就是：不作完这篇文章就去投水啊，可惜被蒙蔽了的君王不识我的意思！那么，他这篇作到这里为止，原是未完成的杰作。这当是游先生把它认作屈子绝笔的来由。另一个解说，就是：不作完这些文章就去投水啊！可惜被蒙蔽了的君王不识我的意思！那么，我还有文章要做。这就不能算是绝笔。似乎游先生说《怀沙》是屈原寄怀长沙，说《惜往日》是屈子绝笔，都是上了蒋骥的当。

鄙见，以为不但这篇不是绝笔，可能距离绝笔之时还有若干年月，至少也应该在顷襄王十九年以前。若在此十九年至二十一年之间，即从秦人大举侵楚到破郢都，直到屈原自沈的一段期间，抵抗秦人还来不及，哪有人会"迂阔而远乎事情"，至于怀着多余悲愤，誓死来争什么法治而反对"心治"呢？远水不救近火呀！《惜往日》首段，以回忆立法度，致富强起；末段又以当前违背法度恐怕再遭祸殃作结，全篇主旨在此。假使不在平时，怎么有暇大谈法治，至于想以誓死力争？其实，那时他没有死，死在后来抗秦大败之时，只要我们稍稍细读它一遍，就不会认为它是屈原绝笔。

二、《惜往日》是伪作吗？

疑《惜往日》、《悲回风》两篇为伪作，据我所知，从南宋道学家魏了翁《经外杂抄》开始。他以为这两篇果系屈子所作，决不会提及"国贼"伍子胥事，疑系宋玉、景差之徒为吊屈原而作。这是出于主观臆测之词，却也生了一点影响。

刘永济《笺屈余义》有《惜往日悲回风二篇非屈原作之证》一文，其要证有二。一为"二篇皆用伍子胥事"，一为"文辞不类"。前一证，上文说及了；后一证，这里来说。这两证当是出于魏了翁和曾国藩两人之说。但据刘文，似乎前一说为自己创见，后一说则是受到了吴汝纶一说的影响为多。刘在《九章解题第一》里，说："吴汝纶谓此篇（《惜往日》）平衍而寡蕴，其隶字不深醇。又以《悲回风》文字奇纵，而少沈郁谲变之致,疑亦非屈子所作。""为吊屈子者之所为。""虽仅据文辞推究,而颇有理致,与沟瞀小儒所见迥异"。这是说,谁和吴汝纶这一说不合,谁就是沟瞀小儒。可见刘先生受吴说影响之深。按吴汝纶说:"曾文正公谓此篇不类屈子之辞,而识别其浅句。今更推衍文正之旨,盖他篇皆奇奥,此则平衍而寡蕴,其隶字不能深醇。文正之识卓矣。"(《古文辞类纂点勘记》)这是他推衍师说而称赞他卓识,又可见吴汝纶受曾国藩说影响之深。按曾国藩说:"自阎百诗后,辨伪古文者无虑数十百家,姚姬传氏独以神气辨之,曰不类。柳子厚辨《鹖冠子》之伪,亦曰不类。余读《九章·惜往日》,亦疑其赝作,何以辨之？曰不类。"(《求阙斋读书录》)这就是以文辞不类疑《惜往日》为伪作一说的由来。可能曾国藩的这些话,实是受了魏了翁《经外杂抄》那一说的影响而推衍出来的。

　　请问,所谓"文辞不类",有何明确定义？怎样才叫作类？怎样就叫作不类？凭什么标准来衡量？若说"浅句"、"平衍"、"隶字不能深醇"等等空泛话头,一人一说,百人百说,以谁为准？如说《悲回风》"少沈郁谲变之致",恰恰相反,沈郁谲变极了。作者借风与潮描写自沈以前自己的微妙的心理活动,不但从来的注释家不得其解,便是现代的心理学专家也恐怕难以分析说明。这就是单凭所谓文辞类不类,或风格相似不相似,作为衡量作品真伪的标准不可靠之再好不过的一个例证。何况既说它"文字奇纵",又说它"少沈郁谲变之致",未免说话自相矛盾。即如说,《惜往日》"平衍","疑其赝作";又何以说《悲回风》"奇纵","疑亦非屈子所作"？这岂不是刘先生说的"自语相违"？

　　鄙见以为《惜往日》确是屈原所作。没有屈原那样大本领的政治实践,伪作者安得有此反映一位大政治家闳识孤怀的大文章？这岂是"宋玉、景差之徒"所能梦见,纵使西汉贾谊、晁错那样所谓天才的政论家复生罢,也恐怕他们还不一定有此针对现实政治而极其强调法令制度,反对"心治"的大文章。尤其是无可置疑的关于这一赋篇的本事,有《史记》本传可证,不妨重引一遍:"怀王使屈原造为宪令。屈平属草稿未定,上官见而欲夺之,屈平不与。因谗之曰:王使屈平为令,众莫不知。每一令出,平伐其功,曰以为非我莫能为也。王怒而疏屈平。"

我们读此,可知《惜往日》一篇当是屈子追惜往日造令保密、被谗为夸功而作。陈玚《屈子生卒年月考》说:"怀王六年,昭阳伐魏,取其八邑。移兵临齐,齐震其威,使陈轸说昭阳以止其军。八年,齐封田婴于薛,几因楚怒而中辍。十一年,五国伐秦,而楚为从长。十六年,齐助楚取秦曲沃,而秦患之。怀王初政,为四国所畏,概可想见。《惜往日》篇,所谓奉先功以照下,明法度之嫌疑,国富强而法立,属贞臣而日娭。揆之此时情事,颇觉吻合。屈子仕为左徒,当必在此十年之内。"这话据史推定年代事实,极为精密。屈子所追忆痛惜的往日,自是在他自己正为左徒,而怀王初政,国势强盛的时候。不料造令被妒遭谗,功败垂成,哪得不追忆痛惜呢?言外之意,仍重在"奉先功以照下",就不必说了。

三、这篇也确是屈子所作

通过了上文的研讨,这里可以作出一个结语:"这篇《惜往日》也确是屈子所作。"再看这篇末句说:"不毕辞而赴渊兮?惜壅君之不识!"东方朔《七谏·初放》末句说:"窃怨君之不寤兮,吾独死而后已。"又《沈江》末句说:"怀沙砾而自沈兮,不忍见君之蔽壅。"《惜往日》说:"妒佳冶之芬芳兮,嫫母姣而自好。虽有西施之美容兮,谗妒入以自代。"《七谏·怨世》说:"西施媞媞而不得见兮,嫫母勃屑而日侍。""亲谗谀而疏贤圣兮,谓闾娵为丑恶。"严忌《哀时命》说:"璋珪杂于甑窐兮,陇廉与孟娵同宫。"刘向《九叹·愍命》说:"蔡女黜而出帷兮,戎妇入而彩绣服。"又《思古》说:"西施斥于北宫兮,仳倠倚于弥楹。"但从西汉辞赋家,得见《屈原赋》或《楚辞》祖本及其他原始资料,而摹仿《楚辞》的这些作品中,不也足以证明《惜往日》确是屈子所作吗?

《橘颂》解

一、橘在楚国与《橘颂》之所以产生

《橘颂》在《九章》中只算小品,不是大篇、杰作,从来的注释者评论家大都轻轻地放过它;甚至现代的《楚辞》学者怀疑它不是屈原作品,压根儿从《九章》中删除它,不肯把它著录在他的所谓"屈赋"中(如《屈赋通笺》)。现在,我们就从橘说起罢。

橘是一种什么植物?今知橘、柑、柚在植物分类上同属于芸香料。橘,旧解有时包柚(櫾)而言,有时包柑(甘)而言,包橙而言。详见吴仁杰《离骚草木疏》。

橘有什么值得颂美的?《晏子春秋》中《内篇·杂下》说:"橘生淮南则为橘,生于淮北则为枳,叶徒相似,其实味不同。所以然者何?水土异也。"王逸《章句》说:"橘受天命生于江南,不可移徙;种于北地,则化而为枳也。屈原自比志节如橘,亦不可移徙。"这是说,橘受命不迁;屈原自以为禀性不移,志节如橘,同样深固难徙。这话不错,但是对于题旨并未说得完全。我们知道橘柚是楚国有名的土特产。《山海经》里屡屡说到荆山多橘櫾。如《中次八经》说荆山、纶山、铜山多橘櫾,《中次九经》说葛山贾超之山多橘櫾,《中次十二经》又说洞庭之山多橘櫾,皆在楚地。《吕氏春秋·本味》篇说:"果之美者,江浦之橘,云梦之柚。"《战国策·赵策二》记苏秦从燕往赵,始以合从说赵王道:"大王诚能听臣,燕必致毡裘狗马之地,齐必致海隅鱼盐之地,楚必致橘柚云梦之地。韩、魏皆可使致封地汤沐之邑。"当时苏秦把楚国的云梦橘柚,和齐国的海隅鱼盐,燕国的毡裘狗马,相提并论,无疑地是把橘柚作为楚国有名的土特产,乃至视为一种经济植物资源。《文子·尚德》篇说:"橘柚有乡,是楚人之言也。"《列子·汤问》篇说:"吴楚之国有大木焉,其名为櫾,碧树而冬生,实丹而味酸,食其皮汁,已愤厥之疾,齐州

珍之。渡淮而北，而化为枳焉。"或疑《文子》、《列子》系伪托之书，可是所说大都出自先秦时代的遗文佚记。降至汉魏时代，《史记》、《汉书》都说到"江陵千树橘，与千户侯等"。《三国志·吴书·孙休传》注引《襄阳记》，说吴丹阳太守李衡："密遣客十人于武陵龙阳泛洲上作宅，种甘橘千株。临死，敕儿曰：吾洲里有木奴千头，不责汝衣食，岁上一匹绢……吴末，衡甘橘成，岁得绢数千匹，家道殷足。"《水经注》三十七记沅水流经泛洲，也说到了这件事。又记宜都郡故城，北有湖里渊："渊上橘柚蔽野，桑麻暗日。"此皆可证，橘是自古以来荆楚地方有名的土特产。早在楚国就已经具有经济上的价值。屈子作《橘颂》，不能说不是受到这一点影响的。并据此可见中国果农栽培橘柚之古。《橘颂》里："纷缊宜修，姱而不丑兮。"李陈玉《笺注》、王萌《评注》，都说所谓"宜修"是指橘宜芟繁去蠹。可能那时关于橘的栽培管理等技术确已达到这样的程度，而屈原说的是实录了。

再说，《橘颂》劈头第一句就说："后皇嘉树，橘徕服兮。"换句现代语说："君王有美树，橘服水土来生啊。"《橘颂》，当是屈子见到了楚怀王的橘树或江陵千树橘有所感触而作的。虽然不一定就是他奉命秉笔，像《惜往日》篇说的"受命诏以昭诗"，或如《述异记》说的"楚怀王举贤才，赋诗于水湄"那样。《左传》昭二年春："晋侯使韩宣子来聘，……公享之。季武子赋《绵》之卒章，韩子赋《角弓》。……既享，宴于季氏，有嘉树焉，宣子誉之。武子曰：'宿敢不封殖此树，以无忘《角弓》!'遂赋《甘棠》。宣子曰：'起不堪也！无以及召公。'"按：宣子誉之的誉，《杜注》说："誉其好也。"《孔疏》说："服虔云，誉，游也。宣子游其树下。夏谚曰，一游一誉，为诸侯度。"今按《孟子》所引夏谚誉作豫。赵岐注说："豫亦游也。"这里所引的《左传》一段中，说韩宣子见到了季武子的嘉树，就去游览而赞赏它。那么，屈子见到了楚怀王苑囿所种嘉树有所触发而作《橘颂》，不是同样自然的一件事吗？何况春秋战国时代，各国君主爱好园林已成风尚。记得《左传》里说："郑之有原圃，犹秦之有具囿也。"《韩非子》说："秦大饥，应侯请发五苑果枣以活民。"《述异记》

说:"邯郸有故邯郸宫,基址存焉。中有赵王果园,梅李至冬而花,春得而食。"又说:"燕昭王通霞台左右,种恒春之树,叶如莲花,芬芳似桂,花随四时。"其他离宫别馆,附有园池,穷奢极侈,不胜枚举。又如《孟子》齐宣王之囿,梁惠王之沼。他如张衡《东京赋》说的:"七雄并争,竞相高以奢丽,楚筑章华于前,赵建丛台于后……"都可以概见。难道说"后皇嘉树,橘徕服兮",解作楚王苑囿里种有好橘树的意思就错了吗?

我们以为要说明屈子《橘颂》之所以产生,至少要包括上面这几种意义来说,才可算是全面顾到题旨,创作动机往往是错综复杂的,它是所谓灵感的产生婆。而灵感是作者凭其主观情思或体念,通过许多曲折,许多条件,许多方面的蓄积酝酿,成熟膨胀,达到心理上的一种高度兴奋的状态,随机迸发出来的。记得《庄子》说的"彼其充实之不可以已",扬雄《法言》说的"弸中而彪外",是也。有灵感才有神来之笔,才有好作品。刘勰《文心雕龙》说"兴高而采烈"。不是说得很对吗?

二、"后皇嘉树"之旧解及其他

我在上文所说"后皇嘉树,橘徕服兮"的意义,未必人人同意。尽管这么简单一句,解释起来却大有纷歧。汉儒说:"诗无达诂",或说"诗无通故",岂仅《诗经》如此?《楚辞》也是一样。即如这里后皇一词,王逸首先解为后土皇天,蒋骥、戴震都同意王注。朱熹则以为后皇是指楚王,林云铭则以为这是后土之神。郭沫若《屈原赋今译》乃一扫旧说,别立新解。他说:"后皇当即辉煌堂皇之意。旧释为皇天后土,则又何不可释为皇娥(原注,少昊母)后稷呢?"其次,如嘉树一词,王逸、林云铭和蒋骥都以为是美树的意思,朱熹却以为是"喜好草木之树",一释嘉字为形容词,一释嘉字为动词。再如徕服一词,王逸说:"来服习南土,便其风气。"朱熹、蒋骥、戴震无异义。林云铭偏说:"言橘来服属而列于嘉树。"郭先生又拨弃旧说,自出新解。他说:"徕服,犹离靡,亦连绵字,非来服水土之意。"即此可见这么一句的解释是何等的纷歧!

我既以为"后皇嘉树"和《左传》"季氏有嘉树"句意相似,又以为和《汉书·礼乐志》中《郊祀歌·后皇》十四"后皇嘉坛,立玄黄服"一句的意思略同,而且这正是套用了《橘颂》"后皇嘉树"的句式。颜师古注说:"坛,祭坛也。服,祭服也。"那么,《汉书》这一古简的整句的意思,应该是说:"君王有很美的祭坛,他站在祭坛上穿了玄色黄色的祭服。"刘敞《公是集》中《温柑诗》云:"后皇富嘉树,柑实掩群众。"董说《七国考》说:"《橘颂》言楚王好草木之树,而橘生其土也。"这也都是把后皇解作君王。可知后皇犹之《礼记·内则》"后王命冢宰"的后王,《释文》引孙炎说,解作君王的意思。难道不是吗?

我们费了这么一把大劲总算把《橘颂》的头一句解通了,可作为先秦古籍难以读通的一例。这是否算得人人首肯的共同的解释,如汉儒董仲舒和刘向之流所谓"达诂"或"通故"?还很难说。其他难解的字句正多,就不说了。至于郭先生还有几条新注,如"苏世独立,苏读为疏,即离世独立之意"。"淑离不淫,淑离当即卓荦之意"。虽然也都可通,并较迂曲作解的旧注为有进步。鄙见却以为,如果按照原文直解有可以通之道,还是不必破字改读为是。总之,《橘颂》虽是一篇小品,又在屈赋中和《卜居》、《渔父》一样平实易懂,但是细论其字句训诂还是有许多问题存在。由此可见先秦古籍之难读,而《楚辞》之不易解仿佛《诗经》,也就可以知道了。

三、《橘颂》比兴之义

《橘颂》同用《诗》三百篇里比兴的手法,即象征的手法,却又更进了一步。因为它不只是"感物造端",用比兴发端,而是试图用一物比兴到整篇,在《三百篇》中只有《鸱鸮》一篇和它相仿佛。说物则物中有人在,说人则人中有物在。是一是二,若合若离,话带双关,近似"谐隐"(《文心雕龙·谐隐》)。楚人好隐,庄王、威王都是如此(《史记·楚世家》)。此篇前半说橘,把橘人格化,颂橘即以自比。后半说人,把人物性化,自颂即以比橘。虽然不曾做到《庄子》寓言物我为一,物我两忘的境界,却也做到全部物我双关的地步。有人读来,觉得说物说人各为一段;有人读来,觉得前后两段都是说物;评论起来,大有争执。《楚辞听直》和《楚辞灯》的作者,正是后一说的代表。林云铭说:"一篇小小物赞,说出许多大道理,且以为有志有像,可友可师。而尊之以颂,可谓备极称扬,不遗余力矣。在原当日,见国事不可为,而又有宗国无可去之义,故把橘之不能逾淮做个题目。不觉滔滔汩汩,写过又写。其上段言其履常本领,下段言其处变节概,皆是自己意中之事。因当世无一相似之人,亦无一相知之人,忽于放废之所,得一良友明师,乃伤心中之快心,虽欲不备极称扬,不可得也。看来两段中,句句是颂橘,句句不是颂橘,但见原与橘分不得是一是二,彼此互映,有镜花水月之妙。吾里黄维章先辈谓旧注不得其解,乃以为前半论橘,后半属原自言,遂令奇语化作腐谈。且梗其有理、年少、置像诸句,皆刺谬难通。驳得最确切不易。"这里论《橘颂》比兴之义有是处,有不是处。又从旧注谓作者此篇作在放废之所,不知此乃早年初仕得志之作。至旧注有谓此篇前半颂橘,后半自颂者,并不算错。

四、《橘颂》乃三闾早年咏物之什

传说今鄂西北,汉水上游,郧阳县挂剑山,曾经是屈原放流去过的汉北所在。他在那里写了诗篇《橘颂》。直到现在,每逢秋冬之际,那里还是满山黄柑金橘。《湘阴县图志·物产志》说:"屈原作《九章》玉笥山中,中有《橘颂》,盖述当时物产也。"同是传说,说屈原《橘颂》作于放逐期间相同,说放逐地点则南北相反,相去千里。地方志书往往记录关于地方历史人物的传说,大都不甚可靠。我们相信《橘颂》是屈原被放汉北,作在今郧阳县挂剑山中呢? 还是相信他放逐江南,作此文于今湘阴县玉笥山中、汨罗江畔呢? 或者说,这两说都不是呢?

陈本礼《屈辞精义》说:"《橘颂》乃三闾大夫早年咏物之什,以橘自喻;且体涉于颂,与《九章》之文不类,应附于末,旧次未分;且有谓《橘颂》乃原放于江南时作者,未可为据。"这是反对《橘颂》为屈原放逐江南时所作一说,即反对王逸《章句》伲侗地以为《九章》都是"屈原放于江南之野"所作一说,而是首先主张《橘颂》为屈原早年作品一说的。晚清吴汝纶,今人陆侃如,也都同有这一说。游国恩则仍用王逸一说,而是和陈本礼一说相反的。

游先生说:"《橘颂》写作的时代表面上是看不出的。从'生南国兮'一语看来,似乎这橘树就是屈原在江南途中所见。所以《橘颂》这篇短短的咏物诗也很可能是再放江南时所作。(原注,有人据篇中'嗟尔幼志'及'年岁虽少'之文,定为屈原早年的作品。)橘之所以可贵,就在于它的受命不迁,深固难徙的性格,和青黄绚烂的文章。表面上好像是颂橘,其实就是诗人的自赞。"今按篇首所谓南国,丢开周召南国不说,这当是泛指荆楚而言,并不是专指楚之江南一隅止为南国的一部分。《湘阴县图志·兵事志》说:"赧王三十七年,秦与荆人战,取洞庭五渚江南。(见《战国策》,《秦策》作五都,《燕策》作五湖,《史记》引策文作五渚。)按秦昭王二十九年,取洞庭五渚,当楚襄王二十一年。襄王四年迁屈原江南。楚时名洞庭以南皆曰江南。……《舆地广记》:资、沅、澧、湘同注洞庭,北会江,名之五渚。盖以水名渚。……《毛诗故训传》:渚,水洲也。水歧成渚。巴陵吴舍人云:《楚辞·湘夫人》'帝子降兮北渚',湘水至君山北会江,北渚当即君山。《史记》连洞庭五渚为文,五渚皆湖中岛也。君山当北渚,磊石山当南渚矣。"倘若不是像《舆地广记》说的,以水名渚,即以资、沅、澧、湘、大江五水为渚;那么,吴獬说的,以岛为渚,即以洞庭湖中五岛为五渚,就不算错了。我们看看程恩泽《国策地名考》、顾观光《七国地理考》,也会知道屈原放逐的江南,在今湖南沅水流域常德,辰溆一带。难道当时楚国之橘只生在这一小块地方吗?不知道游先生为什么仅据"生南国兮"一语,就断定说,这橘树是屈原放逐江南途中所见,《橘颂》可能是他再放时所作。安知不是他初出仕在郢都时所作?"江陵千树橘",正是说的郢都郊野宜种橘树呀!

吴汝纶说《橘颂》为屈原少作一说,当是受了姚鼐"疑此篇尚在怀王朝,初被谗时所作"一说的影响。他勘点古文辞,往往根据桐城派祖师爷姚氏说,而肯定了它,或者发展了它。姚氏说:"鼐疑此篇(见上)首言后皇,末言年岁虽少,与《涉江》年既老之时异矣。而闭心自慎之语,又若以辨释上官所云每一令出,平伐其功之为谮也。"(《古文辞类纂》)我们据此可知姚係系从作品中找出和作者身世有直接关联的东西作为内证,以说明其作出的年代。其实,还有作者《惜往日》篇可证。总之,《橘颂》说"闭心自慎",决不是无的放矢,确是有为而发。不过它可能发在他初被谗、诬时候,还没有被放逐,情形不太严重,情绪不太激动,所以就只说到"闭心自慎"而止。作者仅仅略表心迹罢了。

还有待于我们研究的,屈原担任过的官职是三闾大夫和左徒。两种官职何先何后?一直不曾明确。从《史记》本传、王逸《章句》以来就是如此。刘永济《屈赋通笺·叙论》列有《屈子年历表》,于周显王四十六年屈子二十一岁一直栏,注明:"官三闾大夫,率其贤良以厉国士,当在此后数年中。"于周慎靓王三年楚怀王十一年屈子二十六岁一直栏,注明:"官左徒,入则与王图议国事,出则接遇宾客,当在此后数年中。"这当是根据司马迁和王逸的记述,以及陈玚《屈子生卒年月考》等而推论得来的。刘先生说:"屈子服官以迄放逐之年,史无明文,故表中亦只略约其时,无从指实也。"这样说来,屈原可能是先作三闾大夫一官,大约在他二十岁以后到二十五六岁的一段期间;后作左徒一官,大约在他二十五六岁到二十七八岁的一段期间。就目前我们所能得到的古人和今人的研究成果来说,这个推测的可能性要算最大。

我们已经知道三闾大夫的职掌是楚国王室屈、景、昭三姓贵族子弟的教育,王逸《章句》说得不错。按《史记》,秦法,宗室非有军功不得为属籍。楚王室亦重谱属,故楚官都用同姓,而同姓子弟的教育亦被重视。屈原自己就曾重视这个职务。《橘颂》结尾说:"年岁虽少,可师长兮!"恰和《离骚》开端一段中说的:"余既滋兰之九畹兮,又树蕙之百亩,畦留夷与揭车兮,杂杜衡与芳芷。冀枝叶之峻茂兮,愿俟时乎吾将刈。"两者语意相合。这些话,说在作者被谗见疏或见放之前,都该是作者一再自负自诩的培植后进的这件事。陈炀说："怀、襄之世，屈、景、昭三族之知名者，昭阳、景翠皆仕至上柱国，昭常仕至大司马，昭鼠仕为宛公，昭献相韩以为楚，屈盖相秦以为楚。昭雎、景鲤、屈署皆尝为使。昭应、景阳、景痤（或云景痤即景翠）皆尝为将。而昭阳建功于怀王初年，称贤相。昭雎献策于怀王末年，卒奠嗣君。景阳用兵最精，景鲤贤劳最久，尤卓卓一时。他如昭过善用众，景差善属文。景缺、屈匄能死事，昭鱼、昭盖、昭忠、昭衍皆能谋。济济人才，于斯为盛，虽诸人年齿较屈子孰长孰幼不能悉考；要之，屈子所甄陶拔擢之士必多厕其中。滋兰九畹，树蕙百亩，岂虚语哉？"陈炀这段话系从当时史实或《离骚》内证推论得来，不能说没有根据。何况还有《橘颂》"年岁虽少可师长"的话可相印证呢！

至《橘颂》的最后一句话说："行比伯夷，置以为像兮！"便在这里，作者透漏了他辨诬自白的严正的态度。可知这时他正做左徒，已经遇到了谗言诬蔑，也就颇有"发愤"的一点念头了。篇中还说："闭心自慎，终不失过兮。"这句话的意义是说自己能够永为国家保守机密。无疑地这是为他自己辨诬，回答上官大夫"每一令出，平伐其功"一派谗言诬语的。《橘颂》的写出就该在这个时候。郭沫若《九章解题》中说："《九章》中《橘颂》一篇体裁和情趣都不同，这可能是屈原的早期作品。"我曾肯定了郭先生这一说可为定论，所以我就又这样试试来证成他说的有据了。

五、《橘颂》为伪作，非屈原少作吗？

固然，在现代研究屈赋的学者中还是有人反对《橘颂》为屈原早年作品一说的，我们自然不必强求他们的一致。例如刘永济《通笺·九章解题》里说："以《橘颂》有'幼志'及'年岁虽少'之语，疑为屈子少作，则不免以后世文人习尚拟古人。即是少作，何缘入之《九章》？疑系淮南小山之徒所为，与《招隐士》为同类之物。后人因与《悲回风》各篇杂入《九章》中，以足成九数也。""以后世文家生活习惯悬拟屈子"，"例如吴汝纶以《橘颂》有'嗟尔幼志'及'年岁虽少'等句，疑为屈子少作。今人郭君沫若复谓《九歌》乃屈子在朝得意时所作，皆与后世习惯相合，而与古人发愤而后著书之习不同。"(《笺屈余义》)这里刘先生所谓古人发愤而后著书，似是根据《太史公自序》里说过的"屈原放逐著《离骚》"。他以为屈赋都是发愤之作，而《橘颂》不是为发愤而作，或与发愤无关，从而断定这篇不是屈子作品，屏诸《九章》之外。纵令他用发愤一说不错，我们已在上文指出这篇中"闭心自慎"、"行比伯夷"等句，都是有为而发，为自己辨诬和发愤之意了。难道刘先生还以为这不合乎他说的发愤之意义么？

　　司马迁提出的发愤著书一说，当然具有相当的价值，部分的真理。但是并不能完全包举先秦时代一切著作的动机。即以他所举先秦作者的实例来说，不是作者未确，就是因果颠倒，等等，不合事实。已经有刘炫、刘知幾、王应麟、崔述、梁玉绳、张文虎，和日本泷川资言先后指出，正足以见出太史公立说的不甚圆满处。似乎刘先生也曾见到了这一点，所以他又说："汉人治学，风尚不同后人。前哲著书，用意亦异后世。前哲著书，或以发愤，或以明理，皆出于不得已；初无矜炫之心，故于名之存亡，在所不计。"请问：前哲著书只是为了发愤，为了明理二者？后人著书只是仅仅为了好名？其实单从汉以前的作者来说，他们的著作动机原是很复杂的，恐怕未必只此发愤明理二端罢？吕不韦、淮南王，各用门客合纂一书，成为杂家之言，发愤呢？明理呢？好名呢？还是别有用心呢？《山海经》、《穆天子传》作者姓名都考不出，又为何而作呢？

　　再以明理而言，《橘颂》未尝不为明理而作。林庚《说橘颂》说："《橘颂》所写的是一种性格，这也正是屈原的性格。战国时期正是国家观念将要形成还未形成的时期。""当时才智之士，往往漫游诸国之间，以求得自己之发展，那原是一时的风尚。但是屈原的性格却与此相反。他是一个乡土观念极重之人。《离骚》里说：'何所独无芳草兮，尔何怀乎故宇？'正是屈原所不愿做的事。这乡土的观念，在《橘颂》里表现得非常明白。所谓'受命不迁,生南国兮','深固难徙,更壹志兮',便正是屈原自况之辞。屈原对于当时游说之士,没有国家观念,认为是一种不好的品行,而这种不好的品行正是战国时期最流行的风气。屈原赞美那种好的品行,所以说:'独立不迁,岂不可喜兮,深固难徙,廓其无求兮!'……最后说'行比伯夷',也正因为伯夷是为了祖国而不食周粟的。""屈原一生的悲剧也只因为他对于楚国过分的爱恋。然而这种爱恋是可宝贵的,于是更进一步形成了中国的民族力量。"又说:"《橘颂》说:'嗟尔幼志,有以异兮?''年岁虽少,可师长兮!'因此更使人相信其为屈原少年时期的作品。"不错! 林先生解说《橘颂》,既肯定了它是屈原借橘自况,言志明理的作品,又肯定了它是屈原少年时期的作品,更无这一作品真伪的问题。

倘若说,林先生只从《橘颂》说明其作者个人性行(志节)之理,爱乡土爱国之理,这都还不算是理。要像先秦老、庄、孔、墨,两宋周、程、张、朱,他们说的那些理才算理。好罢! 我们来研究研究,看古代和晚近几个学者怎样说罢。

宋末史绳祖《学斋占毕》二说:"屈正平《离骚经》一篇之中,固以香草比君子矣。然于《九章》中特出《橘颂》一章。朱文公谓'受命不迁'谓橘逾淮为枳也。原自比志节如橘不可移徙也。末乃言橘之高洁可比伯夷,宜立以为像而效法之,亦因以自托。余因文公之言,而谓濂溪周子作《爱莲说》,谓莲为花之君子,亦以自况,与屈子千古合辙。不宁惟是,而二篇之文皆不满二百字,咏橘,咏莲,皆能尽物之性,格物之妙,无复余蕴。盖心诚之所发越,万物皆备于我之所著形,是可敬也。读者宜精体之。"这位道学家之徒,说《橘颂》见称于朱子《集注》,媲美于周子《爱莲说》,它是屈子明理之作。不是吗? 晚清陈澧《东塾读书记》说:"屈子之文虽为辞赋家,其学则为儒家。《离骚》云:'纷吾既有此内美兮,又重之以修能。'又云:'汩余若将不及兮,恐年岁之不吾与。'屈子有天资,有学力,而又能及时勉学,实无愧为儒家。《涉江》云:'世溷浊而莫余知兮,吾方高驰而不顾。'此言人不知而不愠也。

《橘颂》云:'深固难徙,廓其无求兮。苏世独立,横而不流兮。'此《中庸》所谓'强哉矫'也。屈子之学与圣人为徒,足以不朽千古矣。"这位汉宋学调停派的学者,说屈原《离骚》、《涉江》、《橘颂》皆有合于儒家之理,屈子之学与圣人为徒。不是吗?晚近刘熙载《艺概》说:"屈子《橘颂》云:'秉德无私,参天地兮。'又云:'行比伯夷,置以为像兮。'天地伯夷大矣!而借橘言之,故得不迂而妙。"这位文艺批评家显然说《橘颂》善言三才大道理,不迂而妙。不是吗?上文举出的三位学者,他们不但以为《橘颂》是明理之作,还以为它的作者是儒家,道学家,圣人之徒,好像要抬举他进文庙,配享两庑吃冷猪肉呀!再若有人说"少年无发愤之作",这是"伪作";那么《贾子新书》,祢衡《鹦鹉赋》,王粲《登楼赋》,都该是伪作了。或者说"少年无明理之作",这是"伪作";那么,王弼《周易注》、《老子注》都该是伪作了。

东方朔《七谏》中《自悲》篇说:"杂橘柚以为囿兮,列新夷与椒桢。"其乱辞说:"拔搴玄芝兮,列树芋荷。橘柚枯萎兮,苦李旖旎。"这都是从《橘颂》衍化出来的词意。总之,实事求是,无征不信。目前我们可以肯定地说,还没有人举出任何无可辩驳的证据和理由足以证实《橘颂》是伪作,不是屈子少年时期的作品。这就是我在这里试解《橘颂》所得的结论。

【附录】

屈原好名与否一问题之通讯讨论(关于《橘颂解》及其他的一点补充意见)

陈子展致魏民铎先生书

河南省驻马店师范学校魏民铎先生:

来示读悉。辱承奖饰,殊不敢当,大耋之年,徒悲老大!拙作《橘颂解》实谈不上"多所发明",能使先生"一读为快"?我不过对于当代几个学者疑此篇为伪作,非出屈原之手,加以辨驳而已。尤其是驳刘永济《屈赋通笺》提出的几个疑点,今天再自检查,尚觉有一点遗漏,亟待补充,借以说明论学之文尽管元元本本,全面总结,总有不照处。

刘先生说到,古无好名著书之人,请问立言不朽之说从何而来?刘先生硬要说屈原决不好名,不像今之文人学者好名,当是受了俗儒说的"三代以上之人不好名"那套老生常谈的影响。岂不知道扬雄《反离骚》早就说过"知众嫭之嫉妒兮,何必扬累之蛾眉?"岂不知道班固也早就讥评过屈原好名至于"露才扬己"?当然扬雄、班固的话是有根据的。不是吗?当日屈原作赋,自己就曾感到有好名之嫌。比如《天问》末句说:"何试(一作诚)上自予(一作与)而忠名弥彰"?王逸《章句》说:"屈原言我何敢尝试君上,自干忠直之名,以显彰后世乎?诚以同姓之故,忠心恳恻,义不能已也。"柳宗元《天对》说:"诚若名不尚,曷极而辞?"王逸为屈原好名而曲笔回护,驰想句外别有含义;柳宗元为屈原好名而直言说穿,以为本意尽于句中;究竟屈原是不是为了好名才有作品?这个问题,当日在屈原自己作赋时,就曾内省过而提出过,如上引《天问》末句所说,毋庸后人代他立言了。其实,好名可以是好事,可以是坏事。都要就事论事。你不好名不见得你就是好人,我若好名不见得我就是坏人,都要就其为人怎样的总和来说。大概在有史时代三代以上的人就已经知道好名,尤其是三不朽的名。自古相传的话:"太上有立德,其次有立功,其次有立言。历久不废,此之谓不朽。"(语见《左传》)孔子不是也说过"君子疾殁世而名不称焉"的话吗?他还主张人要早岁立名,人生三十就要立名。所以他一再说:"年四十而见恶焉,其终也已。""四十五十而无闻焉,斯亦不足畏也已。"(均见《论语》)难道这是我记错了或者是我这样作出的解释错了么?何以屈原不可能好名而有早岁的作品如《橘颂》、《九歌》之类呢?又安知屈原不是受了孔子学说的影响呢?再说,凡是读过先秦诸子典籍的人,大都知道那些典籍的作者所以著作的动机或用意,是很复杂错综,难以分析,难以列举的。决不止于太史公说的"发愤",《淮南子》说的"修务",班固说的"出于王官",乃至这位刘先生说的明理,等等而已。这里不能多谈了。匆不备。谨致敬礼！

陈子展手上　一九七九、四、十九

（原载《复旦学报》社会科学版一九七九年第四期）

魏民铎先生复书

陈老师：

读《〈九辩〉作者是谁？》一文，有烟收雾敛、丽日当空之感。内证四论，尤为精辟。自古至今，穿凿附会者莫不以己度人。舍诸文而谬托知己，遂成诬罔之论。老师从《九辩》本身论证其为宋玉之作，良有以也。

《复旦学报》第四期亦到。驳刘永济先生屈原不好名说，甚惬吾意。"你不好名不见得你就是好人，我若好名不见得我就是坏人。"善哉斯言！屈子明明说："老冉冉其将至兮，恐修名之不立。"何须为古人隐耶？"人过留名，雁过留声。"虽草木之辈亦求之，况圣贤之人乎？屈子唯其好名，故能"好修以为常"。苟非欺世盗名，何害之有！

老师引王逸语说："王逸为屈原好名而曲笔回护，驰想句外别有含义。"窃以为王逸此处盖就"何试上自予，忠名弥彰"而直解之，不一定是为其曲笔回护。因为他在《离骚》"老冉冉其将至兮，恐修名之不立"句下说："言人年命冉冉而行，我之衰老，将以速至，恐修身建德而功不成，名不立也。《论语》曰：'君子疾殁世而名不称焉。'屈原建志清白，贪流名于后世也。"这说明王逸是明指屈原是"贪流名"的，何此处明指而彼处回护耶？为屈原曲笔回护者有之，那就是洪兴祖。洪在这里补注说："屈原非贪名者，然无善名以传世，君子所耻，故孔子曰：'伯夷叔齐饿于首阳之下，民到于今称之。'"老师之论是否引洪说为当？浅陋不敢自必，请指正。

时届中伏，流金铄石，望善自将养，努力加餐。谨颂。

夏安！
魏民铎　一九七九、七、二十五

《悲回风》解

一、此篇似亦屈子自沈前诀绝之辞

《史记·屈原列传》录《怀沙》之赋,太史公盖认此赋为屈原自沈汨罗时候的绝笔。王夫之、王闿运却都以为屈原绝笔于《悲回风》一篇。王夫之说:"此章亦以篇首名篇,盖原自沈时永诀之辞也。无所复怨于逸人,无所兴嗟于国事。既悠然以安死,抑恋君而不忘。述己志之孤清,想不忘之灵爽。合幽明于一致,韬哀怨于独知。自非当屈子之时,抱屈子之心,有君父之隐悲,知求生之非据者,不足以知其死而不亡之深念。王逸诸人纷纭罔测,固其宜也。"(《楚辞通释》)王夫之说这是屈原自沈时永诀之词。他推论屈原视死如归,含有宗教哲学上所谓永生或灵魂不灭的道理。王闿运说:"此篇总述志意纵迹,盖绝笔于此,若群书之自序也。"(《楚辞释》)这是说,《悲回风》总述生平志意纵迹,是绝笔,也是自序。

王夫之以为这篇里主要说的,是作者想象死后魂游空际、四方、宇宙。"其浩然之气不随生死为聚散",含有"死而不亡",即永生的玄理。王闿运则以为这篇赋里主要说的,是作者临死不忘宗国的安危存亡,痛惜自己的忠谋奇计不用。忠谋奇计在"还都夔巫","在据夔巫以遏巴蜀,使秦舟师不下,而后夷陵可安,五渚不被暴兵"。他把登石峦,上高岩两段,说成写夔巫山水之险,作为"望蜀忧秦"。他的注说实在难以说通。他还在他的这部书末,附录宋玉《高唐赋》一篇,以为这是宋玉追述其师屈子存楚拒秦之忠谋奇计,故把《悲回风》和《高唐赋》相提并论。看来他说《高唐赋》或有可取处。这是他的创见。这里只作简述,留待我们解说宋玉《九辩》时再说了。

由上引王船山、王湘绮两家之说,可见《悲回风》的主题思想颇难寻绎。船山既指出:"王逸诸人纷纭罔测。"蒋骥又说:"诸解纰谬百出,不可胜辨;即朱子亦论其颠倒重复;盖未得其条理所在。"他说的这条理究竟在哪里?他说:"今观其辞,脉络井然。前半反复关合,无非决计为彭咸意。至上高岩以下,则皆为彭咸以后之境矣。末章猛然自省,又不欲遽为彭咸。此汨罗之沈,所以不于秋,而于来岁之夏也。其忠君爱国之心溢于言表,尤为流涕不胜也。"(《山带阁注楚辞·余论》)蒋骥以彭咸为一篇脉络条理所在,当是采用了林云铭《楚辞灯》里的见解。林云铭说:"《思美人》、《抽思》两篇皆一言彭咸,《离骚》两言彭咸,惟此篇三言彭咸,自当以彭咸为主脑。"林云铭还以为这篇作在秋时,说是"今日当秋,回风司令矣"。蒋骥也就以为这篇作在自沈汨罗的前一年秋。但是他说,"此篇继《怀沙》而作",就像是错了。

二、此篇难解之故

这篇比《远游》更不好懂,倒像廖季平说的,这是"天学",这是"仙真人诗",这是"灵魂学专门名家"之言。从来评注者绝少有人得其要领。李陈玉《楚辞笺注》说:"此作,屈子将沈渊时之绝笔也,亦是一篇自祭文。自上高岩之峭壁句至末,共四十句,皆言从彭咸所居。以后,上天下地,登山观水,神魂所之,靡所不适。摅虹处蜺,扪天吸露,漱霜依风。过昆仑,涉岐山。看波涛,听潮水。经炎气,窥烟液。吊介子,访伯夷,与子胥申徒之辈上下左右,岂不快哉?何事受人间之樊笼乃尔邪?此所以决意彭咸之从也。文辞甚深,解者愦愦,故为节其大意如此。"李陈玉解这篇大意稍有似处。王夫之《通释》也比较接触到了它的主题,已略见上文所引,不再说了。

此篇最难懂的是它中间两大段写大风大水的变化奇幻,作者心潮也随之变化奇幻那两大段。发端首次两段说志彭咸水死之志,末段只是尾声。王夫之以为中间两大段是说"被迁以后不可忍而誓死之情";幻想"沈湘以后,精神不泯,游翱天宇之内,脱浊世之污卑,释离愁之菀结,以一死自靖于先王,逌然自得"。其实,这只是作者自沈之前,自己描述其心理活动的状态。这是大风大水对伟大心灵的诱惑呢,还是死神对人的诱惑呢？视拥抱风波，拥抱死神，为天地间极乐之事，这是自沈者死前可能有的一种心灵现象，没有这种现象，投水自杀可不是那么容易的。这只好留给心理学家精神分析学家去研究，去讨论罢。愚意这篇的要指在此，妙义在此。惜乎自王叔师、洪庆善注家以来未见有深知此一义旨者！

三、此篇非伪作者所能伪

愚意这篇非伪作者所能伪。朱熹说这篇文辞"颠倒重复"，"出于瞀乱烦惑之际"。蒋骥就说它"垂死之言，不暇雕饰"。他们却都承认它的作者是屈原。首先疑它为伪作的是许学夷。他说："《悲回风》有骤谏而不听兮，任重石之何益？非屈子口语。"(《诗源辨体》)屈子口语是怎么样的？没有说明。吴汝纶说："《悲回风》文字奇纵，少沈郁谲变之致。"(《古文辞类纂点勘记》)何谓奇纵？何谓谲变？似是同义语，说得不明确。顷见刘永济说："吾人试检《悲回风》篇，用联绵词至二十五句，正后世文人有心雕饰之证。蒋氏(骥)何乃茫然不辨耶？"(《笺屈余义》)他们就都怀疑《悲回风》不是屈原所作，疑此是宋玉、唐勒、景差之徒或其他后人吊屈原者之所作，好像都是上了魏了翁《经外杂抄》那一说的大当！鄙见，篇中自写沈水前的那种幻想，那种心境，那种寻死的心理准备，那种非常态的心理活动，只有投水自杀的人才可能有，决不是其他的人所能想象的，作伪者作得出来的。因之，就得认为这篇作品是屈原所作。东方朔《七谏·自悲》篇说："登峦山而远望兮"，"听大壑之波声"。又《谬谏》篇说："飞鸟号其群兮，鹿鸣求其友。"刘向《九叹·惜贤》篇说："驱子侨之奔走兮，申徒狄之赴渊。若由夷之纯美兮，介子推之隐山。"从西汉盛时到衰时，看到了原始的《屈原赋》，或校集了《楚辞》的文人学者，他们摹仿《楚辞》的作品，就已袭用了《悲回风》里的词意，难道他们不能辨别这一作品的真伪吗？他们去古不远，见到了屈赋祖本或其他有关的原始资料，而说的并不可靠，难道我们生在二千几百年后，徒凭臆测，而说的反倒可靠吗？

《九章》小结——篇次先后与作出先后

此文仍依旧本《九章》篇次论述：一《惜诵》，二《涉江》，三《哀郢》，四《抽思》，五《怀沙》，六《思美人》，七《惜往日》，八《橘颂》，九《悲回风》。《九章》非作者一时感兴之作，亦非作者有计划有组织之作。殆后人校集遗作，漫合之为九，而题为《九章》，故无甚意义，亦未暇诠次。

今经反复研究，拟订篇次试以作出先后为序：

一《橘颂》　这和《九歌》同为屈子早期作品，作在初仕怀王，为三闾大夫、左徒之日。约在怀王十年以后，十六年以前。

二《惜诵》，三《思美人》，四《抽思》　这和《天问》、《远游》、《渔父》、《卜居》合为七篇，同为屈子中期作品，仍作在怀王之世。其早不早于怀王十六年以前，其迟不迟至怀王二十八年以后，其间屈子被放汉北（《惜诵》或作在放前）。据《卜居》既放三年之文，知其被放决不止于三年，多或不至倍之。何年被放？何年召还？史有阙文，推测不一。或据刘向《新序·节士》篇，如《洪补》以为屈原于怀王十六年被放，十八年复用。林云铭《楚辞灯》则以为屈原于二十四年被放，二十八年召还。今以后一说较为近是。

五《涉江》，六《惜往日》，七《哀郢》，八《悲回风》，九《怀沙》　此皆属于屈原晚期作品，作在顷襄王之世，屈原被放江南之野。同期之作，《二招》、《离骚》则作在其放前（《离骚》或有作在放后的可能）。前后合计八篇。

新拟《九章》篇次，即以其作出先后为序，各在篇中已有考定说明。《九章》以外屈赋各篇作出的先后也都各在篇中别有考定说明。这里就不重复了。

愚按定屈赋二十五篇，恰符《汉书·艺文志》所记《屈原赋》二十五篇之数。我不犯个人迷信。我不迷信屈原其人，其事，其文，也不武断屈赋中没有伪作。但在目前所见到过去学者已经提出了的屈赋中伪作的各种论证,觉得无一可靠。实事求是,无征不信,从而"心溃涌,笔手援",就不得不一一予以驳正。我个人只得暂认《楚辞章句》本前十卷除《九辩》定为宋玉作品外,其他九卷凡二十五篇都是屈原所作了。

【简注】

〔一〕此文原题为《楚辞九章之全面观察及其篇义分析》。拟载于《复旦学报增刊》社会科学版,一九八〇年发行。其间曾抽出《橘颂解》一小篇提前刊于《复旦学报》社会科学版,一九七九年二期。

《远游》解题卷第五〔一〕

一 《远游》是仙真人诗,是天学吗?

怀疑《远游》不是屈原所作,从近代始。近代学者中有这样的怀疑,从廖平始。廖平以为"屈原并没有这个人"(谢无量《楚辞新论》)。他说:"《秦本纪》始皇三十六年,使博士为《仙真人诗》,即《楚辞》也。""始皇有博士七十人,命题之后,各自呈撰,年湮代远,遗佚姓氏。及史公立传,后人附会改捝,多不可通。""著书讳名,文人恒事。使为屈子一人拟撰,自当整齐故事,扫涤陈言,不至旨意缠复,词语参差若此。"(《楚辞讲义序》)又说:"《楚辞》为《诗》之支流,其师说见于《上古天真论》,专为天学,详于六合之天。盖圣人于六合以外,存而不论。《诗》、《易》之托物比兴,言无方体,是也。《楚辞》乃灵魂学专门名家,详述此学,其根源与道家同,故《远游》之类,多用道家语。"(《经学四变记》)又说:"〔《素问》〕:《上古天真论》,真人至人为《楚辞》之师说。专为道家神仙去世离俗之所本。读《内经》而后《楚辞》之本旨明。"(《经学五变记》,以上俱见《六译馆丛书》)还有其他令人骇怪的话,"全是白昼见鬼"(《闻一多全集·廖季平论离骚》),已经使得谢无量"解颐"、闻一多"捧腹"了。如果单从《远游》篇来看,但说它多用道家语,这不是屈原所作,这是秦博士《仙真人诗》,误窜入了《楚辞》,似乎也说得通,说得奇怪有趣,可能使好奇的谢、闻两先生"首肯"了罢。

二 从梁启超以上的学者怎样论《远游》?

究竟《远游》一篇是不是屈原所作呢?

最初,王逸《章句》说:"《远游》者,屈原之所作也。屈原履方直之行,不容于世,上为谗佞所谮毁,下为俗人所困极,章皇山泽,无所告诉。乃深惟元一,修执恬漠。思欲济世,则意中愤然,文采铺发。遂叙妙思,托配仙人,与俱游戏,周历天地,无所不到。然犹怀念楚国,思慕旧故,忠信之笃,仁义之厚也!是以君子珍重其志,而玮其辞焉。"这样说来,屈原有此遭遇,有此情绪,有此思想,有此文章,本来是可以说得通的。

朱熹《集注》说:"屈原既放,悲叹之余,眇观宇宙,陋世俗之卑狭,悼年寿之不长,于是作为此篇。思欲制炼形魂,排空御气,浮游八极,后天而终,以尽反复无穷之世变。虽曰寓言,然其所设王子之词,苟能充之,实长生久视之要诀也。"又在篇末说:"司马相如作《大人赋》多袭其语,然屈子所到,非相如所能窥其万一也。"朱子以哲学家的眼光来看屈原的《远游》和司马相如的《大人赋》,已经看出了他们的思想境界是大相悬殊的。

王夫之《通释》说:"此篇所赋,与《离骚》卒章之旨略同,而畅言之。原之非婞直忘身,亦于斯见矣。所述游仙之说,已尽学玄者之奥。后世魏伯阳、张平叔所隐秘密传以诧妙解者,皆已宣泄无余。盖自彭、聃之术兴,习为淌洸之寓言,大率类此。要在求之神意精气之微,而非服食、烧炼、祷祀及素女淫秽之邪说可乱。故以魏、张之说释之,无不吻合。"不错,汉末魏伯阳的《参同契》、北宋张伯端的《悟真篇》,当是有取于《远游》之说的。

蒋骥《山带阁注》里说:"幽忧之极,思欲飞举以舒其郁,故为此篇。""章首〔悲时俗之迫厄兮,愿轻举而远游。质非薄而无因兮,焉托乘而上浮。〕四语,乃作文之旨也。原自以悲蹙无聊,故发愤欲远游以自广。然非轻举不能远游,而质非仙圣不能轻举,故慨然有志于延年度世之事。盖皆有激之言,而非本意也。"他还在《余论》里说:"《远游》发端曰:'悲时俗之迫厄兮,愿轻举而远游。'全文都摄在里,皆深悲极痛之辞也。凡人心弥郁者,其言弥畅,不极畅,不足以舒其郁;不极畅,亦不足以形其郁。知其解者,篇中所云皆属幻语,岂真有炼形魂,后天地之本愿哉?黄维章(文焕)曰:题名《远游》,本非求仙,第以凡质难以轻举,不得不假途于仙,以为游之能远计。斯言得之。惜未究所以欲远游之故耳。后之论者,乃谓神仙忠孝同出一源,至以沈湘为水解,诚痴人说梦矣。"蒋骥以为《远游》一篇系作者有激之言,皆属幻语,本意不在求仙,而是幽忧已极,想要离俗飞举,发泄郁闷。换句话说,就是他被时俗逼迫,至于逼得他"发愤欲远游以自广"而已。算得接触到了屈原这一作品的主题思想。较之王逸、朱熹说的更为明确,较之王夫之说的那样为游仙之说所迷,离开了题旨,见不到作者的微意,就更有进步的意义了。

便是在近代学者中,如刘师培、梁任公,也都太强调了这一作品中借用的道家思想一方面,较之王夫之说的进步了不许多。刘师培说:"厌世之思符于庄列","乐天之旨近于杨朱"(《刘申叔遗书·文说·宗骚》篇)。梁任公说:"《远游》一篇是屈原宇宙人生观的全部表现,当时南方哲学思想之见于文学者。""他所领略的,不让前辈的老聃,和并时的庄周。"(《屈原研究》)

不错,屈原在此篇中确是深具道家思想,较之他在《卜居》、《渔父》两篇中所具有的更深。但是他都只借用这种思想衬托出自己的思想而作为行文的波澜,所以同样一面借用,一面拨弃,细心的读者都能看得出来。尤其是《远游》的发端一段已经自述作文的用意,上文引用过蒋骥的话,他说的不错。作者还怕读者不察,又特在中段关键处即言远游四方时,独于南方旧乡着力抒写,其热爱祖国、热爱人民,不忍恝然舍去可知。此为远游以自广之微意所在,岂真有羽化登仙的意思吗?这里比在《离骚》末段说的更突出。他说:"欲度世以忘归兮,意恣睢以担挢。内欣欣而自美兮,聊偷娱以自乐。涉青云以泛滥游兮,忽临睨夫旧乡。仆夫怀余心悲兮,边马顾而不行。思故旧以想象兮,长太息而掩涕。泛容与而遐举兮,聊抑志而自弭。"这不是恰和《离骚》末段说的一样,一面快意远游,兴致正好;一面忽望祖国,痛心流泪,连自己的仆夫边马都不肯前进了吗?这不是很显然地一面借用了道家神仙家的思想,一面又拨弃了它吗?不但前乎蒋骥的王逸、朱熹、王夫之见不及此,后乎蒋骥的刘师培、梁任公也见不及此,甚至现代的学者也有的见不及此,同是强调了这一种道家神仙家的思想。不过从梁启超以上的过去的学者都推崇屈原这一作品,从梁启超同时和以下的现代的学者大都否认屈原有此作品,其间有这么不同而已。

三　现代的学者怎样论《远游》?

现代研究《楚辞》的著作,如陆侃如早作《屈原》一书,游国恩早作《楚辞概论》,都算得未为本人定论,我们非遇必要,可以不必多说。比如游先生在近作《楚辞论文集·屈赋考源》一篇自注中已说过:"曩辨《远游》非屈原所作,未审。"他还在篇中说:"韩众是古仙人,即韩终,见《列仙传》,并不是秦始皇时的那位方士。"这里好像是驳陆先生说的:"韩终其人为屈原时所无,这便是《远游》非屈原所作的铁证。"(《屈原·屈原评传》)[二]这样说来,我们还多说什么呢?

郭沫若《屈原赋今译·后记》里说:"《远游》一篇结构与司马相如《大人赋》极相似,其中精粹语句甚至完全相同,基本上是一种神仙家言,与屈原思想不合。这一篇,近时学者多认为不是屈原作品。据我的推测,可能即是《大人赋》的初稿。司马相如献《大人赋》的时候,曾对汉武帝说,他属草稿未定。未定稿被保存下来,以其风格类似屈原,故被人误会了。这一误会,不消说,是出于汉人,而且可能就是出于王逸。因为屈原的《九章》本是汉人所采集的九篇风格相类似的屈原作品。如果《远游》早被认为屈原作品,那么,会被收为十章,而非单独成篇了。即此已可证明《远游》被认为屈原所作是在《九章》辑成之后。"这里说《远游》一篇乃是司马相如《大人赋》的未定稿被保存下来,被人误会为屈原作品。郭先生自认这是推测。他说推测,并不是说全没有根据。这倒是我们研究《楚辞》的人必得提出来仔细研究的一个问题。此外,刘永济《屈赋通笺》于《远游》一篇也不认为是屈原作品,我们对刘先生所持的论点也将稍加批判。

四 《远游》是司马相如《大人赋》的未定稿吗?

不错,司马相如献赋并不是面试,都有初稿,不成问题。《史记·司马相如列传》说:"蜀人杨得意为狗监侍上,上读《子虚赋》而善之,曰:'朕独不得与此人同时哉!'得意曰:'臣邑人司马相如自言为此赋。'上惊,乃召问相如。相如曰:'有是。然此乃诸侯之事,未足观也,请为《天子游猎赋》(今按,此赋又名《上林赋》,实为《子虚赋》之下篇),赋成奏之。'上许,令尚书给笔札。"这一次相如献赋,好像是面试,其实不然。相如使其乡人奏其上篇,以求召见;召见之后,乃献下篇。这就是《子虚赋》、《上林赋》两篇叙事衔接,实是一篇的由来,原来相如已有初稿。王楙《野客丛书》里说:"孙尚书仲益谓,司马相如《上林赋》,盖令尚书给笔札,一日而就,非《二京》、《三都》覃十年之思。其夸苑囿之大,固无荒怪不经之说。后世学者往往读之不通,寻绎师古音义,从老先生叩问,累数日而后晓焉。仆谓相如此赋,决非一日所能办者,其运思缉工亦已久矣,及是召见,因以发挥。不然,何以不俟上命,遽曰请为天子游猎之赋?是知此赋已平时制下,而非一旦仓卒所能为者。《西京杂记》谓相如为《上林》、《子虚赋》,几百日而后就,此言似可信。"这说得不错。即以《大人赋》而论,相如说:"臣尝为《大人赋》未就,请具而奏之。"《史记》和《汉书》中《相如传》同样载着这话,可见相如此赋确是有"未定稿"的。至于它是否被保存下来,被误会为屈原的作品而改题《远游》,这就不好再推测下去了。

五 是《大人赋》抄袭《远游》,还是《远游》抄袭《大人赋》呢?

不错,"《远游》一篇结构与司马相如《大人赋》极相似"。廖平《楚辞讲义》早就说过:"《远游》篇之与《大人赋》如出一手,大同小异。"但是这也不能认为《远游》就是《大人赋》的"未定稿"。我们知道,司马相如原是一个善于摹仿、巧于蹈袭的天才辞赋家。至使学他辞赋、"每作赋,常拟之以为式"的扬雄,不得不大大推崇他,说:"长卿赋不似从人间来,其神化所至耶!"又,他的《子虚》、《上林赋》设为主客问答,就是摹仿了屈原的《卜居》、《渔父》。洪迈《容斋五笔》里说:"自屈原词赋假为渔父、日者问答之后,后人作者悉相规仿。司马相如《子虚》、《上林赋》以子虚、乌有先生、亡是公,扬子云《长杨赋》以翰林主人、子墨客卿,班孟坚《两都赋》以西都宾、东都主人,张平子《两京赋》以凭虚公子、安处先生,左太冲《三都赋》以西蜀公子、东吴王孙、魏国先生,皆改名换字,蹈袭一律,无复超然新意,稍出于法度规矩者。晋人成公绥《啸赋》,无所宾主,必假逸群公子,乃能遣词。枚乘《七发》本只以楚太子、吴客为言,而曹子建《七启》遂有玄微子、镜机子,张景阳《七命》有冲漠公子、殉华大夫之名。言语非不工也,而此习根著,未之或改。"这话不错,辞赋家有摹仿或蹈袭这一恶习的"始作俑者"正是司马相如。他还曾摹拟宋玉《讽赋》而作《美人赋》,经人指摘,留下了一个文人无行的千年大笑柄。《吴氏荆溪林下偶谈》里说:"宋玉《讽赋》载于《古文苑》,大略与《登徒子好色赋》相类,然二赋盖设词以讽楚王耳。司马相如拟《讽赋》而作《美人赋》(今按,相如以美人自比),亦谓臣不好色,则人知其为诬也,有不好色而能盗文君者乎?此可以发千载之一笑。"又《野客丛书》里:"小宋状元谓相如《大人赋》全用屈原《远游》中语。仆观相如《美人赋》又出于宋玉《好色赋》。自宋玉《好色赋》,相如拟之为《美人赋》,蔡邕又拟之为《协和赋》,曹植为《静思赋》,陈琳为《止欲赋》,王粲为《闲邪赋》,应场为《正情赋》,张华为《永怀赋》,江淹为《丽色赋》,沈约为《丽人赋》,转转规仿,以至于今。"我还以为司马相如的《长门赋》也胎息于屈原《九歌》中的《山鬼》。谁说"相如是一个极有天才的文学家必不至这般死抄古人的作品"(陆侃如《屈原评传》)?这样,从文体结构相似一点来说,不能断定《远游》是《大人赋》的"未定稿",倒可断定《大人赋》是蹈袭了《远游》的复制品。尤其不能颠倒说"《远游》抄《大人赋》",只能说"司马相如抄屈原"。恰如"《鹦鹉赋》祢衡、潘尼二集并载，《弈赋》曹植、左思之言正同"（段成式《酉阳杂俎》十二）。不能说祢衡抄潘尼，曹植抄左思一样。司马相如是辞赋家中第一个抄袭天才，他从抄袭《楚辞》屈、宋作品起家，这是从赵宋时代以来学者间早有定论的，现代的学者想要替他翻案也翻不了。

六 《远游》和《大人赋》最大不同之点在哪里？

不错，《远游》中精粹语句甚至完全和《大人赋》相同。但是问题不在于《远游》是否就是《大人赋》的"初稿"，而在于《大人赋》抄袭了《远游》。它抄袭了《远游》首尾几段的精粹语句，才使得全文有生气、有意义，而作者自己在中间各段另写的却大半是些糟粕语句，由古文奇字矗积堆垛而成，诘屈聱牙，不可卒读。这在《远游》作者，即在他的全部作品里也是找不到的；而在《大人赋》作者，其他的辞赋里几乎全部都有奇字奥句。这是《远游》和《大人赋》最大不同之点的所在，读者不要轻易滑过。如果《远游》是《大人赋》的原稿，为什么《大人赋》里的古文奇字在《远游》里却不曾留下一些痕迹呢？请看《大人赋》中说旌旗舆从之盛一段（此据《史记》，与《汉书》字有不同，不知是班固改窜，抑或别有所本。）：

驾应龙象舆之蠖略透丽兮，	驾着翼龙象车的伸缩接连啊，
骖赤螭青虬之蚴蟉蜿蜒。	边马赤螭青虬的蛇行蜿蜒。
低卬夭蟜，据以骄骜兮，	低昂夭矫，直颈而骄傲啊，
诎折隆穷，蠼以连卷。	曲折扬鬐，跃进而盘旋。
沛艾赳螑，仡以佁儗兮，	摇头伸脖，高耸而迟重啊，
放散畔岸，骧以屏颜。	放纵自由，腾跃吃力就现出苦颜。
跮踱輵辖，容以委丽兮，	进退运转，徐行而相随不断啊，
绸缪偃蹇，怵奂以梁倚。	掉头高举，乱窜而相撞相交。
纠蓼叫奡，踢以艘路兮，	牵引叫嚣，踏步去赶路啊，
蔑蒙踊跃，腾而狂趡。	飞扬跳跃，奔腾起来而狂跑。

莅飒卉翕，燡至电过兮，	追飞追走，好像火花到、电光过啊，
焕然雾除，霍然云消。	清朗地雾灭，速散地云消。
邪绝少阳而登太阴兮，	斜过东极而升上北极啊，
与真人乎相求！	要和仙人哟相遇相求！

这样，故意卖弄奇字奥句，合组列锦，岂是屈原作品里所曾有的？（此种奇字奥句塞满纸上，即使精通小学的人解说起来，也不免像是说天书。读者可和《远游》比较来读。）如果《远游》真是《大人赋》的"未定稿"，那么，写成定稿时岂能使得《大人赋》和《远游》在遣词造句的手法上截然两样？

《大人赋》为什么充塞奇字奥句呢？这不难找到说明。《说文解字叙》说："《尉律》，学僮十七已上始试，讽籀书九千字乃得为史。"《汉书·艺文志》也说："试学僮能讽书九千字以上，乃得为史。"这是说，汉律考试学童能够背诵九千古字以上，就能做郡县文书小吏。这是一种识字考试。汉代最重识字，把识字教育和识字的书都叫作小学，识字教育是从人的幼小时候就开始的。当时的辞赋家往往就是编纂字书的小学家，从司马相如、扬雄，到班固、蔡邕，都是。在辞赋里使用许多古文奇字，这在小学上是有它的用处的。扬雄一生作赋，自知赶不上司马相如，结果就菲薄辞赋是"雕虫小技，壮夫不为"。正是指的这种辞赋，作为学僮小学之一助，而壮夫不屑为的辞赋。司马相如之所以在两汉享有大名，就在于他能作出这种辞赋。这一种堆砌古文奇字、卖弄雕虫小技的特色，是马、扬辞赋里所必不可少，而不是屈原作品里所必有的。所以《离骚》、《远游》和《子虚》、《上林赋》、《大人赋》，在遣词造句上和风格上大有不同，其秘密正在这里。《朱子语类》里说："《离骚》初无奇字，只凭说将去，自是好。""《楚辞》平易，后人学做者反艰深了，都不可晓。"朱熹就不曾懂得司马相如、扬雄之徒学做《楚辞》为什么好著奇字奥句的这一秘密。总之，《远游》不抄袭《大人赋》，所以没有那么多奇字奥句。反之，《大人赋》抄袭《远游》，其首尾两段抄袭《远游》全句处，格外显得"精粹"；其但抄袭结构，自著字句的部分，就格外显得板重了。这不是很容易了解的一件事吗?

七 《远游》和《大人赋》的意义及其价值可以相提并论吗?

不错,说《远游》"基本上是一种神仙家言,与屈原自己的思想不合"。似乎也说得对。但是这一点,我们在上文评述蒋骥阐发《远游》的主题时就已经说过了,不妨复按。我们要知道:这不过是屈原借用道家神仙家言垫底子,以便更深刻地、更耐人玩味地衬托出自己的思想,所以一面借用,一面拨弃。他在此篇中间"忽临睨夫旧乡"一段就已揭示出自己热爱祖国、热爱人民的思想和情感,这不是道家神仙家言所能有,也不是司马相如《大人赋》所能有的。怎么可以说《远游》、《大人赋》同是司马相如一人的作品呢?怎么可以把《远游》和道家神仙家言等量齐观,而低估它的思想分量呢?这在宋人早就说过:"《子虚》、《大人赋》全仿《远游》,而屈子心事非相如所可窥识,故气象自别。"(魏庆之《诗人玉屑》八引《漫堂录》)又两篇字句有同,而主旨根本不同,古文家姚鼐也已看出。他说:"鼐按:此赋(《大人赋》)多取于《远游》。《远游》先访求中国仙人之居,乃上至天帝之宫,又下而周览天地之间。自'于微间'以下,分东、西、南、北四段。此赋自'横厉飞泉以正东'以下,分东、南、西、北四段,而求仙人之居意,即载其间。末六句与《远游》语同。然屈子竟在远去世之沉浊,故云'至清而与泰初为邻';长卿则谓〔汉武〕帝若果能为仙人,即居此无见无闻无友之地,亦胡乐乎此耶?此与屈子语同而意则别矣。"(《古文辞类纂》)这里,姚鼐已经辨别《远游》和《大人赋》的主题思想不同,我们据此可以断定《远游》和《大人赋》决不是一人所作而有"未定稿"和定稿的区别。同时也可以看出作《大人赋》的作者是一个怎样高明的天才抄袭家!甚至相传有他怎样作出《大人赋》的神话。《西京杂记》里说:"相如将献赋,未知所为。梦一黄衣翁谓之曰:'可为《大人赋》。'遂作《大人赋》,言神仙之事以献。赐锦四匹。"这就算是《远游》抄《大人赋》一说的由来罢?因为《远游》不曾传说是神来之笔呀！尽管在司马相如当时说，《大人赋》是他的神来之笔，即在当时文艺上算它有出色的地方；但就今日我们来说，不但觉得它没有什么重要的思想意义，也实在看不出它有什么了不起的文艺价值。

《汉书·扬雄传》里说："雄以为赋者，将以风之，必推类而言，极丽靡之辞，闳侈巨衍，竞于使人不能加也。既乃归之于正，然览者已过矣。往时武帝好神仙，相如上《大人赋》欲以风，帝反缥缥有陵云之志。繇是言之，赋劝而不止，明矣。又颇似俳优淳于髡、优孟之徒，非法度所存，贤人君子诗赋之正也。于是辍不复为。"扬雄一生作赋，苦追相如，而自恨不及。既说："雕虫小技，壮夫不为"，菲薄辞赋当作小学生字书了；这里又指出相如上《大人赋》本意在讽刺汉武帝莫好神仙，结果汉武帝读了这赋，反而飘飘然有凌云之志。即是说，本意想讽刺他，反而鼓励了他，真是"劝百讽一"（《史记·司马相如传赞》）！汉赋的讽谏、识字、娱乐等作用（娱乐，谓"颇似俳优"，"虞说耳目"），都被扬雄否认掉了；即司马相如的《大人赋》及其他辞赋作品的意义和价值也都被他否认掉了。但是《远游》的意义和价值是同它的作者屈原及其他作品同样不朽的，不是任何权威的学者可以随意否认掉的，不是可以和《大人赋》相提并论的。这话难道不是吗？

八 "神话境界"与"复用文句"

顷读刘永济《屈赋通笺·屈子非道家远游非屈子所作》一文。他说："旧传二十五篇屈赋中最足使人误会屈子思想者，莫如《远游》一篇。"他也以为《远游》一篇和屈原的思想不合，就断定它不是屈原作品。鄙见以为《远游》像是《离骚》末段"将远逝以自疏"一种思想意境的放大；反过来说，《离骚》末段正是《远游》一篇的缩小。宋玉悯其师而代述其志，所作《九辩》末段也正是《远游》一篇的缩小。又屈原自作《涉江》，首段说要食玉成仙，更似把《远游》和《离骚》末段缩小了，还是作为愤世嫉俗的寓言,当是他的晚年定见。《远游》当作于作者初见疏绌而至放流的时期,情绪很不安了,但是有苦闷而未绝望;《离骚》当作于作者再见放逐的初期,情绪太激动了,显得忧愤已极,悲观已极;《远游》和《离骚》正是姊妹篇。怎见得《离骚》为真,《远游》必伪呢?贺贻孙《骚筏》说得好,他说:"《远游》亦愤世语,非真有仙可学也。然叔夜学仙,未免愤世;灵均愤世,乃欲学仙。岂皆有托而然?至'涉青云以泛滥游兮,忽临睨夫旧乡,仆夫怀余心悲兮,边马顾而不行;思故旧以想象兮,长太息而掩涕,泛容与而遐举兮,聊抑志以自弭'一段。笔光闪烁,忽尔不测,然仙矣尚不忘楚郢,岂亦犹华表之鹤,千年后尚有故乡余思耶?虽忠爱至性,亦是积习难断。"至少要懂得这个道理,才会懂得《离骚》、《远游》。宋玉是亲炙屈原的弟子,深知其师之人格及其作品风格,他的《九辩》末段正用其师所作《远游》和《离骚》末段"远逝"的意思以悲悯其师,当是屈原生平第一知己。

  《老子》说:"正言若反。"《庄子》"以天下为沉浊,不可与庄语",因而有寓言、卮言、重言等等的方法。尽管屈原是一个实际的大政治家,具有儒家正统的思想和精神,但是他受到了老庄一派思想的影响,这是无疑的;惯说反话,用寓言,也当是受到老庄一派文学方法、文学意境的影响。倘不懂得这种意境,这种文学想象的境界和现实存在的境界之间有距离,任何现实主义的大作家也当有他的想象的境界,就会不懂得文学。记得吴敏树说过这样的话,他说:"神仙之事茫哉!孰从而知之?……盖仙者可以不学,而意不能无之。"(《柈湖文录·新修吕仙亭记》)好像他以为神仙之说为文学意境上必不可少的一种。他这话闳通之至,虽不是为《远游》而发,却可为读《远游》者之一助。屈原创造了《九歌》人神交通的意境,创造了《离骚》、《招魂》设想周流上下求索的意境,同样创造了《远游》轻举上浮的意境,这都该是属于刘永济先生所说的"神话境界"。

  刘先生说:"至《离骚》卒章与《涉江》所言,盖往古相传之神话境界。屈子当愁思郁结之时,亦未必不思所以宽解慰安之道,即所谓将远逝以自疏,聊假日以偷乐,是也。岂真思羽化仙去哉?"这话倒合理。其实他对《远游》一篇正该作如是观,我们一般就是这样的看法,为什么对于《离骚》、《涉江》可以承认是屈原作品,而对于《远游》却不可以承认它是屈原作品呢?

　　刘先生又说:"惟就《远游》本文观之,其中因袭《离骚》文句共有十八处之多……一览便可知其为后人所拟矣。屈子复用自己之文句,在真屈赋各篇中亦非绝无;此篇则袭用之迹甚显,不可作复用观也。"真奇怪!刘先生既承认屈赋各篇中有"复用"自己的文句,却偏不许在《远游》一篇中"复用"自己的文句,硬说它是"后人所拟"、"袭用"了屈原的文句。这是凭着什么证据、什么逻辑来判断的?还是采用了旧法官所谓自由心证的方法呢?所谓"袭用之迹甚显",显在哪里?显在多么?何以知道它不是原作者"复用"而是后人"袭用"呢?单是《离骚》一篇中自相重复之处,已经朱骏声《补注》指出的复句、复调、复字,就共有数十百处之多,并无损于其作品的完美。早在黄文焕的《楚辞听直》里,还就全部《楚辞》的重复之处来说,作有《听复》一篇。这都不足以证明惯于复用自己的文句正是屈原创作上的一种长技么?鄙见已详于《思美人解题》,这里不再说了。

　　但是刘先生自己下的一段转语,还可以算是不大错。他说:"虽然,如谓屈子于道家理论懵然无知,则亦不然。比如《离骚》设为女媭之责骂,与楚人叙辞相传之《卜居》、《渔父》二篇,固皆道家之言也。惟屈子秉性贞刚,其学术思想又受北方儒家之影响,加以救国之情极其热烈,疾恶之心复至深切,与道家轻视现实之旨趣不合。而其时国中上下,则多被道家末流所化,其甚者遂至颓废放浪,苟且偷安,形成听天由命之消极思想,尤为屈子所疾视而思挽救之者。今乃以道家品目屈子,岂不冤哉?况《远游》篇中所具之思想已非纯粹道家,而与秦汉方士飞升之说相同。而谓屈子'慨然有志于度世',至以之与'后世魏伯阳张平叔'并论,谓'充之实长生久视之要诀'。于是竟将思想积极、学术正大、品质贞刚之屈子,说成服食炼形之方士矣!"刘先生这一段话,想用知人论世的方法,颇有一点实事求是的精神,大体上还像不失为妥当。如其只是为了过去批评家持论不甚正确,甚或冤了作者,便连作者的作品也一起否认掉;好像为了倒去洗儿的污水,便连宁馨儿也一起倒掉,这就未免太过分了!

总之,刘先生持论和我辈一样易犯一个大毛病,即是不能辩证地看问题,不知道怎样处理矛盾和统一的问题。比如他论屈子的思想单纯而不复杂,风格单一而不变化,这岂能说得通?便是用这道理来说其他的大思想家大作家也恐怕同样说不通。愚以为前人还不曾自觉地懂得历史唯物论、辩证唯物论这一真理,他们论《楚辞》及其作者,倒有比较合理的地方。朱熹《楚辞集注序》里说:"窃尝论之,原之为人,其志行虽或过于中庸而不可以为法,然皆出于忠君爱国之诚心;原之为书,其辞旨虽或流于跌宕、怪神、怨怼、激发而不可以为训,然皆生于缱绻恻怛、不能自已之至意;虽其不知学于北方,以求周公、仲尼之道,而独驰骋于变《风》变《雅》之末流……此予之所以每有味于其言,而不敢直以词人之赋视之也。"这已经说得比较合理些了。更有比他说得简单而又比较合理的。早在端木埰《离骚启蒙》结尾说:"……自诞生以至毕命,由始进以讫放逐,处万难合之时,而有不忍离之谊;无轻其生之心,而有不容不死之势。事迹厘然,心迹照然。善读者审之!"他们略论屈子的思想、人格及其作品风格,触到了怎样看待其间的矛盾和统一的问题,露出了他们的朴素的辩证观,不是多少总有一些合理的地方吗?

九　楚国文化与屈赋渊源

典型的作品总是在典型的环境里产生的。现在,我想再就楚国文化生活和屈赋渊源来谈一下。

楚国僻处南方,周初她的文化远远落后于北方;经过春秋时代直到晚周战国,她就已经赶上了北方文化的水平,甚至有某些部分还要超过。这只要从历史记载上举出几件著名的事例就可知道,如鲁襄公仿作楚宫之类,前人早有知道了这点的,如王应麟《困学纪闻》、董说《七国考》。《七国考·楚琐征》里说:"王子朝以典籍奔楚,见《左传》。《困学纪闻》曰:周之大宝,《河图》、《大训》列焉。《易象》在鲁,《三坟》、《五典》在楚,周不能有其宝矣!然而老聃之礼,苌宏之乐,文献犹存。及王子朝之奔楚,于是观射父、倚相[三]皆诵古训以华其国,以得典籍故也。"不错,王子朝以典籍奔楚,确是关于楚国文化的发展上一件大事。按:王子朝为周景王子,王死,以争王位失败,于周敬王四年奔楚,事见《左传·昭公二十六年》。在此以前,最初《国语·晋语八》记叔向的话说:"昔成王盟诸侯于岐阳,楚为荆蛮,置茅蕝,设望表,与鲜牟守燎,故不与盟。(韦氏解曰:鲜牟,东夷也。今按:鲜牟或即鲜卑之语转。)"这是说,楚人在周初成王时候,摈斥在蛮夷之列,不能参预诸夏会盟,其原来文化之落后可知。其次《左传·昭公十二年》记楚右尹子革的话说:"昔我先王熊绎,僻在荆山,筚路蓝缕,以处草莽。跋涉山林,以事天子。唯是桃弧、棘矢,以共御王事。"又在宣公十二年记栾武子的话说:"若敖、蚡冒,筚路蓝缕以启山林。"这是说,从周康王到幽、平之际,即从楚王熊绎到若敖、蚡冒的时候,楚人大力开发南方,向北方文化看齐。其后王子朝以典籍奔楚,而楚已有良史倚相"能读《三坟》、《五典》、《八索》、《九丘》"(亦见《左传·昭十二年》)。于是楚人文化已经达到了高度发展的阶段。这已经到了楚灵王、平王、昭王的时候。这是王应麟和董说已经先后指出了的,可视为楚国文化发展上的第三个阶段。最后《孟子·滕文公篇上》说:"吾闻以夏变夷者,未闻变于夷者也。陈良,楚产也,悦周公、仲尼之道,北学于中国,北方之学者,未能或之先也,彼所谓豪杰之士也。子之兄弟(指陈良之徒陈相与其弟辛)事之数十年,师死而遂倍之!"孟轲,这位北方之学者,以继承周、孔道统自任的圣人之徒,公然承认和他同时而早死的南方学人陈良在学术的造诣上,"北方之学者,未能或之先",这当然是包括了他自己在内来说的,却以为陈良比自己并不怎么推班,真是难得。从而可证当时南方楚国的学术思想的水平之高,一般文化之高,并不弱于北方诸夏。从此楚人"蛮夷"的帽子似乎应该摘掉。但是到了现代,时代相隔快要三千年,我还偶然听到有人叫我们湖南人是蛮子来讥讽我,呼牛呼马,我也欣然应之。

我们不知道当时陈良属于儒家哪一派,但看他的弟子陈相、陈辛兄弟又从许行学为神农之言,想是他们要学樊须一派为稼为圃的小人之儒。《韩非子·显学》篇说:"有子张之儒,有子思之儒,有颜氏之儒,有孟氏之儒,有漆雕氏之儒,有仲良氏之儒,有孙氏之儒,有乐正氏之儒。"这是说,儒分为八。韩非已在屈子之后。其实儒家何止八派?儒术分裂早已萌芽于孔子生前。我故指出屈子之时可能有樊氏一派小人之儒。郭沫若《儒家八派的批判》一文说:"八派中把子夏氏之儒除外了。这里有一个重要的关键。这是韩非承认法家出于子夏,也就是自己的宗师,故把他从儒家剔除了。"这里郭先生又指出当有子夏氏之儒。他说法家出于子夏,这是他的创见。屈子和孟、荀两大家先后同时,只是孟子算得老寿,比他早死若干年;荀子也算得老寿,比他后死若干年。他还可能见到陈良,至少他和陈相、陈辛兄弟并时,可能受到了他们这一派儒家显学的薰染,所以他在放逐汉北的时候就以善于种田著称。当时儒家可有十来派之多,他们所学的究竟是哪一派?戴震《屈原赋注序》说:"予读屈子书,久乃得其梗概,私以谓其心至纯,其学至纯,其立言指要归于至纯,二十五篇之书盖经之亚。"但是戴氏并未怀疑他(屈子)的《远游》以及《卜居》、《渔父》等篇为伪作。从此以后,就偏被学人只强派他为自己心目中所谓正统派的纯儒,而不涉想他容有儒家别派的思想,更不容许他杂有儒家以外其他学派的学术思想,而且变本加厉地断定他的《远游》以及《卜居》、《渔父》等篇为伪作了。这难道不算是一件怪事?盖不知道,屈赋的产生,正在于他迎接了当时诸子百家争鸣、学术思想的发展所达到的一个高潮,吸收了这一时代文化的高度成就,而代表了这一时代的高度智慧。这当是屈赋渊源的主要部分;它的次要部分就在文学上继承了《诗经》的传统而向前发展;加上楚国地方所特有的文化生活和物质生活,等等。合此数者就有可能在当时文学上进行了一次革命[四]！

　　王国维《屈子文学之精神》一文说:"屈子南人而学北方之学者也。南方学派之思想本与当时封建贵族之制度不能相容。故虽南方之贵族亦常奉北方之思想焉。观屈子之文可以征之。其所称之圣王则有若高辛、尧、舜、禹、汤、少康、武丁、文、武,贤人则有若皋陶、挚、说、彭咸、比干、伯夷、宁戚、百里、介推、子胥,暴君则有若夏启、羿、浞、桀、纣,皆北方学者之所常称道;而于南方学者所称黄帝、广成等,不一及焉。虽《远游》一篇似专述南方之思想,然此实屈子愤激之词,如孔子之居夷、浮海,非其志也。《离骚》之卒章,其旨亦与《远游》同,然卒曰:'陟升皇之赫戏兮,忽临睨夫旧乡;仆夫悲余马怀兮,蜷局顾而不行。'《九章》中之《怀沙》乃其绝笔,然犹称重华、汤、禹,足知屈子固彻头彻尾抱北方之思想,虽欲为南方之学者而终有所不慊者也。"这些话大体精确。屈子作品里的思想是在产生南方道家学派思想的国土里接受了北方儒家学派思想,尽管这是"彻头彻尾"地接受,却不能游离于道家学派思想的环境氛围以外,不过他的主导思想在彼而不在此。刘永济说:"如谓屈子于道家理论懵然无知,则亦不然。"这话倒也不错。王国维说:"虽《远游》似专述南方之思想,然此实屈子愤激之词。"这话更是不错。便是在屈子其他的作品里,出现了女媭之詈、灵氛之占、詹尹之卜、渔父之歌,乃至巫阳之招,都该作如是观。此等愤激之词,寓言之类,并非正言庄语,岂可当真？而且曲终奏雅,篇篇揭明了正意;有反言的便拨弃了反言,显出正意。岂仅《离骚》、《怀沙》如此？陈培寿《楚辞大义述》说:"《远游》一篇,黄老之学也。首云:'漠虚静以恬愉兮,澹无为而自得';末云:'超无为以至清兮,与太初而为邻。'清静无为,实本黄老之宗旨,故屈子尚焉。篇中自'春秋忽其不淹兮,奚久留此故居',至'庶类以成兮,斯德之门',此一段皆言道家吐纳之法,思炼气而上升,真养生之要诀也。况老子楚人,《道德》五千言,楚人传之者最众。故《汉志·艺文志》道家有《蜎子》十三篇、《长卢子》九篇、《老莱子》十六篇、《鹖冠子》一篇,皆楚人著书崇尚黄帝之术者。屈子生于南服,沾被流风,所言餐气、潄阳、保神、和德,深得黄老之旨焉。"这里论《远游》,太忽略了主旨正意一面,而不知道它和《离骚》卒章"远逝"寄托全同,太夸张了愤激反言一面,推衍了朱熹和王夫之的旧说。批评旧说,导致新解,这就是王国维《屈子文学之精神》一类文章有作出的必要,而拙作《楚辞解题》为什么要用长篇了。

陈培寿又说:"王伯厚《汉书艺文志考正》引平园周氏曰:《诗·国风》及秦不及楚,而屈原《离骚》出焉,衍《国风》于《诗》亡之后,发乎情,主乎忠直,谓为文章之祖,宜矣。又引艾轩林氏曰:江汉在楚地,《诗》之萌芽自楚人发之。《诗》一变而为《骚》,屈子为之首倡。是文章之鼓吹多出于楚也。余谓郑樵《通志·昆虫草木序》亦云:周为河洛,召为雍岐。河洛之南滨江,雍岐之南滨汉。二南之地,《诗》之发源,故屈、宋以来,骚人词客多生江汉。"这是说,《诗》、《骚》同一渊源,同发生于江汉地域,《诗》先《骚》后,《骚》继《诗》起。单从触到了屈赋发生的地理史观或文学形式来说,这话倒也不算错。倘以《诗经》代表北方文学,就该以《楚辞》代表南方文学了。

以上略论楚国文化的发展,南北学派思想的异同,屈赋发生的渊源,旨在有助于学者了解《远游》一篇确为屈原所作。

十 《远游》确为屈原所作之证

最后,我还有一点愚见,想请教于郭先生、刘先生和其他怀疑《远游》非屈原所作的学者。

《远游》中说:"高阳邈以远兮,余将焉所程?"按:高阳虽列在五帝,却和唐、虞、三代的尧、舜、禹、汤、文、武不一样,还不算上古时代典型的圣王大人物。

这里说高阳自和一般人说尧、舜、禹、汤、文、武以比后王时君不同,而作者又不得妄自比拟,当是"帝高阳之苗裔"对他祖上述德诵芬的话,恰和《离骚》的作者同一口吻。这是《远游》确为屈原所作的一个坚强内证而不容他人怀疑的。倘说这也是伪,则作伪者未必作得如此周密,如此之巧。何况谓他人祖,作伪者未必无耻竟至如此地步!倘说这是司马相如《大人赋》的"未定稿",那么,他有何必要而提出高阳,恨其年代久远,无从追随,无所效法呢?

从汉初到汉末,同情屈原,摹仿《楚辞》的作者,都有可能见到关于屈赋的一些原始资料。他们所有作品大都接受了《远游》一篇的影响,或整篇结构模仿它,或袭用它的一些词句,或暗叙他的一点意思,甚至径用了它的这个题目。司马相如的《大人赋》则是早已被许多学者发见了它是整篇结构摹仿《远游》的作品。在司马相如之前有贾谊,和相如同时的有东方朔、严夫子,《远游》也曾引起过他们创作的动机,或者说,给予过他们以创作上的灵感。不待说,淮南"小山之徒闵伤屈原,又怪其文升天乘云,役使百神,似若仙者。虽身沉没,名德显闻,与隐处山泽无异,故作《招隐士》之赋以章其志"。《招隐士》意在推衍《远游》之志,王逸《章句》早已指出来了。

屈原生于公元前三四〇年(依郭沫若先生说),贾谊生于公元前二〇〇年,其间相距一百四十年。贾谊于战国时事,犹之今日我们于太平天国时事一样,民间相传,文献足征,见闻所及,还很真切。更由于他自己在政治上的不幸的遭遇,使得他已不比寻常的同情屈原,哀悼屈原的身世,摹仿屈原的作品。他的《惜誓》结构和词句都有摹仿《远游》处,又是悼屈之作,这就是一个证据。《惜誓》说:"惜余年老而日衰兮,岁忽忽而不返[五]。登苍天而高举兮,历众山而日远……临中国之众人兮,托回飙乎尚羊。乃至少原之野兮,赤松王乔皆在旁……澹然而自乐兮,吸众气而翱翔。念我长生而久仙兮,不如反余之故乡……"这里末两句很重要,不妨重复一遍:"念我长生而久仙兮,不如反余之故乡。"这是说,求仙不如救国。贾谊已直探屈原灵魂,妙悟《远游》微旨。同时,他深深欣赏到《远游》用寓言、说反话的艺术。贾谊真不愧为屈子身后的第一个知己!司马迁《史记》把并不同时的屈原、贾生叙在一篇列传,也难得有此卓识!这是《远游》确为屈原所作的一个最好的旁证。倘若因为后人以"秦汉方士飞升之说"解释《远游》,便疑《远游》是秦汉方士所伪托,"岂不冤哉"?不但冤了屈原,也冤了深知屈原、妙解《远游》的汉初贾谊!

严夫子,名忌。"哀屈原秉性忠贞,不遭明君,而遇暗世,斐然作辞,叹而述之,故曰《哀时命》。"(王逸《章句》)《哀时命》篇中说:"孰魁摧之可久兮,愿退身而穷处。凿山楹而为室兮,下被衣于水渚。雾露蒙蒙其晨降兮,云依斐而承宇。虹霓纷其朝霞兮,夕淫淫而淋雨。怊茫茫而无归兮,怅远望此旷野。下垂钓于溪谷兮,上要求于仙者。与赤松而结友兮,比王侨而为耦。"这一段话写的似是半隐半仙的生活;再说,淮南小山之徒所作《招隐士》,也意以为屈原为文似仙,身没名闻似隐。但屈原不是仙隐中人,《远游》的用意也未必如此,而《哀时命》所说赤松、王侨却正是《远游》中的仙人。《哀时命》的作出受到了《远游》的影响,自是无疑的了。

东方朔作《七谏》,"追悯屈原,以述其志"(王逸《章句》)。《怨世》篇说:"高阳无故而委尘兮,唐尧点灼而毁议。"《自悲》篇说:"见韩众而宿之兮,问天道之所在。""苦众人之皆然兮,乘回风而远游。凌恒山其若陋兮,聊愉娱以忘忧。悲虚言之无实兮,苦众口之铄金。过故乡而一顾兮,泣歔欷而沾衿。"这也袭用了《远游》的词句和意思。

我们已知道东方朔、严夫子和司马相如是同时人,但不知道《七谏》、《哀时命》和《大人赋》作出的年代孰先孰后。它们都受到了《远游》的影响,只有《大人赋》整篇结构的形式摹仿了《远游》,又整句整段地抄袭了《远游》。它为讽汉武帝求仙而作,倒使得汉武帝读了,竟至飘飘然欲仙起来。它在当时最有名,甚至被人叹为"神化所至","不似从人间来"!这就弄得后来的学者也都头晕眼花,引起了好几种错觉:一是屈原《远游》为求仙而作;二是屈原非道家、非方士,疑《远游》非屈原所作;三是《远游》抄《大人赋》,是司马相如同时或以后的人伪托;四是《远游》、《大人赋》乃同一作品,前者是后者的未定稿,为司马相如一人所作,疑为王逸误会当做屈原作品。经过了我们在上文冗长而周密的往复研讨,所有这些错觉该可以彻底澄清了罢?

再说,司马相如以后,还有好几个同情屈原,摹拟《楚辞》,用到《远游》的作者。王褒作《九怀》,每篇都是从《远游》孕育出来的。刘向作《九叹》,其中有《远逝》、《远游》两篇,连《远游》这题目也一再蹈袭了。王逸作《九思》,其中《遭厄》、《伤时》、《守志》三篇,也都袭用了《远游》的意思。统观两汉《楚辞》作家,从汉初贾谊,以及淮南小山之徒、东方朔、严夫子、王褒、刘向,直到末了王逸,他们仿作的《楚辞》几乎无一不曾受到《远游》的影响,恰好作为《远游》确系屈原所作的旁证。他们距屈原时代不远,应该是看到《屈原赋》或《楚辞》祖本,以及关于屈原与其作品原始资料的人,难道他们摹仿《远游》决无其事,而是《远游》作者摹仿他们吗? 怎能疑原始的《屈原赋》里没有《远游》,王逸之前,刘向校集的《楚辞》里没有《远游》,直到王逸校《楚辞章句》才有《远游》? 又怎能说,司马相如《大人赋》的未定稿保存了下来,被王逸误会作为屈原的《远游》呢?

十一　怎样判定《远游》一案两造之词呢?

郑樵说:"盖事无两造之词,狱有偏听之惑。"(《诗辨妄自序》)近来关于《远游》作者问题,一说这不是屈原所作,郭先生、刘先生为一造;一说这是屈原所作,我们为一造;目前两造之辞都算提出来了,但愿读者、批判者都没有偏听之惑,作出一个正确的结论。

【简注】

〔一〕一九六二年五月作,原载同年山东大学《文史哲》杂志。
〔二〕范希曾《驳远游大招为东汉人伪作说》,即为陆说而作。略云:"屈原出世长生之想,非《远游》所独有,屈原所行,诚属入世者也,而思想则入世出世兼有。谓此思想非屈原所能有,则《离骚》、《涉江》、《思美人》,谁之思想乎? 惟其有出世入世两种矛盾思想,乃所以挤屈原于死也。韩众实无史事可考。韩终韩众果为一人欤？谓韩众即韩终者，证据安在？《远游》之王乔决非东汉明帝时之王乔。王乔见于《楚辞》者非一，见于《远游》、《惜誓》、《九歌》、《哀时命》。《大小戴记》、《月令》、《左传》之真伪可靠与否，尚属未决问题，然举不害于句芒、蓐收、祝融、玄冥出屈原之前。句芒亦见《墨子》，蓐收亦见《国语》，祝融、玄冥俱见《庄子》，三书不在原后。则此四名之见于《远游》，乌足为怪？"

〔三〕《国语·楚语下》云："王孙圉聘于晋，定公飨之。赵简子鸣玉而朝，问于王孙圉曰：'楚之白珩犹在乎？'对曰：'然。'赵简子曰：'其为宝物也几何矣？'曰：'未尝为宝。'楚王所宝者曰观射父，能作训辞以行事于诸侯。又有左史倚相，能道训典以叙百物，以朝夕献善败于寡君，使寡君无忘先王之业。又能上下说乎鬼神，顺道其欲恶，使神无有怨痛于楚国……圉闻之，国之宝，六而已。明王圣人能制议百物，以辅相国家则宝之……"按：王孙圉举国宝六：圣、玉、龟、珠、金、山林薮泽，而以圣为第一。则其首举楚之所宝者观射父、左史倚相，盖以其人为圣者乎？

〔四〕郭沫若先生论之颇详，余不过更为证发其说而已。

〔五〕明张纶言《林泉随笔》说："《惜誓》，洪氏以为贾谊作；朱子亦以其辞瑰异奇伟，非贾谊莫能及。今考《史记》、《汉书》本传，惟《吊屈原赋》、《鹏鸟赋》两赋，而无此篇。且其死时年仅三十三，篇首乃谓'惜予年老而日衰'，又曰'寿冉冉而日衰'。汉文之时而谓之乱世可乎？谊未尝如梅伯、比干之所为，而又曰：'惜伤身之无功。'反复一篇旨意，而证以出处本末，以为谊之作，未敢信其必然也。"张纶言这段话全出误会。他不知道贾谊的《惜誓》是拟屈赋，就用屈子口吻，虽用第一身称，并不是贾谊自述之词。观以《惜誓》命题，即取屈原《惜往日》"成言"之意。宋沈作喆《寓简》里说："《楚辞·惜誓》一章超逸绝尘，气象旷远，真贾生所作无疑。"这话不错。至姚宽《西溪丛话》说："《惜誓》尽叙原意，末云'鸾凤之高翔，见盛德而后下'，与贾谊《吊屈原文》云'凤凰翔于千仞兮，览德辉而下之'，断章趣同，将谊效之也？"他不知道《惜誓》和《吊屈原文》同是贾谊一个人所作，故其词意有相同处。他说错了。

《卜居》解题卷第六

一 《卜居》主题

《卜居》是何人所作？为何而作？朱熹《集注》说的大旨不错。他说："《卜居》者，屈原之所作也，屈原哀悯当世之人，习安邪佞，违背正直；故阳为不知二者之是非可否，而将假蓍龟以决之，遂为此词，发其取舍之端，以警世俗。说者乃谓原实未能无疑于此，而始将问诸卜人，则亦误矣。"他指出说者之误，当是指的王逸《章句·卜居叙》。顾炎武《日知录》就明明指出了王逸《叙》的错误、洪兴祖《补注》说的不错。他说："《卜居》，屈原自作，设为问答，以见此心非鬼神吉凶之所得而移耳。王逸《序》乃曰：心迷意惑，不知所为，往至太卜之家，决之蓍龟，冀闻良策，以定嫌疑。则与屈子之旨大相背戾矣。洪兴祖《补注》曰：此篇上句皆原所从，下句皆原所去。时之人去其所当从，从其所当去。其所谓吉，乃原所谓凶也，可谓得屈子之心者矣。"[一]这就说明了《卜居》的主题，而作者当为屈原，他人不见得一定处此境地，有此思想感情，有作此的必要。篇中一则曰："将游大人以成名乎？"所谓"大人"当指上官大夫之流，亦即《离骚》中之所谓"党人"，不足与"同列"者也。再则曰："将哫訾、栗斯、喔咿、儒儿，以事妇人乎？"朱注云："妇人，盖谓郑袖。"亦即《离骚》中之所谓"闺中既已邃远"，三求女而皆不可得者也。明此为屈原所作之坚强内证。

二 《卜居》《渔父》疑为伪作的由来

《卜居》、《渔父》两篇都是起首一句就说"屈原既放"，同是以第三者的地位，旁观者的口吻，叙述屈原和时人相问答的作品，使人读了觉得这不像是屈原所作，疑是他人伪托。王逸《章句·卜居叙》说："《卜居》者,屈原之所作也,屈原体忠贞之性,而见嫉妒。念谗佞之臣,承君顺非而蒙富贵;己执忠直而身放弃,心迷意惑,不知所为。乃往至太卜之家,稽问神明,决之蓍龟,卜己居世,何所宜行,冀闻异策,以定嫌疑,故曰《卜居》也。"这里,王逸完全肯定《卜居》是屈原所作了。但是他于《渔父》一篇既说"屈原之所作也"。又说"楚人思念屈原,因叙其辞以相传焉"。想是"信以传信,疑以传疑,故两言之"。在他自己说来,这不过表示治学不存"偏见"而已(详见下《渔父解题》)。然而这就招致了后来一些学者的疑惑,直疑《渔父》、《卜居》都不是屈原所作了。

三 疑为伪作有何确证?

桑悦说:"考亭云:《卜居》文字便无些小窒碍,想只是信口恁地说,皆自成文。"(蒋之翘《评校本楚辞集注》)所引朱熹这条语录不错。《卜居》、《渔父》都算得自然成文,这非屈原妙手不办。焦竑说:"战国文多伪立主客,逸谓此楚人叙其事以相传,误。"(同据上书)这是驳斥王逸兼存异说,而他自己独信《渔父》是屈原所作一说的。同样,焦氏就会相信《卜居》也是屈原所作。在明代学者中,焦竑最为渊博。他驳王逸确为有据。

崔述《考古续说》卷下《观书余论》里说:"周庾信为《枯树赋》,称殷仲文为东阳太守。其篇末云'桓大司马闻而叹曰'云云。仲文为东阳太守时,桓温之死久矣。然则是赋作者托古人以畅其言,固不计其年世之符否也。谢惠连之赋雪也,托之相如;谢庄之赋月也,托之曹植。是知假托成文,乃词人之常事。然则《卜居》、《渔父》亦必非屈原之所自作,《神女》、《登徒》亦必非宋玉之所自作,明矣。但惠连、庄、信,其时近,其作者之名传,则人皆知之。《卜居》、《神女》之赋其世远,其作者之名不传,则遂以为屈原、宋玉之所作耳。这里,崔述袭用了顾炎武《日知录·假设之辞》一条之说,不误;而他自己关于《卜居》、《渔父》的话,就推论错了。

我们不必繁征博引,只把和屈原并称的宋玉作品来说,就多见自称宋玉和楚王对话的作品,即令《神女》《登徒》不是宋玉所作,难道连《对楚王问》《风赋》《钓赋》《讽赋》《大言赋》《小言赋》也都不是宋玉所作?再如在《庄子》一书里有自称庄子的,这或系庄子门人和后学所叙录;有自称庄周的,当系庄子所自作。其最后《天下》篇把庄周和其他学派大师一起批判,也好像是旁人的语气。假使不是大智大哲如庄周,试问当时或稍后的诸子有谁能够做得出这种批判各大学派的大文章来?老师祭酒如荀卿,所作《非十二子》篇就不及《天下》篇的博大精深远甚,不要说其他诸子了。还有《公孙龙子·迹府》一篇,其中记公孙龙和孔穿辩论,正是刘知幾[二]和焦竑所谓战国之文多伪立主客的一例。章士钊《甲寅周刊·迹府》篇说此确系公孙龙自著。他说:"学者著述,辄以自身言行公之于世,一人自状,百人同证,本篇即属此类。"王琯(献唐)《公孙龙子悬解》里说:"原文非龙自著,似有后人割裂群书,荟萃而成。"他列举"三证"。说"似",可知其不真;举《证》,并不见实据。一证,他以为此篇开始便说:"公孙龙,六国时辩士也。"中段又说:"公孙龙,赵平原君之客也。""自著之书,无此语气。"这话不确。试问是谁规定学者著书必须用何等语气?何况在先秦诸子书中用此语气者,不止公孙龙一人!我们应该知道,本来自著之书当用自称语气,可是并不尽然。即以屈原作品而论,《橘颂》两段,后段自述,改用对称语气,就说"嗟尔幼志,有以异兮"。至作《卜居》《渔父》又改用他称语气,直称屈原,有何不可?一个大作家为了某种方便,文法修辞不拘老套,是可有而且常有的事,谁说不然?二证,他以为此篇中尹文论士一段见于《吕氏春秋》,孔子论楚人一段见于《孔丛子》,便断定为"后人补缀而成",这话也不确。安知不是《吕览》《孔丛子》"割裂"《公孙龙子》?三证,他以为"白马非马之义,已见专论,此篇数数及之,复床叠架,于例未合"。这话更不确。试问是谁规定体例,诸子著书独明一理,不能反复宣传?假使这样说,孔、墨、老、庄、孟、荀之书都有问题。即以《离骚》而论,一篇之中,自相重复之处,如复句、复调、复字,经朱骏声《离骚赋补注序》指出的,多至难以屈指计算。难道《离骚》不是屈原所作,何以自乱其"例"如此?其他屈赋中重复之处,尤其是篇与篇之中叠相重复更不必说了。总之,他举三证无一可据。在没有学者确证自称庄周、自称宋玉和自称公孙龙等等的作品全系伪托,同样,确证自称屈原的《卜居》《渔父》都是伪托以前,我们要说《卜居》《渔父》都是屈原所作,难道还会有人提出什么确切的理由来和我们辩驳么?

四　略述现代学者对于《卜居》《渔父》的看法

现代一些研究《楚辞》的学者往往不提到《卜居》《渔父》,甚至干脆把这两篇屏诸屈赋之外(如刘永济《屈赋通笺》)。即或有人提到了它们,也必认为它们不是屈原所作,却又说不出什么可靠的根据,可信的理由。只有郭沫若《屈原赋今译》算是例外,他在这书的《后记》里说:"《卜居》和《渔父》两篇,很多人怀疑不是屈原的作品,特别是《渔父》那一篇应该是后人的著作。但作者只是把屈原作为题材而从事创作,并无存心伪托。它们之被认为屈原作品,是收辑《屈原赋》者的误会。这两篇由于所用的还是先秦古韵,应该是楚人的作品。作者离屈原必不甚远,而且是深知屈原生活和思想的人。这在研究屈原上不失为很可宝贵的材料。"他又在《卜居》一篇有注说:"这首《卜居》是一篇叙事诗,原文是有韵的。自来相传是屈原所作,但恐不尽然,可能是深知屈原生活和思想的楚人的作品。在思想上,本篇表明了屈原是一位不信上帝、不信卜筮的理性主义者,和《离骚》《天问》等篇一致。屈原在流窜生活中曾经耕田种地,这也解答了他能成为人民诗人的一个根本问题。故本篇即使不是屈原所作,在研究屈原上仍然是很可宝贵的先秦资料。"郭先生在这里还很审慎的不曾确定《卜居》《渔父》是屈原的作品,却考出了它们写出的一定时代,一定的写作的人;并发见了它们的文学价值和史料价值。即在研究《楚辞》上,在研究屈原上,都具有相当的可宝贵的价值。我们还从他的精要的短语里见到了这是他经过仔细研究以后所下的结论。在目前,这一结论是无可辩驳地令人信服的。将来的学者当有可能在他的这一结论的基础上再进一步,考定这两篇作品确是屈原所作的罢。

【简注】

〔一〕《日知录》又云:"子之必孝,臣之必忠,此不待卜而可知也。其所当为,虽凶而不可避也。故曰'欲从灵氛之吉占兮,心犹豫而狐疑',又曰'用君之心,行君之意,龟策诚不能知此事'。善哉!屈子之言。其圣人之徒欤?"此特就屈子时代伦理思想言之,或得屈子之心者也。

〔二〕《史通·杂说下》篇云:"自战国已下,词人属文,皆伪立主客,假相酬答。至于屈原《离骚》辞,称遇渔父于江渚;宋玉《高唐赋》,遇云梦神女于阳台。夫言并文章,句结音韵。以兹叙事,足验凭虚。"

【附录】

论"人民诗人"屈原

郭鼎堂先生曾称屈原为"人民诗人"。他在《屈原赋今译·卜居篇》有一条自注说:"屈原在流窜生活中曾经耕田种地,这也解答了他能成为人民诗人的一个根本问题。"不错,屈原是和劳动人民有紧密联系的,首先他就曾和农民生活在一起。他在楚怀王、顷襄王两朝,先后被放逐,约二十年左右。当他初被放逐在汉北,回到他的家乡丹阳(即归州、秭归,今属湖北省),他就从事耕种。他的晚年又被放逐到江南(今湖南省境沅湘之间),也还是如此。唐沈亚之《屈原外传》说:"怀、襄间,蒙谗负讥,遂放而耕。吟《离骚》,倚耒号泣于天。时楚大荒,原堕泪处,独产白米如玉。《江陵志》有玉米田,即其地也。晚益愤懑,披榛茹草,混同鸟兽,不交世务。"这是根据了古地方志和民间传说来写的,虽述史事,杂有神话,可知在传说中,人民早把屈原神话化了。当日屈原和人民之间的关系植根很深,我们是不难想象得之的。假使我们不太苛求于古人的话,尽管屈原出身于楚国王室的贵族,却把田种得那么好,使得农民那么高兴传说他,他就贤于孔孟之徒远矣。因此把他作为历史上的一个"人民诗人",在我想来,也未为不可。不但郭先生说如此,记得闻一多先生也曾撰文称屈原为"人民的诗人",我以为我们是不妨同意的。

据《外传》,屈原一面耕种,一面吟《离骚》。这里所谓《离骚》当是他的作品的总称。《宋文鉴》九十二黄伯思《翼骚序》里说:"诸《骚》皆书楚语,作楚声,纪楚地,名楚物,故可谓之《楚辞》。若些、只、羌、谇、蹇、纷、侘傺者,楚语也。悲壮顿挫,或韵或否者,楚声也。湘、沅、江、澧、修门、夏首者,楚地也。兰、茝、荃、药、蕙、茗、蘋、蘅者,楚物也。他皆率若此,故以楚名之。"这是说,屈原诸作品都叫做《骚》或《离骚》,又叫做《楚辞》,它带有很浓厚的地方色彩,很清新的民间气息。倘若不是屈原曾有一个相当长久的时期深入生活在人民中间,很难于想象他能够创作出这样独放异彩的伟大作品来!

再说,屈原种出来的谷子,"其米似玉,视他米独长",叫做"玉米"(《宜昌府志》)。他种过的田地叫做"玉米丘",又叫做"玉米田",也叫做"屈田"(《楚宝》十五《屈原田宅考》)。可见他在当时,不但是一个杰出的政治家和外交家,也不只是一个卓绝的诗人,同时还做过一个顶出色的农人。《水经注》三十四说:"江水又东过秭归县之南,县故归乡。袁山松曰:屈原有贤姊,闻原放逐,亦来归,喻令自宽全。乡人冀其见从,因名曰秭归,即《离骚》所谓女嬃婵媛以詈余也。县东北数十里,有屈原旧田宅,虽畦堰糜漫,犹保屈田之称也。"我们根据水经、地志、外传、传说,可知屈原确种过田,而且最会种田,还有"屈田"古迹可证。他久在人民中间生活。他把民间的语言和事物写进作品里,作品的内容通过个人的遭遇及其思想情感而反映了一般人民的愿望和要求。我们就此称他为中国历史上第一个"人民诗人",有何不可?

屈原的作品大多富于人民性。如《离骚》里说:"长太息以掩涕兮,哀民生之多艰。"关心民瘼,至于悲哀、叹息、流涕,这要他洞见了当日楚国人民生活的实际情况,连泪和血才写得出来的。只要我们稍稍考查历史就会知道:"楚国之食贵于玉,薪贵于桂。"(《战国策·楚策》)其"任官置令"不能"廉洁胜任",即不能"以正御盗",以致"盗贼公行而弗能禁"(《韩策》)。平时"厚赋敛诸臣百姓,见疾于民"(亦见《楚策》)。战时则见"掠于郊野,以足军食"(《中山策》)。原来楚国从春秋时代开始盛大以来,就已感到"民生之不易,祸至之无日,戒惧之不可以息"(《左传·宣十二年》)。今则"如水益深,如火益热"。屈原和人民同呼吸,共痛痒,所以当他痛切地感到人民生活上的种种艰难困苦后,就情不自禁地而悲哀、而叹息、而流泪了!这不是可见他和人民间的情感思想愿望等等的一致吗?

当战国七雄分立的时代,战祸长期不歇,人民痛苦不堪,要求有一个王政统一的局面。《孟子》一书里说:"天下恶乎定?曰,定于一。"天下不统一,怎么能够安定?问鼎周室,统一中原,本来是楚国的传统国策。按《战国策》苏秦说楚威王:"从合则楚王,横成则秦帝。"当时秦、楚两国都具备有统一的条件和力量,而楚国的疆域更大,可能性更多。倘若楚怀王始终信任屈原,立法度,谋富强,联络友邦,结好齐国,就可能长期作为六国抗秦同盟的盟主(楚怀王一度曾为"从长",即"合纵"之长,亦即六国抗秦同盟的盟主),并有可能进而统一中国。这正合乎当时人民生存上迫切的要求,即同时合乎历史发展上迫切的要求。不料楚怀王内迷惑于宠姬郑袖,外信谗于贵族政治集团,把屈原疏远了,放逐了。顷襄王更不能用他,再被放逐了。所以他先后经历了二十年左右的流窜生活。不幸,他在政治上失败了。幸而他在文学上获得了不朽的成功!

总之,我们研究屈原一生的事迹,不难想象到他在政治上的伟大抱负正符合于当时人民的愿望和历史的要求。他在文艺上的伟大创作也符合于当时人民的喉舌和心意,而为他们所喜闻乐见,这包括了运用民间的语言、音乐、文艺形式等等。加以他在被放以后,长期间在楚地鱼米之乡和农民渔父打交道,这样就更可以看出他和人民之间有着紧密的联系。当时楚国人民有着对他的热爱,接受了他的文艺上的影响,接受了他的爱国思想。所以在屈原自沉汨罗数十年之后,楚地农民首先爆发了革命,使得他们的有野心的领导者也不得不以"张楚"

和"楚怀王"为号召,而推翻了暴秦的政权。二千多年来至于今日,逢着屈原的忌日古端午节,人民还用龙船竞渡纪念他,还包粽子(角黍)纪念他,难道这都是偶然的吗?

今按:

此文成后,又见鹿山易氏《楚辞校补序》中云:"嗟夫!灭楚者秦也,灭秦者《楚辞》也。楚自顷襄忘仇,君臣泄兮,已处必亡之势。屈原为赋二十五篇,且以身殉。《荆楚岁时记》载缚艾竞舟事,楚人感原之至,引屋社之恫深也。故秦虽亡楚,《楚辞》以系民心,国虽亡而心不殄。南公有言:楚虽三户,亡秦必楚。故陈涉之兴必曰张楚,项梁之起必假怀王,项籍震乎楚歌,沛公不忘楚舞。六国均亡,而民特怀楚,楚遵何德而致是哉?"可供参考。

《渔父》解题卷第七

一 司马迁和刘知幾都认为《渔父》是屈原所作

《渔父》一篇文章,差不多全和《史记·屈原列传》所记屈原和渔父相遇问答一段相同,这是《史记》抄《渔父》呢,还是《渔父》抄《史记》呢?如果是《渔父》抄《史记》,为什么《史记》这一段记事偏要杂用韵语呢?如果是《史记》抄《渔父》,为什么把文学作品假设问答之词,寓言一样的东西作为实录呢?为了答复第一个问题,我们不得不说这是《史记》抄《渔父》。即是先有《渔父》这一作品,然后《史记》才把它抄上去,所以连韵脚也抄了。为了答复第二个问题,我们不得不承认《渔父》虽然好像是假设问答的作品,而在司马迁作《史记》的时候,审定史料,一定认为这是实录,甚至认为这是屈原自己的记录,即是说,这是屈原所作。刘知幾在《史通·杂说下》篇骂司马迁把《渔父》"采为逸事,编诸史籍,疑误后学,不其甚邪"? 这是太苛刻了的。至他认为"自战国以下,词人属文,皆伪立主客,假相酬答",借以说明屈原所作《渔父》疑是假设之词。即令写的是逸事,却不必作为史料。这话可不算错。

二 王逸何以既说《渔父》屈原所作,又说楚人所叙?

说到这里,我们就要提出第三个问题,究竟《渔父》一篇的作者为谁,是不是屈原呢?首先解答这个问题的是王逸《章句》,他作《叙》说:"《渔父》者,屈原之所作也。屈原放逐在江湘之间,忧愁叹吟,仪容变易。而渔父避世隐身,钓鱼江滨,欣然自乐。时遇屈原川泽之域,怪而问之,遂相应答。"这里王逸已经肯定了《渔父》是屈原所作。但是他的下文接着就说:"楚人思念屈原,因叙其辞以相传焉。"这里又像说《渔父》是不知谁何的楚人所作,即是说,楚人因想念屈原就记录屈原和渔父问答的传说。一人说话,上下两岐,这就令人不可解了。其实,这在我们看来不可解,但在那时汉儒倒是完全可以理解的。他们之中有一派学者自有这种骑墙的态度和两可的逻辑。比如说,商代始祖契由他的母亲简狄吞了玄鸟的蛋而生,周代始祖弃(后稷)由他的母亲姜嫄踏着大人的脚迹而生,他们都有这种无父而生或感天而生的神话。但是同时又有他们都是帝喾儿子的传说。经今文家相信前一说,经古文家相信后一说,两派相争不下。于是有兼通经今古文的第三派学者出来,以为两说都对,承认信疑并存。例如褚少孙说:"一言有父,一言无父,信以传信,疑以传疑,故两言之。"(《史记·三代世表》记褚先生语)郑玄说:"诸言感生得无父,有父则不感生,此皆偏见之说也。"(《毛诗正义》引郑玄驳许慎《五经异义》)又说:"天下之事,以前验后,其不合者,何可悉信?是故悉信亦非,不信亦非。"(《毛诗正义》引《郑志》)王逸既说"《渔父》者屈原之所作也",又说"楚人思念屈原,因叙其辞以相传焉"。信疑并存,骑墙两可,盖自以为不存"偏见",正和当时兼通经今古文一派的学者相同,他也就不自外于当时这种治学的风气。说穿了不过如此,这有什么不可解呢?

我们已经知道王逸隔屈原的时代并不太远,不过四百几十年光景。他"与屈原同土共国,悼伤之情与凡有异"。他做的又是"校书郎"那么一个官,"博学多览",使他成为历史上第一个研究《楚辞》获得了成就的学者。他解《楚辞》大多是用的第一手材料。我想他说《渔父》为屈原所作,当是根据当时东汉政府的藏书。他又说"楚人叙其辞以相传",当是根据他的故乡荆楚旧地的民间传说。两说不同,他因不豫存一家的"偏见",就直把两说并存起来。我们正靠了他保存这些资料,更加理解到屈原在生前是一个为人民所热爱的伟大诗人,死后还永远活在人民的心里,所以民间对于屈原的传说就多了。

三 对于屈原和《渔父》的传说作一考察

关于屈原和渔父的传说,荆楚旧地,江汉之域,流传很广很多,载于湖广旧志以及湖南湖北省县地方志书的,难以屈指计算。唐余知古《渚宫旧事》篇首列举楚文王至顷襄王四五百年间人物。他说:"隐逸,则缯封人、老莱、长庐、接舆、蜎渊、北郭先生、詹何、江上丈人、鹖冠、渔父。"这位渔父姓甚名谁？还是子虚、乌有、亡是公一流人物？从来的学者,往往以为《楚辞·渔父》篇的渔父就是《庄子·盗跖》篇的渔父,都是这样含糊了事。这一说,与其说是出于嵇康或皇甫谧所撰的《高士传》,毋宁说是出于郭象《庄子注》,因为《庄子》是比较常见的书。郭象说:"渔父,越相范蠡也。辅佐越王句践平吴事讫,乃乘扁舟游三江五湖,变易姓名,号曰渔父,即屈原所逢者也。"郭象通人,不应没有历史知识至于如此。想来他也只是根据传说,未加思考。即令孔子到过吴楚,而孔子死后五、六年,越王句践才得平吴,范蠡逃隐江湖又在其后,孔子何缘得和做了渔父的范蠡相见？孔子和屈原相隔约二百年,《庄子》中孔子所见的渔父怎么会是《楚辞》中屈原所遇的渔父〔一〕？倘若说,这是出自古代传说、民间口碑,那就无怪其然了。

再说,传说中的屈原遇渔父处,在什么地方呢？又在什么时候呢？最早的记载见于《水经注》二十八:"沔水又东北流,又屈东南,过武当县东北。县西北四十里汉水中有洲,名沧浪洲。庾仲雍《汉水记》谓之千龄洲,非也。是世俗语讹,音与字变矣。《地说》曰:水出荆山东南流,为沧浪之水,是近楚都。故渔父歌曰:沧浪之水清兮,可以濯我缨,沧浪之水浊兮,可以濯我足。(杨守敬疏云:按《寰宇记》引《隋图经》,汉水经琵琶谷至沧浪洲,即渔父櫂歌处。)余按:《尚书·禹贡》言导漾水东流为汉,又东为沧浪之水。不言过而言为者,明非他水决入也。盖汉沔水自下有沧浪水通称耳。缠络鄢郢,地连纪都,咸楚都矣。渔父歌之,不违水地。考按经传,宜以《尚书》为正耳。"这是说,屈原和渔父相见问答的地方在今武当县沧浪水、沧浪洲。后来或传说"监利县北有濯缨台,为屈原遇渔父濯缨处"。或传说"屈原故乡归州有濯缨泉,在州东南十里,内有神蛇,人污其水,即见"(俱见《古今图书集成》一一九六)。或传说"均州东北三里滨汉江有沧浪亭,为孺子歌处,又屈原遇渔父歌处"(同上，一一五四)。以上地属今湖北省。或传说"武冈州东十五里有渔父亭，旧传渔父与屈原相见处。又郡圃有招屈亭。按此俱载《通志》。更东十里有屈原庙。《渔父》篇云，游于江潭。此岂有别解欤"(同上，一二三六)。或传说"湘阴县汨罗庙旁有濯缨桥，为三闾大夫与渔父问答处"(同上，一二一三)。以上地属今湖南省。蒋骥《山带阁注楚辞》说："旧解以沧浪为汉水下流。余按今均州、沔阳皆有沧浪，在大江之北。原迁江南，固不能复至其地，且与篇首游于江潭不相属矣。及观楚省全志，载原与渔父问答者多有，皆影响不足凭。惟武陵龙阳(今湖南省常德汉寿县)有沧山、浪山及沧浪之水。又有沧港市、沧浪乡、三闾港、屈原巷。参而核之，最为有据。盖自涉江入溆浦之后，返行适湘，而从容邂逅乎此。其言宁赴湘流，则《怀沙》汨徂南土之先声也。原之就死长沙，余既详之《怀沙》矣。抑《湘中记》云，湘水至清，深五六丈，下见底了了。则原之赴此，亦不忘清醒之意也夫！"他又在同书《余论》里说："昔贤遗迹，后人往往多附会。均州、沔阳之沧浪非江南地无论矣。若长沙湘阴之濯缨桥，宝庆邵阳之渔父庙，城步之渔父亭，去沧浪颇远，皆以为渔父遇屈原处。《一统志》又云：武冈沧浪水亦有渔父亭。然考武冈山水绝无沧浪，亦足征其妄也。"这里，蒋骥为了使自己主张的一说有力，即他说的屈原遇渔父处在今湖南汉寿，《渔父》篇系屈原放逐江南时所作，他要使它得以成立，便指斥其他的传说为妄；却不知道他自己也只是根据传说，同样不足为据。

倘若根据《渔父》篇里用江潭一词为证，则汉北江南都可以有江潭，殊难确指。倘用"宁赴湘流"一语为证，则屈原楚人，未尝不可能知道"湘水至清"。何况湘流的湘字还有问题。郭沫若《渔父》篇注说："《楚辞》'宁赴湘流'，《史记》作'宁赴常流'。案以《史记》为是，当是后人所妄改。"倘用"沧浪之水"一语为证，以为即指龙阳沧浪之水，则《水经注》"汉沔水自下有沧浪水通称"。而汉水、沧浪，都早见于《尚书·禹贡》，才可以说是"最为有据"。龙阳的沧浪水系后起之名，当系附会《楚辞》而命名的。《太平寰宇记》说："邵州(原注，邵阳郡今理邵阳县)

武冈县有招屈亭,有沧浪水,渔父亭。"又说:"朗州武陵县本临沅、汉寿二县地,沧浪水皆在县西,二水合流,盖出䩄城县北界山谷。《永初山水记》云:汉水古为沧浪,即渔父所云沧浪之水清者。此盖后人名之,非古沧浪。"其说不一,宋人也似有见到楚江南的所谓沧浪水都是后人命名,并非古沧浪水、汉水者。这样说来,蒋氏怎么能够坚持一己"偏见"之说呢?何况在《楚辞·九章》中有涉及江南之作,也有涉及汉北之作呀!

本来《渔父》篇疑是作者的寓言,《史记》才把它作为实录叙入《屈原列传》。实则渔父有无其人,屈原遇渔父有无其事,都不甚可靠。关于这一事的传说,本来可以不必考证。我们所以要这么做,不只是要考察在民间传说中的屈原如何,还在查考这篇的作者是谁,究竟是不是屈原所作?要解决这一问题就不能不稍作全面一些的考察。考察的结果,目前只得认为郭沫若《屈原赋今译》里说的比较"最为有据"。他说:"此辞亦见《史记·屈原列传》,大同小异,文字不会是屈原所作,当作于楚人。原文以移、波、酾、为为韵,尚是先秦古韵,可证。可作为研究屈原的资料。"这说古韵和陈第《屈宋古音义》、江有诰《楚辞韵读》、方绩《屈子正音》有合。他还有一条注文说:"《楚辞》原文作'游于江潭',《史记·屈原列传》作'至于江滨',都没有说什么江。但下文唱的歌明说是沧浪之水,故据以增补。屈原初被放逐处是在汉水北部。《抽思》云:'有鸟自南兮,来集汉北。'又《思美人》云:'指嶓冢之西隈,与纁黄以为期。'即其证。《尚书·禹贡》,嶓冢导漾,东流为汉,又东为沧浪之水。可知《渔父》所述是屈原初被逐时事。"这里郭先生先考定了《渔父》是屈原同时或稍后而深知屈原为人的楚人所作,这和王逸说的"楚人思念屈原,因叙其辞以相传焉",大旨相同。可是为什么不再进一步考定此赋为屈原所作呢?其次,他考定了屈原遇渔父的传说应该发生在初被放逐到汉北的时候,这就正和《水经注》说的渔父櫂歌处在今湖北武当县沧浪水、沧浪洲正复相合。

四　屈原之所以作出《渔父》

《孟子·离娄》篇说："有孺子歌曰：'沧浪之水清兮，可以濯我缨。沧浪之水浊兮，可以濯我足。'孔子曰：'小子听之！清，斯濯缨；浊，斯濯足矣。自取之也！'"（赵岐注：清浊所用，尊卑若此。自取之，喻人善恶见尊贱乃如此。）孔子听过孺子的"沧浪歌"声，屈原又听到了渔父的"沧浪歌"声，可见这一歌曲流行江汉间已经很久了。王应麟《困学纪闻》说："孺子沧浪之歌亦见于《楚辞·渔父》。考之《禹贡》，汉水东为沧浪之水，则此歌楚声也。《文子》亦云：混混之水浊，可以濯吾足乎？泠泠之水清，可以濯吾缨乎？"这说得不错。孔子听了这歌声，而悟被尊被贱，自取之道。屈原听了这歌声，而悟或进或退，自处之方。这就是屈原之所以作出《渔父》罢。

不论渔父有无其人，作者原想借着渔父的偏见衬托出自己的正理。不料后来的读者倒反而同情渔父，贬责屈原。例如宋葛立方《韵语阳秋》八说："余观渔父告屈原之语曰：圣人不凝滞于物，而能与世推移。又云：众人皆浊，何不淈其泥而扬其波？众人皆醉，何不哺其糟而啜其醨？此与孔子和而不同之言何异？使屈原能听其说，安时处顺，置得丧于度外，安知不在圣贤之域？而仕不得志，狷急褊躁，甘葬江鱼之腹，知命者肯如是乎？故班固谓露才扬己，忿怼沉江；刘勰谓依彭咸之遗则者，狷狭之志也；扬雄谓遇不遇命也，何必沉身哉？孟郊云：三黜有愠色，即非圣哲模。孙勐云：道废固命也，何事葬江鱼？皆贬之也。而张文潜独以谓：楚国茫茫尽醉人，独醒惟有一灵均。哺糟更使同流俗，渔父由来亦不仁！文潜出苏氏之门，是以所论独正。"这里把从汉到宋好几个贬责屈原的评论者提出来，却只能提出一个同情屈原而责备渔父的张耒，即借以暗示于人支持自己的责备屈原不做滑头圣人的论点。

顾炎武《菰中随笔》说："屈平、渔父所见不同，不以察察受汶汶之者,其天性然也。虽然,不止是也。屈子宗臣也,有与国存亡之义焉,又安得如渔父所云哉?"这里就指出屈原和渔父所抱见解不同,不止由于两人的天性不同,还由于所处地位不同。这是持平之论,却很有见地。他又在《日知录》里有《乡愿》一条说:"老氏之学所以异乎孔子者,和其光,同其尘,此所谓似是而非也,《卜居》、《渔父》二篇尽之矣。非不知其言之可从也,而义有所不当为也。子云而知此义,《反离骚》其可不作矣。寻其大指,生斯世也,为斯世也,善斯可矣,此其所以为莽大夫与?《卜居》、《渔父》,法语之言也。《离骚》、《九歌》,放言也。"不错,如郑詹尹和渔父之流,那样的和光同尘,全身远害的道家思想、乡愿态度,真是太自私了。这绝不是屈原所能接受的。屈原之为人,也绝不是莽大夫扬雄之流所能了解的。《反离骚》、《畔牢愁》一类的作品,对于屈原的伟大崇高固无损于毫末,作者徒自露出他的丑恶心肝而已。屈原借着郑詹尹和渔父那样和光同尘、似是而非的言论见解,恰好衬托出自己热爱生活、热爱人民、热爱祖国、热爱真理,誓和恶社会恶势力奋斗到底,宁肯牺牲,绝不屈服的精神,所以顾炎武称"《卜居》、《渔父》,法语之言。"它的作者又借用第三者的语气,更方便地、更有力地表达出来。这就是他作出《卜居》、《渔父》的微意所在罢。为什么有人粗心大意地读过,并无什么不可辩驳的真凭实据,竟忍心害理地否认这是他的作品呢?

【简注】

〔一〕《史通·杂说下》篇云:"嵇康撰《高士传》,取《庄子》、《楚辞》二渔父事合成一篇。夫以园吏之寓言,《骚》人之假说,而定为实录,斯已谬矣。况此二渔父者,较年则前后别时,论地则南北殊壤,而辄并之为一,岂非惑哉?苟如是,则苏代所言双擒蚌鹬,伍胥所遇渡水芦中,斯并渔夫善事,亦可同归一录,何止揄袂缁帷之林,濯缨沧浪之水,若斯而已也?"

总论《卜居》《渔父》为屈原所作〔一〕

一 小引

拙作关于《卜居》、《渔父》两篇解题曾合为一文,改题《〈卜居〉、〈渔父〉是否屈原所作?》发表于一九六二年上海《学术月刊》第六期,已经多时了。直到今日(见文末),我才从赵景深先生那里借得几种现代学者所作关于《楚辞》的论著,见到他们说及《卜居》、《渔父》的作者问题,都和鄙见大有出入。为了伸说我自己的主张,不能不依其著作发表先后,把他们所持的论点提出来一说。总的看来,很多论点都像是偏重于形式方面而立说的。

二 关于陆侃如先生的论点

陆侃如先生《屈原与宋玉》一书论到《卜居》、《渔父》,(1)条引崔述一说,(2)条引胡适一说。崔述一说,我已在拙文中驳过了。胡适一说:"《卜居》、《渔父》为有主名的著作,见解与技术都可代表《楚辞》进步已高的时期。"(《读楚辞》)这真是胡说! 倘论见解与技术,难道《卜居》、《渔父》高于《离骚》? 倘问《楚辞》已高的时期,难道不正在屈原时期? 这也和崔述说的一样不值一驳了。顺便在这里提到郭沫若先生《屈原研究》一书说的。他说:"《卜居》和《渔父》当是宋玉、景差之徒作的,都是很轻妙的文章,而且还替我们保证着屈原是果有其人。"郭先生在这里把胡适一派怀疑屈原没有这个人的谬说驳正了。可是他又怀疑《卜居》、《渔父》是宋玉、景差之徒所作,理由只在"都是很轻妙的文章"。但是这条理由似还不够充分,因为很难说屈原就不能有此"轻妙的文章"。我已在拙文中论及郭先生别一著作的话。郭先生以他富赡的学说确认了《卜居》、《渔父》用韵是先秦古韵,以为其文所说又都和屈原的生活及其思想相符合。为什么我们不可以再进一步说:这都替我们保证着屈原果有其作品?

至陆先生自己则提出"专门关于《渔父》的有两点可疑:(1)王逸的序是矛盾的……〔《渔父》〕显然是后人的记载。(2)《史记·屈原贾生列传》抄《渔父》与抄淮南王《离骚传》同例,而与载《怀沙》异例,显然司马迁未认为屈原自己作的。故我们假定这两篇是把后人的记载误认的。"关于(1)点,王逸的叙文为什么自相矛盾?在拙文中已经不惮烦地说过了。倘若说"王逸也不认《渔父》是屈原的作品"(见陆先生《屈原·屈原评传》一章),这话实不尽然。东方朔《七谏·自悲》里说:"隐三年而无决兮,岁忽忽其若颓。"又《谬谏》里说:"念三年之积思兮,愿壹见而陈词。"严忌《哀时命》里说:"务光自投于深渊兮,不获世之尘垢。"王褒《九怀·蓄英》里说:"菸蕴兮徽黴,思君兮无聊。"刘向《九叹·逢纷》里说:"辞灵修而陨志兮,吟泽畔之江滨。"又说:"颜黴黴而沮败兮,精越裂而衰耄。"早在王逸之前,这些作品都用上了《卜居》、《渔父》两篇的词汇和语意,难道这都是偶然的巧合么?尤其是刘向"典校经书,辨章旧文",算作第一个整理《楚辞》的学者,当是掌握到了关于《楚辞》的全部的原始资料,即从他袭用了《卜居》、《渔父》的词句来说,他早就肯定这两篇是屈原所作了。关于(2)点,《史记》载《渔父》和载《怀沙》所以不同例,这是因为两篇不同体。《渔父》篇记事,司马迁便认为实录,而且他显然认为这是屈原自己所作,更有史料的价值,所以来不及把它完全改为不用韵的散文,就作为一段插话写入传记了。

此外,陆先生还有一个论点也当在这里一提。他说:"我们再看《卜居》和《渔父》,这两篇开口就说屈原既放,显然是旁人的记载。""通篇用第三位的口吻,古时自叙无用此种体裁者。"这话也显然不可靠。刘勰《文心雕龙·诠赋》比刘知几《史通》更早就说过,战国时代原有假设主客问答体的文章,不能说他们没有根据。游国恩正和陆先生一样,更坚持这一点,当在下段评论。并且我已在上篇拙文中带评王瑗

《公孙龙子悬解》中"说(《迹府》)原文非龙自著","自著之书无此语气",说过了好些话了。胡适说:"屈原明明是一个理想的忠臣,但这种忠臣在汉以前是不会发生的,因为战国时代不会有这种奇怪的观念。"陆先生驳他说:"那一条理由本来也能成立,因为战国时代的君臣观念是比较的薄弱些。但时代思潮决不能限制旁逸斜出的天才。"这话是很有见地。同样,我们也可以对陆先生说:"文章体裁决不能限制旁逸斜出的天才。"《文心雕龙·辨骚》说得好:"不有屈原,岂见《离骚》?"可不是么?倘若屈原仍被局限于《诗》三百篇那种体裁,怎么能够创造出《楚辞》二十五篇,独自运用楚国方言、巫音楚声,在文学发展上来一次大革命呢?

三　关于游国恩先生的论点

现在,再把游国恩先生《楚辞概论》关于这个专题的几个论点提出来一说。

(一)他说:"《离骚》云:'索藑茅以筳篿兮,命灵氛为余占之。'又云:'欲从灵氛之吉占兮,心犹豫而狐疑。'这便是《卜居》伪托之所本。《卜居》云:'余有所疑,愿因先生决之。'作这篇文章的出发点,在《离骚》里是可以寻出的。"难道这就是《卜居》作伪的根据?这话不尽然。我们不禁要提出疑问,屈原为何只可以命灵氛来占,却不得再向郑詹尹去卜呢?我看这是不足为据的。

(二)他紧接着上文又说:"不但这个蛛丝马迹可寻,而且《卜居》、《渔父》两篇开口就说'屈原既放',显然是旁人的记载。不然,他为何用第三者的口吻呢?(原注:《文选》中有《对楚王问》一篇,与《卜居》、《渔父》同为问答体裁。萧统以为宋玉所作,《新序》则当作一件故事记载。可证古代用第三者语气的文章多非本人所作。)即使他偶然如此,但也决不能称'屈原'。这话怎么讲呢?《史记·屈原列传》称屈原名平,则原为字可知。凡古人自称,多名而不字。例如孔子责子路说:

'由之瑟,奚为于丘之门?'又说:'丘之祷久矣。'又说:'丘也幸,苟有过,人必知之。'伯鱼对陈亢说'鲤趋而过庭'。孟子答北宫锜之问,而说'轲也尝闻其略也'。诸如此类,并没自称其字的。不但自称应该如是,即如上官大夫当在怀王面前谮他,也说'平伐其功'而并不说'原伐其功',可见古人称呼名字很有分寸的。《卜居》、《渔父》通篇都称'屈原',显系后人习见屈原的名而随便乱用的,他那里注意到这个大破绽!"

鄙意自己著作借用他人语气,这在战国时代作者间早已成为风习;而在屈原这个政治人物如此行文,可能更有其他方便。都在拙文中说到过了。又正因为借用他人口气才称字而不称名。这有什么可奇怪的呢?何况诗人作诗自称其字,原是古已有之,并非屈原自我作古。《诗》三百篇,作者确有其人可考的,只有五篇。每篇作者都自称其字,如《小雅·节南山》篇"家父作诵,以究王讻";《巷伯》篇"寺人孟子,作为此诗";《大雅·崧高》篇"吉甫作诵,其诗孔硕";《烝民》篇"吉甫作颂,穆如清风";《鲁颂·閟宫》篇"奚斯所作,孔曼且硕,万民是若"。这不是作者自称其字么?为什么偏于屈原作赋,自称其字,就据此一点,疑是别人伪作呢?还有扬雄,再三摹仿《离骚》作品,他作《太玄》就说:"后世复有扬子云,必知《玄》。"难道自呼其字从他开始,(说见魏了翁《鹤山渠阳经外杂抄》)而不是他又摹仿了屈原么?

本来只要举出上面这些个例证,已可充分证明屈原的著作权,就不用再多为词费了。为了虚心商讨起见,不妨再扯淡一下。

倘若必以为这个自称其字就是一个"大破绽",那么,问题倒不在于所谓作伪者,或是首先在于南方文化和中原文化不甚一致,楚和周的礼俗不尽相同。倘如游先生所说,无论作伪者系屈原后辈宋玉、唐勒、景差之徒,抑系荀卿或荀卿以后秦汉之间的人,在那个讲究名讳的社会里,不容作伪者不知道屈子的名字而会"随便乱用",露出"破绽"。从历史上来看,楚国和中原诸夏在文化上、礼俗上多少有些差异。比如楚灵王名围,而《春秋》称弑其君虔于乾谿。公子弃疾弑其君,即位之后，改名为居。楚怀王名槐，《秦诅楚文》却称他为相。这都是一王而有两名，为楚国所独有。屈子名平字原，他在《离骚》里却说名正则，字灵均，也是一个人有两套名字。无论学者说他的后一套是化名也好，或者说是小名小字也好，这在春秋战国时代就是不多见的。只有范雎化名张禄，连名带姓的化了。但那是为了避仇免祸，为了政治上的某种原因，算是例外。自然，这话并不意味着排除屈原自己为文，假托他人口吻，也有可能同样是为了政治上的顾忌，为了避祸。郭沫若先生说："在我的意思，以为正则和灵均是屈原的化名，文学作品惯用化名是古今中外的通例。屈原在我们中国要算是最先发明了这个例子的。"（《屈原研究》）这是一种卓见。屈原可以发明作家化名的例子，为什么不可以发明作家自述之文用"第三者的口吻"和"自称其字"呢？何况自称其字，在三百篇中诗人早已有之呢？

不错，按古礼俗："名以正体，字以表德。《礼》云'子生三月，父始孩而名之。男子二十冠而字'。又云'父前子名，君前臣名，子于父母则自名'。"（颜师古《匡谬正俗》，参看武亿《授堂文钞·原字》）男子有字是在举行了冠礼、即成人之礼以后才有的。而在《离骚》和刘向《九叹》里，说是屈原从生下地来就由他的皇考命名命字的。这不是违背了周礼？当是楚和周的礼俗不尽相同。再如当时命名通例一字，连姓两字，复姓则三字，三字的就不多见。而楚令尹子文姓斗，名榖（音构）於菟，姓名合为四字，岂不甚怪？因为这是楚俗，和周俗不同。楚先王熊绎说："我，蛮夷也，不与中国之号谥。"早就道出了这个秘密，露出了这个"破绽"。

总之，屈原为文托于第三者的语气，除了为着行文方便、假托避祸，都有理由可说以外；还要首先考虑到这是因为楚俗命名锡字有和诸夏不同，因而作文自称其字。何况战国时代，名字称谓的风习大变。比如《诗》、《书》记载，君臣之间不妨相称尔汝，到了《孟子》就以为平常人与人之间相称尔汝也有问题了。《论语》记孔子教诲弟子都直呼其名，弟子则常称孔子为子。《孟子》就对称弟子为子，在他人前也称弟子为子，如乐正子、高子之类。再如当时有人觉得以字表德还不够，要创立别号。如《战国策》秦惠王时有寒泉子,注云秦处士之号。《史记索隐》甘茂居渭南阴乡之樗里,故号樗里子。又有范蠡去越,自号陶朱公,又号鸱夷子皮,又号海滨渔父。他如苏秦、张仪都师事鬼谷子,《庄子》有庚桑子等,这都是别号。说到这里,顺便一提大家知道的《庄子内篇》,过去绝少有人、现在也还是少有人,怀疑它是伪作。其中如《逍遥游》、《德充符》自称为庄子,《齐物论》自称为庄周,都是托于第三者的语气。而自称为子,比自称其字更自高自大,更为无礼了。我们对于当时这种改变称谓的风习并不以为怪,为什么独于屈原为文托于第三者的口吻而自称其字,就不免少见多怪呢?

(三)游先生还说:"我们试再从文体上来看,也可以证明这两篇是假古董。屈原作品除了《天问》一篇尚保存着《诗经》的形式外,其余的全是所谓'骚体'诗。他们对于'三百篇'虽然是比较的解放了,但比较汉以后辞赋(原注:散体和俳体)却仍是很束缚的。因为他(它)们的句法都已经确定了一定的长短和韵式。而《卜居》、《渔父》则不然,他(它)们全是一种散文诗,句法既极其参差,用韵又很随便。(原注:《渔父》一篇用韵更少。)比较'骚体'诗自然更解放的多,同时也可以说是艺术上的进步。我想:从屈原到司马相如——从楚骚到汉赋——中间总有些过渡的作品,不然,辞赋进步的历程便寻不出。《卜居》、《渔父》两篇也许就是那过渡时代的作品之幸而流传的。屈原那时候决不会产生这种文字。今观贾谊《鹏赋》以人鸟相为问答,其后东方朔作《答客难》,枚乘作《七发》,展转摹仿,遂开问答一体。《卜居》、《渔父》的体裁,既与贾谊诸人所作相同,我们虽不能确定他(它)们的时代孰先孰后,但以那时的作风看来,决为秦代或西汉初年的产品无疑。(原注:按徐师曾《文体明辨》引祝尧说,谓《卜居》是从荀卿诸赋'者邪''者与'等句法变来的。这确然不错。但据我的考定,荀子作《赋》是在他为兰陵令以后,这时候屈原已经死了二十多年,当然不能做《卜居》的作者。故这一点也可以助证我上面的假设。)这两篇虽非屈原所作,但艺术却远在屈原诸篇之上。试看《卜居》一连发了十几个疑问,我们只觉得他的想象力的丰富,如抽蕉剥茧,层出不穷,而不觉其可厌。又他用散文的形式和问答的体裁,也开后人不少的摹仿。"这是说,从文体的发展上即从问答一体的发展上,从辞赋文学进步的历程上,从艺术进步的观点上来看,屈原那时候决不会产生《卜居》、《渔父》这种文字。关于这一点,我在上文提出陆先生的论点时就已讲过我的看法了,可以复按。最使我们奇怪的是:屈子和荀子生年相及,屈子生时不可能有类似"者邪""者与"等句法而作出《卜居》、《渔父》来,必待他死后二十多年(?)荀子才可能有"者邪""者与"等句法作出《赋篇》来,一定要有了《赋篇》才能有《卜居》、《渔父》。这是根据什么文法和逻辑呢?

我的看法是,既然从艺术表现的形式方面来探讨这个问题,那么论到辞赋渊源,就该寻出它的线索端绪,不可倒果为因。再说对于一个伟大的作家,他的艺术形式和风格,不是一成不变的,是会有多样化的,他是有继承同时又有独创的。

我们都知道:从春秋到战国,从《论语》、《墨子》到《孟子》、《庄子》,诸子蜂起,百家争鸣。新的社会问题,新的时代思潮,要求新的文学形式来表现新的内容。随着散文飞跃的进步,韵文上自有相应的进步,屈宋辞赋就是在这种情况之下应运而兴的。屈宋以前,《左传》是记事又记言之史,所记问答奇文,姑且不说。《论语》记子路和长沮、桀溺的问答,《孝经》记孔子和曾参的问答,就是假设主客、寓名问答的散文的开端[二]。到了屈宋时代,散文多种多样,其间产生了大量问答体的散文,即所谓"战国文体"[三];并且已经发展到了一个高峰,好辩自雄的《孟子》,洸洋自恣的《庄子》,就是见证。为什么我们独怀疑于屈子应时崛起,而有《卜居》、《渔父》一类以问答为主的散体韵文的发生?

我以为章学诚《文史通义·校雠通义》说到辞赋文体的发生,都有历史上的根据,说得很好。他以为文体备于战国,战国之文必兼纵横。辞赋出于"诗教"而兼纵横,自成一子之学,与专门之书初无差别。他说:"古之赋家者流,原本《诗》、《骚》,出入战国诸子。假设问答,庄、列之寓言也。恢廓声势,苏、张纵横之体也。排比谐隐,韩非《储说》之属也。征材聚事,《吕览》类辑之义也。"这里说及骚赋和诸子百家之文在发展上的关系,很为惬当。依鄙见,起码我们得先了解《孟子》好辩,《庄子》寓言,《战国策》纵横家游说,是怎样的文体,又是怎样的发生,才会懂得屈赋《卜居》、《渔父》一类的文体是怎样发生出来的。

单以《战国策》而论:所载行人纵横家游说之词,如《秦策》苏秦始将连横说秦惠王一章,设难答问,酷似赋体,机智互出,排比尤工。中间也杂有韵语。为什么我们可以承认苏秦有此辞令,却不承认和他同时的,同样"娴于辞令"的屈原可有《卜居》、《渔父》一类的作品?难道它们不相类似么?他如《史记·楚世家》记楚人以弋说顷襄王一章,此弋人之辞,较之《渔父》之辞,尤为雄奇机智,但诗趣或有不同而已。又《楚策》庄辛说楚襄王一章,姚鼐就认作辞赋,收入《古文辞类纂》了,这不能不算是姚氏的卓识。他如《魏策》梁王魏婴觞诸侯于范台一章,秦王使人谓安陵君一章(酷似宋玉《风赋》),无一不可以看出屈宋辞赋中的问答体裁,修辞方法,和它们的血脉相通。而且它们的艺术成熟之处,或有在屈宋辞赋之上者。即说屈宋出于纵横家,看来并没有什么不可[四]。何况在屈宋之时,《老子》和《周易·象辞》以及《文言》、《系辞》的一部分,那种散体韵文的成就,已经很高。屈原在文学上来一个飞跃,起一次革命,必须综合他那一时代基于历史背景和社会条件的各种因素来看,而不是孤立地单从文体形式和艺术特点来看才能看得明白,因此我们没有什么根据和理由,认为必须等待贾谊《鵩赋》、东方朔《答客难》、枚乘《七发》开了问答一体以后,或说早也在秦汉之际,《卜居》、《渔父》的文字才能发生。安知不是由于屈原的《卜居》、《渔父》上承孔、左、墨、易、老、庄,近染孟、苏,乃至弋人、庄辛之流,发展了这种问答形式的文体,而贾谊、东方朔、枚乘、司马相如,以及扬雄、班固、张衡、左思诸家才悉相摹仿呢?比如贾谊《吊屈原赋》(赋字一作文)即仿屈原赋,其中"呜呼哀哉!逢时不祥。鸾凤伏窜兮,鸱枭翱翔……"这一段即袭用了《卜居》中"世溷浊而不清,蝉翼为重,千钧为轻……"一段词意。其后面还完全袭用了《卜居》"吁嗟默默兮"一句,一字不改。这岂是偶然的巧合？再如东方朔《七谏》诸篇中说："便娟之修竹兮,寄生乎江潭。""赴湘沅之流澌兮,恐逐波而复东。""处湣湣之浊世兮,今安所达乎吾志？""隐三年而无决兮,岁忽忽其若颓。""念三年之积思兮,愿壹见而陈词。"这也多少袭用了《卜居》、《渔父》中的词意。至严忌以及王褒、刘向袭用《卜居》、《渔父》的词意,已引在上文同陆先生一说的商榷中了。这都可以作为《卜居》、《渔父》确是屈原所作的旁证。严忌和枚乘、东方朔、司马相如是同时人,请问究竟是贾谊、枚乘、东方朔、司马相如诸人才开此问答一体呢,还是屈原先有此体而后他们摹仿呢？抑或这是春秋战国一种盛行的文体,屈原之时早已有此文体,而他继承了又有了发展呢？

再说,关于"者邪""者与"表示疑问或惊叹的句尾语气词,屈原生存之年,上和孟轲相接,下和荀卿相接,孟先屈原而死,荀后屈原而死。《孟子》已经用过"者邪""者与"一类句法。(例如《万章上》,"象忧亦忧,象喜亦喜,然则舜伪喜者与？")早在《孟子》之前,单是《论语》上记人问及或问于孔子的话,就用了许多这类句法。(例如《子罕》第九："夫子圣者与？何其多能也！"《宪问》第十四："丘何为是栖栖者与？""是知其不可而为之者与？"《卫灵公》第十五："有一言而可以终身行之者乎？")为什么屈原不可能用这类句法,硬说他的《渔父》(徐师曾说是《卜居》,误记)"者乎"这一句法是从《荀子·赋篇》"者邪""者与"一类句法变化来的,"确然无疑"呢？为什么不知道这是当时通用的语法词例呢？《渔父》篇里说："新沐者必弹冠,新浴者必振衣,安能以身之察察,受物之汶汶者乎？"《荀子·不苟》篇中说："新浴者振其衣,新沐者弹其冠,人之情也。其谁能以己之潐潐,受人之掝掝者哉？"如其不是同出于当时流行的俗谚或成文,就该是荀卿抄袭了《渔父》[五],恰好作为《渔父》是屈原所作的一个证据。再加上他的《赋篇》咏物取法《橘颂》、《佹诗》(《楚策》四,孙子赋)取法《涉江》乱词,这都可证《荀子》一书确曾受到屈原作品的影响,却不能倒过来说,屈原的《卜居》、《渔父》乃至《涉江》、《橘颂》都是受了荀卿作品的影响,或者说他抄袭了荀卿的成文;甚至说他的这些作品必在有了《荀子·赋篇》以后才能产生。

再如不惮烦地还可从辞赋进步的历程上、艺术进步的观点上来说,也不能说荀卿的赋超过了屈原的赋,或汉赋的成就超过了《楚辞》,以至贾、马、扬、刘、班、傅、张、蔡诸人,在艺术上的造诣都超过了屈原。如果一定要说由于"艺术上的进步","屈原那时候决不会产生这种文字","这两篇是假古董","决为秦代或西汉初年的产品无疑",难道所谓假古董的《卜居》、《渔父》两篇"艺术却远在屈原诸篇之上",包括《离骚》、《九歌》在内么?难道所谓《卜居》这种面对现实的"想象力之丰富",还比《离骚》、《九歌》那种超现实的想象力更为丰富么?这都是难以说通的,缺少说服力的。

歌德说:"要做成划时期的事业,谁也知道是要有二条件,第一要头脑好,第二要承袭大宗的遗产。"我以为作为一个划时代的大作家,同样,其主要条件固在适应时代的要求和符合人民的愿望,也还离不了他这两个条件。只是作家承袭大宗的遗产,他的"修养的来源","那是搜罗不尽的。"因为"任何作家从各方面受到的影响是数不尽的"。"我们的发展却得感谢广大的世界的无数的影响"(《歌德对话录》,爱克尔曼著,周学普译。参看拙作《大招解题》末引)。我想,研究屈赋而追求它的渊源,固不失其为尊重历史的一种方法。但是用此来辨别它的真伪,这就难说,因为难于说得全面。倘若单抓其一鳞半爪来说,这就难免陷于谬误。再若从其作品中找出内证,当然最为可靠,然而这也很难,因为一个作家从各方面所受的全部的影响不见得都能够于其作品中反映出来。这就是我们对于屈赋的真伪问题论来论去而争论不已的所在,有反复加以澄清之必要。而我这部书(拙稿《楚辞解题》)为了这个缘故,就费去了不少的篇幅。

四 余论

以上评论游、陆两先生对于《卜居》、《渔父》两篇的论点已毕。希望他们和读者们都有以教我,把《楚辞》的研究推向前一步。

不过,两先生为学日益,往往自己有了新说,就放弃旧说。比如游先生旧说:"一般头脑腐旧的先生们,大概是不爱听新鲜话的,尤其是不愿意把旧说推翻,而说某书或某文是后人假造的话。但我们试平心静气的从事实上观察一下,《远游》之为伪托,怕十有八九分可靠。"(《楚辞概论》)他的新说就自认"曩辨《远游》非屈原所作,未审"(《楚辞论文集》)。这里他把旧说放弃了。再如他旧说直以为《九歌》不是屈原所作,但认为它是屈原以前的民众文学;新说就以为"《九歌》起初是民间的口头创作(子展按:这当是楚国王室所用巫歌。巫歌或源于民歌,非即民歌也。胡适胡说不可信。说见拙作《九歌解题》),后来才经过屈原写定或修改的。"这也是对于自己的旧说有所扬弃了。这都是很好的例子。现在好多年过去了,游先生可能对于《卜居》、《渔父》两篇的看法和自己的旧说又有不同了。再如陆先生曾在《屈原与宋玉》一书里自述研究屈原的作品,说"近数年来也变迁了三次"。那么最近他或者又有了新的见解。我当然乐意让我在这里提出的论点能得到他们的指教,提高我的认识。学术上的争论,只会使学术得到不断的发展和繁荣,这是毫无疑义的。

【简注】

〔一〕此稿曾先刊于一九七八年七月《中华文史论丛》第七辑,原题目是《论卜居、渔父为屈原作》。

〔二〕俞樾《古书疑义举例》三,《寓名例》一条云:"庄、列之书多寓名,读者以为悠谬之谈,不可为典要。不知古立言者自有此体也。虽《论语》亦有之,长沮、桀溺是也。夫二子者,问津且不告,岂复以姓名通于吾徒哉?特以下文各有问答,故为假设之名以别之。曰沮,曰溺,惜其沉沦而不返也;桀之言杰然也,长与桀指目其状也;以为二人之真姓名则泥矣。《孝经正义》引刘炫《述义》曰:炫谓孔子自作《孝经》……假曾子之言以为对扬之体,非曾子实有问也……庄周之斥鷃笑鹏、罔两问影;屈原之渔父鼓枻、太卜拂龟,马卿之乌有、亡是;扬雄之翰林、子墨;宁非师祖制作以为楷模者乎？按刘氏此论最为通达,然非博览周秦古书,通于贤圣著述之体,未有不河汉斯言者矣。"

〔三〕陈澧《东塾读书记》:"《孟子》书,诸弟子问而孟子答之,多客主之辞,乃战国文体也。如《卜居》、《渔父》之类。"

〔四〕刘师培《论文杂记》云:"古人诗赋俱谓之文。然诗赋之学亦出行人之官……《汉志》叙《诗赋略》谓古者诸侯卿大夫交接邻国,以微言相感,当揖让之际,必称诗以喻其志,盖以别贤与不肖而观盛衰,故孔子言,不学《诗》无以言。夫交接邻国,揖让谕志,成为行人之专司。行人之术,流为纵横家,故《汉志》叙纵横,引诵《诗》三百不能专对之文为大戒。诚以出使四方必当有得于诗教,则诗赋之学实惟纵横家所独擅矣……《汉志》所载诗赋,首列屈原,而唐勒、宋玉次之。其学皆源于古《诗》,虽体格与三百篇渐异,然屈原数人皆长于辞令,有行人应对之才……"

〔五〕王应麟《困学纪闻》已疑荀卿用《楚辞》语,而谓:"荀卿适楚在屈原后,岂用《楚辞》语欤？抑二子皆述古语也?"按《韩诗外传》一,说:"新沐者必弹冠,新浴者必振衣。莫能以己之皭皭,容人之混污然。"刘向《说苑·谈丛》篇亦用"新沐者必拭冠,新浴者必振衣"二语。皆在《楚辞·渔父》后。

《九辩》解题卷第八〔一〕

一 杜甫与宋玉

> 摇落深知宋玉悲,风流儒雅亦吾师。
> 怅望千秋一洒泪,萧条异代不同时。
> 江山故宅空文藻,云雨荒台岂梦思?
> 最是楚宫俱泯灭,舟人指点到今疑!

这是盛唐伟大诗人杜甫寓居四川夔州时所作《咏怀古迹》五首之一,即咏怀归州(秭归)宋玉宅古迹的一首七律。杜诗别首所谓"宋玉归州宅,云通白帝城"是也。归州旧治,东五里有宋玉宅,相传为宋玉从学屈原时所居。宋玉宅古迹有多处,归州而外,安陆宜城也有。至传澧州也有,还有宋玉墓,想是误会的。(详见光绪《湖南通志·辨误》三)〔二〕据《水经注》,宜城是楚旧都鄢郢。宋玉鄢人,在宜城南有他的故里住宅。据《舆地纪胜》,宋玉墓就在宜城县东南二十二里。还有荆州的宋玉宅更为有名。宅在荆州江陵故城东南诸宫内。一说在今江陵县城西三里,是宋玉服官郢都时所居。杜甫《送人之荆州诗》所谓"曾闻宋玉宅,每欲到荆州"是也。庾信因侯景之乱,遁归江陵,居宋玉故宅。所以他的赋里说:"诛茅宋玉之宅,穿径临江之府。"李商隐诗说:"却将宋玉临江宅,异代仍教庾信居。"是也。又有诗云:"何事荆台百万家,惟教宋玉擅才华!《楚辞》已不饶唐勒,《风赋》何曾让景差?落日渚宫供观阁,开年云梦送烟花。可怜庾信寻荒径,犹得三朝托后车。"

杜诗"摇落"一词出自《九辩》发端两句:"悲哉秋之为气也!萧瑟兮草木摇落而变衰。"可见杜甫认为《九辩》是宋玉所作。"云雨荒台岂梦思"一句出自宋玉《高唐赋》。赋云:"昔者,楚襄王与宋玉游于云梦之台,望高唐之观。其上独有云气,崒兮直上,忽兮改容,须臾之间,变化无穷。王问玉曰：'此何气也？'玉对曰：'所谓朝云者也。'王曰：'何谓朝云？'玉曰：'昔者，先王尝游高唐，怠而昼寝。梦见一妇人曰，妾，巫山之女也，为高唐之客。闻君游高唐，愿荐枕席。王因幸之。去而辞曰，妾在巫山之阳，高丘之岨。旦为朝云，暮为行雨。朝朝暮暮，阳台之下。旦朝视之，如言；故为立庙，号曰朝云……'"

我们读了上面那首杜诗，就知道老杜很佩服宋玉的文采风流之美，所以说，"风流儒雅亦吾师"；也很同情宋玉的摇落萧条之悲，所以说，"萧条异代不同时"。又杜甫《戏为六绝句》之一，说："不薄今人爱古人，清词丽句必为邻。窃攀屈宋宜方驾，恐与齐梁作后尘。"他的诗里屡称屈宋，而单称宋玉的也有，可知屈宋都是他所仰慕的古代诗人。他不肯过多的以屈原自比，就降而单以宋玉自况，所以在他作《咏怀古迹》的时候，对于宋玉就寄以更多的同情，而给以很高的评价了。

二　宋玉与屈原之忠谋奇计

"云雨荒台岂梦思"，这诗句似乎启发了王闿运。他的《楚辞释》附十一，著录了宋玉的《高唐赋》，这是在他以前所有称为屈原《楚辞》的书里都没有的。他说："《高唐赋》者，宋玉之所作也。旧以高唐为云梦之台。今按：高唐邑在齐右，云梦泽在南郢，巫山在夔，三地相去五千余里，合而一之，文意淆乱，由不知赋意故也。古今文人设辞众矣。至于昼幸妇人，公荐枕席，于文不足增词彩，于理徒以为秽乱，虚作此言，果何为哉？盖尝登巫山，望秭归，临夔门，泛夏水，深求秦、楚强弱之故。读《离骚》、《回风》之篇，得屈子之忠谋奇计，在据夔巫以遏巴蜀，使秦舟师不下，而后夷陵可安，五渚不被暴兵。东结强齐，争衡中原，分秦兵力；楚乃得以其暇招故民，收旧地，扼长江，专峡险。良谋不遂，顷襄弃国，秦师并下，贞臣走死。弟子宋玉之徒，崎岖徙迁，假息燕幕，畜同俳优，不与国谋。然坐见危亡，追思远谟，虽势无可为，而别无奇策，乃复叹息窃泣、哀楚之自亡也，情不得已，因遂作赋。首陈齐、楚婚姻之交,中述巴蜀出峡之危,末陈还都夔巫之本计。言不显则意不见,故直以幸女立庙,明当昏齐。申屈子之奇谋,从彭咸之故宇。(今案,王氏《离骚经》释:彭,老彭。咸,巫咸。殷臣传道德者,盖先居夔巫,芈熊受其道,居其地。彭在西秀之间,巫山在夔,皆楚旧都,故原屡称焉。东方朔《七谏》曰,弃彭咸之娱乐。旧乃传彭咸水死,又以为一人,似非也。)后有知者,明楚之所以削,秦之所以霸,然后服达士之远见,申沈湘之孤愤矣。"

这真是他的创见!但是屈原赋、《悲回风》不关夔巫;宋玉赋,高唐观不在齐境。当我们读过王氏《悲回风》、《高唐赋》的注释,任他怎么说,却不易看出这就是所谓"屈子之忠谋奇计"。难道楚人好隐,屈宋故意作此哑谜以讽楚王?

章太炎晚年却很赞成王壬秋的这一说,他在《菿汉闲话》二十五(《制言》十四期)说:"昭明序《陶征士集》,以《闲情赋》为白璧微瑕,故《文选》不录狭邪之作,然于赋特标情目。《洛神》一首,旧记咸称感甄,何妃瞻已知其非。谓魏都洛阳,洛神乃指魏帝,其说趁矣。《高唐》、《神女》,本一赋分为上下,其词淫艳若更甚于《洛神》者。顷王壬秋谓高唐齐地,玉因怀王以绝齐交致祸,故讽襄王使结婚于齐。巫山据楚上游,盖欲迁都其地。所说大体近是,然谓高唐齐地则非。案其赋云,楚襄王与宋玉游于云梦之台,望高唐之观。则高唐是楚观名,绝不属齐。后言惟高唐之大体兮,殊无物类之可仪比。巫山赫其无畴兮,道互折而层累。以高唐巫山并举,则知地本相近。此二赋但说一事,于齐无与也。寻《楚世家》,怀王至秦,秦王闭武关。因留怀王,要以割巫、黔中之郡,怀王不许。及顷襄王立,二十一年,秦将白起遂拔我郢,烧先王墓夷陵。楚襄王兵散,遂不复战,东北保于陈城。二十二年,秦复拔我巫、黔中郡。盖巫郢一航可达,所谓朝发白帝,暮宿江陵,楚上游之险,惟在于此。怀王虽被留,犹不肯割以予秦。襄王既立,宜置重兵戍守,而当时绝未念及,故玉以赋感之。人情不肯相舍者,莫如男女,故以狎爱之辞为喻。然《神女赋》但道瑰姿玮态,《高唐》则极道山川险峻。至有虎豹豺兕失气恐喙,雕鹗鹰鹞飞扬伏窜诸语,岂叙狎爱者所当尔乎?此二赋盖作于襄王初载,至二十年后,其事乃验。吴陆抗临终上书,称西陵有失,则荆州非吴有也。玉之所见,大氐类此。"

今案:其赋末说:"王将欲往见之,必先斋戒,差时择日……往自今,思万方,忧国害;开贤圣,辅不逮。"宋玉果似有意暗讽襄王于夔巫山川险要处设防固守的企图。《华阳国志》里说:"蜀王伐苴侯,苴侯奔巴,求救于秦。秦惠王方欲谋楚,群臣议曰,夫蜀西僻之国,戎狄为邻,不如伐楚。司马错中尉田真黄曰,蜀有桀、纣之乱,其国富饶,得其布帛金银足给军用。水通于楚,有巴之劲卒,浮大船舶以东向楚,楚地可得。"

当然,秦有人知道灭蜀据险,浮江而下,可以灭楚;难道楚就没有一人知道固守巫山险要以拒秦的?不过这还待有人作进一步的研究。

三　宋玉其人其事

宋玉的事迹不甚可考。《史记·屈原列传》里说:"屈原既死之后,楚有宋玉、唐勒、景差之徒者,皆好辞,而以赋见称。然皆祖屈原之从容辞令,终莫敢直谏。"这里记的太简略了。

至关于宋玉的故事传说,散见于《韩诗外传》、刘向《新序》、习凿齿《襄阳耆旧记》、《水经注》、《文选注》,以及余知古《渚宫旧事》诸书,也都不甚可靠。《襄阳耆旧记》一说:"宋玉始事屈原。原既放逐,求事楚友景差。差惧其胜己,言之于王,王以为小臣。"

《渚宫旧事》三说:"宋玉初事襄王而不见察。或谓之曰:先生何〔谈〕说之不扬,计划之疑乎?玉曰,不然。子独不见〔夫〕玄猿(蝯)乎?当其居桂林之中,芳华之上,从容游戏,倏忽往来,虽羿、逄蒙,不得正目而视;及其居枳棘之中,恐惧悼栗,众人皆得意焉。夫处势不便,岂可量功校能哉?"(注:《新序·杂事》篇五)

又说:"玉之见王因其友,及不见察,乃让其友。友曰:'姜桂因地而生,不因地而辛。妇人因媒而成,不因媒而亲。子之事王未耳!何怨于我?'玉曰:'不然。昔齐有良兔东郭㕙(䴗),一旦而走五百里。有良狗韩子卢,亦一旦而走五百里。使人遥见而指属之,则虽韩卢不及良兔〔之尘〕;蹑迹而纵之,则虽东郭不能离也。今子属我,蹑足而纵〔之〕耶!遥见而指属耶?'友曰:'鄙人有过!'"(注同上)

我们据此可以略略推测宋玉的生平:大约宋玉初从屈原为"弟子"、为僚属出身,进而为怀王的"小臣",再进而为顷襄王的"大夫"。他的《登徒子好色赋》里说:"口多微词,所学于师。"《风赋》里说:"臣闻于师。"他所谓师,别无所指,当是指的屈原。他和屈原的关系最重要。他的生平大概不过如此。

闻一多《屈原问题》一文里说:"从《高唐》、《神女》、《登徒子好色》三赋里,孙〔次舟〕先生证明了宋玉不过是陪着君王说说笑笑、玩玩耍耍的一个面目佼好、服饰华丽的小伙子,态度并不很庄重。"(《闻一多全集》)

郭沫若《关于宋玉》一文里说:"在剧本《屈原》里面,我把宋玉处理成为了没有骨气的文人,有好些研究古典文学的朋友很替宋玉抱不平,认为我把宋玉委曲了。""说宋玉没有骨气,是不是作俑于我呢?不,这差不多是两千多年来的民间定评。民间对于宋玉的评价,我们从《对楚王问》的'先生其有遗行欤?何士民众庶不誉之甚也?'那句话中可以看出。即使那篇文章是假托,但从汉朝以来就有了。在古时是那样,在后代也是那样。两千年来,一般人的看法是:宋玉是一位风流才子。在风流才子这个品评里面,一方面是肯定了他的文才,另一方面也肯定了他的轻薄。或许这是把宋玉先生委曲了罢,但至少可以说,委曲了宋玉先生的不是从我开始。"(作家出版社《楚辞研究论文集》)

总之,同是这个宋玉,孙次舟说的像是一个弄臣,郭沫若说的像是一个小丑(文丑)。这是现代学者对于宋玉的评价,较之诗人杜甫对于宋玉"风流儒雅是吾师"的评价就距离得很远了。

四　宋玉《九辩》及其他作品

这里要说到宋玉的作品。《汉书·艺文志》载"《宋玉赋》十六篇"。《隋书·经籍志》载"《楚大夫宋玉集》三卷"。这里《宋玉集》当是《宋玉赋》改题,三卷也该就是十六篇。《旧唐书·经籍志》、《新唐书·艺文志》都载"《宋玉集》二卷",这里二卷当包括了《隋志》载的三卷,篇数并未减少。《宋史·艺文志》不见著录。大约宋元之际,《宋玉集》就失传了罢。目前相传的宋玉作品,有王逸《楚辞章句》里的《招魂》、《九辩》,但《招魂》当是屈原所作。《文选》里著录了宋玉的《风赋》、《高唐赋》、《神女赋》、《登徒子好色赋》、《对楚王问》。《古文苑》里有他的《笛赋》、《大言赋》、《小言赋》、《讽赋》、《钓赋》、《舞赋》。还有严辑《全上古三代文》据《文选》江淹《杂体诗》注引《宋玉集》,增《高唐对》一篇。以上共计十四篇。

上举宋玉作品,除了《招魂》以外,是否还杂有他人作品或伪作?这是至今还没有人作过全面研究的问题。甚至《九辩》一篇也有人怀疑它不是宋玉所作。

王逸《章句》说:"《九辩》者,楚大夫宋玉之所作也。辩者,变也。谓陈道德以变说君也。九者,阳之数,道之纲纪也。故天有九星以正机衡,地有九州以成万邦,人有九窍以通精明。屈原怀忠贞之性,而被谗邪,伤君暗蔽,国将危亡,乃援天地之数,列人形之要,而作《九歌》、《九章》之颂,以讽谏怀王,明己所言与天地合度,可履而行也。宋玉者,屈原弟子也。闵惜其师忠而放逐,故作《九辩》以述其志。至于汉兴,刘向、王褒之徒,咸悲其文,依而作词,故号为《楚辞》,亦采其九以立义焉。"

王逸认定《九辩》是宋玉闵惜其师屈原忠而被放之作。他距宋玉不过四百年。他和屈宋"同土共国",而为宋玉小同乡,当闻到民间关于宋玉的传说。他曾作校书郎,得观政府藏书,所说当有根据。

王夫之《楚辞通释》说:"按九者,乐章之数。凡乐之数至九而盈,故黄钟九寸,寸有九分。不具十者,乐主乎盈,盈而必反也。舜作《韶》而九成,夏启则《九辩》、《九歌》以上偭于天。故屈原《九歌》、《九章》皆仿此以为度。而宋玉感时物以闵忠贞,亦仍其制。辩,犹遍也。一阕,谓之一遍。盖亦效夏启《九辩》之名,绍古体为新裁,可以被之管弦。其词激宕淋漓,异于《风》、《雅》,盖楚声也。后世赋体之兴皆祖于此。玉虽俯仰昏廷,而深达其师之志,悲悯一于君国,非徒以厄穷为怨尤。故嗣三闾之音者,唯玉一人而已。"

这里,王夫之释九,释《九辩》,从乐章名九之数立论,和王逸从上古哲学上天地人名九之数立论,截然有唯物唯心之不同。至他认定《九辩》为宋玉所作,以悲悯其师而述其志,这就正和王逸所说的一致了。

五　有疑《九辩》为屈原所作者

曹植《陈审举表》引《九辩》语:"国有骥而不知乘兮,焉皇皇而更索。"(严辑《全三国文》)他以为这是屈原的话,不知道他记忆错了呢,还是他根据了和王逸《章句》本不同的古本《楚辞》或《屈原赋》? 洪兴祖《补注》于《九辩》中注出"曹子建以此为屈子语"。从此,《九辩》作者是宋玉还是屈原? 这一问题就被提出在《楚辞》读者之前了。

《焦氏笔乘》三说:"《离骚经》'启《九辩》与《九歌》兮',即后之《九歌》、《九辩》,皆原自作无疑。王逸因'夏康娱以自纵'之句,遂解《九歌》为禹。不知时事难于显言,乃托之古人,此诗人依仿形式之语耳。不然,则上所谓'就重华而陈词',岂真有重华可就耶? 舍原所自言不之信而别解之,不知何谓?《九辩叙》谓宋玉哀其师而作,熟读之,皆原自为悲愤之言,绝不类哀悼他人之意。盖自作与为他人作,旨趣故当霄壤。乃千百年读者无一人觉其误,何耶?"

又《笔乘续集》四说:"《九辩》,余定以为屈原所自作无疑,只据《骚经》'启《九辩》与《九歌》兮'一语,并玩其词意而得之。近览《直斋书录解题》,载《离骚释文》一卷,其篇次与今本不同。首《骚经》、次《九辩》,而后《九歌》、《天问》、《九章》、《远游》、《卜居》、《渔父》、《招隐士》、《招魂》、《九怀》、《七谏》、《九叹》、《哀时命》、《惜誓》、《大招》、《九思》。按王逸《九章》注云:'皆解于《九辩》中。'则《释文》篇第盖旧本也。以此观之,决无宋玉所作搀入原文之理。天圣十年陈(晁)说之序,反以旧本篇第混乱,乃考其人之先后重定之。不知于人之先后,正自舛谬,而后人反沿袭之,可怪也!"

焦竑以《九辩》为屈原所作,一根据《离骚》"启《九辩》与《九歌》兮"一语,玩其词意为原所自作;二根据《释文》篇次先《离骚》,次《九辩》,而后《九歌》,决无宋玉所作搀入原文之理。他这一说颇得其友人陈第的赞同。陈第《屈宋古音义》题《九辩》后,说:"愚读《九辩》久,窃怪其过于含蓄,意谓其惧不密之祸也。近弱侯谓余曰:《九辩》非宋玉作也。反复九首之中,并无哀师之一言,可见矣。夫自悲与悲人,语意迥别,不可诬也。愚于是熟复之,内云'有美一人兮心不绎',颇似指其师。然《离骚》、《九章》中,原所自负者不少。以是而信弱侯之见卓绝于今古也。"

焦弱侯是明代有名的学者,他这一说在当时有信有不信,陈第信,李陈玉就不信了。

吴汝纶说:"《九辩》、《九歌》两见《离骚》、《天问》,皆取古乐章为题,明是一人之作。"又说:"词为宋玉作,则固宋玉之自悲,乃又以为闵屈,其说进退失据。宜用曹子建说,定为屈子之词。"(《古文辞类纂点勘记》)这是根据了曹植说,同时也当根据了焦竑说,坚决主张《九辩》是屈原所作。梁启超《要籍解题及其读法》,说到《楚辞·九辩》,也赞同焦氏一说。"《九辩》从《释文》本列第二,疑亦屈子作。"直到最近,刘永济《屈赋通笺》,就直截了当地把《九辩》列在屈赋中了。谭介甫《屈赋新编》最后出,他的见解正和刘说同。《九辩》作者是屈是宋这一问题并不就此解决,也许从此更发展了,会有一个"争鸣"的时候罢。

六 《九辩》当是宋玉悯师之作

我以为《九辩》当是宋玉悯屈之作,先驳对立面的论证四项:

依我个人的看法来说:王逸《章句》于疑信参半的作品常从两可之说。比如他于《大招》,既说"屈原之所作",又说,"或曰景差,疑不能明"。他于《渔父》,既说"屈原之所作",又说,"楚人思念屈原,因叙其辞相传焉"。当然,他肯定了谁作的,也不见得一定不错。比如他说《招魂》"宋玉之所作",就错了。不过可见在他那时还没有明白主张《招魂》是屈原所作一说。同样,他于《九辩》只说"楚大夫宋玉之所作",可见在他那时也还没有《九辩》是屈原所作一说。此其一。

至于曹植的话,也不见得可靠。倘若不是他认"文为宋文,语为屈语",就可能是他记忆错了,并不一定是他对照了古本以后才说那话的。临文引书,不及复检,这本来是作者常事。何况止此单文孤证,并无其他佐证。此其二。

《九辩》、《九歌》为古乐章,两见《离骚》、《天问》,非谓自作,意在述古。又虽然都是连词同句来说,而在后人仿作,不必两题只能同出一人。此其三。

《释文》篇目次第,对于作者的时代先后原有颠倒凌乱,不足为据。比如《招隐士》列在《大招》之前,王褒《九怀》列在东方朔《七谏》之前,而严忌《哀时命》列在刘向《九叹》之后,《大招》列在最后。何独怀疑《九辩》列在屈原作品《离骚》和《九歌》的中间,就把《九辩》也作为屈原作品?孙志祖《读书脞录》里说得好,他说:"《释文》旧本自误尔。注云皆解于《九辩》中,不必定《九辩》在前也。焦氏因此遂以《九辩》为屈子所作,非也。"此其四。

七 《九辩》首章"悲秋"为宋玉自述

倘问,把《九辩》确定为宋玉作品,除了上文四点外,还有什么正面

的积极的根据和理由？这就得让我们再从《九辩》中来找内证,也分四项来说(从此段到一〇段):

一、认为《九辩》作者是宋玉,它的首章全属宋玉自述口气;次章以下,一直到结束,"《序》既云述其志,则此篇自属代言,文为宋文,语为屈语"(张云璈《选学胶言》)。这样来读它、注释它,就少扞格。如果认为它的作者是屈原,去读它、注释它的首章乃至全篇,都会遇到好些困难。

比如首章:"坎廪兮贫士失职而志不平,廓落兮羁旅而无友生,惆怅兮而私自怜。"这是作者自述,还是代言？王逸《章句》说:"亡财遗物,逢寇贼也。心常愤懑,意未服也。丧妃失耦,块独立也。远客寄居,孤单特也。后党失辈,惆愁毒也。窃内念己,自悯伤也。"

这一注释不大好懂。大意说,一个倒霉的贫士失职之后,又遇着强盗抢劫了财物,而心里更加不平。又死去了老婆,走失了一批同伴,旅途客居,孤单冷寂。这么离群愁苦,而暗自悲怜。这当然不是作为屈原自述的语气,也不是宋玉悲悯其师屈原而代言诉苦的语气。这只是王逸把它作为宋玉自述的语气,另外他从当时所见关于屈宋原始资料中加注宋玉个人生活几件具体的事实和本文相关而为文句中所没有确切表现的,想来他注释的不错。

但是,如果王逸所注不是作为形象比喻的话,我们就不知道他加注的事实有何根据。他据故乡的民间传说,还是据当时的中秘藏书？固然屈原在《离骚》里说过:"纯郁邑余侘傺兮,吾独穷困乎此时也？""苟余情其信姱以练要兮,长顑颔亦何伤!"他又在《九章·惜诵》里说过:"思君其莫我忠兮,忽忘身之贱贫。"还有《渔父》篇说:"颜色憔悴,形容枯槁。"可知屈原前后在被放中确曾遭到过贫困、饥饿,潦倒不堪。至他的《招魂》一篇发端便说,"朕幼清以廉洁兮",自然他做官还是廉洁、清苦。一旦掉官之后,一肩明月,两袖清风,至于难以好好生活,这种情况是可以想象而理解的。不过他原是属于楚国王室的旁支,究竟出身贵族,未必自称贫士。如果我们读过近人李亚农、郭沫若和杨宽几位有关春秋战国时代的许多著作,就会推想到在那个时代的所谓士,应该是属于统治阶级的最低层,不一定都是属于所谓知识分子,主要的还是武士。这和屈原出身的阶层不甚相合,倒和宋玉由屈原弟子而小臣而大夫的身份相当。可能这时宋玉还没做到小臣,只是由屈原弟子而做过屈原的宾僚。《襄阳耆旧记》说,"宋玉始事屈原",当是指的这一情形。屈原再被放逐了,他也随着离职,这就正是所谓"贫士失职",也就正是《高唐赋》里所谓"长吏隳官,贤士失职"。这时,他因郢都失陷,随师而行,又遇到了强盗打劫,而妻子死亡,后党失辈,旅途无伴,愁苦交集,这就正是王逸《章句》里所说的那一情形。

至于屈原的家属,除了《离骚》说到其皇考伯庸、其姊女媭以外,不见其他可靠的记载。《襄阳风俗记》说:"屈原五月五日投汨罗江,其妻每投食于水以祭之。原通梦告妻,所祭食皆为蛟龙所夺。龙畏五色丝及竹。故妻以竹〔筒〕为粽,以五色丝缠之。今俗其日常皆带五色丝食粽,言免蛟龙之患也。"(《太平寰宇记》一四五引)

这里传说屈原有妻。又,"益阳县西南有凤凰庙,亦祀屈原,相传此地为屈原作《天问》处"(《大清一统志》三五六)。或说:"凤凰庙在益阳县治南六十里弄溪之滨,庙祀原与妻洎其子,俗呼为凤凰神。"又有:"绣英墓(绣英一作纬英)在益阳县治西花园洞。《县志》云:相传为屈原之女。"(《古今图书集成》一二一三)据此可知在旧楚国南部,今湖南地区民间传说中,屈原是有妻室儿女的,恐怕未必可靠。即有妻室,她也死在他后,故她能作粽子祭他。我们相信王逸《章句》说的"丧妃失偶"当是指的宋玉,不会是说屈原。无疑的,《九辩》首章是宋玉自述,王逸说的不错。

朱熹《集注》说:"秋者,一岁之运,盛极而衰,肃杀寒凉,阴气用事,草木零落,百物凋悴之时。有似叔世危邦,主昏政乱,贤智屏绌,奸凶得志,民贫财匮,不复振起之象。是以忠臣志士遭谗放逐者,感事兴怀,尤切悲叹也。"

这好像是说,宋玉悲秋是为遭谗放逐的屈原说的,这就不甚切合了。王夫之《通释》说,"因时而发叹也"。就首章来说,不错。至说:

"失职羁旅,离群无友,迁客自怜之情,适与风景相会,益动其悲。玉代为屈子思,而念其憔悴也如此。"这也不甚切合,因为这章明是宋玉自述其悲如此,不必是他"代为屈子思,而念其憔悴也如此"。倘说,宋玉自悲而兼悲及其师,以秋气象征悲感,这就未为不可。

八 《九辩》次章自"有美一人兮"以下为宋玉代屈子之言

二、《九辩》次章开始便说:"悲忧穷戚兮独处廓,有美一人兮心不绎。去乡离家兮徕远客,超逍遥兮今焉薄?"朱熹说:"有美一人,谓屈原也。"王夫之说:"有美一人,谓屈子,来处于寥廓之野,悲戚无绪,今且不知其何所栖泊。此宋玉思屈子之辞。"这都是说得对的。

毫无疑问,有美一人,不是作者自指,当是他指其师屈原来说。便是认为《九辩》乃屈原所作的人也大都觉察到这一点,不得不自己先加辩解。如陈第既说:"'有美一人心不绎',颇似指师。然《离骚》、《九章》中,原所自负者不少。"

刘永济又说:"后人多从叔师宋玉闵师之说,而不以此文归之屈子者,大抵因文中'有美一人',及第五章以凤骥自拟,若以为屈子之语,则嫌于自炫耳。不知此正班氏所谓露才扬己处也。《骚辞》以美人香草自比处甚多,凤骥香草美人诸辞,亦即前修先圣之变文。班氏讥之固非,后人必欲避之,亦未为知言。屈子以芳洁自矢,正见其任道之勇、厉志之高,何用讳避哉?"(《屈赋通笺·九辩》)

这种辩解即不能说全不可通,可是似要先发制人地加以辩解,就可见其出于勉强,暴露了自己立说的弱点。

下面三章中说:"离芳蔼之方壮兮,余萎约而悲愁。"朱熹《集注》说:"余,宋玉为屈原之自余也。凡言余及我者皆放此。"这一注脚应该移置到上面二章"愿一见兮道余意,君之心兮与余异"两句下才对。从此以下,大都可说"文为宋文,语为屈语"。作者行文遣词的发展,运思逻辑的发展,确该如此。

九 《九辩》末章为宋玉隐括屈子《远游》题旨仍属代言

三、《九辩》末章自"愿赐不肖之躯而别离兮,放游志乎云中"以下一大段,设言上游云中的事。王夫之说:"此代屈子之言也。游志云中,怀仙也。既不见用,退而隐处,离尘孤遊于方之外,盖因《远游》之旨而申言之。"王夫之说这是宋玉代言,屈原有游仙的幻想,再申《远游》一篇的意思。是的,《九辩》为宋玉所作,屈原《远游》自当作在《九辩》之前,初被放逐的时候。宋玉最初读到了它,所以他就把它隐括在《九辩》中作为煞尾余响。当然,事后若干年追忆来作也还是可能的。何况以后屈原自作《离骚》、《涉江》,或在尾段,或在首段,各着一段游仙语,也是"盖因《远游》之旨而申言之"。这在宋玉都可能早就读到了。屈原未必有志怀仙远游,看来只是像《庄子·天下》篇说的"以天下为沉浊,不可与庄语",才说此寓言、卮言、重言之类的话。

《九辩》于代言上游云中一段叙述云游以后,仍归结于回到故国,回到楚王,所以说:"计专专之不可化兮,愿遂推而为臧。赖皇天之厚德兮,还及君之无恙。"朱熹说:"言我但能专一于君而不可化,故今只愿推此而为善,明本性固然,非择而为之也。又言若以皇天之灵,使吾君及此无恙之时而一寤焉,则是吾之深愿也。"由此可见宋玉对于其师屈原之为人及其行事有深切的了解,而是有些异乎寻常的。"非宋玉相知之深,未能深体而形容之如此。"王夫之这话也说的对极了。

真奇怪!刘永济先生疑人之所信,信人之所疑。既疑《远游》不是屈原作品,又信《九辩》为屈原所作。而于《九辩》"放游志乎云中"一段略和《远游》一篇的大旨相同,这是怎么一回事?他却不曾说明。但说:"辞旨略同《离骚》末章。而专专不化,遂推为臧之言,赖天厚德,及君无恙之意,即太史公所谓眷顾楚国,系心怀王,不忘欲反也。以较《骚辞》之仆悲马怀,蜷局不行,则彼乃情伤,此为望切矣。"

此从《离骚》末段来说,难道这倒能算是《九辩》为屈原所作之一证,而不能算是《远游》为屈原所作之一证吗?

十　宋玉与屈子之人格及其风格显有不同

　　四、从宋玉《九辩》和屈原《离骚》、《九章》诸篇对照来看,虽然《九辩》袭用了诸篇中一些词句或意思,可是验之作者的整个人格及其风格却有些异样。屈原为人婞直(刚正),宋玉为人柔媚。屈原出语坦白,宋玉出语含蓄。(陈第已见到这点)屈原不讳侘傺穷困,至死依然倔强。宋玉虽属代言,仍不免啼饥号寒,叹老嗟卑,露出一种贫士失职的可怜相。比如说:"愿衔枚而无言兮,尝被君之渥洽。""欲寂寞而绝端兮,窃不敢忘初之厚德。""赖皇天之厚德兮,还及君之无恙。"这种接二连三的奴才柔媚语,岂是婞直的屈原所能有的? 再如说:"霰雪氛糅其增加兮,乃知遭命之将至。""无衣裘以御冬兮,恐溘死不得见乎阳春。"这类话也不太像是南方之强,强哉矫,至死不变的屈原口吻。屈原并不细作个人生死祸福的打算呀!

　　郭沫若先生说得好。他说:"《九辩》有几章确是写得缠绵悱恻,娓婉动人。但都是一些叹老嗟卑、怀才不遇的标准才子型的文章。里面虽然也有一些高尚的辞句,甚至有直接取自屈原作品的,但那整个精神判然不同。"(《关于宋玉》)

　　这话很精当,算是抓住了宋玉《九辩》的整个精神和面目。似乎刘永济先生也见到了宋玉这个弱点,但既认定是屈原所作,就不得不反过来说,以便坚持自己的主张。他说:"此篇文辞颇多激越之音,或亦后人不以为屈作之所本,亦似是而非之见。夫怨而不怒,哀而不伤,乃欲闻之者足戒也。非必禁人不可怒、不可伤也。屈子哀乐过人,而处境之穷,遘闵之甚,古今罕匹。怨而至怒,哀而至伤,正足见其情之真纯;安可以为嫌,而见其文之有近怒近伤者,遂谓为非其所作哉?"

　　这里大意说,《九辩》文辞颇多激越之音,近怒近伤,这也许就是后人不以为它是屈原所作的根据。其实,人家不以为这是屈原所作,正因为它太少激越之音,太不近怒,太没有火气了,不见在屈赋中常有的那一特点,相反,太感伤了,太含蓄了,倒是有的,这可不是屈赋的特点。比如作者在全篇中先后用了七个窃字,这是谦词,这是表敬副词,取私细计较之意。刘淇《助字辨略》说,"不敢径直以为何如,故云窃也。"只此一字使得语气大为缓和,怎见得"颇多激越之音"? 这一窃字重叠出现,作为自卑的敬让副词,体现了一种"足恭"的人格,表现了一种委婉柔媚的风格。这正是宋玉其人其文的特点,而在屈原赋中是绝少有的。又拙稿《辨骚札记》云:"《九辩》一篇中窃字凡七见,细玩此字皆有私意默计之义,自是一种表敬谦词。按《论语·述而》篇:'窃比于我老彭。'《孟子·公孙丑上》篇:'昔者窃闻之。'又《庄子·庚桑楚》篇:'窃窃乎又何足以济世哉?'《释文》云:'窃窃,司马彪云,细语也。一云,计校之貌。'后世公私文书施于尊者,往往自谦以窃字发端,早已见于春秋战国之世。屈赋《九章·悲回风》篇:'窃赋诗之所明。'偶用一窃字。宋玉此篇屡屡用之者,殆以代言设想之故欤? 正自暴露其柔媚之风格,与屈子婞直之风格大不相侔矣。只此一点,亦可视为宋玉所作之一证。"

通过我们以上颇为详尽的探讨,总括来说:《九辩》是宋玉作品,决不是屈原所作,它作在屈原《哀郢》之后。《哀郢》作在顷襄王二十一年"仲春"、秦将白起拔郢之后;《九辩》则作在是年"杪秋"。

【简注】

〔一〕此文原载上海《学术月刊》一九七九年第六期,题为《九辩作者是谁?》

〔二〕光绪《湖南通志·辨误》三:"宋玉墓、宋玉城。《澧州志》云,旧志岳志及《广舆记》皆云在澧之长乐乡,乡有宋玉庙……陈明卿谓,承天府学泮池侧有宋玉井。楚《旧志》:横木山下井,楚宋玉凿。玉本归州人,仕宦游历所在,或以人传,而墓不应有数处。据指浴溪河南岸有墓碑,人或称宋王墓。李群玉辨之,因有雨蚀玉文旁没点,至今错认宋王坟之句。然宋玉亦不应有坟在此。且玉词客,所居不应名城。或者古有此城,玉尝居之,故后人即以名。犹新城有车武子宅,后人遂名车城……"

《招魂》解题卷第九〔一〕

一 小引

方东树的《解招魂》〔二〕，萧穆的《招魂解》〔三〕，我都不曾见到，不知道他们曾着何语，有何胜义。现在，我作《招魂试解》，只能在条件颇为困难之下进行。杜甫诗说："暖汤濯我足，翦纸招我魂。"又说："魂招不来归故乡。"还说："南方实有未招魂。"诗人的心境我是稍有了解的。对于骚人《楚辞》，首先对于《招魂》的作者及其作品，我也想稍稍求得一些了解。这就算是我试作这个专题研究的动机罢。

二 《招魂》作者问题

《招魂》的作者是谁？这本来不成为一个问题。司马迁《史记·屈原贾生列传》末尾说："余读《离骚》、《天问》、《招魂》、《哀郢》，悲其志。适长沙，观屈原所自沉渊，未尝不垂涕想见其为人。"这不是明明说出《招魂》的作者就是屈原吗？到了后汉，这个问题就发生了。王逸《章句》说："《招魂》者，宋玉之所作也。招者，召也，以手曰招，以言曰召，魂者，身之精也，宋玉怜哀屈原忠而斥弃，愁懑山泽，魂魄放佚，厥命将落，故作《招魂》，欲以复其精神，延其年寿；外陈四方之恶，内崇楚国之美，以讽谏怀王，冀其觉悟而还之也。"这里说《招魂》为宋玉作。究竟它是屈原作，还是宋玉作呢？这就显然成为一个问题。

《楚辞章句》一书，题为"汉护左都水使者、光禄大夫、臣刘向集"，"后汉校书郎、臣王逸章句"。王逸《九思·自叙》里说："逸，南阳人，（一作南郡，《后汉书·文苑传》：逸，字叔师，南郡宜城人。）博雅多览。读《楚辞》而伤愍屈原，故为之作解。""逸与屈原同土共国，悼伤之情与凡有异。"我们知道，王逸比屈原出生至迟不过四百四十年左右；他做过校书郎，读到政府藏书，自称博雅多览就不算夸大。他和屈原同乡，又是第一个同情屈原而专门研究《楚辞》的学者，他不认为《招魂》是屈原作，而肯定它是宋玉所作，当然有人相信他的话。一千八百年来，《招魂》的作者是谁一个问题，学者间闹个不休，直到清乾嘉间考据学权威戴震撰《屈原赋注》，还因为《招魂》一篇作者未定，不曾把它收入《屈原赋》内。最后郭耘桂《读骚大例》自注说："《招魂》哀楚怀，歆以故居之返，亦刺子兰穷奢极欲，僭逾君所享有，恝忘推奉诸客秦之父。凡所侈陈，皆康娱淫游之说。知史迁以为屈赋，从其本言之。班固定撰人为宋玉，盖时方以文字兴狱，玉惧往愬逢怒，重本师之庚，私录存之，隐其言不宣，后竟寄在宋篇。逸谓玉以此歆屈，殊为不伦。即导楚怀以淫侈，亦为悖德。"这就根据了《史记》认定《招魂》为屈原哀楚怀王之作。但说亦刺子兰穷奢极欲，却没有什么根据。至说《招魂》何以被人误会为宋玉所作，说的很有趣，却也不必是事实了。

三 《招魂》招谁问题

再说，在主张《招魂》是屈原所作一说的中间，又曾发生过《招魂》为招谁而作，即为屈原自招，还是他招楚怀王的问题。如果说是他招怀王，还有为怀王生前招或死后招的问题。直到最近十年间，这一问题才算快要告一段落。郭沫若《屈原赋今译·后记》里说："《招魂》一篇，王逸以为宋玉作以招屈原者，但据《史记·屈原列传》则认为作于屈原。司马迁在那传赞里说：'余读《离骚》、《天问》、《招魂》、《哀郢》，悲其志。'《招魂》夹在《离骚》、《天问》、《哀郢》之间，《离骚》、《天问》、《哀郢》既毫无问题是屈原作品，那么，《招魂》在司马迁的判断中也毫无问题是屈原作品。有人认为司马迁并没明言《招魂》为屈原所作，别人所作的有关屈原身世的文章和屈原的文章夹在一道叙述，并不是全无可能。但古人说：'诗者，志之所之也。在心为志，发言为诗。'司马迁既说悲其志，可见司马迁已经明言《招魂》是屈原所作了。最要紧的还是应该从《招魂》中去找内证。《招魂》的一首一尾分明说出,所招者是王者之魂。即巫阳下招的一段,所叙述的也完全是王者生活。宫室园囿,车马仆御,女乐玩好,美衣玉食,那些近于穷奢极侈的情况,决不是自甘'贱贫'的屈原的身份所宜有。故《招魂》作为宋玉招屈原固然不适当,即如某些学者认为屈原自招也是不适当的。关于《招魂》的作者,用不着踌躇,我们应该尊重司马迁的见解。那是屈原在招楚怀王的魂。楚怀王晚年被秦国骗去,拘留了三年,可能就是作于那个时期。"郭先生此文是一九五三年三月十一日记于莫斯科苏维埃大旅馆二〇五室。他很简单扼要地考证了肯定了《招魂》的作者是屈原,作出时期是在楚怀王入秦被囚的三年之内,为了招楚怀王的生魂而作。此文发表以来,就我个人见闻所及,还不曾见到几篇提出异议的有力文章。只见游国恩《楚辞论文集·屈原作品介绍》一文,仍主《招魂》系屈原自招一说,显和郭说不同。陆侃如、高亨、黄孝纾《楚辞选》,把《招魂》列在宋玉《九辩》之后,说是宋玉作或屈原作,"现在还不能断定",也和郭说有异。我们据此可以说,郭说已经取得国内研究古典文学的学者大多数的公认,《招魂》作者问题到此已经快要告一段落了罢。

四　释"土伯九约"

但是我们完全明了了一篇杰作的作者是谁,并不等于完全了解了这篇杰作,不朽的古典杰作当有不断的研究、阐明。何况郭先生在旅途中抽暇作此短文不能详尽,还不能使得后辈学者完全了解到这个作者问题已经解决,因而还有待于今人继续证成郭先生对于这个问题的主张。

郭先生这部《屈原赋今译》,所有解题和注释的大部分极为精确。只是我们对于他的注释当还有几处补充,和几处不同的意见。即以《招魂》一篇而论,他在《后记》里说:"《招魂》的土伯九约很费解,一般的注疏家多解约为屈,或解为尾,或解为短索,但总把土伯作为一个人。这样,于下文的此皆甘人的皆字就解不通。我推想土伯是九个人,因为古人言天有九重,地亦有九层,故地亦称九地、九京、九泉、九原。大约每一层地就有一位土伯掌管,故称九约。约,我认为是绳索的意思。"是的,约字是绳索的意思,引申就该是纠合和约束的意思。土伯九约,就是说土伯九个神仙纠合掌管地下九层;犹之世俗根据佛说,称十殿阎罗十神共同掌管地狱一样;前者是中国原始神话,后者是中国化了的古印度神话。顾炎武《日知录》说:"或曰,地狱之说本于《招魂》之篇,长人土伯则夜叉罗刹之伦也。烂土雷渊则刀山剑树之地也。虽文人之寓言,而意已近之矣。于是魏晋以下之人,遂演其说,而附之释氏之书。"这话说的也有是处。

至若周拱辰《离骚草木史》说:"约,尾也。《吕氏春秋》:肉之美者,旄象之约。九约,九尾也。"这可备一说,却未必是。再有俞樾释约为觲,也还可通。《俞楼杂纂》二十四说:"王注曰,约,屈也。其身九屈。按王氏解九约殊不成义。疑约乃觲之假字,字亦作觲。《说文》云:觲,调弓也,非其本义。《广雅·释诂》:觲,出也。其字从角从弱,其义当为新出之角。九约,九觲,即为九角也。作约者,以音近通用。《左传》:齐国弱,《公羊》作酌。约之通作觲,犹弱之通作酌矣。"在旧说中要算这一说比较可通。但是必须这样经过破字改读,就不见得符合作者的原意。何况正如郭先生说,从文法上来看,于下文的此皆甘人的皆字就解不通。像郭先生那样从训诂上从文法上结合来解,就不甚费力很自然地解通了,人们就不必乞灵于俞氏一说。

按徐锴《说文系传》说:"土伯九约,谓身有九节也。"或者有人说,王逸《章句》释土伯为后土之侯伯,释九约为其身九屈,说亦可通。是的,近年在长沙北郊双井塘发掘的楚墓,里面有木雕神像两尊,一作句状之龙形,一作人首蛇身,伸舌戴角、颈部曲屈之形,说者以为社神。"其句屈之状与《楚辞·招魂》土伯九约相合。"(《学术》第三期,蔡季襄《战国木雕社神考》)这可备一说,尚待确证。今按:陈寿祺《五经异义疏证》:"《异义》,今《孝经》说曰:社者,土地之主,土地广博,不可遍敬,封五土以为社。古左氏说,共工氏有子曰句龙,为后土,后土为社。"此种楚墓壤像是否为社神?即为社神,是否即为土伯?土伯是一、是二、是九,究竟是若干?都还有问题,尚待闲得发慌的学者深入研究才能解决[四]。

五 释"君王亲发兮惮青兕"

在《招魂》篇里,郭先生所注还有六条。其中一两条,我们虽然持有不同的意见,因为问题太小,而且在我的《直解》里无声地作了回答,这里不用提了。但是末了一条解释"君王亲发兮惮青兕"一句,郭先生说:"惮,当殚字之误。因正好勇争先,穷欢极乐,不至说到恐怖。"我们认为这一字关涉到为什么整个《招魂》尾段,作者设言为王招魂而招之以江南田猎的问题,并且涉及全篇的主题思想,这就不能不特为提出商讨,并向郭先生请教。

郭先生疑《招魂》乱曰"君王亲发兮惮青兕"的惮字不能作为通语畏惧恐怖的意思来解。从来一般学者不疑,他独疑得有理。可是他读惮为殚,作尽字解,还不能算是确诂。窃以为不必破字改读,只要把惮字引申为小心戒慎或警惕的意思,把这句话引申说成"君王亲自射箭,要小心警惕着猎得青兕,因为不巧就要招致三月内死亡的灾祸"。这样就得。这在楚国原有过载明这一迷信的典记,楚庄王时候原有过巧合这一迷信的事实。高秋月、曹同春《楚辞约注》一书中说:"惮青兕者,《故记》之旨也。《故记》曰,射中青兕者死。君王所不宜亲射,臣子当为之先,故亲发而曰惮也。"正是指的这个事实。见到这部书的人太少了,不知道朱亦栋见到过它没有。他在《群书札记》里说:"考《吕氏春秋·至忠》篇曰:荆庄哀王猎于云梦,射随兕中之,申公子培劫王而夺之。王曰:'何其暴而不敬也?'命吏诛之。左右大夫皆进谏曰:'子培贤者也,又为王百倍之臣,此必有故,愿察之也!'不出三月,子培疾而死。荆兴师战于两棠,大胜晋,归而赏有功者,申公子培之弟进,请赏于吏曰：'人之有功也于军旅，臣兄之有功也于车下。'王曰：'何谓也？'对曰：'臣之兄犯暴不敬之名，触死亡之罪于王之侧，其愚心将以忠于君王之身，而持千岁之寿也。'臣之兄尝读《故记》曰：'杀随兕者不出三月。是以臣之兄惊惧而争之，故伏其罪而死。'王令人发平府而视之，于《故记》果有，乃厚赏之。《招魂》所云，正用此事。惮，有戒心也。即屈子事君致身，惓惓不忘之义。旧注云：惮，负矢惧而走也。从兕索解，似未得屈子之意。（原注：案荆庄哀王宜作楚庄，见《说苑·立节》篇，但彼又以随兕为科雉耳。）"朱亦栋说得精确，这当符合屈原的意思。屈原暗引庄王故事，或许还有希望怀王继承庄王霸业之意，《惜往日》篇说曾有过"奉先功以照下"的话。作者的文心往往是错综深微的。读者不可不知。

按《说苑·立节》篇说："楚庄王猎于云梦，射科雉得之。申公子倍攻而夺之。王将杀之，大夫谏曰：'子倍自好也，争王雉必有说，王姑察之。'不出三月，子倍病而死。邲之战，楚大胜晋，归而赏功。申公子倍之弟进请赏于王曰：'人之有功也，赏于车下。'王曰：'奚谓也？'对曰：'臣之兄读《故记》曰：射科雉者不出三月必死。臣之兄争得之，故夭死也。'王命发乎（平、乎两作，未知孰是）府而视之，于《记》果有焉，乃厚赏之。"《吕览》、《说苑》同记一事，而所记猎获之物有随兕、科雉之不同，想系传闻异词。何谓随兕？何谓科雉？杨慎《谭苑醍醐》二说："随兕者，随母之兕。科雉者，甫出科之雉。"幼兽、稚禽，古所禁猎。《国语·鲁语上》记里革谏宣公滥渔的话说："且夫山不槎蘖，泽不伐夭，鱼禁鲲鲕，兽长麑䴠，鸟翼毂卵，虫舍蚔蝝，蕃庶物也。"可知上古已有限制渔猎、保护资源的禁令。杀随兕，射科雉，不出三月必死；当是民间不懂这种禁令的用意而附会出来的迷信的解释。《招魂》说："与王趋梦兮课后先，君王亲发兮惮青兕。"作者当含有微讽君王出猎只是为了讲武课士，不是为了一味耽乐、暴殄天物的意思。这在下文还要说及。

又按《战国策·楚策一》也载有和《吕览》、《说苑》所记相类似的一个故事,它说:"楚王游于云梦,结驷千乘,旌旗蔽日,野火之起也若云霓。兕虎嗥之,声若雷霆。有狂兕牂车依轮而至。王亲引弓而射,壹发而殪。王抽旃旄而抑兕首,仰天而笑(《艺文类聚》九十五引,笑作叹)曰:'乐矣今日之游也!寡人万岁千秋之后,谁与乐此矣?'安陵君泣数行而进曰:'臣入则编席,出则陪乘。大王万岁千秋之后,愿得以身试黄泉,蓐蝼蚁,又何如得此乐而乐之?'王大说,乃封坛为安陵君。"这个楚王该是战国初楚宣王。当他射死一条青兕,所以乐极生悲,想到身后的事,该是他记起了前代庄王猎到青兕,忠臣替死的那段故事。又这里写他出猎的巨大场面,恰好像《招魂》说及出猎的注脚,真是再巧也没有了。为什么以前的《楚辞》注家都不曾提到呢?

还有《楚策》四,载庄莘说顷襄王:"驰骋乎云梦之中,而不以国家为事。"《史记·楚世家》里,载着"楚人以弋说襄王"的故事。宋玉《高唐赋》里也说:"襄王与宋玉游于云梦之台。"我们即此可以想见,楚国从庄王到宣王以及和屈原同时的怀王、顷襄王都好游猎,尤其是顷襄王耽于田猎,流连荒亡,至于忘了国家大事!即此可知:"君王亲发兮惮青兕"一句有何意义?惮字应该作何解释?即此可知:整个尾段,作者设言为王招魂而招之以江南田猎一件事,其用意何在?即此可知,尾段说田猎,和中腰一大段巫阳为君招魂而招之以宫室、女色、游观、饮食、女乐歌舞、文娱活动,两者相配合,是不是和全篇的主题思想有关?即此可知,能够"与王趋梦兮课后先"打猎的作者,正和首段作者自言"服义未沫"的,应该是爱国诗人屈原还是风流才子宋玉?这都值得读者深思。陈本礼《屈辞精义》说得颇有是处。他说:"描写顷襄奢淫诸事,都借巫阳口中传出,正使言之者无罪,闻之者足以戒。此屈子赋《招》本怀。无如人都误会此意,且窜入《宋玉集》中,为弟子招师之作。岂宋玉素知其师好色,故死后欲借美人之色,投其所好以招之耶?此可以破千古之疑矣。"无疑的这是屈原作品,用以招怀王;也许借以刺顷襄王,如陈氏所说。

六 释"路贯庐江"——"与王趋梦"

根据上文,楚王的猎场是在云梦、江南一带的地方,我们已经约略知道了。但是作者历叙"南征",必须"路贯庐江",而后"与王趋梦",其猎场所在就还有问题,至少庐江何地就是一个问题。洪兴祖《补注》说:"《前汉·地理志》,庐江出陵阳东南,北入江。"蒋骥注同。又顾观光《七国地理考》引钱坫说:"此即今之青弋江也。"究竟庐江是在今安徽境内如洪、蒋、钱坫所说,还是如徐文靖《管城硕记》说的,把它移到今湖南境内,以为不是《隋书·地理志》桂阳县的庐水,就是《一统志》辰州府泸溪县的泸水呢?抑或认为王夫之《楚辞通释》以襄、汉间中卢水当之,其说不误,并能确实指出中卢是今何水呢?

友人谭其骧教授来函说:"庐江当指今襄阳、宜城界之潼水,水北有汉中卢县故城。中卢即春秋庐戎之国,故此水当有庐江之称。自汉北南行至郢,庐江实所必经。且乱辞在'路贯庐江'句下,有'倚沼畦瀛兮遥望博,青骊结驷兮齐千乘','与王趋梦兮课后先'等句,正与襄阳、江陵间多沼泽平野之地形相吻合。若以庐江移置皖境,则全不可解矣。"庐江何在一个问题,多谢谭先生为我们解答了。

云梦所在及其跨境大小也还有问题,这里只能拣它和本文有关的来说。案《尔雅·释地》云:"楚有云梦。"郭璞注:"今南郡华容县东南巴丘湖是也。"好像云梦并不算大。其实不然,当春秋、战国,荆楚强盛时,把它的范围扩大了。邵晋涵《尔雅正义》说:"或以《汉志》编县有云梦宫,江夏郡西陵县有云梦宫,疑郭注为疏漏。案春秋以来,楚地日辟,益广苑囿。《战国策》,楚王游于云梦,结驷千乘。宋玉《高唐赋》,襄王与宋玉游于云梦之台。是当日离宫别苑俱称云梦。《水经注》引云梦城,则宫囿所在必增置城隍。司马相如《子虚赋》云:云梦者方九百里。虽赋家夸大之词,亦可见后世游观之侈,非复殷周薮泽之旧。故《班志》于华容,曰云梦泽,荆州薮。谓之泽,谓之薮者,所以释《尔雅·职方》之薮泽也。于编、西陵,俱曰云梦宫。谓之宫者,所以存楚宫之故迹也。"我们读此,可以想见从春秋到战国这一段时期,楚国之强盛,云梦猎场范围之大,离宫别苑之多。结合《招魂》中腰一大段描写郢都宫室、女色、饮食、歌舞之盛之美来看,更不难想见当时楚国最高统治者骄奢淫佚,享乐腐化的生活,达到了怎样惊人的程度。后来司马相如《子虚赋》,铺张云梦之大,楚王田猎之盛,虽然"奢言淫乐而显侈靡",却不是完全没有见到历史的影子。人臣好猎就决不能有此排场。《招魂》一篇当然不可能看作宋玉用此来招屈原之魂,或者屈原自招其魂。便是认为《招魂》系宋玉所作的王逸也不得不说是作者"外陈四方之恶,内崇楚国之美,以讽谏怀王,冀其觉悟而还之也"。好像他说宋玉作《招魂》以招屈原,同时也借此讽谏怀王,希望他觉悟,把屈原召还。

其实,这时怀王囚秦,讽谏何益? 觉悟已迟! 国难当头,顷襄王淫乐侈靡如故。作者借招怀王之魂以讽谏顷襄王,这意思可能是有的。当然怀、襄同一货色,不必分出什么高低。郭沫若先生说得好,《屈原研究》里说:"秦楚争霸的焦点恰好在怀、襄两世,而屈原又恰好生当这个时候。怀、襄二王假使真正是有为之主,或者最后的胜利也不见得便要属于秦人,然而楚国的文化太高度化了。我们看到《招魂》上所叙王者生活的铺张,前年在寿县出土的考烈王和幽王墓中的古器的奢侈,可以知道一些中庸之主要想不偷逸苟安是不易办到的。"这里,郭先生已触到《招魂》的主题思想了。

七 《招魂》之主题思想

我们既已确定《招魂》是屈原所作,作在怀王入秦,顷襄王初立的时候。那么,要进一步研究的,是:《招魂》的主题思想是否寓有讽谏的意义? 或是作者还有其他更重要的寓意呢?

《诗》云:"君子作歌,维以告哀。"司马迁读《招魂》"悲其志",已经感染了作者屈原的悲哀,当然,同时感觉到作者的思想,不过他对这一点没有提出来明说。他在《屈原列传》里明明说出的是:"顷襄王立,以其弟子兰为令尹。楚人既咎子兰以劝怀王入秦而不反也;屈平既嫉之。虽放流,眷顾楚国,系心怀王。不忘欲反,冀幸君之一悟,俗之一改也。其存君兴国,而欲反复之,一篇之中三致志焉。"我们不知道司马迁所说的"一篇"是指哪一篇,当是统指他所举的几篇作品而言。不过要把它作为专指《招魂》一篇主题而言,也不算错。

比如作者招怀王之魂,而最后乱辞招以游猎江南(游国恩说:"乱辞是追叙与怀王校猎于江南的事,则招王与自招均可通用。"其说不确。),设言他"与王趋梦兮课后先",难道屈子也想随王荒于田猎而耽乐不成?当是他想随王讲武,校猎求士,故说"课后先"。《说苑》里说:"楚庄王好猎,大夫谏曰:'晋、楚敌国也,楚不谋晋,晋必谋楚,今王无乃耽于乐乎?'王曰:'吾猎将以求士也。其披榛丛、刺虎豹者,吾是以知其勇也。其攫犀搏兕者,吾是以知其劲有力也。罢田而分所得,吾是以知其仁也。'"我以为《招魂》所说"与王趋梦兮课后先",当是屈子想随怀王校猎讲武,重整楚庄王的霸业;庄王时晋楚争霸,怀王时秦楚争霸,形势略相当。他还关心到"君王亲发兮惮青兕",这都是作者"眷顾楚国,系心怀王",那种情志的一种形象的反映。尤其是"君王亲发兮惮青兕"一句,警惕君王猎兕要有戒心,说出一个惮字,只此一字已语带微讽,就稍稍泄漏了整篇主题思想的一部分。尽管作者的情志错综,文字隐约,都不易令人捉摸,毕竟司马迁感染到了他的深哀,我们探索到了他的微讽。而且所讽的应该不单是怀王,似乎重点落在当时"驰骋乎云梦之中而不以国家为事"的顷襄王哩!

司马迁以后,认为《招魂》是屈原作,首先加以批评,开始探索它的内涵意义的,是齐梁间的大批评家刘勰。他在《文心雕龙·辨骚》篇中说:"士女杂坐,乱而不分,指以为乐;娱酒不废,沉湎日夜,举以为欢;荒淫之意也。"刘勰局限于以儒家思想为批评标准,既指出屈赋中有"同于《风》《雅》"的"典诰之礼"、"规讽之旨"、"比兴之义"、"忠怨之辞"

四大优点;又指摘它有"异乎经典"的"诡异之辞"、"谲怪之谈"、"狷狭之志"、"荒淫之意"四大缺点。《招魂》恰是有"荒淫之意"的缺点的一例。想系他从作品正面去理解,以为作者有意把荒淫的生活去招引王魂,或者是说作者自招而有意夸美或羡慕荒淫的生活,抑或是其他,没有说分明。但据我们看,作者只是按照当时楚国王室日常已经有的和可能有的生活直写下来。即令有些"夸诞",也只是为了招魂归来,按照老一套,"外陈四方之恶,内崇楚国之美"而已。要说作者有什么"荒淫之意",他却不曾透漏,至多只能说他微讽到这种生活,如说到君王出猎射咒时必须警惕,泄漏了一个惮字,已如我们在上文所说。这也还像是刘勰说的"同于《风》《雅》"的一种"规讽之旨",不为缺点,倒有助于作者"眷顾楚国,系心怀王","一篇之中三致志焉"的主题思想。

八 再释首段——"我欲辅之"

上面对于《招魂》腰尾两段的研究已够详细了,还要结合到首段来研究一番。

首段像是一篇的引子,这已开后来辞赋的先例。作者首先自叙:从"幼清以廉洁"、"服义未沫",至于"主此盛德",却为谗人即《离骚》中所谓党人,加以毁谤,"牵于俗而芜秽"。而正因为君上不曾考察我的这种"盛德",他(屈)也就"长离殃而愁苦"。郭先生以为这节"主此盛德兮"至"长离殃而愁苦",不是屈原自叙,而全是屈原指怀王说的,鄙见以为未能尽确。这一节里再没有大可说的,只是末了这句末苦字和上文脚韵沫秽二字不协。江有诰《楚辞韵读》,则以为苦字与下文之下辅予三字为韵,同在鱼部。可是苦为正式脚韵,和下文下辅予三字中有下缀一之字的不同。其说尚在疑似之间。看来不是秽下苦上有两句脱简,就或是如《文学遗产》十四期宗铭《关于招魂几个问题》一文所说:苦萃形近致讹,愁苦疑是愁萃之误,萃、悴古通,亦即愁悴之误。王逸《天问序》,"屈原放逐,忧心愁悴",疑即本于《招魂》之文。其说亦尚可通。不过古人行文疏阔,韵文偶有不协,不但形似散文的《周易》、《老子》如此,即在原是韵文的《诗经》中也是有的,《楚辞》并不例外。故方绩《屈子正音》于此苦字不以为失韵,也不以为和下文之下辅予三字相协。

下文即言上帝告巫阳,给王卜筮,招王生魂。为什么知道的呢?我们可从上帝的话里探索出来。"帝告巫阳曰,有人在下,我欲辅之。魂魄离散,汝筮予之。"但从其中一个"辅"字就可看出这是为王者招魂。合上"魂魄离散"一句来看,就知道这是为王招生魂。"辅"字当读《尚书·蔡仲之命》"皇天无亲,惟德是辅"之辅,《左传·僖五年》宫之奇谏伐虢,引《周书》语同。这是古作品外证。同样"辅"字当读《离骚》"皇天无私阿兮,览民德焉错辅"之辅。这是屈原作品内证。上古哲人编造幻想,相信君权神授:君主是上帝选择有德的人而立的,又生贤人辅助他,只有上帝最公道。从来人君就被看作上帝的代理人乃至化身。《招魂》篇中的上帝要辅助谁呢?他命巫阳为他辅助谁呢?这决不是辅助一个臣民,而是辅助一位人君。这位人君当指抗秦惨败,入秦被囚的楚怀王。那时楚怀王可不是陷进了一个惊惶失措、"魂魄离散"的绝境吗?单从《招魂》作者在这里郑重地下一个"辅"字,就透漏了这是假托上帝专为人君说的,招怀王之魂。为什么一直有人疑此文是宋玉招屈原,或是屈原自招,而不是屈原招怀王呢?假使我们忽略了这个"辅"字,便贸然相信黄文焕《楚辞听直》、林云铭《楚辞灯》、刘梦鹏《屈子章句》[五]、游国恩《楚辞论文集》,以为《招魂》是屈原自招之文,便是一大错误。

当作者叙述上帝命令巫阳之后,即叙巫阳答话,推诿责任给掌梦,不肯受命。上帝再告巫阳说:"若必筮予之!恐后之谢,不能复用"朱熹《楚辞辩证》说:"恐后之,如汉武帝遣人取司马相如遗文,而曰若后之矣之意。注云,言已在他人后也。"说得不错。同样,可以说,这里"后"字要读《论语》"岁寒然后知松柏之后凋"的末一后字,本来有迟晚的意思。"用"字当读《诗》"不忮不求,何用不臧"的用字。《说文》:

"用,可施行也。"用字本义是卜中了,可以施行的意思。这里正用本义。整个句子大意,换句现代汉语来说,便是:"你必须给他占筮招魂,恐怕迟了,他就殂谢了,不能再行占筮招魂了。"这不是说的要早为怀王招生魂吗?总之,只要我们读通了《招魂》首段,就该知道而且主张它的作者是屈原,此文是为招楚怀王生魂而作,作在怀、襄交替的时候。作者寓言招王生魂,实盼王能脱险归国。再说,我们在更前面讨论此文腰尾两段时,不是也已提出过而且肯定过这一主张吗?

或疑怀王身囚在秦,而招他的生魂归楚,还不是依然"魂魄离散",更促其死么?这话也像合乎事理。但是必须知道,招魂原是虚拟的作品,不是实际应用文字,而作者又未必有此迷信,寓言之类岂可一一当真?倘不结合其他论据来说,单凭了这一点便说这是招亡魂而不是招生魂,其结果必同样在事理上或逻辑上遇到不周密的困难。如此治《骚》,就未免像"固哉高叟之为《诗》"了!

九 首段尚有难解之两点

《招魂》首段的难解除了上文涉及之外,还有两点也很重要。

第一,文义不连贯。在首段前节自叙,和后节叙上帝与巫阳对话,乃至和全篇,从字句表面上看来,其间文义好像脱节。所以闻一多《楚辞校补》说:"案此段(首段前节自叙)与全篇文意不属,疑本《大招》或《九辩》乱辞误窜于此。"但在字句的内涵上,文义是有联系的。因为"上无所考此盛德兮",所以他(屈)才"长离殃而愁苦"。上帝就召巫阳为"上"招魂,这不是文义暗相衔接也很自然吗?接下就是巫阳招魂之词,怎么说"此段与全篇文意不属"呢?从表面上看来,上下文没有交代清楚,这是古人行文疏阔和后人不同之处。后人就疑为文有脱简,字有讹夺,甚至疑是从他篇误窜来的。

第二,句读不分明。在首段后节叙上帝和巫阳对话,也因行文疏阔、文法省略了,也许还因字句真有讹夺,以致读者不易了解。比如巫阳答上帝说："掌梦。上帝！其命难从。"掌梦二字句绝，语意未了[六]。王逸《章句》："巫阳对上帝言，招魂者，本掌梦之官所主职也。"这是说，巫阳把占筮招魂的责任推给掌梦之官。后来的论者或以为这是巫阳答上帝："掌梦是我的事，占筮招魂不是我的事，上帝的命令难以遵从。"例如闻一多说："言己职在掌梦，不习招魂之术，是以上帝之命殆难遵从也。"还有下文"若必筮予之恐后之谢不能复用巫阳焉"，也不好作句读。从王逸、洪兴祖、朱熹到蒋骥，都以为这全是巫阳答上帝的话；而句读又不甚分明，未能一致；作何解释也有纷歧。直到高邮王氏父子才把最后"巫阳焉"三字不连上读而属下读，读为"巫阳焉乃下招曰"，从此这节文字就快可以通读了。

王引之《经传释词》二，说："焉，犹于是也，乃也，则也……《楚辞·离骚》曰：'驰椒丘且焉止息。'言且于是止息也。《九章》曰：'焉洋洋而为客。'又曰：'焉舒情而抽信兮。'义并与于是同。又《离骚》曰：'皇天无阿私兮，览民德焉错辅。'《九辩》曰：'国有骥而不知兮，焉皇皇而更索。'义并与乃同。又《招魂》曰：'巫阳焉乃下招曰，言巫阳于是下招也。'《远游》篇曰：'焉乃逝以徘徊。'《列子·周穆王》篇曰：'焉乃观日之所入。'此皆古人以'焉乃'二字连文之证。（原注：家大人曰：《招魂》曰：'巫阳对曰，掌梦，上帝其难从。若必筮予之，恐后之谢，不能复用。'王注曰：谢，去也。巫阳言，如必欲先巫问，求魂魄所在，然后与之，恐后世懈怠必去卜筮之法，不能复修用。下文'巫阳焉乃下招曰'，王注曰：巫阳受天帝之命，因下招屈原之魂。据此，则'不能复用'为句，'巫阳焉乃下招'为句，明矣。焉乃者，语词，犹言巫阳于是下招耳。王注曰，因下招屈原之魂，因字正释焉乃二字。今本皆以不能复用巫阳焉为句，非也。不能复用者，谓不用卜筮，非谓不用巫阳。且用字古读若庸，与从字为韵。若以不用巫阳连读，则既失其义，又失其韵矣。）"这里王氏父子解通了"焉乃"二字连文，弄清楚了"巫阳焉"三字究竟是连上为句，还是属下为句的问题，同时断定了"不能复用"为句，这就纠正了宋人以来以"谢不能"为句的错误[七]。这在读通《招魂》一篇的过程上算是一大进步。王念孙细玩王注后得到了一点成绩,发见了王注对于原文断句的一点长处。可是王注认定《招魂》是宋玉作,以招屈原之魂,这话不确;并以为"若必筮予之云云"一长句是巫阳言,不训"若"为汝,而训为如,又训"后"为后世,训"谢"为去,都不可通。他却没有发见、指出,甚矣读古书之难!

"若必筮予之云云"一长句,从来说者大都依从王注,说是巫阳言,便是到如今读书善疑的郭先生也还是如此。其间只见有宋人项安世认为这是上帝再告巫阳和巫阳对答的话。《项氏家说》说八《说事》篇中道"《招魂》曰,帝告巫阳曰:'有人在下,我欲辅之。魂魄离散,汝筮予之。'此四句帝命也。巫阳对曰:'掌梦。上帝,其命难从。'此二句巫阳对也。'若必筮予之,恐后之。'此二句又帝命也。'谢不能',此三字又巫阳对也。'复用巫阳焉。'此一句又帝命也。此章旧注不通,故为正之。盖掌梦之官能占人精神所在,帝欲急还其魂,故并命巫阳曰,汝必自筮而自予之。倘待掌梦,则恐不及事。此殆作者之本意云。"项氏这一说确较旧注为通,但是他还不知道"焉乃"二字连文,"巫阳焉乃下招曰"为句,上文"恐后之、谢","不能复用",也各为句。闻一多《楚辞校补》说:"案若字上疑脱帝曰二字。此数句又帝语。若,斥巫阳。谢,凋谢也。言帝谓巫阳曰,汝必须筮予之,不则恐后时而魂魄凋谢,不堪复用也。上文巫阳已辞帝不能从命,此文帝再晓巫阳以必须筮予之故。下文巫阳焉乃下招,则巫阳卒从帝命而往也。谛审全文,必增帝曰二字而后问对之意乃明。"闻先生这话很对,应该算是在《项氏家说》和王氏父子研究成果的基础上又跨进了一步。可是他说"若字上疑脱帝曰二字",这话未见得是,因为这也是古人行文疏阔之处。"两人之辞记录而省曰字",自是"古书疑义"中之一例。即在其他屈赋中尚见此例。《九章·惜诵》篇:"昔余梦登天兮,魂中道而无杭。吾使厉神占之兮,曰:'有志极而无旁。''终危独以离异兮?'曰:'君可思而不可恃……'"这里"终危独以离异兮"一句上便省去了一个曰字,并非脱去,可证。

目前虽说在《招魂》字句训诂上还有不少的问题尚待寻求正确的解答,究竟都已不算是什么大问题。而经过先哲时贤先后花费了许多脑力劳动,积累了许多研究成果,使得我们今日已有可能完全懂得它的主题大旨和行文的逻辑的发展,进而读通这篇古典杰作,断定它的作者为谁,及其作出的相当年代。沉霾千载,一旦豁蒙,却不能不算是一件快事!

十 《招魂》之艺术特点

《招魂》一篇的形式来自宗教艺术,即是来自楚国巫音,《招魂》巫歌的一种形式,而由作者加以变化、再创。这样,就使它有头有尾,有起有结,神龙夭矫,不待点睛就生态自然了。《招魂》巫歌的原始形式已不可知,幸赖《大招》一篇可资比较,可供推测。《大招》虽略具头尾起结,却不是在全体中突出之处,可以引人注目入胜。大约它的形式比较接近原始,当系在实际上作为替死者招魂之用;这和《招魂》出于作者虚拟而借抒胸臆的故自不同。《招魂》作者借招魂归来,写天地四方都没有好去处,只有归到家乡最好的那种形式而加以改造,特别使它的头尾具足,而寄托以"眷顾楚国,系心怀王",热爱祖国、热爱君主的那种强烈情感和深刻思想的内容;做到了两者间恰好统一,形成一体,好像是有机体的自然生成,达到了形式和内容高度的结合。它给人以一种完整的艺术的美感,又给人以一种化腐臭为神奇的惊异。这是《招魂》的艺术特点之一。(稍后荀卿的《成相》篇就因为形式和内容的不善结合而不能算是成功的作品。)

那时正在楚国内忧外患形势危急的时候。《史记》里说:"怀王入秦不反,楚人怜之。"(《项羽本纪》)又说:"楚人皆怜之,如悲亲戚,诸侯由是不直秦。"(《楚世家》)可见其时内而楚人悲愤,外而列国舆论,莫不同情怀王,沸腾一时。作者敏感痛切,当更先于这种现实的激发而不能自已,无可奈何,乃有怜王,为王招魂的幻想,而有上帝命令巫阳下来为王招魂的想象。他把复杂错综的现实和美丽丰富的想象融化为一,把人事和神话融化为一,把文字和血泪融化为一。倘用现代批评家的话来说,这就达到了现实主义和浪漫主义高度的结合。它给人以一种神韵飘渺、含蓄深远的美感;又给人以一种热爱生活、热爱祖国的实感。这是《招魂》的艺术特点之二。这也正是《离骚》比这更为突出的特点。即此两篇足以代表屈赋在艺术上的最高的成就。

梁任公《要籍解题及其读法》,论到《楚辞·招魂》,说:"对于厌世主义与现世快乐主义两皆极力描写,而两皆拨弃,实全部《楚辞》中最酣恣最深刻之作。"梁先生这话也算很有见地。总之,我以为在屈赋中,除了《离骚》以外,《招魂》一篇算是最为完美最为伟大的作品。这是在今日,我们已有可能完全读通这篇古典杰作以后才这样说的。

十一　后记——驳正刘永济新著《屈赋通笺》论《招魂》

当我写完《招魂试解》之后,接写《大招试解》(今《楚辞直解》全书已成,各篇试解或其他题目皆改为解题。)快要写完,才看到友人范祥雍先生送给我一看的上海书店刚到的新书,刘永济《屈赋通笺》,快读一过。我所心肯的不敢苟异,心不谓然的不敢苟同。倘风烛相安,而时会相假,我将边写出边发表,请教于刘先生,并就正于海内的《楚辞》学者。今请从《二招》开始。刘先生辩《招魂》、《大招》二篇作者一文,我不能同意。

他论《招魂》道:"予意此篇可决其非屈作,即以为宋作,亦难肯定。其理由有四:太史公所见屈子之《招魂》,即误入《九歌》之《国殇》,不得复有屈子之《招魂》。一也。此篇文字过于华赡,组织极其工细,似有意于为文者所为,与屈子作风不同。二也。篇中盛陈宫室饮馔女乐等节,正刘勰《辨骚》所谓荒淫之意,尤与屈子思想不侔。三也。又篇中有吴歈蔡讴句,考《说文》歈字见《新附》中,徐铉谓渝水之人善歌舞,汉高祖采其声,后人因加此字。则此篇不特非屈作,且亦非宋作矣。四也。(原注:按洪氏《补注》虽引徐说,惟由于先入《章句》之说,故非以证此文非屈作,却谓《楚辞》已有此字,转斥徐说非是。)"

这里,他指出《招魂》决非屈原所作的四点理由,我认为均不充分,似是而非。第一点,他以为屈原所作《招魂》就是《国殇》,不得再有《招魂》。怎见得司马迁所见的《招魂》就不是今日我们所见的《招魂》?怎见得《九歌》中《国殇》就是《招魂》而被人错误收入的?徒凭个人假说,主观去取,并无一定的客观根据和逻辑证明,怎能使人相信?这将留待我作《国殇试解》时再说。第二点,也站不住脚。一个伟大的作家,他的思想往往复杂而不单纯,他的风格往往多样而不一律。凭批评家的主观欣赏,对于作家的思想和风格的看法往往人各不同,甚至极端相反。即以刘先生提出文字华赡与否,组织工细与否,衡量屈赋而论,他以为《招魂》文字过于华赡,组织过于工细,愚见以为《离骚》华赡工细实远过于《招魂》。为什么《招魂》决非屈作,而《离骚》决为屈作?这一说显然不可通。我的《大招试解》中驳朱熹从风格论《大招》为景差所作已很详细,可以推知。这里无须再说下去了。第三点,我在《招魂试解》中已论过刘勰所谓"荒淫之意"了,这里也不再论。第四点,引许书为证,粗看倒像有些是处,细想那就大有问题。这只可以吓倒大多数不习许书的读者,以为他说的坚实,难以动摇。其实,这不免于王充所难容忍的"虚妄",刘知幾所最关心的"疑误后学",有特别提出来加以驳正的必要。丢开甲骨金石文中所见字不说,但论先秦典籍中字,《说文》漏略就已经很多了。取譬不远,即如刘先生的这个刘字,最古见于《书·盘庚》:"重我民,无尽刘。"《君奭》:"咸刘厥敌。"见于《诗》"笃公刘"、《桑柔》"捋采甚刘"。见于《左传·成十三年》"虔刘我边垂"。又汉帝姓刘,汉时谶纬方士多持"卯金刀"之说。为什么汉末许君《说文》竟阙刘字,段注《说文》只得以二徐本镏字当之,并改镏篆为鉥。这是否符合许书原意?恐有问题。难道因为《说文》无刘字,而《诗》、《书》、《左传》有刘字,我们就拿这个字作为考订《诗》、《书》、《左传》真伪古晚的根据吗?甚至怀疑许书以前刘姓的存在吗?

再如今文《尧典》有袮字,《周礼》有祧字,《楚辞》里有逍遥字,《说文》里都没有。据《五经文字序》说:"若祧、袮、逍遥之类,《说文》漏略,今得之于《字林》。"段注以为:"袮庙之字,许意盖欲以尔迩概之。《周礼》故书祧作濯,郑司农濯读为祧。许君意在别裁,谓祧字不古,当从故书。"我以为许书引及《楚辞》,如梧楸(见《九辩》)引作菩萧,他不会不见《招魂》歈字,不解这个歈字也当是以为歈字不古,或者其时《楚辞》歈字还是作俞,正像梧楸还是作菩萧一样。《招魂》里用俞字,《尧典》里用俞字,都和俞字本义无关,只是作为"本无其字,依声托事"的假借字,所以许书里都不说及。洪氏《补注》驳徐铉说:"按《楚辞》已有此语,则歈盖歌之别称耳。徐说非是。"不见得这话不妥。

杨慎《丹铅杂录》四,说"喻、歈二字并有平、去二音。《说文》引相如《凡将篇》,淮南嘀喻。盖曲名也,与吴歈、巴歈同。其字或从口,或从欠,亦犹叹之与歎,啸之与歗,唉之与欸也"。这是说,歈、喻相通,故《说文》里没有歈字。这话也说得是。但是不及钮树玉和郑珍考证的精博。

按钮树玉《说文新附考》、郑珍《说文新附考》,都说歈通作俞。《广雅》、《玉篇》都训歈为歌。《史记·司马相如列传》:"巴俞、宋蔡,淮南、干遮。"四者皆指乐歌。巴俞就是巴人之歌,与渝水无涉。《史记索隐》引郭璞说和《华阳国志》说,都以渝水解巴渝,又易歌为舞,与相如赋文不合。《隶释·魏大飨碑》"巴俞丸剑",亦作俞。《说文》"渝水在辽西",与巴俞别。郑珍《说文逸字》以为"《说文》原有歈字,今本脱去"。他说:"歍,歍歈,手相笑也。从欠。虖声。歈,歍歈也,从欠,俞声。今本止有歍训人相笑,相歍瘉。歈在新附,为巴俞歌字。按《后汉书·王霸传》,市人皆大笑,举手揶揄之,注引《说文》,歍歈,手相笑也。此联绵字,歍从欠,俞亦可从欠。章怀所见〔《说文》〕本有歈,可信。手相笑之义,亦胜今本。俗作揶揄、㨤揄、擨揄。"读了钮、郑三书,倘问《说文》里有无歈字?何谓吴歈?何谓巴俞?都不难置答了。

总而言之:"吴歈""巴渝"是二非一,不妨先有"吴歈",后有"巴渝"。虽说歈、渝、俞三字古通,不妨作为一字看,但也不妨同作为歌曲义。又这个字上或冠有吴字,或冠有巴字。显然标示两处不同的地名,不可牵掍。按《后汉书·南蛮·西南夷传》说:"板楯蛮夷……天性劲勇,初为汉前锋数陷陈。俗喜歌舞,高祖观之曰:'此武王伐纣之歌也。'乃命乐人习之,所谓巴俞舞也。"不错,汉初确有所谓"巴俞舞",刘邦说:"此武王伐纣之歌也。"那么倘说"吴歈"、"巴俞舞"就是"巴渝舞",可是这种歌舞不是早在《招魂》作者屈原五六百年前,周初就有了吗?即令我们让步来说,"吴歈""巴渝"是一非二,那么这也该同是出源于殷周之际的周乐,并非汉所独有,楚就不得先有呀!安知不是刘邦时因为先有了楚歌舞"吴歈"之名,才别创汉歌舞"巴俞"或"巴渝"之名呢?难道刘邦利用"楚歌"为自己服务,只在垓下之围一次吗?

刘先生习许书,通训诂,对于我的这一驳正也许还有辩解,希望他莫辜负了钮树玉、郑珍研究《说文》逸字和新附字的那一番努力。这就算是我们首先对刘先生论屈赋有不敢苟同处的一例。因为他的书在现代所有关于《楚辞》的论著中,算是用力最勤,取材较博,而可商量之处也较多,不得不辩。以后还想多向刘先生请教哩!

【简注】

〔一〕此为拙作本书动手之第一篇,一九六二年四月四日—二十一日写讫。同年八月在《中华文史论丛》第一辑刊出。这同其他曾经在别处刊出的各篇一样,辑为全书时颇有添改,并于篇末补加注解。

〔二〕后见新近排印之方东树《昭昧詹言》,其《解招魂》,谓作者以"存国为义"。非自招,亦非招怀王,作者确为屈原,他不同意朱熹集注《招魂》为宋玉所作一说。自谓"尊信朱子如天地父母之不敢倍,而不能无异"。按:此可视为招国魂说,岂其然乎?

〔三〕萧穆《敬孚类稿》三,《书朱文公楚辞集注后》云:"《招魂》一篇,太史公明叙屈子之作,所谓余读《离骚》、《天问》、《招魂》、《哀郢》悲其志,是也。乃王逸不知何所本,而以为宋玉招屈原之作,梁昭明既失考于前,洪兴祖又误承于后。而朱文公复不能具特识为之更正,亦全于此文未有发明。试问宋玉招屈原之作,篇中历叙楚国声色饮食各种美丽,冀其来享。屈子生平岂有此等之嗜哉?惟言屈子招怀王之魂,以为在秦之苦,不如楚国之乐,冀其魂早归于楚,恋君之情深,怀归之意迫,恰合本篇之旨也。"

〔四〕《中华文史论丛》第八辑汪冬青《土伯九约新解》引陆侃如《楚辞选》注云:约,读做肕,肚下的肉。九约,肚下九块肉,如牛乳头一般。而谓疑肕非确解。但汪氏自己则据《太平御览》四百七十四《冷蛇条》,略谓唐宗室申王有肉疾,腹垂至骭(今谓肥胖病)。又谓申王腹有数约,夏月置冷蛇于约中,不复觉烦暑。是指肥肉间之皱襞,而称为约,长沙马王堆出土帛画,下端有一裸体肥人,腹部贲而下垂。此即《招魂》中之土伯。子展按:此新解亦疑未确,因为此亦无以解于其下文"此皆甘人"之皆字。皆,当指土伯为多数,非指九约也。作为争鸣,以广异闻,可也。

〔五〕刘梦鹏《屈子章句》论《招魂》云:"此篇开端,乱辞,皆原自言,非出代招之口,在玉不应有是语。逸固不如迁之确也。"他认定作者为屈原,非宋玉,不误。其《屈子纪略》中云:"顷襄王二十一年二月,秦拔郢,王东走陈城。时平在放九年,故国邱墟,伤已无归也,作《招魂》。"其言《招魂》作于何时,为何而作,则误。但此在自招一说中,似微近情理,然亦未考其实。

〔六〕周拱辰《离骚草木史》云:"汝筮予之一段,诸说皆误。按《周礼》筮人掌《三易》以辨九筮之名。凡国之大事,先筮而后卜,筮不吉则不卜。言先用筮,后用招,而予以魂魄也。掌梦,即占梦,以日月星辰占六梦之吉凶者,其命难从,非巫阳之敢方帝命也。《礼经》,天子不筮,诸侯守筮。难从者,即天子不用筮之义也,言帝命我掌梦,只须以帝命招之,魂自复矣。天命之尊,何须筮乎?若必假筮而予之魂魄,即筮之而不吉,奈何?是任其魂魄之离谢矣。不若竟招之为得也。"按:此释掌梦,又援《礼》天子不筮之说释此筮字。亦是一说。此较吴汝纶、马其昶之说,释掌梦为掌云梦之官;释筮、噬古通,噬,逮也;似为有义证,其实诸说皆不可从。

〔七〕萧穆以王念孙之说为非。《敬孚类稿》一,《招魂解》中论点有与鄙见相违者:一、他以为屈原此文作在楚怀王入秦既殁之后。按:此当为招怀王之生魂,未必其为招怀王之亡魂也。二、他既主张此屈原招怀王之魂,则以入首朕字当属怀王。"上无所考此盛德"中之上字,乃屈原指楚国在上位之人,如上官大夫之属。按:此说之误与今人郭沫若《今译》略同。三、谓巫阳之巫,当从何焯校改为筮字! 盖阳者乃筮者之名。按:此系臆测。又谓旧本"之谢""谢之"两作,当以"恐后之"为句,"谢不能复"为句。按:此当从王念孙说,以"恐后之谢"为句,"不能复"用为句,"巫阳焉"乃下招为句。此当系定说,不得谓为"非是"。四、谓乱曰南征,乃知顷襄王放屈子于江南之时在于春初,下文只言其所经之地之风景也。青骊以下,正隐写顷襄王只知行乐,无父无君;轻弃宗臣,不能立国,意在言外矣。"湛湛江水"一句,承上起下,言入江南所迁之地,抚景生悲,不能一一说出,其心良苦。按:屈原此文当作于怀王囚秦之时,拟招其生魂。"南征"乃设为怀王归来之后,扈从校猎而言,不得以此江南字便断其放于江南之作。

《大招》解题卷第十〔一〕

一 《大招》及其作者问题

《大招》作者是谁？这是比《招魂》作者为谁还难解决的一个问题。王逸《章句》明说："《招魂》者宋玉之所作也"，意以为这是宋玉为招屈原的生魂而作的。现在我们证明了《招魂》确是屈原为招楚怀王的生魂而作，作在楚怀王入秦被囚的时候，王逸那一说错了。再看他怎样说《大招》的。他说："《大招》者屈原之所作也。或曰景差。疑不能明也。屈原放流九年，忧思烦乱。精神越散，与形离别，恐命将终，所行不遂，故愤然大招其魂。盛称楚国之乐，崇怀、襄之德，以比三王。能任用贤公卿，明察能荐举人，宜辅佐之，以兴至治，因以风谏，达己之志也。"这是说，《大招》是屈原为招自己的生魂而作，又引或说为景差作。这是一个疑案，还不明白。

从王逸引用了这一或说，一千几百年以来，一般学者又大都以为《大招》是景差为招屈原而作，正和他们说《招魂》是宋玉为招屈原而作一样，成了民间传说。至今湖南湘阴县汨罗渊畔相传有宋玉招魂台古迹（《古今图书集成》一二一三），曾经有人在这里建立屈原塔（《大清一统志》）。又其地汨罗山，一名烈女岭，上有屈原墓，相传屈原姊女嬃葬屈原于此，因以为名。屈原墓旁有宋玉、景差（一说唐勒）的招魂台古迹（《湘阴县图志》）。还有"俗以三闾投汨水而死"，"失其遗骸"，"所葬者招魂也"的传说（蒋防《汨罗庙记》，《全唐文》七百十九）。好像真有那么一回事了。

在前人的著作中，我只看到周中孚《郑堂札记》肯定了《大招》是屈原作品。他说："《屈原传赞》曰：予读《离骚》、《天问》、《招魂》、《哀郢》悲其志。因知《招魂》乃原作也。若属宋玉所作，史公必不与诸举而曰悲其志也。王逸云：《大招》者屈原之所作也。或曰景差。疑不能明也。夫既指实原作,是矣;乃复作或曰之辞,在逸亦不竟以为差也。虽原传有曰:楚有宋玉、唐勒、景差之徒者,皆好辞,而以赋见称。然以《汉志》赋七十八家,独无景差之赋。若《大招》是景作,班孟坚岂有不载之理?总之,《招魂》、《大招》俱当归之屈原。若谓恐逾《汉志》之数,则以《九歌》当九篇,其数乃符也。蒋氏骥《楚辞余论》言之备矣。"他说《招魂》、《大招》都是屈原作。对的。他说《九歌》当九篇,连同其他各篇计,还是和《汉志·屈原赋》二十五篇之数相符,对的。他说倘若《大招》是景差作,班固《汉志》为什么不载?对的。《汉志》赵幽王、蔡甲、眭弘三人各止赋一篇,都载上了。倘若《大招》一篇真是景差作,为什么偏偏不载呢?周中孚所说确是不错。

王逸在《章句》首先肯定了《大招》是屈原为自招而作。如在"魂魄归徕,无远遥只"一句下说:"屈原放在草野,忧心愁悴,精神散越,故自招其魂魄,言宜顺阳气始生而徕归,己无远漂遥,将遇害也。"然而后来有些学者只信王逸说中存疑的那一半,即或说《大招》为景差作;而不信王逸说中肯定的这一半,即《大招》为屈原自招而作。其实,在他肯定了的一半之中还只有一半可信,即是他说作者为屈原是可信的,至于说为屈原自招而作就大有问题。这正是下文所要研究的。

二 何谓大招?何谓小招?

同是招魂之作,为什么《招魂》直称招魂,《大招》别称大招呢?我初想《大招》不是作者原题,恐是后人编为《屈原赋》的时候改题,就如《诗·郑风·叔于田》、《大叔于田》篇次相连,加个大字以资识别一样。只不知是刘向改题的呢,还是在刘向校集《楚辞》以前的《屈原赋》底本里就改了题。到了王逸,他说:"屈原放流九年,忧思烦乱","故愤然大招其魂"。他以为《大招》是屈原自题,所以表示大为"愤然"的意思。大招一词的意思果真如此么?

从张载(《文选·魏都赋》注)、李善(《洪补·招魂》注引)、蒋防

(《汨罗庙记》),直到朱熹作《楚辞集注》,这个杜撰的大、小招相对待的名目才在书里出现。大概他们以为景差原有《招魂》,宋玉又有《招魂》之作,故把前者改题《大招》,又把后者称为《小招》罢。倘若说,前者因为是谁作的就该称为《大招》,后者是谁作的就该称为《小招》,似乎说不通。林云铭《楚辞灯》说:"试问玉与差皆原之徒,若招其师之魂,何以见差之招为大,玉之招当小乎?"这话驳问得有力量。

明清以来,《楚辞》的研究者对于《大、小招》的意义还有别解。蒋之翘《评校楚辞集注》引桑悦说:"《大招》体制不出《招魂》,而摛辞命意又与《招隐》相似,或者淮南八公之徒,因宋玉已有《招魂》复拟作《大招》,未可知也。况其辞赋原以类从,或称大山或称小山者乎!不然,何所据而以玉之《招魂》加其名曰小也?《小招》疑别有一篇,恐逸不传。"这是臆测。陈深《批点楚辞》说:"同一《招魂》而云《大招》者,以宋玉所陈皆宫室园囿侍女游猎之事,而此末章归于政治,所见者大,故名大也。"其说似是而未必是。李陈玉《楚辞笺注》说:"曰《招魂》,又曰《大招》者,巫觋之事有大小故也。小如求之一方鬼神,大如合四方上下之鬼神大索之。第《招魂》韵下用些、些,楚人土音,所以相呼也。此《招魂》之些所自来也。《大招》韵下用只,只本古韵,见于《毛诗》不一。大索于四方上下鬼神,楚之方言未可概通,必用中原古韵,此《大招》之只所自来也。"这是说,巫觋之事有大小,招魂所及的方域有大小,所以有大小招的不同。贺贻孙《骚筏》说:"《离骚》、《九辩》、《九歌》、《九章》之兮、也,《招魂》之些,《大招》之只,虽无关于文,然文之轻重缓促皆在于此,读者因以生哀焉,去之则索然不成调矣。兮、也、只皆中原音,而《招魂》之些独用楚中方语者,盖魂无不之,闻声则感。故招魂者,必使亲爱之人以方语俚词频频相呼,则魂魄来附。所以用些者,盖不欲以不习闻之语骇之也。若《大招》则多庄重之辞,故不用些而用只耳。"又说:"《大招》作于《招魂》之后,盖多方以招之也。"这是无疑的搜索个人胸臆,发展了李陈玉那一说。孙志祖《读书脞录》七说:"盖屈子所作本名《招魂》,后人以宋玉又有《招魂》之作,故以此为《大招》。史公所云

《招魂》即《大招》也。至宋玉所作又名《小招魂》者,见张载《魏都赋》注。"这里说的《大招》、《小招》也都是节外生枝,徒眩人心目,应该予以廓清了。

三 评《大招》为景差所作一说——景差与《大言赋》《小言赋》

朱熹说《大招》是景差所作。他只凭宋玉的《大、小言赋》记景差的大言、小言,以为他的风格近似《大招》,"然后乃知决为差作无疑"。景差的身世和作品都无甚可考。我只见到《楚宝》十五《文苑》里说:"景差,楚同姓也。与宋玉同师事屈原。尝至蒲骚见宋玉曰:'不意重见故人,慰此去国恋恋之心。昨到梦泽,喜见楚山之碧,眼力顿明。今又见故人,闲心日足矣。'屈原死,赋《大招》一篇。"这话不知道有何根据。现在我们就来看《古文苑》著录的宋玉《大、小言赋》罢。

《大言赋》记楚襄王和唐勒、景差、宋玉游于云阳之台。"王曰:'能为寡人《大言赋》者上座。'王因唏曰:'操是太阿剥(一作戮)一世。流血冲天,车不可以厉(《诗》深则厉)。'至唐勒曰:'壮士愤(一作顿)兮绝天维,北斗戾(折也)兮太山夷。'至景差曰:'校士猛毅皋陶嘻(《周礼·冬官》:韗人为皋陶。郑司农注:皋陶,鼓木也。言勇壮之气能使鼓木之声亦振厉。),大笑至兮摧覆思(一作罘罳,端门之观阙也。今谓影壁、照壁。)。锯牙云,晞甚大,吐舌万里唾一世(言牙利似锯,其大如云,晞当作豨,其舌长至万里也。)'至宋玉曰:'方地为车,圆天为盖,长剑耿耿倚天外(耿耿一作耿介)。'王曰:'未也。'玉曰:'并吞四夷,饮枯河海。跤越九州,无所容止。身大四塞,愁不可长,据地跡(蹴也)天,迫不得(一作能)仰。'"

楚襄王再命:"有能为《小言赋》者,赐之云梦之田。"景差曰:"载氛埃兮乘剽尘,体轻蚊翼,形微蚤鳞,聿遑(迅疾也)浮踊,凌云纵身。经由针孔,出入罗巾。飘妙翩绵,乍见乍泯。"唐勒曰:"析飞糠以为舆,剖粃糟以为舟。泛然投乎杯水中,淡若巨海之洪流。巢蚋眦以顾盼,附蠛蠓而遨游。宁隐微以无准,原存亡而不殚。"又曰:"馆于蝇须,宴于毫端。烹虱胫,切蚁肝。会九族而同哜,犹委余而不殚。"宋玉曰:"无内之中,微物潜生。比之无象,言之无名。蒙蒙灭景,昧昧遗形。超于大虚之域,出于未兆之庭。纤于毳末之微蔑,陋于茸毛之方生。视之则渺渺,望之则冥冥。离朱(离娄)为之叹闷,神明不能察其情。二子之言磊磊皆不小,何如此之为精?"王曰:"善!赐以云梦之田。"

我们试比较这两篇赋里所记景差、唐勒、宋玉三人的大言小言,实在不必轩轾而分出什么高下来。至多只能说宋玉的话稍具那时哲人诸子所有的那种"巨伟"识度,不像景差、唐勒说的只像那时政客游士一派"浮夸"之词。朱熹如何会从这里得出结论说:"今以宋玉《大、小言赋》考之,则凡差语,皆平淡醇古,意亦深靖闲退,不为词人墨客浮夸艳逸之态,然后乃知此篇(《大招》)决为差作无疑也。"他说《大招》:"虽其所言有未免于神怪之惑、逸欲之娱者,然视《小招》则已远矣。其于天道之诎伸动静,盖若粗识其端倪,于国体时政又颇知其所先后,要为近于儒者穷理经世之学。"难道这就算是他"知此篇决为差作无疑"的确证吗?这些话和景差的大言、小言有什么必然的联系而能相提并论呢?按照他评论《大招》的话,《天问》一篇更"于天道之诎伸动静,盖若粗识其端倪",《离骚》一篇更"于国体时政颇知其所先后",我们据此说《大招》是屈原作,不是更确切些么?蒋骥注本《楚辞余论》里说:"《大、小言赋》本皆玉所著,意在假人以炫己长,固未必果出于诸人之口,即所谓差语,亦徒以谩词相竞,未见所谓平淡闲退也。又可以是而决此篇为差作乎?"这话说得很惬当,朱熹的话早已不值一驳了。

尊信朱熹《集注》以为"无复可以拟议"的姚培谦,在《楚辞节注》里却说:"明代黄维章始取《二招》并归之屈原。近林西仲又谓《招魂》自招,《大招》招怀王。取两篇细读之,信然。今以殿二十五篇之后,注则仍用朱子;不敢据后人之见,窜易前哲成书,要其义之长者自不可没也。"他也不得不放弃朱熹关于《二招》作者之说;而首先采用了黄文焕、林云铭《大招》作者信为屈原一说,以为义长。他这部书自称是"开释童蒙"的"家塾"课本,无可取处;如稍有可取便在它论《二招》作者这一点上。我以为这部书和来钦之《楚辞述注》(其中有可取处,惟在插有陈洪绶绘《九歌图》十二幅,屈原像一帧)、张诗《屈子贯》、奚禄诒《楚辞详解》、鲁笔《楚辞达》以及古汲郡三益斋贺氏诗樵《离骚经读本》之类,都没有什么可供参考的价值。尽管其中有的还被大图书馆列为"珍本"。记得陈适《离骚研究》把林云铭《楚辞灯》和林仲懿《离骚中正》列为《楚辞》注释中的最下等,倘不是持论欠公允,就该是见书尚不多。即算林仲懿的书道学腐儒之谈,无甚可取;林云铭以"嗜学""精思"见称,他的书却不是毫无可取之处。王晫《今世说》三说道:"林西仲少嗜学,每探索精思,竟日不食。暑月,家僮具汤请浴,率和衣入盆,衣尽湿始觉。里人皆呼为书痴。"下面就要说到他论《大招》了。

四 评《大招》为屈原招楚怀王亡魂而作一说

林云铭说《大招》是屈原招楚怀王亡魂而作,这在旧说中最为近理。但其论据正确与否,值得进一步加以研究。

他说:"王逸虽知为原作,又言作于放流九年,自招其魂。宋晁补之决其为原作无疑,但不知其招何人耳。皆非确论。余谓原自放流以后念念不忘怀王,冀其生还楚国,断无客死归葬、寂无一言之理。骨肉归于土,魂魄无不之。人臣以君为归,升屋履危,北面而皋,自不能已。特谓之大,所以别于自招,乃尊君之词也。"他曾说《招魂》是屈原作,对的;说屈原为自招而作,错了。他说《大招》特谓之大,乃尊君之词,这可以算是对的。按:王应麟《困学纪闻·春秋大雩》一条说:"大雩、大阅、大蒐、肆大眚,凡以大言者,天子之礼也。书鲁之僭。《月令》曰:大雩帝。天子雩上帝,诸侯雩山川。《经》书大雩二十有一,非礼也。"又吕柟《春秋说志》云:成七年"冬大雩,何?曰:非其时也。穀梁子曰:雩不月而时,非之也。冬无为而雩也……凡书大者,天子之辞也"。可证《大招》之大亦为尊君之词。记《小尔雅》释行为死亡,为逝世。后世称新近去世之皇帝为大行皇帝,大字特作尊君之词,由来古已。虽然,我对何谓《大招》,已在上文起初随世俗之见作了一个解说,究竟要以这里的解说作为确注。至若林西仲说《大招》"所以别于自招",倘若意以为别于《招魂》之为自招,说《招魂》还是错了。这是他的论据之一。

他说:"篇中段段细叙,皆是对怀王语。开首提出'魂无逃'三字,便是怀王逃秦隐衷。""按怀王亡走赵而被追,再入秦而病死,则魂之思逃可知。'无逃'二字,便可定其为招怀王而作矣。"这话也说得是。这是他的论据之二。

他在三段首节"自恣荆楚,安以定只"一句下注说:"享用于国,可以任意无拘,身不危殆。不言归故居,以国为家,即此一句,更可决其为招怀王而作矣。"这话也可以算是对的。只是说其中"不言归故居,以国为家"一语,意在指出这不同于《招魂》为屈原自招,又错了。往后凡是他用《招魂》来相提并论的地方几乎都错,不再引出来说了。这是他的论据之三。

他在三段"伏戏《驾辩》,楚《劳商》只"一句下注说:"《驾辩》、《劳商》皆曲名。伏戏作瑟,造《驾辩》之曲,谱入瑟而弹之。楚人因之作《劳商》之曲,又古乐也。"又在下文"魂乎归徕,定空桑只"一句下有注说:"空桑,瑟名。辩定楚之《劳商》合于古瑟与否。若竽箫时乐本有定音,惟听之而已,故但言定瑟。""盖定乐乃帝王之事。国君有侑食之乐,故接叙于饮食之后。即此尤可决其为招怀王而作矣。"这里,对于原文的了解,从来注者各有不同,但是我认为他所说的较有古史传说及考古资料可证。郑觐文《中国音乐史》说:"《文子》、《世纪》:庖牺氏緺桑为三十六弦之瑟。"按:緺桑为弦,殆因当时还不知道养蚕缫丝。瑟名空桑,岂即为此?又按:楚人重瑟,及于身后。《招魂》里说:"竽瑟狂会,搷鸣鼓些。"又说:"铿钟摇簴,楔梓瑟些。"近年信阳一号楚墓出土物有残锦瑟。江陵柏马山四号和望山一号楚墓出土物也都有和此相似木瑟。尤其难得的是长沙市北郊双井塘发掘的楚墓中,得到了似为祀社典礼所用的木瑟一具,殆即所谓"空桑"?亦可证林云铭所注楚王定瑮一说有近是处。这是他的论据之四。

　　他在三段招之以美人可以自恣一节有注说："此则初言比德,次言姱修,又次言易中和心,俱在心情上描写,而以'稚朱颜'一句错综插入,语语与郑袖嫉妒行淫对针。且袖事王以久,论其年亦可废。有自然之美者,可另择所便也。即此更可决其为招怀王而作矣。"这话也该很近当时人的所谓情理。因为郑袖招权纳贿,卖国乱政,本宜早废,怀王本是寡人好色一流。何况"党人"之外,郑袖又是屈原的一大政敌呢! 这是他的论据之五。

　　他在三段招之以宫苑游观可以自恣一节后有注说："甫言归来,便叙饮食。歌诗毕,方转入离宫苑囿。盖怀王宫殿现存,不待别营堂室也。即此更可决其为招怀王而作矣。"这只是勉强可以说得过去的话。这是他的论据之六。

　　他在四段,即末尾一大段注下说："已上言养民教民,举贤任能,治国家,朝诸侯,继三代而兴。其自恣荆楚,逞志究欲,可谓无所不尽,语语皆帝王之事,非原所能自为。读至此,则为招怀王而作,不待问而自明矣。"又在篇后说："至末六段说出亲亲仁民,用贤退不肖,朝诸侯,继三代,分明把五百年之兴,坐在怀王身上。虽属异样歆动,其实三代之得天下,实不外此。此皆帝王之事,原岂能自为乎? 旧注认定景差招原,不得不硬添楚王举用等语,以致文义难通。"这却都是说得对的。这是他的论据之七。

　　他还以为景差、宋玉《大、小招》为招屈原之说,杜撰不通。把《二招》都归给屈原所作,正足《汉书·艺文志》二十五篇之数。这自是对的。他在篇后说："《大招》一篇,王逸既谓屈原所作,又以或言景差为疑,尚未决其为差作也。嗣有以差语皆平淡醇古,遂定其当出于差,全不顾其篇中文义。总以《汉志》有《屈原赋》二十五篇之语;《渔父》以上既满其数,而《招魂》、《大招》两篇未有着落,故一归之宋玉,一归之景差耳。而李善又以《大招》篇名改《招魂》为《小招》。试问玉与差皆屈原之徒,若招其师之魂,何以见差之招当为大,玉之招当为小乎? 后人守其说而不敢变,相沿至今,反添出许多强解,附会穿凿,把灵均绝世奇文埋没殆尽,殊可叹也!考班孟坚《汉志》作于东汉,去原之世已远,而传疑之说已在作《志》者之先,孟坚参之时论如此。遂执二十五篇之数以为左验,可乎?且《九歌》十一篇,前此淮南与刘向皆定之以九,《汉志》因之,若不合之《二招》,仅二十三篇耳。即谓《二招》在二十五篇之内方足其数,可也。于玉于差何涉?"这对拘泥《九歌》为十一篇,而《二招》都不在《屈原赋》二十五篇之数以内,就不认为这两篇都是屈原所作的论者加以驳正,自是说得对的。这是他的论据之八。

以上试就林西仲认定《大招》是屈原为招楚怀王亡魂而作一说的论据,一一加以评述,去伪存真,而真益显,或有补于林氏之说。其实,他的这一说,和《二招》都是屈原所作一说,肇自黄文焕,而得到比他稍后研究《楚辞》者,如蒋骥、顾成天、吴世尚诸家的赞同。至此,我们已有可能作出关于《大招》作者为谁,和招谁这两个问题的比较明确的结论。

五 评《大招》是秦以后一个无名氏所作一说

不过现代研究《楚辞》的学者对于《大招》一篇往往置而不谈,即或谈到了也不认为《大招》是屈原为招楚怀王亡魂而作。

游国恩《楚辞概论》就认为《大招》是秦以后一个无名氏所作。他说:"《招魂》的作者屈原是楚人,故列举四方的佳肴异味,清歌妙舞……照例不须叙及本国。《大招》的作者非楚人,故可以不拘了。看他既说楚酪,又说楚沥,又说楚《劳商》,这简直是把楚国和郑、卫、秦、吴等国一样的当作对方看待。若《大招》真是屈原或景差或任何楚人作的,决不如此。所以我从这一点看出它不是楚产。其次我再证明它非秦以前的作品。按篇中有青色直眉一语,《礼记·礼器》:或素或青,夏造殷因。郑康成注云:变白黑言素青者,秦二世时,赵高欲作乱,或以青为黑,黑为黄。民言从之,至今语犹存也。《礼记》出于汉人之手,所以以黑为青。若《大招》是战国时的产品,决不作秦以后语……《大招》既非楚产,又非秦以前人所作,那么它至早总在西汉初年,一个无名氏的作品。它通篇全是摹仿《招魂》,而并非真有被招者,故篇首没有叙,篇末也没有乱。只有中间一段死板的摹仿,毫无文学价值……在艺术上是极笨拙的……"

鄙见以为游先生这一说的三点理由都不能成立,不可以不辩。首先,春秋战国时代的人,自称其国名,原是常事,楚人当不例外。这有《春秋外传》《战国策》以及诸子的文章可证。《论语》《孟子》就曾说及邹鲁,如"鲁、卫之政兄弟也","邹与鲁哄"之类。孔、孟说话都曾把本国和他国并称,甚至把本国和他国同讥。怎见得就是把本国和他国"一样的当作对方看待"?《招魂》不曾说及楚,《大招》几次说及楚,只是偶然的现象,并非必然的逻辑。岂可据此为证,证明一为屈原所作,一非屈原或景差乃至任何楚人所作? 其次说黑白为素青,并不从秦二世时赵高那混蛋混淆黑白开始。郑注《礼器》疑此篇作者为秦二世时人,故说:"赵高欲作乱,或以青为黑,黑为黄。"《孔疏》说:"按《史记》,秦二世名胡亥,于时丞相赵高欲杀二世,未知人从己否,乃指鹿为马,人畏赵高,皆称鹿为马。是其事也。其以青为黑,以黑为黄,即鹿马之类也。郑去胡亥既近,相传知之。此作《记》之人在胡亥之后,故或素或青。"这一解释也许不错,但是说白黑为素青,实在不从赵高开始。言非一端,义各有当,故在《诗·郑风·青青子衿》一篇《郑笺》就说:"《礼》,父母在,衣纯以青;孤子,衣纯以素。"所谓《礼》,是指《礼记·深衣》篇。这也是以青素相对为义;正和《诗·齐风·还》篇"充之以素乎而","充之以青乎而",以青素相对为文一样。所谓青素就是说的黑白。难道《子衿》《还》篇都是"作秦以后语",非"秦以前的产品"?怎能偏据《大招》中的一个青字遽尔断定它不是"战国时的产品"?据《礼器》郑注为说,其实这不是游先生的创见,蒋骥早就见到了这点,而且放弃了。《楚辞余论》里说:"余按以黑为青,今北人犹尔,然《大招》云,青色直眉,青亦指黑,固非始于秦时。"这倒不失为通人之论,只是游先生不曾注意。至说《大招》"摹仿《招魂》","在艺术上是极笨拙的",游先生自己早已知道"凭文字(工拙)来做考据的根据是很危险的",他驳斥过朱熹以为"景差语皆平淡醇古","《大招》决为景差所作无疑"。可是自己考证《大招》非屈原所作,依然犯了先儒朱熹同样的毛病。何况他以为"笨拙"的,朱熹正以为工,而说是"平淡醇古"呢?

六 评《大招》非楚人所作一说

郭沫若《屈原赋今译·后记》里说:"《大招》不仅不是屈原所作,而且也可能不是景差或任何其他楚国作者所作。"又说:"知道《招魂》是屈原的作品,则《大招》一篇王逸以为作于屈原者也不足信。《大招》行文呆滞,格调卑卑,是不十分高明的《招魂》的摹仿品,文中有'自恣荆楚'等语,楚人不自称为荆,故《大招》不仅不是屈原所作,而且也可能不是景差或任何其他楚国作者所作。"我看,这一说好像也受到了游国恩那一说的影响。且看郭先生的三点质疑。

第一点,他据王逸说《招魂》宋玉所作错了,便推论到王逸说《大招》屈原所作也不足信。这个推论不是必然的逻辑,不见得是合理的。不能因为说者有一部分错误,便连他说的别部分乃至大部分可信的,也不足信了。

第二点,他以为《大招》行文呆滞,格调卑卑,就不认为这是屈原所作。这是纯凭主观趣味论文章风格,不见得可靠。鄙见,《大招》格调高古典重;倘若说到神韵、性灵,那就又当别论。黄文焕《楚辞听直》说:"王逸之论《大招》,归之或曰屈原,未尝以专属景差。晁氏曰:词义高古,非原莫能及。余谓本领深厚,更非原莫能及。"吴世尚《楚辞疏》说:"《大招》是原作,林西仲以为招怀王,尤属细心巨眼。而其文亦另是一格,故说者相传以为景差也。要其趣味沉静和雅,俨然臣子将适公所,夙〔夜〕斋戒沐浴,习容观玉声之时,可谓妙绝千古。"同是一篇《大招》,宋及明、清的学者信古,对它评价那么高,现代学者疑古,对它评价这么低;教人相信谁说的好呢?有什么客观的评价的标准呢?

第三点,郭先生以为《大招》中有"自恣荆楚"等语,楚人不自称为荆,这不是屈原、景差或其他任何楚人所作。这话也待商榷。《左传·昭十二年》,楚灵王说:"昔我先君熊绎辟在荆山,筚路蓝缕以启山林。"楚人不讳言荆,这就是一个有力的例子。《天问》篇末说:"荆勋作师夫何长?"屈原称楚为荆,这更是一个确乎其不可拔的内证。难道我们要据此一个荆字便悍然否定《天问》是屈原的作品吗?固然,"秦讳楚,故其国记率谓楚为荆","避秦庄襄王讳,故以楚为荆"(《资治通鉴》胡注)。但这是由于秦人尊君避讳,不是对楚怀有恶意。即令其含有恶意,也是在屈原身后数十年的事。固然,楚国敌人相称荆楚,有时颇不客气,有《诗》为证。例如《商颂·殷武》篇开端便说:"挞彼殷武,奋伐荆楚。"中间又说:"维女荆楚,居国南乡。"无疑的,话里带有敌忾。但是这种敌忾只能从它的上下文语气中看出来,并不是由于单有荆楚一词。《毛传》说:"荆楚,荆州之楚国也。"《郑笺》说:"维女楚国近在荆州之域,居中国之南方,而背叛乎?"毛、郑释荆楚都不以为这是贱称、恶谥,自是对的。

如不惮烦,就请看看俞樾《释荆楚》一文。他说:"楚之见于《春秋》也,始于庄公之十年,其称曰荆。至僖公之元年,乃始以楚称。公羊子曰:荆者何?州名也。州不若国。樾谓其说非也。夫荆与楚,一而已矣。《说文》曰:荆,楚木也。又曰:楚,丛木,一曰荆也。然则荆、楚本无异义。孔颖达《左传正义》曰:荆、楚一木二名,故以为国号亦得二名。斯得其义矣。《春秋》先书荆,后书楚,盖本国史原文。犹齐之陈氏,在《左传》则为陈,在《战国策》则为田。后人明知陈、田为一姓,而凡所称引,本之《左传》者从而谓之陈,本之《国策》者从而谓之田,以非义理所在,不必易其文也。陈与田其音近,荆与楚其义近,楚之为荆,犹田之为陈耳。孔子因国史修《春秋》。在僖公以前,国史之义皆曰荆,无曰楚者,则孔子亦荆之而已矣。在僖公以后,国史之文皆曰楚,无曰荆者,则孔子亦楚之而已矣。故以或书荆,或书荆人,或书楚子。谓孔子,有进退予敓之微意可也;若以书荆、楚为异义则凿矣……《诗》

曰：'奋伐荆楚。'盖荆楚之名犹殷商也。合言之曰荆楚，而分言之则或为荆或为楚；犹合言之曰殷商，分言之则或为殷或为商也……荆之与楚乃古今之异言，因其荆而荆之，因其楚而楚之，乃临文之常例。后人因荆、楚异文，曲为之说，斯亦儒者之蔽也……"（《宾萌集》三）这话阄通之至。荆、楚异文，实无异义，何须曲解？我还以为楚国先王如熊渠、熊通都不讳言"我蛮夷也"（《楚世家》），楚人为什么不可自称荆、自称荆楚呢？

郭先生提出的三点疑问，鄙见都以为不成问题。

七　关于鲜卑

或说，《大招》："小腰秀颈，若鲜卑只。"这句话曾引起现代几个学者疑为这是汉人作伪露出的马脚。最初陆侃如《屈原》一书有自注说："我从前曾据交趾鲜卑把这篇的时代移至汉代，后来陈伯弢、朱遏先二位先生告诉我说，这两个名词已见《国语》、《吕氏春秋》等书，故不能作证。后来梁启超《要籍解题及其读法》或《屈原研究》、最近刘永济《屈赋通笺》都还以为鲜卑出现在汉代，疑《大招》为汉人伪作。为什么郭先生不曾疑及这一点呢？关于鲜卑，说来话长。我想当是郭先生已认为《招魂》是屈原为招楚怀王而作，他译《招魂》晋制犀比就不采旧注，自出创见，译为"晋带钩"，以为这是赌注。可知他以为犀比就是鲜卑。不过我以为在《招魂》里它的意义为鲜卑带钩，在《大招》里它的意义为鲜卑女人。倘如说，这鲜卑也指带钩，岂不知先有鲜卑人而后有鲜卑带？不能说只有鲜卑带，没有鲜卑人。否则鲜卑带原是何种族人所用呢？何况用鲜卑带形容美人的小腰秀颈，比喻不伦不类，说来又迂又滞，大作手那有此等笨笔？《国语》里说："昔成王盟诸侯于岐阳，楚为荆蛮，置茅蕝，设望表，与鲜卑（卑一作牟）守燎，故不与盟。"可见楚人早就知道有鲜卑人，曾经同被排斥于诸夏，是周初的事。也许郭先生还有其他古史上考古学上的证据，可证那时已有鲜卑带钩、乃至鲜卑人进入中国,所以就不曾对此发生疑问。

　　鲜卑或犀比一词最早见于《国语》、《战国策》、《楚辞》、《吕览》以及《淮南子》、《史记》、《汉书》。《战国策·赵策》二,记赵灵王"赐周绍胡服衣冠,具带黄金师比,以傅王子"。师比就是犀比。胥纰(《史记》)、犀毗(《汉书》)、私鈚(《淮南子》高注)等等,都是鲜卑一语之转。文廷式《纯常子枝语》三十四说:"《史记·封禅书》齐桓公曰:寡人北伐山戎。《索隐》服虔曰:盖今鲜卑。是《元秘史》之失必儿,本朝之锡伯满洲,皆鲜卑之音转也。今俄罗斯西伯利亚西伯利,盖即失必儿,译音无定字耳。"这话不错。此外可参看王国维《胡服考》和包尔汉、冯家升《西伯利亚名称的由来》(一九五六年《历史研究》十期)两文。还有日本白鸟库吉《东胡民族考》(《史学杂志》二十一卷九期)也可一读。这里我只提出我自己的意见来说。按:赵武灵王恰和屈原同时,为什么有些学者不见《国语》记及鲜卑,《战国策》记及赵武灵王胡服师比;只见鲜卑出现在汉代,而疑屈赋说及犀比或鲜卑就是汉人伪作之证呢?

　　顾观光《七国地理考》于赵国《东胡貉》一条说:"《史记》赵武灵王曰:北有燕,东有胡。又曰:东有燕东胡之境。《正义》云:赵东有瀛州之东北营州之境,即东胡乌丸之地。《匈奴传索隐》引服虔云:东胡,乌桓之先,后为鲜卑,在匈奴东,故曰东胡。按在匈奴东,则兼涉燕境。《匈奴传》云:燕北有东胡山戎。"可知战国时代燕、赵都和东胡接壤,故彼此平时已有往来。我浑称彼为东胡,析称则为山戎、乌桓或乌丸,或则为鲜卑,或犀比,或师比。鲜卑早为东胡之一种,但常见浑称为东胡。倘用现代知识来说,则鲜卑为阿尔泰语系诸族之一,起源于蒙古草原的东南部和东北部,在今内蒙古自治区的地方。郭先生不疑及犀比或鲜卑的早见于《楚辞》,自是卓有见地的。

八　《二招》异同——"魂兮归来"与"魂魄归徕"

　　以上扼要地评述了从王逸、朱熹、林云铭到郭沫若、游国恩关于

《大招》作者何人及其为何而作一问题的五说。我认为只有林云铭说《大招》是屈原为招楚怀王亡魂而作一说最为近是。其间陈本礼《屈辞精义》也说:"《史》称怀王三十年为秦所留。顷襄王二年,怀王逃归,被秦遮楚道,间道走赵不纳,走魏而秦兵追至,遂同使者入秦,发病。三年,怀王卒于秦,秦归其丧。此灵车未临,而屈子赋以招之也。"现在为了补充他们这一说,再提出我的意见而把它肯定下来。

《大招》"盛称楚国之乐",和《招魂》"内崇楚国之美",词意大体相同。"《招魂》杂陈宫室饮食女色珍宝之盛,皆非诸侯之礼不足以当之,此岂宋玉、景差辈所能施之于其师者?"这在郑沅《招魂非宋玉作说》一文中说的不错(《中国学报》第九期)[二],《大招》说的也正是这样。可证《大招》也是招王者之魂,不是景差或宋玉为招屈原而作,也不是屈原为自招而作。

《招魂》是因被招者"魂魄放佚,厥命将落,故作《招魂》,欲以复其精神,延其年寿"(王逸《章句》),为招生魂而作,了无疑义。《大招》首段总提招魂大旨,特揭"魂魄归徕",连魂带魄的招。次段向四方招魂;三段结上生下,又说"魂魄归徕",连魂带魄的招。据此可证被招之人定是远离家乡,死在外地,此文无疑为准备迎接尸棺、招收亡魂而作。《招魂》只说"魂兮归来",《大招》兼说"魂魄归徕",是两者最大不同之点。

再说,"魂魄归徕"连用两次,又都恰好用于行文关键所在之处,可证作者有意安排,语非泛设。更不是抄刻的人漫不经心,讹误得如此合理。读者于此绝不可粗心大意读过。闻一多《楚辞校补·大招》"魂魄归徕无远遥只"一条说:"案全篇皆云魂乎归徕,惟此及后文作魂魄归徕,疑魄字皆乎之误。精气曰魂,形体曰魄,人死魂气散越,离魄而去,故祭有招魂复魄,(原注:"见《周礼·夏采》先郑注,《仪礼·士丧礼》后郑注。)谓招魂使复归于魄,非招魄也。此云魂魄归徕,则并魄亦招之。揆诸事情,庸有当乎?"又其后文"魂魄归徕闲以静只"一条说:"案魄当为乎,详上'魂魄归徕无远遥只'条。"如果不加思索,就从闻先生的校改，便是大误。这两个魄字万万不能改为乎字，《大招》正是魂魄两招。闻先生千虑一失，偶有不照耳！难道他也买椟还珠，不识货呀？

我以为《大招》特意两提"魂魄归徕"，这正是屈原为招怀王归丧而作的坚证。《史记·楚世家》说："顷襄王三年，怀王卒于秦，秦归其丧于楚。"《大招》一开端就提招魂的时季："青春受谢，白日昭只。春气奋发，万物遽只。"我们据此可以推知怀王丧舆是在他死后的明年，即顷襄王四年，开春时节才启行运回楚国。屈原《大招》也当作在春初迎接怀王丧舆的时候。这么说来，我们还会怀疑《大招》为什么要连魂带魄的招吗？

九 《大招》之主题思想

我们知道，楚怀王被骗入秦，吃够了拘囚受辱的苦头。当秦昭王骗他、劫持他："西至咸阳，朝章台如蕃臣，不与亢礼。"这岂是怀王所能忍受的？怀王要逃，又吃尽了逃走的苦头。顷襄王二年，"怀王亡逃归，秦觉之，遮楚道。怀王恐，乃从间道走赵以求归。赵主父（武灵王）在代，其子惠王初立行王事，恐，不敢入楚王。楚王欲走魏，秦追至，遂与秦使复之秦。怀王遂发病，顷襄王三年，怀王卒于秦。"（《楚世家》）《大招》说："冥凌浃行，魂无逃只。"又说："魂魄归徕，闲以静只。自恣荆楚，安以定只。"这正是作者谋所以慰藉怀王魂魄，招他归来，号泣旻天，血泪俱下的苦语。郑沅说："怀王之为君也，不知忠直邪佞之分，内惑于郑袖，外欺于张仪，客死于秦，为天下后世笑。有何仁政美治足系国人思慕？而楚人至为之谣曰：楚虽三户，亡秦必楚。其后诸侯并起，犹立怀王之孙以从民望，果何德而有此哉？则皆屈原《招魂》一篇哀痛迫切之所致也。"读《大招》亦当作如是观。林西仲已把楚怀王受骗入秦、遭辱吃苦这两点指出来，只是稍嫌不够，所以我在这里再特提一下。这样，读者就会知道，为什么作者在三段从说了"魂魄归徕"、"自恣荆楚"之后,就分别招之以饮食可以自恣,招之以歌舞可以自恣,招之以女色可以自恣,招之以宫苑可以自恣。说了那么一大段,意在慰藉亡魂归来就可以"自恣"而"逞志究欲"的话,岂是赞美王者享乐荒淫的腐臭生活,还劝他带到坟墓里去不成? 只是痛恨敌人的恃诈恃力,悲悯君王的被骗被囚,同时就不得不盛夸荆楚之可乐,醉心祖国之可爱,自尔爱憎分明,血泪交集,使千载以下人读了还得感动。太史公读其文,悲其志,这也当是其中的一篇。如果我们懂得了《大招》的主题思想正和《招魂》略同而寓意更加深刻,还好说它"行文呆滞,格调卑卑",或说"《大招》为汉人之作已无问题"吗?

再说,作者于三段开始已经先提"穷身永乐,年寿延只"。四段即末了一大段又先提"永宜厥身,保寿命只"。林西仲说:"既死而言寿,乃不忍死其君之意也。"这话合乎情理而未尽。我们要知道:作者在这里在当时还没有绝望,他把对怀王的希望寄托于襄王,希望襄王能够述志继事。本来怀王已死,而不忍言其死,特意露此言外之意,弦外之音。不然的话,对于一个已死的王者还出人意外地颂祷他延年保寿,最后还希望他完成王业,岂不是废话、疯话? 我们就从这里也见到了作者的行文弥巧,格调弥高,为不可及。倘若说,这是汉人模拟的作品,那么汉人看楚国的祸福兴亡正如秦人视越人之肥瘠,痛痒无关。岂能说得如此热烈、忠诚,喷薄而出吗?

十 《大招》末段为何招之以美政?

贺宽《饮骚》里说:"同一《招魂》而云《大招》者,以宋玉所陈皆宫室园囿侍女游猎之事,而此末章归于政治,所见者大,故名《大招》也。"他说《招魂》作者为宋玉,错了。他说《大招》的所以叫大,可备一说;说"此末章归于政治,所见者大",却是的确无疑。蒋骥未必是受了他的这一说的影响,却同样肯定了《大招》为屈原所作。他的《楚辞注序》说:"夫屈子,王佐才也。当战国时,天下争挟刑名兵战纵横吊诡之说以相夸尚。而屈子所先后其君者，必曰五帝三王。其治楚，奉先功，明法度，意量固有过人者。《大招》发明成言之始愿，其施为次第，虽孔子、孟子所以告君者当不是过。使原得志于楚，唐、虞、三代之治岂难致哉？"他的《楚辞余论》也有论《大招》末段一条说："自'曼泽怡面'以下，皆帝王致治之事。'永宜厥身'，则本身之治也。'室家盈廷'，则劝亲之经也。正始必自孤寡，文王治岐之所先也。阜民必本田邑，周公《七月》之所咏也。发政而禁苛暴，省刑薄敛之功。举杰而诛讥疲，举直错枉之效也。直嬴者便近禹麈，所以承弼厥辟。豪杰者使流泽施，所以阜成兆民也。末章归之礼射，则深厌兵争之祸，而武王散军郊射之遗意也。于此可以见原志意之远，学术之醇，迥非管、韩、孙、吴及苏、张、庄、惠游谈杂霸之士之所能及。而所谓望三五以为像，指彭咸以为仪，其梗概略具于此。夫岂宋玉、景差之徒，好辞而不敢直谏者，所能仿佛其万一哉？……"

不错，《大招》末尾一大段都是说的"帝王致治之事"，即今人说的政策或政治纲领。这是别开生面地招之以行美政，行文肃括高古。先说国王修身心，亲家族；次说整军修祀，发政施仁；再次说田邑开发，民物阜昌，宽猛相济，赏罚得当；又次说广声威，尚贤士；以及禁苛暴，举豪杰，退疲玩，进正直。最后说到肃朝仪，定官制，习礼让，归结到三王，即上继三王伟业。三王当是《离骚》里说的三后，"昔三后之纯粹兮，固众芳之所在"。但不知其所指究是谁何。王逸《章句》说："后，君也。谓禹、汤、文王也。"此说近是。王夫之《通释》以为三后是指楚国的先公先王，"或鬻熊、熊绎、庄王也"。戴震注就说："三后，谓楚之先君贤而昭显者，故径省其辞，以国人共知之也。今未闻。在楚言楚，其熊绎、若敖、蚡冒三君乎？（原注：犹《下武》言三后在天，共知为大王、王季、文王。）"孙志祖《文选李注补正》说："《辩证》云：三后若果如旧说（禹、汤、文王），不应其下方言尧、舜。疑谓三皇，或少昊、颛顼、高辛也。"其说都未免拘泥。但看《九章·抽思》"望三五以为像"之文《章句》说："三王五伯可修法也。"三王仍当以指禹、汤、文王为是。况说三后纯粹,或说三王美政,明是天下共主,非指楚国偏王。近人陈直《楚辞拾遗》,以为"美冒众流"系指蚡冒,"先威后文"系指威王、文王。这样来说楚三王,于此一段文义上和史实上都难以说通,未免穿凿。至若他说:"'名声若日,照四海只。德誉配天,万民理只。北至幽陵,南交趾只。西薄羊肠,东穷海只。'按此段因述楚先王功德而念及远祖高阳也。《大戴礼·五帝德》篇云:'高阳乘龙而至四海,北至于幽陵,南至于交趾,西济于流沙,东至于蟠木。〔动静之物,大小之神〕日月所照,莫不祗励。'《史记·五帝本纪》亦同。裴骃《集解》引《海外经》,东海度索山,有大桃树屈蟠三千里,谓之蟠木。《大招》之东穷海只,可证蟠木与东海异名而同地也。"这说屈原念及远祖高阳而称诵他的功德,却有古史传说根据。何况屈子已于《离骚》、《远游》一再夸耀远祖高阳,这里又"重著以自明",而暗示实有渴望于后王,自合情理。并且这也可以作为《大招》确是屈原所作的一大内证。

再按《楚世家》:当周夷王时候,楚国先王熊渠就开始有了雄心,自封他的三个儿子为王。后来楚武王熊通也是自尊为王,说是"我有敝甲,欲以观中国之政"。好大的野心!楚成王熊恽立,天子赐胙说:"镇尔南方夷越之乱,无侵中国。"于是楚国千里。成王伐宋,射伤了宋襄公,襄公病创伤而死,于是楚国始霸。庄王熊侣八年,伐陆浑戎之役,观兵周郊,耀武扬威。周定王使王孙满慰劳庄王,庄王乘机逼问周鼎的大小轻重。这见于《左传》,杜注说是"示欲逼周取天下"。这话不错。(《战国策·东周策》云:"秦兴师临周而求九鼎。"盖在周显王时秦惠文王事,是秦求鼎后于楚问鼎二百五十年。)到了灵王熊围,曾先约会诸侯于申,俨然以天下盟主自居;后来还想使人于周求鼎以为分器。我以为三后或三王,如指禹、汤、文王,就是指他们的统一大业;如指楚武王、成王、庄王之流,就是指他们有取代周室、统一中国的雄心;在其意义的实质上原是一样的。屈原在当时,自是一个洞见天下大势、历史趋向的、实际的大政治家。他实大有渴望于那位"心矜、好高人、无道而欲有霸王之号"(《贾子新书》)的楚怀王,兼并六国,统一天下的意图。这还不够明白吗？

《九章·惜往日》篇说："奉先功以照下兮。"正是作者希望怀王能够继承先王的基业，贯彻祖上传统的政策。这应该就是屈原理想中"昔三后之纯粹"的政治，即他所谓"美政"的最高目标。要达到这个目标，必须相应地采取一定的措施。所以他于执政之日，在内政上，"入则图议国事以出号令"，就是说"明于治乱"，"造为宪令"（《史记》本传）。加上《大招》末一大段列举的政治项目，也许还有作者在政治斗争上一再大碰钉子以后，避触当局忌讳，不敢明白提出的政治项目，企图做到"明法令之嫌疑"，"国富强而法立"（《惜往日》）。他在外交上，"出则接遇宾客，应对诸侯"，企图做到合纵抗秦，楚怀王长为"纵长"，进而统一天下。这都应该就是屈原理想中"美政"的实施纲领。这正代表了当时楚国乃至全中国人民的愿望和要求。

游国恩《离骚美政说》一文，以为美政单指"合纵以摈秦之政"，似乎还不够全面。固然外交也是政治，却属于国际政治。作为支持外交上实力和后盾的内政，应该提到所谓美政的首位。游先生不曾联系到屈原在《惜往日》和《大招》所说的政治，就把美政解释太窄狭了。刘永济《屈子宪令之旁证》一文，比较说得开展一些。"详考彼时列国之历史"，参以"彼时楚国之事实"，要算刘先生说得对的。至他不曾说及的，还有更重要的，须待读者和批评家加以补充了。

我们知道：从春秋到战国三四百年间，列国诸侯封建角立，争为雄长，战斗祸乱长期不止，民生疾苦悲惨已极。自然人人希望有一个比较安定的局面。怎么才能安定呢？人民共同的愿望和要求就是天下"定于一"（《孟子》），这就是说，要把中国统一起来。当时战国七雄中最具有统一实力和其他条件的，首先要算秦楚两个大国，而楚地更大。

据《史记·楚世家》、顾栋高《春秋大事表》，楚自庄王以后，先后吞灭大小四十多国。又据范文澜《中国通史简编》，顾颉刚、章巽《中国历史地图集》，那时楚国的疆域四界，用如今的地名来说，已东到今江苏、浙江以抵淮北（鲁南），西到湖南沅陵和四川巫山（影响及于滇黔），南到今湖南道县以西(影响及于粤桂),北到今河南新郑和陕西郇县,以达汉中。从怀王十七年与秦战于丹阳、蓝田大败以后,到顷襄王二十一年秦将白起攻陷郢都以前,三十余年间尽管屡败于秦,丧师割地,而顷襄王十八年还有楚人说:"楚之地方五千里,带甲百万,犹足以踊跃中原。"(《楚世家》)这是对顷襄王寄托以楚国最后的希望。可见楚国原是一个很强大的国家,很有远大的前途。屈原殷殷热望怀王、顷襄王能够有为,而深深痛惜他们的不足与有为,就是由于这个缘故。假使其时屈原没有宏伟的政治抱负,没有实际的政治才能,他也不会有这种狂热和惨痛。

总之,有了这些认识,才可了解到:为什么《离骚》乱辞归结于"既莫足与为美政兮,吾将从彭咸之所居";和《大招》末一大段招之以行美政,而归结于"魂乎徕归,尚三王只"。也才可了解到:为什么屈原是一个伟大的实际的政治家和伟大的爱国诗人。

十一　多余的话——全书小结

我的这部稿子已经写完。关于屈原赋各篇的真伪问题究竟解决了没有？对于屈原其人的人格,热爱真理的心灵;其文的风格,艺术的独创性,及其修养来源,是否都比从来的《楚辞》学者有了更多更好的了解？我写这部书是由于脱不了俗物习性,古语说的"结习难忘",还是有热爱学问、热爱真理的心灵？对此,不觉茫然自失,不知道自己怎样置答。又怕我生前不可能受到批判者的教益。但是使我记起了《歌德对话录》(爱克尔曼著,周学普译)的一段话,作为贡献于他日有机会又有耐心读完我这部书的敬爱的读者,就用不着我再唠叨什么了(并参看拙作《九章·思美人》解题末段)。

一八二八年十二月十六日　星期二

今天我和歌德二人在他的书斋里吃饭。我们谈论文学上的事情。

"德国人脱不了俗物习性",他说:"他们现在,在斤斤地争论那些印刷在席勒的文集里而也印刷在我的文集里的二行诗,他们以为判然区别出究竟哪几首是席勒的,哪几首是我的,这是重要的事情。似乎以为这有什么关系,似乎以为作品任其就是那么样,是不能满意的!

"如同我和席勒那样的朋友,相交多年,有了同样的趣味,天天互相接触,交换思想,生活自然互相同化。因此,就大体而论,在个个的思想上,实际不能辩论何者是我的,何者是他的。我们共同地做了许多诗,往往我有了思想,席勒写成诗;或者往往相反;又或者席勒做了一首,我做了另外一首。那么,怎么可以说是我的或是他的呢!凡是有一点儿注重于这种疑问的解决的人,必定还老是深深地钻在俗物习性之中的。"

"类似的事情是在文学界常常发生的",我说,"例如有人疑心某某大家的独创性,要把他的修养来源寻找出来。"

"这是很可笑的",歌德说:"这是无异于问一个肥胖的人,他所吃过而给了他那样体力的,是牛或是羊。我们固然是带了若干能力而生长的,而我们的发展却得感谢广大的世界的无数的影响的。——我们从其中取得我们能够处理的和适合于我们的事物。我得感谢希腊人和罗马人的地方很多。我从莎士比亚、石德尔纳(Sterne)、哥尔特斯密斯,受了无限的恩惠。但是并非这么说就算把我的修养的来源指示明白了,那是搜罗不尽的,而且搜罗起来也是无用的罢。主要的事情是:人应该有爱好真理、一见真理就采纳它,那样的心灵。"

我个人认为屈原是比之歌德、莎士比亚、但丁、荷马更为伟大的诗人,他更具有崇高的人格,在世界文学史上和文化史上当有他的突出的地位。

刘勰《文心雕龙·辨骚》说:"自《风》、《雅》寝声,莫或抽绪,奇文郁起,其《离骚》哉!固以轩翥诗人之后,奋飞辞家之前,岂去圣之未远,而楚人之多才乎?"又《赞》曰:"不有屈原,岂见《离骚》? 惊才风逸,壮志烟高。山川无极,情理实劳。金相玉式,艳溢锱毫。"这位大批评家强调了屈子在文学上的独创性、首创精神,并指出了他在我国文学史上继往开来的崇高地位。我们可以研究屈子的修养来源,尽管搜罗不尽,而搜罗起来也是无用的;却不可怀疑他的独创性,他的首创精神,甚而至于怀疑其人在历史上不曾有过,其作品全系当时或异代的人伪托。我们读他的作品要充分了解他的独特的热爱真理的心灵,看到他热爱真理之极,至于不吝以身相殉。他的这种心灵,这种精神,只要一读他的从《汉志》著录以来二十五篇整部作品就是永不磨灭的见证。我不迷信他这个人,也无意为他保护著作权,只是实事求是,无征不信,才写了这部书,直写到这一篇为止。

【简注】

〔一〕此文作于一九六三年,一九六五年六月子展整理署尾。一九七九年十二月重核。一九八〇年载于《复旦学报》社会科学版二期、三期,题为《大招作者是谁》。

〔二〕至若郑沅又云:"昔朱子谓《大招》不知何人所作,或曰屈原,或曰景差。余按《大招》当为宋玉之词,《招魂》必宜据史公说定为原作。"此言《大招》为宋玉作,"其说不足据"。

图书在版编目(CIP)数据

楚辞直解/陈子展撰. —上海：复旦大学出版社,2024.6
(中华经典直解)
ISBN 978-7-309-17386-4

Ⅰ.①楚… Ⅱ.①陈… Ⅲ.①楚辞-译文②楚辞-注释 Ⅳ.①I222.3

中国国家版本馆 CIP 数据核字(2024)第 080939 号

楚辞直解

陈子展　撰
责任编辑/杜怡顺

复旦大学出版社有限公司出版发行
上海市国权路 579 号　邮编：200433
网址：fupnet@fudanpress.com　http://www.fudanpress.com
门市零售：86-21-65102580　团体订购：86-21-65104505
出版部电话：86-21-65642845
上海盛通时代印刷有限公司

开本 890 毫米×1240 毫米　1/32　印张 18.375　字数 477 千字
2024 年 6 月第 1 版
2024 年 6 月第 1 版第 1 次印刷

ISBN 978-7-309-17386-4/I・1407
定价：88.00 元

如有印装质量问题,请向复旦大学出版社有限公司出版部调换。
版权所有　　侵权必究